KB271481

현대시조의 창작기법

현대시조의 창작기법

이 광 녕

국학자료원

이 책을 펴내면서

우리의 전통 시조는 격조와 운치가 넘치는 우리 민족만의 독특한 국민 문학이다. 초·중·종장 3장으로 나누어져 초·중장에서는 3·4조와 4·4조의 기본 율격을 바탕으로 호흡이 멎어질 듯 굽이치며 반복적 리듬으로 이어지다가, 종장에 이르러서는 3·5조로 꺾어지면서 높은 절벽에서 쏟아져 내리듯 폭포수 같은 긴장감을 조성하면서, 마지막엔 잔잔한 물거품처럼 4·3조의 리듬으로 여운을 남기는 우리만의 독특한 정형 문학이다. 거기엔 우리 조상들의 숨결이 살아있고 우리 민족의 성정이 깃들어 있다.

돌이켜 보면, 근대화 이래 외래 문물의 홍수 속에서도 우리들은 알게 모르게 일상생활은 물론 문학 방면에서 우리만의 전통적 리듬감에 젖어왔다. 민요나 시조 또는 가사조의 3·4조와 4·4조는 그 커다란 줄기로써 우리의 시가 문학을 구성하는 율격의 바탕이었다. 다음 시들을 주목해 보자.

얇은 사 하이얀 고깔은 고이 접어서 나빌레라
파르라니 깎은 머리 薄紗 고깔에 감추오고
두 볼에 흐르는 빛이 정작으로 고와서 서러워라

— 조지훈, 「승무」 일부

기달이는 세월을 / 학같이 목에 감고 //
마음의 囚衣를 빨아 / 蜀道에 말리우니 //
바람 찬 늦인 가을에 // 구름이 울고 간다.

— 이설주, 「저녁」 전문

위의 작품들은 시조인가 자유시인가? 위의 글들은 현대 자유시로 발표된 작품들이다. 위의 작품들을 낭송해 보고 음보의 체계를 살펴보면 그 호흡이나 형태면에서 분명히 시조에 가깝다. 이 글들을 시조의 형식에 비추어본다면 부분적으로 과음수(過音數)가 자리잡고 있으나, 이러한 현상은 작가가 의도적으로 시조를 쓴 것이 아니고 자유시를 썼기 때문에 나타난 현상이며, 음보시간의 등장성(等長性)을 고려하여 낭송해 보면 시조로서의 큰 무리는 없다. 시조 3장의 형식미가 갖추어져 있을 뿐만 아니라, 종장 첫 구(3·5)도 시조의 정격에 맞고 전체적 율박(律拍)도 형태에 알맞아 분명히 시조라고 볼 수 있다. 현대시조를 쓰는 최근의 일부 작가들이 위의 작품들보다 훨씬 더 혼란스러운 파격적 창작을 일삼고 있다는 점을 고려해 볼 때 위의 글들은 분명히 시조인 것이다.

이 작품들의 작가가 시조를 염두에 두고 창작했을 리는 없다고 판단된다. 단지, 시의 창작 과정에서 우리 한국인의 몸에 배인 전통적 운율이 습작 과정에서 우러나와 우연히도 시조와 근접된 작품을 내놓게 되었을 것이다. 이것이 우리 민족의 가슴 속에 알게 모르게 접맥되어 흘러내려오고 있는 우리의 뿌리 문학, '시조(時調)' 문학의 실체이다. 이러한 현대시들은 시조로 발표했다면 시조가 되었을 것이다. 이와 같이 시조는 우리 민족의 호흡과 성정에 알맞은 뿌리 문학이다.

우리는 우리의 전통 문학인 시조에 대해서 자부심과 긍지를 가져야 한다. 그러나 아직도 우리 것의 소중함을 깨닫지 못한 많은 작가들이 멋모르고 외래적인 겉멋만을 추구하며 자유시 쪽으로 훨씬 기울고 있는 현실이 참으로 안타깝다. 뿐만 아니라 시조시인입네 하고 나서는 일부 작가들도 시조의 현대화라는 미명 하에 무책임한 파격을 일삼고 시조문학의 혼란을 자초하고 있으니 크게 우려할 만한 일이다. 현대시조는 일부 지각없는 작가들에 의해 기형적으로 변모되고 정통성을 잃어가며 중병에 시달리고 있다.

2000년대 들어 시조교육은 거의 고사 직전에 직면하여[1] 관심 있는 소수의 시조시인들에 의해 겨우겨우 연명해 오고 있는 실정이다. 1970년대까지만 해도 학교 교육현장에서 시조교육은 비교적 관심 있게 다루어져 왔다. 교과서에는 시조의 게재 편수가 많았고 소중히 다루어져 학생들은 주로 시조를 암송하며 문학적 소양을 키워 나갔다. 그리하여 1950대부터 1970년대 청소년 시기에 시조교육을 받아왔던 연령의 학생들은 성장해서 그 때 암송하고 익혀두었던 시조교육의 영향이 그들의 문학적 소양과 창작의 씨앗이 되어왔다. 자유시보다는 시조를 더 많이 알고 더 좋아서 문학적 역량을 시조에 쏟았던 그들이었다. 현재의 문단에는 그 비율로 보아 시조시단이 자유시단보다 원로급과 고연령 층이 더 많다는 것은 이를 증명해 준다.

제6차 교육과정 이후 교과서에서는 시조의 게재편수가 급감해 시조교육은 크게 위축되어갔다.[2] 그리고 일부 몰지각한 시조시인들마저 혁신과 현대화라는 미명하에 정통성을 망가뜨리고 변태적 창작 행위를 서슴지 않으니 우리는 우리의 본 얼굴을 잃어가고 있는 것이다. 시조문학의 발전을 저해하는 가장 큰 요인은 시조문학에 대한 그릇된 선입견이다. 자유시는 신식 문학이고 시조는 고리타분한 구습이라는 고정관념이 문제다

'가장 한국적인 것이 가장 세계적이다'라는 말은 한류풍의 시대에 피부로 느껴지는 진실이다. 서양엔 소네트가 있고, 중국엔 한시가 있으며, 일본엔 그들만의 하이꾸가 있다. 유치원때부터 교육을 받는 일본의 하이꾸는 전세계적으로 인정을 받고 영어권에서 두루 창작ㆍ번역되고 있는 사이, 하이꾸보다 훨씬 품이 넓고 멋있는 우리의 시조는 깊은 잠에 빠져 있었던 것이다.

---

1) 제7차 교육과정(1997년 이후) 중등 국어교과서의 경우, 자유시는 58편이 실려 있지만, 현대시조는 단 2편(김상옥의 「봉선화」, 유재영의 「둑방길」)만이 실렸을 뿐이다.
2) 중등은 42편(제2차), 고등은 50편(제1차)까지 실렸던 시조가 점차적으로 줄어 제6차(1992년 이후)에 들어선 중등 11편, 고등 3편으로 급감하였다.

현대시조는 한국적인 자부심이요 자존심이다. 글로벌화 시대에 뿌리 문학의 생활화와 세계화는 어쩌면 우리 시대에 주어진 사명인지도 모른다. 지각 있는 연구자들이나 외국인들은 누구나 다 하는 '자유시'를 요구하지 않고 우리의 것인 '시조'를 요구하고 있다. 노벨상의 위업도 시조가 이루어내야 더욱 우리 민족이 영광스러워진다. 이런 의미에서 우리의 시조를 바로 알고 바로 세우는 일과 시조부흥 운동과 번역 등을 통한 세계화 운동은 반드시 이루어져야 한다.

이 책은 이러한 안타까운 우리 시조문학의 현주소를 실감하고 이를 실증적으로 연구한 논문 자료에 의거하여, 현대시조의 모든 것을 이해하고 창작에 크게 도움 되도록 편집되었다.

이 책에는 시조의 모든 것이 망라되어 있다. 이 한 권의 책이, 현대시조 작가 및 입문자(入門者)들에게 비뚤어진 시조문학을 바로 세우고, 창작에 크게 도움이 되는 품격 높은 안내서 역할을 해 줄 것으로 믿는다.

2011년 10월 三益齋에서

흘봉 이 광 녕

목 차

제1부 현대시조의 이해

제3부 부록(논문)

제1부

현대시조의 이해

제1장 현대시조의 형성 배경

현대시조의 모형이 어디에서 전래되었느냐 하는 문제를 고찰해 보는 일은 시조문학의 실체를 되돌아보고 그 정체성을 확립하는데 필수적인 과정이라 생각된다. 현대시조의 전개적 양상을 고찰함에 있어서 그 형성적 연원, 즉 유전인자를 염두에 두지 않고 그 성격이나 특징을 살피는 것은 이치에 맞지 않기 때문이다.

현대시조의 기점에 대해서 과거에는 갑오개혁(1894)이후부터로 잡거나, 1907년 『대한유학생회보』 제3호에 실린 「病中夢夢」과 1908년 11월 29일 자 『대한매일신보』 442호에 실린 '주강력'을 최초의 현대시조로 보는 경우가 있었다.[1] 그러나 최근 학계에서는 1906년 대구여사의 「혈죽가」를 주목하여 1906년(7월 21일)을 현대시조의 기점으로 잡고 있다.

시조는 영조 때 가객 이세춘(李世春)에 의해 '時調'라는 명칭이 불려지고 창(唱)으로도 불려져 조선말까지 크게 성행하게 되었다. 그러다가 근대 개화기에 들어서 일제의 침탈과 서세동점의 기세로 거세게 밀려들어오는 서구문화의 유입으로 자유시의 그늘에 가리게 되면서 그 존폐 위기를 맞이하게 되었다. 그러나 1926년을 전후하여 육당을 비롯한 이광수, 이병기, 이은상 등이 주창한 시조부흥운동과 관심 있는 작가들의 적극 활동으로 풍전등화의 위기에 몰렸던 시조가 그 명맥을 유지하고 오늘에 이르렀다고 하는 것은 참으로 다행한 일이 아닐 수 없다.

---

1) 서원섭, 『시조문학 연구』, 형설출판사, 1984, 28쪽.

독특한 풍류와 절제로 멋과 맛을 살려내는 시조는 조상의 얼이 깃들어 있는 우리 민족 고유의 전통문학이다. 그러므로 시조를 발전시키고 부흥시키는 것은 민족의 자존심을 지키는 일이요, 그것의 연원을 알고 거슬러 올라가 보는 일은 우리의 뿌리를 되찾고 정통성을 회복하는 대단히 의미 있는 일이 아닐 수 없다.

1. 시조문학의 연원과 전래

그동안 시조 문학의 기원에 대하여는 많은 논자들에 의해서 주장되어 온 바 있으며 그 학설도 매우 구구하다. 논의 되어온 시조문학의 기원설은 크게 두 가지로 나눌 수 있는데, 재래기원설(在來起源說)과 외래기원설(外來起源說)이다. 여기서 재래기원설은 고대의 노랫가락설, 향가(鄕歌)2)기원설, 민요(民謠)기원설, 별곡체(別曲體)기원설, 고려가요(高麗歌謠)기원설, 역학(易學)기원설 등이 있으며, 외래기원설은 주로 한시영향설(漢詩影響說)을 말한다.

본고에서는 시조문학의 기원에 대하여는 기존의 여러 이론적 주장이 있었음을 상기하여, 향가기원설을 제외한 여타 기원설에 대하여는 상세한 논의보다는 간략한 개황만을 거론하고, 이어서 현대시조와의 연계성과 관련하여 향가기원설의 타당성 제시와, 한시영향설의 부당성에 대하여만 중점적으로 논하고자 한다.

고대의 노랫가락설은 이희승(李熙昇)과 최남구(崔南九)에 의해 주장되었

---

2) '향가(鄕歌)'는 한시 · 범패(漢詩 · 梵唄) 등 외국의 가요에 대하여 '동방고유의 노래'란 뜻으로 불려진 명칭이다. 따라서 우리 민족 고유의 독특한 지방색을 나타낸 노래는 모두가 다 광의의 '향가'라 볼 수 있으나 여기서는 국문학 장르로 자리잡은 신라가요만을 대상으로 명칭을 사용하기로 한다. 그리고 무가(巫歌)나 주가적(呪歌的) 성격의 이명칭인 '사뇌가(詞腦歌)'와 '도솔가(兜率歌)'도 모두 '향가(鄕歌)'란 명칭으로 통용하고자 한다.

다. 이희승의 노랫가락설은 일종의 무가기원설로, 이희승은, 무가(巫歌)에 의한 종교적인 신가(神歌; 노랫가락)의 탈화(脫化)로 시조의 기원을 잡았으며,3) 최남구는 "시조는 고구려로부터 시작된 것이요, 王山岳 선생의 所作이라 함이 大差 없는 듯 하다"4)라고 하였다.

민요설은 이병기에 의해 주장되었는데, 이병기는 "시조의 원형은 본시 6구3절식인 민요형에서 파생되었다고 봄이 옳을 것이다. 이는 삼국시대부터 기악과 반주하던 창사의 일종이었을 것이다"5)라고 하면서 우리의 모든 고시가는 재래한 민요에 원천을 두지 않은 것이 없고 향가도 시조도 이 6구3절형의 민요형에서 파생·분립된 것이라고 보았다. 그러므로 그는 고구려의 을파소(乙巴素)의 시조 1수와 백제의 성충(成忠)의 시조 1수와 신라의 설총(薛聰)의 시조1수씩이 청구영언과 해동가요 및 가곡원류에 전해지고 있음을 긍정하고 있다.6)

별곡체설은 천태산인(天台山人)에 의해 주장되었는데, 그는 "麗朝 한문학에 대립하여 생긴 별곡이 파괴되어 장가와 단가의 두 가지로 분리될 때의 단가는 시조로 분화되었으리라"7)라고 하여 별곡의 파괴로부터 분화되어 시조가 생성되었다고 하였다. 그러나 그는 같은 연구에서 향가의 구

---

3) 이희승, 「時調起源에 대한 一考」, 『學燈』 2호, 1933.
4) 최남구, 「시조창법소고」, 『朝光』 11월호, 1940.
5) 이병기, 『國文學全史』, 신구문화사, 1960, 97쪽.
6) 삼국시대와 고려조의 시조에 대하여 서원섭은 "『교본역대시조전서』에는 고구려시대의 을파소(乙巴素), 백제시대의 성충(成忠), 신라시대의 설총(薛聰)등을 비롯하여 고려조의 최충(崔沖), 곽여(郭輿), 정지상(鄭知常), 이규보(李奎報) 등의 시조가 있으나 이는 그 작자를 인정할 수가 없다"(서원섭, 『시조문학연구』, 형설출판사, 1984, 23쪽)라고 하였으며, 이태극도 "을파소, 성충, 설총의 작품이라 하는 것도 그대로 인정하기는 곤란하다. 이 삼국이 안배된 작품1수씩이 현전된 것이라면 삼국에서 고려중엽기까지의 약 4-5백년간에는 어찌하여 시조작품이 1수도 남지를 아니하였을까 하는 의문을 막을 길이 없다. −중략− 이 세작품은 후대인이 만들어서 그럴싸한 인명을 차용한 것에 불과하다 함이 자명하다"(이태극, 『시조의 사적 연구』, 이우출판사, 1981, 61쪽)라고 하였다.
7) 천태산인, 「별곡의 연구」, 동아일보, 1932.1.15.

법(句法)이 시조의 형식과 비슷한 점이 있음으로 보아 향가가 시조의 전신이 아닐까 하는 의견을 제시하기도 하였다.

고려가요설을 주장한 이는 고정옥(高晶玉)이다. 고정옥은 「어부가」와 「도산십이곡」 같은 연작시조군을 예시 증거로 들면서 "시조는 고려가요의 분장(分章)이 독립해서 성립한 것이라 생각한다"[8]라고 하였다.

향가(사뇌가)설은 조윤제, 정병욱, 이태극 등에 의해 주장되었다. 조윤제는 백제의 「정읍사」에서 볼 수 있는 향가의 6구체형(4구체에서 8구체로 발전하는 과정형)에서 시조의 기원을 찾을 수 있다[9]고 하였으며, 정병욱은 향가작품의 하나인 '제망매가'를 들어 그 형태가 3節 1聯형이므로 후대에 3章 1首로 완성을 본 시조와 상통하는 점으로 미루어 향가형에서 시조가 싹텄다고 하였다. 그리고 이어 그 향가형식은 별곡형식으로 바뀌고 이 별곡형식 속에서 자란 시조형인 4음보격의 새 시가형이 시조로서 탄생된 것이라고 다고 보았다.[10] 김준영도 시조형은 10구체 향가에서 파생되었다고 하였다.[11] 이밖에도 시조형과 향가형의 유관성을 언급한 이는 이병기와 이광수이다. 이병기는 "향가의 8구 또는 10여구가 의미상으로 묶어보면 3절형식이 되고 끝 구 첫머리에 '阿也, 阿耶羅' 등의 감탄사가 있는 것으로 보아 同軌가 되겠는데 이것은 6句3節形의 민요형에서 파생된 것이다"[12]라고 하였고 이광수도 향가나 무당의 노랫가락에서 연유되었음에 동조하였다.

역학기원설(易學起源說)은 원용문(元容文)에 의하여 주장되었다. 원용문은 "우탁(禹倬) 등이 신봉한 성리학의 바탕은 주역(周易)이고, 주역의 원리는 천지인(天地人) 삼재설(三才說)과 음양오행설(陰陽五行說)이라 할 수 있다.

---

8) 고정옥, 『국어국문학요강』, 대학출판사, 1949, 384쪽.
9) 조윤제, 『韓國詩歌史綱』, 을유문화사, 1960, 118쪽.
10) 정병욱, 「시조창작을 위한 강좌」, 『국문학산고』, 신구문화사, 1959, 86~89쪽.
11) 김준영, 『국문학개론』, 형설출판사, 1989, 150~154쪽.
12) 이병기, 「시조의 개설」, 『가람문선』, 신구문화사, 1966, 277쪽.

한 마디로 3장6구 12절의 시조형식은 이 천지인 삼재설과 음양오행설과 같은 성리학이나 역학의 원리를 본 따서 만들었다. 주역에는 천지인(天地人) 3재(三才)와 6효(六爻)가 있는데, 시조의 3장(章)은 '天地人 三才'에서, 6구(句)는 주역의 '六爻'의 원리를 본 따서 만든 것이다"13)라고 하였다.

위에서, 주목받고 있는 재래기원설의 주장들을 종합해 보면, 논의되는 주장들 간의 공통된 구심점을 도출해 낼 수가 있다. 노랫가락설이나 민요설이나 별곡체설 등은 모두 향가설과 일맥 상통하고 있다는 점이다. 이러한 공통점은 하나의 국문학 장르의 발달이 독립적인 것이 아니라 당시의 사상 감정의 흐름에 따라 오랜 기간 동안 주변 장르와 상호 교류·혼융되면서 그 중심 줄기가 형성되어 나간다는 성향에서 도출된 결과이다. 단지 그 실체를 파악함에 있어서, 시조문학의 원류도 그 시점을 어느 시기부터 잡을 것이며, 무엇을 근거로 잡느냐 하는 문제가 중요하다. 대부분의 학설들은 '향가기원설'에 비하여 그 논거가 부족하고 추론에 불과하다. 그 이유는 오랜 기간 동안의 문학 장르의 발달과정을 작품상 통시적, 실증적으로 살피지 않고 단순한 지적 논리와 추론으로 주장했기 때문이다. 이러한 관점에서, 필자는 '향가기원설'이 가장 타당한 지론이라고 보며, 국문학사적인 통시적 방법과 문헌적 근거를 토대로 시조문학의 실체를 밝히고 그 유래를 구명(究明)해보고자 한다.

1) 시조문학의 원류

이태극은 이 향가(사뇌가)기원설에 대하여 전폭적으로 지지하면서 전기한 여타 설에 비해 시조 연원의 실마리를 우리의 고시가작품의 형성에서 실증적으로 구명한 점을 높이 평가하였다.14) 그는 10구체의 향가형식이 6구3행으로 요약되는 실례를 「제망매가」를 들어 향가기원설을 뒷받침하였다.

---

13) 원용문, 『시조문학원론』, 백산출판사, 1999, 186~209쪽.
14) 이태극, 『시조의 사적 연구』, 이우출판사, 1981, 65~66쪽.

「제망매가」는 이두(吏讀) 표기로 이루어진 10구체의 향가이다. 이태극설을 근거로 하여, 10구체로 이루어진 「제망매가」 본문과 현대역(現代譯)을 필자 나름대로 재구성해 보면 다음과 같다.

(1) 향가에서 발견되는 시조형

(가) 제망매가(祭亡妹歌)

① 生死路隱　　　　　　② 此矣有阿米次肹伊遣
　　(生死 길은 예 있으매 머뭇거리고,)　　　　　　1구
③ 吾隱去內如辭叱都　　④ 毛如云遣去內尼叱古
　　(나는 간다는 말도 못다 이르고 어찌 갑니까.)　　2구
⑤ 於內秋察早隱風未　　⑥ 此矣彼矣浮良落尸葉如
　　(어느 가을 이른 바람에 이에 저에 떨어질 잎처럼)　3구
⑦ 一等隱枝良出古　　　⑧ 去奴隱處毛冬乎丁
　　(한 가지에 나고 가는 곳 모르온저.)　　　　　4구
⑨ 阿也 彌陁刹良逢乎吾
　　(아! 彌陀刹에서 만날 나)　　　　　　　　　5구
⑩ 道修良待是古如
　　(道 닦아 기다리겠노라.)[15]　　　　　　　　6구

－「제망매가」, 『삼국유사(三國遺事)』

위의 재구성 예시에서 이두 본문 ⑧번까지가 전대절(前大節)이요, ⑨와 ⑩이 후소절(後小節)이다. 위의 향가를 의미상으로 해역한 문장구절로 정리해 보면 2구가 1구로 요약되어 전대절은 1~4구로 되고, 후소절은 그대로 2구로 볼 수 있어서 5~6구가 된다. 이처럼 10구체의 향가는 6구 형식으로 요약될 수 있으며, 이 6구를 다시 의미상으로 묶어보면 1구+2구, 3

---

15) 김완진, 『향가해독법연구』, 서울대학교 출판부, 1990, 127쪽.

구+4구, 그리고 5구+6구로 묶을 수 있어서 이 6구를 3행형(3장형)으로 볼 수 있다. 향가기원설은 이 3행형의 모형이 시조 3장(章)의 형식으로 전래되어 시조의 모태가 되었다는 설이다. 이태극은 이와 같은 구체적 논리를 전개하면서, "이 6구3행의 잠복형이 차츰 형체를 드러내어서「정읍사」등과 별곡체형식으로 전승되어져서「청산별곡」,「만전춘별사」,「한림별곡」,「관동별곡」,「죽계별곡」등의 형식으로 진전되어진 것이요, 그 완전히 정제된 6구3행의 별곡형식에서 운율구성만을 달리한 3장6구의 시조형이 분립되게 된 것이다"16)라고 하였다.

향가기원설은 이론적 근거가 분명하고 추론도 합리적이어서 시조의 기원설에 가장 합당한 논리라고 본다. 필자는 향가의 가장 발전된 형태인 10구체를 들어 이태극이 주장한 6구 3행의 단축 모형이 시조의 모형이 되었다는 데 공감하며 현대시조의 유전인자도 그에서 발견해 내고자 하는 것이다.

앞에서「제망매가」를 통하여 10구체 향가가 시조형식의 모태가 되었음을 1차로 규명해 보았다. 그러나 논거의 선명성을 기하기 위하여 여타 10구체 향가에도 동일한 논리가 적용될 수 있는지「원왕생가(願往生歌)」와「도천수관음가(禱千手觀音歌)」를 통해서 규명해 보도록 한다.

(나) 원왕생가(願往生歌)

┌	① 月下伊低赤	② 西防念丁去賜里遺	
前	(달이 어째서 西方까지 가시겠습니까)		1구
大	③ 無量壽佛前乃	④ 惱叱古音多可支白遺賜立	
節	(무량수불전에 보고의 말씀 빠짐없이 사뢰소서)		2구」초장
(①~⑧)	⑤ 誓音深史隱尊衣希仰支	⑥ 兩手集刀花乎白良	
	(誓願 깊으신 부처님을 우러러 바라보며 두 손 곧추 모아)		3구
	⑦ 願往生願往生	⑧ 慕人有如白遺賜立	
	(원왕생 원왕생 그리는 이 있다 사뢰소서)		4구」중장

---

16) 이태극, 앞의 책, 67~68쪽.

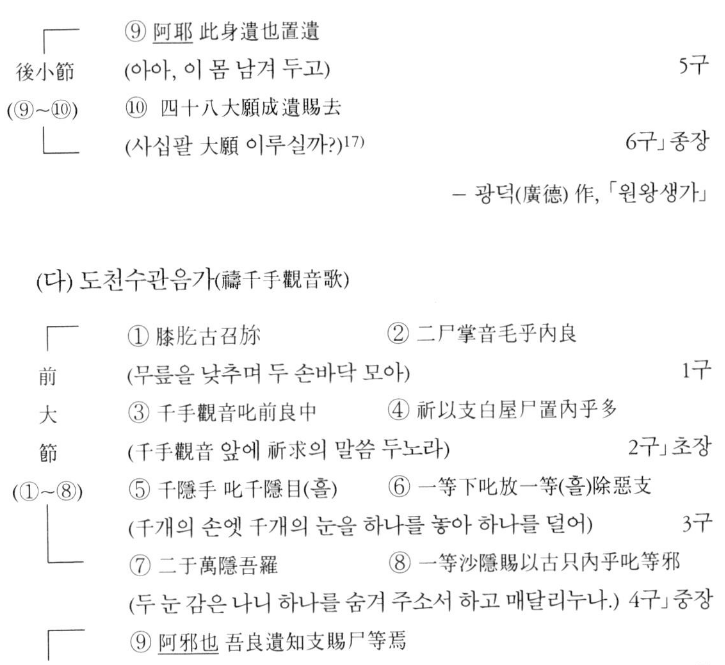

― 광덕(廣德) 作, 「원왕생가」

(다) 도천수관음가(禱千手觀音歌)

― 희명(希明) 作, 「도천수관음가(禱千手觀音歌)」

위에서 분석해 본 바와 같이, 10구체 향가인 「원왕생가」와 「천수대비가」를 통해서도 의미 단락형으로 묶으면 3분형(초·중·종장)으로 나뉘게 되어 시조 기원의 모태가 되었음을 간파할 수 있다. 특히 후소절의 밑줄 친 부분('아아'로 해역됨)에 오는 「阿也」, 「阿耶」, 「阿邪也」 등은, 시조의 종장1구에서 '감탄구'19)로 인정받게 되는 부분인데, 후에 시조 종장 첫 음보에 쓰

---

17) 김완진, 앞의 책, 118~119쪽.
18) 김완진, 위의 책, 107쪽.
19) 흔히 '감탄사'라고 일컫는 시조 초구의 '어즈버', '두어라', '아희야' 등을 말한다. 필자는 '어즈버'만 감탄사, 나머지는 일종의 '여음사(餘音辭)'라고 명명하였다.

이게 되는 「어즈버」, 「두어라」, 「아희야」 등과 접맥을 이루었다고 본다.

이러한 향가의 구조 체계에 대하여 이태극은 향가(사뇌가체)와 별곡체가 가졌던 4律拍(音步)을 이어받은 것이 시조의 章句형식이라 하였다.[20]

> 6구 3행 계열의 사뇌체는 생략 정돈된 이 계열의 별곡체인 청산별곡, 만전춘 별사 등의 국어별곡체와 한림별곡 등의 한문별곡체로 바뀌어져 소위 별곡체의 대표적인 형식으로 옮겨진 것이다. …중략… 즉, 향가체의 뒤를 이은 것이 별곡 체요, 별곡체 속에 의존되다가 하나의 새로운 정제된 6구3장체인 시조형식으로 완전 분립된 것이 시조라고 하여야만 옳은 계보적 정리가 아니겠는가. 그러 므로 여말에 와서는 별곡체 속에서 시조의 6구3장 형식을 많이 찾아볼 수 있게 된 것이다.[21]

향가기원설에 대하여 더 구체적으로 논지를 펴 나간 이는 정병욱이다. 정병욱도 향가 작품의 하나인 「제망매가」를 예시하고 그 형태가 3節 1聯 形이므로 후대에 완성을 본 시조의 3장1수와 통하는 점으로 보아 이미 이러한 향가형태 속에서 시조형은 싹트고 있었다고 보았으며, 이 향가 형식이 별곡형식으로 바뀌고 이 별곡형식 속에서 자란 3음보격이 4음보격으로 전성되어져서 새 시가형인 시조형이 형성된 것이라고 밝혔다.[22]

(2) 정읍사(井邑詞)에서 발견되는 시조형

「정읍사」는 현존 유일의 백제가요로 알려져 있지만, 국문학사적 의미로는 향가체가 별곡체로 넘어오는 중간적 형태의 노래로 볼 수 있다. 이 노래는 감탄사와 후렴구가 많아 악곡으로서 특징을 지니고 있으나, 단형으로 이루어진 3장6구 체제의 시조형을 극명하게 보여주어 현대시조의 뿌리를 캐 올라가는데 좋은 자료가 되고 있다.

---

20) 이태극, 앞의 책, 79쪽.
21) 이태극, 위의 책, 78~79쪽.
22) 정병욱, 「시조창작을 위한 강좌」, 『國文學散藁』, 新丘文化社, 1959, 86~89쪽.

둘하, 노피곰 도두샤 어긔야 머리곰 비취오시라.   1, 2구 (초장)
어긔야 어강됴리 아으 다롱디리
져재 녀러신고요 어긔야 즌 딕를 드딕욜셰라.   3, 4구 (중장)
어긔야 어강됴리
어느이다 노코시라 어긔야 내 가논 딕 졈그를 셰라.   5, 6구 (종장)
어긔야 어강됴리 아으 다롱디리

이 노래는 감탄으로 부르는 소리('어긔야', '아으')와 특별한 의미는 없으나 악률(樂律)에 맞추기 위한 소리('어강됴리')와 악기를 흉내낸 소리('다롱디리') 등 후렴구를 제외하면 밑줄 친 바와 같이 모두 6句형을 이루고 있으며, 매구 8자 내외의 정형을 이루고 있어 시조의 연원적 성격을 지니고 있다. 악곡으로 쓰여졌기에 분산 배치된 후렴과 감탄사들은 후일 시조 종장의 첫 구로 집약되어 시상 전환의 의미로서 '어즈버', '엇지타', '아마도' 등과 같은 3음 형태로 축약·전화했으리라 보여진다.

(3) 고려가요와 시조의 형성

(A) 3음보격

내니믈 / 그리슨와 / 우니다니 //
산접동새 / 난 이슷 / 호요이다 //
아니시며 / 거츠르신들 / 아으
殘月 / 曉星이 / 아ᄅ 시리이다

                                  － 「정과정」(첫 절)

(B) 4음보격

耿耿 / 孤枕上에 / 어느 ᄌ미 / 오리오 //
西窓을 / 여러 ᄒ니 / 桃花一發 / ᄒ도다 //
桃花ᄂ / 시름 업서 / 笑春風ᄒᄂ다 / 笑春風ᄒᄂ다

                                  － 「만전춘별사」(제2절)

(C) 4음보격

살어리 / 살어리랏다, / 청산에 / 살어리랏다 //
머루랑 / 다래랑 먹고 / 청산에 / 살어리랏다 //
얄리얄리 / 얄랑셩 / 얄라리 / 얄라 //

– 작자미상,「靑山別曲」

위의 글 (A), (B), (C)에서 (A)「정과정(鄭瓜亭)」은 고려 의종 때 정서가 쓴 향가계 고려가요로서 유배문학의 효시가 된 작품으로 알려져 있다. '충신 연주지사(忠臣戀主之詞)' 이며 연군가(戀君歌)의 대종(大宗)으로 볼 수 있는 이 작품을 음보격으로 나누어보면 위와 같이 4구체(4행) 3음보격의 형태로 볼 수 있다. 그런데 (B)와 (C)는 위에서 표기한 것과 같이 (A)와는 달리 3장(章) 4음보 형태로 조선시대의 시조형에 상당히 근접되어 있음을 알 수 있다. (B)의 '滿殿春別詞'에서 '別詞'라는 말은 별도로 지어낸 우리말 노래라는 뜻으로, 세종(世宗) 때 사대부 윤회(尹淮)가 지은 노래(악장) '滿殿春'과 구별하기 위한 것으로 보인다.「만전춘별사」와「청산별곡」은 위와 같이 3장(章) 형식(초ㆍ중ㆍ종장의 3장 형태)을 보임으로써 형태적 정형성을 갖춘 시조의 3장6구 형태와 아주 흡사하여 그 모형이었던 것임을 알 수 있다.

이것은 일찍이 별곡체 속에 시조형식이 넘나들었던 것을 알 수 있는 문헌적 근거로서, 위의 (A)~(C)에서 보는 바와 같이 시조는 종래의 한 행 3음보격의 노래도 4음보격(/표)으로 변화ㆍ전성되어지는 과정에서 자연스럽게 형성ㆍ전래되었다고 보여진다.

그리고 위의 글에서 눈여겨 고찰해야 할 점은 (A)의 '아으'와 (B)ㆍ(C)의 3행(시조라면 종장 위치)이다. (A)에 쓰인 '아으'는 여기서는 한탄조이지만, 시조 종장(3행)의 감탄사 '어즈버'('아아')의 자리 역할에 해당된다. (B)에서 3행의 '도화는' 앞에 '그런데'를 넣어보면 그 문맥이 잘 통하므로 여기서도 시조 종장의 전환 기능을 지니고 있음을 알 수 있다. 그리고 (C)에서는 '얄리얄리~' 부분이 별 뜻이 없는 후렴역할의 조흥구이므로 그 부분의 앞에 역시 감탄사나 여음사인 '어즈버', '두어라', '아희야' 등을 배치해도 무방하며, 또는 '얄리얄리~' 부분의 후렴구를 '어즈버', '두어라', '아희야' 등으로 대치하고 뒤에 의미 단락의 글을 새로 덧붙여 종장의 완결을 도모하면 완전한 시조 형태를 갖추게 될 것이다.

향가문학은 전술한 바와 같이, 신가·무가나 민요와 같은 방계 장르와의 혼융과 접맥 속에서 성장되어오다가 자연스럽게 「정읍사」와 고려가요(별곡체)같은 형태로 전이되어 고려 중엽 시조의 모형이 갖추어지고 고려말 이후 시조의 꽃을 피워오다가 현대시조로 전승되었다. 그러므로 향가문학이야말로 오늘의 현대시조를 탄생시킨 원류라고 볼 수 있다.

지금까지 시조문학의 연원과 그 유래를 통시적, 문헌적 근거에 의해서 살펴보았다. 그 결과 시조문학의 기원을 굳이 문학적 장르로 밝혀야 한다면, '향가문학에서부터'라는 지론이 가장 타당성이 있음도 확인하였다. 현대시조와 같은 한 장르의 문학작품이 유구한 역사 속에서 경쟁하고 살아남아 존속되었다는 것은 어느 시기에 갑자기 돌출되어 얼마간 성행되다가 사라져버리는 홍행성에 기인된 것이 아니라, 애당초 탄생할 수밖에 없었던 토착적 요인과 그 민족과 더불어 상생을 같이하며 호흡하였던 끈질긴 생명력이 있었기 때문이다. 그러나 앞서 논한 바와 같이, 하나의 문학 장르란 독립적인 것이 아니고 사회적 역사적 환경에 따른 여타 장르와의 상호 혼융·교류 속에서 서로 영향을 끼치면서 중심 장르로 자리 잡게 되었다고 볼 수 있다.

2) 시조와 한시와의 관계

외래기원설은 주로 한시영향설(漢詩影響說)을 말하는데 안자산과 정래동, 박금규 같은 이들이 이 학설을 주장하였다. 안자산의 학설은 다음과 같다.

"漢詩의 어떤 律調가 時調와 같다 하기는 未可必이나 漢歌詞의 短歌體와 時

또 정래동은 "조선에서 고유하다는 시조도 그 명사까지 중국의 것이 아
닌가 하고 의심한다"하며, "그 조자(調子)만은 중국 佛曲에서 나온 것이 사
실인 것 같다"하면서, "시조가 한시를 번역하면서 발전된 시형이 아닌
가"[24]라고 하여 한시의 영향설에 동조하였다. 이들은 한시 절구체(絶句體)
의 기승전결(起承轉結)의 구조로부터 시조가 영향을 받은 것이라고 추론하
였다. 그러나 이들의 학설은 시조문학에 대해 심도 있는 연구가 있기 이
전인 1930년대 초 주장이고, 또 그들의 주장을 살펴보면 '~상상된다', '~
것 같다', '~의심한다', '~아닌가'라는 어투를 사용하여 확신 없는 지론을
펴고 있어 하나의 추론에 불과한 것임을 알 수 있다.

그러나 근래 들어 박금규는 "시조창(時調唱) 또한 저 한시창(漢詩唱)과 매
우 흡사할 뿐 아니라 어떤 평조창(平調唱)은 한시의 7언 절구를 거의 복창
할 정도이고 소위 정가곡(正歌曲)은 대부분이 한시 전부 내지 일부를 그대
로 전사(傳寫)해서 습용한 것만 보더라도 한시가 엄연히 시조화한 절대적
증거인 것이니, 아무리 우리의 민요, 가사, 속가 등에서 그 원형을 찾으려
는 안쓰러운 민족자존적 긍지를 내세워도 이렇게 그 발생학적으로 엄연
히 명명백백한 사실을 덮어버릴 수는 없는 것이다"[25]라고 하면서 다음과
같이 예시를 들었다.

(A)

丞相祠堂을 何處尋이랴　錦官城外예 栢森森이라
映階碧草는 自春色이요 隔葉黃鸝는 空好音이라 三顧에 頻繁 天下計로다 兩

---

23) 안자산(安自山), 「시조의 연원」, 동아일보, 1930.9.24.
24) 정래동(丁來東), 「중국민간문학개설독후감」, 동아일보, 1931.12.27.
25) 박금규, 「한시와 시조의 연관성에 대한 소고」, 2009 가람시조문학회 세미나 자료,
　　24쪽.

朝開濟 老臣心이라
出師에 未捷身先死ᄒ니 長使英雄으로 淚滿襟을 ᄒ노라

— 작자미상,『한국시조대사전』[26] 2507

(B)

遠山寒山 石逕斜ᄒ니 白雲深處 有人家라
停車坐愛 楓林晩ᄒ니 霜葉이 紅於二月花로다
아마도 無限 情景은 이 뿐인가 ᄒ노라

— 작자미상,『한국시조대사전』3127

(A)는 두보(杜甫)가 제갈량을 사모한 한시에 현토만 단 것인데 박금규에 의하면, 이것을 3장으로 처리하지 못하고 4율 그대로를 다 살려 파격시조가 되었다는 것이며 (B)는 '초·중장에 기·승·전·결구를 현토하여 그대로 차용하고 단 종장에만 자기 뜻을 새로 첨용하였다'[27)라는 것이다.

그런데 글 (A)의 경우를 보자. 글 (A)는 7언율시형을 중장이 늘어난 사설시조형으로 억지로 꿰맞춘 형태라고 판단된다. 그렇기에 종장의 음보율격도 아주 어색하게 전개되었다. 글 (B)의 경우는 7언 절구 한시를 중장까지 배열하고 종장은 첨언한 것이다. 선경(先景)만 있고 후정(後情)이 빠진 한시 두 줄(7언 절구)에다 새로이 종장을 만들어 붙인 형태를 두고 한시가 시조의 원형(原型)이라고 말할 수 있을까? 한시의 시조화인가, 시조의 한시화인가? 이는 중국인의 얼굴에 억지로 한복을 입혀놓은 꼴이 된다. 한자는 뜻글자인데 외래의 뜻글자 모형에다가 소리글이요 바탕 말노래인 우리의 시조가 따라붙었다라고 하는 것은 서로 혼합·변이되는 과정의 기록일지는 몰라도, 발생학적 원천을 따질 때에는 이치에 맞지 않는 말인 것이다.

한시 기원설은 어디까지나 가정일 뿐이지 확실한 논리적 근거는 희박하다고 본다. 이 학설에 대하여 이태극도 한시 영향설을 일축하였다.

---

26) 박을수,『한국시조대사전』, 아세아문화사, 1992.
27) 박금규, 앞의 책, 29쪽.

> "시조형이 한시의 절구체에서 왔다 하면 적어도 시조의 발생기인 고려의 중
> · 후기에 한시구를 인용한 작품이 많아야 할 것인데 실제로 여말의 시조작품
> 인 우탁 이조년...등의 시조에서는 그러한 흔적을 찾아볼 수 없고, 오히려 이
> 조 중 후기 작으로 보이는 무명씨 작에서 여러 수를 얻을 수 있으니 절구체의
> 영향에서 왔다고 내세울 근거가 없다."28)

'시조'라는 명칭에 대해서도 안자산은 "唐의 율시를 '時調'라 하였으니
여기에서 왔다"고 하였고, 정래동은 "중국의 安徽 · 江蘇省 일부에서 유행
하던 속요인 '時調'라는 것에서 온 것으로 보인다"29)라고 하였다. 이러한
명칭설에 대해서 이태극은 "唐의 율시를 時調라고 한 것은 사실이나 그렇
다면 시조라는 명칭이 이미 시조의 발생기인 고려의 중 · 후기부터 사용
되어졌어야 할 것인데 英祖代의 「石北集」30)이전의 문헌에서는 시조라는
이름을 볼 수 없으니 이를 首肯할 수 없다"31)라고 하였다.

또 서원섭은 다음과 같이 부정적 견해를 피력하였다.

> "시조의 외래적 기원설에 대하여는 부정적 견해를 가지고 있다. 왜냐하면 한
> 국시가는 神謠 · 民謠 · 詞腦歌 · 時調 · 歌辭의 순으로 발달했다고 보고 있기
> 때문이다."32)

이 논의에서 거론되고 있는 정지상의 7언절구를 변형한 시조형태를 보자.

雨歇長堤 草色多ᄒ니 送君南浦 動悲歌을
大洞江水 何時盡고 別淚年年 添綠波ㅣ라

---

28) 이태극, 앞의 책, 56쪽.
29) 이태극, 위의 책, 같은 쪽.
30) '시조'라는 명칭은, 영조 때 문인 신광수(申光洙)가 그의 문집 『石北集』＜관서악부
　　關西樂府＞에서 "一般時調排長短來自長安李世春"(일반으로 시조의 장단을 배열한
　　것은 장안으로부터 온 이세춘이다)이라고 한 구절에 보이는 것이 문헌상으로는 가
　　장 오래된 기록이다.
31) 이태극, 앞의 책, 같은 쪽.
32) 서원섭, 『시조문학 연구』, 형설출판사, 1984, 59쪽.

勝地에 斷腸佳人이 몃몃친 줄 몰너라

– 정지상, 『한국시조대사전』 3106

　위의 글은 한문현토체(漢文懸吐體)의 시조로서 고려조 정지상의 한시 7언 절구 「送人」을 근본으로 한 것이다. 주지하다 싶이 정지상의 한시 「送人」은 명문으로서 인구에 회자되는 절창시이다. 그런데 작자인 정지상이 뭐가 더 부족해서 거기에다가 군더더기인 토를 달고 어색한 한 행을 더 추가하여 종장을 만들었을까? 이는 필시 후세인이 토를 달고 형식상 종장을 추가시켜 시조화한 것이 분명하다고 본다.

　한시의 번역과정에서 기 · 승 · 전 · 결(起承轉結)의 구조적 체계를 이어받아 시조 형태가 이루어졌다는 학설도 논리적 근거가 부족하고 설득력이 없다고 본다. 한시의 구성형태는 작시법인 압운법(押韻法) · 평측법(平仄法)과 기 · 승 · 전 · 결의 전개과정에 따라 엄격한 짜임을 보인다. 그런데 우리말은 엄격한 압운 · 평측보다는 조사와 어미의 활용이 다양한 교착어이어서 한시보다는 품이 넓고 여유가 있는 편이다. 따라서 우리의 시조를 한시의 체계에 억지로 꿰맞추려는 시도에는 무리가 있다. 고시조 작품 중 일부가 종장에 '어즈버', '두어라', '아희야' 등의 독립어가 들어가 있어 4단 체계 인식의 빌미가 될 수도 있으나, 대부분의 여타 시조들은 종장 초구에 독립어(감탄사 등)를 사용하지 않고 온전한 문장의 의미 체계로 마무리를 짓고 있을 뿐만 아니라, 한시의 기 · 승 · 전 · 결 4단 체계나 우리 시조의 3장(章) 체계는 모두 각 장 독립적인 의미적 완결성을 지니고 있는데, 시조의 종장만을 2분하여 한시 체계의 '전(轉)과 결(結)'로 처리한다면 불합리한 것이다.

　우리 시조가 내용이나 습작면에서 한문학의 영향을 받았음은 부인할 수 없다. 그러나 한시를 번역하는 과정에서 한시의 전개 형태를 본 따서 시조 형태가 직접적으로 생성되었다고 단정하는 것은 무리한 억측이다. 한시는 뜻글자로 구성된 형태이고 시조는 소리말로 이어지는 형태이니 동일한 구조로 파악하려는 발상 자체가 어불성설인 것이다. 따라서 필자는 우리의 시조를 한시의 체계에 맞추어 '기 · 승 · 전 · 결(起承轉結)' 구조로 분석하는 방법은 불합리하다고 보며,[33] 굳이 단형(段形)의 체계로 분석한다면 한시 절구형인 4단 구조가 아닌 전개상 3단 체계인 '기 · 서 · 결(起敍結)' 구조로 파악해야 한다고 본다.

그러나 이 '기 · 서 · 결'의 체계도 작시법에 따라서는 고정된 틀은 아니다. 특히 현대시조에서는 초 · 중 · 종장의 구성이 고시조와는 차이를 보여 의미상 '結'의 역할을 하는 종장의 기능이 연역적 구성법으로 초장에 오거나 또는 중장에 오는 수도 있으며, 고루 분포되어 시상의 확장을 꾀하거나 하는 등 변화가 심하며, 더구나 시행의 다양한 배열에 의해 다양한 양태를 보여 한시의 해법에 따른 종장 '전결(轉結)' 기능을 굳이 따지는 일이 무의미하게 되었다. 다음 현대시조에 나타난 특징적 구조를 보자.

> 세상을 가리키기에 너만한 것 있으랴
> 세상을 떠받히기도 너만한 것 있으랴
> 세상을 두드리기에 너만한 것 있으랴

– 이정환의 「지게 작대기」 전문

위의 작품은 초 · 중 · 종 3장구분이 명확한 단시조이다. 시상의 전개로 보아 반복적 표현기교에 의해서 계세적(戒世的) 성격이 두드러진다. '작대기'의 기능에 비추어 작품의 표층 의미보다는 내면적 가치에 대한 강한 이미지를 전달하는 시다. 이 시조에서 한시의 해법에 따라 기 · 승 · 전 · 결의 시상 전개 구조를 어떻게 이끌어 낼 것인가?

---

33) 시조의 한역은 주로 17세기부터 19세기까지 이루어졌다. 시조를 한역한 문인은 120명 정도이다. 한역된 시조는 작품이 밝혀진 것이 759수이고 원시조를 확인하지 못한 것이 135수이다. 따라서 900여수에 가까운 시조가 한역되었다는 것을 알 수 있다(김명순, 「시조 한역자료의 현황과 그 성격」, 한국시조학회, 2009, 241~262쪽 참조).

그리움의 / 기슭은 / 너무나도 / 차갑다 //
졸지 / 않으려고 / 얼지 / 않으려고 //
물 가득 / 연못에 담고 / 밤마다 / 철썩거린다.

– 신웅순, 「내 사랑은」 전문

위의 시조는 음보별 배행(12행)으로 이루어진 단시조이다. 이 시조의 의미상 구조를 볼 때 '원인(1연)＋원인에 따른 행동 결과(2, 3연)'로 이루어져 있어서 기·승·전·결 구조보다는 인과 관계의 구조로 봄이 더욱 적실하다. 문장의 구성상으로 보아도 월1(초장)＋월2의 종속구(중장)＋월2(종장)의 구조로 이루어졌다. 현대시조는 이와 같이 다양한 의미 구조와 형태를 취하면서 창작되기에 고시조에서도 그렇지만 특히 현대시조에서 기·승·전·결의 한시 해법으로 현대시조를 이해하고자 하는 것은 불가하다. 물론 한문화의 영향을 받아온 우리 민족에 있어 한시의 영향은 양적으로 질적으로 형식과 내용면에서 무척 컸으리라 짐작된다. 그러나 우리민족 고유의 창작시조 형식까지 한시 체계에 억지로 꿰맞추면서 한시기원설을 내세우려는 사고는 문헌적 측면에서나 논리적 측면에서 온당치 못하다.

지금까지 시조문학의 기원에 대하여 통시적 문헌적 관점에서 향가설의 타당성을 중심으로 논의를 전개하였고, 한시기원설에 대하여는 문헌적·논리적 결함을 들어 그 부당성을 지적하였다. 여기서 주목해야 할 것은 현대시조의 좌표 설정에 대한 문제이다. 현대시조라는 것이 어떤 새로운 격식이나 장르상의 개념이 아니라, 고시조와의 연계적 또는 상대적 개념에서 등가성(等價性)과 등차성(等差性)의 차원에서 좌표를 설정해야 한다. 인자 즉 그 뿌리를 모르고 멋대로 시조의 체계를 무너뜨린다거나, 전근대적 구태를 고집하는 정체된 창작 행위는 개선되어야 한다는 의미다. 그런 의미에서, 앞에서 논의된 바 있는 한시기원설은 불합리하다고 보며, 대체로 '향가 → 별곡체(고려가요) → 고시조 → 개화기 시조 → 현대시조'의 전래 과정을 염두에 두고 창작을 하는 것은 현대시조의 정체성(正體性)을 회복하고 그 특성을 살리는데 크게 도움이 될 것이다.

2. 개화기 시조의 전승적 의미

그동안 개화기 시조에 대한 연구[34]는 개화기 시가 전체를 다룬 분야는 비교적 활발했던 편이나, '개화기 시조'만을 별도로 다룬 연구는 타 분야에 비해서 그 연구 성과가 다소 미흡한 편이다. 자유시에 밀린 소외 분야라는 인식과, 개화기 시조가 고시조와 현대시조의 접점에 끼어있었으므로 연구 영역의 문학적 성격이 모호하다는 인식이 큰 이유였을 것이다. 그러나 개화기 시조가 현대시조의 모태가 되었다는 사실을 염두에 두고 보면 개화기 시조의 존재 가치나 그 연구는 대단히 중요한 의미를 지닌다.

본고는 이러한 의미에서 고시조와 현대시조의 가교적 역할을 한 개화기 시조를, 당시에 시조문학에 크게 공헌한 육당 최남선의 역할과 함께 재조명해 봄으로써 고시조가 현대시조로 변모·이동되는 변이 양상과 개화기 시조가 현대시조에 끼친 영향을 구명하는데 초점을 맞추었다. 이 연구는 개화기 시조의 변모양상을 현대시조와의 계승적 차원에서 고찰해 본 것이기에 기존의 시조에 대한 단순 연구나 전통단절론[35]을 극복하는 계기가 될 것이다.

---

34) 개화기시가 전체를 다룬 저서로는 김영철의 「한국개화기 시가 연구」(2004), 김학동의 「한국개화기 시가 연구」(1981), 임종찬의 「개화기 시가론」(1993) 등이 있으며, 개화기 시조만을 다룬 논문으로는 김재홍의 「개화기 시조의 일고찰(一考察)」(1975), 류수열의 「개화기 시조의 전통성과 근대성 연구」(1997), 권영민의 「개화기 시조의 시적 형식에 대하여」(1979), 김태진의 「개화기 시조연구」(1982), 황인원의 「개화기 시조의 변이 양상」(1989), 한철호의 「개화기 시조연구」(1986) 등이 있다.

35) 김동환은 그의 「시조배격소의」(조선지광 제68호, 1927.6) 에서 근대시조로서의 가능성만을 부정하는 것이 아니라 시조의 미학 그 자체를 부정하는 무리수를 두었다. 즉, 시조는 그 자체가 낡은 시대의 산물이라는 것, 따라서 한일합방을 一期로 하여 신조선은 구조선을 버려야 한다는 것을 주장하였다. 그리고 시조가 원래 3행시이기 때문에 다른 나라의 시에 비해 열등하다는 것을 들어 배격하였다(최승호, 「서정시의 이데올로기와 수사학」, 국학자료원, 2006, 참조). 김재홍도 그의 「개화기시조의 一考察」(1975)에서 新詩의 대두를 거론하면서 "이미 시조는 그 본래의 시사적 사명을 다한 낡은 복고적 정서의 流路에 지나지 않는다"라고 하였다.

1) 개화기 시조의 등장과 창작 양상

역사적으로 볼 때 개화기란 구한 말기 어느 때부터라고 딱 잘라 말하기는 어렵다. 그러나 우리나라가 서양문물의 영향을 받아 종래의 봉건적 사회 질서를 타파하고 근대적 사회 체제로 개혁되어가던 시기라고 할 수 있다. 논자에 따라서는 그 시작점을 문호를 개방하고 서구문명을 받아들이던 1890년 시기로 보기[36]도 하고, 1860년대부터 그 기점을 잡는 이[37]도 있지만, 여기에서는 문학사의 일반 기점인 갑오개혁(1894년)부터 그 기점을 잡아 현대문학의 기틀이 이루어져가는 1920년 전후까지를 개화기로 설정하여 논해 보고자 한다.

개화기는 한국사에 있어서 일대 전환기로서 민족 발전의 격동기에 속한다. 서구문명의 유입으로 인한 근대화의 물결과 함께 제국주의 침탈과 식민지화라는 격랑 속에서 기존의 모든 제도와 가치질서가 와해되고 재편성되는 국면을 맞이하게 되는 시기다. 이러한 정황 속에서 전개된 개화기 시가는 격동기의 시대 조류에 휩쓸리면서 이념 갈등의 양식적 수용, 장르간의 상호 작용과 변용, 혼융과 개혁을 거치면서 개화기적 문학사의 특성을 드러내었다. 현대시조 출발의 의의는 '노래하는 시조'에서 '읽는 시조'로 변모되었다는 데에서 찾을 수 있는데,[38] 창사(唱詞)로 듣는 문학이었던 시조시가 창과 분리되어 문학으로 논의되고 발전되어 창작된 것은 개화기(開化期) 이후의 일이다.

개화기 시가(詩歌)가 처음으로 그 모습을 드러낸 것은 『독립신문』(1896~1899)이었으나, 거기에 실린 28수의 글들은 창가(唱歌)와 가사(歌辭)였고, 현대시조의 발아(發芽)가 될 만한 시조작품이 처음으로 나타난 것은 1906

---

36) 김학동, 『한국개화기시가연구』, 시문학사, 1981, 13쪽.
37) 임종찬, 『개화기시가론』, 국학자료원, 1993, 73쪽.
38) 가람 이병기도 시조를 두고 "노랫말로서의 唱詞性을 벗어나 時調詩로 전환해야 한다"라고 강조한 바 있다(이병기, 「시조의 발생과 가곡과의 구분」, 진단학보 권1, 1934, 참조).

년 7월21일 『대한매일신보』에 발표된 대구여사(大丘女史)의 「혈죽가(血竹歌)」이다.

> 협실의 소슨 듸는 츙정공 혈적이라
> 우로를 불식ᄒ고 방즁의 풀은 뜻은
> 지금의 위국충심을 진각세계
>
>   — 대구여사(大丘女史), 「血竹歌」 전 3연 중 제1연

이「혈죽가」는 을사늑약에 항거하다 자결한 충정공 민영환(1861~1905)의 위국 충정을 그린 것인데, 최근 문단에서는 이「혈죽가」를 현대시조의 시작 기점으로 보고 있다. 위의「혈죽가」는 시조로서의 세 수 짜리 연시조 형태인데 본래 3행 분장(分章)은 되어 있지 않고 종장 말구의 음보도 생략되어 있다. 뒤이어 1907년『대한유학생회보』에 발표된 최남선의「國風四首」도 현대시조의 초기 작품으로 주목을 받고 있는데, 필자는「혈죽가」나「국풍4수」등 개화기 시조는 그 표현이나 내용 전개에 있어서 현대적인 감각을 아직 살려내지 못했으므로 '근대시조'의 범주로 다루고, '현대시조'의 실질적 출발점은 근대화의 여과 과정을 거친『백팔번뇌』(1926) 출간 이후부터라고 설정해야 옳다고 본다.

개화기 시조는 개인 문집이나 가집 등을 통해 창작되었던 고시조와는 달리 그 출전이『대한매일신보』,『제국신문』,『대한민보』,『대한유학생회학보』,『태극학보』등과『소년』,『창조』등 당대의 신문이나 학회지, 잡지 등을 통하여 발표되었으며, 작품마다 표제(제목)가 제시된 특징을 보인다. 이와 같이 개화기 시조는 당대의 출판 저널리즘과 밀접히 연계되어 있는데 그러한 현상은 당대의 시조가 격변하는 사회 시류(時流)를 많이 반영하고 있다는, 당대 시조의 특징적 성격을 나타내주는 것이다.

특히『대한매일신보』는 '사조(詞藻)'란을 설치하여 385여 수를 발표하였고『대한민보』는 '가요' 또는 '청구가요' 라는 이름 아래 150여 수를 발

표하여 시조 발전에 크게 일조하였다. 개화기 시조의 대부분은 그 주제가 우국충정(憂國衷情), 민족적 각성 촉구, 문명개화를 외친 것들인데, 일제의 강점과 서구 문물의 충격으로 인한 저항 정신과 내적 불안 요인에 의한 자각심에서 비롯되어 문학적 요소보다는 시대적 기능이 강조된 것이 특징이다.

2) 육당 최남선의 계승적 역할

개화기 시조는 표제(제목)는 명시했으나 작가는 주로 가명[39] 또는 이름을 밝히지 않고 집필진이 쓴 것으로 발표했는데, 그 중 빼놓을 수 없는 인물은 육당(六堂) 최남선(崔南善)이다. 최남선은 근대문화 개척의 공로자요 선구자이다. 개화기 당시 혼란과 격변의 와중에 민족문화 창달에 대한 그의 역할은 가히 독보적이었다. 특히 여기서 그를 주목하는 이유는 그가 이루어낸 시조문학의 계승적 역할과 현대시조의 토대를 수립해 놓았다는 시조사적 의미 때문이다.

여기서는 '현대시조 형성의 배경 고찰'에 그 주안점이 있기 때문에 육당 최남선의 위대한 문화 개척 활동이나 역사·지리·단군정신 등 민족문화 다방면에 걸쳐 일구어낸 굵직한 업적들은 너무나 방대하므로 일일이 열거하지 않고, 다만 그가 시조문인으로서의 족적을 남긴 문학적 성과만을 거론하고자 한다.

일제 침략으로 우리 민족문학이 위기에 처했을 때, 육당은 국운이 기울어가는 암울한 시기에 인생의 모든 것을 다 바쳐 신문관(新文館)을 설립(17세 때)하여『소년』,『새별』,『청춘』등을 비롯한 여러 문예잡지들을 발간하였으며, 신체시「海에게서 소년에게」(1908)로 근대시의 첫 문을 열어

---

39) 이 시기에 최남선도『대한유학생회학보』에 '낙천자'라는 가명으로「국풍4수」(1907)를 발표했으며, '목단산인'이라는 가명을 쓴 김수철이라는 사람도 1908년에「만슈성절을 축함」,「국문풍월」을『태극학보』에 발표하였다.

놓았다. 육당이 이와 같이 어릴 때부터 신문관을 설립하고 기울어져가는 조국을 위해 문화선도자로서 활동하게 된 것은 그가 천재적인 재질[40]과 뛰어난 예지도 있었지만 불굴의 노력을 기울이는 선각자였음을 알 수 있게 해준다. 당시에 시조는 거세게 밀려 들어오는 서구시와 가사·민요 등의 다른 민족시들과 상존·혼융 되면서 장르상 존폐의 위기에 처해 있었다. 육당이 주도한 '시조부흥운동'[41]은 근대 초기 개화의 바람이 불 때, 민족적 각성에 의해 비롯되었는데 이때는 시조가 관심 있는 일부 작가들에 의해 그 명맥을 유지하기는 했지만, 몇몇 신진 지식인들에게는 타파해야 할 구시대의 유물이었다.[42] 이러한 문예사적 혼돈 속에서도 육당은 '조선심'과 '국민문학으로서의 시조'를 외치며 솔선하여 현대시조에로의 견인차적 역할을 담당하였다.

시조는 육당이 가장 애착심을 가지고 끝까지 부흥시키려 했던 전통장르다. 그는 『대한유학생회학보』에 「國風四首」 발표(1907)를 필두로 하여 시조 사랑과 창작에 몰두하며 시조부흥운동에 앞장서다가 최초의 개인 시조집 『백팔번뇌』(1926)와 고시조집 『시조유취』(1928)를 내놓아 현대 문학으로서의 새 지평을 열어놓았다.

먼저 『대한유학생회학보』(1907)에 실려 있는 그의 「國風四首」를 보자.

---

40) 육당은 1909년 일본에서 처음 만났던 벽초 홍명희, 춘원 이광수와 더불어 조선의 3대 천재로 불리워진다.
41) '시조부흥운동'은 1920년대 후반에 일어난 민족주의 문학운동의 하나로, 프롤레타리아 문학에 맞서 최남선·이광수 등의 국민문학파가 주도한 근대시조 창작운동이다. 이들은 처음에는 문학사적인 검증 없이 시조의 계승만을 주장하여 고시조의 재현이라는 차원을 넘어서지 못했지만, 우리나라 근대시에는 서구적인 자유시뿐 아니라 민족 고유의 정형시도 있어야 한다고 주장하여 시조부흥의 주도적 역할을 담당하였다. 특히 최남선은 「조선국민문학으로서의 시조」(『조선문단』, 1926.5)에서 조선심을 운율로 표현한 양식이 시조이며 민족정신을 되살리려면 시조를 부흥해야 한다고 주장했다. 고전문학의 여러 장르 가운데 지금까지 시조만이 창작의 명맥을 이어온 것은 시조부흥운동의 영향이 컸다.
42) 김기진은 시조부흥운동에 비판적 시각을 갖고 있었으며, 김동환은 시조부흥운동은 시대착오적 발상이라고 하며 시조부흥론에 본격적인 반론을 제기하였다.

세월아가디마라너<del>롯</del>틸닉아니라√네발노너가는걸가거니말거니뉘라서알
이마는너가는길에ㄴ나히싸라ㄱㄴ니그를설워

―「국풍4수」의 첫째 수

기러기훨훨玄海灘上去오落葉은풀풀比叡山頭飛라√萬里타향에외로운객의
마음갑절이ㄴ슬프도다√우리도언제ㄴ客苦짐버셔놋코歸養高堂鶴髮親홀가

―「국풍4수」의 넷째 수

위의 글에서 첫째 수는 무상(無常)을, 넷째수는 객수(客愁)를 읊고 있다. 본문이 연기식(連記式)으로 표기되어 있어서 시조의 음보 구조가 뚜렷치 않지만 개화기 시조의 특징인 종장 말구가 생략되어 있고 각 장마다는 첫 수에서는 초장과 중장 사이에, 넷째 수에서는 초장 끝과 중장 끝에 띄어쓰기(√)를 하여 3장 구분을 하려고 했던 흔적이 보인다. 김제현은 이를 두고 "작가는 '時調唱三章'이라는 음악상의 개념과 1장의 의미 단위를 분절의 단위로 삼고 있음을 알 수 있다"43)라고 하였다. 시조로 분석하는 이에 따라 약간의 차이를 보일 수 있지만 위의 글은 시조의 3장구조로 파악하여 형태상 첫 수는 엇시조로, 나머지는 사설시조로 볼 수 있다.44) 대체로 음보가 길어져서 고시조의 파행적 형태를 보이고 있는데 김영철은 이 점에 대해서 "육당의 첫 작품이 연기형으로서 퇴행적 형태를 보이고 있는 것은 그의 시조 창작이 충분한 문학적 검토 과정 없이 출발되었음을 암시해주는 것이다"45)라고 지적하였다.

육당은 이 작품이 발표된 3년 후, 1910년 『소년』에 와서야 비로소 고시조의 탈을 벗고 창신(創新)의 신시조(新時調)에 접근하고 있다. 이 새로움

---

43) 김제현, 『사설시조문학론』, 새문사, 1997, 141쪽.
44) 이 육당의 「국풍4수」에 대하여 김제현은 첫수는 평시조, 나머지는 사설시조로 보고 있다(김제현, 『사설시조문학론』, 140~141쪽). 그러나 필자는 첫수는 엇시조, 나머지는 사설시조로 보고 있다.
45) 김영철, 『한국개화기 시가연구』, 새문사, 2004, 304쪽.

의 창조에서 주목되는 것이 4행 시조46)와 연작 시조이다. 시조는 초·중·종 3장의 논리적 구조의 바탕 위에서 이루어지는 절제의 문학인데, 이 논리적 구조를 확대하여 4분 구조의 시적 변형을 시도하였다.

  A

  말한다고 쏫다하며 쏫한다고 말다하랴
  애고답답 이가슴은 어느명의가 풀어주나
  눈물이 속으로 흘넛스면 쓸기나 하련마는
  命門에 불만나니 더욱 躁鬱

— 「신국풍3수」, 『소년』

  B

  태백에 쏫이피니 부귀가 雙全이라
  大國民의 저런 歷史 영원토록 한갈갓다.
  太皇祖 크신 힘은 萬年無疆이로다.

  太白에 비나리리 群物이 滋生이라
  질거움과 불으지짐 들밧게 가득하다
  太皇祖 어지신 化는 萬物均霑이로다.

— 「태백에」 전 4연 중 1, 2연, 『소년』

  A는 4행 시조이고 B는 연작 시조이다. A는 종장이 늘어난 엇시조로도 볼 수 있으나 '신국풍'이라 하여 '신'의 의미를 강조한 것으로 보아 뚜렷한 분행(分行) 의식의 바탕 위에서 쓰여진 것으로 보인다. '국풍'이라는 명칭은 육당의 개인적인 발상에서 비롯된 것으로 그는 고시조를 '國詩'로, 자신의 창작시조를 '國風'47)으로 명명하였는데 이는 그의 계몽 의지에서 비

---

46) 시조 정의의 가장 중요한 요건은 '3장(章)' 구조여야 하기 때문에 '4행 시조'라 함은 모순이 있는 말이지만, 여기서는 3행(또는 3장)과 구별하는 의미에서 편의상 명칭으로 '4행 시조'라 한다.

47) 시경(詩經) 제1편의 제목으로, 내용에는 주로 각국의 민요가 수록되어 있는데, 곧 주남

롯되었다고 보여진다. 육당은 『소년』지를 통하여 우리 고시조에 대한 인식을 환기시킨 바 있고,[48] 또한 창작과 관련하여 시조의 형태적 실험 의지를 조심스럽게 펼쳐 보이고 있었다. 이러한 실험적 의도에 의해 창출된 형태 중의 하나가 이 4행 시조이다. 그는 자신의 창작 시조를 '국풍'이라는 명칭으로 사용하고 있는데, 이 4행 시조는 '신국풍'이라 하여 새로운 형태의 창작물 추구였다는 점을 분명히 밝히고 있다. 이 4행 시조는 4행 창가[49]와 같은 시기에 창작되어 아류의 혼선을 빚기 쉬우나, 전통 시조의 변형적 계승이라는 점과 실험 의식의 시도라는 점에서 주목되는 것이지만, 종장의 말구가 생략되어 있어 고시조의 틀을 완전히 벗었다고는 볼 수 없다.

글 B는 연작 형태로 시상을 전개하고 있다. 『소년』에 실린 시조는 거의 예외 없이 이러한 연작형태를 취하고 있다. 3장형을 갖춰 시조의 3분 구조 형태는 취하고 있어 진전이 있었으나 종장의 제2음보가 4음절로 파형을 보이고 있고 내용면에서도 '太皇祖'가 반복되어 참신성을 잃고 있으며 '～이로다' 등의 고시조형 종결형이 잔재해 있어 현대시조의 입장에서 볼 때는 불완전 모습을 보이고 있다.

육당은 『소년』 창간호(1908)에서 『청춘』 종간호(1918)까지 근 10년간 4행 시조 및 4행 창가를 지속적으로 발표했는데 4행 창가의 경우, 『소년』에

(周南) · 소남(召南) · 패풍(邶風) · 용풍(鄘風) · 위풍(衛風) · 왕풍(王風) · 정풍(鄭風) · 제풍(齊風) · 위풍(魏風) · 당풍(唐風) · 진풍(秦風) · 진풍(陳風)등 15개국의 국풍 160편이 실려 있다. '국풍(國風)'은 곧 국속(國俗)으로, 그 나라 특유의 풍속이나 습속을 일컫는 말이다. 신라 『화랑세기』 9세 비보랑 조의 찬에 비보랑이 풍월주로서 신라의 국풍을 떨쳤다는 기록이 나온다.

48) 육당은 『소년』1호에 '공육의 애송시'라는 제하에서 '余는 國詩 中 愛誦하난 者 쏘한 덕다할 수 업스나 쏘한 만타할 수도 업난데'라고 하여 시조를 '國詩'로 명명하여 시조에 대한 선양 의지를 펼쳐 보이고 있다.

49) 육당은 『소년』 창간호에서부터 『청춘』 마지막 호에까지 4행 창가를 지속적으로 창작하여 게재하였다. 4행 창가는 시조와는 달리 그 형식이 주로 7 · 5조와 8 · 5조와 같은 형태를 취하고 있다.

서는 주로 8·5조, 『청춘』에서는 주로 7·5조를 발표하였다. 그는 1917년을 전후해서 귀천론, 재물론, 노력론, 용기론, 자조론 등 사회 개조와 자조 혁신에 관한 논설로 계몽적 활동을 전개하다가, 1919년 3·1운동이 일어나자 독립선언문을 기초한 죄목으로 2년 반 동안 옥고를 치렀다. 출옥한 후 저널리즘의 꿈을 다시 살려서 동명사(東明社)를 설립하고, 1923년 『시대일보』를 창간하였지만 재정적 어려움을 겪으면서 1926년 결국 손을 떼고, 이때부터 다시 본격적으로 시조문학에 전념하면서 『백팔번뇌』를 출간하였다.

육당의 시조는 많은 습작과 실험을 걸친 뒤, 노랫말로서의 창사성에서 완전히 벗어나 문학적 형태의 시조[50]로서, 『백팔번뇌』에서는 다음과 같이 성숙한 현대시조의 모습으로 거듭난다.

A

위[51]하고 위한 구슬
싸고 다시 싸노매라

때 묻고 이 빠짐[54]을
님은 아니 탓하셔도

바칠[55] 제 성하옵도록
나는 애써 가왜라

B

안보면 조부비[52]고
보면 설[53]미 어인 일가

무섭도 안컨마는
만나서는 못대들고

떠나면 그리울 일만
앞서 걱정 하왜라

– 「궁거워」 전 9수 중 제 1, 9수

50) 뒤를 이어 가람 이병기도 시조를 두고, "노랫말로서의 唱詞性을 벗어나 時調詩로 전환해야 한다"라고 강조한 바 있다(이병기, 「시조의 발생과 가곡과의 구분」, 『진단학보』권1, 1934, 참조).
51) 끔찍하게 거둠.
52) 초조(焦燥), 박근(迫近).
53) 익지 않음, 생소(生疎).
54) 이즈러져 떨어짐, 결락(缺落).
55) 드림, 헌상(獻上).

위의 시 「궁거워」는 『백팔번뇌』 시집 맨 처음에 수록된 9수 1편의 연 시조형으로서 3장 6행으로 구별(句別) 배행을 하고 있다. 이 1수 6행의 구 별 배행을 한 형태는 육당이 창의적으로 해낸 최초의 형태이다. 육당의 시가 서정성이 부족하다 하지마는 이러한 시에서는 그의 독특한 시대 감 각에 따른 서정적 은유가 순정한 모습으로 상당히 잘 드러나 있다. 제목 부터 독특하게 토속적인 방언에서 얻어 냈으며, 비록 종결어에 있어서는 당시의 고풍스런 잔어들의 습작 습관이 잔재해 있지만 '님'을 향한 가식 없는 애착이 읽는 이의 마음을 끌어당긴다.

본문에서 '구슬'은 가보처럼 간직해야할 국운회복(또는 조국)으로서 애 국심, '조선심'의 발현이다.

A	B

A

사앗대56) 슬그머니
바로 질러57) 널 제마다

삼각산(三角山) 잠긴 그림
하마 꿰어 나올 것을

마초아60) 뱃머리 돌아
헛일61) 맨드시노나.

B

깜작여 불 뵈는 곳
게가 아니 노돌58)인가

화룡(火龍)59) 꿈틀하며
뇌성(雷聲)조차 니옵거늘,

혼(魂)마저 편안 못하는
육신(六臣)생각 세뤄라

　　　　　　　－ 「한강을 흘리저어」 전3수 중 제1, 3수

이 시조는 모두 3연의 연시조인데 여기서는 1, 3연만을 택한 것이다.

---

56) 배 미는 막대.
57) 박는다, 찌른다.
58) 노량진(鷺梁津).
59) 기차(汽車).
60) 때마침.
61) 허사(虛事).

그 시상의 전개 과정은 시간의 진행에 따라 낮(1연) → 저녁(2연) → 밤(3
연)의 한강 풍경과 느낌을 삿대질하며 노래하는 방법으로 이루어져 있다.
낮의 한강에서는 맑은 물에 비친 삼각산(북한산)의 수려한 모습을 노래하
고, 저녁의 한강에서는 옛 조선의 사육신의 충절을 생각하며 나라를 빼앗
긴 망국의 슬픔을 울어 예는 여울(한강)에 의탁하여 읊고 있다. 예스러운
말의 운용이 두드러지지만 시의 감각을 새롭게 하며 전체적으로 회고의
성격이 강하면서도 '화룡' 등 그 은유가 돋보인다.

　육당은 이렇게 은연중에 '조선심'을 표명하였다고는 하나 그 흐름에 있
어서는 서경과 서정을 조화시키며 포근하고 친근감이 넘치도록 고금을
넘나드는 시상을 전개해 나갔다.

　　A　　　　　　　　　　　　　　　B

　가만히 오는 비가　　　　　　　다 부서지는 때에
　낙수져서 소리 하니　　　　　　혼자 성키 바랄소냐

　오마지 않는 이가　　　　　　　금이야 갔을 망정
　일도 없이 기다려져　　　　　　벼루는 벼루로다

　열릴 듯 닫힌 문으로　　　　　　무른 듯 단단한 속은
　눈이 자주 가더라　　　　　　　알 이 알까 하노라
　　　　　－「혼자앉아서」 전문　　　　　　－「깨진 벼루의 명(銘)」 전문

　『백팔번뇌』에 실려 있는 이 두 편의 단시조형 작품은 육당 작품 가운
데 대표작으로 꼽을 만하다. 「혼자 앉아서」는 정좌 상태에서 님을 그리워
하며 시선이 문쪽으로 쏠리는 서정적 자아의 본모습을 잘 그려내고 있다.
기다리던 님이 살며시 들어오는 듯, 가만히 오는 비는 오신 님이 노크하
듯 낙수져서 자아 인식의 고요를 깰 뿐이다. 이글의 절창은 종장으로서
기다림의 심리가 닫힌 문으로 눈이 자주 가는 행위로 절묘하게 묘사되고

있다. 「깨진 벼루의 명」은 「혼자 앉아서」보다는 다소 무게 있는 생각으로 전개되고 있으며 대상에 대한 비유의 기법이 탁월하다. 험한 세상에 상처받은 대상(어떤 인물 또는 조국)을 위로하면서 비록 상처받은 대상이지만 그 속은 지조 있어 단단하다고 한다. 깨짐이나 부서짐 뒤에 오는 단단함의 역설은 이 시의 창작모티브와도 관련이 있다. 조선심의 객관적 상관물인 깨진 벼루의 비유를 통해 국권 회복과 부활의 의지와 같은 '조선정신'의 단계까지 유추해 낼 수 있도록 하는 육당의 이러한 예술적 작품성은 단순히 형식의 개척자라고만 평가하던 그의 문학적 역량을 다시 한번 생각하게 만든다.

3) 개화기 시조의 형태 변화

(1) 종장 초구의 변이 양상

개화기 시조의 형태 변화는 주로 종장에서 음절 구조의 파괴 현상을 보였다. 시조의 일반 관례는 한 구가 3 · 4 또는 4 · 4조를 기본으로 하여 1~2음절 정도는 가감이 가능하다. 그러나 종장의 첫 음보는 3자로 고정되어 있고, 둘째 음보는 5자(5~7자)이상으로 되어야 하는 제약을 지닌 정형시이다. 이러한 정형률이 고시조에서는 비교적 잘 지켜졌으나 개화기 시조에 들어서는 파괴 현상이 두드러지게 나타난다.

> ① 아무쪼록, 늘꼬病들기前에, 國家事業[62]
>   하스이다, 우리農夫들아, 一心修築[63]
> ② 우리도, 時物싸라, 日日變遷[64]
>   아모리, 狼貪鷲攫, 이城이야[65]

---

62) 『대한민보』 127호, 「국가사업」.
63) 『대한매일신보』 987호, 「일심수축」, 권농부 작.
64) 『대한민보』 198호, 「동풍」.
65) 『대한홍학보』 3호, 「심야독좌」, SW 작.

③ 우리 聖上, 乾元節에, 獻壽萬歲[66]
　나의 年光, 七十이나, 한번나가[67]

(강조점은 필자)

　위는 개화기 시조의 종장만을 나타낸 것이다. ①의 경우는 종장의 첫 음보(3자)가 파격되어 4자로 되었고, ②의 경우는 종장의 둘째 음보 5자가 4자로 파격되었으며, ③의 경우는 첫 음보와 둘째 음보 모두 파격되었다.
　그런가 하면, 이러한 파괴와 변형이 심화되어 다음과 같이 어색한 조합이나 단형 가사와의 형태상 변별력마저 가늠하기 어렵게 하는 시조까지 등장하였다.

A

잘있거라 三角山아 다시보자 漢江水야
우리疆土 떠나가니 참아어찌 앉었으리
到處에 無數한 저 魔鬼를 다잡고야[68]

B

滿腔愁懷 못이긔여, 長吁短歎 누엇다가
橫竪雜書 다바리고, 美俠傳을 閱覽ᄒᆞ니
壯ᄒᆞ도다 嚙政要雜, 뎌義氣를 본밧고져[69]

　윗글 A는 초장에는 고시조를 그대로 인용하였고 종장에서는 개화사상이나 저항정신을 나타낸 것이다. 이처럼 앞부분(초·중장)은 고시조의 내용을 그대로 인용했거나 약간 바꾸어놓는 등 비유구로 설정하고 종장만을

---

66) 『대한민보』 231호, 「헌수」.
67) 『대한매일신보』 1081호, 「금출」, 백두옹 작.
68) 『대한매일신보』 1071호, 「捉魔經」, 착마생 작.
69) 『대한매일신보』 1075호, 「義氣學」, 작가 미상.

새로운 내용으로 한 작품들은 이 외에도 「단결력(團結力)」, 「권소년(勸少年)」, 「녹죽가(綠竹歌)」, 「설중매(雪中梅)」, 「벽공월(碧空月)」, 「착이제(捉爾祭)」, 「화채비결(花寨秘訣)」 등 다수가 있다. 김학동은 이러한 작품들에 대해서 시조의 변형이라고 하면서 이러한 시조형식의 변화는 고시조에서 현대시조로 이르는 과도기적 현상70)으로 진단하였다.

B는 3장 형식만 시조를 닮았을 뿐 단형 가사와 다를 바 없다. 특히 종장 초구의 시조적 특성인 3·5음절의 파괴로 시조로서의 변별력에 문제가 생긴다. 이러한 시도는 두 가지 요인으로 분석할 수가 있다. 첫째는 시조와 잔존하는 가사와의 혼용에서 일어난 현상이요, 둘째는 비판적·계몽적 의지를 나타내려는 당시 사회의 기능적 요구 때문이라 생각된다. 시조에 있어서 4·4조의 반복적 리듬은 가사의 영향도 있었겠지만 4·4조가 당시의 언론 매체들이 계몽적 비판적 의지를 나타내기에 효과적이며 기능적인 리듬이라고 여겼던 것이다. 이러한 사회적 풍조는 언론 매체를 통하여 시조의 율격적 변화까지 불러일으켰을 것으로 보인다.

개화기의 파형 시조는 주로 종장에서 이루어졌는데, 그것은 고시조가 지니고 있던 종장의 인습적인 통사 구조나 운율 구조의 품격을 깨뜨림으로서 개화기 시조에 새로운 의미를 부여하고자 했던 의도에서 비롯되었다. 이 점에 대해서 임종찬은 "파형 시조는 시조문학이 가졌던 고상성 또는 귀족적 취미를 벗어나 시조문학의 세속화를 지향했다"고 하면서 "폐쇄된 형태, 고정화된 인습적 사고를 파괴함으로써 시조와 현실과의 연관을 도모하고자 했던 것"71)이라고 진단하였다.

그러므로 이러한 종장 운율 구조의 파격은 개화기 작가들의 예술적 감각이나 조탁에 의한 것이라기보다는 당시 사회의 시대적 요구가 불러일으킨 데 따른 시가 문학의 특유한 시대 현상으로 파악해야 할 것이다.

---

70) 김학동, 「한국개화기 시가연구」, 시문학사, 1981, 204~205쪽.
71) 임종찬, 『개화기 시가론』, 국학자료원, 1993, 88쪽.

(2) 종장 말구의 변이 양상

앞에서 개화기 시조의 종장 말구의 생략에 대하여 논한 바 있다. 종장의 말구의 생략은 개화기 시조에 나타난 형태의 일반적 특징이다. 대표적으로 『대한매일신보』와 『소년』지(1908년 창간)에 나타난 시조 종장을 예로 들어 보자.

    – 지금의 위국충심을 진각세계[72]
    – 으 희야 紀念盃의 술 가득 부어라 식봄 맞게[73]
    – 늙기는 셜찌 안것마는 나라ㅅ 일이.[74]
    – 진실노 날흐리라면 오즉열매 [75]
    – 陽氣가 發하거니 요마風浪 [76]

위에서 보는 바와 마찬가지로 육당의 시조 종장도 여타 다른 개화기 시조와 마찬가지로 종장 말구는 생략되어 있다. 그러나 육당은 『청춘』지(1914년 창간)부터 이 종장 말구를 다시 복원했고, 훗날 1926년에 발간된 『백팔번뇌』에서도 말구가 생략된 것은 보이지 않는다. 『청춘』과 『백팔번뇌』에 나타난 그의 시조 종장을 보도록 하자.

    – 차라로 뵈올길차져 몸들일가 하노라[77]
    – 들넓고 琉璃窓박은 큰집은 학교인가 하노라[78]
    – 아모리 겨울 깊어도 음달 몰라 좋아라[79]
    – 님께만 벌거숭이로 난채 뵈려 하왜라[80]

(강조점은 필자)

---

72) 대구여사, 『대한매일신보』, 「血竹歌」(1906.7.21).
73) 문재목, 『대한매일신보』(1909.1.15).
74) 우국옹, 『대한매일신보』(1909.4.17).
75) 최남선, 『소년』 3년 4 , 「봄마지」.
76) 최남선, 위의 책 3년 6권, 「대동강」.
77) 최남선, 『청춘1호』, 「님」.
78) 최남선, 『청춘7호』, 「동경 가는 길」.
79) 최남선, 『백팔번뇌』, 「안겨서」(제3수).
80) 최남선, 위의 책, 「님께만」(단수).

　육당 시조의 종장 말구는『청춘』지부터 위의 강조점과 같이 복원되었다.『청춘』지 이후에 오면 춘원, 노산, 가람 등의 시조도 발표되었는데 이들의 작품에서도 생략 현상은 찾아볼 수가 없다. 이렇게 볼 때 종장 말구의 생략은 개화기에 국한된 특유의 현상이란 것을 알 수 있다.

　이러한 종장 말구의 생략 현상에 대하여는 두 가지 방향으로 그 원인 분석에 접근해 볼 수가 있다.

　먼저, 전대 시조창과의 관련성 때문이다. 시조 작품을 창으로 부를 때는 가곡창으로는 5장, 시조창으로는 3장으로 부르고 시조창의 경우 종장 끝의 3음절 ‘～하노라’, ‘～어떠리’ 등은 생략한다. 이 시조창의 종장의 창법은 개화기 시조의 종장 처리방식과 완전히 일치하고 있는 것이다.

　이러한 사실과 관련된 자료는 가창만을 목적으로 한 가집「남훈태평가」이다. 이 가집에는 초·중·종 3장으로 구분하여 장과 장 사이에는 구두점을 찍었고, 종장 말구는 한결같이 생략되어 있다. 박을수 편찬『한국시조대사전』을 참고로「남훈태평가」에 실려 있는 시조의 종장을 몇 수 예를 들어보자.

> 그곳이 / 별유천지비인간이니 / 놀고 갈가　　『한국시조대사전』 3744
> 童子야 / 달빗만 살피어라 / 흐마 올 씩　　　『한국시조대사전』 3717
> 밤즁만 / 지국총 닷 감는 쇼릭에 / 잠못 일워　『한국시조대사전』 3
> 니어와 / 기러기 잇셔도 / 쇼식 몰나　　　　『한국시조대사전』 136

(빗금은 필자)

　개화기 시조의 이러한 형태를 두고 김영철은 "개화기 시조의 종장 말구의 생략 현상은 개화기 당대의 고유 양식이라기보다는 전대의『남훈태평가』등의 가집에서 연유된 전통 승계 양식으로서 시조창에 의한 시조 형식의 변형태로 보아야 할 것이다"[81]라고 진단하였다.

---

81) 김영철, 앞의 책, 298쪽.

종장 말구 생략의 또 하나의 현상으로 분석될 수 있는 것은 문학의 사회적 기능화 요구에서 비롯되었다는 점이다. 전술한 바와 같이 개화기의 사회 풍조는 국권 상실에 대한 계몽 의지와 각성 촉구로 시가 문학도 그에 상응하도록 사회적 분위기를 고양시켜주는 역할 감당이 요구되었다. 김영철은 이러한 기능적 변형태에 대하여 "시조의 종장에 주제가 집약되는 구조 특질을 보여주고 있는데, 이 종장에서 시적 분위기를 환기시켜주는 제4구의 허사를 제거함으로써 단호하고 힘찬 주제의 집약 효과를 얻어내고 있다"[82]라고 하였다.

이러한 분석은 국권 회복이나 독립정신, 그리고 각성 촉구 등을 외친 종장의 끝맺음(한결같이 4음절어)이나 사회적 분위기를 고려한 진단이라고 볼 수 있다.

그러나 필자의 견해로는 이 주장은 보다 더 심도 있는 연구의 필요성을 지닌 문제라고 생각한다. 창사(唱詞)의 관점에서 볼 때, 당시에도 엄연히 시조창의 활동은 존속이 되어왔기 때문에 그러한 종장 말구의 생략이 반드시 그러한 '단호하고 힘찬 집약효과'만이 아니라 여운 효과와 가창자의 다양한 창의적 종결을 유도한 듯한 의도는 없는가 하는 점이다. 종장 말구를 갑자기 끊어 놓은 것에 대해서는, 가창자의 뜻에 따라 꼭 '단호하고 힘찬 결의'만을 뜻했던 것이 아니라 길이의 장단을 염두에 두면서 창의적으로 무엇이든지 더 이어나갈 수 있도록 여운의 길을 열어놓은 것이 아닌가 추론해 볼 수도 있다. 이 문제에 대해서는 앞으로 더 심도 있게 연구해볼 필요가 있다고 생각한다.

지금까지 개화기 시조의 변이 양상을 그 대표 주자인 육당의 작품을 중심으로 살펴보았다. 그 결과 개화기 시조의 특징은,

첫째, 개화기 시조는 고시조에서 현대시조로 옮아가는 과도기적 성격

---

82) 김영철, 위의 책, 299쪽.

을 띠었으며 모두 표제(제목)를 갖고 있고, 개인 정서의 표출보다는 국권 회복 정신의 고취나 계몽 의식 등 사회적 기능이 강조되었다.

둘째, 형태면에서 종장 첫구(3 · 5)의 파격으로 가사형을 닮은 시조가 많았고 고시조처럼 유장하면서도 운치 있는 분위기를 떠나 종장 말구(끝음보)를 생략함으로써 단호하고 힘찬 결의를 나타내려는 사회적 기능이 강조되었다.

셋째, 고시조의 줄글이나 3장 3행의 단형에서 과감히 벗어나 근대시조라 할 만큼 연작 형태가 많았으며 4장시[83] 또는 구별 배행의 6행시조가 나타나서 실험 의지를 보였다.

넷째, 육당은 개화기로부터 현대에 이르기까지 시조의 전통계승 대표주자로서 초기에는 다른 작가들과 마찬가지로 문학적 창작보다는 사회 계몽적 기능을 나타내는 창작 성향을 보이다가, 『백팔번뇌』 이후는 정서의 표출 기능과 문학성이 확대되는 등 현대시조의 개척자다운 모습을 보였다.

개화기 1910년대는 육당과 춘원의 2인 문단시대라고 할 만큼 시가 분야에서 육당의 역할은 독보적이었다. 춘원이 1917년 발표한 『무정』을 필두로 소설쪽에서 근대화의 물꼬를 텄다 하면, 육당은 『소년』, 『청춘』을 통하여 특히 시가문학의 물꼬를 터서 시조 장르에서 『백팔번뇌』(1926)와 『시조유취』(1928)를 내 놓음으로써 시조 현대화의 새 지평을 열어놓았다.

『대한매일신보』의 385여 수를 비롯한 각종 신문, 잡지, 학회지 등을 통하여 발표된 개화기 시조는 대부분 시대 의식의 반영이었고 민족정신을 고취하는 내용들이었다. 이러한 면 때문에 개화기 시조가 서정성의 빈약이라는 평가를 받고 있는 것은 사실이지만, 그러한 동인은 격동하는 시대조류에서 요구된 문학의 사회적 기능 요구의 결과였다. 따라서 개화기의 시조는 그 예술적 가치를 논하기에 앞서 전통 계승과 현대문학의 접맥이

---

83) 4장시나, 종장 초구의 변격이나 말구의 생략은 시조문학의 본질상 발전적 형태는 아니며, 시조문학 미적구조의 퇴행으로 볼 수 있다.

라는 관점에서 '고시조 → 개화기 시조 → 현대시조'의 전승적 가치에 더 중점을 두어야 한다. 개화기 시조는 고시조와 현대시조의 가교적 역할을 하였으며 오늘의 현대시조가 존립하게 된 밑거름이 되었다는데 그 역사적 의의를 찾을 수가 있다.

제2장 현대시조의 형식과 특징

1. 장(章)과 분구법(分句法)

시조 이론을 알고 짓는 것과 모르고 짓는 것은 그 결과에 있어서 천양지차다. 그 이론적 배경을 모르고 무턱대고 잣수율에만 맞혀 창작하려는 태도는 어딘가 어색하고 깊이가 없는 창작물을 만들어내기 때문이다. 장과 분구법의 이해는 현대시조의 짓기에 있어서 가장 기본적인 상식 분야이다. 시조의 기본 틀이 3장6구라는 전제가 있기에 이 틀을 벗어난 여타 유형들은 시조가 아니다. 시조는 엄연한 정형시이기 때문에 이러한 정형시의 이론적 원리를 알고 창작에 임하는 것이 순서이다.

1) 장(章)의 개념

'장(章)'이라는 용어에 대해서는 시용향악보(時用鄕樂譜),[1] 평산 신씨(平山申氏) 고려태사(高麗太師) 장절공유사(壯節公悼遺事),[2] 정극인의 상서문주(上書文註),[3] 퇴계의 어부가서(漁父歌序),[4] 박인로의 「단가서(短歌序)」[5] 등 문헌

---

1) 時用鄕樂譜 納氏歌條: '歌詞只錄 第一章 其餘見歌詞冊 他樂倣此'
2) 平山申氏 高麗太師 壯節公悼遺事: '賜御題四韻 端歌二章'
3) 丁克仁의 上書文註: '謹作長歌六章 短歌二章 或與朋友歌詠 或夜歌且舞 頌禱之動 殆無虛日'(成宗實錄 권 122, 成宗 11년 10월)
4) 退溪 漁父歌序: '一篇十二章 去三爲九 作長歌而詠焉 一篇十章 約作短歌五闋 爲葉而唱之 合成一部新曲'(「增補退溪全書」(五), 20쪽, 成均館大 大東文化硏究院)
5) 朴仁老 短歌序: '並與長歌三曲及短歌四章 而付諸剞劂氏 以圖廣傳焉'(珍本 靑丘永言,

상으로 여러 군데에 나타나 있다.

문헌상으로 보면 본래는 '장(章)'이란 음악과 관련된 것으로 보인다. 도이장가(悼二將歌)와 관련된 장절공유사 '賜御題四韻 短歌二章'에서 '二章'이란, 시용향악보 '歌詞只錄 第一章'에서의 '一章'에서 나타난 바와 같이 한 편의 작품으로 보기보다는 악곡상으로 불려지는 '창사(唱詞)의 한 분단'을 뜻했던 것으로 보인다.

그런데 정극인의 「상서문(上書文)」과 박인로의 「단가서(短歌序)」에서 '短歌二章'과 '短歌四章'이라는 말이 나타나는 것으로 보아서는 '장(章)'이라는 개념은 시가 작품의 한 단위를 뜻한다는 것을 알 수 있으니 '장(章)'이란 결국 악곡의 한 분절이라는 의미와 시가 작품의 한 분절이라는 의미를 공유하고 있다고 볼 수 있다.

장(章)이라는 개념은 자유시의 행과는 다른 의미로서 하나의 완결된 작품상의 소단위를 지칭하는 말이다. 일찍이 유만공(柳晩恭, 1793~1869)의 「세시풍요(歲時風謠)」(1843)에서는 3장의 개념을 시조 3수가 아니라 '창(唱) 3장(章)'의 뜻인 '三章'이라고 가리키고 있다.6)

신문학 이후 시조부흥운동 시기에, 시조를 각 장 4음보의 행의 의미로 규정하고, 그 형식을 초·중·종장 3장의 개념으로 확정한 것은 가람 이병기에 의해서다.7) 그리고 예전의 가집(歌集)들은 시조를 줄글로 표기하여 3장 구분에 혼란을 가져왔는데 지금과 같이 각장 1행, 초·중·종장 3행으로 정리하여 문학적 양식으로 한 수를 정리 표기하게 된 것은 최남선의 『시조유취(時調類聚)』(1928) 이후이다.

7~8쪽)

6) 유만공(柳晩恭, 1793~1869), 「세시풍요(歲時風謠)」: '時節短歌音調蕩 風吟月白唱三章'
7) 이병기, 「시조란 무엇인가」, 동아일보, 1926.12.10~11.

2) 분구법(分句法)

시조의 구에는 그 설이 분분하여 6구설, 8구설, 12구설 등이 있다. 그중에서 지금까지 제일 인정되어온 것은 6구설인데, 6구설을 주로 주장해 온 이는 안자산과 정병욱 등이다. 안자산은 그의 「현대시와 서양시」에서 "시조시의 정형에 있어서 제일 조건은 6구3장이다. 이 6구3장으로 조직된 것은 절대 불변의 형식이니, 이것이 시조시의 결정적 특성이다"[8]라고 하였다. 정병욱은 그의 『국문학 산고』에서 "시조는 6구의 구수율을 가지고 있고 그 6구는 각 장이 2구씩을 취하여서 3행 45음 1연의 정형시다"[9]라고 하였다. 6구설에 대하여 일반적 모형으로 되어 있는 초장 3 · 4 · 4(3) · 4, 중장 3 · 4 · 4(3) · 4, 종장 3 · 5 · 4 · 3 의 형태를 빌려 나타내보면,

초장 3 · 4 / 3 · 4 – 성불사 깊은 밤에(1구) / 그윽한 풍경소리(2구)
중장 3 · 4 / 4 · 4 – 주승은 잠이 들고(3구) / 객이 홀로 듣는구나(4구)
종장 3 · 5 / 4 · 3 – 저 손아 마저 잠들어(5구) / 혼자 울게 하여라(6구)

– 이은상, 「성불사의 밤」

시조의 구에 대하여는 전술한 바와 같이 6구설이 통례로 되어 있다. 율독시에는 운율의 단위는 자연적으로 의미 단위와 함께 읽혀지는데 3장 6구설은 구의 개념을 하나의 의미 내용을 갖춘 하나의 '의미 단위'로 파악한 것이다. 율독 시에는 주로 의미 단위대로 읽혀지기에 3장 6구설은 상당히 합리적이며 타당성이 있다고 본다. 이태극도 "그 구수(句數)가 6구(3장) 형식이라 함도 누차 고증하였다. 이것은 3장 6구체라 함을 말함이다. 그러니까 8구체(이병기 주장)도 아니요, 12구체(조윤제, 이은상 등 주장)도 아니라는 것이 된다"[10]라고 하여 3장6구설에 대한 지지를 확실히 하였다.

---

8) 안자산, 「현대시와 서양시」, 『문장』 2권 1호, 1940.1, 150쪽.
9) 정병욱, 「국문학 산고」, 신구문화사, 1959, 163쪽.
10) 이태극, 앞의 책, 33쪽.

한편, 6구설 이외의 다른 주장을 참고로 살펴보자. 8구설은 이병기에 의해 주장되었다. 이병기는 초장과 중장에서는 각 2구씩 되어 있고 종장에는 4구로 되어 있다고 하였다. 자수는 초장의 초구가 6자 내지 9자, 종구도 6자 내지 9자고, 중장의 초구는 5자 내지 8자, 종구는 6자 내지 9자고, 종장의 초구는 3자, 이구는 5자 내지 8자, 삼구는 4자 혹은 5자, 종구는 3자 혹2자 4자다[11] 라고 하였다. 최남선의「혼자 앉아서」를 이병기의 8구설로 분구해 보면 다음과 같다.

가만히 오는 비가(1구) / 낙수져서 소리하니(2구)　　　　　초장 7/8
오마지 않은 이가(3구) / 일도 없이 기다려져(4구)　　　　　중장 7/8
열릴 듯(5구)/닫힌 문으로(6구)/눈이 자주(7구)/가더라(8구)　　종장 3/5/4/3

　　　　　　　　　　　　　　　　　　　　－ 최남선,「혼자 앉아서」

3장 8구설은 초장·중장은 의미 마디로 구분하고, 종장은 음보별 구분을 짓고 있다. 이것은 한 시조 안에서 일관성이 결여되어 있는 분구(分句) 형태이므로 합리적일 수가 없고 설득력도 약하다고 본다.

12구설은 이은상, 이광수 등이 주장하였다. 이은상은 "시조 단형의 형식에 있어서는 그 일수가 초·중·종 3장으로 되어 있고 또한 그 각 장이 4구씩으로 성립되어 있는 것이다"[12]라고 하였다. 이광수는 "1편3장 12구 45음으로 된 시조는 소리만이 아니라 그 속에는 뜻이 있다"[13]라고 하였다. 조윤제는 국문학 개설에서 "시조의 형식은 장가나 경기체가와 같은 연장식은 아니지만은 흔히 이것을 초·중·종 3에 분장하고 다시 각장은 4구로써 형성되었다 … 즉 3장 12구라는 원칙은 변함이 없다"[14]라고 하였다.

3장 12구라 할 때 그 구수는 음보수와 일치한다. 이 경우 12구라는 말

---

11) 이병기,「시조의 개설과 창작」, 현대출판사, 1957, 13쪽.
12) 이은상,「時調單形芻議」, 동아일보, 1928.3.18~25, 시조연구논총, 300쪽.
13) 이광수,「時調의 意的 構成」, 동아일보, 1928.1, 시조연구논총, 322쪽.
14) 조윤제,『국문학 개설』, 동국문화사, 1959, 111쪽.

은 하나의 어절 즉 띄어쓰기의 단위와도 일치하는 수가 많지만 반드시 그렇지도 않다. 특히 종장 제2음보의 경우에는 위의 육당 시조에서 '닫힌 문으로'(2어절)처럼 어긋나는 수가 많다. 그렇다면 3장 12구와 3장 12음보가 용어상 무슨 차이가 있는가? 이는 용어상의 혼란만을 야기시키는 문제이기에 시조의 분구법(分句法)에 있어서는 정병욱과 이태극이 주장하는 '하나의 의미내용을 가진 문장의 한 단락들'15)에 의한 6구설을 따르고 12구 논의는 12음보의 개념으로 통일하여 지칭하는 것이 합당하다고 본다.

2. 음보(音步)와 율격(律格)

음보(音步, foot)라는 개념은 같은 걸음걸이로 반복되어지는 소리마디이다. 시조는 각 장(章)이 4개의 소리마디, 즉 4음보의 반복과 전환의 미적 구조로 이루어져 있으며, 또 각 장(章)은 통사 · 의미론적으로 독립성을 유지하면서도 타 장(章)과 유기적 관계를 맺고 있어야 한다. 율격면에서 초 · 중장에서는 반복 구조로 이어지다가 종장에서는 시상의 전환을 위해 종장의 첫 마디는 3음절로 둘째 마디는 2어절 이상으로 변화를 주면서 3장의 완결 구조로 이루어져야 하는, 미적 구조의 특성을 지니고 있다.

1) 음보(音步)

지금까지 시조는 3장6구 45자 내외라는 관습적인 개념의 원칙에 따라 규정되어 왔다. 여기서 3장(三章)이라는 용어와 4음보라는 단서가 붙은 것에 대해서는 한번쯤 짚고 넘어가야 할 문제이다. 논자에 따라서는 종장은 4음보보다는 5음보로 보는 이도 있으며, 시조는 3장 구조가 아니고 4장 구조로도 파악하려는 일면도 있기 때문이다.16)

---

15) 이태극, 앞의 책, 32쪽.

빼어난 √ 가는 잎새 √ 굳은 듯 √ 보드랍고   제1장(초장)
자줏빛 √ 굵은 대공 √ 하얀 꽃이 √ 벌고   제2장(중장)
이슬은 √ 구슬이 되어 √ 마디마디 √ 달렸다.   제3장(종장)

─이병기, 「난초」 일부

위의 글은 3장 12음보로 구분되어 있다. 이것을 전체 4장으로 파악하기 위하여 종장을 두 장으로 나누어 보면 '이슬은 구슬이 되어'(제3장) / '마디마디 달렸다'(제4장)로 볼 수 있다. 또 고시조에서 전환의 의미가 있다는 첫 음보를 따로 떼어내어 4장 형식으로 만들어 보면, '이슬은'(3장) / '구슬이 되어 마디마디 달렸다'(4장)로 나누어 볼 수 있다. 그런데 종장을 둘로 나눈 위의 두 방법 어느 것을 보든지 음보율을 음미할 때 초장 중장에 비하여 어색하기 그지없다. 위의 시조에서 4장 형식을 위하여 초장 3 · 4 · 3 · 4, 중장 3 · 4 · 3 · 4, 종장 a 3 · 5, 종장 b 4 · 3으로 된다거나, 초장 3 · 4 · 3 · 4, 중장 3 · 4 · 3 · 4, 종장 a 3, 종장 b 5 · 4 · 3으로 된다면 시조로서의 품격은 매우 떨어지게 된다. 그것은 한 장은 4음보라는 관습적 인식으로부터 나온 거부감 때문이기도 하지만 율독 시간의 어긋남과 3장 완결성의 문학이라는 시조만의 독특성이 와해되었기 때문이다. 따라서 시조의 초 · 중 · 종장 구조를 4장으로 파악하려는 데에는 무리가 있다. 그러한 방법은 시조를 한시의 전개방법처럼 기 · 승 · 전 · 결로 파악하여 4장 구조식으로 분석하려는 태도와 무관하지 않다고 본다.

2) 율격(음수율, 음보율, 음량률)

음수율과 음보율의 문제는 지금도 여러 논자들에 의해 쟁점이 되고 있는 문제다. 지금까지 음수율에 대한 관습적 기준이 되어온 것은 조윤제에 의한 정의에서 비롯된다. 즉, 한 수의 자수를 44 혹은 45자에 중심을 두고 "41자에서 50자 범위 내에 3 · 4 · 4(3) · 4, 3 · 4 · 4(3) · 4, 3 · 5 · 4 · 3이라는 기

---

16) 홍재휴, 「時調章句論攷」, 박철희 외, 『時調論』, 일조각, 107~128쪽.

준을 가지고 규정의 최단자수에서 최장자수 내에 신축할 것이다"[17]에서
비롯된다. 3·4 또는 4·4조가 여타의 많은 음절수를 압도하면서 형성된 데
에는 우리 국어의 특질과 관련이 있다. 문세영의『우리말 사전』중 'ㄱ'부
의 '가'행과 '거'행의 어휘에서 한자어와 외래어를 제외시킨 순 우리말의 각
어휘를 구성하는 음절수를 조사한 결과, 2음절과 3음절이 '가'행은 80%,
'거'행은 87.4%로써 압도적으로 많았다.[18]

이러한 결과는 우리말 어휘의 대부분이 2음절과 3음절로 이루어졌다는
말인데, 여기에 교착어인 우리말의 특성 상 조사와 어미가 붙어서 3음절
과 4음절이 시어 어절 구성의 대다수를 이루게 된다는 사실을 증명해 주
는 것이다.

음수율에 대해서는 일찍이 조윤제 이외에도 여러 논자들의 견해가 있
었다. 고정옥은 "3章 45言 내외로 된 典型的인 獨立된 時調"[19]라고 했으
며, 이태극도 "3章(行) 6句로 총 자수 44자 내외의 구성을 지닌 정형시",[20]
김기동도 "시조의 정형은 3章 4音步格 45자 내외로 된 非聯詩로서의 3行
詩"[21]라고 하였다.

음수율에 대하여 비교적 구체적으로 그 논리를 정리해 논 이는 정병욱이
다. 정병욱은『한국고전시가론』에서 "시조의 형태를 한마디로 말한다면 3
장 45자 내외의 단형적인 정형시라 할 수 있다. 좀 더 세밀히 분석해 보자면
시조는 3행으로써 1연을 이루고 있으며, 각 행은 4보격으로 돼 있고, 이 4보
격은 다시 두 개의 숨묶음(breath group)으로 나누어져 그 중간에 사이쉼
(caesura)을 넣게 되어 있다. 그리고 각 음보(foot)는 3 또는 4개의 음절로 구
성되는 것이 보통이다"라고 하면서 그 기본형을 다음과 같이 제시하였다.

---

17) 조윤제,『조선시가의 연구』, 을유문화사, 1948, 172쪽.
18) 김학성·권두환 편,『고전시가론』, 새문사, 1995, 15쪽(정병욱,「한국 시가의 운율과
   형태」참조).
19) 고정옥,『국어국문학요강』, 대학출판사, 1949, 394쪽.
20) 이태극,『시조개론』, 새글사, 1956, 69쪽.
21) 김기동,『국문학 개론』, 정연사, 1969, 113쪽.

초장　　　3·4 √ 4·4 |　　　　* 3·4의 숫자는 음절수
중장　　　3·4 √ 4·4 |　　　　· 표시는 foot의 구분
종장　　　3·5 √ 4·3 |　　　　√ 표시는 caesura의 위치
　　　　　　　　　　　　　　　 | 표시는 line의 종결[22]

　위의 표에서 알 수 있는 바와 같이 시조의 음수율은 3·4조 또는 4·4조가 기본 율조로 되어 있다. 이 기본 율조에서 1음절 또는 2음절 정도의 가감이 무방하여 신축성이 있다. 그러나 종장은 음수율의 규제가 엄격하여 제1음보가 3음절로 고정되고 제2음보는 5음절 이상이어야 한다.

　이러한 정병욱 설에 대하여 임종찬은 "3이나 4라는 음절수는 절대적이지 않고 한 음절 또는 두 음절의 가감이 있을 수 있으므로 이 설만으로는 시조 형식을 다 정리하였다고 할 수 없다"라고 하면서, 다음과 같이 그것을 보완 정리한 새로운 기준표를 제시하였다.

초장　　　3(2~4) ≦ 4(3~5) √ 3(4~5) ≦ 4(3~5)
중장　　　3(2~4) ≦ 4(3~5) √ 3(4~5) ≦ 4(3~5)
종장　　　3(고정) < 5(6~7) √ 4(3~5) ≧ 3(4)

　위의 기준표에서 √ 표를 경계로 한 각 장의 구별 음수에 대하여 임종찬은 '종장에서만은 뒷구가 적게 되어 있다. 3이니 4라는 이 음절 단위를 흡步라 하는데 각 구는 2음보로 되어 있고, 앞 음보에 내재한 음절수가 뒤 음보에 내재한 음절수에 비해 같을 수는 있어도 많을 수는 없다. 그러나 종장 뒷구, 즉 4·3에서는 앞 음보가 뒤 음보보다 음절수가 많은 것이 원칙이지만 적어서는 안 된다'[23]는 것이다.

　정병욱의 설에 대한 임종찬의 보완 정리는 상당히 진전되고 그동안의 여러 학설을 폭넓게 수용한 안이다. 그러나 이러한 수용안도 결국 일반적

---

22) 정병욱, 『한국고전시가론』, 신구문화사, 1985, 178~179쪽.
23) 임종찬, 「시조문학 탐구」, 국학자료원, 2009, 18~19쪽.

인 경향만을 밝힌 것이라 생각된다. 왜냐하면 이 안은 고시조의 경우에는 상당히 합리적이지만 현대시조의 경우에는 이 구별법에 무리가 따르기 때문이다.

– 장순하, 「가을 연서(戀書)」 첫 수

위의 시조는 초장 4·3·4·4, 중장 3·3·3·4, 종장 3·5·3·4의 음수율을 보였다. 그런데 이 음수율을 임종찬의 논리에 적용시켜 보면, 초장의 강조점 찍힌 첫 구 4·3은 위의 '3(2~4) ≦ 4(3~5)'라는 기준에 맞지가 않고, 또 종장의 강조점 찍힌 말구 3·4는 '4(3~5) ≧ 3(4)'라는 기준표에 맞지가 않는다.

위에 제시된 장순하의 시조는 율독을 해 보아도 큰 무리가 없다. 현대시조에서는 초·중장의 경우 앞 음보의 음절수가 뒤 음보의 음절수에 비해 꼭 적거나 같아야만 한다든가, 종장의 마지막 구에서도 앞 음절이 꼭 뒤 음절수보다 많아야만 한다든가 하는 논리에는 무리가 따른다고 본다. 이는 현대시조의 다양한 활용 양상을 고려하지 않고 관습적으로 인식되어온 시조의 일반 형식에 따른 해석이라고 보여진다. 종장의 종구만 보더라도 현대시조에서는 '그리운 고향이여', '쓸쓸히 바람부네' 등의 경우처럼 서술어의 앞에 형용사나 부사와 같은 수식어가 보통 3음절형으로 많이 위치한다는 사실도 염두에 두어야 할 것이다.

시조의 종장 첫 구(첫 음보)에 있어서는, 고시조에서 관습적으로 쓰이던 '두어라, 아희야, 어즈버' 등의 영향으로 말미암아 3자수로 고정되었다. 하지만, 종구에 있어서는 고어체에서 쓰이던 '~하노라, ~하여라, ~어떠리' 등과 같은 3자수형의 조동사나 반문형이 자취를 감춘 마당인데 굳이 3자형을 말미에 두고 무게를 앞 음보에 둔다며 4·3형으로만 인식하려는 점은 현대시조에서는 불합리하다고 보는 것이다.

시조형식이 3장6구 45자 내외라는 일반적인 관습 원칙은 음수율에 따른 인식에서 비롯된 것이다. 45자 내외라는 말과 12음보라는 말은 그 개념이 다르다. 45자 내외라 함은 율격적인 개념이라기보다는 음절량의 개념이고, 12음보라는 말은 율격적 걸음걸이의 단위가 열둘이라는 뜻이다. 음절이 모여서 음보가 되고 음보가 모여서 구가 되고 구가 모여서 장이 되며 장이 모여서 한 편의 시조가 된다.

'음보(音步)'라는 개념은 '음수(音數)'라는 개념과는 차이가 있다. 음보는 음절이 모여서 이룬 최소의 율격 단위로서 같은 걸음걸이로 반복되어지는 소리마디이다. 한시로부터 영향을 받은 시가의 율격은 음수율, 음성률, 음위율로 3분하여 고찰하였다. 그러나 우리말은 뜻글자인 고립어가 아니고 교착어인 까닭에 언어 특성상 한 글자로 음의 장단, 고저 강약 등을 따지는 음성률이나 두운, 요운 압운 등을 따지는 음위율과는 거리가 멀다. 단지 시조의 리듬형식에 있어서 우리말의 특징인 3·4 또는 4·4조와 같은 율격적 특성이 전래되어서 음수율을 형식적 구조 특징으로 삼아온 것이다.

김동준은 시조형식의 소원(溯源)에 대하여 "일찌기 이병기 선생이나 조윤제 박사는 시조 형식의 기원을 민요에 둔 바도 있지만, 향가가 '世人戱樂之具로 皆用之易誦' 했다는 기록으로 보면 적어도 鄕歌의 시초형이라고 말하는 4구체 향가는 민요 내지 민요적으로 볼 수도 있지 않을까 한다"[24]라고 하면서 특히 "현전 4구체 4수, 8구체 2수, 10구체 19수의 배분에서 4구체의 '薯童謠'와 '風謠'는 '완전 民謠다'"[25]라고 하였다.

이로써 우리말의 특징인 3·4 또는 4·4조가 민요나 향가와 관련이 있음을 알 수 있다. 따라서 시조의 율격적 특성은 한시나 하이쿠와 다르

---

24) 김동준, 「시조문학의 구조 연구」, 동국대학교 한국문학연구소, 1981, 33쪽.
25) 김동준, 위의 책, 33쪽.

다. 일본의 정형시 하이쿠는 5·7·5조의 엄격한 자수율이 적용되고, 한시는 기·승·전·결의 전개방식 아래 5언·7언이라는 자수율에 압운법, 평측법이 적용되어 재론의 여지가 없는 '닫힌 형식'이라 할 수 있다. 그런 반면에 우리 시조는 정형적 특징을 결정지어주는 고정된 자수율로만 정형성을 따질 수 없는 면이 있어 그들에 비해 다소 여유롭고 품이 넓다. 정형의 틀은 정형시의 집이며 표면적으로는 자수율에서 비롯된다. 그래서 시조문학의 발생 이래 많은 논저들과 작가들이 시조의 형식론에서 3장6구 45자 내외라는 초·중·종장의 자수율의 틀을 고수하여 왔었다. 그러나 그러한 결과는 시상의 내용을 글자수에 억지로 맞춰 나가는 식의 창작 형태를 요구하게 되어 현대성의 확보나 운용의 미학 추구에 적지 않은 저해 요소가 되어 왔다.

시조의 기본 틀을 소(小), 평(平), 과(過)음보로 표시해 보면 다음과 같다.

초장 – 3 4 3 4 중장 – 3 4 3 4 종장 – 3 5 4 3
　　　小 平 小 平　　　　　小 平 小 平　　　　　小 過 平 小

*강조점 찍힌 소음보는 경우에 따라 4가 될 수 있음.

초·중장의 3·4·3·4, 종장의 3·5·4·3에서 3은 소(小)음보, 4는 평(平)음보, 5는 과(過)음보로 보았을 때, 소음보인 3도 경우에 따라서는 평음보인 4가 될 수 있는 음보는 강조점 찍힌 것처럼 총 12개 가운데 5개나 된다. 이렇게 소·평·과음수로 따지는 것은 결국 음절수의 크기로 음보를 지정하는 꼴이 된다.

현대시조는 그 독특한 형식적 구조와 언어적 특성 때문에 종장의 제2음보를 제외하고 낭송시 각 음보간의 시간의 등장성이 요구된다. 그래서 음수율보다는 음보율이 강조되고 있다. 음보율은 한 걸음을 걸을 때 끊어지는 마디의 운율, 즉 끊어 읽기의 운율이라 할 수 있다. 음보율은 다분히 작가의 창작 의도와 관련이 있는데, 그것은 각 음보 간의 시간의 등장성을 요구한다.

초장 – 朔風은 √나모 긋틱 불고 √明月은 √눈 속에 춘듸
중장 – 萬里 √邊城에 √一長劒 √집고 서서
종장 – 긴 푸름 √큰 흔 소릭에 √거칠 거시 √업세라

– 김종서,『한국시조대사전』 2022 (√표는 필자)

위의 고시조에서, 강조점 찍힌 부분은 조윤제가 제시한 '3·4·3·4'의 기본 틀에서 벗어난 음보이다. 그럼에도 불구하고 시간의 등장성 율독 원리에 의하여 '朔風은'(3음수)='나모 긋틱 불고'(6음수)='눈 속에 춘듸'(5음수)='萬里'(2음수)='邊城에'(3음수)와 같은 음보는 율독 시간상의 등식이 성립되어야 한다. '나모 긋틱 불고'는 빠른 걸음으로, '萬里'는 무겁고도 느리게 율독해야 한다. 한 번 꺾어주는 특수한 기능을 가진 종장의 둘째 음보('큰 흔 소릭에')를 제외하고는 2음수나 5음수, 6음수, 7음수도 모두 시간 상 같은 걸음으로 읊으며 음미하여야 한다.

1음보의 양에 따른 현대시의 변용 방법을 추구함에 있어서 신웅순은 그의 「시조창작 원리론」에서 한 음보의 한계를 1음절에서 9음절까지 허여[26]하고 있다. 만약, 9음절까지 한 음보의 한계를 허여할 경우 해당 음보는 상당히 빠른 걸음으로 율독을 해야 한다.

그러나 이렇게 소·평·과음보로 따지고 크고 작은 음보의 형태를 놓고 논하는 것은 결국 음절수의 크기로만 지정하는 것이고 이러한 현상은 정형시로서의 엄정성을 갖는 시조의 형식 규율을 해명해 내었다고는 하기 어렵다. 그래서 그 해법으로 나온 것이 '음량률'에 의한 형식 규정이다. 김학성은 「시조의 형식원리와 그 미적 운용의 묘」[27]에서 다음과 같은 표를 제시하였다.

---

26) 신웅순,『시조창작원리론』, 푸른사상사, 2009, 144쪽.
27) 김학성, 「시조의 형식원리와 그 미적 운용의 묘」, 『2009 시조학술세미나자료집』, 성균관대, 2009, 8쪽.

초장	4 4	‖	4 4	앞구와 뒷구의 '균형'
중장	4 4	‖	4 4	앞장의 '반복'
종장	3/4 +4	‖	4 4	'전환'과 '완결'

위에서 숫자 4는 음절수를 나타낸 것이 아니라 4음절량의 크기, 곧 모라 (mora)수를 나타낸다. 김학성은 "음보를 이루는 자질을 음절 외에도 장음 (長音: 1음절 길이만큼 길게 뺌)과 정음(停音: 1음절 길이만큼 멈춤)이 관여 한다는 전제 아래, 각 음보가 4개의 음절량(4모라)에 해당하는 크기의 등 가성을 가지며 그것이 4개씩 모여 한 장(章)을 이루면서 반복되는 리듬 패 턴으로 보아 '4음 4보격 3장시'로 시조 형식을 규정한다"라고 하면서, "전 환과 완결의 기능을 가진 종장에 대해서는 특히 첫 음보는 작품의 전반에 규율화되는 음량률의 지배를 받지 않고 반드시 3자로 고정하여 자수율에 따르는 이단성(異端性)을 보이고, 둘째 음보는 두 음보의 축약 형태를 띠는 특수한 성격을 갖는 음보로서 4모라 크기의 다른 세 음보와 운율적 평형 을 맞추면서 빠르게 율독하려는 경향이 나타나고 그에 따라 종장의 운율 은 4보격의 형식을 취하면서도 초·중장의 그것과는 질적으로 다른 '변형 4보격'으로 전환과 마무리를 동시에 이루도록 한다"[28]라고 하였다.

이러한 논리는 시조를 '반복과 전환'의 형식 구조로 보고 자수율보다는 '4음 4보격 3장시'라는 음량률에 바탕한 운율적 형식으로 규정한 것이다. 이 형식 규정은 리듬에 따른 각 음보의 등가성을 원칙으로 하면서 종장의 특성을 고려하고 있어 상당히 진전되고 설득력이 있다고 본다. 특별히 종 장 첫 구 3자만은 기·승·전·결의 구조상 전(轉)구의 묘처(妙處)로 보고 별도로 자수율로 적용하여 '장르 표지'로 지정하고 있다.

다음과 같은 경우를 앞의 '음량률에 의한 형식규정'에 비추어 고찰해 보자.

---

28) 김학성, 위의 책, 5~10쪽.

이제 막 말간 넋이 昇天하고 있구나   3(小) 4(平) 4(平) 3(小)
兜率에 들겠네 환한 肖像이겠네   3(小) 3(小) 2(小) 5(過)
貞節은 거울이 되어 길이 임을 보겠네.   3(小) 5(過) 4(平) 3(小)

– 유성규, 「春香詞」 전 4수 중 제4수

위의 시조를 보면, 종장을 제외하고 초·중장은 소(小)·평(平)의 음수배열이 앞의 기본 틀에 잘 들어맞지가 않아 어색하다. 그러나 율독을 해 보면 전체적으로 무리 없이 부드럽다. 특히 중장의 제3, 4음보가 외견상 2·5 음수로 되어 있어 율독상 문제가 발생할 듯하지만, 이런 경우 '환한 초상√이겠네'로 뒤의 음보를 분할하여 4·3으로 율독하면서 앞뒤 음보의 음량이 같아지게 하면 자연스럽다. 즉 음량률에 의한 형식 규정으로 율독해 볼 때 초장 4·4·4·4, 중장 4·4·4·4, 종장 3·5·4·4로 되어 자연스런 시조가 되는 것이다. 이와 같이 현대시조는 창작시에 율독 리듬의 문제까지 염두에 두고 창작하여야 한다.

이와 같이 음량률에 의한 형식규정은 상당히 합리적이라 할 수 있다. 하지만, 다양성을 희구하고 음악적 향유보다는 문학적 향유에 치중하는 현대시조에서는 작품의 특성상 포괄적 적용이 어려울 때도 있다. 읽히기 위한 문학적인 글에서 각 음보의 음절량을 바탕으로 한 등가성 원칙으로만 일률적으로 적용한다면, 다양한 시행의 분행과 중간 휴지(caesura) 등으로 나타나는 현대시조의 특성들을 폭넓게 수용하기 어렵다는 판단이다. 종장 둘째 음보(3·5·4·3의 5의 자리)도 4모라가 하나 더 추가한 것으로 보아 '4+4'(8모라)로 하였는데, 변별 원칙과 이단성을 고려해 '5~8'(평음보의 두 배 음량까지)로 폭을 넓혀 지정해 주는 것이 더 합리적이라고 생각된다.

3. 현대시조의 특징

고시조와 현대시조의 특징을 한 마디로 말한다면 '노래하는 시조'와

'읽는 시조'의 차이라고 말 할 수 있다. 고시조가 주로 창사(唱詞)로서의 기능을 수행하고 있었다면 현대시조는 주로 문학성(文學性)을 강조하게 되었다. 최남선의『백팔번뇌』이후부터 온전한 모습을 갖추기 시작한 현대시조는 가람 이병기의 '시조혁신론'으로 한 단계 더 진전된 현대화의 체계를 잡아가게 되었다. 가람은 시조의 존립 의의는 그 정형과 고전적임에 있다고 강조하면서 명료하고 평이한 대중문학, 진실하고 신선한 사실문학(寫實文學)의 방향으로 시조가 혁신되어야 한다고 강조하였다. 그 세부 실천 방안으로 실감실정(實感實情)의 표현, 취재(取材) 범위의 확장, 용어의 수삼(數三: 선택), 격조(格調)의 변화, 연작 쓰기, 쓰는 법, 읽는 법 등 여섯 가지를 들었다. 이러한 실천 방안은 당시로서는 한걸음 앞선 발전적인 사고였다고 볼 수 있다.

오늘날에도 시조는 노래 즉 창의 흐름에서 완전히 자유로울 수는 없다. 전통시조를 아끼고 있는 일부 문사들 중에는 전승적 차원에서 현대시조의 가락을 고시조의 가락처럼 시조창화시키려는 의도도 엿보이기 때문이다. 고시조와 현대시조를 알기 쉽게 비교해보면 다음과 같다.

<고시조와 현대시조의 차이점>

항목	고 시 조	현대시조
① 제목	대부분 제목이 없다(연작형의 소수 작품에 한해서만 독립된 제목이 있음).	내용이 축약된 제목이 있다.
② 형태	단시조(單時調)가 많다.	연시조(聯時調)를 쓰는 경향이 많다.
③ 시행 배열	장별(章別) 구분이 있었으나 3행 배열방식이 아니고 줄글식이다.	장별 배열식의 3행 형태를 기본으로, 시행의 배열은 자유로워 개성에 따라서 다양한 형태를 보인다.
④ 율격 체계	3장 6구 12음보의 정격을 준수하며 기·승·전·결의 전개 구조를 형성하면서 반복적 율격성을 지닌다.	음수율에만 율격을 의존하지 않고 시어가 지니는 의미나 호흡에서도 율(律)을 잡는다. 이 율격을 잘못 오도하여 시조 파격의 경지에까지 이르며 자유시와의 변별성을 잃게 되는 수가 많다.

항목	고 시 조	현대 시 조
⑤ 허사	'어즈버', '두어라', '아마도', '아희야', '~하노라' 등 허사로 감탄과 흥을 일으킨다.	허사를 배제하고 주로 실사로서 운용하며, 전통시조의 창사적(唱詞的) 멋은 퇴보하고 주로 문학성을 추구한다.
⑥ 장시조	평민층을 중심으로 장시조(사설시조, 엇시조)의 창작 빈도가 높았으며, 고발정신은 우회적·풍자적 수법으로 주로 표현하였다.	풍자보다는 직설적이며 노골적 폭로성을 드러내는 것이 많다. 창작 빈도가 고시조에 비해 낮으며,29) 정격에서 벗어난 시조의 출현이 빈번해졌다.
⑦ 의미구조	권선징악적 결말이 많고 주로 귀납적 전개형이며 논리에 보편타당성이 있다.	논리적 보편타당성을 떠나 다양한 개성적 형태로 전개된다.
⑧ 감정처리	음풍농월조가 많고 사상과 철학의 분출구이다.	음풍농월조보다는 표피적 감정표현 또는 내면세계를 파고들어 인성의 심층 묘사를 다룬다.
⑨ 주제특징	고시조는 강호·자연과 애정문제가 중심 주제로 많이 다루어졌다. 창작빈도는 강호계(21.2%)가 제일 많고, 애정계(17.7%)가 그 다음이다.	현대시조의 주제별 창작 빈도는 인륜·계세(도덕, 자성, 수양, 저항) 분야가 제일 많고(34.6%), 강호·유람(자연, 탈속, 기행)이 두 번째(26.2%)이며 애정(10.4%)은 그 다음이다. 인륜·계세류와 강호류가 주류를 이루고 고시조에 비해 애정이 뒤쳐진 현상을 보이고 있다.30)
⑩ 실험성	'읽기'보다는 '부르기 위한 시조'이므로 창사적 목적으로 쓴 전통적 시조형을 유지하며, 개화기 이전에는 별다른 실험적 의도는 발견되지 않는다.	주로 메타포(metaphor)기법을 활용하여 다양한 행갈이로 실험하며, 절장, 양장, 4장형 등의 변이형태와 파격형이 많이 등장하여 자유시와의 변별성이 문제가 되고 있다.

위의 표에서 알 수 있는 바와 같이, 현대시조는 그 창작 목적에서부터 고시조와 다르기 때문에 많은 차이점을 보이고 있다. 우선 내용면에서 인류·계세류와 강호류가 주류를 이루고 고시조에 비해 애정이 뒤쳐진 현상을 보이고 있는 것은 현대시조에 들어오면서 소재의 범위가 확대되었을

---

29) 필자가 현대시조(『현대시조 100인선』, 태학사, 2006)의 장시조(사설시조)의 창작률을 조사한 결과, 6.6%(고시조는 17.3%)에 불과하였다.
30) 주제별 창작빈도는 본고 제2부 제3장 '고시조와 현대시조의 주제 분석표'(본고 160쪽)를 참고한 것임.

뿐만 아니라, 보편적 감정인 애정이야기보다는 독특하고 개성적인 자기발견과 자아실현 및 현실참여적인 쪽으로 관심이 쏠리고 있다는 증거이다.

그리고 특히 형식면에서 현대시조는 연시조가 많고 개성에 따라 다양한 변형의 묘를 추구하고 있다. 그러나 현대적 감각을 추구한다는 이유로 각종 난해한 실험적 형태가 남발되어 3장 6구 체계가 무너지는 등 뿌리문학인 시조의 정통성을 흐려놓고 있는 점은 매우 안타까운 일이다.

제2부

현대시조의 창작기법

제1장 현대시조의 창작 양상과 형식 실험

1. 현대시조의 유형별 창작 양상

향가에 그 뿌리를 두고 조선 시대에 찬란히 꽃 피면서 유구한 전통을 이어 내려오고 있는 시조문학은 아직까지 학술적·체계적으로 확실한 자리매김을 하지 못하고 있다. 시조문학의 연원이나 그 형식 체계에 대해서도 논자들마다 의견이 분분하여 늘 쟁점의 대상이 되어 왔다. 이웃나라 일본의 하이꾸(徘句)[1]가 오늘날의 대중시로서 확고히 자리 잡고 있는 것과는 달리 아직까지 국민문학으로서의 우리 시조가 제자리를 찾지 못하고 있는 것은 대단히 안타까운 실정이다.

현대시조는 계속적으로 창작되고 있고 그 방대한 양과 다양성 때문에 이론적 체계의 확립이 쉽지 않다. 이러한 점을 고려하여 필자는 현대시조 창작의 올바른 방향 설정을 위하여 최남선 이후 현대의 주요 작가와 작품들이 수록되어 있는 『현대시조 100인선』[2]을 기본 텍스트로 삼고, 거기에 수록된 7,240편의 시조를 평시조, 사설시조,[3] 탈격형의 셋으로 대별하여 창작된 형태별로 일일이 분석한 결과 다음과 같은 결과를 추출해 내었다.

---

1) 5·7·5 의 음수율을 지닌, 17자로 된 일본의 짧은 정형시.
2) 이지엽 편저, 『현대시조 100인선』(태학사, 2006년)에는 개화기 이후 현대시조시인 101명의 작품 7,240 편이 게재되어 있다.
3) 창법상 '사설지름시조'라 불렸던 '엇시조'는 '사설시조'와의 경계가 불분명하여 논란의 여지가 많은 실정이다. 따라서 본고에서는 '사설시조' 속에 '엇시조'도 포함된 개념으로 통칭하였다.

분석표에서 보는 바와 마찬가지로 현대시조는 우선 형식면에서 전통적 형식을 잘 수용하고 정제 · 발전시키기보다는 현대성과 개성의 추구라는 미명하에 다양하고도 혼란스러운 양상을 띠고 있다.

<현대시조의 창작 형태 분석표>

구분	창작유형	단수형	연작형	계	백분율	
평시조	① 3장 3행형 (기본형, 장별 배행)	436	1805	2241	31.0%	6,730편 (93.0%)
	② 3장 4행형 (주로 어느 한 장을 2행 배열)	94	307	401	5.5%	
	③ 3장 5행형 (주로 종장을 3행 배열)	70	122	192	2.7%	
	④ 3장 6행형(주로 한 장을 2행씩 구별 배행함)	508	990	1498	20.7%	
	⑤ 3장 7행형(주로 두 장은 2행, 어느 한 장은 3행 배행함)	288	348	636	8.8%	
	⑥ 3장 8행형	166	74	240	3.3%	
	⑦ 3장 9~11행형	392	37	429	5.9%	
	⑧ 3장 12행형 (주로 음보별로 배행함)	118	10	128	1.8%	
	⑨ 혼합형 (위의 ①~⑧을 혼합한 형태)	0	857	857	11.8%	
	⑩ 기타(실험시)	41	67	108	1.5%	
사설시조	⑪ 어느 한 장이 늘어난 사설시조	224	17	241	3.3%	474편 (6.6%)
	⑫ 어느 두 장이 늘어난 사설시조	76	9	85	1.2%	
	⑬ 3장 모두 늘어난 사설시조	35	0	35	0.5%	
	⑭ 옴니버스(omnibus)형 사설시조	2	96	98	1.4%	
	⑮ 기타 실험적 사설시조	10	5	15	0.2%	
탈격형	⑯ 절장(단장)시	1		1	0.01%	36편 (0.5%)
	⑰ 양장(2장)시	3	2	5	0.1%	
	⑱ 기타, 자유시형	7	23	30	0.4%	
총　　계		2,471	4,769	7,240		7,240편
백　분　율		34.1%	65.9%			

※ ① 위의 통계표는 『현대시조 100인선』에 나타난 작품 7,240편의 형식에 대한 분석 결과이다. 통계 수치는 조사자의 조사 방법이나 관점에 따라 약간의 차이를 보일 수 있음을 밝혀 둔다. ② 종장만의 음수탈격 26수(첫음보 3자 탈격 15수, 둘째음보 5자 미만 등 11수)는 3장 시 형태의 파괴로는 볼 수 없으므로, 별도 취급하여 위의 시형 탈격에서는 산정하지 아니했다. ③ 백분율은 소수점 이하 둘째 자리에서 반올림한 수치이다.

1) 평시조형

시조는 초 · 중 · 종 3장 체계로써 균제미와 절제미를 갖춘 전통적 고유 형식이다. 시에 있어서 운율을 이루는 기본 단위는 음보가 되는데, 영시에서는 하나의 강음절(强音節)을 중심으로 그것에 어울리는 약음절(弱音節)이 한 음보를 이루지만, 우리 시조의 경우는 대체로 휴지(休止)의 주기라고 할 수 있는 3음절이나 4음절이 한 음보를 이룬다. 시조부흥운동기에, 시조를 각 장 4음보의 행의 의미로 규정하고, 그 형식을 '초 · 중 · 종장 3章'의 개념으로 확정한 것은 가람 이병기에 의해서다.[4]

그리고 예전의 가집들은 시조를 줄글로 표기하여 3장 구분에 혼선을 빚어왔는데, 현대시조와 같이 초 · 중 · 종장 3행으로 정리하여 문학적 양식으로 한 수를 정리 · 표기하게 된 것은 최남선의 『시조유취(時調類聚)』(1928) 이후이다. 이러한 이론적 결과들은 시조의 기본 형태라고 볼 수 있는 평시조를 바탕으로 한 것이다.

위의 표에서 볼 수 있는 바와 같이, 평시조에 가장 많이 창작되고 있는 것은 역시 3장 3행형(31.0%)이었다. 그리고 다음으로 각 장을 2행으로 배열한 3장 6행 배열형(20.7%)이 그 다음을 차지하였다. 혼합형 배열의 연작형(11.8%)를 제외하면, 세 번째로 많은 습작 형태가 3장을 7행으로 배열한 형태(8.8%)이다.

이러한 결과로 보아, 평시조에선 전통적인 3장 3행 배열과 3장 6향 배열, 이 두 유형이 전체 절반을 넘어(51.7%) 현대시조 형식의 주종을 이루고 있음을 알 수 있다.

현대시조는 장별 배행을 더 세분화하여 고시조와는 큰 차이를 보이고 있다. 고시조는 창을 전제로 하기 때문에 3장 3행형이 적합했지만, 현대시조는 창사 위주가 아니고 '읽는 시', '보는 시'이므로 시각적 감각적 요소가 더 가미되어 시행이나 구음보 등의 다양한 배행으로 형태면에서도

---

4) 이병기, 「시조란 무엇인가」, 동아일보, 1926.11.24~12.13.

작가의 개성을 마음껏 살려내고 있다. 예를 들어 3장 3행~7행, 3장 9행, 3장 12행형의 경우는 다음과 같이 대체적으로 일반화된 모형을 취하고 있으나, 작가의 의도에 따라 다양한 모습으로 변용되며 심지어 혼합형도 있다.

평시조의 일반화된 모형5)

<3장 3행형>
초-----------------------
중-----------------------
종-----------------------

<3장 4행형>
초-----------------------
중-----------------------
종1----------
종2----------

<3장 5행형>
초-----------------------
중-----------------------
종1-----
종2--------
종3------------

<3장 6행형>
초1----------
초2---------- //
중1----------
중2---------- //
종1----------
종2----------

<3장 7행형>
초1----------
초2----------
중1----------
중2----------
종1---
종2-----
종3----------

<3장 9행형>
초1------
초2------
초3---------- //
중1------
중2------
중3---------- //
종1------
종2-------
종3----------

---

5) 구체적인 평시조의 형식과 창작기법에 대하여는 본고 '제2부 제4장 창작기술의 심화' 중 '시조 형식의 선택과 창작' 부분을 참고한다.

<3장 12행형> : 각 장 4음보로 이루어진 전체 12음보를 음보별로 분행 · 배
열하여 전체 12행 배열을 주로 하고 있다.

<혼　합　형> : 제 몸을 열어 내며 쏟아낸 붉은 양수
물꼬 튼 어미의 정 서해로 흐른 걸까

태초의 그 가락 타고
노을 속에 지은 집.

갯벌에 파묻힌 꿈 숨구멍 여는 날도
격랑의 물길 따라 사원 가슴 속절없다

누구나
등짐을 부리는
사랑방의 마루 같은.

– 고동우, 「서해」 전문

이 글은 서해의 그윽한 노을 정경을, 서정적 자아가 느끼는 모태적 정
감으로 감정을 이입시켜 그려낸 2수로 이루어진 연시조다. 이 글의 형식
구조를 살펴보면 제1수는 3장 4행, 제2수는 3장 5행으로서 독특한 형태
로 이루어진 혼합형 시조이다. 제2수의 종구를 3행으로 분행한 것은 인생
의 짐을 내려놓는 사랑방 마루 같은 정감을 또박또박 무게 있게 강조하기
위해서이다.

현대시조의 평시조에서만도 10가지 이상의 복잡 · 다양한 유형이 난무
할 정도로 창작되고 있다는 것은 상당히 많은 시사점을 제시해 준다. 현
대시조가 고시조에 비해 이러한 습작상의 변화를 보이게 된 것은 현대시
조 시인들이 고시조의 경직성, 단순성에서 벗어나 새로운 창작 시도로 현
대성을 구가하고자 하는 열망 때문일 것이다. 그리하여 고정된 창사 위주
의 3장 3행식 고시체형보다는 음보별 또는 구별로 배열하는 방식을 선호

하면서 감각적 · 시각적 이미지를 부각시키는 등, 다양한 변용의 축조에 의해 현대적 감각을 투영하고자 하는 심리가 드러나 있다. 그러나, 상당 수의 작품들은 시조 3장미학의 범주를 벗어나 무질서한 창작 양태를 보이고 있는 점은 우려할만한 일이다. 아무리 새로운 변화의 욕구에 따른 창작 형태라 할지라도 지나친 일탈적 습작태도는 시조 고유의 정통성과 미적 가치를 훼손시킨다는 점을 염두에 두어야 할 것이다.

2) 사설시조형

형태면에서 단형을 평시조, 중형을 엇시조, 장형시조를 사설시조라고 하는데, 엇시조와 사설시조와의 엄격한 구분에는 아직 논란의 여지가 많다. 엇시조는 창법 상 '사설지름시조'를 말하며 엇시조의 정의에 대하여는 학자마다 다른 견해를 보이고 있다. 엇시조에 대하여 서원섭은 3장 중, 초 · 종장은 대체로 평시조의 자수를, 중장은 그 자수가 40자까지 길어진 시조로 정의하고 있으며, 이태극은 단시조의 기준율에서 어느 한 구가 10자 이상 벗어난 시조를, 김제현은 3장 가운데 한 장의 1구가 2, 3음보 정도 길어진 시형으로 정의하였다. 이렇게 엇시조와 사설시조의 경계가 모호하기 때문에 최동원은 아예 시조의 형태를 양 대별하여 단시조와 장시조로 크게 둘로 구분할 수 있다고 주장하였다.6)

시조창으로 불려오던 창사적 내용을 문학적 형태인 자수 개념으로 파악하려는 방식은 현대시조에서 시간의 등장성을 따지는 음보의 개념으로 보아서도 온당치 못하다고 본다. 그러므로 최동원의 견해에는 상당히 타당성이 있다.

신웅순도 "적어도 시조에 있어서는 문학과 음악은 동일했다. 그러나 20세기 이후 음악과 문학의 별도 논의 후에도 문학상의 명칭을 이 기존의 음

---

6) 최동원, 『고시조론』, 삼영사, 1997, 207~208쪽.

악상의 명칭으로 그대로 쓰고 있다는 것은 문제가 되지 않을 수 없다"7)라고 하면서 시조형의 3갈래 방법을 부정하고 '엇시조'(중형시조)도 '사설시조'(장형시조)로 불리워야 한다는 이론적 견해를 보였다.

위에서 밝힌 바와 같이 엇시조와 사설시조의 경계는 애매모호하여 현대시조에서는 명확하게 그 경계를 긋는다는 것은 자칫 작가의 의도와 거리가 멀어질 수도 있으며 무리이다. 현대시조에서도 굳이 엇시조로 구별해야 하는 작품의 수는 극히 미미하여 본고에서도 엇시조를 사설시조에 포함하여 일반적으로 사설시조로 통칭하였다.

사설시조의 일반화된 모형8)

<어느 한 장이 늘어난 사설시조>　　　　　　<옴니버스형 시조>

```
<어느 한 장이 늘어난 사설시조>              <옴니버스형 시조>
초------------------            초------------------
중----------------------->      중------------------
종------------------            종------------------

                                초----------------------------->
                                중----------------------------->
<어느 두 장이 늘어난 사설시조>                종------------------
초----------------------->
중----------------------->      초------------------
종------------------            중----------------------------->
                                종------------------
```

　　※ 옴니버스형은 같은 주제 아래, 연작형으로 평시조형과 사설시조형 등이 혼합하여 어우러져 있으며 연과 연의 조합 양상은 다양하다.

---

7) 신웅순, 『현대시조시학』, 문경출판사, 2001, 87~90쪽.
8) 구체적인 사설시조의 다양한 형식과 창작기법에 대하여는 본고 '제2부 제4장 창작 기술의 심화' 중 '시조형식의 선택과 창작' 부분을 참고한다.

앞의 분석표에 드러난 바와 같이, 사설시조의 창작 유형별로는 어느 한 장이 늘어난 형태가 가장 많았고, 옴니버스형 시조와 같은 독특한 시형도 출현하였다.9)

현대 사설시조의 창작 실태는 고시조의 그것에 비해 매우 빈약한 편이다. 서원섭의 조사에 의하면 『교본역대시조전서』에 수록된 고시조 3,335수 중 장시조는 576수(엇시조 326수, 사설시조 250수)로서 장시조의 창작률은 17.3%였다. 그런데 필자가 조사한 『현대시조 100인선』에서는 전체 7,240편 중 사설시조(엇시조 포함)는 474편으로서 6.6%의 창작률을 보였다. 이와 같이, 현대시조에서는 고시조에 비해 사설시조의 창작 매력과 선호도가 급격히 떨어진 것으로 밝혀졌다.

여타 시조전문지에 나타난 사설시조 창작 실태도, 한국시조시인협회에서 출간된 4년간(2006~2009)의 작품 모음집 『삼천의 꽃나울』, 『초록동행』, 『대숲의 노래』, 『달빛 진 자리』에 실린 작품 총 933편 중 사설시조는 고작 12편 뿐(약 1.3%)이다. 그러나 시조 전문지라고 볼 수 있는 계간 『시조시학』(고요아침)에서는 2009년 연간 발표작가 총 188명 중 19명이 사설시조를 발표하여, 작가 수로 보아 전체 약 10.1%의 창작률을 보여 형식 실험에 선두를 달리고 있다.

현대시조 시인들의 사설시조 습작이 매우 저조한 것은 현대시조 작가들이 사설시조 자체를 인정하지 않고 있거나,10) 자유시와 같은 시대의 조

---

9) 어느 한 장이 늘어난 사설시조 작품 창작률은 전체 사설시조의 절반을 넘어 50.8%이고, 두 번째가 옴니버스형 시조 20.7%, 세 번째가 어느 두 장이 늘어난 사설시조 17.9%였다.

10) 김준은 사설시조의 존립 가치에 대하여 "온전한 시조형이라고 볼 수 없다"라고 일축하면서 부정적인 입장을 밝혔다(2010년 만해축전, 시조세미나).
또 박철희도 그의 저서(『한국시사 연구』, 일조각, 1991, 70쪽)를 통하여 "사설시조는 자유시다"라고 단언하였으며, 그의 논문(「사설시조의 구조와 그 배경」, 『고전시가론』, 새문사, 1995, 442쪽)을 통하여는 "엄격하게 따지고 보면 그것은 無型詩라고 할 수 있다. 그리고 사설시조에 내재된 이러한 무형시를 확대한 것이 바로 자유시인 것이다"라고 하여 사설시조에 대하여 부정적인 견해를 피력하였다.

류에 휩쓸려 전통 사설시조의 특징인 풍자적 고발정신과 같은 매력과 특성을 잘 활용할 필요성을 못 느끼고 있거나, 평시조에 심취하면서 폭넓은 창달을 위한 창작 개발 의지를 소홀히 했기 때문이라고 분석된다.

3) 탈격형

『현대시조 100인선』에 나타난 7,240편 중에서 시형의 형태면에서 탈격으로 분류된 글들(도표의 ⑯~⑱형)은 총 36편(0.5%)이다. 이 밖에 시형(詩型)의 형태면에서는 통계분석표에 탈격으로 산정되지 않았지만, 종장의 변격(첫 음보 3자 이탈과 둘째음보 5자 미만 등)시조 26편까지 합치면 탈격 시조는 전체 7,240편 중 총 62편으로서 약 0.9%에 해당한다. 여기에다가 평시조와 사설시조의 실험적인 시조 123편수를 합치면, 탈격이 되었거나 변격을 시도한 시조형은 전체 7,240편 중 총 185편으로서 약 2.6%에 해당된다. 이로 볼 때, 대략 작품 100편 중 거의 2~3편 꼴로 변·탈격 시조가 창작되고 있다는 추정이 가능하다. 이는 아직까지 현대 시조 작가들이 시조의 올바른 모형에 대한 인식이 부족했거나 과도한 실험 의지를 작품에다 쏟아 부은 결과라고 생각된다. 창조적 발상에서의 시조의 실험적 의도는 권장할 만하지만 관심의 소홀이나 인식의 부족에서 비롯된 탈격과 일탈은 시조 발전에 큰 저해가 된다는 사실을 염두에 둘 필요가 있다.

실험의 성공 여부는 실험 대상의 작품들이 현재에도 습작되고 있느냐 아니냐로 판가름될 수 있다. 그런데 현대시조에서 현대시조 초기(1950년대 이전)에는 절장이나 양장이나 4장시가 조금씩 선을 뵈었으나 최근 들어서는 거의 나타나고 있지 않으니, 이것은 그러한 변격 작품들이 작가들이나 독자들을 3장 미학의 묘미로 끌어들이지 못했다는 증거이며, 일단 이는 실험에 성공했다고는 볼 수 없다. 이것은 3장 체계의 정통성을 지켜 내려온 우리 고유의 시조 미학으로 보아서는 당연한 결과이다. 따라서 현대시조의 작가들은 더 이상 이러한 탈격적 실험 시도는 고려해서도 안 될 것이며, 또한 그렇게 창작에 임해서도 안 될 것이라 본다.

현대는 다양한 생활패턴으로 인하여 다양한 작품을 양산해 내며 시조도 그에 적극적으로 대응하고 적응해 나가지 않으면 안 된다. 그러나 그 대응의 방식은 뿌리 깊은 전통성의 바탕 위에서 현대 감각을 살려 나가야 되며, '탈격시'니 '자유시'니 하는 형식의 혼란은 일축되고 내용면의 질적 향상과 절제된 시조의 미학을 즐길 수 있어야 한다. 그 대안으로 정형률의 틀 안에서 '효과적인 표현 기법을 통한 미학적 심화', '시행의 적합한 변주와 응용'은 그 큰 줄기일 것이다.

2. 현대시조의 형식 실험과 일탈 · 변조

시조의 맛과 멋은 3장 미학의 묘미에 있다. 현대시조가 그 독자성 내지 정체성을 유지하면서 시조만의 미적 감각을 살려나가려면 고시조에서 보여주었던 시조만의 미학적 텍스트성을 인식하고 명품으로서의 3장 체계가 손상되지 않는 범위 내에서 창작이 이루어져야 한다. 그러나 현대시조 중에는 시조의 3장 기본 틀을 무시한 작품들이 현대적 실험정신이라는 미명 하에 버젓이 양산되고 있다. 이러한 현상은 시조문학의 미적 아우라(aura)에 손상을 입히고 시조 문학의 발전에 크게 저해가 되고 있다. 현대시조는 고시조의 단조로움이나 진부함에서 벗어나 새로움과 현대성을 추구해야 함에서는 '열린 문학'이지만, 또 한편으로 3장의 균제미와 절제미학을 추구해야 함에는 '닫힌 문학'으로서 엄정한 정형시라는 점을 인식해야 할 것이다.

1) 현대시조의 새로운 모색

시조의 율격적 특성은 한시나 하이쿠와 다르다. 일본의 정형시 하이쿠는 5·7·5조의 엄격한 자수율이 적용되고, 한시는 기·승·전·결의 전개 방식 아래 5언·7언이라는 자수율에 압운법, 평측법이 적용되어 재론의 여지가 없는 닫힌 형식이라 할 수 있다. 그런 반면에 우리 시조는 정형적 특징을 결정지어주는 자수율로만 정형성을 따질 수 없는 면이 있어 그들에 비해 다소 여유롭고 품이 넓다. 정형의 틀은 정형시의 집이며 표면적으로는 자수율에서 비롯된다. 그래서 시조문학의 발생 이래 많은 논저들과 작가들이 시조의 형식론에서 초·중장 3·4·4(3)·4, 종장 3·5·4·3의 3장6구 45자 내외라는 종래의 기본 틀을 준수하여 온 것이다.

그런데 이러한 고정틀의 인식과 개념은 현대시조의 창작에 있어서 적지 않은 제약 심리로 경직된 결과로 작용되고 있다. 예를 들어, 종장의 종구는 고시조에서 흥을 돋우고 마무리 여운을 나타내는 3자형의 허사격(조동사나 반문형)시어, '~하노라', '~하여라', '~어떠리' 등과 같은 말을 염두에 두고, 그 말들을 말미에 두고 무게를 앞 음보에 둔다며 4·3 고정형으로 인식되어 왔다. 그러나 고시조에도 종구가 4·4형으로 이루어진 것도 많고,11) 특히 허사가 제거된 현대시조의 종구는 4·4형 3·4형 등 어감이나 시상에 따라서 다양한 형태를 보이고 있다.

이와 같이 종래의 기본 틀로만 인식하려는 경향은 현대시조의 미적 감각으로 보아서는 불합리하다. 그러한 결과는 시상의 내용을 글자수에 억지로 맞춰 나가는 식의 창작 형태를 요구하게 되어 현대성의 확보나 운용의 미적 추구에 적지 않은 저해 요소가 된다.

이지엽은 "시조의 한 음보를 3, 4자로 고정하려는 것은 자연스러운 우리 언어활동을 극도로 제한시킨다. 동시에 6句로 고정시키는 것 또한 안

---

11) 예; '기러기 다 ᄂ라가니 消息을 뉘 傳ᄒ리 / 움이나 ᄭ자 ᄒ니 줌이 와야 움 아니 ᄭ라 / 줌조차 가뎌 간 님을 싱각ᄒ야 무ᄉᆷ ᄒ리'(작자미상, 한국시조대사전·560).

정적이긴 하지만 분방한 언어의 틀과 현대적 사고를 제한할 우려가 있다"[12]라고 지적하면서 현대시조의 전향적인 창작 방향을 주장하기도 하였다. 다음의 경우를 보자.

A

蜀天 블근 들의 슬피 우는 져 杜鵑아
空山을 어듸 두고 客窓에 와 우니는다
不如歸 不如歸ㅎ는 情이야 네오 니오 다르랴.

– 작자미상, 『한국시조대사전』 4166

B

폭포처럼 웅장하게 쏟아지는 달빛 쏘나타
귀 먼 베토벤 혼자 듣는 건 아니다
달빛이 두드리는 풍경소리 나도 그만 귀먹다.

– 한휘준, 「달빛, 봄빛 쏘나타」 전 2수 중 제1수

C

생(生)은, // 슬픔의 서랍에 손때를 먹이는 일 //
해지고 / 벗겨지고 / 금이 가고 / 깨지고… //
얼룩도 / 향기도 없는 // 한 생(生)이 // 찻잔 속에 어린다.

– 권갑하, 「인사동에서」 전문

* /표는 행 바꿈, //표는 연 바꿈표(빗금은 필자)

A는 고시조, B와 C는 현대시조다. 대체로 고시조에서는 음수율을 잘 준수하였다. 그러나 A는 조윤제가 제시한 시조의 음수율 초장 3·4·4(3)·4, 중장 3·4·4(3)·4, 종장 3·5·4·3의 율격에 다소 거리가 멀어져 있다. 초장의 초구 '蜀天'은 2음절이고 종장의 제2음보 '不如歸ㅎ는 情이야'는 8

---

12) 이지엽, 「21세기 시조창작의 일 방향 고찰」, 『월하문학관 개관 시조문학심포지움 자료』, 2010, 39쪽.

음절이어서 범상치 않은 음수율의 변형을 보였다. 그런데 글 A가 다른 고시조에 비해 변격을 보였다고 하나 시조의 율격으로 낭송을 하여 보면 큰 무리가 없다. 고시조에도 한 음보가 2음절로 되었거나, 5~8음보로 되었거나, 종구가 4·3형이 아닌 4·4형으로 되었거나 된 경우는 여러 군데에 나타나 있다. 이러한 형태는 품이 넓은 시조의 정형성을 보인 것이지 그 정체성에 위배되는 것은 아니다.

글 B는 폭포처럼 쏟아지는 달빛을 보고 거기서 받은 감흥을 베토벤의 월광쏘나타를 연상하며 시각과 청각이 교합된, 몰입의 경지를 서술한 글이다. 이 글의 음수율은 초장 4·4·4·5, 중장 2·4·5·3, 종장 3·8·4·3으로서 조윤제의 전통적 음수율 기준에 다소 벗어나 있어 전체적인 리듬 감각이 다소 매끄럽지 못하게 느껴질 수도 있다. 이러한 느낌은 3·4형의 반복적 리듬감에 익숙해진 면도 없지 않다. 그러나 이 글을 시간의 등장성에 따라 반복적으로 음미해 보면 큰 무리가 없을 뿐더러, 달빛의 황홀한 시각적 환상에 빠진 귀먹은 베토벤으로 환치된 자아, 즉 '몰입(沒入)의 경지'에 들게 되는 묘미를 느낄 수 있다. 이 글은 내용이 형식을 지배한 한 예라고 볼 수 있다. 시조가 정형시이므로 형식만을 먼저 내세우는 일면이 없지 않으나, 형식과 내용은 상호 보완관계로서 형식이 내용을 지배할 뿐만 아니라, 또한 내용이 형식을 지배하기도 한다는 사실을 염두에 둘 필요가 있다.

글 C는 초장 2·6·3·4, 중장 3·4·4·3, 종장 3·5·3·7의 음수율을 보였다. 이 글의 경우에도 조윤제의 전통적인 음수율 개념으로 파악하면 강조점 찍힌 부분은 소음보 또는 과음보로 이루어진 탈격형이라고도 볼 수도 있다. 그러나 그러한 자수 원칙 개념을 이 글의 작가가 모를 리 없다. '생은'의 경우 '인생은'이라고 3음수에 맞출 수도 있었을 것이다. 그러나 '인생을'이라고 하기보다는 '생은'이라고 2음절로 시작함으로서 보편화된 어감을 회피하고 독자적인 삶의 개념을 무겁고도 간명한 이미지로 드러내고 싶었던 의도를 짐작할 수가 있다. 종장에서 작가는 위와 같이 행, 연갈이(/표와 //표)를 함으로써 시조의 말구는 각각 독립시켜 '한 생(生)이'(말구의 제1음보), '찻잔 속에 어린다'(말구의 제2음보)와 같이 3·7음수로 시도하였다. 이것은 '한 생(生)이'를 독립시켜 인생을 심각하고도 무겁게 표현하려는 의도로 보인다. 그러나 율독시 종장의 끝음보가 7음절이어서 시조로서는 아무래도 부자연스러운 율격이 형성되게 된다. 차라리 종장을 '얼룩도 / 향기도 없는 한 생(生)이 // 찻잔 속에 / 어린다'와 같이 3·8·4·3의 형태로 행갈이를 하여 구조화했더라면 한층 더 자연스러운 시조형이 되었을 것이다. 이러한 판단은 종장에서 3·5·3·7의 형태보다는 3·8·4·3의 형태가 시조 율격에 알맞으며, 또한 다른 구에 비해 음량률의 지배를 받지 않는 종장 초구의 이단적·전환적 기능에 적합하기 때문이다.

윗글의 경우와 같이, 어느 장의 한 음보에서 2음수나 5, 6, 7음수, 경우에 따라서는 종장의 제2음보에서 8 또는 9음수가 등장했다고 해서 탈격으로 볼 수는 없다. 만약에 탈격시조라고 규정한다면 그것은 음보 개념이 아닌 자수 개념으로 파악한 결과이기 때문이다. 우리 시조의 음수를 천편일률적으로 3·4 또는 4·4형의 틀에만 적용시켜서 거기서 벗어난 것은 다 잘라낸다면 전통문학 창작의 경직성만을 드러내는 결과가 될 것이다. 시조의 율격 형성은 전술한 바와 같이 하이꾸나 한시와는 달라서 그들보다 여유롭고 넉넉한 품이 있기 때문에 현대시조의 새로운 지평을 열어가는 데에는 틀에 박힌 음수율을 고집하기보다는 시간의 등장성을 고려한 음보율 또는 음량률의 개념으로 파악하는 일이 중요하다.

사실, 현대시조는 고시조가 지녔던 묶인 틀이나 사상성을 거부하는 데서부터 출발한다고 해도 과언이 아니다. 장순하는, '창작이란 의미 자체가 실험이다'라고 하여 시인의 실험적 정신에 대하여 긍정론을 폈다.[13]

---

13) 장순하는 "시에서 지나친 주정(主情)은 배제되어야 하며, 시조를 쓰다 보니 자유시는 싱겁고 재미가 없다"라고 하면서, 습작에 관하여는 "글을 쓸 때, 창작이란 행위 자체가 실험이다"라고 하여 창작의 실험 정신을 강조하였다(2009년 7월 13일, 필자와

그러나 아무리 현대성을 살려 실험정신을 발휘한다고 조윤제의 운율을 기준 삼아, 율독시 리듬감의 큰 문제점이 발생하지 않는 범위까지가 그 한계일 것이다.

2) 3장 형식의 일탈과 변조

필자가 조사한 바로는 『현대시조 100인선』에 실려 있는 7,240편 중 탈격이나 실험적인 경향을 띤 작품들은 조사 결과 전체 185편으로써 약 2.6%에 해당된다. 현대시조 100편 중에 2~3편 꼴로 변격이 창작되었다는 말인데, 현대시조에서 시적 일탈의 범위를 어느 선까지 한정할 것인지는 구체적인 제시가 어렵고 또 논란의 여지도 많다. 형식적 변용의 실험 문제가 쟁점이 되고 있는 이유는 형식의 변용에 있어서 지나치게 개성이 강조되다 보면 오히려 시조문학의 정통성 확보나 공감대가 떨어져 문학의 미학적 가치를 상실할 수도 있기 때문이다.

이병기는 시조를 '定型詩'가 아닌 '整型詩'로 보았고(1966, 가람문선), 이은상은 "定型而非定型이요, 非定型而定型이다(1928, 동아일보)"라고 하였다. 정형시라고 하자니 정형이 아니고 정형시가 아니라고 하자니 정형이라는 말이다. 이와 같이 알쏭달쏭한 말에 대해서 박영학은 "시조의 형식이 일정하지 않은 것은 우리말 특유의 풍부한 어미의 가변성 때문이다"[14]라고 지적하였다. 그러나 아무리 가변성을 부여한다 해도 시조의 멋과 맛은 3분 구조 완결의 미학이라는 정형미에 있음을 부인할 수 없다. 절장(단장)시나 양장시나 4장시와 같은 탈장형들은 일종의 실험적 시도로 지어진 형태다. 이러한 형태들은 시조에서 가장 중요시되고 있는 기본 정형의 틀인 3장 원리를 도외시한 탈격형들이기 때문에 시조의 범주에 넣을 수가 없다.[15]

의 대담 시).

14) 박영학, 「가람의 시조유산과 그 문학상의 과제」, 『가람시조문학 세미나』, 2009, 38쪽.

형태적 변용에 있어서 지나치게 개성을 강조하다 보면 시조만이 가지고 있는 3장 미학의 맛과 멋이 조금씩 허물어지고 와해되어 전통문학으로서의 존재 가치를 상실하게 된다. 다음에, 일탈의 양상들을 종합적으로 살피고 새로운 발전을 위한 모색과 함께 그 한계에 대해서 논의해 보자.

(1) 절장(단장)시

절장시나 양장시는 정격인 3장 시조보다는 더욱 짧아진 실험적 형태로서 시적인 응축미가 더욱 과감하게 시도된 작품이다. 절장시나 양장시, 4장시는 3장 구조의 시조 원칙을 고려할 때 전부 탈격이며 변조에 해당되기 때문에 필자는 시조의 범주에는 넣지 않고 대신 연구의 대상으로 삼았다. 먼저 절장시를 보자.

A

애꾸의 눈사람이 앉아 오가는 이 웃기네

— 이명길, 「눈사람」 전문

B

말로 다 할 수 있다면 꽃이 왜 붉으랴

— 이정환, 「서시(序詩)」 전문

C

내 머릴 선산 발치로 돌려다오! 호곡 없는
요(寥) / 요 / 적(寂) / 적

— 최승범, 「임종」 전문[16]

---

15) 본고에서는 소위 '절장시조', '양장시조', '4장시조'들은 시조의 기본 틀인 3장체계를 벗어나서 시조가 될 수 없기에, 필자는 '절장시', '양장시', '4장시'로 통칭한다.
16) 김학성, 「시조의 3장 구조와 미학적 지향」, 『한국시조시학』, 고요아침, 2006, 120쪽.

위에 제시된 글들은 종장 하나만으로 이루어진 소위 '절장'(絶章, 또는 單章)시들이다. 절장시는 한 수의 내용을 종장 하나의 형식만을 빌어 단장으로 응축하여 긴장미를 드러내야 된다. 시상의 효과를 단장으로 이루어 내야 되기 때문에 시적인 응축미의 집약 효과를 과감하게 시도한 것이다. 그런데 C와 같은 경우는 행갈이를 하여서 시적 긴장미가 어느 정도 드러나지만, A와 B는 지나친 축소로 작가가 처한 상황이나 심리를 제대로 이어나기지 못해 시적 긴장감이 적고 시가 가지고 있는 독특한 반복적 운율감도 너무나 미약하다.

B와 같은 경우는 시조집의 제일 첫머리에 실린 것으로서, 꽃의 원형 심상과 관련하여 시인은 말로 다 표현해 낼 수 없는 인간의 시심을 안타까워하고 있다. 작가로서는 글 전체를 열어가는 데 필요한, 일종의 상징성을 띤 '서시(序詩)'로서 창작된 것임을 알 수 있다. 그러나 이러한 글들을 시조의 범주에 넣을 수는 없다.

이러한 절장시에 대하여 김학성도 "이는 순간성의 포착으로 영원을 지향하는 하이꾸의 여백의 미학에 근접한 것이지 시조의 미학과는 거리가 멀다. 초·중장의 결손으로 인한 반복의 미학을 음미할 수 없는데다가 그 반복을 벗어나는 종장의 변형 4보격이 갖는 전환의 미학을 즐길 기회가 차단되어 시조의 맛을 향유할 수 없다"[17]라고 지적하였다.

이러한 글들은 형식면에서 3장 6구의 시조적 기본 틀과는 거리가 멀어서 아무리 압축적 상징적 의미를 지녔다고 해도 시조로서의 긴장감이나 반복적 운율감을 느낄 수가 없고 시조만의 3장 미학을 음미할 수가 없으므로 시조의 범주에 넣을 수는 없는 것이다.

(2) 양장(2장)시

양장시는『현대시조 100인선』에서는 전체 5수로 조사되었는데, 초장과

---

17) 김학성, 위의 책, 122쪽.

종장으로 이루어진 2장시형으로서, 이은상의 「소경되어지이다」, 「입다문 꽃봉오리」, 「달」, 정소파의 「바다처럼」 등이 있다. 양장시는 일찍이 개화기 때부터 『제국신문』과 여러 학회지 등에 발표[18]되다가 현대시조 초기 이은상[19]에 의하여 그 양식적 실험이 본격적으로 진행되어온 바 있다.

A

오늘 누가 슬픈 노래 못다 하고 떠나는가
충혈된 그대 눈망울 하늘 보고 웃는데

– 조순애, 「노을」 전문

B

이몸이 죽어가서 낙락장송 되었다가
백설이 만건곤할 제 독야청청하리라

– 이은상, 성삼문의 「이몸이 죽어가서」 개작

C

바다여! 억겁 견딤의
아픈 침묵으로–
숨 가쁜 마음의 눌림,
어이 아니 쓰리랴.
벅찬 가슴으로
가슴으로 되어 오는…
어기찬 울부짖음은
어쩌지 못할 호소러니–.

– 정소파, 「바다처럼」, 전 6수 중 제1, 2수

---

18) 양장시는 노산 이전, 일찍이 개화기인 1907년 『제국신문』에 명누·충현 외 8명에 의해서 「경세목탁」 9수, 1908년 『태극학보』에 목단산인·용골산인에 의해서 「만슈성절을 축함」 2수, 1909년 『대한흥학보』에 소앙에 의해서 「국시2수」가 발표된 바 있다(김영철, 「한국개화기 시가 연구」, 새문사, 2004, 288~289면 참조).

19) 노산은 그의 「시조창작문제」(동아일보, 1932.4.11)에서 소위 '절장시조', '양장시조', '4장시조' 등의 신축성 있는 새로운 실험적 형태를 제안하였다.

위의 글들은 초장과 종장만으로 이루어져 있는 양장시들이다. 양장시는 개화기 때에도 목단산인(본명 김수철) 등에 의해 발표된 적 있지만, 본격적인 형식 실험대에 오른 것은 노산 시조에서부터다. 노산은 1930년대부터 새로운 시 형태를 모색하던 중, 1932년『노산시조집』에 소위 '양장시조 試作篇'에 2행으로 된 시형으로「소경되어지이다」외 6편을 발표하였다. 이러한 양장 형태의 글은 당시 일본의 시 가운데 2행으로 된 와카(和歌)에서 영향을 받은 것으로 보인다. 그러나 이 양장형의 글들은 노산 이후 크게 환영받지 못하였다. 이러한 결과는 양장보다는 3장 미학의 원리가 우리 민족의 성정에 가장 알맞은 시형이라는 점을 입증해 준 결과이다.

A에서, 작가는 '노을'을 소재로 하여 의인법에 의한 감정이입 수법으로 이별의 정한을 그려내었다. 그러나 반복적 서술에 의한 긴장과 감정의 연속이 차단되어 효과적인 시상의 전개 효과에는 이르지 못했다고 본다.

B에서, 노산은 본래 성삼문의「이몸이 죽어가서」에서 '무엇이 될꼬하니'는 전연 불필요한 허사라 생략시키고, '봉래산 제일봉에'도 불필요하고 곡진한 맛이 없다 하여 떼어내고, 위와 같이 '이몸이 죽어가서 낙락장송 되었다가 / 백설이 만건곤할 제 독야청청하리라'라고 변조하여 소위 '양장시조'를 제창하였다. 이렇게 무리한 실험적 습작 태도에 대하여 김준은 시조 3장의 구조 원칙을 강조하면서 다음과 같이 지적하였다.

> "본시 동양철학의 기본원리는 우주의 생성과정이 天地人의 三元에 바탕을 두고 있는 것이기 때문에 이 3이라는 숫자는 동양인의 사고에 있어서 매우 중요하게 작용하고 있을을 알 수 있다. …중략… 초장의 후구인 '무엇이 될꼬하니'는 노산의 지적대로 좀더 곡진한 맛이 없는 허사가 아니라, 분명 여기에는 자아분열을 통한 자의적 세계의 추구라는 의미가 내재하고 있다. 이는 자기와(의지적 자아) 자기 아닌 다른 자아(굴복적 자아)와의 갈등과 상극관계에서 본연의 순수한 자아를 지탱하면서 더 나아가 후세인에 대한 경각심을 암시하고 있다. '봉래산 제일봉에'도 그 어떠한 간신들의 무서운 횡포도 결코 자신의 의지를 꺾을 수 없다는 충신 성삼문의 지조의 극치가 충일된 절규인 동시에 호소이다."[20]

위에서 보는 것처럼, 김준은 3장 구조를 벗어난 현대시조의 무분별한 일탈적 시도를 비판하였다. 그는 이 논문에서 "현대에 와서 빠른 속도로 많은 사회 변화가 있기에 시조문학도 변화에 예외일 수는 없으나, 형식과 운율이 파괴보다는 주제의 심화, 소재의 광범성, 시어의 참신성과 함축성, 경이적인 이미지 묘사 등에 더욱 변화와 관심을 보이면서 창작 정신에 힘써야 한다"[21]라고 강조하였다.

C는 바다를 의인화하여 오랜 인고의 침묵, 그리고 그에 따른 울부짖음을 부각시킴으로써 욕구 분출의 카타르시스 감정을 형상화시킨 양장 연시조형이다. 시조는 초장에서 일으키고 중장에서 율동적 반복에 의해서 음미하고 종장에서 전환의 미적 단계를 밟으면서 종결을 지어야 하는데, 양장형의 글은 중장의 생략으로 율동적 반복의 미학을 즐기지 못하고 곧바로 종장으로 치닫기 때문에 시조의 3분 구조상의 미학적 특성을 살리지 못한다.

김준의 지적처럼 3장은 각 장 나름대로 미학적인 의미의 독립성을 확보하고 있으므로, 결코 양장형과 같은 무리한 실험 정신으로 시조를 창작하려는 시도는 바람직한 창작태도는 아니다.

(3) 기타 · 자유시형

앞의 '현대시조의 창작 형태 분석표'에 따르면, 탈격과 관련된 '기타 · 자유시형'은 자유시형, 7 · 5조형 등을 포함하여 총 30편 (0.4%)으로 조사되었다.

A

굽 높은
祭器.

---

20) 김 준, 「현대시조의 변혁성과 창작방향」, 『만해축전 시조세미나』, 2009, 5~7쪽.
21) 김 준, 위의 책, 9~10쪽.

신전에
제물을 받들어
올리는―

굽 높은
제기.

詩도 받들면
文字에 매이지 않는다.

굽 높은
제기!

― 김상옥, 「제기(祭器)」 전문

B

① 한낮의 적막(寂寞)이 겨우도록 시달리어
② 바다처럼 밀리고 쏟아지는 가랑잎을 본다.
③ 동령(東嶺) 마루턱에 종각(鐘閣)은 울고
　　불타는 골짜구니 저 와자한 소리
④ 어둠에 가리인 창살을 비집고
　　서로들 바삐 무너져가는
　　어제와 오늘을 본다.
　　그만한 이웃으로 우정(友情)과 애정(愛情)을 매만지고
　　서로들 마지못한 그리움과 의욕(意慾)도
　　한 겹 백지(白紙)로 가려진 안개!
　　이젠 마지막 바란 자비(慈悲)조차도
　　참지 못할 조락(凋落)을 밟고 넘는가.

― 장응두, 「가랑잎」 3연 중 1, 2연(번호는 필자가 부여)

C

나 이제 저자에서 / 떠나가리라 /
갈잎에 소소히 / 부는 바람에 //
사랑도 미움도 / 휘파람처럼 /

허공을 적시며 / 사라지노니 //
먼 훗날 길손이 / 나를 찾거든 /
목숨이 부끄러워 / 숨었다 하라.

– 유자효, 「옛 시풍으로」 전문

D

산새 소리도 멎었네
단풍잎도 거의 졌네

시내 맑은 소리만
골안 가득하이

내 가슴의 언저리를
산새 그림자는 호젓이 우네
스산한 마음의 창공을 휘돌아
한잎 두잎 단풍은 날아가네

– 조종현, 「치악산 어귀」 전 5연 중 1, 2, 3연

A는 시조 형식에 맞춰 작품을 감상하기는 힘들다. 이 글이 비록 시조 형식과는 멀어져 있지만, 그 시상 내용의 전개로 보아서는 상당히 의미심장하며 상징성을 띠고 있다. 초정 김상옥은 시조 형식을 하나의 구속된 틀(제사 형식)로 보았다. 그래서 그는 '시도 받들면 / 문자에 매이지 않는다'라고 하였다. 이 글에서 '제기'는 시에 쓰이는 '문자'와 같은 의미이며, '시'는 제기를 도구로 하여 이루어지는 '제사'와 같은 의미를 지닌다. '시'와 '제사', '문자'와 '제기' 사이의 유추 관계를 하나의 간명한 자유시 형태로 절제 있게 표현한 것이다. 시의 속성으로 보아 이 글이 지니고 있는 간명성과 의미심장한 함축성은 높이 평가할 만하다. 그러나 이 글을 시조 3장의 미학으로 풀이하기는 어렵다. 시조시인이면서도 굳이 시조 형식에 얽매이지 않으려는 초정의 고민이 드러나 있는 작품이라고 볼 수 있다.

B는 중심 소재인 '가랑잎'을 매개로 하여 쓸쓸히 무너져 가는 인생의 모

습을 감정이입 수법으로 표현하였다. 이 글도 시조집에 실려 있으나 시조로 파악하기는 힘들다. 첫째 연에서 의미 단위로 부여된 번호와 같이 4장형의 글로도 볼 수 있다. 제2연도 4장형의 글로 파악될 수 있으나, 전체적으로 작가는 굳이 시조 형식을 고려하지 않고 이 작품을 쓴 것으로 보인다. 4장형의 시는 한시의 기·승·전·결 체계와 관련되어 4행 창가의 영향을 받은 개화기 최남선과 이광수의 4장시[22]에서부터 나타나는데, 3장으로는 표현이 부족하다고 생각하여 어느 한 장(주로 중장)을 더 추가하여 창작하는 경우이다. 그러나 4장형의 글[23]들은 시상의 긴장감도 늘어지는 결과를 초래하여 이것 역시 3장 시조의 묘미를 느낄 수가 없다. 시조로서의 긴장감이나 음보율이 선명치 않은 이러한 글들은 자유시로 파악되어야 한다.

C는 시조보다는 7·5조의 시 형태로 보아야 한다. 주지하는 바와 같이 7·5조는 본래 일본시가의 율조로서 개화기 때에는 창가가사로 불리어졌으며, 그 이후로도 민요, 동요나 가곡조에 많이 쓰였던 율조이다. 위의 글이 시조집에 실려 있지만, 시조형으로 파악될 수는 없다. 작가는 글의 제목을 '옛 시풍으로'라고 한 것으로 보아 의도적으로 시조의 변이 형태를 창작한 것으로 보인다.

---

22) 개화기에 최남선은 『소년』지로 「신국풍 3수」를, 이광수는 『새별』지로 「말듣거라」를 4행시로 발표한 바 있다.

23) 시조는 4음보가 모여서 하나의 휴을 이루고 의미상으로 장별 완결성이 확보되어야 한다. 이러한 3장이 모여서 하나의 완결된 작품이 되기 때문에 시조에 있어서의 휴은 자유시의 行과 다르다. 그런데 현대시조를 보면 이러한 장의 개념을 무시하고 4장 시조를 시도하거나 무시로 행갈이를 하여 시조로서의 미적 가치를 상실하게 하는 경우가 많다. 4장형의 글들은 한시형의 기·승·전·결 구조에 따른 듯하다. 시상 전개에 있어서는 큰 무리 없이 전개되었지만, 시조 형식만이 갖는 균형 잡힌 3분 구조라는 원칙에서 벗어나 어느 장에서 두 번 반복됨으로써 불균형을 이루고 긴장 관계가 늘어지게 되는 결과를 초래한다. 시조에는 절제미와 함께 균제미가 요구되는데, 4장형의 글들은 이러한 3장 시조의 독특한 멋과 맛을 상실하여 그 미적 가치를 상실하게 된다.

D는 전체적으로 '~네'라는 각운의 역할이 시적인 감정을 불러일으키고, 첫 연과 두 번째 연이 시조의 초장과 중장의 역할을 대신할 수는 있으나, 세 번째 연에서는 음수나 음보의 구조면에서 시조 종장의 역할 기능을 찾을 수는 없다. 이러한 시형도 시조라기보다는 자유시형에 가까우므로 시조의 범주에서 제외시켜야 함이 마땅하다.

3. 의미 체계와 종장의 탈격

시조의 탈격은 반드시 3장형식의 탈격만을 의미하지 않는다. 비록 3장형의 탈격은 아니지만, 의미 체계의 탈격, 종장 초구의 탈격, 시행의 무리한 변용에 따른 일탈의 현상 등이 다 탈격의 범주에 들어갈 수 있다.

1) 의미 체계의 탈격

시조 형식이 일반적으로 3장 6구 45자 내외라는 관례는 음수율에 따른 인식에서부터 비롯된 것이다. 시조의 율격을 미학적으로 음미하려면 먼저 이러한 음수율이라는 인식에서부터 벗어나 음보에 따른 통사적 의미 체계의 미학적 개념으로 파악하려는 태도가 요구된다. 시조의 율격은 우리민족의 오랜 음악적 리듬감에 의하여 4음보격으로 체계화되었으며, 그러한 체계는 우리 민족의 언어 생체 리듬에 가장 적합하다. 여기서 소홀히 하기 쉬운 창작상의 주의할 점은 음수율의 개념적 인식에서 통사적 의미의 리듬 관계 인식으로 바뀌어야 한다는 것이다.

A

바람은 √ 어디서 √ 불어와 √ 흔드는가   초장 또는 중장의 문제

B

보이지 √ 않는 고향을 √ 꿈속에서 √ 맞는다   종장의 문제

A와 같은 글에서 3 · 3 · 3 · 4의 4음보격을 보였는데 이것은 시조의 음수율로 보아서는 큰 무리가 없다. 그러나 통사적 의미 체계로 보았을 때는 시조가 될 수 없는 것이다. 왜냐하면 문장의 통사 구조로 보아 목적어가 빠진 '의미 체계의 탈격'이기 때문이다. 차라리 '바람은 √ 어디서 불어와 √ (내 마음을) √ 흔드는가'로 '내 마음을'이라는 시어가 더 첨가되어야 하나의 온전한 장(章)이 성립된다. 이 수정문의 경우, 물론 제 2음보가 6음절로 늘어났지만, 낭송시에 의미 체계로 읽혀지는 리듬감에는 큰 무리가 없다.

B의 경우에도 시조 율격상의 배열에 따른 의미체계로 보아 잘못 되었다. '보이지'라는 말은 독립적으로 쓰이지 못하고 '않는'이라는 후속어를 필요로 하는데 위와 같이 음수율적 개념으로만 인식하여 제2음보를 '않는 고향을'(5자)로 인식함으로써 자수 맞히기에 급급하였다. 이 글도 '보이지' 앞에 '언제나', 또는 '눈 뜨고' 등의 3음절 시어를 첨가 배치하여 종장 앞구를 의미 단위로 재창출해 내야 된다. 예를 들면 '눈 뜨고 √ 보이지 않는 고향을 √ 꿈 속에서√ 맞는다'와 같이 수정되어야 한다. 이럴 경우 제 2음보가 8음수로 늘어났지만 의미체계가 맞고 율독도 빠른 걸음으로 하면 큰 문제는 없다.

현대시조의 온전한 율격은 다음과 같은 의미체계를 염두에 두어야 한다.

초장 1구(2음보: 의미 단위) + 2구(2음보: 의미 단위) → 독립성 ┐
중장 3구(2음보: 의미 단위) + 4구(2음보: 의미 단위) → 독립성 ┤
종장 5구(2음보: 의미 단위) + 6구(2음보: 의미 단위) → 독립성 ┘

* 각 장끼리는 균제미를 동반한 유기적 관계가 성립돼야 한다.

위와 같은 율격 체계는 음수율의 관점을 떠나 통사적 의미 체계로 인식한 구별 음보율의 관점이다. 이때 초장 3 · 4 · 3(4) · 4, 중장 3 · 4 · 3(4) · 4, 종장 3 · 5 · 4 · 3과 같은 음수율의 개념은 단지 음보의 짝을 설명할 때만 필요한 것일 뿐이다.

흔히 탈격을 이를 때 '음수로 인한 탈격'만을 거론하게 되는데, 이는 시조를 의미의 율격체계로 인식하지 못하고 외형적 음수율로만 파악한 결과이다.

2) 종장 초구의 탈격

탈격에 대한 논의에서 빼 놓을 수 없는 것이 종장 초구에 관한 사항이다.

필자의 조사 결과『현대시조 100인선』에 실려 있는 7,240편의 작품 중, 종장의 탈격을 보인 예는 총 26편으로 밝혀졌는데 이것들은 거의가 현대시조 초창기(1950년대 이전) 작가들의 작품이었다. 이러한 현상은 초창기의 경우, 고시조의 기본 틀을 고수하는 데 대한 반감과 그에 따른 실험적 의도, 그리고 1920년대와 30년대를 거쳐오면서 쏟아져 나온 각종 시조론의 대두와 함께 학문적 체계가 미처 수립되지 못하고 혼선을 빚어 온 데에 따른 결과라고 보여진다.

(1) 종장 첫 음보의 탈격

A

책상(冊床) 한머리 등은 자주 깜박이노니 보던 글도 두고 묵묵히 외로 앉아
나는 나의 한적(閑寂)을 깨닫노라.
(사설시조 「우뢰」의 종장)

B

눈 눈 눈이 아니라 보리가 쏟아진다고 나는 홀로 춤을 추오.
(「보리」의 종장)

C

다만, 이 흐르는 물이 긏지 아니하도다.
(「박연폭포」3수의 종장 초구)

— 이병기, 「우뢰」, 「보리」, 「박연폭포」 일부

D

비짱 소롯이 열고 / 자리한 태백의 기슭 //
인내로 얻은 씨앗 / 산과 물줄기 따라 //
만 년 이어온 가쁜 숨 / 귀 모아 보는 오늘이다

— 이태극, 「소리·1」 전 2수 중 제1수

시조의 창작에 있어서, 격조의 변화와 연작 쓰기를 시조 혁신의 핵심으로 주장했던 가람의 경우, 『현대시조 100인선』에 실려 있는 그의 시조 83편만을 조사한 결과 80편이 3장 3행형 시조이며, 3장 6구 12음보 체계를 벗어난 예를 발견하기 힘들었다. 그러나 종장에서 탈격을 보인 것이 발견되었는데, 사설시조 「우뢰」와 「보리」, 그리고 평시조형(연작)의 「박연폭포」다.

종장의 3자 탈격을 보인 A의 종장 첫 음보 '책상(册床)'의 경우 사설시조 창작시의 부주의로 보인다. B의 '눈 눈'은 다음에 오는 '눈'까지 접속하여 연속적으로 '눈 눈 눈'의 3음절로 세 번 끊어 읽고 휴지를 둔 다음, 이어서 '~이 아니라 보리가 쏟아진다고'라고 율독을 하면 비록 단어 구조의 어색한 차단현상이 생기더라도 종구에 가서는 시적 안정감을 획득할 수도 있으므로 리듬상 변용의 융통성을 보인 것이 아닌가 한다.

C의 종장 첫 음보 '다만'의 경우는 율독 시에 '다만' 다음에 쉼표를 분명히 찍어 놓은 것으로 보아, 쉼을 두어 '다만'이 2음수이지만 3음수의 음량으로 음독하려는 시도로 보인다. 이러한 현상들은 시조의 현대화 과정에서 발생한 시행착오이거나, 변용에 따른 융통성과 신축성 부여[24]의 한 사

---

24) 노산 이은상은 각 구의 자수의 신축성을 인정하는 융통성을 제안하였다. 종장 첫 음보의 3자 고정에 대하여서도 노산은 그의 「시조창작 문제」(동아일보, 1932.4.11)에

레가 아닌가 생각된다.

향토적 시향의 시인 이태극은 전통적인 3장 3행형과 3장 6행형을 주로 선택하여 창작하였으며, 시조의 정격이 잘 준수되어 그의 전체 작품 중 탈격을 보인 예는 찾아보기 힘들다. 그러나 작품 D에서 종장의 탈격이 발견되었는데, D의 경우도 '만 년'이 긴 세월이므로, 2음절을 3음절의 음량으로 낭독하여 '만-년'으로 하면 큰 무리가 없으리라 본다. 이 작품도 종장에는 작가의 자의적 융통성과 신축성을 염두에 두고 창작한 것이 아닌가 생각된다. 그러나, 아무리 자의적 융통성을 발휘하였다 하더라도 작품의 기사(記寫) 형태로는 엄연한 종장 첫구 탈격이므로, C의 경우와 같이 쉼표를 찍어 놓든가, '저기'를 '저-기'로 표기하는 것과 같이 한음절의 길이만큼 늘이라는 늘임표(-)를 사용하여 창작 의도를 분명히 나타내주는 것이 옳을 것이다.

가람은 종장 첫 구의 자수율에 관하여 "종장 첫 구에는 三字句"[25]라 하였다. 이런 이후 종장 첫 음보의 자수율은 '三字'로 인식되어 왔다. 그러나 『교본역대시조전서』[26]를 통한 서원섭의 세밀한 조사에 의하면 그 자수율이 다양하다는 사실이 확증되었다.[27] 서원섭의 통계에 의하면, "종장 起句에 사용된 '3자'는 평시조 2,759수 중에서 98%에 상당하고, 엇시조 326수 중 90%, 사설시조는 250수 중 84.5%에 각각 상당하고 있다. 이것을 전체적으로 통괄해서 파악해 볼 때, 첫 구가 3자인 작품은 대상 작품 3,335 수 중 95.8%인 3,196수이고"[28] 이동철이 조사한 수치는 대상 작품 2,376수

서, "폭풍우가 몰려오는 흑운을 가리키며 '저기 저 산 위에'라고 하면 그 '저기'는 激調로서 2字요 2音이지만, 哀懷를 자아내는 백운을 바라보며 '저기 저 산 위에'라고 하면 그 '저-기'는 緣調로 2字면서 3音이 되는 것이다"라고 하면서, 3자가 아니요 3음인 이상 자수로는 2자라고 할지라도 無妨한 경우도 있음을 피력하였다.

25) 이병기, 「시조란 무엇인가」, 동아일보, 1926.11.24~12.13.
26) 심재완 편저, 『교본역대시조전서』, 세종문화사, 1972.
27) 서원섭, 『시조문학 연구』, 형설출판사, 1977, 330~337쪽.
28) 이동철, 『시조문학산고』, 국학자료원, 1997, 35~37쪽.

(『시조문학사전』) 중 96.2%인 2,296수[29]로 나타나고 있어서 비슷한 현상을 보여주고 있다. 그러나 통계 결과가 완전무결하지 못하고 95.8%와 96.2%로 나타났다고 해서 종장 첫 음보의 자수를 3음절보다 적거나 많게 해서는 안 된다. 종장 첫 음보의 3음수는 오랜 세월 동안 정착되어 온 시조 정형의 중심점[30]이기 때문이다.

(2) 종장 초구의 탈격

A

비단결 호수를 / 봄바람 같이 / 스쳐간다 //
달 밝은 / 호수를 / 그림자처럼 / 날아간다 //
갈수록 볼수록 / 새로워라 / 아름다워라

— 조종현, 「새로운 길」 전문

B

청간정 뒤로 두고 / 떠나가기 어려워라 //
물새를 떼어 놓고 / 돌아가기 차마 어려워 //
담배를 피워물고 / 우두커니 내가 섰네

— 조종현, 「淸澗亭」 전문

C

눈작만 바람은 자고 밤 이슥 하는도다
별빛 말곳말곳 무영탑 말이 없고
섬돌 자욱 발자욱 천년 밤은 고요히…

— 조남령, 「불국사의 밤」 전문

---

29) 이동철, 위의 책, 37쪽.

30) 필자는 종장 첫 음보(3음수)에 대하여, 고시가의 전·후절 분단 사이에 끼어 있던 '어즈버', '두어라' 같은 감탄사 또는 여음사를 계승하면서 자연스럽게 현재의 고정된 모습으로 정착된 것으로 보며, 현대시조에서는 종장의 긴장을 불러일으키고, 둘째 음보 5(5~7)로 이완시켜주는 미학적 역할의 의미가 있다고 본다.

철운(鐵雲) 조종현(趙宗玄)은 선사(禪師)요 시인이다. 그는 불교적 유심철학적(唯心哲學的) 색채를 풍기며 삶과 죽음을 넘나드는 사유의 경지에서 인생의 참길을 찾아 나선 구도자요 나그네이기에 '길'의 시인이라 할 만하다. 그래서 그의 시적 경향은 '구도자적인 위치에서 바라본 인생의 길 찾기'라고 해도 과언이 아니다. 그런 인생의 길 찾기 노정에서 부딪치는 번뇌와 세속의 얽매임은 오히려 그에겐 버리고 떠나야 할 짐이 되었기에, 그러한 사상적 배경은 그의 시작(詩作) 형태에도 영향을 미쳐 엄격한 자수율에 얽매이지 않는 자유스러움을 드러내고 있다고 판단된다.

조종현의 시조 중, 종장의 탈격을 보인 예는 「떠나는 길」, 「남관 남춘」, 「나도 푯말이 되어 살고 싶다」, 「길」, 「끝없는 길」, 「자정의 지구」, 「가는 길」, 「새로운 길」, 「시냇소리」, 「쉬어 가는 길」, 「나그네길」, 「어머니 관세음보살」, 「청간정」 등 작품 다수에 이르고 있다.

A에서, 초·중장의 율독은 시조로서 비교적 자연스러운 편이나, 종장 첫구의 율독은 '3·5'가 아닌 '3·3'으로서, 종장의 전환적 묘미 형성과도 거리가 멀고, 시조만의 변별성 유지에도 문제가 있다. 이따금씩 나타나는 현상이지만, 이러한 종장의 자유스런 탈격 현상은 전술한 바처럼 그의 사상적 배경과도 무관하지 않을 터이지만, 글 B의 강조점 부분과 같이 종장 '3·5'에 대한 의식 부족이거나 고시조나 가사의 '3·4' 또는 '4·4' 율조에 익숙해진 작가의 창작 관습에서도 영향을 받은 것으로도 생각된다.

C의 작가 조남령은 1940년부터 1941년까지 『문장』지에 「현대시조론」을 발표하여 당시로서는 상당히 진전된 시조시학의 체계를 수립하여 놓았다. 『현대시조 100인선』에는 그의 「현대시조론」과 함께 그의 시조 18편이 게재되어 있는데, 그 형식은 전부 3장 3행형이고 기행시조가 많다. 그런데 그 가운데 유독 「불국사의 밤」만은 종장이 탈격이다. 종장의 '섬돌 자욱 발자욱'을 어떻게 음보로 구분 할 것인가? '섬돌 / 자욱 발자욱'이라 해도, '섬돌 자욱 / 발자욱'이라 해도 문제가 된다. 음절 단위와 의미 단

위를 고려한 종장의 음보 구성이 이루어지지 않으니 시조로서의 기능과
변별성 확보에 문제가 있는 경우이다.

4. 시행의 무리한 변용

앞에서, 절장시, 양장시, 4장시형, 종장 첫 구 '3·5'의 파괴 등은 정형시
인 시조의 맛과 멋, 그리고 정체성을 잃게 하므로 그러한 파격형에 대해
서는 또다시 시도되어서는 바람직하지 않다는 것을 확인하였다. 그러나
그러한 경향들 못지 않게 시행의 무리한 변용은 현대시조의 심각한 문제
점으로 대두되고 있다.

A

청송땅 샛별 품은 갈맷빛 외진 못물 갓밝이 저뭇한 숲 휘감아 도는 골짝만 된
비알 뼈마디 꺾는 물소리 가득하다. 호반새 울음 뒤에 퍼지는 새벽 물안개 실오
리 감긴 어둠도 한 올씩 풀어내고 삭은 살 연기가 되고 재 되는 저 춤사위. 사는
일 짐 부려 놓고 제 거울 들여다보는 고요도 버거운 이 차갑게 돌아앉고 못 속에
누운 왕버들 퉁퉁 부은 발이 시리다. 숨 돌릴 겨를 없이 짙붉게 타는 수달래 먹
울음 되재우고 저마 다 갈 길 여는가 내 앞에 툭툭 튄 물살 쌍무지개 지른다.

— 조성문, 「주산지 물빛」 전문[31]

A는 4수로 된 연시조이다. 주산지 호반의 신비감을 묘사한 이 글을 처
음으로 대하는 독자들이 이 글을 시조라고 인식하기는 어렵다. 음독을 반
복하면 그 골격을 짐작하겠지만, 장이나 연의 구분이 없이 줄글식으로 내
리닫아 써내려간 이 글에서 독자들은 언뜻 장르 인식의 어려움을 겪게 되
는 것이다. 이 글을 각 수별(首別) 인식의 차원에서 중간 2수까지만 행갈이
를 다시 하여 보자.

---

31) 2006년 『조선일보』 신춘문예 시조 당선작.

A-1

청송 땅 샛별 품은 갈맷빛 외진 못물
갓밝이 저뭇한 숲 휘감아 도는 골짝만
된비알 뼈마디 꺾는 물소리 가득하다.

호반새 울음 뒤에 퍼지는 새벽 물안개
실오리 감긴 어둠도 한 올씩 풀어내고
삭은 살 연기가 되고 재 되는 저 춤사위.
(후반 2수 생략)

앞의 글 A를 A-1과 같이 재구성을 하면 4수의 평시조로 구성되어 있음이 선명히 드러난다. A보다는 A-1이 시조로서의 형태가 잘 드러나며, 통사적 의미관계도 잘 인식할 수 있어서 음독이나 내용의 이해에도 훨씬 도움된다. 그러나 작가는 개성과 현대 감각을 추구한다는 목적으로 구태의연한 형식적 틀과 일관성에서 벗어나고자 했다. 그래서 행과 연의 나눔을 생략하고 장별 휴지부도 없이 줄글식으로 이어나간 것으로 생각된다. 그러나, A-1와 같이 배열하여 선명하게 전달하고자 하는 의미 개념을 인식하도록 하면 될 것을 굳이 현대적 감각을 살린다는 미명 아래 혼란을 야기시키는 배열을 택한 것이 과연 현명한 창작법이었는가는 생각해 보아야 한다.

T. W. 아도르노는 예술에 대하여, "여러가지 가능성을 검토하는 일이라고 할 수 있는 실험은 주로 유형이나 장르에 집중된다"라고 하면서, "예술은 속임수이거나 괴팍한 짓인 점에서 무책임하다. —중략— 그러나 절대적인 무책임성은 예술작품을 우스운 것으로 격하시킬 것이다"[32]라고 하였다. 아도르노의 지적은 예술의 일관성을 거부하면서도 그 무책임성에 대하여는 신랄히 비판하고 있는 것이다. 따라서 현대 감각을 살린다는 명목으로 시도

---

32) Theodor Wiesengrund, Adorno, 홍승용 역,『미학이론』, 문학과지성사, 2005, 69~
71쪽.

되는 A와 같은 무리한 시작법은 지양하는 것이 좋다고 생각된다.

현대시조 시인들이 위의 「주산지 물빛」과 같이 장과 장 사이의 독립적 구분도 염두에 두지 않고 줄글로 이어 쓰거나, 시조의 독특한 율격 인식과 통사·의미 체계의 인식을 거부하고 혼란한 산문형이나 기하학적 글을 고집하거나, 미완의 꼴로 구성해 놓는다면 시조로서의 미학적 가치는 기대할 수 없을 것이다.

시조의 울타리를 벗어나는 작품이 발표되어서는 안된다. 낯설게 하기는 문학적·예술적 가치가 향상될 때 필요한 방법이다. 이지엽은 "각 장과 각 수가 행과 연에 대응해야할 필요는 없다면서 형식이 내용을 억압해서는 안된다"33)라고 주장한다. 이러한 주장은 아마도 관념적이고 경직된 고시조형의 답습에 대한 변모와 자수 고정의식에 대한 탈피로 현대성의 창의적 혁신을 추구하고자 하는 견해일 것이다. 그러나 시조문학은 다른 장르와는 달리 일정한 용기(틀)에 내용을 집어넣어야 하는 특징이 있는 형태이므로 형식과 내용의 양가적 특성을 무시할 수는 없다. 운전자가 지정된 도로를 이탈하여 벗어날 수는 없는 노릇이기 때문이다.

> 간밤에 시인들이 떼로 몰려왔습지요 연거푸 파지를 내며 머릴 쥐어뜯으며 밭두덕 비탈마다 술잔을 내던지며 그렇게 온밤을 짓치던 하늘시인들입죠 개울을 줄기째 들었다 태질을 치곤 했다는데요
>
> — 박기섭, 「하늘 시인」 전문

위의 글은 짖궂은 자연현상을 은유기법을 통하여 재치 있게 형상화하여 작가의 구상력이 돋보이는 작품이다. 그러나 위와 같이 문장의 휴지부나 종지부호도 없이 연기식(連記式) 줄글로 나열했을 때 자유시로 볼 것인가, 시조로 볼 것인가, 산문으로 볼 것인가. 작가는 그의 시론에서 억지나 작위적인 시조 작법을 지적하면서 "자연스러움은 시조미학의 품격을 결

---

33) 이지엽, 「가람시조, 형식과 내용의 혁신성」, 『가람시조문학제 세미나』, 2008, 46쪽.

정하는 관건이다. (중략) 사설의 맥락을 평시조 음보의 변화 없는 반복으로 몰고가는 건 비루한 품격이다"[34]라고 주장하였다.

작가는 위의 글을 세 문장으로 분류하여 처음부터 '~몰려왔습지요'까지 초장, '연거푸~하늘시인들입죠'까지가 중장, '개울을~했다는데요'까지가 종장으로 처리하여 중장이 길어진 사설시조로 창작하였으리라 짐작된다. 연기식 줄글로 자연스럽게 개성적 형식미를 구가하였다는 데 의미를 두면 이해는 가나, 정형시 존립의 가치까지 무력화시키는 작시법은 문제가 있다고 보며, 음악성보다는 시각성과 문학성을 중시하는 현대시조 조류로 보아서도 혼란이 야기되지 않을 수가 없다. 시상 전개에 따라 굳이 줄글식 배행을 해야 할 경우, 장별 구조에 따라 휴지부나 종지부를 활용하거나 또는 행갈이를 하여서 시조 장르로서의 변별적 기능을 제공해 주는 것이 바람직하다. 현대시조는 정형성을 바탕으로 한 율격적 특성을 살리면서, 다양한 체험에서 우러나온 인생관이나 그에 따른 개성적, 미적 가치를 추구해야 한다. 그러나 많은 작가들이 시조의 율격적 특성이나 유기적인 구성 등을 의식하지 않거나 인식하지 못한 채, 현대성만을 강조한 임의적 창작을 하고 있어 시조만의 미적 가치를 훼손시키고 있는 것이다.

이런들 어떠하오리 저널들 어떠하오리 /
술을 딸아 권하오거날 百死歌 읊으시오며 그 盞을 돌리오시다. /
그 몸이 아으 죽고 또 죽고 千萬번을 고치오셔도 한번 肝에다 사기온 뜻은 굽힐 길이 없드오이다. //
아으 그 노래 읊으온뒤에 半千年도 하로온양 오로다 王氏 李朝도 한길로 쓸어져 꿈이도이다. / 임 한번 베오신 피가 돌이 삭다 살아지오리 /
돌欄干 마자 삭아지어도 스며오신 붉은 그 마음은 흐릴 길이 없으리오리다.

— 김상옥, 「善竹橋」 전문, (빗금 필자)

---

34) 박기섭, 「차라리 물병을 차 버려라!」, 『사설시조의 특성과 그 전망』, 고요아침, 2008, 81~88쪽.

이 작품은 초정(草汀)의 첫 시조집『草笛』에 실려 있는 작품이다. 고시체를 닮고 시행과 연의 구분도 안된 이 작품은 시조집에 실려 있으므로 작가는 분명히 시조라고 창작을 한 것이다. 그렇다면 이 시조를 어떻게 분석해야 가장 합리적인가. 이지엽은 이 작품에 대하여 "각 장은 네 마디로 나누어지며 종장에서의 음보도 정상적으로 이루어지고 있다"35)라고 하여 사설시조의 하나로 보고 있다. 이 글은 의미 내용으로 구분(빗금)하였을 때 위와 같이 두 수로 이루어진 사설시조로 볼 수도 있다. 제1수는 중장과 종장이 늘어났으며, 제2수는 초장과 종장이 늘어났다고 볼 수 있다. 시조의 각 장은 네 마디(음보)로 형성된다는 논리에 따라 굳이 제2수의 종장을 음보별로 나누어본다면, '돌欄干 / 마자 삭아지어도 / 스며오신 붉은 그 마음은 / 흐릴 길이 없으리오리다'라고 해야 할 것이다.

그러나 이 시조를 대하는 독자들은 시조의 초·중·종 3분 구조를 어떻게 느끼고 어떻게 구분해야 할지 언뜻 판단하기 어렵다. 고풍스럽기도 하지만 자유시 같기도 한 이 시의 변조적 특성 때문이다. 시행의 무리한 변용에 따른 마디 끊기(segmentation)나 일탈은 의미체계의 혼란을 가져오고 3장 미학의 체계를 훼손시켜서 시조문학의 퇴행을 가져올 수 있으므로 세심하고도 주의 깊은 작시 태도가 요망된다.

오늘도 서울 장안(長安)
위도(緯度) 경도(經度) 그어진 바다
을지로에 닻 내리고 썰물 밀물 파도를 탄다

차량도 가지가지 경적도 가지가지 큰 놈 작은 놈
꼬리에 꼬리 물고 또 물리고 구린내 해감내 코를 찌르는
시내를 두루 헤엄쳐 탐욕과 미망 시기와 편견 실의와 좌절로
오물을 뒤집어 쓴 채 아슬아슬 파도를 탄다

---

35) 이지엽, 「정제와 자유, 엄격과 일탈의 시조형식」, 『한국시조시학』, 한국시조시학회, 2006, 179쪽.

떼지어 헤엄치는 물고기

먹고 먹히고 그물에 걸리고 작살에 찔리고 죽고 사는

그 난장판 아우성도 본다.

– 송길자, 「파도 타기」 전문

이 글은 사설시조로 창작된 것이지만, 3장 구분의 변별성을 가늠하기 어렵다. 각 연을 한 장으로 볼 경우, 3장이 다 음절수가 넘쳐 논자[36]에 따라서는 자칫 사설시조의 범주에 넣지 않을 수도 있다. 이 글이 3연으로 구성되어 있고, 각 연이 독립적인 시조 1수의 형태를 드러내지 못하고 있으므로 이 글을 시조로 발표했다면, 1연이 초장, 2연이 중장, 3연이 종장으로 볼 수밖에 없다. 그런데 이러한 형태를 가지고 각 연을 시조의 초·중·종장으로 분석한다는 자체가 무리다. 만약 종장 한 장(章)만이라고 시조의 정격을 지켰더라면 변별력이 생겨 사설시조의 면모를 유지했을 터인데, 3장이 다 늘어난 형태라서 자유시형에 가깝게 되었다.

아무리 현대성 추구를 위한 변조의 필요성이 요구된다 하더라도 종장 초구의 정격 준수는 그 한계점이라 할 수 있으므로 원칙을 지켜야 된다. 위와 같은 글의 경우에도 최소한 어느 한 장(주로 종장)만이라도 시조의 정격을 준수하여 변별성이 드러나도록 창작하는 것이 바람직하다.

바람직한 현대시조의 모습은 시조로서의 정형성을 지키면서도 새로움의 미학을 추구해야 하는 양면적 임무를 띠고 있다. 변화하는 현대 사회의 정황에 부응하여 현대시조는 현대시조다운 새로운 면모를 지녀야 한다. 현대성의 부각에 있어서는 시조의 내용이 무척 중요하지만, 그에 못지 않게 그것을 담을 그릇, 즉 형식이 또한 매우 중요하다. 형식의 변용에

---

36) 윤금초는 "두 장 이상 혹은 각 장이 모두 길어질 경우 자유시와 다른, 시조 고유의 변별성을 확보할 수 없으므로, 초장, 종장은 평시조의 정형률을 따르되 중장만을 길게 하는 것이 사설시조의 타당한 방법이다"라고 지적하였다(윤금초, 「사설시조와 서정성 확보」, 『청동의 소리』, 고요아침, 2009, 85쪽 참조).

있어서는 시조 자체가 정형시이기 때문에 3장 구조의 원칙을 따라야 한다면, 3장의 체계를 유지하는 한도 내에서 다양한 시행의 변화에 중점을 둘 수밖에 없다. 시행의 변화는 음절, 음보, 구, 연 등의 다양한 변화·배치가 가능하며 이 변화는 전적으로 작가의 의도에 따라 달라진다.

약봉지를 털어
입에
부었더니
귀가
쫑끗 세상을 덮는다
눈에는 꽃잎 지는 소리
눈물로 뚝 진다

— 김수엽, 「병원에서」 전문(강조점은 필자)

위의 글은 단수로 창작된 시조이다. 그런데 의미 체계상, 행갈이의 문제점이 노출되어 있다. 강조점 찍힌 '귀가'를 한 행으로 독립시킨 것은 아마도 앞의 '입'과 마찬가지로 '귀'를 두드러지게 나타내고자 하는 작가의 의도 때문일 것이다. 그러나 그렇게 했을 경우, 위와 같이 그 의미 체계가 '쫑끗 세상'으로 어색하게 이어진다. 따라서 이 글의 행갈이는 '쫑끗'을 앞의 행으로 올려서 '귀가 쫑끗'으로 하든지, 아니면 귀를 강조할 의도로 '귀가 / 쫑끗 / 세상을 덮는다'로 한 행씩으로 바로 잡고 앞 부분에서 입과 귀를 강조했으므로, 종장에도 '눈에는 / 꽃잎 지는 소리' 처럼 '눈'을 강조하여 종장의 첫 음보를 독립시킴으로써 시행을 바로 잡아야 한다고 생각된다.

시행 배열의 다양성 추구는 현대시조의 영역 확대와 사고의 폭을 넓히는 데 하나의 대안이며 유용한 방안일 수 있다. 연속되는 줄글로부터 음소별 배열까지 다양하게 전개시킬 수 있는 시행 배열의 다양성은 작가가 의도하는 시상의 목표 극점에 조금이라도 더 다가설 수 있는 하나의 기교요 방법이다.

감
캄
깜

4월 그믐
송아지
찾아간다
비
바람
소리한다

이속대(離俗臺)
돌아간다

태(太)
종(宗)
대(臺)

산대(山臺)놀음에
고들빼기 자란다.

– 노윤지, 「기축년(己丑年) 단오(端午)」 전문

　이 글은 시조 1수로서 전체 6연 16행으로 이루어져 있다. 점층적 기법으로 끊어 이은 '감 / 캄 / 깜'(그믐밤의 심화과정)과 같이, 시상에 따라 적절히 시행 갈이와 마디 끊기(segmentation)기법을 시도함으로써 소[牛]의 해 단오절에 태종대 산대놀음과 자연환경과의 조화를 잘 구사하면서 시상 전달의 극대화에 기여하고 있다.

　이 글에서 '감 / 캄 / 깜'을 '어느덧 깜깜해진'으로 한다거나, '태(太) / 종(宗) / 대(臺)'를 그냥 '태종대(太宗臺)'로 한다면 시상의 점층 감각이나 이속감(離俗感)·전통감각이 훨씬 떨어질 것이다. 그러나 이 시조는 단수 시조를 16행까지 배열하여, 지나친 행갈이로 인한 율독 리듬의 단절 현상이 발생하는 문제점도 있다.

> 텁텁한 샛바람이 궁시렁대는 통에 웃자란 말 가지들도 제풀에 겨워합니다 한 마디 모자라는 것이 고마운 즐도 모르고
>
> 들이씹고 내씹던 입말의 성찬들이 약은 커녕 되돌아와 오금을 긁어대니 서 지도 앉지도 못하는 소태 씹은 꼴이겠지요
>
> 연하디 연한 혀가 질긴 연(緣)도 끊는다는 향기로운 말씀을 업신여긴 죄값으 로 혓속에 쇠바늘 하나 깊이 꽂아 두었소.
>
> — 정용국, 「몸이 나를 불러 놓고」 — 혓바늘 전문

이 글은 3수로 된 연시조를 각 연 대로 줄글로 이어 쓴 것이다. 이 시조는 각 연이 초·중·종장의 전통적 3행 배열에서는 벗어났지만, 각 연 나름대로 초·중·종장의 3분 구조와 음보 구조가 분명하여 낭송시에도 큰 무리가 없고, 작가의 의도에 따라 줄글로 이어씀으로써 죗값으로 혓바늘이 돋아났다는, 실감실정(實感實情)한 시상 연결의 독특한 묘미를 맛볼 수 있다. 그러나, 각 장별로 쉼표 등의 휴지부를 두어 3장의 의미 구조를 구별하여 체득할 수 있도록 배려하였으면 더욱 좋았을 것이다. 이러한 줄글 기법은 자칫 산문시형으로 인식되어 혼선을 빚을 수도 있으나, 각 연의 3분 구조와 종장 처리, 그리고 휴지부와 같은 기능소의 배치 등을 고려해 준다면, 의식의 흐름에 따른 현대감각을 살려내는 데에는 유용하다고 본다.

시조의 구조에 있어서 행(行, line)과 행(聯, stanza)에 대한 개념은 일반 자유시와 차이가 있다. 행(行)은 단어(單語), 구(句), 절(節) 또는 그것들의 연합으로 구성되고 연(聯)은 하나의 행 또는 행의 연합으로 구성된다. 따라서 한 행은 한 단어만으로도 가능하고 구나 절 이외 한 문장 또는 그 이상으로도 가능하다. 이러한 점은 정형시인 시조에 있어서도 마찬가지이지

만, 그러나 행(行)의 설정에 있어서는 자유시와는 달리 장(章)의 개념을 염두에 두고 구성해야 한다. 고시조처럼 일반적인 평시조형을 따를 때에는 한 행이 한 장이 되어 3행 3장의 한 수를 이루지만, 표현의 다양성을 추구하는 현대시조의 구성에 있어서는 자유시처럼 한 행에 한 단어가 올 수도 있고 그 이상일 수도 있는 것이다. 그러나 초·중·종 3장을 한 수로 보아야하기 때문에 단지 어디까지를 한 장(章)으로 끊어 3장을 구성할 것인가 하는 기법상의 문제가 따른다.

다음 글은 달의 떠오른 모습과 늪의 가라앉은 모습을 대비적으로 공간을 배치시켜 시각적 효과를 거두고 있는 단수 시조이다.

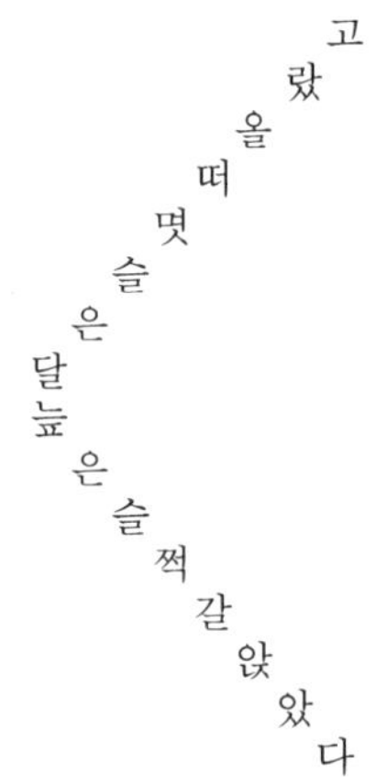

떠올라 환히 빛나고 갈앉아 칙칙하다
달라서 서로 달라서 그들 함께 아름답다.

– 문무학, 「달과 늪」 전문

초·중장에서는 달빛이 지상(늪)과 연계되어 상과 하의 확연한 대비감이 표출되어 있다. 인간의 어둡고도 경직된 현실의 늪 속을 밝게 비추어 볼 수 없는 경지를 고발하면서도 양과 음의 상반된 조화를 통하여 미의식을 추구하려는 작가의 심미안을 형상화한 것이라 여겨진다.

이런 기하학적 표현 기법은 상당히 진전된 현대적 수법이라고 여겨지며 시행의 다양한 변주로부터 나온 일련의 실험적 시 형태라고 볼 수 있다. 이처럼 현대시조에서 시행의 다양한 변화와 응용을 통한 구성 방법은 시상 전달의 효율성을 높이고 시조의 미적 가치를 높여주는데 상당히 큰 몫을 하고 있다. 그러나 이러한 특이한 실험시가 독자층의 공감대를 형성하면서 얼마나 더 오랫동안 지속성을 유지할 지는 의문이다. 시조의 행이나 연을 구분할 때 '리듬'과 '이미지'와 '의미내용'을 다 고려해야 되기 때문이다.

'리듬'과 '이미지'와 '의미', 이 세 가지 중 어느 것의 중량 부여 필요에 따라서 효과적으로 행과 연을 나누어야 한다. 행과 연은 전적으로 작가의 의도에 따라 결정된다. 그러나 아무리 작가의 의도라고 해도 정형시의 경우는 형태 변경의 제약이 있다. 이 문제에 대하여 김춘수는 "형태가 먼저 있어 가지고 시가 되는 것"37)이라고 하였고, 또한 연(聯, stanza)의 기능에 있어서도 "stanza가 원래 이탈리아어로 방(房)을 의미하고 있다는 사실을 알면 더욱 분명해진다. 방은 하나하나 독립해 있으면서 서로 유기적인 관계를 가지며 한 채의 집을 이룬다. 이 때의 집이 한 편의 시인 셈이다"38)라고 하였다.

그리고 오규원은 "정형시는 자유시나 산문시와 달리 형태가 우선하므로 그 형태로부터 작가가 자유로울 수가 없다. 작가의 의도가 형태보다 먼저일 수가 없는 것이다"39)라고 하면서, "집이 다른 크기와 다른 모양과 다른 숫자의 방으로 되어 있듯, 시 또한 마찬가지다. 정형의 시행을 가진 형태가 아닌 모든 시에서는 연은 작가의 의도에 맡겨져 있다"라고 하여 정형시에서는 형태변경의 제약을 분명히 하였다. 이러한 점은 정형시의 독특한 장르적 특성을 강조한 것으로서 자유시와의 변별력을 확보할 수 있게 해 준다.

---

37) 김춘수, 시론『김춘수전집 2』, 문장사, 1982, 128쪽.
38) 김춘수, 위의 책, 227쪽.
39) 오규원, 『현대시작법』, 문학과지성사, 1992, 384쪽.

불볕 더위에

불알이 축 늘어진 황소
개울물 핥지 못한 채

두 눈 끔뻑이며 들여다 보고 있다.

황소의 깊은 눈망울 속

송알송알 맺힌

송사리들

– 장수현, 「교감 · 2」 전문

　위의 글은 전체 6연으로 이루어져 있다. 황소의 우직함을 송사리떼의 '송알송알' 거리는 모습으로 그 순진성을 이입시켜, 시각적 이미지로 잘 묘사하고 있다. 그러나 위의 글은 과다한 연갈이와 행갈이로 인한 의미체계 인식의 혼선을 일으키게 된다. 시조의 3分 구조 원칙이 혼란스러울 때 시조로서의 균제미와 완결미는 급감하게 된다는 사실을 염두에 둘 필요가 있다. 그렇다면 이 글은 자유시에 넣으면 자유시가 될 수 있다고 본다. 그만큼 시조로서의 변별력은 약해진 형태이기에 시조문학의 사멸을 우려하게 되며, 이는 3장과 연의 구분을 소홀히 한 작가의 자유 의도 때문이다.

　시조의 내용은 형식과 밀접한 관계를 지닌다. 시조는 한 수가 3장으로의 완결성을 가지며 그것이 연시조형으로 이어갈 경우에도 전체 주제를 향한 각 연의 독립성이 엄연히 존립하면서 연과 연 사이의 흐름이 자연스럽게 이어져야 한다. 3장 단위로 구조화되는 정형 장르이기 때문에 내용의 응집성이 강하게 요구되며, 그럼에도 불구하고 앞의 「교감 · 2」와 같이 장(章)이나 연(聯)의 경계를 무시하고 임의로 떼어놓거나 붙여 놓는 것은 자유시 형태를 흉내낸 꼴이 되고 만다. 그렇게 되면 시조 장르의 독특성이 상실되어 자유시와의 경쟁력이 떨어질 것은 명약관화한 일이다.

제2장　의미구조와 종결법

　현대시조에서 가장 많이 지적되는 창작상의 문제점은 자유시와의 변별성에 관한 사항이다. 개화기 이후 물밀듯이 밀려오는 서구문물의 유입과 서구시의 도입으로 전통률을 고수하던 시조문학은 그 존재 가치를 놓고 주춤거릴 수밖에 없었으며 시조 무용론이 나오는 등 그 전승 체계는 흔들릴 수밖에 없었다. 다행히 민족주의자들을 구심점으로 시조부흥운동이 일어나 시조부흥의 전기를 마련하였지만, 지금까지 자유시와의 변별성 문제는 이렇다 할 뾰족한 해결점을 찾지 못한 채 과제 중의 하나로 남아 있다.

　현대시조는 한동안 자유시와의 변별성을 확보하기 위하여 오로지 외형적 정형성에 의지할 수밖에 없었다. 그리하여 많은 논자들은 내용의 충실성보다는 우선 정형성의 잣대를 기준으로 모범 답안을 찾아내기에 바빴다. 본래 시조의 원형은 문학적 기능으로서의 정형성을 고려한 것이 아니고 창사로서 노래의 기능에 충실하도록 고안된 것이었기 때문에 고시조가 현대시조로 계승되면서 그 내용상의 미적 간극은 더 벌어지게 마련이었다. 그래서 개화기 이후 근대시조의 발현으로부터 문학적 기능의 요구가 대두됨에 따라 시조의 내적 의미 확장의 문제는 당면한 과제로 대두되었다. 시조의 현대화 작업에 있어서 형식을 위한 논의와 그 실험 실적은 이미 상당한 진전을 보였으나 내용에 따른 미적 구성의 문제는 아직까지 큰 성과를 거두었다고는 볼 수 없다.

1. 의미구조의 유형

형식의 법칙이 내용을 규제한다고 볼 수 있는 것과 마찬가지로 내용 또한 작가의 창조적 틀을 만들어 내고 질서화한다고 볼 수 있다. 속은 겉을 낳고, 겉은 속을 낳기에 문학 창조에 있어서 작가의 탄탄한 정신적 의미 구조의 형성은 그에 어울리는 형식을 창출해 낸다. 고시조가 음풍농월과 안빈낙도 등으로 시조의 미학적 가치를 추구했다라고 하면, 현대시조는 현대 감각을 살려서 작가의 개성적인 세계관이나 인생관, 탁월한 영혼의 세계를 내적인 의미 구조를 형성하여 작품상 하나의 생명력으로 창출되어야 한다. 그런데 지금까지 현대시조는 외형적 정형의 틀만을 주시하면서 논의되어 왔기에 이러한 내적 의미 구조의 연구와 확장에는 다소 미흡했던 것이 사실이다. 내용에 따른 의미 구성의 문학적 창조라는 측면에서 다음과 같은 글을 과연 시조라고 할 수 있는가?

아침엔 가방 메고 학교에 갔습니다.
점심땐 밥을 먹고 축구를 했었는데
지금은 동생과 함께 짜증내며 잡니다.

윗글은 음수로 보아 전형적인 시조형(초장: 3 · 4 · 3 · 4, 중장: 3 · 4 · 3 · 4, 종장: 3 · 5 · 4 · 3)을 갖추고 있지만 그 의미 내용으로 보아서는 진정한 시조라고 볼 수가 없다. 시조의 틀만 갖추었다고 시조가 되는 것은 아니며 3장 6구라는 기본 틀 안에서 긴밀한 내적 의미의 미적 체계를 갖추고 있어야 한다. 위의 글에서는 작가가 던져주는 교훈적 가치나 주제 의식이 결여되어 있고 그러한 것들을 올바르게 전달하려는 미적 구성과도 거리가 멀다.

현대시조는 정형률을 지킬 뿐만 아니라, 내용상에 있어서도 문학성을 갖춘 탄탄한 의미 체계로 정립되어 있어야 그 생명력과 미적 가치가 확보된다.

고시조는 현대시조에 비해 상당히 초·중·종장의 짜임새가 견고하다. 초·중·종장의 내용상 연결이 통사적 의미 구조로 단단히 결속 되어 있어서 3단 구조의 전형을 이루고 있다. 이러한 점은 지나친 파격으로 기형적인 작품을 양산해 내는 혼란스러운 현대시조에 하나의 표본 구실을 한다.

오백년 도읍지를 匹馬로 도라드니   (3·4·3·4) 起[도입]
(그렇게 해보니)山川은 依舊ᄒ되 人傑은 간 듸 업다. (3·4·3·4) 敍[전개, 서술]
(그래서) 어즈버 太平烟月이 쑴이런가 ᄒ노라.   (3·5·4·3) 結[결말]

위의 시조는 고려말 야은(冶隱) 길재(吉再, 1353~1419)의 작이다. 우선 형식에 있어서 초장 3·4·3·4, 중장 3·4·3·4, 종장 3·5·4·3으로 파격이 한 군데도 보이지 않는 완전한 정격이다. 3장 6구의 짜임새도 위와 같이 접속어를 삽입해 보면 장간(章間)의 응집성 즉 결속력이 단단하다는 것을 알 수 있다. 이와 같은 시적 결속 구도의 양상은 야은 길재 뿐 아니라, 대부분의 고시조 작가들에게서 나타나는 현상이다. 이와 같이 고시조는 3장의 구조가 통사적으로 안정된 구조를 보이는데 이러한 점은 창작 질서의 문란으로 자유시와의 변별성 문제가 심각하게 대두되고 있는 현대시조에 전범으로서의 모형을 제시해 주고 있다.

3장의 의미 구조를 논할 때, 그 요구되는 특성은 응집성과 완결성이다. 일반적으로 시조의 내용 전개는 도입—전개—전환—마무리의 4단계로 파악될 수 있는데, 도입에서는 이미지와 오브제 제시, 전개에서는 구체적 묘사와 상상력으로써 시상을 펼치고, 전환에서는 반전과 강조로 긴장 분위기로 이어졌다가 결미에 와서는 갈등이 해소되면서 마무리된다.

이러한 기(起)·승(承)·전(轉)·결(結)식 구조는 시상의 전개를 한시 절구의 체계처럼 4단 구성식 귀납적 구조로 파악한 결과이다. 그러나 우리 고유의 시조를 한시의 체계에 맞춰 4단 구조로 파악하는 데에는 무리가 따른다. 한시 체계의 기승전결식 4단 구성 논리는 하나의 보편화된 의미 구조의 형태로는 규정될 수 있으나, 3장 체계를 갖춘 특성화된 우리 고유의 시조 논리에는 맞지가 않는다. 시조 종장의 첫 음보인 3음절로 된 감탄사(感歎詞, 또는 餘音詞)를 독립된 하나의 의미 단락으로 보아 한시의 전구(轉句) 역할과 동일시하는 것도 문제이고, 그리고 아주 미미한 정도의 출현 빈도수를 가지고 일반화시켜 전(轉)구의 틀에 꿰맞춘다는 것도 이치에 맞지 않는다.

한시의 번역 과정에서 기승전결(起承轉結)의 구조적 체계를 이어받아 시조 형태가 이루어졌다는 학설도 논리적 근거가 부족하고 설득력이 없다고 본다. 한시의 구성 형태는 작시법인 압운법·평측법(押韻法·平仄法)과 기·승·전·결의 전개 과정에 따라 엄격한 짜임을 보인다. 그런데 우리말은 엄격한 압운과 평측보다는 조사와 어미의 활용이 다양한 교착어이어서 한시보다는 품이 넓고 여유가 있는 편이다. 따라서 우리의 시조를 한시의 체계에 억지로 꿰맞추려는 시도에는 무리가 있다. 한시의 기·승·전·결 4단(段) 체계나 우리 시조의 3장(章) 체계는 모두 각 단위별로 독립적인 의미적 완결성을 지니고 있는데, 시조의 종장만을 2분하여 한시체계의 '전과 결'로 처리한다면 억지에 불과한 것이다. 따라서 종장의 '어즈버', '아희야', '두어라' 등 감탄사나 여음사가 사라진 현대시조에서, 3장(章)의 일반적 의미 구조는 '기·서·결(起·敍·結)'의 3단 체계로 파악하는 것이 합당하다고 본다.

시조는 초·중·종장이 각각 독자적인 의미 체계를 지니면서도 주제를 향한 연계 고리를 형성하여 응집력을 보여야 한다. 연역을 취하든 귀납을 취하든 중심 생각의 위치에 따라서 의미 전달의 차이가 생기는데, 효과적인 내용 전개 방식은 오로지 강조의 위치 선정에 따른 작가의 시상 구도에 달려 있다. 개성의 확대와 실험의식이 강한 현대시조에서는 의미 구조1)에 따른 시상 전개의 다양성을 보이고 있는데, 그 대표적인 것이 연역

---

1) 시조의 의미구조에 대하여 여러 논자들이 주장한 유형은 다음과 같다.

적 구조, 귀납적 구조, 정반합 구조, 확장형 구조 등이다. 시조문학의 3분
구조 특징을 고려하여 시상의 전개를 3단으로 파악하여 의미의 배분상
작가의 중심 생각을 종장에 두는 것은 귀납형 구조이고, 초장에 두는 것
은 연역형 구조, 초 · 중 · 종장이 변증법적 의미 구조로 이루어져 있으면
정반합 구조, 그리고 작가의 중심 생각이 각 장에 고루 분포되어서 반복
적 강조의 의미 구조를 이루면 확장형 구조에 해당한다. 이 밖에도 창작
의 방향이 다양하고 개성적인 현대시조에서는 문장의 서술 방식이나 표
현 기법에 따라서 일정한 틀로 규정지을 수 없는 혼합형의 유형들도 있으
나, 대표적인 모형은 다음의 네 가지로 본다.

1) 귀납형 구조

귀납이란 개별적 사례들로부터 일반 원리를 찾아내는 방식인데 초장
과 중장은 뒷받침 문장, 종장은 중심 문장이 된다. 중심 내용은 호기심으
로 감추어 두었다가 종장에서 종합 · 강조하고자 할 때는 이 방법을 쓴다.
이와 같이 주제가 종장에 위치한 예는 시조에서 가장 많은 비중을 차지하
는데, 현대시조보다는 고시조[2]에서 더 많은 예를 보이고 있다.

정혜원: 동의적, 반의적, 종합적 전개형(「시조 의미구조에 관한 분석」, 『국문학연구』
12집, 1970).

김대행: 초장과 중장의 관계는 병렬 관계, 초 · 중장과 종장의 관계는 접속종결의 관
계, 그렇지 않은 것은 변이 형태다(「한국시가 구조연구」, 삼영사, 1982).

김동준: 귀납식, 연역식, 대립식, 평행식 전개법(「시조문학의 구조 연구」, 동국대 한
국문학연구소, 1980).

원용문: 연역식, 귀납식, 반전식, 병렬식, 연쇄식, 대우식 전개형(『시조문학원론』, 백
산출판사, 1999).

김태자: 순행적, 역행적, 상호보완적 구조(「시조창작의 의미 해석」, 『만해축전 시조
세미나』, 2010).

2) 三冬에 뵈옷 닙고 岩穴에 눈비 마자 / 구름 쩬 볏 뉘도 쐰 적이 업건마는 / 西山에 히 지
다 하니 눈물겨워 ㅎ노라 — 조식, 『한국시조대사전』 · 2106.

　* 임금의 승하('西山에 히 지다')를 슬퍼하는 시조이며, 종장에 중심 생각이 드러나 있다.

A

생각을 멀리하면 / 잊을 수도 있다는데 //
고된 살음에 / 잊었는가 하다가도 //
가다가 / 월컥 한 가슴 / 밀고 드는 그리움

— 이영도, 「그리움」 전문

B

내 믿음을 일순에 꺾는 / 참으로 어이 없는, //
천길 나락으로 / 느닷없이 추락하는 //
한 떨기 목숨에 대한 / 이 황당한 / 절망감.

— 조주환, 「부음(訃音)」 전문

A는 현대시조로서, 주제 '그리움'이 종장에 실감 있게 표현되어 귀납형 구조의 형태를 보이고 있다. 초·중장은 뒷받침 문장의 구조로 이루어져 있고, 작가의 중심 생각(주제)의 위치가 종장에 자리 잡고 있다. B도 불시에 청천벽력 같은 부음을 듣고 엄청난 충격을 이기지 못하여 절망감을 빠져있는 심정을 종장에서 드러내놓고 있다. 이러한 구조들은 작가의 주제의식이 종장에서 두드러지게 나타나 끝을 맺게 하므로 귀납형 구조의 모습을 보이고 있다.

2) 연역형 구조

주제가 초장에 위치해 있을 때에는 다소 명령적이고 단조로우며 건조한 느낌을 준다. 교훈시나 목적시 등에 많이 사용되는데, 정철(鄭澈)의 훈민가(訓民歌)3)처럼 어느 특정인에게 한정된 것이 아니고 비인칭적 모든 사

---

3) 훈민가의 예: 어버이 사라신 제 셤길 일란 다 ᄒᆞ여라 / 디나간 後면 애둛다 엇디 ᄒᆞ리 / 평ᄉᆡᆼ애 고텨 못홀 이리 이 ᄲᅵᆫ인가 ᄒᆞ노라 — 정 철, 『한국시조대사전』·2729.
  * 이 글은 부모님께 효도를 다하라는 주제가 초장에 드러나 있어 다소 명령적이고 단조로운 느낌을 준다.

람을 대상으로 발화되는 교훈 시조의 어조가 특징이다. 현대시조에서는 초장에서 명제가 될 만한 하나의 깨달음을 선언이나 단정으로 제시하고, 중장과 종장에서 그러한 선언에 이르게 되는 과정을 뒷받침해 주는 경우에 주로 사용한다.

A

하회(河回)탈이 나를 보고 / 대포(大匏) 한 잔 걸치자네 //
흙내음 묻어나는 / 주름 패인 웃음으로 //
강물이 만리(萬里)를 구비친들 / 눈물보다 깊으랴며…

– 허일, 「종심(從心)의 길에」 전문

B

동그랗게 꿈을 말아 안으로 접을래 //
빠알간 흙벽 속으로 자꾸 말아 넣을래 //
다져서 쌓은 꿈들이 사방으로 터져도.

– 강현덕, 「8월 담쟁이」 전문

A는 초장에 '하회탈'이 시적 자아인 '나와 한풀이 한번 해보자'라는 선언적 명제가 드러나 있으며, 중장과 종장에서는 그러한 선언에 이르게 되는 과정으로 뒷받침해 주고 있다.

B는 꿈을 마음껏 펼쳐나갈 수 없는 현실 앞에서, 어쩔 수 없는 자신의 입장을 벽을 파고드는 내면지향 속성의 '담쟁이'에 감정이입하여 표현한 글로서, 앞부분에 선언적 의미가 드러나 있다.

3) 정반합 구조

정반합 구조는 논리의 변증법적(dialectic) 구조에 있어서의 3단 체계를 말하는데, 시조에 있어서는 초·중·종장의 전개 과정이 정립(正立)—반립(反立)—종합(綜合)의 구조 형태4)를 띠고 있다.

A

지하도 계단에서 / 구걸하던 그 노파 /
내가 가던 횟집에서 / 고등어 조림 드신다 /
지상의 / 한 끼 식사는 / 성스러운 예배였다.

— 김영재,「지상의 식사」전편

B

사는 길 / 벼랑이란들 / 어찌 다 피해 가랴. //
깊은 소(沼) / 곤두박혀 / 우레소릴 낼지라도 //
빛 부신 / 무지개 한 채 / 덩그렇게 놓는다.

— 노중석,「폭포」전문

A는 어려운 노파의 입장을 지하와 지상이라는 반면 국면으로 설정하여 지상의 식사를 성스러운 예배의 시각으로 관조하였다. B는 초장에서 인생 길이 본래 어려움을 헤쳐나가는 과정임을 전제하고, 곤두박질하며 직하(直下)하는 폭포의 하향 속성으로부터 탄생되는 빛 부신 무지개를 들어, 폭포 본연의 속성은 신비롭고 고귀하다는 새 이미지를 창출해 내고 있다. 3장 구조의 시조에서, 정반합 구조는 이와 같이 모순의 발견이나 역리적(逆理的) 발상에서 비판의 눈을 가졌을 때에 미적 구성으로 표현해 낼 수 있다.

4) 확장형 구조

확장형 구조는 시상 내용에 따른 확인이나, 점층적이며 반복적인 기법으로 강조의 표현 효과를 기대할 때 자주 쓰인다.

---

4) 예시; 검으면 희다 ᄒ고 희면 검다 ᄒ네 / 검거나 희거나 올타 ᄒ리 전혀 업다 / 출하로 귀 막고 눈 감아 듯도 보도 말리라 — 김수장,『한국시조대사전』· 213.
　* 어지러운 社會相, 즉 당파로 갈려 싸우는 시대의 각 파벌과 입장에 따라 달리 보는 시각의 차를 비판적인 입장에서 종합 진단한 내용으로, 초장은 正立, 중장은 反立, 종장은 綜합의 시상 구조를 보이고 있다.

A

해마다 4월이면 / 꽃씨를 묻었습니다 //
그리고는 푸른 하늘을 / 바라보았습니다. //
그 작은 / 꽃씨 속에서 / 태양은 떠올랐습니다.

— 지성찬, 「꽃씨」 전문

B

저승길 가는 길에 주막 한 채 있다는데
그 술잔 들이키면 이승 인연 끝이라는데
살가운 푸른 별 하나 징표처럼 뜬다는데

주막엔 수더분한 주모도 있을라나
걸쭉한 육담 한 줄 흉 없이 받아 줄라나
그 술잔 차마 놓아도 빈 방 하나 내줄라나

— 전병희, 「가는 길에」 전문

C

저님 날 아니 버리시오면 별을 따다 바치리다.
천상 높은 구중 궁궐 천도 복숭을 따오리다
심신산 불로동굴 속 불로초를 캐오리다.

— 김춘랑, 「새 꽃바침의 노래」 3수 중 제2수

A는 꽃씨를 묻는 과정에서부터 꽃씨로부터 소우주(태양)가 탄생되는 과정을 점층적 표현 기법에 의해 이미지를 연결시키고 있다. B는 궁금한 '저승길'의 행로를 확인하고자 하는 심리를 반복적·회화적으로 표현하고 있다. C는 '님'에 대한 절대적이며 헌신적인 사랑을, 고풍스런 문체로 점층적으로 확장시켜 주제성을 부각시키고 있다.

이처럼 확장형 구조는 특히 현대시조에서, 그 의미 내용을 전개함에 있어서 주로 반복과 강조로 시상의 확장과 미적 감동의 격상을 시도할 때 많이 쓰이게 된다.

　하나의 시조가 미적 완성도에 근접되기 위해서는 그 구성에 있어서 짜임새 있는 의미·통사 구조의 모습을 갖추고 있어야 된다. 현대시조가 자유시와 경쟁하면서 전통적인 율격을 지켜야 한다는 의무감을 자각하고 있다면, 고시조가 보여주었던 완벽한 의미 체계를 복원해 내면서도 입체적 탄력성을 지닌 시상 전개에 힘을 쓰지 않으면 안된다. 다음 현대시조를 보자.

A

앙상한 갈숲 자락
흐느낌 같은 저 소리는
누구의 가슴에 흐르는 강물입니까

저만큼
꺾인 세월이
상처로 곤두섭니다

그럴 줄 알았더라면
보내지 말걸 그랬지요
천지가 아득하여 숨죽이는 을숙도는

간밤에
꾸었던 꿈들이
여기와 갈대로 누웠습니다.

― 김은숙, 「을숙도」 전문

B

한 움큼 애정마저
깡그리 씻은 늦비에

돌아누운 꽃잎, 꽃잎
그리움마저 쓸려나가고

빈 자리 슬픈 이야기
돌이 되어 새긴 사랑

– 남승열, 「돌꽃 3」 전문

A는 을숙도의 정경을 서정적 자아의 상흔(傷痕)의 모습으로 전이시켜 묘사한, 2수로 이루어진 연시조이다. 이 글이 독자들에게 혼선을 빚게 되는 이유는 우선 형식상으로도 율독시에 각 장의 말구가 과음보일 뿐 아니라, 내용상으로도 시상 전개의 의미적 연결성이 약해서이다. 제재가 을숙도인데 을숙도에 갈숲이 많다는 것을 모르는 이들에게는 미적 긴장감이 조성되지 못하고 초장에 제시된 갈숲으로 인하여 제재상의 혼란에 빠지게 된다. 뿐만 아니라 '누구의 가슴에 흐르는 강물입니까'는 한용운의 '알 수 없어요'를 연상시켜서 시상의 이탈감을 가져오며, 둘째 수에서 '보내지 말걸 그랬지요'는 그 대상이 누구인지 드러나 있지 않아 시적 공감대가 형성되지 못한다.

B는 중장의 제2구 음절수가 5 · 5로서 약간의 운율적 거부감이 발생되고 있으나 율격상 시조로서 큰 문제는 없다고 본다. 그러나 내용상 사랑의 객관적 상관물 즉 '돌꽃'의 상황이미지 전달에 있어서 초 · 중 · 종장의 통사 · 의미 전개가 자연스럽지 못하고 작위적이어서 감성의 분열(dissociation of sensibility)[5]로 인한 시맥의 차단 현상을 느끼게 된다. 이 글을 월의 개념으로 분석해 볼 때, 수식어의 절제를 이루지 못한 채, 피수식어인 '늦비', '꽃잎', '이야기', '사랑'이 모두 혼재되어 있어서 초 · 중 · 종 3장의 통사적 의미 구조가 정리되지 않은 채 종장의 '돌이 되어 새긴 사랑'에 귀결됨으로써 전체적으로 의미 이해의 복잡성을 드러내고 있다. 수식어를 남용하다

---

5) 엘리어트가 그의 논문 「형이상학파 시인들」에서 쓴 용어이다. 엘리어트는 17세기 이전의 영시와 그 이후의 영시를 구분하면서 사고와 감정이 밀접한 관계를 가지지 못한 상태를 일컬어서 이 용어를 썼다(강우식 · 박제천, 『시창작 방법론』, 작가정신, 1989, 318쪽 참조).

보니 각 장의 의미가 혼란스럽고 전체적으로도 유기적 결합과 조화가 이루어지지 않아 문제가 되는 것이다.

이러한 현상은 고시조에서 수식어의 동원을 극도로 경계하면서 필요한 시어만을 꼭 필요한 자리에 정치하여 초·중·종장의 논리적 결합을 유도해 내는 표현기법과는 크게 차이를 보이는 것이다.

시조의 3장 체계를 분석하려 할 때 혼란이 와서는 안 된다. 김동준은 "개성이나 정서는 가장 개성적이고 특수적이면서도, 사회적 보편성과 통합하는 질서 속에서만 독자의 영혼의 깊은 부분을 움직일 수 있게 되는 것이다"[6]라고 하여 '주관(主觀)의 보편성(普遍性)'을 강조하였다. 시조는 그 의미·통사구조를 아무렇게나 해서 만들어지는 게 아니다. 각 장은 형태상으로 월의 꼴을 갖추었거나 그렇지 않으면 의미상으로 월의 꼴을 갖추고 있어야 유기적 결합체로 이끌어 낼 수가 있다.

백수 정완영의 시조를 보자.

> 고향에 내려가니 / 고향은 거기 없고 //
> 고향에서 돌아오니 / 고향은 거기 있고…… //
> 혹염소 / 울음소리만 / 내가 몰고 왔네요.
>
> — 정완영, 「고향은 없고」 전문

윗글은 '정−반−합'의 의미 구조로 파악될 수 있다. 초장과 중장은 서로 상반적인 입장에서 시상이 전개되고 있으며, 종장에서는 초장과 중장을 통하여 여과된 정서를 종합하여 생산된, 통합의 의미로 새로운 고향 이미지를 마련하고 있다. 이러한 구조로 수식어를 절제하면서 장과 장 사이의 연결성을 '~니', '~고'라는 연결어미와 말줄임표로 유기적으로 결합하여 형식미가 돋보인다. 특히 중장의 말미에서 고향에 대한 애착심의 증폭 감정을 말줄임표로 절제하고 있음은 시조의 형식미를 인지한 의도적 작법으

---

6) 김동준, 『시조문학론』, 진명문화사, 1974, 123쪽.

로 보인다. 내용에 있어서도 초·중장에서 '고향'의 반복적 기법 장치를 통하여 향수에 대한 절절함을 나타내고, 종장에서는 '흑염소의 울음소리'를 품고 고향 상실감을 달래보려는 작가의 서정성이 잘 드러나 있다.

이와 같이 무분별한 수식어를 절제하고 의미·통사 구조의 선명성을 확보하면서 형식과 내용상으로 현대적 운용의 묘와 조화를 살려내면, 고시조의 장점을 취할 뿐만 아니라, 발전된 현대시조의 새로운 모형도 자리 잡을 수 있다. 현대시조가 자유시와 변별성을 확보하고 국민시가로서의 위상을 확고히 하기 위해서는 시조만이 가지고 있는 내적 결합의 견고한 의미 체계에 관심을 기울여야 한다.

2. 종결법

내적 결합의 견고한 형식 체계와 관련하여 요구되는 미학적 덕목은 절제와 긴장과 균제와 완결성이다. 그 중에서 완결성의 확보 문제는 3장 체계로 종결되는 시조 작법에서 반드시 이루어져야 할 요건이다. 시문학(詩文學) 표현 기법상의 가장 핵심적인 특성은 무엇보다도 '압축적 표현'일 것이다. 3장의 체계로 종결되는 정형시인 시조에서 '압축적 표현'이라 하는 말은 더욱 요구되는 기법인데 결국 어떤 시어들로 어떻게 짜임새 있게 구성되어 완결성(完結性) 있게 효과적으로 끝내느냐의 문제로 귀결된다. 그래서 종결상의 문제, 즉 종장 처리의 문제는 작법상의 핵심 과제로 많은 연구의 대상이 되어왔다.

고시조와 현대시조는 형식의 진화나 이념의 변화 그리고 어투의 변화 등 많은 차이점을 보이고 있다. 그러나 그 중에 가장 논의의 초점이 되고 있는 점은 아무래도 종장의 문제이다. 하나의 시조가 짜임새 있게 구성되어 미적 가치를 제공하면서 인상적으로 끝을 맺으려면, 종장의 처리를 어떻게 효과적으로 수행하였는가가 관건으로 떠오른다.

　그런데 현대시조의 종장은 그것의 완결 처리가 분명했던 고시조와는 달리 맺고 끊음에 있어 일정치가 않고 불분명한 상태이다. 시상의 완결 처리가 불분명하면 시조의 맛과 멋이 사라지고 가장 정제된 압축적 문학 장르라는 매력이 상실된다. 시조에서 완결의 미학을 추구하기 위해선 종장의 바른 운용을 위한 연구가 선행되어야 한다.

1) 종장 첫 음보의 현대적 수용 양상

　고시조의 종장 첫 음보에는 특히 감탄사나 여음사로 볼 수 있는 대표적인 관습적 용어의 고어투 즉 '두어라', '아희야, '어즈버' 등이 쓰였다. 이러한 관용어들은 고시조가 현대시조로 넘어오는 과도기적 시점에서 그 존재 여부로 시대 유형을 가늠해 볼 수 있는 중요한 문헌적 근거가 된다. '관습적 용어'란 언어 행위에 있어서 그때그때 의도적으로 적절한 용어로써 대처하는 것이 아니라, 유사한 상황에서는 종래 사용되어오던 용어를 관행적으로 재사용하는 말을 말한다. 시조에서는 주로 종장에 '두어라', '아희야', '어즈버' 등과 같이 감탄을 나타내거나 전환을 드러내거나 여유를 드러내던 고어투가 이에 해당된다.

　종장 제1음보의 어휘에 대해서 상세히 조사·분석한 이는 서원섭이다. 서원섭은 『교본역대시조전서』에 나타난 고시조 3,335수의 종장에 나타난 관습적 용어에 대하여 평시조, 엇시조, 사설시조별로 일일이 분석하고 그 통계 결과를 제시하여 학계에 큰 관심을 불러일으켰다. 이를 바탕으로 하여 집계한 관습적 용어는 평시조(2,759수)의 경우 253종(2회 이상 사용)에 달하는데, 사용 빈도수는 1,982회로 전체 어휘수의 71.8%에 달한다.7) 이 통계에 나타난 바와 같이 종장 초구의 관습적 사용 빈도수가 70%를 상회한다고 하는 것은 가창으로 불렸건 기록문학으로 전래되었건 종

---

7) 서원섭, 『시조문학연구』, 형설출판사, 1984, 444~446쪽.

장 초구가 시조문학의 중심점으로서 상당한 영향력으로 작용했음을 알
수 있다.

먼저 고시조 종장의 첫 음보에 쓰인 '두어라', '아희야', '어즈버' 등의 용
례를 보자.

> 天恩이 ᄀ이 업서 代마다 덥혀 두고
> 太平 聖世에 가플 일이 어려왜라
> 두어라 爲國 忠心을 永世不忘 ᄒ오리다.
>
> — 朗原君(李侃), 『한국시조대사전』 3918

> 淸溪上 草堂 우희 봄은 어이 느젓ᄂ다
> 梨花 白雪香의 柳色 黃金嫩이로다
> 아희야 武陵이 어듸맨다 나는 옌가 ᄒ노라.
>
> — 작자미상, 『한국시조대사전』 3991

> 흐린 물 엿다 ᄒ고 눔의 몬져 드지 말며
> 지는 히 놉다 ᄒ고 藩外에 길 예지 마소
> 어즈버 날 다짐 말고 네나 操心ᄒ여라
>
> — 鄭希良, 『한국시조대사전』 4720

위와 같이 '두어라, 아희야, 어즈버' 등은 감탄을 나타내거나 전환을 드
러내거나 여유를 드러내던 일종의 관습적 용어의 고어투이다. 고시조 종
장의 첫 음보에는 이러한 관습적 용어가 자주 쓰였다. 이것들은 고시조와
현대시조의 분수령을 이루는 시 점에서 그 존재 여부로 현대시조 형성의
자취와 시조 발전의 유형을 가늠해 낼 수 있는 중요한 문헌적 근거가 되
고, 현대시조에서는 미적 감각의 퇴행 요소가 되기도 하기에 그 잔존 실
태를 점검해 보는 일은 반드시 거쳐야 할 단계라고 생각된다.

현대시조에서, 종장에 나타나는 '관습적 용어'의 고어투[8]는 초창기 시

인인 최남선, 안자산, 이은상, 조운, 정인보, 조종현 등의 작품에서 주로 발견된다. 이들이 활동할 당시에는 정치적으로는 일제치하라는 암울한 상황이며 서양 문물의 유입 등으로 혼융 상태에 있었고, 문학적으로는 현대 문학으로 넘어오는 과도기요 모색기였다.

<현대시조 초기작품 속에 나타난 종장 첫 음보의 관습적 용어>

종장 첫 음보의 관습 어휘	최남선	안자산	이은상	조 운	정인보	조종현	이영도	계	비 고
아마도			1	1			1	3	현대시조 초기의 이병기, 장응두, 김상옥, 조남령, 이호우의 작품에서는 나타나지 않았음.
두어라		1	2		6	1		10	
아희야 (아해야)					1			1	
엇더타 (어떻다)	1							1	
어즈버 (어즙어)		2	1	1	4			8	
다만지		2	1					3	
엇지타		3						3	
마초아	3							3	
계	4	8	5	2	11	1	1	32	

 * 위의 통계는『현대시조 100인선』에 나타난 현대시조 초기의 작품 중, 종장 초구의 '관습적 용어'의 출현 빈도수를 조사한 수치이다.

8) 고시조 종장의 주요 '관습적 용어' 사용 빈도수

종 장 첫음보 어휘	평시조 (2,759수 중)	엇시조 (326수 중)	사설시조 (250수 중)	계
아마도	246	43	37	326
두어라	128	8	4	140
아희야(아해야)	108	12	4	124
엇더타	75	8		83
어즈버(어즙어)	79	1	1	81
다만지	10		1	11
엇지타			2	2
(마초아)		(1)		1

 * 위의 통계수치는 서원섭의 '종장 제1음보의 어휘조사표'를 기초로 필자가 발췌 작성한 도표임.

위의 표에서 보는 바와 같이, 현대시조 초기의 시인들에 의해서 가장 많이 사용되었던 고시조 잔재의 관습적 용어는 종장 초구의 '두어라'와 '어즈버(어줍어)'이다. 고시조에서 절대적 우위를 차지했던 '아마도'는 다른 용어들과 같이 거의 자취를 감춰가고 '아희야'도 개화기 이후에 특수층 소수에 의해 간혹 사용되다가 자취를 감췄다. 그 중, '두어라'와 '어즈버'는 두드러지게 사용되다가 그 실체가 1950년을 전후하여 점차 사라져 간 것으로 짐작된다.

논자에 따라서는 '두어라', '아희야', '어즈버' 등을 향가에서 비롯된 감탄사(阿耶·病吟·打心 등)의 잔재로 보거나,9) 향가 감탄구의 유물로서 어디까지나 음악상 요소의 전통적 계승으로 보는 견해10)도 있다. 그러나 '阿耶', '阿也', '阿邪也', '病吟', '打心' 등의 예를 들어 시조 종장 초구에 쓰였던 관습적 용어 전체를 감탄사 또는 감탄구로만 일괄적으로 볼 순 없다. 엄밀히 말하면, 시조 종장에 쓰이던 관습적 용어 중 '어즈버' 하나만이 감탄사이다. 종장 초구(첫 음보)의 관습적 용어를 현대적 의미로 분석을 해보면 독립어와 부사어가 주류를 이루고 있음을 알 수 있으며, 독립어로서는 '어즈버'('아아'라는 감탄사), '두어라', '아희야' 등이 있고 나머지는 대개 부사어이다. '아마도'의 경우도 예나 지금이나 확실한 결론을 못 내릴 때 사고의 여유를 두는 부사어이며, 감탄적 의미를 지녔다고 하는 '어떻타'와 '엇지타'도 '어찌하여'의 뜻을 지닌 부사어이다.

특히 '두어라'와 '아희야'와 같은 독립어는 각각 일종의 명령형과 호격형으로서 하급자들에 대하여 사대부들의 지체 높음의 심리를 드러내며 동시에 유유자적하면서 여유를 보이려는 여음사의 성격을 띠고 있다. 이러한 용어들은 군자연하면서 현실을 초월·달관하려는 선비적 고풍이지만, 현대시조에서는 종장 말미의 '~노라(~더라, ~리라)'라는 관습적 용

---

9) 김사엽, 『이조시대의 가요 연구』, 대양출판사, 1956, 238~239쪽.
10) 최동원, 앞의 책, 173쪽.

어와 함께 구태적 잔재로서, 미적 감각의 퇴행을 불러일으키는 요소가 되므로 속히 떨쳐버려야 할 요소들이다.

A

매국화(梅菊花) 철 다르나, 피기야 다 춘색(春色)이니.
천강수(川江水) 골 다르나, 가는 데야 한 바다니.
두어라 시(是)나 비(非)나다, 그게 건가 허노라.

– 안자산,「제7 述懷」일부

B

야폭경(夜瀑景) 더 좋으이 오르는지 나리는지
우렁찬 물소리도 위에선지 아래선지
다만지 천도 용궁(天都龍宮)이 이로 이어 졌더라

– 이은상,「박연(朴淵)」제6수

C

쇠인 양 억센 등걸 암향부동(暗香浮動) 어인 꽃고
눈바람 분분한데 봄소식을 외오 가져
어즈버 지사고심(志士苦心)을 비겨볼까 하노라

– 정인보,「매화사 3첩(梅花詞三疊)」첫 수

D

떠돌아 구름이오 불어다녀 바람이라
흐리다 새이는 볕 이도 아니 봄소식가
아희야 창 열었으랴 나도 함께 들리라

– 정인보,「춘음(春吟)」제2수

현대시조 초기의 위의 시조들은 강조점 찍힌 종장 초구의 관습적 용어와 말미의 '~노라(~더라, ~리라)' 형태로 전형적인 고시조풍을 드러내고 있다. 종장 처리의 양상으로 돌아볼 때, 미학적 세련미를 갖춘 현대시조로서의 본격적인 모습은 엄밀히 '두어라', '아희야', '어즈버'등과 '~노라(~더라, ~리라)' 풍이 완전히 사라진 때부터라고 보아야 옳다.

가람 이병기의 경우는 형식면에서는 3장 3행형을 그대로 준수했으나 특히 표현 기교면에서는 많은 혁신을 도모하였다. '송별'이라는 연시조에서 '~도곤'이라는 고어가 한 군데 보이나 위의 표에서 보는 바와 같이 종장 초구에 일체 고시체형을 쓰질 않았다. 이러한 점은 육당과 더불어 가람의 현대시조에 대한 열망과 혁신 의지를 알 수 있는 명확한 증거이다. 현대시조는 이와 같이 이들에 의해서 갈고 닦고 다듬어져 오늘에 이르렀으므로 이 시기의 작가들의 고충과 시 형성에 끼친 공헌은 매우 크다 하겠다.

2) 종장의 완결성

고시조의 종장은 전개상, 시상 논리의 완결성 기능을 갖는다. 아리스토텔레스는 그의 『시학』에서 완결된 문학작품이란 '시작', '중간', '결말'의 세토막이 상호 균형을 이루며 배분되어야 한다고 했다. 시조도 '기(起)—서(敍)—결(結)'의 3단구성의 원리[11]로 볼 때에 초장은 起, 중장은 敍, 종장은 結이 된다. 초장에서 시상을 일으키고 중장에서 이어받으며, 종장에서 한 번 구르고 결말을 짓는 것이다.

A

春山에 눈 노긴 부람 건듯 불고 간 듸 업다
져근듯 비러다가 불리고쟈 마리 우희
귀 밋틱 흔 무근 서리를 노겨 볼가 흐노라

— 우탁(禹倬), 『한국시조대사전』· 4203

---

11) 이러한 시조의 3단구성의 원리에 대하여, 백수(白水) 정완영은 시조는 '流 — 曲 — 節/ 解로 3장 6구의 구조를 가지는 것'으로 풀이하여, '초장에서 흐름을 유지하고, 중장에서 한 번 굽이치다가, 종장에서 마디로 꺾어지며 풀어내야 한다'고 주장하였다(포항 문화예술회관 특강, 2006.11.11).

B

가마귀 눈비 마자 희는 듯 검노미라
夜光 明月이 밤인들 어두우랴
님 向흔 一片丹心이야 變할 줄이 이시랴

— 박팽년(朴彭年),『한국시조대사전』· 34

C

菊花야 너는 어이 三月 東風 다 보뇌고
落木 寒天에 네 홀노 픠엿는다
아마도 傲霜孤節은 너쑨인가 ᄒ노라

— 이정보(李鼎輔),『한국시조대사전』· 445

위의 고시조는 A가 고려말, B는 조선 초, C는 조선말의 단시조 작품이다. A는 탄로(嘆老)를, B는 밀고자 김질(金礩)의 배신행위를 염두에 두고 님(단종)에 대한 일편단심을, C는 국화와 같이 꿋꿋한 지조를 지키려는 오상고절(傲霜孤節)의 절개를 노래하고 있는데, 세 편의 고시조 모두가 시적 전개의 시상 완결점을 종장에 두고 있다. 세 편 모두 표현상 비유의 수법이 뛰어나며, 종장의 활용 면에 있어서도 종장으로써 더 이상 논의의 여지가 발생하지 않도록 글의 마무리가 깔끔한 것을 알 수 있다. 이러한 현상은 고시조의 시상 전개상 특징으로서, 대부분의 고시조가 종장처리의 완결성에 얼마나 충실했는가를 극명하게 보여주는 예이다.

이렇게 볼 때, 고시조의 작가는 표명하고자 하는 주체적 의도를 3장 안에서 해결하여 분명히 드러나도록 경주하였음을 알 수 있다. 앞서 밝힌 바와 같이 고시조는 본래 창사(唱詞)로서 화답적 또는 즉흥적 문학성을 띠게 되면서, 초·중·종 단수로써 작가의 의중을 분명히 표출하였다. 이러한 3장 단수의 완결성이 오히려 묘미를 제공하면서 민족문학 장르로서의 변별성을 유지해 오게 되었으며, 오늘날 시문학적 가치를 높여주는 결과를 이끌어낸 것이다.

임종찬도 "선비들은 자기 신원 표출을 시조 속에 담다 보니 시조가 논리적 완결미를 나타냄과 동시에 단수만으로도 자족한 시 형태를 이루게 되었던 것이다. 여기에 하나 더 부과되는 것은 시조가 창사(唱詞)였다는 측면이다. 시조창이든 가곡창이든 창의 연행은 독창 위주고 한 곡의 창이 끝나면 곧이어 화답의 창이 계속되기 때문에 시조가 장가로 나타날 수 없고 민요처럼 제창으로 연결되지 않기 때문에 일절 이절로 속개되지도 않는다. 연시조의 형태라 해도 각 수는 각 수 그 자체의 독립적 완결미를 나타내는 단수들이 연속되는 형태이기 때문에 고시조는 단수로서 완결성을 갖는다고 할 수 있다"12)라고 밝히고 있다.

시조의 이러한 특성 때문에 단시조가 대부분인 고시조의 경우는 초·중·종 3장에 걸쳐 3단 구성13)의 전개 양상을 띠며 대부분 종장에 완결의 의미를 확실히 부여하였다. 그러나 현대시조의 창작 실태는 장(章), 연(聯), 음보(音步), 잣수(字數)의 개념이 작가에 따라서는 혼동된 상태이고 자유시와의 변별력도 약할 뿐만 아니라 시조 본연의 정체성마저 흔들릴 위기에 처해 있다. 특히 현대시조의 종장은 그것의 완결처리가 분명했던 고시조와는 달리 맺고 끊음에 있어 일정치가 않고 불분명한 상태이다. 시상의 완결처리가 불분명하면 시조 본래의 멋과 맛이 사라지고 가장 정제된 압축적 문학 장르라는 매력과 의미가 상실된다. 이러한 점에 주목하여 현대시조의 단수형과 연작형에 나타난 완결미를 고찰해 보자.

(1) 단수형의 완결성

전통시조와 현대시조는 그 외형부터가 차이가 있다. 현대시조는 평시조형(단시조, 연시조)을 비롯하여, 장형시조(엇시조, 사설시조), 그리고 혼

---

12) 임종찬, 앞의 책, 148쪽.
13) 논자에 따라서는 한시 절구의 구성단계에 맞춰 기·승·전·결(起承轉結) 4단계로 분석하기도 한다.

합형 시조(옴니버스형 시조)등 다양한 면모를 보인다. 시행의 배열에 있어서도 초·중·종 3장 3행의 배열에서 과감히 벗어나 구별 배행, 음보별 배행, 심지어 음수별 배행 등 다양한 양상을 띤다. 특히 가장 절제된 시형이라고 볼 수 있는 단수형 시조에서는 시상의 전달성과 완결성을 높이기 위해 다양하게 효과적인 시상 배열과 표현기법을 변용시키고 있다. 전술한 바와 같이 고시조에는 종장의 완결성 역할이 두드러져 단수의 시조로서의 묘미를 충분히 드러내었다. 현대시조의 단수형에 있어서도 고시조처럼 완결성이 두드러지게 나타나고 있는 작품들은 미적 가치가 높다.

A

햇살은 보풀보풀 풀어내는 보푸라기
흙살은 흠씬 자고 눈 비비는 아기 속살
목련꽃 온다는 소문 온 골 안에 떠돌아

— 정완영, 「초봄」 전문

B

투박한 나의 얼굴 두툼한 나의 입술
알알이 붉은 뜻을 내가 어이 이르리까
보소라 임아 보소라 빠개 젖힌 이 가슴

— 조 운, 「석류」 전문

C

잉걸불로 타오르던 / 그리움도 사위고 //
미워할 그 무엇도 / 남지 않은 세월 밖에서 //
끝끝내 / 지우지 못한 / 종두자국 같은 것아

— 나순옥, 「고향」 전문

D

은어라 불러주면 / 비늘조차 황홀하다 //
도루묵 불러내면 / 그 맛조차 텁텁하고 //
얄궂다 / 달면 삼키고 / 쓰면 뱉는 세상사가

— 변인숙, 「도루묵」 전문

위의 단시조들은 종장에서 시상의 절정을 이루며 그 완결미를 찾을 수 있다. A는 감각적 시어를 동원하여 봄의 첫 방문자 '목련꽃'을 비유 기법으로 내세워 춘신(春信)을 효과적으로 나타내어 마무리를 짓고 있으며, B는 감정이입 수법을 이용하여 종장에 빠알갛게 벌어진 석류 속에 자아의 거듭남을 실었다. 외면의 투박함을 내면의 뜨거움과 열정으로 밀도 높고 실감나게 구상화시킨 작품이다.

C는 돈호법을 종장 말미에 차용하여 주의를 환기시키면서, 그리워 잊지 못하는 고향을 영원히 지울 수 없는 종두 자국에 비유하여 마무리하였다. D는 '얄궂다'가 서정적 자아 심정의 구심점이며, 미각적 이미지와 도치법에 의한 표현 기교를 이용하여 '감탄고토(甘呑苦吐)'하는 세상인심을 은근히 질타하고 있다.

이러한 시조들은 종장의 첫 음보가 고시조처럼 비록 감탄적인 어휘가 아니더라도 위와 같이 다양한 시어의 변용에 의하여 현대적 종결의 미적 감각을 살려내고 있다.

> 더는 모날 수 없는 절정에 이르러서야
> 자못 둥글 대로 둥근 저 붉고 아득한 둘레
> 온 누리 죄었다 풀고 풀었다가 다시금 죄이는
>
> — 이정환, 「원에 대하여 1-강강술래」 전문

위의 시는 원형 상징의 핵심 소재인 원에 대하여, '강강술래'의 속성을 들어 심오한 원의 의미를 형상화하고 있다. 사물에 대하여 관조적이며 사유의 깊이와 역동성이 두드러진다. 그러나 종장의 완결성 면에서 고찰한다면 다소 어색한 면이 있다. 언뜻 읽으면, '다시금 죄이는'이라는 종장 말구가 무언가 뒤처리가 미진한 듯한 느낌이 든다. '다시금 죄이는'은 음절 수도 초과되었을 뿐더러, 여운을 주기 위한 종결 기법이었다면 주로 같은 장(章) 내에서 도치법이나 생략법 등을 써서 꼭 필요한 경우에 한해 연결

어미나 조사, 또는 명사형이나 의문형, 아니면 생략형 등을 차용하여 종결하는 것이 일반적인데, 여기선 그러한 통상적인 기법상의 공감 포착이 언뜻 이루어지지 않는다. 그러나 이 글을 반복해서 읽고 음미해보면 심오한 묘미를 느낄 수 있다. 크게 중장과 종장의 도치형으로 볼 수도 있을 뿐만 아니라, 원운동의 역동성과 계속성을 강조한 여운 형태로 끝맺음하려는 작가의 의도가 분명히 드러나 있기 때문에, 특수한 종결법을 사용하여 미적 가치를 추구한 작품으로 판단된다.

(2) 연작형의 완결성

현대시조의 큰 특징 중의 하나는 장형화(長型化)이다. 가람 이병기는 1932년 『동아일보』에 「시조를 혁신하자」라는 글을 발표하면서, 내용적으로는 '실감실정(實感實情)'을 쓰고 취재 범위를 확장하며, 형식적으로는 '연작(連作)'을 쓰자 라고 하였다. 현대시조가 길어지게 된 이유는 환경의 다양한 변화와 그에 따른 사고의 변화 및 확장에 기인한다. 문학 의식을 수용하는 형식은 시대와 공간의 폭을 따라서 함께 변화하며 확장된 여건은 보다 더 큰 그릇을 요구한다. 그래서 현대시조의 기능 확장과 새로운 기법 모색은 필수적이며 현대시조 시인들의 대부분은 연작형을 주로 창작하게 되는 것이다. 고시조처럼 시조 창작에 수반된 교훈이나 용사(用事) 차용, 화답식 언술 등의 짧은 형식으로는 감당하기 어렵기 때문에 장형시조의 창작은 불가피하다.

한국시조시인협회가 최근 3년간 펴낸 시조 사화집의 경우 장형 시조(연작형 또는 사설시조)는 대략 전체의 82%를 차지한다. 이것은 고시조의 약 83%가 단시조였던 것에 비하면 엄청난 변화이며, 확대된 시상을 큰 그릇에 담고자 하는 작가들의 시대적 부응이라고 본다.

A

진달래 망울 부퍼 / 발 돋움 서성이고 //
쌓이던 눈은 슬어 / 토끼도 잠든 산(山)속 //
삼월(三月)은 어머님 품으로 / 다사로움 더 겨워―.

멀리 흰 산(山) 이마 / 문득 다금 언젤런고 //
구렁에 물 소리가 / 몸에 감겨 스며드는 //
삼월(三月)은 젖먹이로세 / 재롱만이 더 늘어―.

― 이태극, 「삼월은」 전문

B

퉁기면 열 두 가락 목을 빼면 鶴의 춤이
일렁이는 여울물에 한동안 쫓기다가
가난한 동구 밖에서 물이 드는 도라지꽃

곱게사 여민 靑瓷 물살 환히 밝아 오고
다홍 고추 둥둥 띄워 고향의 맛 빚어 낼 땐
우러러 하늘을 보면 果汁으로 끈끈했다

日月을 오르내린 꽃사슴의 발자국이
神話 저 편에서 무서리로 덮이는 밤
옷고름 다시 조이는 춘향이의 기침 소리

― 이우종, 「母國의 소리」 전문

    A는 2수로 된 연시조, B는 3수로 된 연시조이다. A는 한 장(章)을 2열 배행한 형태이며 묘사와 진술의 어울림 표현 기법으로 이른 봄의 정취를 생동감 있게 노래하고 있다. 여기서 살펴보아야 할 내용은 각 연의 독립성과 완결성, 그리고 두 연간의 유기적 관계이다. 중심 소재 '삼월'은 소망의 초봄을 연상시키는 객관적 상관물이다. 그에 대한 작가의 이미지는 첫 수에서는 '어머님 품', 둘째 수에서는 '젖먹이'로 비유되어 있다. 지은이는

강조점 부분과 같이 완결과 휴지(休止)의 의미를 부여하면서 첫 수에서는 어머님 품 같은 포근한 자연을, 둘째 수에서는 그러한 어머님 품에 안겨서 포근함의 젖을 먹어보고자 하는 서정적 자아의 심리를 종장에 잘 드러내었다. 이러한 두 연의 구성은 각 연이 독립되어 있으면서도 유기적 연관성을 지닌 것으로서 연시조에 있어서 종장 처리의 완결성을 보인 좋은 예이다.

B는 1, 2, 3연의 시선의 공간적 이동이 가난한 동구 밖에서 고향집으로, 그리고 신화 저편으로 이동되면서 모국에 대한 애향 이미지를 신화성으로까지 승화시켰다. '학', '다홍고추', '도라지꽃', '청자', '춘향이' 같은 향토적 시어의 적절한 배치로 무의미한 나열이 아닌 끈끈한 응집력을 보여주면서 전체적으로 모국에 대한 향수성을 조화롭게 드러내고 있다. 이 시조에서 눈여겨보아야 할 귀결점은 '춘향이의 기침소리'이다. 시의 소재들이 형상물에서 사람(본향적 자아 형상)으로 바뀌면서 모국에 대한 애틋한 애향의 원형성을 회귀의 기법으로 잘 살려내고 있다. 여기서 '춘향이의 기침소리'는 즉 '모국의 소리'이다. 이 시조는 연시조이지만 작자는 무의미한 연의 나열이 아닌 응집력 있는 연의 형성으로서, 시의 완결성 포인트를 말미에다 두고 있는 것이다.

국적 없는 길목으로 텃새 한 마리 들어왔다.
지천으로 널려 있는 불빛 속을 휘젓다가
출구를 찾을 수 없어 되돌아가지 못한다.

내 가난한 절망이 습기처럼 배어드는
하늘도 아니고 땅도 아닌 곳에
① 가쁜 숨 할딱거리며 막막해진 가슴은

낡은 기와 추녀와 조선햇살 그리며
땅보다 낮은 천장 정수리를 찧으며

② 불경기 낮게 엎드린 윤사월을 날고 있다.

— 김복근, 「지하상가 · 7 — 텃새 한 마리」 전문

위의 시조에서 '텃새'는 아마도 불경기 속에 낮게 엎드린 시적 자아의 형상일 것이다. 그것은 이 시에 드러난 화자 '내'(나)로 알 수 있다. 전체적으로 기술된 내용으로 주제는 금방 인지할 수 있지만, 연과 연끼리의 조화는 어색하다. 감정이입물인 1연의 '텃새'는 2연에서 '나'라는 실체를 드러내며 3연과 이어지고 있다. 시인은 객관적 상관물인 '텃새'를 보고서 1연에서 관조한 다음, 2연과 3연에서 서정적 자아의 실체를 토로해냄으로써 '1연 / 2연 +3연'의 구조를 나타내고 있다. 그러나 각 연의 독립성에 있어서는 주제행이라고 볼 수도 있는 2연의 '①'과 3연의 '②'는 시상의 자연스런 연결 구조로 나타내야 되는데, 2연의 '가슴은'이라는 미완의 끝맺음과 함께 3연과 분할된 연 구조를 보이고 있어 각 연의 완결성이나 독립성 확보에는 문제가 있다고 본다.

A

국방의 의무인 조국의 부름 앞에
청춘의 젊은 피가 온 몸을 휘감고
왕성한 푸른 기운이 몸 속에 가득한데
언제나 위협적인 북한의 거짓 행동
당의정 속임수에 눈가림 평화행진
화농성 연쇄상구균 침투한 바이러스

— 리창근, 「봉와직염」 일부

B

이제는 돌아가야겠지 넘지 못할 서파(西坡)재인 걸
무서리치는 구랑리(九郎里)밤을 신열로 지새다가
동틀 녘 시린 가슴 안고 이화령(梨花嶺)을 넘는다.
라일락꽃 조는 양산천변 조약돌로 깔린 사연

시방은 무너져 내린 먼 봄날의 연분홍 전설
차라리 표백된 동화로 그냥 둘 걸 그랬다.

정이란 짐스러운 것, 양산천(陽山川) 는개처럼
밀쳐내면 다가오고 뿌리치면 안겨오는

빛바랜 일렁이는 자화상, 흐느적대는 성이여.
그래, 언젠가는 만나겠지 떠나기 전
유행가 가사처럼 우연도 있으니까
멀어진 소야교(素夜橋)를 보고 혼잣말로 대신했다.

– 정형석, 「영강에서 · 5」 전문

A는 2수 연작형을 연가름 없이 쓴 것이며, B는 4수 연작형의 시조를 2수씩 묶어 연가름한 형태이다. 그런데 A를 3장 구조로 연가름한다고 했을 때, 제1수의 종장 마지막 음보가 '~가득한데'로 끝나 미완의 형태를 보이고 있다. 반면에 글 B에서는 제1수의 끝이 '~넘는다', 제3수의 끝이 '~성이여'로 마침표와 함께 마무리되어 있어 완결성의 의미가 부여되어 있다. 만약 A시조의 첫 수 종구에서도 '산하여 왜 말이 없는가, 끓는 피는 가득한데' 등의 식으로 도치법을 사용하여 마침표를 찍고 끝맺음했으면 완결의 의미가 부여되었을 것이다. 그러나 글 A는 그렇지 못하기에 시조창작의 기본 원칙이라 볼 수 있는 3장의 의미 구조와 각 연의 독립성 확보에 문제가 되며 가사형식의 연속형 글이 되는 것이다.

'자유시인가, 시조인가?' 하는 변별 기준은 잣수(字數)나 음보(音步)의 개념으로도 좌우되지만, 연가름의 여부에 따라서도 좌우됨을 알아야 한다. 3장 단위로 연을 구분함에는 그만한 독립성과 휴지(休止)의 필요성에 의한 것이며, B와 같이, 굳이 세분된 연가름을 안할 경우 마침표 등으로 휴지의 의도를 알려주는 것이 한계일 것이다.

(3) 의미 체계와 완결성

이상형의 작품은 주제에 따른 작가의 변용의 미학과 관련이 있다. 긴장미와 응축미를 중심으로 간단명료하게 표현하고자 할 때에는 3장 3행을 고수할 때도 있고, 종결 부분에서 또박또박 힘주어 강조하고자 할 때는 종장만을 더욱 세분하여 분행(分行)할 수도 있을 것이다. 그러나 작가는 어디까지나 시조로서의 격식이 손상되지 않는 범위 내에서 변용의 미학을 추구해야 한다.

각종 시조집에서 여러 유(類)의 지나친 파형 시조들이 현대적인 글이라 하여 버젓이 얼굴을 내밀고 있는데 이는 시조의 정체성 확보와 발전이라는 두 가지 측면에서 면밀히 검토되어야 할 사항이다.

골동골동 하는 말에 입 안은 동굴이 되고
골동골동 기억 너머 옛 동네가 생각나고
수술실 들어가며 눈 감던 우주여행 다시가고

골동골동 하는 말은 환부를 들추는 말
폐렴수술 절개 흔적 의사 무감각 피부처럼
하나로 붙어버린 갈비뼈 내리막길 따라서

진주성 골동거리 과거를 들추며 걷다
칠흑의 밤 석등 밝혀 동판화 찍는, 골동이라는 말
정지된 시간의 프리즘 늑골 곁에 웅크린 그 말

— 이민아, 「골동이라는 이름의 늑골 · 진주성 외곽을 걷다」 전문

위의 글은 '골동'이라는 말의 반복과 의미의 확장으로 뛰어난 발화 기법을 보이고 있다. '골동－동굴－동네－우주여행－환부를 들추는 말－갈비뼈 내리막길－진주성골동거리' 등으로 이어지는 어휘적 이미지가 환부를 들추어내듯 어둠 속 과거를 거슬러 올라간다. 의식의 흐름은 마침내 정지된 시간의 프리즘 늑골 곁에까지 다가가 웅크리고 있게 된다. 이 시

조는 '골동'이라는 객관적 상관물을 소재로 찢겨진 과거를 파헤쳐보고자
하는 잠재의식의 흐름을 환유 기법으로 처리하여 시적 효과를 극대화하
고 있다. 그러나 1연과 2연의 종결 형태를 '~가고', '~따라서' 로 끝냄으
로써 각 연 나름대로 요구되는 독립적 완결성 확보에는 문제가 있다.

　시행의 전개에 있어서는 형식뿐만 아니라 의미 내용의 완전성에 더 관
심을 기울여야 한다. 시조는 정형시이므로 각 연의 행갈이는 각 연 나름
대로 의미의 독립적 완결성을 도모하면서도 연끼리는 서로 유기적 관계
를 가져야 한다는 원칙을 준수하여 형식과 내용의 조화를 이루어야 한다.
시조는 3장 정형시이므로 각 장과 연의 실험적 행갈이는 각 장과 연 나름
대로 독립적 완결성이 확보되어야 할 뿐만 아니라, 연과 연, 장과 장끼리
는 서로 유기적 관계가 유지될 수 있도록 구성되어야 한다.

　시행의 구성에 있어서 위의 글과 같이, 3장 3행의 기본 완결 시형에서
너무나 멀어져 지나치게 마디 끊기(segmentation)를 아무 곳에서나 시도
하게 되면, 제 2수 종장 말구 '내리막길 따라서'와 같이 의미 체계의 미완
으로 끝나게 된다. 여기서 앞에서 거론되었던 '의미 체계의 탈격'을 상기
할 수가 있다.

숲의 부끄러운 상처와 마른 풀의 주검과 세속도시 위의 모든 인기척을 지우
고, 눈은

아무도 건너지 않은 미명의 들녘과 산골짜기를 거슬러 오르며 다급하게 엉
겨 붙는 길과 희붐하게 아침의 정서가 묻어나는 나뭇가지 끝 새파랗고 미세
한 실핏줄을 지우고, 눈은

붉고도 따뜻한 상처의 새 발자국 하나 남긴다.

－ 박기섭, 「눈」 전문

위의 글은 초장과 중장이 늘어난 사설시조이다. 이 시조에서 특히 주목이 가는 부분은 초장과 중장의 말미에 있는 '눈은'이라는 주어이다. 이 말은 그 놓인 곳으로 보아 도치법이기도 하면서 뒤의 문장에도 영향을 미치어서, 밀고 당기는 듯한 묘한 작용을 하여 작가의 독특한 작법을 이해할 수 있다. 이 사설시조에서 시조로서의 변별력을 지니는 부분은 종장이다.

그러나 이 작품의 종장은 생각해 볼 여지가 있다. 음보 구분에 있어 종장을 '붉고도 √ 따뜻한 상처의 √ 새 발자국 하나 √ 남긴다'로 나눌 수도 있고 '붉고도 따뜻한 √ 상처의 √ 새 발자국 하나 √ 남긴다'로 볼 수도 있다. 후자와 같이 나눌 경우 종장 초구의 의미상 묶음 단위는 성립하나 3음절 원칙에는 어긋나 시조로서의 변별성은 잃게 된다. 그렇다고 전자와 같이 나눌 경우 '붉고도 √ 따뜻한 상처의'가 의미 체계상 분할로서는 합리적이지 못하다. 이러한 문제는 음보처리에 있어 의미 단위의 연결고리와 관련된 것으로서, '붉고도'라는 말은 그 다음에 이어지는 '따뜻한'을 의미상으로 구속하는 말이기 때문에 '붉고도'만 떼어내어 3음절 1음보로 처리한다는 것은 곤란하다는 것이다. 시조의 핵심은 종장에 있다. 그러므로 종장 초구의 의미 체계를 고려한 시어를 선택하여 첫 음보로 삼는 일은 작법상 대단히 중요한 일이다.

균제미와 절제미가 요구되는 3장 구조의 시조형에서 주제의 전달은 의미체계의 선명성이 확보되었을 때 그 확실한 인식이 가능하다. 특히 완결미가 강조되는 시조의 종장에서, 음보별 의미 체계의 운용은 작품으로서의 성공 여부에 크게 좌우되는 조건이라고 본다.

A

넘어 가고 넘어 오는 / 알지 못할 순리 앞에
채우고 비우는 여백이 / 가득한 하나의 선공
보이지
않는 소리가

날숨으로 비추이네

– 이계진, 「들숨과 날숨」 2연 중 제2연

B

바람이 끌고 가는가 / 회오리 몰고 가는가 //
세월은 바람개비 / 쉴새 없이 돌고 가누나 //
가오리 연 꼬리 흔드는
허공에 바람결 무늬

– 장경례, 「연 꼬리 세월」 전문

A와 B는 외형상 시조의 형태를 취하고 있다. 그러나 종장에서 통사 의미 구조상의 문제점을 발견할 수 있다. A는 종장 초구 '보이지 않는 소리가'에서 '보이지'와 '않는 소리가'를 분리하여 3·5의 음수 배열 처리를 하였다. 그러나 '보이지'라는 어구는 독립적 의미 체계를 지니지 못하고 '않는'과 연결이 되어야 하는 말임에도 불구하고 시조의 자수 배열에만 관심을 두었다. 이러한 현상은 시조의 의미체계보다는 음수체계만을 관심을 둔 결과로, 어색하고 불합리한 율격체계의 운용으로 인하여 시적 긴장감에서 벗어나게 된다.

B는 우선 종장의 '가오리 연'이 문제다. '가오리'로 첫 음보를 삼으면 3음절이지만, 의미 단위인 '가오리 연'까지 첫 음보를 잡으면 4음절로서 종장 초구 파격이 된다. 전체적인 의미체계도 세월을 '바람개비'에다 비유하다가 '연꼬리'로 비유하는 등 통일성이 희박하여 혼란스럽다. 시상의 전개는 내용 전달의 의미체계가 명확할 때에 그 주제의식을 포착할 수가 있으며 시상의 완결성도 기대할 수가 있다고 본다.

김학성은 그의 「시조의 정체성과 현대적 계승」이라는 글에서 시조는 '열린 형식'이면서도 '닫힌 형식'이라 단정하였다. 그리고 그는 "시조를 열린 형식으로 간주하여 여러 형식 실험을 자의적으로, 자유자재로 하는 것은 문제가 많다. 시조는 결코 열린 형식이라 할 만큼 자유스럽지는 않다. 오히려 시조는 어떠한 경우에도 3장으로 완결해야 하는 닫힌 형식이며,

각 장도 4보격으로 혹은 4개의 통사 · 의미 마디로 구성해야 하며, 종장은 첫째와 둘째 마디에서 시상의 전환을 이룰 만한 변화를 보여야 하는, 정형률의 까다로움을 준수해야 하는 닫힌 형식인 것이다. 그만큼 안정된 형식이다"[14]라고 하였다. 따라서 종장은 초구 3 · 5의 의미 체계 수립부터 종구의 마무리까지 세심한 주의가 요망된다.

이러한 종장 완결성의 미학이 현대시조 시인들에 의하여 연구 · 모색되고 창작될 때에 우리 시조문학의 미래는 더 밝아질 것이다.

(4) 종결의 여러 기법

시조가 비록 3장 6구로 이루어진 단가형의 문학 장르라고 하지만, 시조의 미학적 발전을 이루기 위한 새로운 모색에는 다양한 창작 기법이 있다. 전통적인 음수율의 개념으로만 인식하여 주어진 글자수에만 맞추어 구태의연하게 '틀 속에 집어넣기'식의 창작만을 일삼는다면 현대시조의 미학적 발전은 기대할 수가 없을 것이다. 완결성 확보를 위한 변환 기법으로서 다음과 같은 방법들을 활용할 수 있다.

① 도치 · 변환의 기법

문장을 구성할 때 강조점을 어디에 두느냐에 따라 글의 맛과 멋은 달라진다. 도치의 기법은 하나의 문장 안에서 낱말과 구가 놓여야 할 정상적인 순서를 뒤바꾸어, 독자로 하여금 변화의 멋과 맛을 보여줄 때 사용한다. 특별히 어떤 부분을 강조하거나 감탄이나 놀람, 감정이 격앙된 상태의 경우에 주로 유효하다.

A

일혼의 내 뜨락에 / 그예 솟은 저 달덩이 //

---

14) 김학성, 「시조의 정체성과 현대적 계승」, 한국시조학회, 2001, 18쪽.

휘영청 여윈 그리메 / 청청 물빛 소슬한 밤 //

어쩐다 / 세월을 빗질하는 / 이 맹랑한 손님을

– 김인호, 「기망(旣望)에」 전문

B

혼자가 버거울까 옆에 서서 거들어도 /

탈수에 급수하며 하루 나절 바래간다 //

늙어서 꼬깃꼬깃한 / 소매 한 짝 드시며

– 고동우, 「고장난 세탁기」 – 치매 3수 중 제2수

C

당신의 목메임을 손잡아 건네주는

국이고 싶습니다, 늦은 저녁 상머리

지치고 부푼 신경을 세세히 풀어주는

– 정수자, 「국」 3수 중 제1수

글 A는 음력 열엿새 날밤 불쑥 찾아든 달덩이 손님을 비유적 기법으로 나타내면서 늙어 기울어가는 탄로의 감정을 잘 표현하였다. 종장의 초구에다 서술어를 배치하고 말미에 목적어로 종결지음으로써 어쩌지 못하는 감정의 내면세계를 도치법으로 강조하고 들여다보게 하였다.

글 B는 늙어서 꼬깃꼬깃해진 치매와 고장난 세탁기의 유추에 의한 시상 전개가 이채롭다. 전체적으로 서민적이고 소박한 삶의 자취를 끈끈한 인정의 눈으로 아름답게 묘사해낸 글이다. 그런데 B는 종장의 도치가 특이하다. 종장의 내용이 중장의 앞에 놓일 수 있으며 정치(正置) 순으로 말하면 초장–종장–중장의 순이 된다. 작가가 이와 같은 도치의 기법을 도입한 것은 아마도 종장에서 표현 대상에 대한 동정심이나 연민의 정을 강조하기 위해서일 것이다.

글 C는 상대방에게 건네주고 싶은 사랑의 감정을 '국'이라는 객관적 상관물을 차용하여 감정이입 수법으로 표현하였다. 이 글은 독특한 월의 구

조로 파악될 수 있는데, 화자는 드러나 있지 않지만 초장과 종장은 수식어의 구실을 하고 중장은 중심 소재인 피수식어 '국'으로 이어 받으면서 서술어의 구실을 하고 있다는 점이다. 이러한 구조는 도치법을 이용한 표현 기법이지만 그러한 변환이 부분적인 구나 어느 한 장에 국한된 것이 아니라, 3장에 걸쳐 구현된 좋은 예라고 볼 수 있다. 이러한 도치·변환의 기법은 밋밋한 현대시조에 활력을 불어 넣어준다.

② 생략·여운의 기법

생략법이란 문장의 구절을 간결하게 끊거나 줄여서 읽는 이로 하여금 여운이나 암시를 주기 위한 기법이다. 이러한 생략법은 시문학의 특징인 간결성, 압축성, 긴밀성을 나타내 주어 작품성을 높일 수 있으며, 독자들에게는 생각의 여지를 갖게 하고 여운을 남기려 할 때 유용하다.

A

시절은 돌고 돌면 제 자리로 오는데
한번 간 청춘호는 돌아올 줄 모르누나
함께 탄 그 사람들은 어느 역에 내렸는지……

— 원용문, 「버리는 연습」 3수 중 제2수

B

내쳐서 삼천리를 다 못 가고 마는 땅
………………………………………
가다가 뚝 끊긴 길 끝에 이념만이 선명한

— 문무학, 「중장을 쓰지 못한 시조, 반도는」 전문

C

뉘 집 담장인가 찔레꽃이 하얗다
고향집 울타리가 눈물처럼 일렁이고
찔레꽃 고운 향기가 그리움일 줄이야.

— 안영희, 「찔레꽃」 전문

D

참 좋은 인연이란 비단실 올을 짜듯
한 뜸씩 정을 굽고 또 한 뜸씩 정을 풀고
찻물이 끓는 소리로 절 한 채를 짓는 일.

– 함세린, 「불이(不二)」 전문

글 A는 살같이 흘러가 버린 세월 앞에 훌쩍 늙어버린 스스로를 돌아보면서 잃어버린 세월을 아쉬워하는 탄로가의 성격을 띠고 있다. 청춘호의 하차역은 사람마다 다르다. 서정적 자아는 함께 타고 동행한 이들을 궁금히 여기면서 스스로를 반추해 보고 있는 것이다. 이 글은 종장의 결미를 말줄임표로 끝냄으로써 추상(追想)의 여지를 남기고 여운을 주고 있다. 이러한 표현은 긴 설명 없이 한 수를 3장으로 끝내야 하는 시조의 압축적 특성을 고려한 것이다.

글 B는 남북 분단의 현실을, 중장을 철조망처럼 분단 · 생략함으로써 특이하게 시각적 효과를 불러일으키고 종장의 말미에는 미완형으로 끝냄으로써 추론의 여지를 남긴 독창적 기법이다.

글 C는 찔레꽃 하얀 빛과 하얀 빛의 고운 향기가 넘실대는 음색이 두드러진 작품이다. 이 글에서 주목하여 볼 부분은 종장의 말미의 '~줄이야'이다. 작가는 '~이야'라는 특수한 조사를 차용하여 마무리를 지음으로써 생략과 여운이라는 이중의 효과를 톡톡히 보고 있는 것이다.

또 글 D는 종장을 명사형으로 끝냄으로써 발제한 문제, 즉 '참 좋은 인연'에 대한에 단정적 정의를 이끌어내고 있다. 그리고 종장 말미에 서술어를 생략하여 마무리를 간명화 함으로써 독자로 하여금 그에 대한 사고의 여지와 여운을 남기고 있다. 이와 같이 종장의 말미를 명사형으로 끝내면 시원스런 서술적 카타르시스에는 미치지 못하나 그 대신 압축과 여운이라는 시적 기능면에는 접근할 수 있다는 장점이 있다.

이러한 생략과 여운의 기법들은 시조의 완결성과 연관되어 독자의 상
상과 추론을 불러일으키는 현대시조의 중요한 작법이다.

③ 설의 · 반어적 종결 기법

설의 · 반어적 기법은 뻔히 알 수 있는 것을 의문형이나 반문의 형태로
제시하여 청자로 하여금 원하는 답을 스스로 찾아내게 하는 강조의 기법
이다. 고시조에서 자주 등장하는 '~어떠리'는 바로 이 방법을 적용한 것
이다. 이 기법은 문장의 의미를 강화하는 경우에 쓰이며, 풍자나 위트, 역
설 따위가 섞여 나타나는 경우가 많다.

    A

이눔의 세상살이 / 이랬노라 저랬노라 //
허탈한 넋두리로 / 늘상 삿대질하며 //
팔자에 / 없는 그 복을 낚싯대로 낚으랴.

– 김숙선, 「평계」 전문

    B

봉련(鳳輦) 다니신 길에 구르나니 낙엽이오
생가(笙茄)는 끊어지고 바람만 남아 부네
행인아 공대 추초(空臺秋草)를 헤쳐 무엇 하리오

– 이은상, 「만월대(滿月臺)」 3수 중 제3수

    C

나무들은 / 하나 / 둘 / 숲을 이뤄 모여들고 //
맑은 가슴을 열어 / 푸른 바람 일으키는데 //
우린 왜 / 숲이 되지 못하고 / 떠돌고만 있는 걸까

– 권갑하, 「거리에서」 전문

글 A에서는 허탈한 세상살이를 팔자타령하며 저주하듯 넋두리하고 있다. 그러면서도 일말의 복(福)을 기대해보기도 하지만 마음대로 안되는 현실에 불만을 토로하며 한탄하듯 저주하듯 낚시질에 빗대어 풍자하여 비꼬는 듯 반문해 보고 있다. 이 글은 복을 고대하는 서정적 자아가 자신의 심리를 사투리 섞인 시어와 반문의 형태로 종결지음으로써 주의를 환기시키고 있다는 점이 특징이다.

글 B는 옛 궁궐터인 만월대를 돌아보는 행인의 모습을 빌어 영화로웠던 당시의 자취를 회고하며 무상감을 느낀 정취를 읊은 내용이다. 종장에서 '~무엇 하리오'라는 반어적 어투를 사용함으로써 청자로 하여금 스스로 답을 찾도록 유도하고 있다.

글 C는 은근히 삶의 참가치를 찾지 못하고 방황하고 있는 현대인의 모습을 우회적으로 그려내고 있다. 숲은 모여서 푸르름을 이루면서 푸른 바람을 일으키는데 현대인들은 각자 이기심으로 뿔뿔이 흩어져 중심을 잡지 못하고 방황하고 있으므로 이러한 현실을 안타깝게 보고 있는 것이다. 종장 말미의 '~떠돌고만 있는 걸까'를 통하여 이러한 작가의 주제 의식은 청자에게 사고의 여유를 제공하면서 그 감정이 전이되고 있다.

이 밖에 사설시조의 전범으로서 손꼽히는 조운의 「구룡폭포」도, 그것이 시조미학적 수작으로서 인정 받는 것은 실감실정의 리듬감 있는 묘사에도 그 원인이 있지만, 초장과 종장의 말미를 '~금강에 물이 되나', '~한 번 굴러 보느냐'와 같이 의문형으로 끝맺음으로써 청자에게 사유의 깊이를 더해주었기 때문이라는 사실을 인지할 필요가 있다.

④ 반복적 표현 기법

반복법은 일반적으로 많이 사용되는 수사기법으로서 전달 의미를 강조하거나 흥미를 끌기 위해 같은 말이나 구절을 되풀이하는 것을 말한다. 시에서는 같거나 비슷한 어구를 반복하여 효과적으로 강조하게 된다.

A

당신은 이 가슴에 / 어둠 사룬 촛불입니다 //
당신은 이 동토에 / 꽃 피우는 봄날입니다 //
온누리 다스려 남을 / 태양입니다 / 빛입니다.

– 유 선, 「자모송(慈母頌)」 2수 중 제2수

B

불타는 태양처럼 / 싱그런 녹음처럼 //
승천하는 안개처럼 / 꿈꾸는 꽃씨처럼 //
떠나는 가을 바람처럼 / 아, 투명한 유리처럼

– 김남환, 「작은 꿈을 위한 여섯 마디의 직유」 전문

C

먼 하늘 별 하나가 / 나에게 손짓함은 //
얼마나 황홀하고 / 신기한 행복이냐 //
갑자기 다가오는 섬 / 다가가는 또 한 섬

– 모상철, 「섬과 섬－국악공연장에서」 전문

글 A는 '～입니다'의 연속으로 대상에 대한 존경심을 표함은 물론, 반복적 리듬감을 유발하면서 의미 내용의 확장이라는 시상 구도를 보이고 있다. 각 장마다 동일한 종결 어조로 '확장 은유'의 형태로 전개된 것을 알 수 있으며, 이러한 경우는 시상의 완결성도 전체적으로 고루 분포되어 있지만 대개의 경우 점층적 구조로 이루어지기 때문에 종장에서 그 의미가 더 강화된 것을 알 수 있다.

글 B는 각 장에 걸쳐 '～처럼'의 반복으로 직유적 기법에 의한 시상의 전개가 눈길을 끈다. 이러한 반복적 비유기법은 시조의 독특한 미적 가치를 생산해 낸다. 평범한 서술로 인한 진부함에서 벗어나 의미 내용을 반복적으로 강조하면서도 예술성을 발휘할 수 있다는 강점이 있다.

글 C는 국악공연장에서 포착된 순간 이미지를 시적 자아의 존재의식과

맞물리어 실존적으로 그려 내었다. 이 글에서 '다가가는 또 한 섬'은 아마도 외롭게 떠도는 서정적 자아의 모습일 것이다. 이 글에서 '다가오는 섬'과 '다가가는 섬'은 표면적 의미는 상대적이나 유사한 발음의 연속으로 인한 반복적 리듬은 합일의 경지를 예고하고 있는 것이다.

이와 같이 시상의 요지들을 반복적으로 강조하거나 강화시키려고 할 때 이러한 기법들은 상당히 유용하다. 그러나 현대시조의 의미 구조 편성에 있어서 시상의 완결성을 너무 종장에만 국한시키면 창의적이고 개성적인 표현 습작에 저해가 될 수 있다는 점도 유념해야 할 것이다.

⑤ 주제 배치의 다양화 기법

앞서 논의한 바 있는 시조형의 '구성의 특징'에서 고시조의 경우는 귀납형 구조가 대부분인 것을 언급하였다. 귀납형의 의미 구조는 안정감을 주고 균제미를 주기도 하지만, 역동적인 변화의 멋은 크게 기대할 수 없다. 다양한 표현 기교를 구사하는 현대시조에는 주제의 배치를 꼭 종장에만 할 것이 아니라, 다양한 변용성을 부여함으로써 독자들의 관심과 호기심을 불러일으키고 변화의 미적 감각도 살려낼 수가 있다.

A

아직도 살아 있다는 그 사실이 신기하다
한낮 큰 길 모퉁이서 신음하고 있는
내장이 쏟아져 나온
텔레비전 한 대

— 이복현, 「그 유기범은 누굴까」 전문

B

단풍잎 붉게 물든 고향으로 돌아가리
따스한 체온으로 느껴지는 강변 마을
문명의 가늠대 위에 퍼득이는 삶을 두고 돌아가리

— 이재창, 「신(新)귀거래사 · 1」 3수 중 제1수

C

– 김종윤, 「낮달」 전문

A에는 모진 환경으로부터 버림받은 유기물 또는 자아의 처절한 실체가 아직도 버티고 살아 있음을 발견하고, 그 주체의 실상을 감정이입 수법으로 묘사하였다. 그런데 대부분 시조의 경우는 결(結)의 위치인 종장에 그 말하고자 하는 의도가 주로 드러나 있지만, 이 시조의 경우엔 초장에 드러나 있다. 청자의 지적 수준이나 분위기를 고려하여 요지를 먼저 강조할 필요가 있을 때에는 위의 글처럼, 굳이 종장에다 주제 행을 두지 않고 초장(또는 중장)에다 배치하여 소기의 목적을 달성할 수도 있다. 말구의 '한 대'는 특정인, 즉 자아 실체를 지칭해 주는 구체어 '그 한 대'로 정도로 끝맺음하는 편이 운율 효과를 높이는데 좀 더 효과적일 것이다.

B는 귀향에 대한 소망적 의지를 드러낸 글이다. 그런데 이러한 주제 의식 즉, 소망적 의지가 '돌아가리'라고 하는 시어로써 초장과 종장에 걸쳐 드러나 있어서 양괄(兩括)의 형태를 취하고 있다.

C는 '낮달'의 이미지를 '은전(銀錢)', '고독', '바람'으로 비유하여, 작가의 내면세계에 담겨 있는 대상물이, 순수하지만 매우 외롭고 쓸쓸하다는 감성을 그려내었다. 그러나 이러한 대상물의 축소적 이미지는 종장에서 '이승의 꿈을 꽃씨처럼 물고 가는…'으로 여운을 남기면서 미화시킴으로써 이어지는 말에 대한 다의성과 승화성을 획득하여 주제 의식의 상승과 확대 효과를 거두고 있다. 결국 C는 시상의 전개로 보아 3장에 걸쳐 그 주제 의식이 고루 분포되어 있는 특이한 형태를 지니고 있다고 볼 수 있다.

이처럼 현대시조에서는 주제 배치의 다양화를 동원한 구성의 기법을 통하여 시조의 멋과 맛을 창출하고 미적 가치를 획득할 수 있다.

이 밖에도 종결 어미의 활용법에 따른, 평서형['~네', '~는다', '~(으)ㅂ니다' 등]종결법, 감탄형('~구나', '~도다' 등)종결법, 청유형('~소서', '~자', '~십시다', '~세' 등)종결법, 명령형['~게', '~(으)오', '~(어)요' 등] 종결법, 그리고 호격조사('~아', '~이시여', '~이여' 등)를 이용한 종결법 등이 있으나 활용을 할 때에는 어디까지나 시상 전개에 따른 문장의 통사 구조와 율격과 의미 구조의 흐름이나 호응이 조화롭게 이루어져야 함을 잊어서는 안 될 것이다.

제3장   현대시조의 주제와 미적 감각

1. 현대시조의 주제의식

시조는 우리 민족의 고유한 전통시요, 노래요, 역사의 유산물이다. 수백 년 동안 철을 따라, 발길 따라, 마음 따라 선인들의 인생관·자연관이 이 시조의 꽃으로 피어났다. 거기엔 삶의 애환과 보국충정과 사랑과 희로애락 등 생활의 '시름'과 '의지'가 리듬의 꽃으로 장식되어 이어져 내려왔다. 따라서 시조 작품을 통해서 선인들의 사상 감정을 헤아림과 동시에 현대 문학의 사상적 흐름을 점검해 보는 일은 시조문학의 전망과 미적 가치의 발전적 모색이라는 차원에서 의미 있는 일이다.

1) 주제의 분류

시조 문학을 '작가'나 '시대'에 의해서 분류한다면 용이한 작업이라 할 것이다. 왜냐하면 그렇게 분류하는 것은 비교적 객관성이 있고 애매성이 없기 때문이다. 그러나 '주제(작가의 중심 생각)'에 따른 분류는 분류자의 개성이나 주관에 의해 좌우되기 때문에 객관성이 결여되기 쉽다. 더구나 시가 문학에서처럼 암시성과 상징성을 가진 애매모호한 주제를 가진 작품이 대다수인 경우에 그 주제를 유형별로 선명히 갈라놓는다는 것은 더더욱 어려운 일이다. 그렇지만, 아무리 그 주제의 모호성으로 인해서 유형별 분석이 난해한 일이라고 해도 주제에 대한 연구를 소홀히 할 수는 없다. 지금까지 창작되어진 시조문학의 자취를 통하여 기존 작가들의 사상 감정을 파악하고 그것을 바탕으로 창작의 새로운 지평을 열어놓아야 하기 때문에 시조문학의 앞날을 위해서도 이러한 연구는 시도되어야 할 과제이다.

시조문학의 연구에 있어서 그 내용이나 주제의 분석은 문학에 나타난 당대 작가들의 사상 감정을 짐작하고 새로운 창작 방향을 설정하는 데 있어서 상당히 유효한 자료가 될 것이다. 그런데, 시조에 대한 많은 연구 논저들 중 대부분이 형식에 관한 것들이고 주제에 대한 연구는 생각보다 많지 않다. 주제의 분류에 있어서는 이렇다 할 성과물을 찾기 힘들고, 다만 고시조에 있어서만 몇 사람의 시조집 편찬자에 의해서 극히 간명하게 편찬 의도에 맞도록 분류해 놓은 것이 있을 뿐이다. 그 예를 들면, 진본 『청구영언』은 총 580수 중 무명씨의 시조 104수만을 52종으로 분류했고, 『고금가곡』은 294수를 21종으로 분류했고, 『근화악부』는 397수를 21종으로 분류했고, 『동가선』은 235수를 29종으로 분류했고, 최남선은 『시조유취』에서 1,405수(실제 수록작품은 1,400수)를 21종으로 분류했고, 이태극은 통계치 없이 20종으로 분류했고, 진동혁은 2,390수를 17종으로 분류했고, 서원섭은 3,335수를 33종으로 분류하였다.[1]

현대시조에 대한 주제 분류는 그 연구 성과가 미흡하여 찾아보기 힘들다. 연구 대상으로 삼을 만한 표집군이나 기본 텍스트의 선정도 마땅치 않아 어려운 상태이고, 현대시조의 범위나 작가 현황이 방대할 뿐만 아니라, 아직 학술적으로도 그 체계적 자료가 구비되어 있지 않아 본격적인 연구의 어려움이 따른다. 필자는 이러한 점을 고려하여 현대시조 시인들을 시기별로 선정하여 엮어 놓은 『현대시조 100인선』을 기본 텍스트로 설정하고, 거기에 게재된 7,240편을 대상으로 그 주제들을 면밀히 분석하였다.

---

1) 이와 같은 고찰 결과는 양희찬의 「고시조 주제 분류 방법론」(한국시조학회 논문)과 서원섭의 『시조문학 연구』(형설출판사, 109~355쪽)를 참고하였다.

현대시조의 주제 분석은, 현대성을 중시하되 고시조와의 비교 분석이 가능하도록 ① 강호한정(자연 · 탈속 · 귀농) ② 계세 · 저항 ③ 자성 · 수양 ④ 애정(사랑 · 상사) ⑤ 동식물 · 생태 ⑥ 인륜 · 도덕 · 효도 ⑦ 기행 · 유람 ⑧ 대물 감정 ⑨ 애국(충국 · 애족) ⑩ 고향 · 향수 ⑪ 인생무상(허심 · 탄로) ⑫ 송축(찬양 · 축시) ⑬ 취락(취흥 · 여락) 등 13종으로 분류하여 조사하였다(빈도수 순). 고시조의 분류처럼 더 세분하지 않은 것은 미시적 관점으로부터 발생할 수 있는 주관적 판단의 오류로부터 조금이라도 벗어나 거시적 안목으로 객관성, 포괄성에 접근하려는 의도에서였다. 조사 자료의 선정이나 분석 방법에는 이론이 있을 수 있으며, 분석의 결과는 그 방법이나 분석자의 주관에 따라 차이를 보일 수 있다. 그러나 보편적이며 상식적인 작품 성향만큼은, 커다란 범역으로 설정하여 인식하였다는 것을 전제로 할 때, 개괄적인 종합 결과는 대단히 중요한 의미를 지닌다.

다음 분석표는 고시조의 경우, 양희찬의 「고시조 주제분류 방법론」[2]을 기초로 하여, 육당의 『시조유취』와 서원섭의 분석자료[3]를 참고로 하여 필자가 재구성해 놓은 것이며, 현대시조는 필자의 분석 결과를 고시조와 대비시켜 알기 쉽게 구성해 놓은 것이다.

전술한 바와 같이, 주제 분류는 분류자의 주관적 판단에 따른 변동의 가능성과, 작품 내용의 상징성과 다의성 등으로 인해 유형별로 선을 그어 엄밀히 나누고 수치화한다고 하는 일은 무리가 따를 수밖에 없다. 필자는 이러한 점을 고려하여 지나치게 세밀한 분류방법을 택하지 않고 포괄적 범역을 설정하여 현대시조 7,240편을 9개 계열(13개 주제군)로 분석하였다.

---

2) 양희찬, 「고시조 주제 분류 방법론」, 『시조학논총』 제12집, 한국시조학회, 1994, 127~129쪽.
3) 서원섭, 『시조문학연구』, 형설출판사, 1984, 109~356쪽.

<고시조와 현대시조의 주제 분석표>

고 시 조			현 대 시 조		
서원섭 분류(『역대시조전서』)			필자 분류(『현대시조 100인선』)		
주 제	빈도수	계열(%)	계열	주 제	빈도수
戀主忠君	87	戀主系 254 (7.6%)	애국	애족·충국	349 (4.8%)
感激君恩	39				
丹心忠節	21				
憂國慨世	107				
事親孝道	26	人倫 敎誨系 417 (12.5%)	인륜 계세	인륜·도덕 효도	539 (7.4%)
綱常五倫	99				2,504 (34.6%)
敎誨警戒	125			자성·수양	901 (12.4%)
學問修德	58				
寄托諷諭	109			계세·저항	1,064 (14.7%)
致仕歸田	34	江湖系 706 (21.2%)	강호 유람	강호한정 자연 탈속 귀농	1,389 (19.2%)
安貧樂道	33				1,895 (26.2%)
守分知止	42				
江湖閑情	185				
田家閑居	253				
聖世逸民	62				
尋訪招待	51				
逍遙遊覽	46			기행·유람	506(7.0%)
感物敍景	366	感物系 402 (12.1%)	감물	대물감정	374 (5.2%)
					934 (12.9%)
四季節候	36			동식물생태	560 (7.7%)
追慕讚頌	147	讚頌系 391 (11.7%)	송축	찬양·축시	175 (2.4%)
古事懷古	180				
福數頌祝	64				
空閨怨慕	150	愛情系 591 (17.7%)	애정	사랑·상사	751 (10.4%)
好色貪花	92				
戀慕相思	224				
離別哀傷	125				
人生行樂	78	醉樂系 187 (5.6%)	취락	취흥·여락	50 (0.7%)
飮酒醉樂	109				
人生無常	33	117 (3.5%)	인생 무상	허심·탄로	249 (3.4%)
白髮嗟歎	84				
懷抱述義	201	(6.0%)			
丈夫豪氣	46	(1.4%)			
思鄕歸心	23	(0.7%)	고향	향수	333(4.6%)
33종 총 3,335수			13종 총 7,240 수		

위의 표에 나타난 바와 마찬가지로, 현대시조에서 창작 빈도수가 많은 순서대로 인륜·계세 2,504편(34.6%, 이 중 인륜·도덕·효도는 7.4%), 강호·유람 1,895편(26.2%), 감물 934편(12.9%), 애정 751편(10.4%), 애국 349편(4.8%), 고향 333편(4.6%), 인생무상 249편(3.4%), 송축 175편(2.4%), 취락 50편(0.7%)을 추출하였다.

현대시조(7,240편)의 주제 분석표는, 유형별로 세밀한 작업 끝에 완성한 서원섭의 고시조 분류 결과를 병기하였는데, 이와 같은 분석 방법을 택한 것은 현대시조의 주제 의식을 전대의 그것과 대비·비교시킴으로써 그 연계성과 작품상에 나타난 사상과 감정의 변이 과정을 비평적 관점으로 접근해 보고자 함이었다.

2) 현대시조에 나타난 주제 성향

현대시조에 나타난 주제 성향은 고시조와 많은 특징적 차이를 보인다. 고시조에 나타난 주제 성향은 강호·애정류가 그 주류를 이루고 있으며 그 다음이 충효·인륜계이지만, 현대시조에서는 관습적 인식의 예상을 뛰어 넘어 강호·유람과 인륜·계세가 주류를 이루고 애정이 뒤쳐진 현상을 보이고 있다. 이러한 양상은 시조문학의 작가 정신이 시대의 흐름에 따라 많은 굴곡이 있음을 드러내는 것으로써 역사적 문학 비평의 한 단초를 제공해 준다.

다음에 지금까지의 분석 결과 나타난 현대시조의 주제별 유형(13개 주제군)을 빈도수의 순서대로, 그 드러난 작품세계를 중심으로 고찰해 봄으로써 그 특징적 요소를 살펴보고자 한다.

① 강호한정(자연·탈속·귀농)류

현대시조의 13개 주제 분류 중 가장 많은 창작빈도수를 나타낸 것은 고시조와 마찬가지로 역시 강호한정류(19.2%)이다. 예로부터 강호 한정은 세상 명리와 욕심으로부터 비롯된 오욕(汚辱)과 불의(不義), 그리고 그것으로 침잠되고 물든 세속을 떠나 자연의 품속에서 위안을 받고자 하는 인간의 내면 욕구에서부터 비롯된 것으로 보인다.

A

청산처럼 살고지라 / 비는 이 마음… //
숲길 거닐다 말고 / 한 모금 마신 샘물, //
사슴의 애띤 향기는 / 속된 얼에 스민다.

— 정소파, 「산창일기(山窓日記)」 전 4수 중 제4수

B

초롱꽃 등 달거든 나도 따라 등을 달고
산토끼 뛰어들면 등이라도 긁어 주며
한 자락 솔잎을 깔고 예서 마냥 살까보다.

— 이우종, 「산에서」 전 5수 중 제5수

C

모랫벌에 홀로 누워 / 내가 나를 잊고 보면 /
발밑이 간지러운 / 갈매기 걸음이랑 /
굴 속을 나온 소라로 / 겨워 보고 싶은 졸음.

내사 예가 진정 / 어딘지도 몰랐으면 /
뜨는 해 지는 달이 / 한결로 바뀌는데 /
슬기론 재주로 요리 / 벌레모양 뒹구리.

— 박재삼, 「모랫벌에서」 전문

강호한정의 유형은 위와 같이 자연의 품속으로 귀거래하거나 동경하면서 무위자연과 물아일체의 경지에 빠져들거나 탈속하는 심리로 한거하면서 여유를 즐기려는 양상으로 나타난다.

A, B에는 청산, 즉 자연의 품속으로 돌아가고자 하는 귀거래 심리가 드

러나 있고, C에는 바닷가 모랫벌에서 물아일체의 경지에 빠져든 서정적 자아의 모습이 잘 나타나 있다.

복잡한 세속을 벗어나 자연을 벗 삼고 거기에 귀의하여 위안 받고자 하는 심리는 고시조나 현대시조나 큰 차이가 없다. 이지엽은 "오늘의 시조단은 매너리즘과 음풍농월식 자기만족에 빠졌거나, 아니면 저 혼자 세상의 모든 고통을 다 짐 지고 가는듯한 자기도취에 사로잡혀 있다"4)라고 지적하였다. 이는 고시조처럼 관념적이거나 비현실적인 세계에 의존하지 말고, 시조의 창작도 생활 현실의 바탕 위에서 창작되어져야 한다는 것을 강조한 말이라고 분석된다. 오늘날, 인구의 도회 집중으로 인하여 도시 기능이 확대되고 생활 패턴의 문명화에 따라 강호한정에 대한 창작 의존도가 떨어질 것 같았지만, 실제 분석 결과로는 그렇지 않아서 대부분의 작가들은 강호 자연에 대한 선호 심리를 여전히 강하게 드러내고 있다. 이러한 면은 사회가 복잡해지고 혼탁해질수록 오히려 자연과 청정 생활에 대한 동경은 더욱 심화되어 사람들은 야외로 빠져나고 싶어 하고, 전원생활에 대한 꿈을 갖게 되는 심리와도 연관성이 있다고 판단된다. 강호 자연은 인간의 최종 안식처이기에 몸은 도회에 있지만 마음만은 모두가 자연을 동경하고 있다는 증거이다.

이러한 강호한정의 현대시적 표현은 단지 고시조풍의 음풍농월에서 벗어나 위의 A, B, C의 경향처럼 내적 미의식의 세계를 형상화함으로써 작품성을 높이고 있다.

② 계세(저항)류

계세류는 '계세'와 '저항'을 묶은 개념인데, 현대시조의 13개 주제 분류 중, 강호한정에 이어 두 번째로 많은 창작 빈도수(14.7%)를 보이고 있다. 앞의 주제 분석표에서 광역으로 설정되어 있는 인류 · 계세류 계열이 빈

---

4) 이지엽, 『현대시조 쓰기』, 랜덤하우스, 2007, 180쪽.

도수가 제일 많은 것은 특별히 이 계세(저항)류의 글이 많기 때문이다. 고시조와 현대시조의 주제 비교에서 가장 두드러진 특징적 현상의 하나가 이 계세(저항)류가 고시조보다 월등히 많다는 점이다.

주제로 보아 계세(저항)류의 시조가 많다는 것은 긍정적으로 평가한다면 그만큼 사회 참여의 기회와 관심이 많아서 개혁 의지가 많아졌다는 것을 말해주기도 하지만, 그 이면에는 그만큼 사회 현실에 대한 불만과 폭로, 경계와 훈계, 풍자와 야유가 많아졌다는 것을 입증해 주는 것이다.

A

간절한 촛불 앞에선 바람도 키질을 삼가더라 /
삼보 일배 이보 일배 / 일보 일배도 모자라서 /
하얗게 색소가 빠진 / 들꽃들만 남은 지금,

어린 손 천 번을 모으면 하늘도 생각이 바뀌실까 /
열 네 살 삘기꽃들이 촛불 하나씩 켜들고 /
미선이 효순이 부르며 / 마을 쪽으로 가고 있다.

잠 설친 수국꽃잎에 눈물방울이 푸른 아침 /
목발 짚은 사내가 꽃 위에 꽃을 얹히네, /
미안타 미안타 하며 / 절뚝 / 절뚝 / 유월이 가네

– 고정국, 「유월의 시」 전문

B

동굴로 걸음 옮긴, 해남집 아낙처럼 //
금남로 저기 약산(藥山) / 노래를 부릅니다 //
어쩌랴 / 무장 트럭 한 대가 / 빗속으로 / 질주한다.

– 박현덕, 「무등(無等)을 생각하며 · 4」–오월제 전문

C

지금은 백담사서 생불됐단 전통통령
그 사람 형제 처남 사돈의 팔촌까지

떼지어 / 몰려다니며 / 화적질을 하였다지
빌붙고 껌붙어서 당상(堂上) 떼논 고관대작
오랏줄 굴비엮음으로 줄줄이 묶인 그들
아이들 / 공부는 않고 / 화염병만 던져댄다.

– 김춘랑「서울 낮달·23」–대통령의 사촌들 전문

A는 반미감정 촉발의 계기가 되었던 미선이·효순이 사건을 유월이라는 공감 소재와 함께 비극적으로 다루면서, 뻘기꽃으로 상징화된 소녀들의 촛불행진을 통하여 얻어낸 영감으로 그 불의성을 우회적으로 고발하고 있다.

B는 광주 민주화운동의 현장을 떠올리면서 그 비극의 현장은 아직 끝나지 않고 잔영으로 생생히 남아 있기에 더욱 안타까움을 더하고 있다는 경계심을 표출하고 있다. C는 전직 대통령과 고관대작들의 부도덕한 행실을 풍자나 우회적 표현 없이 직설적으로 표출하여 문학성보다는 저항성과 폭로성을 강하게 드러내고 있다.

현대시조에 나타난 계세(저항)성의 글은 고시조의 그것과는 아주 큰 차이를 드러낸다. 고시조의 그것이 주로 우회적 풍자적 기법을 통한 고발과 저항이라면, 현대시조의 그것은 직설적이며 감정적이며 폭로적이다. 다는 그렇다고 볼 수 없지만, 대부분의 현대 저항시조들이 고시조보다 문학성·함축성이 희박한 것처럼 보이는 것은 이 때문이다. 이러한 경우는 유응부의 고시조5)와 위의 현대시조 C를 비교해 보면 금방 알 수 있다.

현대시조의 계세·저항성이 이와 같은 양상을 띠게 된 것은, 봉건 체제의 붕괴와 아울러 우리 사회가 민주화 과정을 거치면서 민중의 목소리가 높아졌고, 해방 이래 반미 감정과 같은 새로운 이념적 갈등이 새 시대의

---

5) 간밤의 부던 ㅂ람에 눈서리 치단말가 / 落落長松이 다 기우러 가노미라 / ㅎ믈며 못다 핀 곳이야 닐러 므슴ㅎ리오(유응부 作). 이 시조는 계유정란 때, 단종을 생각하며 정의를 위해 싸우던 김종서, 황보인 등이 먼저 수양대군에게 참살을 당하매, 그를 애도하고 분하게 여겨서 지은 것이다.

중심 이슈로 대두되었기 때문이다. 물론, 50년대 시인들과 80년대 시인들 간의 세대적 이념적 차이도 있다.

그러나 현대시조가 80년대 민주화 과정에서 성장한 시인들이 많다는 점은 현대시조의 주제가 색다른 양상을 띠게 되었다는 요인이 되었으며, 이러한 점은 현대시조의 미적 표현 양상이 사회 대응 방식의 전환과도 관계가 있어 주목할 만한 일이다.

③ 자성(수양)류

자성류는 13개의 주제군 중 세 번째로 많은 빈도수(901편, 12.4%)를 보였다. 문학에 있어서 내면세계는 거울에 비쳐진 나의 모습이다. 현대시조는 고시조의 경우처럼 음풍농월이나 화조풍월의 경지에 몰입하면서 학문 수신의 길을 걷는 자세보다는 현실에서 부닥친 갈등과 그에 따른 자아성찰, 그리고 솔직한 자성의 목소리를 거침없이 표출하고자 하는 경향이 짙다.

A

억새밭에 가 보면 / 칼 가는 소리가 들린다. //
날씨 화창하거나 / 음산한 밤이거나 //
단 한 번 벤 일 없어도 / 칼은 갈아야 한다.

— 선정주, 「非詩 · 57」 — 莊子 說劍을 읽다가, 전문

B

절여진 아픔이어도 송두리째 드러내면
식초에 잠길수록 시원한 무좀 먹은 발처럼
적외선 쏘여 긁으면 치유될 수 있을지
어제껏 걸어온 길 눈 앞이 아득해도
새소리 바람 소리 흉내 떤 물소리로
깨우리 / 내 삶의 질그릇 눈부시게 닦일 때까지

— 하순희, 「허무에 대하여」 전 3수 중 제2, 3수

C

텅 빈 방에 들어선다. / 아이들이 다 떠난 뒤 //
살을 물어 뜯는 / 저 흉흉한 한 마리 독충 //
온 몸의 뼈를 녹인다. / 그 한 밤을 타고 와.

이제 죽는 날까지 저놈과 싸워야 하리.
앙상한 신경의 그 메마른 가지 끝에
서정의 뇌수를 말리는 / 이 고독의 / 창검들.

– 조주환,「고독」전문

A는 자연의 현상, 즉 억새풀을 보고 터득한 인고와 연단의 삶에 대한 의지적 삶의 자세를 깨달음이라는 내적 성찰의 방법으로 잘 표현해 내었다.

B는 오늘을 살아가는 삶의 허무함을 스스로 투명하게 비쳐보면서, 비록 질그릇처럼 깨어지기 쉬운 존재이지만 스스로 눈부시게 닦일 때까지 스스로 일깨우면서 수양하고자 하는 서정적 자아의 의지가 드러나 있다.

C는 고독과 싸워나가는 나약한 인간 존재의 모습이 드러나 있다. 아이들이 다 떠난 뒤 엄습해오는 고독은 견딜 수 없는 아픔으로 다가와 한 마리 독충으로 온 몸의 뼈를 녹이고 급기야는 뇌수를 말린다. 이 글의 서정적 자아의 실체는 아마도 작가와 동일할 것이다. 고독한 자아는 위기감을 느끼고 있지만, 현실을 담담히 수용하면서 내일에 대한 결의를 다지고 스스로를 자성하고 있다.

이러한 글들은 실존적 자아의 실체를 포착하려는 경향이 짙으며 문학을 통해 수양과 성찰의 기회를 삼고 효용적 가치를 획득하려는 작가의 심리가 깃들어 있다.

④ 애정(사랑, 상사)류

애정류는 고시조에서 강호 한정류와 더불어 가장 많이 등장되었으나 현대시조에 와서는 그 등장 횟수가 줄어 13개 분류군 중 네 번째(10.4%)

가 되었다. 이렇게 예상 밖으로 애정류의 시조 등장 횟수가 줄어든 이유는 생활 환경의 변화와 거기에 따른 적응과 관계가 있다. 옛날에는 소일거리가 한정되었으며, 한거할 시간의 여유가 많았었지만, 현대 사회는 대인 관계와 사회 참여의 기회가 확대되고 다양한 소일거리와 볼거리, 취미 활동의 기회가 증폭되어 시조 창작의 소재거리가 애정만이 아니라 다방면에 걸쳐 있다는 데 그 이유가 있다고 분석된다.

A

생각을 멀리 하면 / 잊을 수도 있다는데 //
고된 살음에 / 잊었는가 하다가도 //
가다가 / 월컥 한 가슴 / 밀고 드는 그리움

– 이영도, 「그리움」 전문

B

고쳐보니 임자가 늙어 / 어머님을 닮았구려 //
가난도 눈물에 실으면 / 비파(琵琶)일시 분명한데 //
둥글어 허전한 달이 / 이 밤 홀로 떠 간다.

– 정완영, 「가을 아내」 전 4수 중, 제4수

C

책갈피를 넘기다가 / 대금산조를 듣다가 //
손끝이 절절한 / 먼 그대 긴한 안부 //
떨치어 버릴 수 없는 / 내 마음의 긴 여백

– 하순희, 「그리움」 전문

A는 그리움의 대상이 누구인지는 확실히 나타나 있지 않으나, 그리운 이에 대한 복받치는 연심이 종장에 실감적으로 드러나 있다. B는 인생 황혼기에 접어든 노부부의 애틋한 사랑을, C는 멀리 떨어져 있는 그대를 그

리워하며 안부를 학수고대하면서 허전함을 감추지 못하는 연심을 그려내고 있다.

현대시조에서 특히 애정의 표현은 고시조처럼 경계선을 그어 놓고 애절한 호소를 하는 모습이 아니라, 일정한 선의 경계 없이 부담 없는 시어와 자유분방한 진술로 이어지는 경향의 것들이 많았다.

애정 표현에 있어 고시조에서는 주로 '님'이라는 상향적 연모의 정을 많이 읊은 편이었으나, 현대에 들어와서는 주로 '그대', '자기'와 같은 수평적 연모의 의식구조로부터 우러나오는 경향이다. 이러한 경향은 애정 표현에 대한 심미안의 관점이 시대에 따라 변화를 가져오고 있다는 점을 알 수 있게 한다. 시에서 특히 애정 문제는 미의식과 관련하여 매우 중요한 의미를 지니고 있다. 고시가에서만 보더라도 「정석가」에 나타난 바와 같은 '영원한 사랑'은 숭고미를, 「공무도하가」와 같은 슬픈 사랑은 비장미를 드러내고 있다. 소설에서 애정 문제가 주로 다루어지듯이, 현대시조에서도 애정이라는 주제 의식을 통하여 미적 가치를 다양하게 나타낼 수 있다. 이 부분에 대하여는 다음 장('현대시조에 나타난 미의식')에서 좀 더 다루어보기로 하겠지만, 앞으로 더욱 깊이 있고 세미한 연구가 요망되는 분야이다.

⑤ 동식물(생태)류

동식물에 관한 주제는 전체 7.7%로서 동물보다는 식물, 특히 화초류가 주류를 이루었다. 그리고 고시조에 나타나지 않던 생태 환경에 대한 시조가 더러 선보인 것이 그 특징이다.

A

눈 눈 싸락눈 함박눈 펑펑 쏟아지는 눈 //
연일 그 추위에 몹시 볶이던 보리

그 참한 포근한 속의 문득 숨을 눅여 강보에 싸인
어린애마냥 고이고이 자라노니 //
눈 눈 눈이 아니라 보리가 쏟아진다고
나는 홀로 춤을 추오.

— 이병기, 「보리」 전문

B

벌 나빈 알 리 없는 / 깊은 산(山) 곳을 가려 //
안으로 다스리는 / 청자(靑瓷)빛 맑은 향기 //
종이에 물이 스미듯 / 미소(微笑) 같은 정(情)이여

— 이호우, 「난(蘭)」 전문

C

태양도 / 귀멀어서 / 아침을 듣지 못하고 /
여기 흙도 / 기관지염에 / 탄식을 잊고 있다 //
생인손 / 곪아터지듯 / 피어 있는 / 꽃·을·본·다.

— 이승은, 「폐수지대, 풀꽃」 전문

A는 중장과 종장이 늘어난 사설시조로 보인다. 그런데 이 글은 우선 형식에 문제가 있다. 연 가름의 모양으로 보아 '눈 눈' 이후가 종장으로 볼 수 있는데 그렇다면 종장 초구의 '눈 눈'이 2음절로서 3음절 원칙의 탈격을 보이고 있다. 그러나 이 글의 작가 가람은 '눈 눈' 다음에 오는 '눈'까지 합하여 '눈 눈 눈' 3자 연속으로 눈발을 강조하고 이어서 잠깐 쉼을 두고 '~이 아니라 보리가 쏟아진다고' 낭송하면 그 의미가 통하리라고 본 듯하다. 겨울철 서설이 내리면 풍년이 온다는데, 눈 덮인 보리밭을 포근한 강보에 싸인 모습으로 묘사하고 눈발도 보리 낱알이 쏟아지는 모습으로 비유하였다.

B는 난(蘭)에서 느끼는 서정을, C는 환경오염으로 인해 심각하게 병들어가는 꽃의 모습을 형상화한 생태시이다. 종장의 말미 자간(字間)에 가운뎃점을 찍어서 오염의 심각성을 주시하면서 강조하고 있다. 이러한 생태

시의 출현은 고시조에서 는 볼 수 없었던 현대시 표현의 새로운 분야로서, 미의식에 대한 창작 영역이 넓혀진 것으로 분석될 수 있다.

⑥ 인륜(효도, 도덕)류

현대시조에서 이 주제를 가진 글들은 전체 7.4%를 차지하였다. 유교적 전통을 따르던 고시조의 모습과는 상당히 다른 면모를 보이면서 주제상으로 특정 분야에 한해 창작되어지는 퇴조의 양상을 띠고 있다. 삼강오륜이나 사회 규범적 도덕 관례에 관한 시조는 보기 드물고, 그나마 가장 많이 등장하는 것은 '어머니에 대한 효심'을 노래한 시조가 그 주종을 이루고 있다.

A

어젯밤 비만 해도 보리에는 무던하다
그만 갤 것이지 어이 이리 굳이 오노
봄비는 찰지다는데 질어 어이 왔는고

비 맞은 나뭇가지 새엄이 뾰족뾰족
잔디 속잎이 파릇파릇 윤이 난다

자네도 비를 맞아서 情이 치나 자랐네

– 조운, 「비 맞고 찾아온 벗에게」 전문

B

시방도 고성(固城)장터 이(齒) 다 빠진 울 엄매는
다닥다닥 생선(生鮮) 몇 손 천금(千金)으로 담아 이고
다 못헬 밀물결 안개 가명오명 울먹이리.

–서벌, 「속 사모곡(續思母曲)」 전 3수 중 제3수

C

전화 한 통화에도 / 가슴 덜컹 내려 앉다. //
어제는 큰아이 일 / 오늘은 둘째 아이 일 //
살얼음 조이는 마음에 / 어미 가슴 금 간다. //

바람이 없는 날에도 / 물이 드는 어미 마음 //
신령한 어미나무는 / 가지마다 혼들린다. //
한 뿌리 한 가지라서 / 감겨드는 이 천심(天心)

– 이일향, 「가지 많은 나무」 전문

A는 논어의 '有朋 自遠訪來 不亦樂乎'라는 구절이 연상되는 시조로서, 비 맞고 찾아온 벗에 대하여 깊은 정을 느끼고 쓴 우정어린 글이다. B는 어머니에 대한 간절한 그리움을 노래한 사모곡이다. C는 혈육이기에 자식을 내 몸같이 사랑하는 어머니의 天心을 '가지 많은 나무'에 비유하여 표현하여 감동을 주는 글이다.

현대시조에서 효와 관련된 창작 양상은 어머니를 그리워하는 '사모곡'이 제일 많았고, 부부간의 애정을 다룬 작품 이외에 C와 같이 혈통가족 간의 정겨운 인륜·도덕을 다룬 작품들은 대체적으로 찾아보기 힘들었다. 이러한 혈통 가족 간의 끈끈한 정감이 시조에서 문학적 미의식으로 승화되어 작품으로 탄생되는 일은 상당히 바람직한 일이다. 그럼에도 불구하고 위와 같은 창작 실태는 상당히 아쉬운 점으로 받아들여졌는데, 그 중요한 원인 중의 하나는 물질숭배주의와 더불어 대가족제도의 상실로 인한 사회적 여건 변화와 관련이 많다고 생각된다.

⑦ 기행(유람)류

'기행'(유람)류의 시조는 서원섭 분류의 경우 소요유람류 46수(1.4%)를 나타내고 있으나, 현대시조에 와서는 총 7,240편 중 506편수(7%)를 차지하여 상당히 많은 작품들이 창작되는 것으로 드러났다. 그러한 원인은 고시조의 경우 생활 수준이 높고 유람 여건이 허락되는 지식인들이 주로 기행 유람을 즐겼으나, 현대에 내려올수록 교통의 발달과 생활수준의 향상으로 대중들의 여행 기회가 많이 주어졌다는 것이 큰 원인으로 작용하였으리라 본다.

A

돌아봐 백두(白頭)러니 / 내다보매 한라(漢拏)로다 //
천리에 마주 보며 / 높은 자랑 서로 할 제 //
셋 사이 오고가는 말 / 천풍(天風)이라 하더라.

어머니 내 어머니 / 아올스록 큰 어머니, //
다수한 품에 들어 / 더욱 느낀 깊은 사랑 //
떠돌아 몸 얼린 일이 / 새로 뉘처 집내다.

　　　　　　　　– 최남선, 「천왕봉(天王峯)에서」–지리산, 전 3수 중 제2, 3수

B

산정(山頂)을 북(北)쪽으로 / 한걸음 내려서자, //
즐퍼ㄴ한 교목지대(喬木地帶) / 나무나무 바위바위, //
기는 듯 빠져 내려도 / 끝날 줄을 모른다.

　　　　　　　　– 이태극, 「왕관봉(王冠峰)에 내려서서」 전 4수 중 제1수

C

사미(沙彌)가 되어지이다. / 보살이 되어지이다. //
뭇 밤을 간음하고 / 마목이 된 몸뚱아리 //
하얗게 삭발한 결단 / 석고대죄 하느니.

삼천 폭 스란치마에 / 불러들인 매운 서리 //
서서히 함몰하는 / 일그러진 웅보여 //
불국사 쇠북을 안고 / 목놓아 울어지이다.

　　　　　　　　– 김남환, 「토함산의 낮달」 전문

　　A는 지리산 천왕봉에서 북으로 백두를 보고 남으로 한라를 바라보면서 감회를 읊은 한 수 6행의 기행시조이다. 이 글의 내용적 특징은 애국적 기행시라는 데 있다. 주지하는 바와 같이 육당은 조국에 대한 애국심의 발로로서 일찍이 '조선심'을 강조하였으며, 조국을 사랑하는 '님'으로 표현하여 그의 작품 곳곳에 심어두었다. 이 기행시조에서도 '조국'을 '내 어

머니'로 환치시키고 있는 점은 특기할 만하다.

B는 등산 기행의 여정 감회를 표현한 글인데 현대시조의 기행시조는 많은 작품들이 '산'을 통하여 이루어지고 있다는 점을 주목할 필요가 있다.

C에서는 돈오점수(頓悟漸修)하는 수행자의 모습을 엿볼 수 있는데, 토함산을 기행하고 거기서 본 낮달의 모습을, 서정적 자아의 실체가 투영된 불자의 모습으로 감정이입수법에 의해 인상 깊게 표현하였다. 마목이 된 몸뚱아리로 석고대죄하며, 서서히 함몰해가면서 불국사 쇠북을 안고 목 놓아 우는 서정적 자아의 모습에서 심도 높은 표현기교와 시조 미학의 묘미를 간파할 수가 있다.

이처럼 현대시조에서는 산수 기행이나 풍물 기행을 통한 인상 깊은 견문을 일반적인 보고 형식의 글에서 벗어나, 적합한 표현 기법을 동원하여 얼마든지 미학적 가치가 고양된 작품으로 창작할 수가 있다. 이때 제일 먼저 필요한 일은 관찰 현장에서 인상 깊었던 상황을 메모해 두는 일이다.

⑧ 대물감정류

대물감정류는 생활 주변의 사물을 대하면서 느낀 정서를 읊은 것이다. 본고에서 대물 감정을 표현한 시조는 전체 7,240편 중 374편(5.2%)으로 조사되었는데, 본고에서 여행을 하면서 사물 경관을 보고 느낀 견문은 기행(유람)류에, 동물이나 식물류를 보고 느낀 점을 글로 옮긴 것은 동식물류에 포함시켰다.

A

내가 중심이라 생각했던 날이 있다 //
나를 주축으로 지구는 자전하고 //
우주와 뜨거운 한 몸인 줄 그렇게 알았다.

뜨거울 땐 또 다른 불을 보지 못하느니 //

비껴나 앉고부터 외면했던 시가 읽힌다 //
거울에 차갑게 식은 그 사내가 보인다.

– 정일근, 「거울」 전문

B

눈물을 자아 올린 / 겨레의 숨소립니다 //
어머님 무명저고리 / 올올마다 젖은 말씀 //
보름밤 / 달빛 거두어 / 실을 뽑는 숨소립니다.

– 박영교, 「물레소리」 2수 중 제1수

C

공든 도배 해 바뀌니 어느덧 퇴색하다 //
족자를 들춘 자리 문득 파란 고 빛깔! //
어쩌면 접어둔 마음 나와 나의 해후여.

– 이상범, 「족자를 들추다가」 전문

이러한 감물(感物)류 주제(대물 감정과 동식물·생태류: 12.9%)는 고시조보다는 약간 증가한 것으로 파악되었다. A는 한 장이 한 연으로 전체 6연으로 이루어진 2수 시조이다. 한 장을 한 연으로 배치한 이유는 각 장의 독립된 의미를 두드러지게 나타내려는 의도 때문일 것이다. 이 글에서 작가는 '거울'이라는 매개체를 통하여 착각적인 유아독존 의식으로부터 벗어나 자아의 실존적 위치와 실체를 확인하고 있다. B는 시의 제재 '물레소리'를 두고, 올올마다 스며 있는 어머니의 정성을 연상하면서, 그 소리를 '겨레의 숨소리' 내지 '보름밤 달빛 거두어 실을 뽑아내는 숨소리'까지 의미를 확장·비유하면서 형상화시킨 내용이다.

C는 벽면에 붙어 있는 족자를 들추면서 퇴색해버린 주변 도배지와 대조적으로 원색을 보존하고 있는 족자 뒤 벽면에서 자신의 해맑은 초심을 발견한 기쁨을 상징적으로 표현한 글이다.

이러한 대물 감정류는 위의 A, B, C 경우와 같이 사물의 특성을 세밀히 관찰한 내용을 감정이입수법 등의 기법으로 깨달음 또는 자아성찰의 글로써 변환시켜 표현함으로써 미학적 가치를 높여주고 소재 선택의 중요성도 새삼 일깨워 준다.

⑨ 애국(충국)류

'충국'류는 '애국'류와 같은 개념으로 분류하였다. 본고에서 현대시조의 시작점은 육당의 『백팔번뇌』(1926)시기부터라고 전제한 바 있다. 현대시조에서 애국에 관한 내용(4.8%)은 현대시조의 초창기에 나라 잃은 서러움으로부터 비롯되었다. 그리고 뒤이어 광복을 맞이한 기쁨과 1950년대 이후에는 민족 분단의 아픔으로 이어져 내려왔다. 애국에 관한 글 중에는 불합리한 현실에 관한 사회 비판이나 저항 정신 등도 포함된다고 볼 수 있겠으나 그러한 내용들은 본고에서 계세(저항)류로 분류되었다.

A

내 이제 이 세상에 뵈올 님 없사오니
분인들 바르리까 향물인들 뿌리리까
단장을 버리나이다 누더기를 입나이다

– 이광수, 「단장을 버리나이다」 전문

B

파랑새 날아오면 그이도 온다더니
파랑새 날아가도 그이는 아니 온다
오늘도 아니 오시니 내일이나 올는가

기다려지는 마음 하루가 백년 같다
새로 이가 나고 흰머리가 다시 검어라
그이가 오신 뒤에야 나는 죽어 가리라.

– 이병기, 「파랑새」 전문

C

회억(回憶)의 눈발들은 갈꽃으로 부서져 삭고
아비의 땅을 탈출해온 피 묻은 이야기들이
이국(異國) 땅 풀섶 곳곳에 / 유골처럼 드러났다.

내 핏줄이 닿아 흐를 강 건너 산등들은
낯선 구호를 쓰고 웅크린 채 말이 없고
섬뜩한 상복을 걸친 듯 하늘은 자꾸 추락한다.

– 조주환, 「두만강에서」 전 3수 중 제2, 3수

A에서는 조국이 '님'으로 비유되고 있다. 조국이 '님'으로 대체화되어 글 속에 비유된 예들은 육당의 '조선심' 이후 이미 육당의 시조에서 많이 볼 수 있는데, 『백팔번뇌』의 「등청나무 그늘」에 담긴 작품만 보더라도 「궁거워」, 「안겨서」, 「써나서」, 「어쩔가」 등이 있다. 이러한 '님'의 등장은 일제 치하라는 압제 상황하에서의 '우회 표현'이라는 점도 있겠으나, 한편 「정과정(鄭瓜亭)」에서의 '내 님'과 같이 고시가에서의 연군(戀君) 사상에서부터 비롯된 애국 정신과도 일맥 상통한다고 볼 수도 있다.

A에서 춘원은 '내 님' 즉 조국을 잃었으니 단장을 버리고 누더기를 입고 와신상담하겠다는 애타는 심정을 표출하고 있다.

B는 가람 이병기의 애국시이다. 주지하는 바와 같이 가람은 창작 활동에 있어 실감실정, 취재 범위의 확대, 격조의 변화 등 시조의 혁신을 주장하면서 새로운 감각 기법을 응용하여 서정과 서경을 조화롭게 구사해 나간 작가이다. 그의 작품 경향이 감물서경적 경향이 짙기 때문에 애국시가 차지하는 비중은 동시대 다른 작가에 비교적 적은 것이 특징이다. 「파랑새」에서는 육당이나 춘원에서의 '님'이 '그이'로 환치되어 있고, '파랑새'는 기쁨을 전하는 전령사로 비유되었다. 파랑새가 와도 '그이'는 돌아오지 않았음에 실망하여, 돌아오지 않은 '그이' 즉 '조국'이 광복되기를 학수고

대하면서 그 조국이 돌아오는 기쁨을 맛보고서야 죽을 수 있다는 간절한 소망을 노래하였다.

C에서 작가는, 한·중 국경선에서 두만강 건너 북한 땅을 바라보며 '섬뜩한 상복을 입은 듯' 추락하는 하늘 아래서 신음하는 동포들을 애련의 심정으로 토로하고 있다. 이와 같이 애국심의 시적 표현 대상은 시대의 조류에 따라 그 양상이 달라졌음을 알 수 있다. 애국시는 대체적으로 비장미와 관련이 많다. 비장미와 관련이 많은 것은 일제 치하와 전쟁과 남북 분단이라는 슬픈 역사와 현실이 표현의 중심 소재로 자리 잡고 있기 때문이다. 단지 위에서 춘원은 육당과 마찬가지로 조국을 '님'으로, 가람은 광복을 '파랑새'로, 조주환은 북한 땅을 '상복을 걸친 추락하는 하늘'아래로 연민하여 비유한 것처럼, 그 표현기법에 있어서 어떻게 미적으로 승화시켜 문학적으로 나타내는가 하는 문제는 시대와 상황에 따른 작가들의 관점과 미의식에 따라 다르다.

⑩ 고향(향수)류

'향수(鄕愁)'에 관한 시조는 전체 333편(4.6%)으로 파악되었으며, 고시조(0.7%)에 비해서는 상당히 많은 창작 빈도를 보이고 있다. 그러한 원인은 남북 분단의 현실적 여건이나 개발 정책 등으로 실향민이 많이 등장하였다는 점과 크게 연관이 있다. 산업화 도시화가 될수록 이주하거나 마음의 고향을 잃고 방황하게 되는 현대인들이 많아져서, 마음의 안식처 즉 본향을 그리워하는 심리적 여건이 대폭 조성된 것이 큰 원인이라고 여겨진다.

A

박넝쿨 호박넝쿨 / 참외넝쿨 수박넝쿨 //
넝쿨은 넝쿨을 얽어 / 둥그렇게 짓는 열매 //
인연도 이걸 닮아서 / 얼굴빛이 같은가.

— 임종찬, 「고향사람들」 전 3수 중 제3수

B

이마를 짚고 가는 늦가을 산바람이 /
멀고도 아득한 북향길을 열어 뵌다
저 언덕 / 푸른 꿈자리 / 그 언제나 안겨 볼까

저 금기의 북녘 땅을 고개 들고 뻗어가는
반세기도 더 묵은 칡넝쿨을 보는가
철조망 / 가시울타리 / 타고 넘는 그리움을.

— 이복현,「망향의 언덕에서」전 3수 중 1, 2수

C

돌아가리 이승의 생명줄 끊어버리고
당신의 따뜻한 자궁을 걸어서
소멸의 한낱 미립자로 돌아가고 싶어라

생성 이전의 바다는 폐허인가 절정인가
잉태의 꿈 끝끝내 못 이룬 닮은꼴들의
꽃다운 절망의 창법 나는 듣게 되리니

사랑이여 태동보다 아름다운 소멸이여
오늘은 아득히 자궁 속을 걸어가서
무정란(無精卵)씨방의 노래 귀대고 들어보리라

— 이달균,「생명을 위한 연가·10−자궁 속으로」전문

A에서는 고향 마을에 한데 어울려 얽혀 있는 넝쿨들과 같이, 인연으로 맺어진 정감어린 고향 사람들의 얼굴을 떠올리면서 그 고향 인정을 그리워하고 있다.

B에서는 분단의 현실 앞에서 고향에 돌아갈 수 없는 실향민들의 아픔을 그렸고, C에서 작가는 무너지는 육체와 소멸되어가는 사물들을 응시하면서 심도 높은 심리적 본향 의식의 일면을 보여주고 있다. 소멸의 욕망은 자궁 속으로 들어가 생성 이전의 바다로 돌아가려는 시도로 이어지

는데, 아름다운 소멸을 노래하는 작가의 소멸의 미학은 죽음의 운명을 죽음으로 맞서려는 대결의 미학, 역설의 미학이면서 원초적 고향으로 돌아가려는 본향 의식에서 우러난 것이라 볼 수 있겠다.

⑪ 인생무상(허심, 탄로)류

인생무상에 관한 시조의 창작 빈도는 고시조와 큰 변동은 없다. 단지 현대시조에 들어와서는 고시조 형태의 탄로가는 줄어든 편이고, 그 대신 복잡한 경쟁 사회로부터 비롯된 패배감과 허탈감 같은 허무가 그 자리를 대신하였다.

A

그는 갔다 / 강물처럼 // 노을을 / 뜯어내며 //
엉킨 / 시간의 울음 // 괴로움을 / 적시며 //
안개의 / 상처를 지나 / 그림자를 / 데불고

— 정공량, 「황혼」 전문

B

웃음도 울음도 아닌 것 / 그 무엇도 또 아닌 것 //
이마에 앉은 어스름 / 깊이 패인 이 주름살 //
벗어든 돋보기 너머로 / 내려앉은 능선들이여

— 이일향, 「어디로 가는 길인가」 3수 중 제3수

C

꾸역꾸역 떠밀리며 / 배때기도 보여주며 //
가고 싶어라! / 헛발길질 / 거품도 게워 내며 //
칼 끝에 잘릴 때까지 / 살이 빠져 나올 때까지

숲을 가로 질러 / 급히 이끌려 온 바다 //
참으로 이상해라! / 두근대던 우리의 꿈 //
끝끝내 토막이 난 채 / 먼 도회(都會)서 끓고 있다.

— 김종윤, 「어린 게의 꿈」 전문

A는 황혼녘 괴로움 끝에 떠나버린 존재에 대한 자신의 허무감을 그렸
으며, B는 어느덧 노년기에 접어든 인생의 덧없음을 노래한 탄로가이다.
반면에 C와 같은 글은 현대인의 나약한 존재 의식을 '어린 게'에 비유하
여, 냉혹한 현실 앞에 어린 꿈은 산산조각이 나고 여지없이 도륙당하여
종국에는 허무한 경지에 이르고야 마는 현대인의 삶의 모습을 우회적 표
현 수법으로 그려내고 있다. 창작의 표현 기법상, '인생무상'과 같은 관념
적 주제를 드러내는 데 있어서, 직설적 방법보다는 C와 같이 우회적 · 풍
자적 수법이 문학적으로 더욱 효과적이며 미적 가치가 있다는 점을 염두
에 둘 필요가 있다.

⑫ 송축(찬양, 축시)류

송축류는 찬양과 축시의 성격을 주로 띠고 있다. '頌祝'의 의미는 현대
에 와서 많이 달라진 것으로 보인다.『문심조룡』에 의하면, 본래 '頌'은 신
들에게 드리는 제사 의식에서 행해지는 춤과 노래를 묘사하는데 사용되는
시를 의미했고, '祝'은 옛날 신에게 기도하는 관리의 명칭이었다.6) 그런데
차차 그 의미가 변화되어 경사를 기리고 축복한다는 뜻으로 쓰이고 있다.
현대 송축류의 시조는 고시조에 비해 그 창작 빈도가 줄어든 편이다. 고
시조(서원섭 분류)의 경우, 전체 3,335수 중, 추모찬송(追慕讚頌)과 복수송
축(福數頌祝)을 합친 수가 211수(6.3%)인데 비해, 현대시조는 전체 7,240편
중 175편(2.4%)으로 조사되었다. 이러한 양상은 고시조의 시기에 문재(文
才)에 뛰어난 스승이나 성현을 추모하고 임금이나 부모의 수복강녕을 송
축하는 사례가 현대보다 훨씬 더 많았다는 것을 입증해 주는 결과라고 볼
수 있다.

---

6) 유협, 최동호 역,『문심조룡』, 민음사, 2008, 131~149쪽.

A

고전을 풀어주고 국문학의 길을 열어
시조의 나갈 길도 바로 일러 주시었고
오늘의 시조의 숲도 그로 하여 이뤄졌다.

— 이태극, 「가람(嘉藍)스승님」 전 6수 중 제3수

B

반상(盤上)에 바둑을 두어 / 나가는 것이 아니라 //
아득히 천문(天文)을 / 끌어들여 헤아리더니 //
드디어 너는 그것을 / 주무르고 있구나.

— 박재삼, 「반상천문(盤上天文)」(조훈현 천하통일에 붙여) 전문

C

선율이 굽이치는 청포도 넝쿨 따라
수많은 얼굴들이 떠오르는 포도알의
맺힌 그 이슬 속에서 한 세월을 보았느니.

순박한 손끝으로 흙을 빚어 혼을 부어
가슴에 불을 질러 항아리를 구워 내어
하늘도 천년(千年) 하늘을 불룩하게 체웠나니.

— 지성찬, 「안성예찬(安城禮讚)」 전 4수 중 제3, 4수

A는 가람 이병기를 추모 · 찬송하는 글이며, B는 조훈현이 바둑으로 천하통일의 위업을 달성한 것을 기념으로 송축하는 글이다. 반면, A와 B의 송축 대상이 인물이라면 C는 특정 지역에 대한 송축의 내용이다. 청포도 알처럼 옹기종기 맺혀 있는 인정스런 모습과 순박한 혼불로 항아리를 구워내는 안성 지방의 특성이 전편에 흐르고 있다.

현대시조에서 인물에 대한 송축의 글은 대개 나이 들어 정년 퇴직이나 각종 축수일(祝壽日)에, 그리고 각종 수상이나 출판기념 등을 계기로 많이 창작되고 있다. 송축의 글 창작시에 유념해야 될 사항은 축하를 받는 입장만을 고려해서 문학적 가치와 거리가 먼 단순 찬양의 글로만 끝나서는 안

된다는 점이다. 예술적 가치보다는 전달적 가치만을 지니고 있는 관념이나 이념적 시어들의 나열은 진부한 느낌을 주고 독자들의 공감대 형성에도 크게 도움되지 않는다. 송축 대상의 특징을 발견하여, 개성적 안목을 가지고 묘사와 진술의 조화로운 구성을 꾀하면서 참신성 있게 써 나간다면 아무리 송축의 글이라 할지라도 미학적 가치가 높은 글이 탄생될 것이다.

⑬ 취락(취흥, 여락)류

'취락류'는 고달픈 인생살이에서 탈피하여 먹고 마시고 행락을 즐기는 일상을 노래한 것이다. 현대시조에서 취락의 창작(0.7%)은 고시조(5.6%)에 비해 상당히 드물게 나타난다. 이러한 결과는 현대인들의 분주한 일과와 다양한 소일거리도 그 원인이라 할 수 있겠으나, 무엇보다도 취흥·여락이 고시조에서는 선비들이 음풍농월(吟風弄月)할 때에 하나의 작시 방편으로 홍행되었던 것에 비해, 현대에 와서는 일상생활에서의 실제 음주 취락은 많지만 고풍스런 작시 방편으로는 사용하지 않았다는 데 그 큰 원인이 있다고 보겠다.

A

동(冬)짓달 대취(大醉)로다, 눈바닥에 턱누워라.
시흥(詩興)이 상천(上天)헌듯, 억만년(億萬年)에 또 업구나.
전령(傳令)아 고려문장(高麗文章)에, 이상국(李相國)7)을 불너라

— 안자산, 「연하(宴賀)」 중의 한 수

B

달 뜨자 일이 없고 / 벗 오시자 술 익었네 //
어려운 이 여럿을 / 고루고루 실었으니, //
뱃랑은 바람 맡겨라 / 밤새 올까 하노라.

— 최남선, 「한강의 밤배」 전문

---

7) 『東國李相國集』: 고려 때 문신인 이규보(李奎報: 1168~1241)의 시문집.

C

욕망의 빛깔은 희다 날아가는 새들아 //
소주잔 짓씹으면 / 무거워진 속눈썹 //
가로등 불빛 속으로 / 빨려드는 이 하루

― 전 민, 「소멸」 전문

취홍(醉興)을 통한 풍류의 멋은 고시조(5.6%)보다 현대시조에서는 드물게 나타난다(0.7%). A의 작가 安自山(1886~1946)은 현대시조 초창기의 국학자 및 시조 작가로서 육당(1890~1957)과 동시대를 살다갔지만, 그의 작품은 위에서 보는 바와 같이 고시조의 구태를 완전히 벗어나지 못하였다. 이 글에서 작가는 자칭 대취(大醉)하여 고려의 옛 시풍까지 불러올리며 취홍에 겨워하는 모습을 드러내고 있다.

B에서는 한강을 밤배로 유람하면서 흘러가는 대로 몸을 맡기고 월하홍취를 마음껏 즐기려는 풍류의 멋을 노래하고 있다. C에서는 어두운 현실로부터 탈출하여 꿈결 같은 빛의 세계로 환원됨으로써 소멸의 미학을 추구하려는 현대인의 방황심리와 고독이 나타나 있다. 특히 취락류의 현대시조들은 A, B와 같이 음풍농월과 풍류의 멋을 즐기기보다는, 취홍을 통하여 좌절과 불안에서 탈출하려는, 방황심리에서 비롯된 일탈적 취홍이 그 주류를 이루고 있음은 고시조와 크게 다른 점이다.

위에서 현대시조에 나타난 주제적 특징을 작품의 예를 들어 살펴보았다. 여기서 한 가지 유념할 일은 관습적 주제로 인한 분석 결과의 오류에 관한 일이다. 흔히 고시조를 떠올리면, 정몽주의 「단심가」 등 충·효와 관계된 시조를 연상하게 되는데, 그것은 관습적 인식으로서, 하나의 교시적 목적으로 교육을 통하여 인식화된 영향이 크다. 따라서 고시조의 주제나 내용을 말할 때, 「충의가」, 「절의가」, 「송축가」, 「회고가」 등이 먼저 떠오르게 되는 것은 이러한 인식으로부터 비롯된 관습적 주제(conventional theme)와 관련성이 깊다. 그래서 구체적인 내용의 실제 분석 결과를 가지고 논하지 않고 논자에게 인식된 관습적 주제를 가지고 작가정신을 거론하게 되면 논의 결과의 오류를 범할 수 있다는 것이다.

실제로 고시조를 분석한 결과를 보면, 머리 속에 떠올렸던 충(忠)이나 효(孝)에 관한 내용보다는 강호한정이나 애정 같은 인간의 본능을 다룬 주제가 더 많았다는 것을 발견할 수 있는데, 이러한 결과는 위와 같은 사실을 입증해 주는 것이다. 이러한 현상은 당시의 사회가 인간의 본능(id)보다는 유교적 이념에 의한 사회·규례적 삶의 방법, 즉 초자아(superego)를 요구함으로써 실제 습작면에 있어서는 오히려 일탈심리가 작용하게 되어 사회 규범적 주제의 설정 심리가 저하되었기 때문이라고 여겨진다.

참고로 위의 분석표에는 나타나있지 않지만, 최남선의 『시조유취』 내용을 분석한 고시조의 주제 분류자료에 의하면, 고시조 전체 1,400수 중 남녀류 155수에다가 상사류 122수, 그리고 이별류 48수를 합치면 애정류(愛情類)가 325수(23.2%)로 제일 많고, 그 다음이 한거·유람류(閑情·遊覽類)가 309수(22.1%), 그리고 그 다음이 효도·수양·기탁류(孝道·修養·寄托類)가 142수(10.1%) 순이었다.[8] 상당히 세밀한 분석으로 관심을 끌고 있는 서원섭의 분류(전체 3,335수)에서는 강호계(江湖系)가 706수(21.2%)로 으뜸이고, 애정계(愛情系)가 591수(17.7%)로 두 번째이고, 그 다음이 인륜·교회계(人倫·敎誨系)가 417수(12.5%), 다음이 감물계(感物系) 402수(12.1%), 그 다음이 찬송계(讚頌系) 391수(11.7%)의 순이다. 그런가 하면 현대시조의 경우, 제일 창작 비중이 많은 것은 인륜·계세(人倫·戒世)계열(인륜·도덕, 자성수양, 계세·저항)이 2,504편(34.6%)이고, 강호·유람(江湖·遊覽)계열이 1,895편(26.2%)으로 두 번째이고, 그 다음 감물(感物) 계열이 934편(12.9%)이며, 예상 밖으로 애정(愛情) 계열이 751편(10.4%)으로 네 번째 순이었다.

이러한 결과들 사이에는 분류 목적과 방향이 완전히 일치할 수는 없는

---

8) 양희찬, 앞의 책, 같은 쪽.

문제이므로 관점의 크고 작은 차이를 보이고 있다. 특히 주제 범역의 설정이 포괄적이냐 미세하냐의 차이는 분류가 애매하고 복잡하다는 것을 시사한다. 전술한 바와 마찬가지로 분류의 방법과 주관적 인식에 따라서 같은 분야라도 그 결과는 상이한 차이를 보인다. 예를 들면, 애정류에 있어서 최남선의 분류와 서원섭의 분류는 그 결과가 다르게 나타나는데, 최남선의 경우에는 애정류(23.2%)가 제일 많이 나타나고 강호계라 볼 수 있는 한정류(유람류 포함)(22.1%)가 그 다음이지만, 서원섭의 경우에는 강호계(21.2%)가 애정계(17.7%)보다 더 많이 나타난다. 작품을 보다 더 세밀히 분석한 면에서는 서원섭의 경우가 더 신빙성이 있다고 볼 수도 있으나, 분류자의 주관적 판단과 인식에 의한 분류이기 때문에 그 정확한 선을 그어서 가려내기란 어려운 일이다.

포괄적 범역을 설정하여 서원섭의 분류와 최남선의 분류 기준을 참고로 집계하여 본 결과, 고시조의 내용 중에서 제일 많은 비중을 차지하고 있는 주제는 조선사회의 중심 사상인 충(忠)이나 효(孝)보다 인간의 가장 근본적인 문제와 직결된 강호류와 애정문제였다. 그리고 그 다음이 인륜도덕, 감물, 송축, 충과 연군, 취락과 인생무상 등의 순이었다. 이러한 실태는 삶의 방식에 있어서 인륜·도덕적, 성리학적 관심보다는 남녀가 서로 사랑하고 이별하고 호소하는 애정 문제와, 자연을 즐기며 한정을 유락하는 방식이 선인들의 중심적 삶의 테마였음을 알 수 있다. 강호류가 많은 것은 험난한 현실을 탈피하여 도피·은둔하고자 하는 한거(閑居) 심리와 자연을 즐기며 본향을 찾고자 하는 인간의 본능에서 비롯되었다고 본다. 애정 문제는 사대부에서 기녀들에게 이르기까지 그리고 남녀노소를 막론하고 인간의 가장 기본적인 욕구이기에 억압된 상황에서 오히려 기회 있을 때마다 표출하게 되는 결과로 많은 시가에서 으뜸으로 대두되었을 것이다. 그 다음으로 많은 것이 인륜·도덕 분야인데 이는 조선시대 중심 이념인 성리학의 영향과 무관하지 않다고 본다. 작가로 드러난 시조 작가들은 대부분 사대부들이 많은데, 유교적 이념을 수학·숭상하며 실천하고자 했던 사대부들의 습작 정신에서 비롯된 결과이며, 조선 사회의 유교적 생활 방식의 반영이라고 보여진다. 아무튼 애정은 옛사람이나 현대인이나 공통적인 관심사이겠지만, 강호류와 인륜도덕류, 송축과 충효 연군이 상당한 비중을 차지했다는 점은 조선사회의 독특한 사회상을 반영한 결과일 것이다.

현대시조에 대한 필자의 분석 결과는 고시조의 유사 주제군과 대비시켜 본 바, 고시조와는 상당한 차이를 드러내고 있다. 고시조의 경우처럼 애정류가 큰 비중을 차지할 것으로 예상되었으나, 뜻밖에도 13종 주제 분류 중 4번째 순서(10.4%)에 머물고 있다는 점은 특기할 만하다. 그러한 이유는 현대시조에 들어오면서부터 작가들이, 누구든지 체험할 수 있고 표현할 수 있는 식상한 애정류보다는 독특한 자아의 발견과 현실참여적인 주제인 '자성(수양)과 계세(저항)류'(27.1%)에 대한 쪽으로 관심이 쏠리고 있다는 점을 암시해 주고 있다.

현대시조의 주제 의식 중에서 가장 두드러진 특징은 현실에 대한 참여 정신의 증폭이다. 강호자연풍이라는 고금의 공통적인 작시풍에 이어, 애정류보다 계세·저항류가 더 많았다고 하는 점은 현대시조 시인들이 민주화 과정을 거쳐온 세대라는 점에서도 충분히 수긍이 가는 점이다. 그러한 시조들은 대부분의 내용들이 현실에 대한 불만과 고발 또는 저항적 형태를 견지하고 있다. 그런 가운데 어떤 시조들은 문학의 가면을 벗어버리고 직설적이며 노골적 폭로성을 드러내기도 하였으며, 일부분의 시조들은 일탈심리와 허무주의 심리로써 현실에 대응하면서 새로운 탈출구를 모색하기도 하였다.

그러나 시인은 저항인이며 비판자인 동시에 창조인이다. 현실 참여적인 시가 현실을 고발하고 지적하는 데에만 머물고 그 창조적 해법을 제시하는 데 궁색하다면, 문학의 미래와 미적 가치는 상실되고 만다. 아리스토텔레스(Aristoteles)는 그의 『시학』에서 "시인의 임무는 실제로 일어난 것을 말하는 점에 있는 것이 아니라, 일어날지도 모르는 것, 즉 개연성(蓋然性)과 필연성(必然性)의 법칙에 따라 가능적인 것을 말하는 점에 있다"라고 하였다. 고발정신만을 내세움으로서 부조리한 사회 현상을 치유할 수도 있다. 그러나 문학이 문학으로 성공하기 위해서는 아리스토텔레스의 말처럼 개연성의 법칙에 따라 가능적인 것을 말해야 옳을 것이다. 현대시조의 주제 표현에 있어서 고발이 고발로만 머물러서는 안 되며, 고발하는 듯하면서도 새로운 발판을 마련해주는 긍정적인 작시 태도가 필요하다. 여기에는 저항적 직설이나 폭로 등도 한 방법일 수 있으나, 창조자로서 역설, 반어, 풍자 등의 문학적 장치를 통한 미적가치의 발현과 그 해법 제시로, 독자들의 공감을 획득하는 일이 중요할 것이다.

2. 현대시조에 나타난 미의식

시조문학의 미의식(美意識)에 관한 연구는 미학 이론에 입각하여 추상적으로 다루기보다는 실제로 작품상에 구현된 구체적 모습으로부터 연구 성과가 추출되어야 한다. 고시조의 미의식에 관한 연구는 문학이론에 편승하여 극히 일부분의 작품을 통하여 단편적으로 다루어진 적은 있으나, 현대시조만을 가지고 미의식에 접근하여 연구한 논문은 아직까지 찾아보기 힘들다. 이런 이유로, 본고는 현대 시조에 나타난 미의식의 실체를 점검해 보고, 그를 바탕으로 하여 작품의 실제 창작 활동 시에도 미적 완성도9)에 관심을 둠으로써, 작품의 미학적 가치를 높이는데 기여하고자 한다.

---

9) 아도르노는 '성공의 이념은 객관적으로 미학적인 진리를 요한다'라고 하였다. 이는 성공한 예술작품에 있어서도 미학적 진리가 그 바탕을 이루고 있다는 말로 풀이될 수 있다. T. W. 아도르노, 홍승용 역, 『미학이론』, 문학과지성사, 2005, 296쪽 참조.

1) 미의식의 유형

　한국문학의 미의식에 대한 연구는 '은근과 끈기'[10]를 주장한 조윤제로 부터 신동욱을 비롯한 여러 논자들[11]에 의하여 다양하게 이루어진 바 있으나, 주로 현대시에 대하여 비교적 체계화된 방법으로 이론적으로 정립한 사람은 조지훈과 조동일이 대표적이라 할 수 있다.

　조지훈은 그의 저서에서, 시의 세 가지 기본 성격을 우아한 시(우아미)와 비장한 시(비장미)와 관조하는 시(관조미)의 셋으로 나누고, 우아한 시는 소박미(素朴美), 비장한 시는 감상미(感傷美), 관조하는 시는 상징미(象徵美)와 통한다고 하였다. 그는 우아미가 정서적이고 인간과 자연 사이에 조화·융합되는 미라면 비장미는 인간과 인간 사이에 모순과 갈등으로부터 나타나는 미라고 하였다. 우아미는 한마디로 조화의 미, 일치의 미인데, 그것은 오성(悟性)과 상상력의 자연한 일치이며 '동양적 정신미의 한 최고의 경지'라고 하였다. 또 비장미에 대하여는 슬픔의 미, 즉 이성이 감정 앞에 몰락됨으로써 이루어진다는 것이며, 우아미로부터는 쾌락미와 골계미를 도출한 후에 비장미로부터는 퇴폐미와 투쟁미를 유도해 내고 이를 2차적인 미의식이라고 하였다.[12]

　그리고, 관조미에 대하여는 '대상을 그 자신에서 있는 그대로 전체로서 관찰하고 파악하는 태도'라고 하면서, '동양에서는 寂이라는 말로 표현되는 禪韻派의 시가 되는데, 관조미는 지적이며 대상의 깊은 곳에 파고 들어가 그 본성을 파악하는 직관, 다시 말하면 감각적이면서도 철학적 종교적

---

10) 조윤제, 『국문학개설』, 탐구당, 1984, 468~499쪽.
11) 한국문학의 미의식에 관한 연구 논자는 구자균(한국고전문학의 특질), 조지훈(시의 원리, 멋의 연구), 김열규(한국문학과 그 비극적인 것), 김동욱(한국문학에 있어서의 해학), 김학성(한국 고전시가의 미의식 체계론), 장덕순(한국 고대소설과 해학), 신동욱(숭고미와 골계미), 조동일(문학연구방법, 한국문학의 양상과 미적 범주), 전재강(시조문학의 이념과 풍류) 등이 있다.
12) 조지훈, 「시의 세 가지 기본 성격」, 『시의 원리』, 나남출판사, 1996, 86~100쪽.

의미에 도달한 것'이라고 하였다.13)

그러나 이러한 정의는 미의식을 실제 작품 분류상의 표현 논리보다는 주관적이며 추상적 인상에 따라 파악한 결과로 보인다. 슬프다고 다 비장미가 되는 것이 아니며 슬픔을 통한 미적인 요소의 감성적 창출 효과가 발휘되었을 때에 비장미가 발생되는 것이다. 또, 비장을 통하여 보다 더 고귀한 이상을 추구할 경우에는 비장미가 아니라 숭고미의 범주에 넣을 수도 있는 문제이다.

미적 범주의 설정에 있어서도, 이병기의 「난초」 같은 경우는 관조미와 우아미의 양대 영역에 걸쳐 해당될 수도 있는데, 관조의 영역에 해당되는 작품들은 그 특성상 대부분 우아미에 귀속시킬 수가 있다. 그런데 조지훈의 이론은 우아와 관조를 굳이 분리하였고, 풍자적 시나 사설시조 같은 경우는 골계미에 해당되는 경우가 많은데 골계의 분야를 소홀히 취급함으로써 미적 범주의 선명성이 확보되지 못하였다. 이것은 미적 범주의 전 영역을 폭넓은 기준으로 포착해 내지 못하고, 실제 작품상의 분류기준으로 보기보다는 추상적으로 파악하여 다소 모호성을 내포하게 되었다고 본다.

한편, 조동일은 그의 「한국문학의 양상과 미적 범주」14)에서 미적 범주의 유형을 작품의 성향에 따라 우아미, 숭고미, 비장미, 골계미의 넷으로 분류하면서 이론적 체계를 앞세우고 미적 범주의 선명성을 제시하였다.

그는 네 가지 기본 범주로 삼은 숭고, 우아, 비장, 골계에 대하여 소위 '있어야 할 것'과 '있는 것'의 기준에 맞추어 상세히 설명하였는데, 작가의 관점을 '있어야 할 것'의 관점과 '있는 것'의 관점으로 나누고 이것을 다시 '융합'하느냐, '대립'하느냐에 따라 둘로 나누어 네 가지의 미의식으로 체계화하였다.15) 그가 말하는 '있어야 할 것'과 '있는 것'의 개념은 작품상에

---

13) 조지훈, 위의 책, 98쪽.
14) 조동일, 「한국문학의 양상과 미적 범주」, 『한국문학 이해의 길잡이』, 집문당, 1996, 95~140쪽.

나타나는 '이상'과 '현실'이라는 의미를 내포하고 있는 상하 개념이다.

모든 문학 작품에는 '있는 것'과 '있어야 할 것'이 존재하는데, 필자의 생각으로 '있어야 할 것'은 당위성을 지닌 '지향'하는 바나 '이상(또는 객체)'을 뜻하기도 하고, '있는 것'은 '현실(또는 주체)' 또는 '현재 상황'을 뜻한다고도 볼 수 있다. 이 '있는 것(현실)'과 '있어야 할 것(이상)'이 어떤 관계를 맺고 있느냐에 따라서 문학작품에서 위에 열거한 네 가지의 미적 감정을 느끼게 된다. 그 둘이 서로 융합·조화되면 숭고미와 우아미를, 둘이 서로 대립·상반되면 비장미와 골계미를 느끼게 된다. 그리고 숭고미와 우아미, 비장미와 골계미는 '이상'과 '현실' 어느 쪽에 의해 융합 또는 대립이 이루어지느냐에 따라 달라지는데, '이상' 쪽에 의해 융합이 이루어지면 숭고미가, '현실' 쪽에 의해 융합이 이루어지면 우아미가, 이상 쪽(또는 객체)에 의해 현실 쪽(또는 주체)에 좌절이 발생될 때 비장미가, 주체를 고수하고 객체를 부정·파괴할 때 골계미가 느껴진다. 비장의 경우, 비장의 출발점이 되는 '있는 것'은 불만스러운 주체이고, 골계의 경우, 골계의 출발점이 되는 '있어야 할 것'은 불만스러운 객체이다.

위에서 조지훈과 조동일의 미적 범주론을 중심으로 한국 문학의 미의식에 대하여 살펴보았다. 본 절에서는 현대시조에 나타난 미의식의 실체를 파악하고 그것을 돌아봄으로써 작품 창작상의 새로운 방향 제시와 전환점을 마련하며 그 미학적 가치를 고양하고자 하는 데 목적이 있으므로, 작가론 중심의 추상적 경향에서 벗어나 실제 작품을 중심으로 한 분석 결과를 바탕으로 그 미학적 실태를 점검하고 그 발현 현상을 진단하고자 한다.

미적 범주의 분류 기준은 각 미적 범주 나름대로의 기능과 연관성이 있

---

15) 조동일은 '있어야 할 것'과 '있는 것'의 상관 관계를 융합과 상반의 정도에 따라 다음 도표와 같이 네 가지 미적 범주로 설정하였다.

<pre>
          있어야 할 것
       숭고 │ 비장
   융합 ──────┼──────── 상반
       우아 │ 골계
          있는 것
</pre>

다. 즉, 환경(또는 자연)과 그 속의 자아가 잘 어울리면서 갈등이 나타나지 않는 우아미는 조화(調和)·자족(自足), 이루어져야 할 가치나 높은 소망을 바라보는 숭고미는 이상(理想)·지향(指向), 슬픈 감정을 통하여 아름다움을 발견해 내는 비장미는 정화(淨化)·승화(昇華), 익살을 부리는 가운데 어떤 교훈과 미감을 느끼게 하는 골계미는 고발(告發)·비판(批判)의 기능을 가지고 있다.

연구자의 입장에서 문학 작품 속에 나타난 이러한 기능과 성과를 진단하기 위해서는 먼저 현대시조에 나타난 미적 범주의 실태를 최대한의 선명성이 확보되도록 파악해야 한다. 그러나 미적 범주는 문학의 형상적 성격과 관련이 많기 때문에 범주 상호간 경계 설정은 다분히 모호성을 내포하고 있다. 문학 작품은 주로 문학적 언어 형태로 이루어져 있으며, 의미의 다중 구조 성격을 띠고 있으므로 그 미적 범주의 분류 기준도 확연하게 선을 그을 수는 없다. 이런 점은 작품상에 나타난 미의식의 분류나 정의 설정에도 상당히 애매하다는 점을 말해주는데, 우아, 숭고, 비장, 골계미가 각기 그 본연의 모습을 드러내고 있기도 하지만, 경우에 따라서는 서로 결합되어 있는 수도 많기 때문이다. 예를 들면, '해학인 골계는 우아가 가미된 것이라고도 했는데, 우아가 가미된 정도에 따라서 골계에 속할 수도 있고, 골계와 우아의 중간 형태일 수도 있고, 우아에 속할 수도 있다.'16)

이러한 점은 아래의 표에 제시된 바와 같이, 우아와 숭고, 우아와 골계, 숭고와 비장은 그 경계의 선을 넘나드는 경향이 있어 '융합·공존'의 상호 관계에 있는 미적 범주들에 해당되며, 우아와 비장, 숭고와 골계, 비장과 골계는 상호 관계가 '대립적 위치'에 있는 미적 범주들이라고 볼 수 있다. 이와 같이 미적 범주의 분류기준은 결합되는 형태에 따라서 여러 가지로 달라지며 그 경계를 넘나들어 선명성을 확보하면서 측정하기 어려운 수도 많기 때문에 분류자의 주관에 따라 그 결과는 다소 차이가 있을 수도

---

16) 조동일, 『문학연구방법』, 지식산업사, 1980, 179쪽.

있다. 이러한 맹점을 보완하기 위하여 필자는 다음과 같은 틀(기준안)을
마련하여 분류의 선명성을 확보하고자 노력하였음을 밝혀둔다.

<미적 범주의 분류 기준>

범주	작 품 성 향	기 능	상호 관계
우아미	① 대상(자연)과 자아와의 조화와 융합 ② 현실 긍정의 자족감과 풍류적 정서의 표출 ※ 조화나 융합에서 우러나오는 미감 　(현실에 의한 융합)	調和 · 自足	<융합 · 공존> 우아 – 숭고 우아 – 골계 숭고 – 비장
숭고미	① 거룩하고 위대한 풍격과 경건성의 경향 ② 고귀한 이상과 그에 따른 소망 의지 ※ 고귀함과 이상을 추구하는 미적 가치 　(이상에 의한 융합)	理想 · 指向	
비장미	① 타자와의 갈등으로 인한 억울하고 슬픈 감정 ② 참혹한 운명으로 인한 절망적 심리와 극복의지 ※ 부조화로부터 유발된 슬픔의 미학	淨化 · 昇華	<대 립> 우아 ↔ 비장 숭고 ↔ 골계 비장 ↔ 골계
골계미	① 경화된 관념의 파괴와 대상에 대한 부정 심리 ② 계세, 풍자, 일탈, 조롱 등을 통한 비판 심리의 표출 ※ 풍자와 해학을 통한 웃음과 통쾌미	告發 · 批判	

　필자는 위와 같은 미적 범주의 기준안을 마련하여 그 기준의 바탕 위에
서 현대시조에 나타난 미의식의 실체를 분석하였다. 분석 자료의 선정에
있어서, 단행본류는 분석 결과의 객관성을 확보하기 어렵다는 점을 감안
하여 분석 대상에서 제외하고, 개화기부터 현대까지 시기별로 체계화되
고 집대성된『현대시조 100인선』을 선정하여 그 작품 내용(총 7,240편)
을 조사 대상으로 하였다.

　미적 범주의 분류 기준은 우아미, 숭고미, 비장미, 골계미의 네 가지 범주 설정이 비교적 타당성이 있다고 판단되어 그것을 따르되, 다만 골계미를 해학과 풍자로 나누어 파악하여 해학과 풍자 각각의 비중적 역할을 점검하고 시조문학의 현주소에 더욱 접근해 보고자 하였다.

　다음의 도표는, 조사 자료에 수록된, 전체 시조 7,240편에 나타난 미의식의 실체를 앞의 분류 기준에 입각하여 일일이 분석하여 추출해 낸 결과이다.

<현대시조에 나타난 미의식의 표출 양상>

구분 \ 미적 범주	우아미	숭고미	비장미	골계미	
				해학 241	풍자 1,128
나타난 작품 편수 (총 7,240 편)	3,281	1,597	993	1,369	
백 분 율	45.3%	22.1%	13.7%	18.9%	

　※ 하나의 대주제 아래 연합되어 있는 소작품들은 하나의 작품으로 산정하여 총 7,240 편이 되었으며, 미의식의 범주 설정과 분류 기준은 분석 자료의 선정이나 분석자의 견해에 따라 그 결과에 차이가 있을 수 있음을 밝혀둔다.

　위의 결과표에서 보는 바와 같이 우아미와 숭고미의 시조는 합쳐서 67.4%로서 전체중의 2/3를 넘어서는 창작 빈도율을 보였다. 이러한 현상은 우아미와 숭고미가 고전적 미의식의 성향에서 이어져 내려왔다는 가정과도 접맥될 수 있다고 보나, 특히 우아미가 전체 중 거의 절반에 가까운 45.3%의 창작 빈도를 보이고 있다는 것은 아직까지 우리 문학의 주조는 자연과 자아와의 조화로움을 추구하는 성향이 많다는 것을 입증해 주는 결과라고 본다. 우아미는 현실에 의해 이상이 격의 없이 융화된 상태에서 우러나오는 미의식이다. 고전시가에서는 강호시가(江湖詩歌)의 경우에 우아미가 많이 드러나 있는데, 유유자적한 현실생활에 젖어 자족하려는 경향이 많았으며 그 자체가 곧 이상적이라는 인식이 뿌리를 내리고 있었기 때문에 우아미의 글이 많았었다고 생각된다. 현대에 와서도 그러한 심리는 크게 위축되지 않고 생활패턴이 복잡다단해진 생활 환경에서 벗어나 원대한 이상 추구보다는 자연에 귀의하거나 현실 세계를 긍정하면서 조화롭게 살고자 하는 현대인들의 심리가 작품상에 잠재적으로 드러난 결과라고 생각된다.

숭고미의 창작 빈도(22.1%)가 비장미나 골계미보다 높은 것은 개화기를 시작으로 해방과 6 · 25, 민주화 과정을 거치면서 지나온 현대시조 작가들이 근대화 과정과 전쟁의 참상, 그리고 민주화 과정의 격동기적 아픔을 자아 실현의 소망이나 종교적 색채를 통해서 극복하려 하는 등 이상을 향한 의지가 작품상에 드러난 결과라고 볼 수 있다. 우아미가 균형미과 조화미를 추구하면서 작고도 친근하다면, 숭고미는 거룩하고 크고 위대하다. 숭고미가 고귀함과 이상을 추구하는 미적 가치임에도 불구하고, 숭고미가 드러난 작품은 젊은층 작가일수록 그 창작률이 다소 소원해진 경향을 살필 수 있었는데, 이러한 현상은 물질주의와 현실주의가 팽배해짐에 따라, 도덕적 가치나 거룩한 이상은 현실의 벽에 부딪쳐 그 고귀성은 무너져 내리고 현실에 안주하려 하거나 부정이나 저항적 심리로 경도되어, 시대가 흘러갈수록 그 창작 빈도가 감소 추세를 드러낸 것으로 판단된다.

비장미는 전체 중 13.7%의 비중으로 창작되고 있다. 이는 네 가지 미적 범주 중 가장 낮은 창작률을 보인 것으로 비장미 자체가 대상에 대하여 긍정적이며 수용적 심리 상태에서 창출된 것이 아니고 자아의 의지가 꺾인 상태에서 우러나온 미의식의 범주이기 때문에 그러한 결과를 나타내게 되었다고 본다. 우아미가 대상(자연)과의 조화나 융합에서 우러나오는 미감이라면, 비장미는 이 조화가 깨지고 이성이 감성 앞에 몰락됨으로써 슬픔이 유발된 상태에서 느껴지는 미의식이다. 따라서 비장미는 부조화로부터 우러나온 슬픔의 미학이라고 볼 수 있다.

인간에게는 고통 받는 자를 측은히 여기는 측은지심 즉 연민의 정이 있다. 대상과의 갈등이나 참혹한 운명 앞에 고통 받는 인간미로부터 느껴지는 미적 감정은 슬프지만 감동적이고 아름답다. 이는 아리스토텔레스가 그의『시학(Poetica)』에서 말한 카타르시스(catharsis)와 관련이 있다. 슬픔에 힘이 실리면 장엄미가 될 수 있는데, '비장(悲壯)'이란 슬픔에 맞서는 씩씩함이라 할 수 있으며 그러기에 비장미는 '정화(淨化)'와 '승화(昇華)'의 기능을 지니고 있다.

비장미의 경우, 작품상에 나타난 창작의 동인은 자아와 대상 인물과의 부조화, 상실감, 사회 환경의 모순과 갈등 등이 주된 요인이다. 특히 현대시조에서 사회 환경으로부터 비롯된 비장미의 창작 동인은 일제 강점기의 암울한 상황과 6·25라는 민족 참상의 비극, 그리고 민주화 과정의 혼란과 슬픔 등 현대시조 작가들이 겪어야 했던 민족 수난의 비참한 삶의 환경과 연관성이 있다. 현대시조 작가들은 이러한 수난의 골을 통하여 좌절과 역경, 그리고 가난의 서러움을 체험한 장본인들이다. 이러한 경향은 정하경(1927년 생)의 「임진강가에서」 같은 경우나, 이근배(1940년 생)의 작품「벽, −휴전선에」 등에 잘 나타나 있다.

골계미를 나타낸 현대시조는 전체 중 18.9%를 차지하여 약 1/5 정도의 창작률에 근접하고 있다. '골계(滑稽)'란 말은 중국 사마천(司馬遷)『사기(史記)』의 「골계열전(滑稽列傳)」,[17] 그리고 고려조 일연(一然)의 『삼국유사(三國遺事)』권 제5, 24장의 「영재우적(永才遇賊)」편,[18] 조선조『고려사(高麗史)』권 제 129의 26, 「반역(反逆)」편[19]과 서거정의『태평한화골계전(太平閑話滑稽傳)』[20] 등에 나타나 있는데, '골계(滑稽)'란 익살스러움 가운데 어떤 뼈

---

17) 사마천(B. C. 145∼B. C. 86?), 박일봉 편역, 『史記』(열전 II), 육문사, 1994, 470쪽 참조.

18) "釋永才 性滑稽 不累於物 善鄕歌": 승려 영재는 성품이 골계하였고, 외물에 구애되지 않았으며 향가를 잘하였다. 일연, 『삼국유사』(한국고전총서1), 민족문화추진회편, 1973, 423쪽 참조.

19) "性又滑稽 每至諸王第見珍玩 必丐奪而後已": 성품이 또 골계하였고, 매양 여러 종친가에 가서 진기한 물품을 보기만 하면 꼭 구걸하듯 해서 빼앗아 가곤 하였다. 정인지 등, 『고려사』하편, 아세아문화사, 1972, 802쪽 참조.

20) 『太平閑話滑稽傳』: 서거정(1420∼1488)이 1477년(성종 8년)에 골계를 바탕으로 편찬한, 국문학 사상 최초의 순수 說話·笑話集. 익살스럽거나 말주변이 뛰어난 인물들의 일화를 기록하여 풍자적이며 해학적이다.

있는 말을 건네주는 아름다움을 말한다.

일반적으로 '우스꽝스러움'이라고 풀이될 수 있는 골계는 웃음을 일구어내는 문학의 모든 분야에 폭넓게 적용되는 말이다. 골계는 그 하위 범주로, 풍자(諷刺, satire), 해학(諧謔, humor), 기지(機智, wit), 반어(反語, irony) 등이 있는데, 그것은 우아미에는 융합·공존되지만, 숭고미·비장미와는 대립되는 미적 범주이다. 골계를 크게 해학과 풍자로 2분하여 볼 경우, 특별한 뼈가 없이 우아와 융합될 수 있는 부드러운 골계는 해학, '날카롭게 찌르는 바른 말'이라는 뜻으로 저항·비판·증오 등과 관련하여 어느 범주와도 결합되어 있지 않는 사나운 골계는 풍자로 볼 수 있다.

골계는 기능에 따라서 객관적 골계와 주관적 골계로 나눌 수 있다. 객관적 골계는 표현하고자 하는 대상을 희화화시켜 웃음거리로 만들려는 작가의 계산된 배려가 크게 작용하지 않으며, 웃음거리가 되는 대상 그 자체가 지니고 있는 우스꽝스런 외모라든가 성질, 또는 엉뚱한 언행 등에 의지하는 골계이다. 반면에, 주관적 골계는 훨씬 진전된 미적 장치로서 작가의 치밀한 배려와 계산이 깔린 미적 장치이다. 현대사회와 같이 복잡다단하고 수많은 모순덩어리로 쌓여있는 현실의 모습을 효과적으로 그려내기 위해서는 작품 세계 안에서 작가의 적극적 개입이 필요하다. 모순과 갈등이 혼잡하게 얽혀 있을수록 주관적 골계가 필요한데 주관적 골계는 그만큼 계산되고 진전된 미적 장치라고 볼 수 있다. 그러나 작가의 개입이 적정 한계를 넘어서게 되면 작품의 원줄기에서 벗어나 파탄을 초래하기 쉬우므로 작가의 세심한 배려와 고도의 통제 능력이 요구된다.

위의 분석표에서 보는 바와 같이, 현대시조에 나타난 골계미(18.9%)는 해학보다는 풍자가 대부분(풍자 82.4%, 해학 17.6%)인데 이는 특별한 뼈가 없는 부드러운 골계보다는 날카롭게 현실을 찌르는 저항, 비판, 증오 성향의 사나운 골계가 많았다는 것을 나타내 주고 있다. 골계미의 경우 다른 미적 범주에 비하여 작품상에서 훨씬 더 시대에 따른 의식의 변화 양상을 극명하게 드러내 보였다. 이러한 양상은 골계미가 6·25 이후 군부 독재 시대와 민주화·산업화 과정을 거치는 동안에 주로 젊은 층 작가들을 중심으로 점차적으로 작품을 통한 현실 고발 의식으로 확산되어 나갔다는 것을 입증해 주는 결과이다. 이러한 예는 이종문의 「하늘」이나 오종문의 「계엄령의 밤」처럼, 주로 50, 60년대 이후 출생한 젊은 작가들을 중심으로 부조리한 현실을 희화화하면서 고발 의식을 드러낸 경우가 많았는데, 이것은 시대 흐름에 따른 민중의 역사의식이 그대로 문학에 반영된 결과라고 볼 수 있다.

2) 작품상에 나타난 미의식

현대시조(7,240편)에 나타난 미의식은 앞의 분석 결과표에서 보는 바와 같이 빈도수가 많은 차례대로 우아미(45.3%), 숭고미(22.1%), 골계미(18.9%), 비장미(13.7%)의 순이었다. 이제 그러한 미의식이 작품을 통해서 어떻게 나타나고 있는지 분류기준표의 내용에 따라 항목별로 살펴보기로 하자.

(1) 우아미

우아미와 관련된 작품은 전체 7,240편 중 3,281편으로서 전체 중 45.3%의 창작 빈도를 보였다. 이러한 결과는 고전적 취향에서 많이 드러나는 우아미가 현대시조에 있어서도 여전히 자연 또는 시적 대상과의 '조화와 융합'이라는 안정적 서정미를 추구하고 있다는 것을 입증해 주고 있다.

우아미는 조화와 균형과 안정미를 추구하는 미적 개념이다. 따라서 작품의 성향은 조화미를 추구할 뿐만 아니라, 현실에 대하여 긍정적이며 안주하려는 심리도 드러나 있다. 이러한 미적 개념은 대상 또는 자연과의 조화와 융합을 추구하기 때문에 대상과의 사이에 불안한 긴장이나 갈등 양상은 작품상에 드러날 수가 없으며, 때로는 대상과의 조화로움 속에서 유유자적하는 풍류적 정서를 나타내기도 한다. 이러한 점에 착안하여 필자는 앞의 분류 기준표에 제시된 대상(자연)과 자아와의 조화와 융합, 현실 긍정의 자족감과 풍류적 정서의 표출이라는 2개 항목별로 관련 작품들에 나타난 미의식을 점검해 보기로 한다.

① 대상(자연)과 자아와의 조화와 융합

'조화'라 함은 '어울림(harmony)', '일치(agreement)'란 말과 통한다. 자연과 자아와의 조화는 즉 객체와 주체간의 격의 없는 어울림과 합일의 경지를 뜻한다. 우아미의 시조의 특징은 대체적으로 이러한 성향을 드러내게 된다.

A

잘 익은 가을볕이 / 창을 톡톡 두드리네 //
때 묻은 기억들이 / 악수를 청해 오고 //
하늘도 / 구름 사이로 / 엉덩이를 들썩이네 //

못 죽을 그리움에 / 갈잎이 굴러가네 //
빈 방을 서성대다 / 절반쯤 문을 열자 //
남산이/ 발꿈치 들고 / 알몸으로 안겨 오네

— 이우종, 「가을 이미지」 전문

B

동화사(桐華寺) 갔다 오는 길에 / 산이 나를 따라와서 //
도랑물 만한 피로를 / 이끌고 들어선 찻집 //
따끈히 끓여준 차가 / 단풍만큼 곱고 밝다.

산이 좋아 눈을 감으신 / 부처님 그 무량감 //
머리에 서리를 헤며 / 귀로 외는 풍악(楓岳) 소리여 //
어스름 앉는 황혼도 / 허전한 정 좋아라.

친구여, 우리 손 들어 / 작별하는 이 하루도 //

천지가 짓는 일들의 / 풀잎만한 몸짓 아닌가 //

다음날 설청(雪晴)의 은령(銀嶺)을 / 다시 뵈려 옴세나.

– 정완영, 「산이 나를 따라와서」 전문

A, B는 우아미가 드러난 작품이다. 자연과 서정적 자아와의 융합이 조화롭게 잘 드러나 있으며, 주체와 시적 대상과의 갈등도 찾아볼 수 없다. A에서는, 의인화된 '가을볕', '하늘', '남산' 같은 소재들이 시적 자아를 물아일체의 경지로 끌어들이고 있어 한층 더 우아미를 느끼게 한다.

B는 백수(白水) 정완영(鄭椀永)의 시조다. 그의 시조를 읽으면 표현하려는 대상과 자아와의 내면적 조화와 융합이 그의 작시법의 중심을 이루고 있음을 발견하게 된다. 작가는 인간을 자연의 일부로 파악하고 '물아양망(物我兩忘)'의 도가적 시심을 통해 자연과 인간과의 합일과 조화로운 삶을 지향하고 있다. 한마디로 자연으로의 회귀라고 볼 수 있는 이러한 다스림과 초월의 미학은 그의 창작 수법상의 특징이라고 볼 수 있는데, B에서도 서정적 자아인 '나'를 비롯하여 '산', '차', '부처님', '친구', '설청(雪晴)의 은령(銀嶺)'은 물아일체의 조화를 이루고 있으면서 이 글을 우아미의 미적 경지로 이끌어가고 있다. 이러한 우아미는 '조화의 미', '일치의 미'로서 조지훈은 동양적 정신미의 최고의 경지라고 평가하였다.[21] 이러한 우아미의 작품들은 위압감이 없고 안정적이고 감미로우며 서정적 분위기를 자아내어 작품의 가치를 한층 높여주고 있다.

우아미의 글은 조화와 일치의 미를 추구하므로 대상과 서정적 자아와의 사이에는 격의가 없으며 내적 충돌도 나타나지 않는 특징을 지니고 있다. 긴장이나 갈등이란 두 대상 사이에서 일어나는 부조화의 결과이다. 서정적 자아가 맞이하는 대상, 즉 객체는 자연일 수도 있고 환경일 수도 있고 인물일 수도 있다. 우아미를 드러낸 다음 시조에서는 이러한 갈등의 양상도 드러나지 않는다.

---

21) 조지훈, 앞의 책, 48쪽.

C

물소리 베고 누우면 // 별자리도 자리를 튼다 //
적막의 끝을 잡고 // 한 생각 종지로 밝히면 //
구천동(九千洞) 여문 물소리가 // 산을 끌고 내려 온다

– 이상범,「물소리 · 1」 전문

D

애호박 환히 웃는 / 아침을 맞습니다
뒤틀린 밭고랑은 / 갈증이 풀립니다
흙먼지 날리던 들에 / 함박꽃이 핍니다.

– 김일영,「단비」 전문

글 C는 '구천동 여문 물소리'에서 느끼는 자연과의 합일적 정신 세계가 나타나 있다. 물소리를 베고 누우면 별자리가 마음 속에 들어오며 산이 따라 내려와 자아와 합일의 경지를 이룬다. 자연과의 합일이란 몰아이지만, 순수하면서도 깊고 깊은 정신세계의 미적 체험이다. 이 시는 자연을 자유로이 즐기며 그 어울림을 통하여 자연과의 합일, 즉 주객일체의 우주관을 추구한 장자(莊子)의 정신 세계에 근접해 있다. 뿐만 아니라 이 시조는 중국 명나라 때 지행합일을 주장한 왕수인(王守仁, 王陽明)의 글22)과 유사하여 우아미의 세계를 실감할 수 있다. 왕수인의 글(오언절구의 한시)에서도 1, 2구에서는 '물과 나'가 합일되었고 3, 4구에서는 '달과 그림자'가 합일되어 시적 자아의 모습이 자연물과 물아일체의 절묘한 경지에 이르고 있다.

글 D는 대상을 관조적 입장에서 바라보면서 글의 소재에 시적 자아의 감정이 잘 전이되어 참신성이 두드러진다. 단비 내리는 아침이 되니 애호

---

22) 溪邊坐流水 水流心共閒 不知山月上 松影落衣斑 : 물가에서 흐르는 물 바라보며 앉아 있으니, 흘러가는 물과 함께 내 마음도 한가롭네. 산 위에 달 뜬 줄도 몰랐더니, 소나무 그림자 옷자락에 어른거리네(王守仁, 山中示諸生).

박이 환한 웃음을 띠며 주변을 밝게 하고, 뒤틀린 밭고랑은 갈증을 풀고 촉촉히 변신한다. 그리고 흙먼지 날리던 들녘도 함박꽃으로 변모되어 신천지를 이루니, 이 글은 '단비'라는 중심 소재를 가지고 조화와 합일의 경지로 이끌어 내어 우아한 미적 감각을 잘 살려 내고 있다. 이 시조에서도 주변 환경이나 대상과의 갈등 양상은 찾아볼 수 없고 오로지 관조적 입장에서 바라본 객체간의 조화와 합일뿐이다.

② 현실 긍정의 자족감과 풍류적 정서의 표출

우아미의 글은 때때로 현실의 생활 속에 젖으며 안주하거나 만족하는 성향을 보인다. 다시 말해 이상보다는 현실에 의해 융합이 이루어진다는 말이다. 이러한 현상은 어지러운 정치 현실이나 혼탁한 사회 질서 속에서 벗어나 탈속의 경지에서 현실을 긍정하고 자기만의 세계에 안착하여 안정을 찾으려는 작가 심리에서 비롯되었다고 본다.

A

풍지(風紙)에 바람 일고 구들은 얼음이다.
조그만 책상 하나 무릎 앞에 놓아두고
그 위엔 한두 숭어리 피어나는 수선화

투술한 전복 껍질 바로 달아 등에 대고
따뜻한 볕을 지고 누워있는 해형 수선(蟹形水仙)
서리고 잠들던 잎도 굽이굽이 펴이네.

등(燈)에 비친 모양 더우기 연연하다.
웃으며 수줍은 듯 고개 숙인 숭이숭이
하이얀 장지문 위에 그리나니 수묵화를.

– 이병기, 「수선화(水仙花)」 전문

B

두문동 들앉아서 불출(不出)을 선언하니
수목이 푸르거든 마음 또한 안 푸르랴
백학이 나래 편 곳에 / 가슴 씻는 개울 소리

모랫골 솔숲에 걸려 오도 가도 못하는 구름
부귀 명예도 저먼치 부운과 같도다
내 생애 / 곧고 푸름만 / 한 가슴에 실으리라.

– 이복현,「경덕정에서」전문

주지하는 바와 같이, 이병기 시조의 대표적 제재는 난초, 매화, 수선화
이다. 가람의 대표작이라 할 만한 A는 수선화의 생명력과 기품을 사실적
으로 그려낸 글이다. 정지용은『가람시조집』발문에서 '감성의 섬세와 신
경의 예리와 관조의 총혜'를 언급하였다. 이 글에서도 수선화의 고요함과
수줍음을 의인화시켜 그윽한 내면의 덕성(德性)으로 보는 시인의 태도가
지극히 관조적이다. 관조는 우아를 이루는 수단이 될 수 있으므로 작시법
에 있어서 그 풍격이 '관조적'이라고 하는 의미는 그 미적 범주가 우아미
에 귀속되어 있다는 것을 말해준다. 가람은 자연과의 개성적 조화를 통하
여 소위 '화이부동(和而不同)'의 미를 추구하였다. 이 시조는 시적 자아가
현실에 젖어서, 수선화를 통하여 바람 일고 차가운 환경에서 의연하게 기
품을 지켜나가는 선비다운 모습을 그려냄으로써 우아미의 진수를 보는
듯하다.

B는 세상 명리를 떠난 탈속의 경지에서 자연 속에 묻혀 자족하고자 하
는 시적 자아의 모습을 그리고 있다. 두문동(杜門洞)23)은 두문불출의 어원
을 가진 상징적 장소로 인식이 되며, 작가의 푸르른 심원이 닿아 있는 무

---

23) '두문동(杜門洞)'은 이성계의 조선 건국에 반대한 고려 유신 72명이 모여 살던 곳으
로, 경기도 개풍군 광덕면 광덕산 서쪽 기슭에 있다고 하며, '두문불출(杜門不出)'이
란 말의 유래가 되었다(필자 주).

룽도원 같은 고향이나 이상향일 수도 있다. 이 글에 비춰진 시적 자아의 모습은 흔히 고시조에서 보이는 자연 속에 은둔하여 안분지족하고자 하는 선비형의 성향을 드러냄으로서 우아미를 나타내고 있다. 고시조에서 우아미와 숭고미, 그리고 비장미가 많은 경향을 보이는 것은 시조 향유층인 사대부들이 질서와 안정을 해치는 주제와 소재는 애당초 염두에 두지 않고 시조를 창작하였던 결과로 보인다. 정병욱은 고시조에 나타난 미의식에 대하여 '질서'의 요구에 의하여 숭고미와 비장미를 구현하고 '안정'의 요구에 의하여 우아미를 추구하게 되었던 것이다"[24]라고 진단하였다.

한편, 우아미 글의 특징으로 풍류적 정서의 시풍을 들 수가 있다. 원래 화랑도의 정신적 기반이 되었던 '풍류(風流)'는 고유 신앙을 바탕으로 거기에 '유·불·선(儒·佛·仙)' 3교를 수용한 것이며, 그 중에서 '선(仙)' 즉 '도가적' 요소가 가장 강하였다. 풍류는 도가의 신선사상과 자연합일사상을 그 바탕으로 하여 이어져 내려 왔으며, 인간은 자연과의 교감을 이루는 자연 친화적인 존재인 동시에 인간과 자연의 관계는 하나의 합일체로서 풍류는 그러한 합일의 미적 가치를 중시하는 입장이다.

풍류는 조선시대에 들어서는 주로 선비들에 의해 도가사상과 연관하여 경치 좋은 곳에서 자연을 벗 삼아 음풍농월(吟風弄月)하며 '풍류운사(風流韻事)' 즉, 우아한 멋을 부리며 시가를 짓고 여유를 즐기는 것으로 인식되어 왔다. 현대시조에서도 이러한 풍류적 정서는 작품의 곳곳에 자리 잡고 있으면서 우아미의 풍치를 더해주고 있다.

   C

자고새 울음 따라 / 담상담상 별똥이 진다 //
물은 달을 품고 / 달은 산을 감고 //
엊저녁 남은 술기운에 / 먼 풍경을 고쳐 본다

---

24) 정병욱, 『한국 고전시가론』, 신구문화사, 1983, 232쪽.

누워 하늘을 보니 / 구름이 가고 있다 //

가는 것이 구름이냐 / 머무는 게 구름이냐 //

창망한 밤바다 위에 / 나를 닮은 배 한척

– 임종찬, 「달밤」 전문

D

고독한 밤을 건넌 // 무거운 도회의 짐을 //

어두운 파도 너머 // 풍랑 끝에 접어 놓고 //

내 여기 바위로 앉아 // 비바람을 맞고 있네

– 김연동, 「바위로 앉아」 전문

윗글 C, D에 나타나 있는 정조는 다분히 풍류적이며, 갈등은 전혀 나타나 있지 않다. 특히 C는 취흥에 겨운 달밤에 자아의 실체를 자연에 맡기고 몰아의 경지에서 무위자연을 즐기고 있다. D의 작가 김연동은 바다의 시인이다. 그의 시조는 넉넉한 바다의 노래다. D에서도 서정적 자아의 심상은 도회의 무거운 짐을 벗어버리고 바다 즉 자연으로 귀의하고자 하는 자연합일 심리를 드러내고 있다. 그러나 무거운 인간의 짐을 벗어버리는 과정은 쉬운 일이 아니다. 뼈를 깎아내는 고통을 감내하고 때론 절대자의 채찍이나 수계를 필요로 하기도 할 것이다. 그래서 서정적 자아는 풍랑이는 바닷가에서 차라리 바위로 굳어 모진 비바람을 몸소 맞음으로써 원초적 자신의 순전한 본모습으로 회귀하려 하고 있다.

이러한 자아의 초월적 심리는 탈속과 자연에의 귀의라는 점에서 풍류사상과 연관되어 있다.

(2) 숭고미

숭고미는 일상적인 것에서 벗어난, 이상적이며 거룩하고 위대한 것을 추구하는 데서 오는 아름다움을 말한다. 따라서 숭고미를 지닌 글은 현실적인 가치보다는 이상적인 가치를 추구하는 성향을 띠게 된다.

숭고미는 이상에 의한 융합이 이루어지는 미적 범주이기에 때로는 신화 등과 같이 경건하고 엄숙한 종교적 분위기에서 고고한 정신적 경지를 체험할 수 있게도 한다. 그러나 숭고미는 때로는 일상 속에서도 고귀한 가치를 발견해 내고 그에 대한 찬미적 성향을 드러내기 때문에 현대 사회와 같이 복잡다단한 사회구조 속에서 보다 바람직하고 상향적인 미적 생산의 임무를 띠게 되는 소중한 미의식이라고 볼 수 있다. 소항목별로 숭고미와 관련된 작품들을 분석해 보자.

① 거룩하고 위대한 풍격과 경건성의 경향

숭고미의 미적 풍격은 높고도 이상적이다. 뜻이 높고 이상적이기에 거룩하고 위대한 성향을 띠게 된다. 정의를 위해 목숨을 바친 거룩한 죽음을 보고 숭고미를 느끼기도 하고 비장미를 느끼기도 하는 것은 이 두 미적 범주가 '거룩함과 위대함'이라는 융합·공존의 영역을 공유했기 때문이다.

A

깃발(旗)! 너는 힘이었다. 일체(一切)를 밀고 앞장을 섰다
오직 승리(勝利)의 믿음에 항시 넌 높이만 날렸다
이날도 너 싸우는 자랑 앞에 지구(地球)는 떨고 있다.

온 몸에 햇빛을 받고 깃발(旗)은 부르짖고 있다
보라, 얼마나 눈부신 절대(絶對)의 표명(表明)인가
우러러 감은 눈에도 불꽃인양 뜨거워라.

어느 새벽이더뇨, 밝혀든 횃불 위에
때 묻지 않은 목숨들이 비로소 받들은 깃발(旗)은
성상(星霜)도 범(犯)하지 못한 아아 다함 없는 젊음이여.

— 이호우, 「깃발(旗)」 전문

B

詩는 산처럼 드높고 / 인품은 드맑은 강이네 //
나는 그 산 강기슭 / 피고 지는 한 포기 풀꽃 //
사시절 그 慈愛 속에서 / 반백년을 살았다네.

팔십년 문학의 길 / 높고도 아득하여 //
숲은 울창하고 / 샘은 흘러 새로워라 //
자비의 산이요 강이신 / 내 三生의 스승이여.

– 이일향, 「山이요, 江이신 님, 具常선생님」 전문

A는 상징적 표상물인 '깃발'을 표제로 내세워 시대적 불의에 항거하며 정의실현에 앞장 선 젊음의 힘을 찬미하면서 그들의 거룩한 희생을 미적으로 형상화하였다. 젊은 피는 절대의 표백이며 뜨겁고 정의로울 뿐만 아니라, 미명을 밝혀주는 새벽 횃불이다. 작가는 그들의 거룩한 죽음을 통하여 숭고한 미의식의 세계를 표출하고 있다.

B에는 오로지 팔십년 동안 문학의 길로 일관하다가 작고한 인물(구상 시인)의 높고도 맑은 자취의 위대성을 그려낸 글로서 숭고미가 드러나 있다. 표현 대상의 유고 작품과 인물이 산처럼 드높고 강물처럼 드맑아서 숲은 울창하고 샘은 흘러 새로워진다고 하였다. 이렇듯 후학에까지 끼친 영향력이 흘러넘치므로 대상 인물의 족적이 '위대함'의 경지에까지 끌어올려져 숭고미라는 미적 체험을 가능하게 한다.

우아미와 숭고미는 상호 융합·공존하기 때문에 그 구별의 한계가 모호한 경우도 있다. 그러나 자연(또는 객체)과 자아와의 관계가 조화로운 경우에, 그 추구하는 가치가 개인적이고 현실적이면 우아미, 집단적이고 이상적이면 숭고미라고 볼 수 있다. 우국지정(憂國之情)의 결과로서 발생되는 미적 체험은 집단적 성향이 짙으므로 우아미보다는 숭고미에 가까운 것이다.

숭고미는 현실보다는 높은 이상을 추구하기 때문에 신비롭고 종교적 색채가 강하여 다분히 경건성을 띠고 있다. 이러한 점은 심청(심청전)이나 바리공주(무속신화『바리데기』)의 신비스런 체험과 그 희생으로부터 우러나오는 숭고미를 통해서도 짐작할 수 있다. 신 또는 절대자와의 합일을 궁극적 목적으로 하는 신비주의는 숭고미와 밀접한 관계를 가지고 있다고 보겠다.

C

슬픔과 / 아름다운 것이 / 만나고 있었다. //
귀한 것과 賤한 것도 서로 짝을 이루고 있었지만 밝음과 어두음은
살을 섞지 않았다. //
지금껏 / 꺼지지 아니한 / 구유에 켠 / 작은 불빛

– 선정주,「聖夜」전문

D

보인다. / 끝이 보인다 / 피안(彼岸)의 숨은 무지개 //
어둠이 창궐하는 / 구만 길 수렁을 헤쳐 //
그 열반 빛 부신 끝에서 / 환생하는 나를 본다

– 김남환,「연꽃」전문

C는 중장이 늘어나서 사설시조의 형식으로 써진 것이다. 이 글의 핵심은 종장으로서 '지금껏 꺼지지 않은 구유에 켠 작은 불빛'은 예수 탄생의 성스런 의미와 영적 끼침의 복음성과 영원성을 미적으로 형상화시키고 있다.

D는 불교의 상징인 연꽃을 '피안의 무지개'로 비유하고 그것을 통해서 발견하는 심오한 경지를 서정적 자아의 환생으로 치환함으로써 숭고한 미적 체험의 세계에 도달하고 있다. 이렇듯 깨달음이나 신성한 체험으로부터 우러나온 고상한 묘사나 진술은 때론 종교적이며 비현실적일 수도 있지만, 그 표현이 적합하고 감동적일 때, 독자들로 하여금 하나의 숭고

미를 느끼게 하여 보다 더 높은 미적 가치를 드러내는 계기가 된다.

여기서 작시법 상의 유념할 점은 숭고미를 드러내는 글에서의 감성적 표현에 관한 문제이다. 아무리 집단적인 세계 내에서의 신비적 체험과 이상의 추구라 할지라도 전적으로 인간의 이성이나 지성에 의존하게 되면 그 미적 가치는 감하게 된다. 코스모스적인 질서를 뚫고 분출되는 파토스(pathos)적인 감성의 표출이 있을 경우에 실존의 한계를 뛰어넘는 초월적 희열에 도달함은 물론, 카타르시스(catharsis)를 체험하게 되어 '숭고미'라는 미적 가치는 더 높아지게 될 것이다.

② 고귀한 이상과 그에 따른 소망 의지

전술한 바와 같이 숭고미는 현실보다는 이상에 의해 융합을 이루어내는 미의식이다. 따라서 작품의 성향은 절망적 현실이나 실의로부터 벗어나 높은 이상이나 그 이상을 향한 소망적 의지가 드러나 있다.

A

등 굽은 세월 곁에 / 해묵은 절망 하나 //
옹이 박힌 혈육인가 / 애증마저 삭던 것을 //
갈망아 반쪽 가슴아 / 미친 속을 열어보랴

피댓줄에 감아 도는 / 아픈 응시의 세월이 //
정표(情表)처럼 짜갠 두 쪽은 / 맞춰보니 만월이야 //
그대여 눈보라 넘어 / 청산되어 만나자

– 김종, 「그대, 갈망의 주름–통일에게」 전문

B

보길도(甫吉島) 몽돌해안 두리뭉실 둥근 몽돌
들고 나는 바닷물에 수억년 제몸 맡겨
바위도 옥(玉)될 수 있음을 그로 하여 알겠다.

짠물에 마음 삭여 비바람에 몸 다듬어
작은 물결 큰 파도에 모난 곳을 버렸나니
고와라 순리(順理)를 좇아 천명(天命)대로 사는 삶

– 오세영, 「지천명(知天命)」 전문

윗글 A와 B에는 시적 자아의 높은 이상이나 소망이 드러나 있다. A에서, '반쪽 가슴'은 분단의 조국을, '만월'은 온전한 조국을, '청산'은 통일된 조국을 비유하고 있다. A는 분단된 조국의 애절한 현실 앞에서 통일을 갈망하는 높은 이상이, B는 두리뭉실 보길도의 몽돌처럼 순리대로 천명대로 살고자 하는 자아의 소망이 잘 드러나 있다. 이와 같이 글 속에서의 높은 이상이나 소망은 일상적이며 하위적인 속물성을 모두 떨쳐버린 고귀한 미적 개념으로서 독자들로 하여금 숭고미를 느끼게 한다.

숭고미에 관한 미의식은 신화나 종교적 분위기처럼 본태적 거룩함과 경건함을 통해서만 표출된다고는 볼 수 없다. 어지러운 현실과 평범한 일상 속에서 또는 기행 중에 관찰한 대상물 등을 통해서도, 그 수용된 대상물의 인식이 고귀하고 이상적이라고 느꼈을 때 숭고한 미의식은 또한 표출될 수 있다.

C

백발에 색색의 물들이지 않았어도 /
미소는 나팔꽃 같고 맑은 시냇물 같은 //
쭈구렁 할머니의 쉰내 / 싸매도 번지는 젖내

세월이 오래도록 데리고 놀아서 /
짜글짜글 금이 가고 실실 늘어져도 //
새빨간 올강주머니 / 홍시처럼 묶여 있다.

– 양점숙, 「꼬부랑 할머니」 전문

D

억새꽃 희게 웃는 자리 / 하늘이 내려와 앉는 곳 //
시간이 굳어서 / 바위가 되더니만 //
누구를 넘보느라고 / 탑이 되어 있는가

천년(千年)을 둘러 온 빛 / 만년(萬年)을 휘감아 온 빛 //
청산(靑山)하나 부려놓은 / 무등등(無等等) 그 마루에서 //
천계(天階)를 밟아 오르며 / 일어서는 염원이여

— 전원범, 「서석대(瑞石臺)」 전문

소재의 미적 표현은 대상 인식의 기반 위에서 이루어진다. 숭고미는 향가 「제망매가」에서의 누이의 죽음과 같이 대상의 인식을 이상의 높은 경지에 융합시킬 때 일어나게 된다. C에서, 비록 백발에 외양은 쭈글쭈글 쉰내 풍겨나는 꼬부랑 노파의 모습이지만, 모진 세파를 극복해낸 가운데서 우러난 정감은 순수하고 해맑으며 젖내 나는 정감이 흘러넘쳐서 만숙의 홍시처럼 아름답다.

D는 천연기념물 제 465호로 지정되어 있는 광주 무등산 서석대의 신비스런 모습을 고귀하게 인상적으로 받아들여서 표현한 글이다. 이 글에서 '시간이 굳어서' 된 '바위'와 '탑'과 '천계(天階)를 밟아 오르며 일어서는 염원'은 서석대의 모습을, '빛'은 '光州'를, '無等等'은 '무등산'을 암시하고 있다. 이처럼 표현하려는 대상에 대한 인식이 고귀하고 인상적일 때 작품의 숭고한 미의식은 그 주조를 이루게 된다. 그러나 이러한 숭고미 의식은 크게 보면, 앞서 밝힌 바 있는 우아미와 융합·공존하고 있다는 사실도 염두에 두어야 한다.

(3) 비장미

비장미는 주체(자아)와 객체간의 모순과 갈등이 이야기의 축을 이루면서 참혹한 운명으로 인한 좌절과 실망, 내면적 슬픔 등이 오히려 감동을 불러 일으켜 미적 감정을 유발하게 된다는 미의식의 개념이다. 여기서 현실의 벽에 가려 이상을 이룰 수 없는 슬픔은 비장미의 바탕이 된다. 「독짓는 늙은이」25)의 경우, 주인공이 아내를 빼앗기고 기아에 허덕이며 아들마저 남의 집으로 보낸 뒤 좌절과 절망으로 불가마 속에 들어가는 것은 참담한 현실이며, 주인공이 가족을 회복하고 장인 정신을 살려야 한다는 것은 이상이다. 하지만 이 이상은 현실을 극복하지 못하고 결국 비참하게 되며 비장한 결과를 맞이하게 된다.

소재 선택이나 주제 표현의 분방함을 내보이고 있는 현대시조에서는 고시조에서주로 우국(憂國),26) 연군(戀君),27) 상사(相思),28) 인생무상(人生無常)이나 탄로(嘆老)29) 등에서 나타나는 슬픔뿐만 아니라, 인간과 인간 사이의 갈등과 그로부터 유발된 좌절감, 실연의 아픔, 처절한 소외감 등 비장미의 표현도 개성적으로 다양성 있게 표출되어 있다.

---

25) 「독 짓는 늙은이」: 황순원이 1950년에 발표한 전지적 작가 시점의 소설. 인간(노인)의 본연적인 삶에 대한 집념과 그로 인한 좌절감을 통해 파괴되어가는 현대 한국 사회의 전통적 인간상을 묘사하였다.

26) ① 興亡이 有數ᄒ니 滿月臺도 秋草로다 / 五百年 王業이 牧笛에 부쳐시니 / 夕陽에 지나는 客이 눈물 계워 ᄒ노라(元天錫, 고려말, 연대미상). ② 水陽山 ᄂ린 물이 夷齊의 寃淚 되야 / 晝夜 不息ᄒ고 여흘 여흘 우는 뜻은 / 至今에 爲國忠誠을 못ᄂᆡ 슬허 ᄒ노라(洪翼漢, 1586~1637).

27) ① 님이 혜오시ᄆᆡ 나ᄂᆞᆫ 전혀 미덧더니 / 날 ᄉ랑ᄒ던 情을 뉘 손ᄃᆡ 옴기신고 / 처음에 믜시든 거시면 이듸도록 셜오랴(宋時烈, 1607~1689). ② 풍셜 석거 친 날에 뭇노라 北來 使者 / 小海 容顏이 언매나 치오신고 / 故國의 못 죽ᄂᆞᆫ 孤臣이 눈물 계워 ᄒ노라(李廷煥, 1613~1673).

28) ① 梨花雨 훗ᄲᅳᆯ릴 제 울며 잡고 離別ᄒᆞᆫ 님 / 秋風 落葉에 저도 날 싱각ᄂᆞᆫ가 / 千里에 외로운 숨만 오락가락 ᄒ노매(李梅窓, 1513~1550). ② 뫼ᄒᆞᆫ 노프나 놉고 믈은 기나기다 / 놉흔 뫼 긴 믈에 갈 길도 그지 업다 / 님 그려 저즌 ᄉ매ᄂᆞᆫ 어느 저긔 ᄆᆞᆯ룰고(許橿, 1520~1592).

29) ① 靑草 우거진 골에 자ᄂᆞᆫ다 누엇ᄂᆞᆫ다 / 紅顏을 어듸 두고 白骨만 무쳣ᄂᆞ니 / 盞자바 勸ᄒ리 업스니 그를 슬허 ᄒ노라(林悌, 1549~1587). ② 君山을 削平턴들 洞庭湖 너를낫다 / 桂樹ᄅᆞᆯ 버히던들 ᄃᆞᆯ이 더옥 불글 거슬 / 뜻 두고 일우지 못ᄒ니 늙기 셜워 ᄒ노라(李浣, 1602~1674).

① 타자와의 갈등으로 인한 억울하고 슬픈 감정

　인간은 다른 인간 및 사회 환경과의 관계 속에서 살아가고 있다. 복잡성을 띠고 있는 현대 사회는 구조적으로 불완전성을 띠고 있기 때문에 하나의 개체적 인간 존재는 다른 인간 및 사회 환경과의 관계 속에서 언제든지 모순과 갈등으로부터 유발되는 비극적 상황을 맞이할 수가 있다. 그런 가운데 느껴지는 억울함과 슬픈 감정은 작품상으로 비장미라는 미적 범주의 형태로 나타나게 된다.

　　A

　　터무니 없는 일이다 현실 밖은 낭떠러지
　　머리로 벽을 친다 벽은 / 울림뿐이다 //
　　두개골 사이 사이로 진눈깨비 내린다

　　의문의 위치에서 가래 끓는 소리가 난다 //
　　갈등의 폭 만큼이나 배배 꼬인 / 등나무 넝쿨 //
　　불면의 뿌리 씹으며 / 반추의 밤길을 간다

　　홀로 된 바위 하나 / 하염없이 빛을 빤다 //
　　미완성의 이 밤이 학살당한 현장에서 //
　　절박한 노래가 되어 / 심장을 두들긴다

– 전민, 「새벽 3시에 부르는 노래」 전문

　　B

　　당신의 밥을 먹기엔 길이 너무 아득하다 //
　　갈증과 허기를 갈아 국물은 희어지고 //
　　소금에 상처를 씻듯 다 비워낸 그릇 하나. //
　　일회성의 나무 젓가락 가지런히 놓아둔 채 //
　　다시 어느 하오의 뒤안길을 돌아나오면 //
　　웃자란 밀밭 너머로 상심의 그늘도 깊다.

– 이승은, 「아득한 식사 」 전문

A에서는 암울한 현실의 벽 앞에서 한 줄기 빛을 찾아 파닥이는 서정적 자아의 모습이 잘 드러나 있다. 감정이 격앙된 자아는 처음부터 세부적인 상황 정보도 제공하지 않은 채, 긴장감을 조성하여 비운의 벽 앞에 주저앉아서 절박한 노래로 절규하고 있다. 이러한 심상은 현실과의 모순과 갈등이 최고조에 달해 비애의 한풀이가 작품을 통해 발현된 경우로서 비장한 미와 관련이 있다.

B의 작가 이승은의 작품에서 자주 느끼는 것은 그리움과 기다림, 그리고 그로부터 우러나오는 인간적 상심과 승화의 미학이다. 그가 추구하는 미적 대상은 상처 받은 사랑과 자연과 생태 환경 등 다양하다. 그러나 그는 글 B와 같이 '당신'으로 인한 갈등과 그로부터 발생한, 상심에 의해 포착된 비극적 정서를 '소금에 상처를 씻듯' 위안하면서 비장미를 드러내고 있다.

소월시(素月詩)에 나타나는 한(恨)은 좌절, 원망, 미련, 자책, 체념 등으로 분석되어 자칫 부정적 측면으로 받아들일 수도 있겠지만, 시의 내포적 의미를 고려할 때 그것은 오히려 시적 극복의 효과를 거두고 있음을 알 수 있다. 거기서 받는 슬픔의 미학적 가치는 지금까지 면면히 한국적 정서로 자리매김 되어 이어져 내려오고 있는 것은 이를 반증해 준다. 현대시조에서도 내면의 억울하고 슬픈 감정은 그 감정이 시적으로 표현되었을 때 하나의 승화 효과로서의 미적 가치를 음미할 수가 있는 것이다.

C

꽃 피느라 / 아하, 천지에 꽃이 피느라 /
묵은 상처마다 실밥 터지는 소리 /
처처에 신음 삼키며 빈 가슴 쓰는 소리

꽃 피는데 / 오, 온 사람 저리 환히 피는데 /
밀주 모양 혼자 괴는 독한 이 그리움 /
아무리 마음을 베어도 꽃이 점점 아파라

꽃송이들 / 드디어 저저이 몸을 열어 /

향그러운 부딪침 온 세상 숨이 찬데 /

비끼는 내게로만 왜 / 무너지나, 봄이, 꽃이……

– 정수자,「꽃병(病)」 전문

D

지금도 눈 감으면 / 눈물 당장 / 쏟아질 꺼야. //

방울 방울 / 뚝 / 뚝 / 뚝 / 바위 뚫어질 꺼야. //

아니야, 어마어마한 산 / 와르르 / 무너질 꺼야.

– 박연신,「산(山)이 되어 있는 슬픔」 전문

C에는 여성적 한의 정서가 주조를 이루고 있다. 자아의 모습이 꽃병(病) 환자로 환유되어 있다. 모든 이가 다 꽃처럼 피어나서 터져 나오는 호시절에, 왜 자신만은 홀로 피어나지 못하고 봄 속의 외로움에 갇혀 무너져 있고 울어야 하나 한탄하고 있다. 그리움의 슬픔에 찬 서정적 자아를 '꽃병(病)'으로 비유한 것도 참신하고 구구절절 독백적인 여성적 어조의 시상 전개로 비장미를 살린 솜씨가 독특하다.

D는 전체 3연 11행으로 이루어진 단시조이다. 초·중·종장을 통틀어 볼 때 '꺼야'라는 각운을 살린 확장형 의미 구조를 이루고 있으며, 문답법과 반복법과 과장법의 수사적 기교를 사용하여, 단시조이지만 한에 찬 슬픔의 정서를 미적으로 승화시키고 있다. 이러한 시조들은 한의 정서가 슬픔의 미학으로 대체되어 여성적 비장미를 더욱 살려 내고 있는 좋은 예라고 볼 수 있다.

② 참혹한 운명으로 인한 절망적 심리와 극복 의지

비장미는 객체에 의해 주체가 좌절될 때 주로 발생된다. 이것은 비극적인 정서는 패배적 절망 속에서 싹이 튼다는 말과 통한다. 인간의 힘은 나약하기 이를 데 없고 인간을 위협하는 대상이나 환경은 냉혹하기만 한 세상이다. 하나의 나약한 존재로서 겪는 인간의 참혹한 운명은 때때로 인간을 절망의 구렁텅이로 몰아넣는다. 이럴 때 체감하여 느끼는 비참함과 혹독한 시련은 하나의 글로 표현될 때 읽는 이로 하여금 연민의 정이나 공감대를 형성하게 되는데, 이것이 하나의 미적 개념으로 작가와 독자가 상호 공유하게 되어 비장미를 느낄 수 있다.

A

그 여름 푸른 핏물 눈물마저 다 동나고 //
밟으면 슬픔이 될 흰 뼈대 싸늘한 허울 //
목소리 다 거둔 빈 방 화석처럼 걸려 있다. //
진홍의 하루는 가고 미친 듯 다가선 새벽 //
저것 봐 죄라도 진 듯 마구 뒹구는 꽃잎 //
또 하루 견딘다는 건 주검처럼 참혹하다.

– 권갑하, 「마른 꽃다발」 전문

B

허기진 오장육부 늘어진 고갯길을
마을 버스 타고 낙산 올라가면
산동네 어둠이 오고 아픔도 밀려듭니다.
누님의 야윈 손을 지그시 마주 쥐면
그간의 행적들이 환히 들여다 보이는
투명한 눈물방울만 뚝뚝 떨어집니다.
눈물빛 가난으로도 깨꽃 같은 웃음을 깔던
조카들은 하나 둘 나팔꽃처럼 잠들어도
오늘도 매형은 끝내 돌아오지 않습니다.
공동변소에서 쪼그려 바라보던
낡은 연습장의 철자 틀린 낱말 같은
우리들 구겨진 삶에 가슴 찢어집니다.

– 이해완, 「창신동 누님」 전문

A는 2수로 된 시조로서, 한 장을 한 연으로 배행하여 전체 6연으로 이루어져 있다. 작가가 이와 같은 구조로 배행을 한 이유는 각 장의 독자적 의미를 중시하면서도 시상의 연속성을 염두에 두었다고 볼 수 있다. 이 시조에 나타난 슬픔의 이미지는 다분히 상징적이다. 영광스러웠던 한때의 순간들은 꽃다발에 비유되고 있는데, 이 글에 나타난 시적 화자는 불시에 불어 닥쳐 온 어떤 참혹한 운명으로 이제는 빈 방에 허울 좋은 화석처럼 걸려 있는 쓸모 없고 메마른 존재인 자신을 응시하고 있다. 눈물마저 메마른 자아는 버려진 꽃잎처럼 나뒹굴고 참혹한 현실 가운데 죄지은 듯이 서서 절망적 비애감을 느끼고 있다. 비통함을 불러일으킨 주요인이 겉으로 드러나 있지는 않지만, '푸른 핏물', '죄라도 진 듯'과 같은 시구로 보아 크나큰 억울함으로 인한 슬픔의 상징적 형상화임을 쉽게 짐작할 수 있다.

B는 산동네에서 소외된 채 어렵게 살아가고 있는 누님의 형상을 통하여 가슴 미어지는 혈육의 정을 실감 있게 표현하였다. 이 글은 4수로 이루어진 연시조인데 감정의 연속성을 위하여 연갈이를 하지 않고 마침표로 구별해 놓고 있다. 매형을 잃고 열악한 환경의 산동네에서 힘겹게 살아가고 있는 누님에 대한 애절함이 전편에 흘러넘치고 있다.

이러한 글들은 서정적 자아의 회생을 가로막는 높은 장애, 현실적인 암담한 장벽이 슬픔의 동인이 되고 있으며, 그로부터 비롯된 참혹한 운명이 비통함을 불러 일으켜 비장미를 유발시키고 있다.

슬픔이 슬픔으로 끝나지 않고 그러한 슬픔을 딛고 일어서려는 의지를 보일 때, 슬픔의 미학은 더욱 빛을 발한다. 슬픔을 딛고 일어서는 방법에는 눈물을 머금고 인내하면서 스스로를 위로하기도 하며, 결연한 의지를 보이며 적극적인 행동으로 옮기려 하는 경우도 있다.

C

이렇게 매달려 보는 / 끈끈한 / 여름의 한 끝 //

늘 비어 있는 / 손에 / 바람이 잡힌다. //
밑도 없이 고여오르는 / 아픔 / 밤을 거퍼 지샌다.

생각은 하나하나 / 혼들려 부대끼고 //
저만치 물러서서 / 호올로 / 견디는 이 //
알알이 / 눈물을 꿰고 / 또 하루를 보낸다.

– 한분순, 「눈물을 꿰고」 전문

D

향수의 꽃이파리 / 피 빛 피어 눈에 감겨 //
어머니! 외마디 지르고 / 고지에 올라서면 //
저기 저 / 조국의 가슴을 찢어 / 줄기져 간 철조망.

가슴에 손 짚으면 / 심장은 파닥이고 //
의지는 총탄처럼 / 아득히 달려가도 //
못 뚫어 / 마주 서보는 / 비원의 문, 벽이여!

세월이란 날개 속에 / 봄은 또 오리란다. //
피 모아 쌓은 열망 / 그날엔 끊어지리. //
무너져 / 강하가 되면 / 배를 질러 가야지.

– 이근배, 「벽,−휴전선에」 전 5수 중 제1, 4, 5수

C의 작가는 그리움과 기다림으로 가득찬 한국적 한의 정서를 작품으로 다양하게 발표한 시인이다. 이 시조는 그 형식을 살펴 볼 때 첫 수는 종장의 첫 음보가 '밑도 없이'의 4자로 되어 있어 파격이다. 형식을 떠나 그 의미 내용을 파악할 때 정적인 주조를 이루는 핵심은 '눈물'의 극복이다. 그리움과 한으로 인하여 마음 밑바닥에 고여 있던 아픈 상처는 '알알이 눈물을 꿰고', '견딤'으로써 비장의 미적 경지에 도달되고 있다.

비장미는 이상이 현실의 벽에 부딪쳐 실현되지 못하게 되어 자아가 좌절을 겪게 될 때 일어난다. D에서, 서정적 자아는 분단된 조국의 슬픈 현실 앞에서 그것을 탄식하고 있다. 조국과 자아는 분리되는 것이 아닌데

현실에서는 조국의 가슴을 찢어 철조망으로 갈라놓고 있으며, 서정적 자아는 이러한 슬픈 현실 속에서 분단된 저쪽을 바라보며 비원의 벽 앞에서 슬퍼하고 있다. 그러나 그러한 가운데에서도 자아의 심리는 분단의 벽이 허물어지는 날을 고대하며 그날이 오면 저쪽으로 속히 달려가리라는 행동의 의지를 내 보이고 있다. 이 작가는 한국적 서정의 세계를 전후 분단의 현실인식과 동질화시키는 창작 방향을 설정하고 비장미라는 미적 장치를 사용함으로써 질 높은 작품의 세계를 펼쳐 보이고 있다.

(4) 골계미

본격적인 골계를 드러낸 문헌상의 시초는 서거정의 소화집(笑話集)인 『태평한화골계전(太平閑話滑稽傳)』이다. '골계(滑稽)'란 익살스러움 가운데 어떤 뼈 있는 말을 건네주는 아름다움을 말하는데, 그것은 주로 재치와 익살스러움을 동반한 풍자와 해학을 통해 미적 감정을 유발하게 된다. 골계는 객체에 대해 긍정적 시각으로 접근하는 숭고미와는 달리 부정적 시각으로 접근하게 됨으로 '숭고미와는 대립 관계에 있다.'[30] 그것은 근본적으로 객체에 대한 주체의 우위를 주장하는 입장에서 출발하게 됨으로 작품상으로 나타내게 될 때에는 경화된 관념의 의도적 파괴 심리나 대상에 대한 항거와 부정 심리의 표출, 그리고 계세 · 풍자 · 일탈 · 조롱 등의 성격을 띠게 된다.

① 경화된 관념의 파괴와 대상에 대한 부정 심리

현대시조를 통하여 투영되는 경화된 관념의 의도적 파괴나 과감한 부정 심리는 젊은 층을 중심으로 확산되어 골계미 작품의 중심을 이루고 있다.

A

누군가 / 내 머리칼을 잡아당기며 낄낄댄다 /

---

30) 김학성, 「한국 고전시가의 미의식 체계론」, 서울대 박사학위 논문, 1980, 23쪽.

날개를 달고 있는 / 달러의 새끼들이다 /
아, 나는 그놈들의 밥 / 그들은 또 내 밥그릇.

– 강현덕, 「IMF」 전문

B

성난 꽃은 바다에 피어 / 섬 향해 / 침을 뱉는다 //
역풍 몰고 내 창변에 와 / 붓 꺾고 / 죽어라 한다 //
한라산 멱살을 잡고 / 이 등신아 잠깨라 / 한다.

– 고정국, 「제주 민들레 · 4」 전문

A의 시풍은 여타 작품들에 비하여 다분히 파괴적이며 골계성이 짙다. 경직된 작시법에서 탈피하여 자유분방한 태도로, 서로 물고 물리는 세상살이의 경제적 현실 상황을 해학적으로 표현하여 골계미를 드러내고 있다.

B 역시 경화된 관념의 의도적 파괴 심리가 돋보인다. 작가는 제주도 출신으로서 제주의 토착적 혼불을 상징하는 '제주민들레'를 통하여 토착민의 뼈아픈 삶의 한풀이를 토로하고 있다. 이 시조에서 작가는 혹독한 삶의 상처를 받고 바다로 밀려난 토착적 혼불에 대하여 제주인으로서의 참회의 자세를 취하면서, 스스로 자조하고 자신의 무력함을 탄식하고 있다. 여기서 '제주민들레'는 육지가 아니고 바다에 피어 있으면서, 섬을 향해 침을 뱉고 역풍을 몰고 와 죽어라 소리치며, 한라산에 멱살을 잡기도 한다. 이러한 시적인 구도와 시상 전개는 지금까지 '민들레'라는 객관적 상관물의 이미지가 흔히 육지의 '토착적 생명력'을 상징하고 '조용하고도 깨끗하다'라는 뉘앙스로 인식되어온 것과는 상당히 상반되며 파괴적인 것이다.

C

빛이 무너진다. / 자전의 어둠의 횡포다. //
한 인간의 숨소리 자꾸만 작아지는 날, 불면의 팽팽한 아
랫도리 영혼이 멘스하는 밤, 살아온 날만큼 뼈를 발라내고

간음한다 간음을 당한다. 침묵의 유전자들이 분열을 거듭
하는 사이 이성이 법관처럼 침묵을 선고하고, 모든 진실에
대항해 무자비하게 살포되는 애증…, 세상은 얼마나 많은
법칙을 숨기고 있는 걸까? //
쿵쿵쿵 빛이 무너진다. / 연거푸 넘어진다.

– 오종문, 「계엄령의 밤」 전문

D

멍울진철쭉꽃이다, 탁뱉은가래침이다, 싯누런금강하구
까지닻줄에질질끌려갔다가, 또다시삼사오월이면거슬
러오르는 암초다.

아빠의실종이다, 변변한유언도없이, 수십번까무러져눈이
풀려도죽지를않는, 우리네배고픔이다, 핍박이다, 빈
곤이다.
엄마의가출이다, 버젓한정절도없이, 황사속을쏘다니다
종적감춘누이들처럼, 무덤을찾을수도없고찾지도못한
죄악이다.

– 정휘립, 「봄은」 전 5수 중 제1, 2, 3수

C는 사설시조 형식으로 쓰여진 글이다. 초장과 종장은 시조형을 따르고 중장이 길어진 형태를 취하여 사설시조로 쓰여진 듯하나, 전체적인 리듬감은 정격 시조에서 벗어나 일탈의 경지에 있다. 이 글은 작가가 태어난 고향의 역사적 사건을 시화한 것이다. 계엄령하의 암울한 상황을 '빛의 무너짐', '어둠의 횡포'로 비유하고 이성과 진실이 마멸된 현실을 신랄하게 비판하고 있다.이러한 풍자는 현실 상황에 대한 불만이 쌓여 있을 때 작품을 통해 그 심적 탈출구를 찾게 되는 데서 비롯된다.

D의 작가는 경화된 관념의 파괴를 지향하며 신서정의 작품세계를 부르짖는 시인이다. 그는 자신의 지론에서 의고주의적(擬古主義的) 발상과 나약한 감상주의, 수구적 자세를 질타하면서 '신생의 서정'을 주장한다.31)

글 D에서도 구별 배행이나 띄어쓰기도 하지 않은 채 '봄'에 대한 구태의
연한 감상적 인식의 세계를 완전히 뛰어넘어 그가 주장하는 참신한 관점
에 의해 창조해낸 '신생(新生)의 서정'을 표출하고 있다. 새로움을 추구하
는 예술의 본능은 때로는 부정성을 통해 탄생한다. 골계미의 한 편에는
경화된 관념의 파괴와 대상에 대한 부정 심리가 미적 창출의 동인으로 자
리 잡고 있다.

　② 계세 · 풍자 · 일탈 · 조롱 등을 통한 비판 심리의 표출
　앞에서 본 바와 마찬가지로 미의 창조적 개념은 하나의 객관적 상관물
이나 그에 의한 긍정적 안목에서부터만이 창출되는 것은 아니다. 대상에
대한 예민한 관찰과 그 심미안으로부터 나오는 멋스러운 비판 정신에서
부터 나오기도 한다.

　　A

4백만원 구두 신고 / 2천만원 코트 걸치고

하와이에 캐나다 호주에 뉴질랜드
얼시구나 쇼핑 관광 절시구나 골프 관광
홍콩에 마카오 태국에 싱가포르
즐걸시고 카지노 관광 / 좋을시고 묻지마 관광

2백만 실업자들아 / 어째 그리 못났니?

　　　　　　　　　　　　　　　　　　－ 장순하, 「얼시구나 절시구」 전문

　　B

세상이 팽이처럼 돌아가 어지럽다
돌리고 돌린다고 세상을 거꾸로 돌려
문 밖에 꼬리 치며 짖던 놈 방안에 재우고.

---

31) 최남선 외, 『현대시조 100인선』 제 98권, 태학사, 2006, 157~158쪽.

가족은 소 닭같이 서로가 등 돌리고
메리(犬)가 감기 들면 병원에 태워 가고
부모가 병환이 나면 강 너머 별을 본다.

형제간 득실(得失)차로 선악을 구분하고
기르던 바둑이가 집 잃고 헤매며는
포상금 걸어 놓고서 달을 보고 짖는 세상.

– 성낙수, 「어미 개(犬) 세상」 전문

A는 중장이 늘어난 사설시조의 형태를 보이고 있다. 고가 명품을 걸치고 온갖 호화 관광과 외유를 즐기고 있는 몰지각한 한량들을 질타하고, 그와는 정반대로 실의와 절망 가운데에서 헤매고 있는 2백만 실업자들을 '못난이'로 규정함으로써 흥청망청하는 현 세태를 비판적 태도로 희화하고 있다.

글 B는 삭막한 현실에서 개보다 못한 인간의 존재가치를 풍자한 글이다. 애완견에 밀려난 인간의 가치는 소·닭만도 못하다. 이러한 현실 비판 심리는 우회적이지만, 주로 계세·풍자·일탈·조롱 등의 성격을 띠게 된다.

C

오두마니 한 소절 / 표절의 시구처럼 //
가위질에 잘려서 / 점점 한 점 점이 되어 //
왔던 길 / 되짚어가는 / 절름발이 별 하나

– 이달균, 「생명을 위한 연가·1－낙태」 전문

D

비 맞은 화상이더냐, 물 빠진 몰골이더냐.
봐 하니 탈바가지요, 듣자 하니 깡통소리더니,
길조차 나지 않는 들을 들쳐 메고 뜨는구나.

입동의 무서리가 볏단 끝을 뜯어 발겨도,

간밤에 얼어 터진 꿈, 뭉텅뭉텅 떨어져 나가도,
늬네는 서 있어야 해, 뻣뻣해진 외다리로,

덜덜덜 치를 떨며 쥐난 두 팔 계속 쳐든 채,
자갈밭 진수렁을 두루 거친 만신창이라도,
바지에 오줌 적시며 비틀비틀 버텨야 해.

– 정휘립, 「허수아비의 축제 · 11 – 초겨울비」 전 4연 중 1, 2, 3연

E

발에 밟히는 시간마다 아우성 아우성이다 //
짜부러진 시간 / 변색된 시간 / 병든 시간 녹슨 시간 헝클어진
시간… //
우리가 잃어버린 시간이 지천으로 널려 있다
내가 잃어버린 시간과 네가 버린 시간이 반갑게 서로 만나
입맞춤이 한창이다. //
언젠가 잃어버릴 시간이 넋을 놓고 보고 있다.

– 류제하, 「광화문에서 – 광인일기 · 26」 전문

F

아아 저 거울 속에 죄가 다 얼비치네 //
얼라 궁디에 붙은 밥풀을 띠 묵은 죄, 문디이 콧구멍 속의
마늘을 빼 묵은 죄… //
머리카락 보일까봐 꽁꽁 숨겨뒀던 이 세상 온갖 죄들이
낱낱이 들통나는, //
미치고 환장할 놈이 몇 놈쯤은 나올 하늘.

– 이종문, 「하늘」 전문

C는 부조리한 사회 현실을 간접적으로 비판하고 있다. 가위질에 잘린 '절름발이 별 하나'는 낙태의 비운을 맞이한 버려진 생명을 비유하고 있으며, 생명 의식의 경시 풍조를 단수 시조로 은근히 질타하고 있다.

D의 작가는 구태의연한 음풍농월식 의고주의 작품을 치졸한 병폐적

낭만주의에 비유하고 그런 것은 찬란한 시조의 미래를 꺾는 수구적 발상이라고 배격하는 시인이다. 이 시조에서도 작가는 구태의연하고 진부한 방법을 탈피하여, 피폐한 농촌을 겨우겨우 지켜내는 농심을 만신창이 '허수아비'로 비유하면서, 농촌의 숙명적 현실을 풍자적 수법으로 독특하게 그려내고 있어서 골계미의 진수를 보여주고 있다.

E는 형식부터 일탈의 경지에 있다. 2수로 된 시조형식으로 분석해 볼 경우, 첫수는 중장이 늘어난 사설시조로 볼 수 있다. 그러나 전체적인 율격은 시조보다는 자유시 쪽에 가깝다. 작가는 작금의 현대시조가 자유시의 자유분방한 시적 표정을 얼마나 담아낼 수 있는가를 실험하면서 그 경계선에서 서성이었던 것으로 보인다. 내용의 구사면에 있어서도 작가의 존재론적 자기 인식은 언제나 시간의 선상에 놓여 있는 한계론적 존재임을 깨닫고 있지만, 잃어버린 시간들이 지천으로 깔려 있는 것과 마찬가지로 자신의 시간도 상실되어 떠돌아다닐 수 있다는 해체주의적 사유와 일탈의 심경을 드러내고 있다.

F는 행갈이의 난맥상을 보이고 있으나 2수로 된 평시조의 틀로 볼 수 있다. 푸르른 하늘을 거울에 비유하고 거기에 낱낱이 비추어진 속물적 인간의 죄상을 거침없는 시어의 선택과 필치로 희화화시켰다. 신랄한 비판과 저항을 통해 통쾌한 웃음이 유발될 때 해학이 성립되는데 이 글은 다분히 해학성이 짙다.

풍자(satire)는 사회적 부조리를 직접적으로 표현·고발하고자 하나 현실적으로 어려운 형편에 있을 때, 그 탈출구로 간접적인 방법을 사용하여 비판 기능을 수행하는 것이다. 이와 같은 방법은 시경(詩經)의 '主文而譎諫'과도 같은 의미인데, 효용론적 관점에서 볼 때 풍자는 이러한 기능을 다하면서 목적하는 바를 달성해야 한다.

정대림은 풍자의 효용론적 기능과 관련하여, "전달한 사람도 해를 입지 않는 가운데 기대했던 바의 목적을 이룰 수 있고, 전달 받은 사람도 명예나 권위에 손상 받지 않고 받아들일 수 있는 것이다"라고 하면서, 이러한 방법으로 "아랫사람이 윗사람을 풍간하고자 하는 풍자적 기능을 달성하면서 궁극적으로는 윗사람이 아랫사람을 풍화하고자 하는 교화적 기능까지 구현될 수 있다"[32]라고 하였다.

풍자는 한 시대의 부조리를 정면으로 공격하지 않고 이면이나 측면에서 바로 잡아주는 기능을 하여, 신랄하면서도 때로는 통쾌미를 제공해 준다. 조선시대에는 평민들이 양반 사대부의 향락, 비리, 부조리한 내용을 사설시조라는 미적 장치를 통하여 우회적으로 비판하기도 하였는데 이러한 풍자 정신이 곧 한국적 서정의 밑바탕이 되었다고도 볼 수 있다.

그러나 현실 문제에 너무나 관심을 둔 경직된 우국계세, 비판, 교훈 등의 풍자시조는 자칫 영속적인 쾌감을 주는 데에 있어서는 인간적인 내면 정서를 다룬 시조보다 불리하게 될 것이라는 점을 염두에 두어야 한다.[33]

지금까지 필자 나름대로 미적 범주의 분류 기준을 설정하고 그 분류 기준에 따라 분석한 결과를 가지고 현대시조에 나타난 미의식의 실상을 살펴보았다.

먼저 우아미에 대하여, 우아미는 여전히 네 가지의 미적 범주 중에서 가장 많은 비중(45.3%)을 차지하고 있다. 예전의 많은 선비들은 강호가도를 즐기고 탈속하여 유유자적한 현실생활에 젖어 자족하려는 경향이 많았는데, 현대에 와서도 그러한 심리는 크게는 위축되지 않고 복잡다단해진 생활 환경에서 벗어나 홀가분하게 자연에 귀의하거나, 아예 현실 세계를 긍정하면서 조화롭게 살고자 하는 심리가 작품상에 잠재적으로 드러나 있다. 앞서 밝힌 바와 같이, 우아미의 작품들은 위압감이 없고 안정적이고

---

32) 정대림, 『한국 고전 비평사』, 태학사, 2005, 72~73쪽.
33) 이 문제에 대하여 박철희도 "당대에는 일면적인 의의가 있으나 그 시대의 한정된 의의 밖에 지니지 못한다는 사실이다"라고 지적하였다(「사설시조의 구조와 그 배경」, 김학성·권두환 편, 『고전시가론』, 1995, 449쪽 참조).

감미로우며 서정적 분위기를 자아내어 작품의 가치를 한층 높여주고 있다. 그러나 그 창작 열기에 있어서는 대체적으로 꾸준하지만, 젊은 층 작가들에게선 노년층보다 즐겨 쓰고 있지 않다. 이러한 현상은 음풍농월식의 고전적 작시태도에서 벗어나 현대적 파괴 심리나 부정 의식이 젊은 층을 중심으로 은연 중에 작품 속에 잠식하여 들어간 결과로 보인다.

숭고미는 고귀함과 이상을 추구하는 미의식이다. 현대시조에서 숭고미(22.1%)는 사회 환경과 가치관의 변화 요인에 따라 우아미와 마찬가지로 젊은층 작가들에게서는 많이 나타나지 않고 있다. 숭고미의 창작 빈도가 젊은층을 중심으로 예전보다 그 열기가 낮아졌다고 보는 것은, 시대가 흘러갈수록 물질주의와 현실주의가 팽배해졌을 뿐 아니라, 도덕적 가치나 거룩한 이상은 현실의 벽에 부딪쳐 그 고귀성은 무너져 내리고 아예 현실에 안주하려 하거나 혹은 저항이나 부정적 시각의 성향으로 경도되어 간 결과라고 볼 수 있다.

숭고미는 고상함과 거룩함을 추구하는 미적 가치이다. 사회 환경의 변화로 고귀함과 거룩함의 가치가 퇴색되어가는 황막한 시대에, 숭고미를 간직한 현대시조의 창작은 거시적 안목으로 바라보아 사라져간 인간미를 되찾고 차원 높은 거룩한 사회를 지향 · 건설하는데 기여할 수 있는 촉매제가 되리라 본다.

비장미(13.7%)는 네 가지의 미적 범주 중 가장 적게 나타난 미의식으로서 대상과의 부조화에서 오는 슬픔의 미학이다. 대상과의 갈등이나 참혹한 운명 앞에 고통 받는 인간미로부터 느껴지는 미적 감정은 슬프지만 감동적이고 아름답다. 현대시조에서는 6 · 25 같은 사회적 혼란이나 역경 속에 있던 어려운 시기에 더욱 많이 드러나 있다. 소재 선택이나 주제 표현의 분방함을 내보이고 있는 현대시조에서는 이러한 비장미도 개성적으로 다양성 있게 표출되어 작품의 가치를 한층 높여주고 있다. 비장미는 그 기능이 정화(淨化)와 승화(昇華)라고 볼 수 있는데, 비장미가 함축된 수준 높은 작품의 창작은 혼탁한 사회를 되돌아보고 맑게 해주며 승화시켜 주는 구실을 할 것으로 기대된다.

골계미(18.9%)는 우아미나 숭고미보다는 그 창작 빈도가 많지는 않지만, 혼란한 사회에 대한 비판적 시각을 지니고 있는 젊은층을 중심으로 의욕적으로 창작되고 있다. 이러한 현상은 개화기 이후 격동기의 혼란과 이념의 대립, 시대의 흐름에 따른 민주화 과정 등 우리 사회의 불안 요인과 그 개혁 심리에서 우러나온 개방성에 크게 기인되었다고 보여진다.

골계미는 당면한 상황 인식을 바탕으로 하여 부조리한 현실을 탈피 또는 극복하기 위해 수준 높은 풍자와 우회적 기법이 동원되었을 때 그 미적 가치는 올라간다. 따라서 작가들은 작품의 실제 창작에 있어서는 단순 저항이나 비판적 시각만을 형식적으로 나열하여 무미건조한 작품[34]을 양산할 게 아니라, 구현될 내용의 예술적·교훈적 완성도를 끌어올림으로써 작품의 미학적 가치를 높이는데 힘써야 한다.

작품의 미학적 가치와 전달적 가치는 동일하게 취급되어서는 안된다. 작품의 미학적 가치와 전달적 가치는 둘 다 소중하다고 볼 수 있지만, 현대시조의 많은 작품들이 미학적 가치보다는 전달적 가치에 치중한 듯한 느낌을 주는 것은 문학 예술의 속성을 고려해 볼 때 바람직한 현상이 아니다. 예를 들어 한국적 풍자의 진정한 묘미는 우회적·간접적 기법에 의해 은근 속에 감춰진 진실을 꺼내보는 재미가 더욱 미학적 가치를 드러낼 것인데, 그러한 창작 기법보다는 직접적·직설적 발화의 전달방식에 의존하여 표현되었다면 그 미학적 가치는 기대하기 어렵다는 점을 깊이 인식해야 한다. 특히 골계는 우아와 공존·융합되기 때문에 품위를 아우르는 기지와 기발성이 요구되는 미적 장치이다. 따라서 진정한 골계의 미학적 가치가 드러나기 위해서는 직설적이고 저급한 풍자나 해학보다는 고

---

34) 웃음의 미적 요소(풍자, 해학, 기지, 아이러니 등)가 가미되어 있지 않은, 단순 저항이나 비판적인 글은 엄밀한 의미에서 골계미의 미적 범주에 들어갈 수가 없다.

도의 품위와 기지를 수반한 수준 높은 골계가 창작될 수 있도록 깊은 배려와 노력과 신중성이 요구된다.

3. 현대시조의 미적 감각 살리기

미적 감각(美的感覺, aesthetic sense)이란 미의식과 관련된 용어로서, 하나의 대상물에 대하여 시각, 청각 등의 여러 가지 감각이나 감정에 의하여 예술적 감각을 획득하는 것을 말한다. 시조에서 느낄 수 있는 미적 감각의 핵심 요소는 절제미, 긴장미, 균제미, 완결미이다. 평시조형의 단시조인 경우 3장 6구라는 제한적 틀 안에서 미적인 감각 요소들을 창출해 내야 되기 때문에 다른 어떤 장르들보다도 엄격한 시어의 선택과 응축·절제된 표현 기교가 요구된다. 가장 응축된 시의 모형임에도 불구하고 시조에서 미묘한 시적 매력을 느끼게 되는 것은 이러한 미적 요소가 내재되어 있기 때문이다.

1) 절제미와 긴장미

군더더기가 많고 장황한 사설조의 글은 독자들에게 지루함을 안겨준다. 시조는 가장 간명한 형식으로 미적 감정을 표현해 내는 장르이다. 거기에는 간명한 만큼 응축적인 기법과 함축적인 미학의 원리가 녹아들어 있다. 3장으로 끝나는 시조의 미적 감각을 살리는 데는 절제된 표현이 반드시 구현되어 있어야 한다.

시상의 전개에서 있어서 같은 말을 되풀이하면 시적 긴장감은 상실된다. 따라서 절제된 표현을 한다고 하는 말은 시적 긴장감을 수반하게 된다는 것을 의미한다. 여기서 대두되는 미적 감각이 절제미와 더불어 긴장미이다. 절제미와 긴장미는 시조의 격조를 높여 줄 뿐만 아니라, 시조를 시조답게 하면서 미적 감각을 살려 내는 중요한 요소이다.

(1) 절제미

절제미는 시상의 전개에 있어서 불필요한 사족은 떨어버리고 간명하게 압축적으로 표현함으로써 시의 독특한 성격인 함축적 의미와 긴장감을 불러일으키는 미적 장치이다.

현대시조에서 장황하고 난잡한 장형을 거부하고 단수 시조의 창작을 권장하는 이유는 이 절제미와 관련이 있다. 단시조는 가장 기본적이며 전통적인 시조형태이다. 현대시조가 정립되기 이전의 조선 말엽까지 발표된 고시조는 거의가 단수(약 83%)로 되어 있다. 특히 인구에 널리 회자되고 있는 정몽주, 이조년, 황진이 등의 유명 시조시인들의 시조가 단수인 것은 시조의 종가(宗家)는 역시 평시조형의 단수에 있다는 것을 입증해 준다. 시어나 서술상의 절제와 함축이, 간결한 만큼 더 긴장미가 있고 단단하며 감칠맛이 나는 것이다.

그러나 소재와 감성이 풍부해진 현대시조는 결코 이러한 고시조의 단수성으로만 만족할 수는 없다. 시조의 응축성과 절제성을 최대한 살리되, 소재의 감각적 인상과 느낌의 확장에 따라서 반드시 단수로 표현하기 어려울 때에는 절제미가 갖춰진 연시조의 창작도 불가피하다.

A

화살 그 속력으로
아슬히 멀어져 간
세월 한 자락을
고향 들에 딛고 서면

낯설다
허수아비조차
저만치서 물러서네.

— 김준, 「外面」 전문

B

장맛비 개인 오후 / 훌쩍 자란 풀잎 끝에 //
물구나무 선 개미가 / 볕살의 무게를 단다 //
포물선 휘는 허리에 / 무게만큼 열리는 하늘

– 김사균, 「소경(小景)」 전문

C

밤 사이 내렸던 비 초록 물감 풀고 갔네
봄바람 감고 풀던 찬 만 가닥 버들가지
비둘기
날개 끝에도
봄빛 한 점 묻었네.

– 김수자, 「봄비」 전문

A는 오랜 타관 생활 끝에 살같이 빠른 세월을 보내고 고향에 돌아와 보니 그 옛날 고향의 모습이 탈바꿈하여 아슬히 사라져 버렸다. 불현듯, 고향에서 느끼는 낯선 감정을 절제 있는 시어의 사용으로 압축적으로 나타내어 시적 미감을 더해준다. 이 글에서 '허수아비'는 예전의 '그 허수아비'가 아니며 고향 상실감을 드러내주는 낯선 상징물이다. 작가의 적절한 소재의 선택과 절제가 이 글의 미적 가치를 한층 더 높여 준 사례이다.

B는 단수로 지어진 시조이다. 볕살의 무게를 받으면서 풀잎에 물구나무 선 채 무게만큼 욕심 없이 살아가는 개미의 힘겨운 모습을 신선한 감각과 절제된 표현을 통하여 시각적으로 묘사하였다. 종장의 말미도 명사로 끝남으로써 단수로서 응축미의 효과를 보고 있다. 만약에 종장을 '개미가 너무 힘겨워서 포물선처럼 굽어서 휘인 가는 허리에 하늘이 무겁도록 짓누르고 있구나'라고 장황하게 표현했다면 시조 절제의 멋은 완전히 상실될 것이다.

C도 봄비 온 뒤의 서경을 간결하게 묘사해낸 단수 시조이다. 초장에서 '밤 사이 내렸던 비 초록물감 풀고 갔네'를, '지난 밤 봄비가 내렸기 때문

에 만물이 푸릇푸릇 새생명의 싹을 틔우고 있구나'라고 하고, 종장에서도 평화로움과 생명의 상징물인 '비둘기'의 묘사 대신, '모든 생물들에게도 봄기운이 완연하여 평화롭구나'라고 늘어지게 서술했으면 시의 맛과 멋은 사라질 것이다.

고시조는 단수로써 그 표현 목적을 충분히 달성하였다. 이러한 결과는 정제된 단시조의 절제된 멋과 맛을 모르고 마구잡이로 장시조(長時調)랍시고 양산해 내는 오늘의 시조시인들이 다시 한번 법고창신(法古創新)의 정신으로 숙고해 봐야 하는 중요 논제가 될 것이다. 자유시에 비해 시조는 언어의 절제를 통한 시상의 응축을 요구하면서 시상의 전달적 효과를 초·중·종 3장의 범위 안에서 해결해 내야 한다. 고시조의 대부분이 비록 단수로 이루어져 있지만, 그 절제미와 완결미는 혼란스러울 정도로 방만해진 현대시조에 그 창작 방향을 시사해 주는 바가 크다.

(2) 긴장미

긴장미는 시의 흥미도와 관련이 많다. 군더더기를 떨쳐버리고 전개될 시상에 대한 호기심과 궁금증이 증폭될 때 관심이 집중되어 긴장미는 조성된다.

일반적으로 시인들은 동화(assimilation)와 투사(projection)[35]라는 창을 통하여 의식적으로 자아와 대상과의 합일을 추구하려 한다. 그러나 현대에 들어서, 시를 쓰는 많은 작가들이 대상과의 동일성을 추구하기보다는 병치 은유의 경우와 같이 대립과 갈등을 차용하여 미적 요소, 즉 긴장미를 유발해 내기도 한다. 이러한 작시 태도와 심리적 경향들은 고시조와의 차별성을 드러내는 것으로서 고시조가 우아미나 숭고미와 같은 미적 추구로 현실 긍정적 사고를 많이 구현했던 것에 비해, 현대시조에 와서는 해체주의적이나 현실 비판적인 글을 많이 쓰게 된 것과도 연관이 있다.

---

35) 외부적 대상도 내적 자아의 태도나 감정 등과 똑같을 것이라고 단정하려 드는 심리적 경향. 방어기제(防禦機制)의 한가지로 동일시(同一視)의 한 형(型)이다.

A

때를 잊은 / 춘삼월 / 함박눈 / 쏟아낸다 //
액자 뒤 / 숨겨 놨던 / 남편의 / 비자금이 //
한순간
툭 떨어진다
봄 시샘한 / 보너스.

– 김선희 「3월에 내리는 눈」 전문

B

욕망의 빛깔은 희다 날아가는 새들아

소주잔 짓씹으면
무거워진 속눈썹

가로등 불빛 속으로
빨려드는 이 하루

– 전 민, 「소멸」 전문

C

소가지가 아주 없어
뱃가죽이 붙은 몰골
제풀에 팔딱팔딱
통통 튀며 화풀이다

그러니
그물에 걸려도
죽기 전에 죽는구나

– 이광녕 「그물에 걸린 밴댕이」 전문

　A는 춘삼월 함박눈에 비유된 남편의 비자금 쏟아지는 상황을 흥미롭게 전개시켜 나갔다. 때를 잊고 뜻밖에 내리는 함박눈과 쏟아지는 남편의 비자금이 묘한 대비를 이루면서 관심을 불러일으키다가 흥미와 긴장감을

조성하면서 횡재를 만나는 서정적 자아의 심리 묘사가 예사롭지 않다.

B의 작가는 현실에 대한 거부와 비판적 시각이 그의 시적 이미지들의 주종을 이루고 있다. 파편화되고 비판적인 그의 시상들은 대부분 암시성을 띠고 있다. 이 글에서도 현대 문명 속에 속절없이 빨려 들어가는 초현실적 자아의 존재의식이 강렬하게 드러나 있는데 날아가는 자유로운 새들을 부러워하면서 소주를 마시고 불빛에 빨려들어가는 과정이 긴밀하게 이어져 시적 긴장감을 조성시키고 있다.

C는 소갈머리 없이 급하고 참을성 없는 이가 제풀에 못 이겨 죽는 모습을 밴댕이의 속성에 비유하여 꼬집어서 표현하였다. 초·중장에서는 대상의 속성과 행태를 말하고, 종장에서는 그 원인으로 인한 파국적 결과를 이끌어냄으로써 긴장 속에서 도출된 시적 아포리즘(Aphorism) 효과를 이루어내고 있다.

이러한 시조들을 읽고서 지루하다 할 사람은 없다. 이런 글들은 초·중장으로부터 순차적 상승, 때론 대립과 갈등의 심리가 점층적으로 이어져 내려오면서 긴장미를 조성해 내고 종장에서는 폭포수와 같은 시원함을 제공해 주기도 한다.

긴장미에 능숙한 작가들은 주체와 객체를 일시에 바꾸어 놓음으로써 역동적인 긴장미를 조성하기도 한다. 또 군더더기와 같은 사족을 과감히 제거하고 촌철살인의 풍자 또는 반전의 기법을 도모함으로써 긴장미를 더욱 조성하기도 한다.

긴장미를 상실하면 독자에게 산만함과 지루함을 안겨 준다. 긴장미는 생동감과 신선감을 줄 뿐 아니라 시조의 맛과 멋을 살려내는 중요한 역할을 한다.

2) 균제미와 완결미

시조에 있어서 장과 구, 그리고 음보의 배치 문제는 율격과 관계가 깊지만, 내용 전개에 따른 의미 체계와도 긴밀한 관계가 있다. 형식과 내용이 조화를 이루어야 진정한 시조의 미학적 가치가 드러나기 때문이다.

균제미와 완결미는 시조의 안정감과 선명성을 높여주는 중요한 요소이다. 3장의 형태가 균형 잡힌 체계를 이루면서 형식과 내용이 조화를 이루고 선명하게 종결을 짓는다면 이상적인 시조의 모습이 생성될 것이다.

(1) 균제미

시조의 정통성을 논의할 때 흔히 내용보다는 형식을 먼저 거론한다. 내용보다는 형식을 먼저 거론하게 되는 것은 형식이 없으면 그 내용과 본질을 담아낼 수 있는 방법이 없기 때문이다. 사람의 심성과는 달리 시조라는 문학 장르는 형식이 바르지 못하면 그 본질의 실상이 변질되거나 그 생명력을 잃게 되는 수가 많다.

균제미란 정제되고 절제된 시상의 전개가 초·중·종 3장에 걸쳐 고르고 가지런하여 균형 잡힌 체계로 이루어진 유기적 결속의 형태적 미감을 말한다.

A

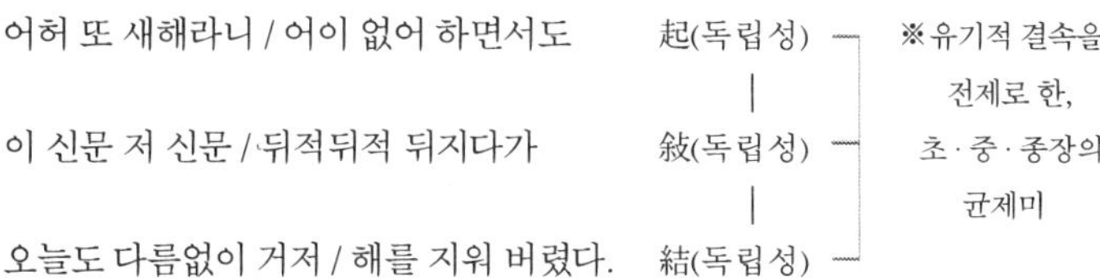

― 조 운, 「원단」 전문(부가된 표기는 필자)

B

뜨거운 말을 삼켜 목젖이 타버렸습니다
차라리 손바닥에 불도장을 주십시오
가슴이 불집 같아도 꺼낼 수가 없습니다.

– 김영수, 「벙어리」 전문

C

한 봉지 / 커피 믹스
찻잔에 / 몸을 풀면

썰물로 / 물든 고향
피보다 / 진한 흙빛

정열은 / 연인이 되어
가슴 속을 / 데운다

– 이수용, 「커피 한 잔」 전문

글 A는 초장은 새해를 맞이하면서 느끼는 세월의 무상감을, 중장은 별다른 진전 없는 일상적 현실의 처지를, 종장은 새해 첫날마저 또 보람 없이 허비한 허무감을 드러내고 있어 유기적 결속을 전제로 한, 균형 즉 균제미가 형성되었다. 이 글은 起－敍－結 즉, 초장－중장－종장으로 이어지는 시상의 균등 배분이 잘 이루어져 있고 초·중장의 말미에 '～도'나 '～가' 등의 연결 어미를 이용하여 탄탄한 응집성과 결속력을 보여주고 있다.

B에는 화자는 드러나 있지 않으나, 시적 화자의 답답하고 가슴 타는 심정을 실감 있게 잘 표현하고 있다. 호소하는 듯한 어조와 초·중·종장에 걸친 균형 잡힌 시상 전개가 반복적이고도 강조의 의미로 전달되어 실감 실정을 더해 주고 있어 작품의 미적 가치를 높여주고 있다.

글 C는 소박한 커피 한 잔을 마시면서 느끼는 상념을 간명하게 나타낸 글이다. 한 잔의 커피로 몸을 풀면 불현듯 멀어져간 황톳빛 고향이 진한

향수로 다가온다. 잊혀졌던 고향은 커피에 녹아들어 또다시 다가와 정을
주고 연인되어 가슴을 데우니 차 한잔에 마음은 뜨거워진다. 이 시조는
상당히 감각적 표현의 글이다. 초장에선 기(起), 중장에선 서(敍), 종장에선
결(結)의 역할로 초·중·종장이 각기 제 역할을 다하면서 균제의 미적 구
조를 보여주고 있다. 이러한 구도는 창작시 시조의 특징을 이해한 작가의
작품 구상과 긴밀한 연관이 있다.

　균제미는 3장에 걸쳐, 시상이 어느 한 쪽에 치우치지 않고 균등 배분되어
독립적 성격을 부여해 줌으로써 전체적으로 유기적 결속체가 될 수 있도록
해 주는 하나의 중요한 미적 장치라 할 수 있다. 다음과 같은 시조를 보자.

너
너랑 헤어질 때
하늘이 노랄 만큼　　　　　　　　　　　　　　」초장
눈 앞이 샛노랗다 못해서 돋아난 한여름의　　　」중장
내 잎이 새파랄 만큼
그립다는 내음새　　　　　　　　　　　　　　」종장

— 이영지, 「노란 장미와 빨간 장미를 안고」, 2수 중 제1수

(초·중·종장 표시는 필자)

　이 시조를 위와 같이 초·중·종장으로 구분해 보았을 때, 각 장의 분할
된 의미성과 전체적인 유기적 관계를 파악하기란 쉽지 않다. 수식·피수
식어의 통사적 구조가 짜임새 있게 이루어져 있지 않았고, 갑작스런 이질
적 시어의 나열로 시적 긴장감이 상실되었기 때문이다. 이는 균제미를 바
탕으로 한, 각 장 나름대로의 독립적 의미성과 전체적인 유기적 결속이
이루어지지 않은 결과라고 보여진다.

　시조는 전체가 3장(章) 6구(句) 45자(字) 내외로 이루어져 있는데, 각 장
(章)은 4음보의 반복과 전환의 미적 구조로 이루어져 있어야 한다. 그리고
각 장(章)은 장 나름대로 통사·의미론적으로 독립성을 유지하면서 다른

장(章)과 긴밀한 관계를 맺고 있어야 한다.

균제미가 잘 이루어진 시조는 불안감이 없고 균형감과 안정감이 있다. 따라서 작가는 사전에 균제미에 대한 미적 감각을 염두에 두고 탄탄한 응집성과 결속력이 이루어지도록 구성상의 배려가 뒤따라야 될 것이다.

(2) 완결미

고시조의 대부분이 단수로 그치고 있는 이유는 고시조의 창사성(唱詞性), 즉흥성(卽興性)과도 연관이 있다. 시조라는 장르가 본래 '단가(短歌)'로서, 창작상 단형이라는 개념상의 고정관념 아래, 가락이 아주 길게 늘어지는 창(唱)으로 불러졌던 까닭에 단수 한 편으로도 족했을 것이며, 지금처럼 치열한 문학창작 정신 속에서 양산되었다기보다는 사대부들이 대인(對人) 즉석에서 서로 화답하거나 강호 경관을 즉흥적으로 읊조리는 즉흥시라는 관점에서도 단수 한 편이면 족했던 것이다. 그러기에 거기에는 단수 한 편으로서의 완결의 미학이 스며 있었다. 고시조를 분석해 보면 대부분의 경우, 초·중·종 3장이 서로 유기적 관계를 유지하면서 대부분이 종장에서 작가가 표명하고자 하는 주제의식을 분명히 드러내어 작품의 완결성을 확보하였다. 시조의 3장(章) 형식에 대하여 최동원은 '시조는 속요(俗謠)의 음악적 분단의 요소와 가곡(歌曲)36)의 3장(章) 형식이 결합되어 이루어진 시형이라 할 수 있겠다'37)라고 결론지은 바 있다. 전형적인 3장 형식의 단수로 창작되어진 다음 고시조에 나타난 결말 처리를 보자.

---

36) 가람은 그의 시조론에서, "歌曲은 악기에 맞추어 부르던 것으로서 일찍 삼국시대부터 있어 왔으며, 그 樂은 器樂과 歌와 舞가 종합한 것으로 그 당시에 벌써 성행하였고, 그 뒤 麗朝를 거쳐 朝鮮朝에 들어서 더욱 발달한 것이다", "가곡이 이 近者에는 꼭 5章式만으로 부르게 되었으나, 그전에는 4章式 또는 3章式으로 되었다. 그 중 3章式이 原始形이었다. 그 뒤 歌曲의 唱이 4장 또는 5장으로 변천되었으나, 그 근거가 3장이기 때문에 그 唱詞만은 반드시 세 줄거리로 되어 있다"라고 하였다(최동원, 『고시조론』, 삼영사, 33쪽 참조).
37) 최동원, 『고시조론』, 삼영사, 1986, 34쪽.

梨花에 月白ᄒ고 銀漢이 三更인 제
一枝春心을 子規] 야 알냐마는
多情도 病인 양 ᄒ여 줌 못 드러 ᄒ노라

– 이조년(李兆年), 『한국시조대사전』· 3346

위의 시조는 선경후정(先景後情)의 시상 전개 구조와 종장의 '다정도 병이라 잠 못 든다'라는 결말처리가 분명하다. 비록 시조 초기에 창작된 글이지만 그 어느 현대시 못지않은 시적 구성 능력과 서정적 표현이 뛰어나다. 이 작품이 오늘날의 순수 서정문학으로도 그리고 시가(詩歌)로도 높이 평가 받고 있는 이유는 그러한 시상의 완결미와 무관하지가 않다.

A

고향에 내려가니 / 고향은 거기 없고
고향에 돌아오니 / 고향은 거기 있고…
흑염소 / 울음소리만 / 내가 몰고 왔네요

– 정완영, 「고향에 다녀와서」 전문

B

쳐라, 가혹한 매여 무지개가 보일 때까지
꼿꼿이 서서 너를 증언 하리라
무수한 고통을 건너 / 피어나는 접시꽃 하나

– 이우걸, 「팽이」 전문

C

소리는 웃음인데 그것이 웃음일까
찐 감자 데일까봐 / 얼음 손이 시릴까봐
상처난 아이손에도 / 웃음 웃듯 호호호

– 김남재, 「엄마의 웃음」 전문

시조의 완결미란 시조의 3장이 의미상으로 유기적인 결합을 이루어내면서 한 수로써 시적 미감을 획득하고 종결을 짓는 미적 형태를 말한다.

글 A는 고향 상실감과 향수어린 서정을 대구와 반복, 대유의 기교를 통해서 잘 나타낸 단수 시조이다. 고향에 내려가 보니 예전의 그 고향은 찾아볼 수가 없다. 그러나 고향을 떠나 타관 땅에 돌아와 살게 되면 또 다시 그리워지는 고향이다. 이 글에서 '흑염소 울음소리'는 어쩌면 고향마을을 떠올리는 고향의 다른 이름이다. 고향상실감에서 허탈감을 느끼는 서정적 자아는 향수심의 대유적 표현인 '흑염소 울음소리'로 위로받고 스스로를 달래면서 이글을 멋지게 마무리하고 있다.

글 B는 그 표현에 있어 수사기교가 돋보이는 글이다. 명령법, 도치법과 아울러 글의 소재에 적합한 비유적 표현으로 팽이의 속성에 관한 미적 감각을 극대화시켰다. 때릴수록 꼿꼿해지는 팽이의 생명력, 그것은 한층 승화되어 접시꽃으로 형상화되어 이글의 완결미를 이끌어 내고 있다.

글 C는 어머니의 웃음을 소재로 그것이 주는 특별한 의미를 단수시조로 나타내었다. 다른 사람의 웃음과 어머니의 웃음은 그 속성이 다르다. 작가는 거기엔 사랑 차이가 있다고 보고 있다. 어머니의 웃음은 즐기자고 웃는 웃음이 아니고 남의 아픔을 내 것처럼 여기는 자애로운 웃음이다. 이글은 그러한 주제성을 잘 드러내기 위하여 종장에서 '호호호'라는 음악적 리듬의 시어를 선택하여 완결의 미적 가치를 추구하였다.

대부분의 고시조에서 볼 수 있는 바와 같이 이러한 완결미는 시조의 특성을 살려준다. 무슨 일이든지 뒷맛이 좋고 깨끗해야 한다. "뒷맛이 씁쓸하다"는 말을 많이 듣게 되는 경우는 완결미가 부족할 때이다. 시조의 습작에 있어서 전개시킨 시상의 완결미는 화장실에서의 깔끔한 뒤처리와 같아서 아무리 좋은 내용으로 전개되었다 해도 마무리가 깔끔하지 않으면 작품의 미적 가치는 떨어진다.

제4장 창작 기술의 심화

1. 창작의 방향 설정하기

모든 문예 창작이 그렇듯이 글을 쓰기 전에 미리 창작의 방향을 설정해야 한다. 창작물의 가치를 어디에 둘 것인가 그리고 어느 관점의 방법으로 전개해 나갈 것인가 하는 점은 작품의 색깔과 성향을 드러내는 것이기 때문에 표현과정에 있어서 그에 합당한 사고와 표현기법을 요구하게 될 것이다. 한복을 만들 것인가 양복을 만들 것인가는 사전에 결정해야 하며 방향을 결정한 후에는 거기에 알맞은 재료를 수집하고 그 제조법을 익혀야 한다.

1) 교훈적 가치와 서정적 가치

문(文)이란 무엇인가, 문은 삶의 무늬요 혼불이자 그 흔적이다. 그것은 우리 모두의 가슴팍 심연에 자리잡고 있는 표출하고 싶은 욕망의 잔잔한 숨결이요 미래지향의 나부끼는 날갯짓이다. 문학의 가치를 따질 때, 윤리적 가치와 심미적 가치, 실용적 가치와 쾌락적 가치 등 여러 견해가 있으나 필자는 크게 교훈적 가치와 서정적 가치로 대별할 수 있다고 본다.

대개 문장(文章)은 천성(天性)에서 얻어지는 것이나 작록(爵祿)은 사람이 소유하는 것이므로, 도리로 구한다면 쉽다고도 할 수 있다. 그러나 이 세상의 모든 만물에게 아름다운 것만을 독점하게 할 수는 없었으므로, 뿔이 있는 것에게는 이

(齒)를 버리게 하고, 날개가 있으면 두 다리만 있게 했으며, 이름 있는 꽃에는 열매가 없고, 채색 구름은 흩어지기 쉽게 되었으니, 사람에게 있어서도 역시 마찬가지다. 뛰어난 재예(才藝)를 주면 빛나는 공명(功名)은 주지 않게 되는 이치가 이렇기 때문이다. 그러므로 공자(孔子)·맹자(孟子)·순자(筍子)·양자(陽子)로부터 한유(韓愈)·유종원(柳宗元)·이백(李百)·두보(杜甫)에 이르는 분들은 비록 문장이나 덕예(德譽)로서는 넉넉히 천고에 치솟을 수 있을지라도 지위는 경상(卿相)에 오르지 못했으니, 장원(壯元)으로 높히 뽑히고 재상에 오를 수 있는 것은 실로 고인이 말하는 양주가학(楊州駕鶴)[1]이라 하겠으니 어찌 혼한 일이라 할 수 있겠는가.[2]

위의 글은 뛰어난 문장가 중에는 지위가 높은 이가 없다는 이유를 들어, 문장(文章)의 가치는 높은 공명이나 지위의 가치와 비교할 수 없으며 인간은 만복을 다 누릴 수는 없다는 교훈적 의미를 던져 주고 있다. 글을 쓸 때에는 위와 같이 독자에서 던져주는 특별한 의미성을 염두에 두고 써야 하는데, 시조 창작시에도 주제와 관련된 문학적 가치를 먼저 생각하여 방향을 설정하여야 한다.

A

차 한 잔 얻기 위해 / 헹구고 또 헹굽니다 //
잡다한 소문들과 / 때 묻은 소리까지 //
비워야 / 채워지기에 / 비우고 또 비웁니다.

– 정표년, 「찻잔을 씻다가」 전문

B

보랏빛 고운 미소 / 그리움 수를 놓고 //
산내음 날로 먹고 / 퉁기면 서러울 듯 //
행여나 / 그냥 가시나 / 되붙잡는 그 손길

– 이광녕, 「도라지꽃」 전문

---

1) 많은 즐거움을 함께 받고 싶어함을 비유한 말.
2) 이인로, 파한집(破閑集) 卷下 23.

글 A는 잡음 많고 오염된 인간 삶의 현장에서 소망의 끝 가지 하나를 부여잡고, 세상오욕을 말끔히 씻어내면서 마음을 비워 승리하고자 하는 심정을, 찻잔을 씻어내는 행위에 비유하여 상징적으로 표현하고 있어, 독자들에게 교훈적 가치를 제공해 주고 있다.

글 B는 작가의 서정성을 드러낸 글이다. 산길을 가면서 우연히 발견한 보랏빛 도라지꽃! 거기서 느끼는 도라지꽃의 이미지는 산내음 날로 먹고 미소 지으며 행여나 그냥 갈까 애처롭게 눈빛으로 붙잡고 있는 그리운 임의 모습이다. 이러한 글은 A와는 달리 대상에서 느끼는 서정을 글로 표현한 것으로서, 하나의 교훈보다는 서정성에 무게를 둔 작가의 창작의도가 드러나 있다.

고시조에서 정철(鄭澈)의 「訓民歌」(1580)를 비롯한 주세붕(周世鵬), 박선장(朴善長), 김상용(金尙容), 박인로(朴仁老) 등의 「오륜가(五倫歌)」는 소위 '훈민시조(訓民時調)'라 불리며 오륜(五倫)을 주축으로 한 유교윤리를 백성에게 전파하기 위해 쓰여졌다. 또한 개화기 때에는 격변하는 사회상과 이념의 변화에 따라 계몽적이며 교훈적인 내용의 시조가 많이 등장하였다.

고시조와 개화기 시조에서 훈민적 교훈성을 바탕으로 하는 글은 대체로 사대부들이거나 지식층이었다. 하지만 삶의 질이 향상되고 상하 계층의식이 무너진 현대에 와서는 교훈적 내용의 글은 어느 작가라도 그 표현이 자유스러우며, 사회가 안정되고 작가의 입지가 평안해진 시기에는 이념적 내용보다는 순수 서정성을 띤 글을 많이 쓰게 된다. 이렇게 작가들은 알게 모르게 문학의 사회상 반영이라는 문학 논리에 부응하고 있는 것이다.

교훈적인 내용을 쓸 것이냐, 서정적인 내용을 쓸 것이냐는 글의 색깔을 결정하는 대단히 중요한 방향 설정으로서 글쓰기 전에 이루어져야 할 작가의 독특한 선택이다.

2) 관점(觀點)의 설정

시를 창작하기에 앞서 또 하나 생각해야 할 일은 관점의 문제이다. 시 창작의 관점에는 모방론적 관점, 표현론적 관점, 효용론적 관점, 객관론적 관점이 있다.[3]

(1) 모방론적 관점

아리스토텔레스는 "시는 율어(律語)에 의한 모방이다"라고 하였다. '문학이란 대상의 모방(mimesis)이다'라는 관점으로, 창작된 글은 현실과 인생의 모방('반영하다', '재현하다')으로 보고 작품 속에 재현된 세계에 초점을 두는 시관을 말한다. 따라서 작품 속에 재현된 대상의 '진실성'을 문제 삼는다. 이러한 시관은 '있는 그대로의 인생'을 그려내는데 초점이 맞추어지며 자연주의나 사실주의의 핵심적 문학관이 되어 왔다. 소위 '리얼리티'를 중시하는 1970년대 민중시는 리얼리즘 시를 대표하는 철저한 모방론에 입각해 있다. 리얼리즘 시는 현실의 모양을 '있는 그대로' 모방하여 묘사하게 되므로 상당히 실감 있고 현실적이다. 그러나 이 관점은 "있는 그대로"의 '일상적 진실'이 과연 보편성과 영구성이 있는가라는 의문에 봉착하게 되어 불변의 '당위적 진실성'이 요구되기도 한다.

> 가쁜 숨 몰아쉰다, 불혹의 지친 낙타
> 눈자위 그렁그렁 모래알이 깔깔하다
> 노숙의 속울음 운다, 천만 조각 넝마 되어
>
> 가다 앉아 다리품 쉬고, 가다 앉아 하늘 보고
> 옹이 지는 뼈마디들 휘청거리는 저물녘에
> 놓친 꿈 잡을 수 없어 가로등처럼 앉아 있다.

---

3) M. H. Abrams, *The Mirror and the Lamp*(Paperback, 1958), 8~29쪽. 윤석상 · 조규일 · 조상기 · 홍성암, 『문학의 이해』, 태학사, 2005, 49~63쪽 참조.

찬바람 휩쓸고 간 거리에서 등걸잠 자다
두고 온 살붙이 떠올라 자꾸만 눈 훔치는
등 굽은 낙타 한 마리 새도록 뒤척, 뒤척인다.

– 민분이, 「서울 낙타」 전문

이 글은 모방론적 관점의 입장에서 냉혹한 현실을 재현해 내고 있다. 차가운 현실 속의 희생자인 노숙자는 타관 땅에 떨어져 나온 등 굽은 낙타다. 낯선 땅의 낙타는 두고 온 살붙이를 그리워하면서도 그 자리를 떠나지 못하고 천만 조각 넝마되어 등걸잠을 자며 휘청거리다 눈물만을 훔쳐내고 있다. 작가는 어쩔 수 없는 현실의 벽에 가로막혀 거리를 방황하는 노숙자의 처지를 등 굽은 낙타에 비유하여 현실의 풍경을 그려내고 있다.

모방론적 관점은 불변의 리얼리티는 존재할 수가 없다는 문제점이 있으나, 현실과 인생을 있는 그대로 작품에 재현하거나 반영하여 공감을 불러일으킴으로써 독자들에게 진실성과 실감을 제공해 주는 문학적 특징이 있다.

(2) 표현론적 관점

워즈워드(W. Wordsworth)는 그의 『서정시집』 서문에서 "시는 강한 감정의 자연적 발로다"라고 했으며, 셸리(P. B. Shelley)는 그의 『시의 옹호』에서 "시는 일반적 의미로 상상의 표현이다"라고 말하였다.[4] 표현론은 문학을 개성의 표현, 독창적인 표현 등으로 보고 개성과 독창성의 가치를 중요시 여긴다. 규범과 적격의 원리를 중시하는 고전주의에서는 독창성과 개성의 존중은 거리가 멀었다. 그러나 표현론에서는 작품 속에 작가의 정신세계가 얼마나 잘 표현되었는가가 비평의 기준이 된다. 모방론에서는 대상(현실)의 진실성이 가치 기준이지만, 표현론에서는 작가 자신의 독창성이

---

4) 김준오, 시론, 삼지원, 2005, 24쪽 참조.

그 기준이 되기에 상상력의 표현은 이 관점의 중심적 위치를 차지하고 있다. 표현론을 대표하는 낭만주의 문학은 지나친 개성 또는 강렬성이라는 정서의 과잉 상태에 빠져 보편성을 상실하였다는 이유로 20세기로 들어와서 흄(T. E. Hulme, 1883~1917)과 같은 형식주의자들의 비판을 받게 되었다.

> 빈 가지로 손 내미는 숲 속 길을 바라보면
> 밑둥을 덮은 낙엽 온기가 느껴온다
> 화폭을 받친 나목이 여백을 만들고서
>
> 서걱이는 겨울 아침 진한 안개 누워 있다
> 또 하루가 몸 일으켜 잿빛 하늘 걸치고서
> 눈처럼 하얀 그리움 빈 계절을 지나간다.

– 문영순, 「잿빛 하늘 걸치고」 전문

이 글은 작가의 상상력이 돋보이는 글이다. 작가의 시선은 겨울 아침 앙상한 나목이 서 있는 숲속 길에 걸쳐 있다. 그나마 나무 밑둥을 덮고 있는 낙엽에 위안을 받아 보지만, 아침을 덮고 있는 진한 안개와 잿빛 하늘은 눈처럼 하얀 그리움을 지워버리니 또 한 계절이 헛되다.

표현론은 하찮은 대상물에서 느끼는 정서라도 독창적 상상력이 가미되어 확대경으로 보듯 크고도 경이롭게 보므로 문학적 미감을 획득할 수 있다. 그러나 때론 절망, 분노, 동경, 비탄, 좌절 등 정서의 과잉상태에 빠지기 쉬운 단점도 있으므로 감정의 절제를 염두에 두고 창작에 임하여야 한다.

(3) 효용론적 관점

효용론적 관점은 교훈이나 쾌락 등 무엇인가 유익을 주어야 한다는 관점에서 출발한다. 어떤 효과를 노리는 것을 목표로 하기에 작품의 가치도 효용성 여부에 따라 가려진다. 공자(孔子)는 시경(詩經)의 시편들은 한마디로 '사무사(思無邪)'5)라고 규정하여 시의 교시적 기능에 무게를 두었는데 이는 시의 효용론적 입장을 밝힌 것이다. 일찍이 동양에서는 시를 하나의 인격수양이나 교화의 수단으로 삼아왔었다. 동양의 전통적 시관의 하나인 재도적(載道的) 문학관 즉 풍교론(風敎論)은 바로 이러한 의미를 띠고 있었다. 시대적 소명에 충실했던 개화기 시조나 현실 참여시, 노동시, 사회 순화시 등은 모두 교시적 기능을 목적으로 하는 시관과 연관이 있다.

A

연해주 밭이랑이 발에 칭칭 감기는 밤
가난한 어머니의 한 맺힌 설움 안고
낯설다 캄캄한 사막 / 내버려진 형제여

죽어도 사는 길을 뼛속 깊이 익힌 우리
가는 팔뚝 피땀으로 저 사막 꽃을 피워
새 천년 웅비의 나래 펴고 / 아사달의 맥을 잇자.

– 조성국, 「流浪의 脈을 보며」 3수 중 2, 3수

B

나와서 무릎 꿇으라 방자한 몽골 기병
튼튼한 강화산성 삼별초가 막아 내니
용감한 강화 백성들 승전고 울리었다.

문 열라 소리치며 몰려온 미불 함대
초지진 광성보서 피흘려 싸웠으니
붉게 핀 진달래 동산 향기마저 진동한다.

– 송태남, 「호국의 땅에서」 3수 중 2, 3수

---

5) 子曰"詩三百一言而蔽之曰 思無邪" (論語 爲政篇)

효용론적 관점의 시는 작가 중심의 문학관을 독자 중심으로 전환시킨다. 즉 작품이 독자에게 어떤 효용 가치가 있으며 어떤 영향을 끼칠까를 생각한다.

위의 작품에서 작가는 낯선 북녘 땅 멀리 시베리아 연해주에서 유랑하며 돌아오지 못한 채, 한 맺힌 삶을 살고 있는 동포들의 비참한 현실을 연민하면서, 독자들에게 동포애를 갖고 웅비의 나래를 펴고 민족혼을 살려 나갈 것을 간구하고 있다.

효용론적 표현은 조선시대 사대부들이 교화의 목적으로 향유하였던 유가(儒家)의 재도적 문학관처럼 독자들을 의식하며 의식의 전환을 기대한다. 그러나 순수한 예술의 자율성을 해치며 때론 이데올로기에 사로잡힐 수 있음도 유념해야 할 것이다.

(4) 객관론적 관점

객관론적 관점은 전체 내용보다는 작품의 구조와 질서에 관심을 둔다. 작가나 주제보다는 작품 자체만을 주목하며 그것이 어떤 질서에 의해 조직되었는가를 발견하려고 하며, 작품 속에서 가치를 찾으려고 한다. 영미의 신비평(New Criticism), 러시아 형식주의, 프랑스 구조주의 최근의 기호학파 등과 연관되어 있다.

우리의 시조를 객관론적 관점으로 분석해 보려면 아무래도 시조의 형식, 언어 조직, 운율, 비유, 문체 등이 될 것이다.

건호는 날 좋아한다
건호는 날 사랑한다

진짜인지 어쩐지
그거야 잘 모르겠지만,

혼날 일 생기면 얼른
날 존경한다고 우긴다.

– 신양란, 「건호는 날 사랑한다」 전문

위의 작품은 '웃는 얼굴에 침 못 뱉는다'는 해학성이 깃든 단수시조다. 서정적 자아와 대상은 격의 없는 관계이지만 대상은 때론 응석어린 언행으로 밉지 않게 다가와 서정적 자아의 노기를 무너뜨린다. 이 글은 생활 주변에서 얻어낸 평이한 소재를 일상적 용어를 사용하여 재치 있게 시상을 전개해 나간 시조이다. 이글을 객관론자들의 구조론적 입장에서 분석해보자.

문장 구조로 보면, 초장이 두 문장, 중·종장은 종속절을 안고 있으므로 한 문장이어서 전체 세 문장으로 구성되어 있다. 먼저 시조의 형식이나 리듬감을 점검해 보자. 초장의 2문장은 반복적 기교를 사용하여 리듬감을 살리면서 도입부로서의 호기심 유발 효과의 기능을 다하였다. 중장(제2연)의 리듬감도 큰 문제는 없으나 '어쩐지'라는 음보는 소음수(3자)이고 앞의 음보('진짜인지')와 댓구를 못 이루어 다소 불안정한 구조라고 볼 수 있다. 따라서 앞의 '진짜인지'와 댓구를 이루도록 '어쩐지'를 '가짜인지'로 바꿔 주고, '모르겠지만'도 구태어 5음수를 취할 필요가 없으므로 '모르지만'으로 바꿔 주면 4·4조의 리듬도 자연스럽고 의미도 살아나리라 본다. 종장의 '날 존경한다고'도 끝 어미 '~고'를 생략하고 '날 존경한다'라고 해도 큰 무리는 없으리라 본다.

또 중심 시어의 배치 구도를 살펴보자. 본문에서는 대상이 서정적 자아에게 던져주는 심리적 멧세지의 이동은 '좋아한다' → '사랑한다' → '존경한다'의 전개 구도를 보이고 있다. 그런데 이것을 시상 전개의 점층 심리 상태에 따라 '존경한다' → '좋아한다' → '사랑한다'의 구도('사랑한다'를 강조)로 전환해 놓으면 깜찍함에서 우러나오는 해학적 미감이 한층 더해지리라 본다. '사랑한다'는데 주먹 쥐며 눈을 부릅뜰 사람이 누가 있겠는가? 더구나 이 글의 제목이 '건호는 날 사랑한다'임에랴.

객관론자들은 작품을 유기적 조직으로 보고 언어의 집적(集積) 방식이
나 질서를 분석하기 위해 정밀한 언어 분석을 하며 하나하나의 낱말이 전
체적으로 어떤 조화를 이루어 나가는가를 따진다. 현대시조를 창작하는
작가들은 이러한 점을 염두에 두고 작품 자체의 구조와 언어 질서에 관심
을 기울여야 할 것이다.

2. 시조 형식의 선택과 창작

시조의 형식을 논하려 할 때 얼핏 고시조를 떠올리면 그 양태가 간단한
것 같다. 그러나 현대시조의 모습은 단수형에서만도 수많은 유형의 작품
이 나올 수 있다. 이러한 점은 고시조와의 외형상 커다란 차이점이며 또
한 그 내용에도 크게 영향을 주는 요인이 된다.

현대시조는 작가의 개성이나 취향, 그리고 사회 변화에 따라서 다양한
특성을 갖는 형태로 나타난다. 다면화된 계층이 다양한 모습으로 복잡다
단하게 삶을 영위하는 현대 사회에서 현대시조는 다양한 체험을 소재로
다루기 때문에 그 형식에 있어서도 고시조보다는 다양할 수밖에 없다. 따
라서 현대시조 작가는 이러한 다변화에 적응하면서 발전적 방향을 모색
해야 하기 때문에 그것을 수용할 수 있는 형식적 장치의 선택은 가장 중
요한 선결 문제로 떠오르게 된다. 새로운 미적 변용의 가능성은 보다 실
증적이고 현실적인 연구 결과를 바탕으로 모색해 내야 한다. 그렇게 함으
로써 올바른 창작을 할 수 있고 잘못된 시조문학의 현주소도 바로잡을 수
가 있다.

형식의 선택은 집을 지을 때 제일 먼저 요구되는 설계도와 같이 가장
중요한 선결 문제이다. 한옥을 지을 것이냐 양옥을 지을 것이냐 한옥을
지으면 몇 칸으로 할 것이냐는 작품의 커다란 방향을 결정하는 중요한 일
인 것이다.

여기서는 앞의 "현대시조의 창작 형태 분석표"를 바탕으로 다양한 형식에 따른 현대시조의 미적 변용의 가능성을 살펴보고, 선택을 위한 안내 역할을 해 줌으로써 창작자의 선택 방향 결정에 도움을 주고자 한다. 먼저 평시조의 형식과 창작에 대해서 알아보자.

1) 평시조의 형식 선택과 창작

① 3장 미학의 전형적 기본형인 3장 3행형

주지하는 바와 같이 개화기 이후, '노래하는 시'에서 '읽는 시'로까지 방향을 전환하여 변모해 온 시조시는 활자 매체를 통한 양식적 모형을 형성해 오면서 다른 장르와의 문학적 경쟁 속에서 지금까지 지속해 왔다. 그런 가운데 개화기 이후 고시조의 정형적 틀을 유지해 오던 시조 문학은 근 한 세기를 넘어오는 동안, 존폐의 위기에도 처했었지만 시조를 사랑하는 작가들에 의하여 면면히 이어져 내려오면서 적지 않은 양식적 변화 내지 진화를 거쳐 왔다. 고시조형의 전통적인 3장 3행 형태가 현대시조에 와선 그 창작 빈도가 약 31%에 불과하다는 것은 이를 말해 주고 있다.

3장 3행형은 고시조의 형태를 그대로 이어받은 전형으로서 기본형과도 같다. 필자의 분석에 의하면, 『현대시조 100인선』에 나타난 현대시조 모색기의 작가 이병기, 안자산, 정인보는 사설시조(이병기 3수)를 제외하면 전부 이 형식만을 선호하여 작품을 창작하였다. 이 형식은 고시조형의 답습이라는 평을 듣기도 하나, 초·중·종장 각 장을 각 4음보씩 3행으로 배열함으로써 3단 구성에 의한 통사·의미적 구조가 선명하게 드러나 낭독자의 공감대 형성이나 이해력 확보에 유리하다. 단시조의 경우보다는 연작형의 경우에 더 이 형식을 선호하는 이유는 일목요연하게 작품의 주제 파악을 하도록 돕기 위한 시각적 고려와, 한 수의 작품이 길어지는 것에 대한 지면의 절제 효과 등을 위해서이다.

A

공든 도배 해 바뀌니 어느덧 퇴색하다
족자를 들춘 자리 문득 파란 고 빛깔!
어쩌면 접어둔 마음 나와 나의 해후여.

– 이상범, 「족자를 들추다가」 전문

B

참새도 허수아빌 안 무서워 한다는데

망상(妄想)의 그림자가 무서운 반편 사람

뜨락의 달빛을 찾아 심산유곡 헤맨다.

– 김일연, 「허수아비」 전문

C

바람이 서늘도 하여 뜰 앞에 나섰더니
서산(西山) 머리에 하늘은 구름을 벗어나고
산뜻한 초사흘 달이 별과 함께 나오더라

달은 넘어가고 별만 서로 반짝인다
저 별은 뉘 별이며 내 별 또한 어느 게오
잠자코 호올로 서서 별을 헤어 보노라.

– 이병기, 「별」 전문

A는 단시조이다. 초·중·종 3장으로 주제 의식을 충분히 드러내었다. 세속적인 자아가 우연히 족자를 들추다가 때 묻지 않은 자아 본연의 내면 실체를 발견하고 겉사람과 속사람의 거리감을 인식하면서, 순수한 자아의 모습을 동경하며 그에 회귀하고자 하는 서정적 심리를 우회적 수법으로 잘 나타내었다. 전제로 내세운 초장은 起, 발견의 기쁨을 담아낸 중장은 敍, 표층적 자아와 내면적 자아와의 해후의 감격을 나타낸 종장은 結, 이렇게 간명하게 축조된 3단 구성이다. 이렇게 의미가 심장(深長)한 경우

에도 3장 단수로 압축하여 시상을 잘 드러낼 수 있다는 것은 균제미와 절제미라는 시조문학의 독특한 특성에서 비롯되었다고 보아야 할 것이다.

B는 3장 3행형의 시조를 각 장별로 거리를 두어 3연으로 배행한 형태이다. 요즘 허수아비의 예를 들어, 인심 사납고 허황된 현실 세계에 적응하기 어려운 현대인의 방황 심리를 간명하게 드러내었다. 3연 배행을 한 것은 각 장별로 무게를 두어 그 의미의 독립성을 확보하기 위해서라고 판단된다.

C는 3장 3행으로 이루어진 연시조이다. 1연에서 나온 중심 소재인 '별'은 시상의 전개상 2연을 필요로 한다. 그러기 때문에 단시조로 끝내지 못하고 연시조형으로 창작해 내야 한다. 이러한 경우에 각 연은 각 연 나름대로 독립성을 지니고 있으면서, 연과 연 사이에는 유기적 관계로 이어져 있어야 한다. 이 시조에서 1연에서는 '반가움'이 2연에서는 그로 인한 '외로움'이 서로 인과적 관계를 이루면서 서정적인 연계 고리를 형성하고 있다.

현대시조 총 7,240편에서 3장 3행형이 2,241편(약 31%)으로서 가장 많은 창작빈도를 차지하고 있다. 이것은 아직까지도 시조 문학에서는 전통적인 3장 3행이 무난하며, 시조 창작에 적합한 형식이라고 인식되고 있음을 입증해 주는 것이라고 볼 수 있다. 다음 글을 보자.

A

올해는
단풍이 유난히 더 곱구나
팔순의 아버지가 노을처럼 말했을 때

아버지,
해마다
저 정돈 되어요.
하지 말걸!
그 말을……

어둠처럼 따라온
검불 같은 말들이

자꾸만 삐져나와 고개를 쳐들 때면
……

아버지
해마다
저 정돈 되지요

하지 말걸! 그랬다.

– 채정미, 「후회」 전문

위의 글은 아버지 앞에서 경솔하게 한 말에 대하여 후회스러운 심정을
나타낸 글이다. 이 글은 시조집에 실려 있으므로 분명히 시조로 쓴 것이
다. 그러나 이 글이 시조라고 인지할 사람이 몇이나 될까? 이 글의 배행으
로 보아 이글은 자유시형에 가깝다. 이 글을 다음과 같이 재구성해 보자.

A−1

올해는 단풍이 유난히 더 곱구나
팔순의 아버지가 노을처럼 말했을 때
아버지, "해마다 저 정돈 되어요" 하지 말 걸 그 말을

어둠처럼 따라온 검불 같은 말들이
자꾸만 삐져나와 고개를 쳐들 때면……
아버지, "해마다 저 정돈 되지요" 하지 말 걸 그랬다.

글 A가 자유시형에 가깝다는 인식은 글 A에 적용된 배행과 관련이 있
다. 글 A를 A−1과 같이 재구성했을 때, 종장의 제2음보가 과음수(9자)[6]
가 되어 율격상 빠른 걸음으로 읽어야 하는 면은 있지만 전환기능을 가진

종장 첫구이기에 큰 무리는 없으며, 이 글이 시조로 분명히 쓰인 것임을 알 수 있다.

시조는 시조로서의 형식과 품격을 지녀야 된다. 작가의 개성이나 현대적 감각을 살린다 하여 시행의 배열이나 시어의 배치를 함부로 하면 시조의 아름다운 모습은 야금야금 손상되고 말 것이다. 이런 의미에서 전통적 형식인 3장 3행 배열은 대단히 중요한 의미를 지니고 있다.

② 어느 한 장에 더 무게를 두는 3장 4행형

3장 4행 배열은 전체 『현대시조 100인선』 작품 중 그 창작이 5.5%에 불과한 습작 실태를 보였다. 이 배열은 단순한 3행식 배열을 벗어나 어느 한 장을 2열로 배행함으로써 2열 배행한 행에 대해 무게를 더 두고자 하는 작가의 의도 때문이다. 2열 배행의 장은 3장 중 어느 한 장이라도 가능하나 주로 초장이나 종장에서 2행으로 배열하였다.

A

처라, 가혹한 매여 무지개가 보일 때까지
꼿꼿이 서서 너를 증언 하리라
무수한 고통을 건너
피어나는 접시꽃 하나

— 이우걸, 「팽이」 전문

B

내 눈물 땅에 묻고
돌아서는 이 길목
은은히 들려 오는 우렁찬 저 종소리
에밀레, 종 치는 나무여 네 울음에 발이 묶인다.

— 김정희, 「망월동 백일홍」 전 3수 중 제3수

---

6) 필자는 현대 시조에서 한 음보의 한계 수치를 9자까지 보고 있다.

C

밖에서 노는 아이들의 구슬 같은 목소리
천상에서 내려와 은가루를 깔고 있다.
목소리
그 환한 들레가 이 아침 열며 간다.

새들도 가지에 앉아 아이들과 짝이 되어
먼 숲 속 이슬 같은 방울소리 흔들고
햇살은
내 방에 와서 뜨개질이 한창이다.

– 김원각, 「일요일」 전 5수 중 1, 2수

  A는 종장을 2열로 배열하였다. 종장을 2열로 배열한 이유는 도달할 수 없는 이상의 세계(무지개)를 추구하고 있지만, 그것보다는 인간의 무수한 고통을 감내하고 각고의 노력으로 얻어낸 소박한 성취감('접시꽃')이 더 값지고 소중하기 때문이리라. 그래서 종장의 첫 구 '무수한 고통을 건너'를 행갈이하면서 휴지(休止)를 길게 두어 무게를 실리고, 다음으로 고통의 값진 결실 '접시꽃 하나'로 종결을 지음으로써 시상 완결의 극대화를 달성하고 있다. 고통을 통해 이상을 바라보는 작가의 심미안이 잘 드러나 있는 것은 4열 배행이라는 특이한 구성이 한 몫을 한 셈이다.

  B는 상당히 상징성이 짙다. 광주 민주화의 참상을 객관적 상관물인 '백일홍'을 들어 핏빛 항쟁이었다는 이미지를 부각시키고, 그 소중한 희생적 울림의 가치를 영원히 꺼지지 않는 영혼의 소리와 함께 에밀레 종소리에 비유하였다. 이 시조는 초장을 2열로 배행하여 '눈물'과 '길목'에 서정적 자아의 심각성과 무게를 실리면서, 중장과 종장은 본래대로 배행하여 격정적인 감정의 연속성을 살려 내었다.

  C는 2수로 이루어진 연시조로서 햇살 비치는 일요일 아침의 정경을 묘사한 글이다. 이 글의 배행은 종장의 첫 음보(3자)만을 특별히 한 행으로

처리하였다. 이러한 배행을 한 이유는 종장의 전환 기능을 강조하고자 하는데 있다고 본다. 고시조에서 종장의 첫 음보를 3음절로 잡고 긴장미 조성의 전환 기능을 부여했던 점을 상기하면 이 작품에서도 작가의 의도를 짐작할 수 있다.

이 배열은 3장 중 어느 한 장을 특히 무게를 두어 부각시키려 할 때 이용하기에 적합하다.

③ 주로 종장을 분행하여 강조하는 3장 5행형

3장 5행 배열은 어느 두 장을 2행 배열한 경우도 있지만, 주로 종장을 3행 배열한 경우가 대부분이다. 이러한 형태는 많지는 않아 조사 대상 전체 중 2.7%에 불과하다. 이 형태는 3행 3장의 단조로움을 탈피하고 3행 배열한 장(주로 종장)의 의미 내용과 휴지를 강조하면서 무게를 둘 때에 주로 사용한다.

A

해가 지는 곳이 밤의 배꼽이다
어둠을 낳기 위해 태양을 지우는
죽음을
죽음답게 하는
배꼽의 힘이여

– 이달균, 「밤의 배꼽」 전문

B

내 요람의 들숲에서 노을 젓던 요령 소리…

이름 모를 겨울 새들 눈 맑히는 천지간에

오늘도

기인 여울을 헤며
산이 하나 솟아라

― 송선영, 「서언(序言)」―무등산에 부침, 전문

C

시간을 녹이는
풀벌레 울음 소리

가을 저녁 풀숲 아래로 몇 날 며칠 동안

시간이 녹아 흐르는
물소리가 가득하다

― 이정환, 「풀벌레 소리」 전문

A와 B는 초·중장은 각각 1행으로 하고 종장의 초구는 음보별로, 종구는 그대로 배열한 형태이다. A는 일몰처를 밤의 배꼽에 비유하고, 밤의 배꼽에서 비롯되는 어둠의 도래는 긍정적 의미를 부여하여 오히려 새로운 세계가 전개되는 계기임을 강조하고 있다. 글 B에서는 '요람'과 '산'이 키워드일 것이다. 지금도 무등산은 오랜 고난의 역사를 헤쳐 나가며 밝은 소망의 빛을 뿜어내주는 꺼지지 않는 '산'이다. 화자는 어릴 적 애환이 서려 있는 요람인 고향 무등산을 잊지 못하고 있으면서, 지금도 늘 자신의 삶의 위안처요 표상으로 자리 잡고 있음을 노래하고 있다.

A와 B의 배열을 보면 초·중·종장 각 행별로는 그 형태가 같다. 그러나 B의 경우는 각 장별로 독립적 의미에 무게를 두기 위하여 행간 거리를 두고 3연으로 배열하였다는 점이 다르다.

반면에, C는 풀벌레 울음 소리를 시간을 녹이는 소리라고 비유하고 또 물소리는 그 시간이 녹아 흐르는 소리라고 하여 의미 깊은 시상을 전개하였다. 그런데 그 배행이 위의 A, B와는 색다르다. 초·종장은 구별 배행을 하고 중장만은 장 배열을 하였다. 이러한 배열은 풀벌레 소리와 물소리의 흘러가는 리듬감과 연관된 배치 구도로서, 초·종장은 구별 배행으로 무게의 연속성과 리듬감을 살리고, 시간과 공간의 배경만을 설명한 중장은 그대로 한 행으로 평상 배열을 하여, 미적 감각을 살리고자 한 작가의 미의식을 간파할 수가 있다.

④ 구별 의미와 반복적 리듬감을 즐기는 3장 6행형

이 형태는 초·중·종 각 장을 2행씩 배열하여 3장 6행으로 이루어진 작품이 대부분이다. 전체 중에 20.7%를 차지하여 3장 3행 다음으로 많아서 전체 5분의 1을 상회하였다. 이와 같은 창작 양상을 보이는 것은 현대시조 시인들이 3장 3행 다음으로 가장 선호하고 있는 시조 형식이라고 하는 것을 입증해 준다.

필자가 조사한 바에 의하면, 『현대시조 100인선』에 나타난 최남선의 작품 37수는 전부 3장 6행형이다. 이것은 특기할 만한 사실로 최남선 시조문학의 개신적 성격을 간접적으로 알 수 있는 것이며, 개화기 이후 일찍이 3장 6행형이 현대적 창작 모델로 제시되고 있었음을 알 수 있다.

<table>
<tr><td>

A

찌는 듯 무더운 날이　(1구)
길기도 무던 길다　(2구)

고냥 앉은 채로　(3구)
으긋이 배겨 보자　(4구)

끝내는 제가 못 견디어 (5구)
그만 지고 마누나　(6구)

－ 조운, 「덥고 긴 날」 전문
('구' 표시는 필자)

</td><td>

A－1

찌는 듯 무더운
날이 길기도
무던 길다

고냥
앉은 채로 으긋이
배겨보자

끝내는
제가 못 견디어 그만
지고 마누나.

</td></tr>
</table>

B

가뭄 타는 숲에 들어
실바람도 겨운 내가
너희 곁에서 덤인 양
생수(生水)를 받는구나
생금빛 햇살 뿌리며
날아오르는 새들아

— 진복희, 「겨울교실」· 1 전문

C

황량한 바람은 어디서 불어 오는가.

뼈끝이 아리도록
이 밤 나는 몹시 춥다.

빈 집을
채우지 못한 말이
무한 허공에 펄럭인다.

— 정해송, 「빈 집」 전문

　3장 6행형, 특히 구별 배행의 시조는 구별 의미와 반복적 리듬감을 되살리면서 안정감을 불러일으키고자 할 때 주로 사용된다. 3장 6행 배열은 위의 A, B와 같이 한 장을 2행으로 구별 배행한 형태가 대체로 많다. 위의 A형은 각 장마다 휴지를 일정하게 두는 형이고, B형은 각 장의 끝마다 휴지를 두지 않고 연속해서 이어나가는 방식이다. 그런가 하면 C처럼 작가의 미적 감각에 따라 다양하게 배열하는 수도 있다.

　A는 한여름 무더위를 견뎌내는 서정적 자아의 모습을 3장 6행으로 절묘하게 표현한 단시조이다. 6행 배열로 3행 배열의 단순성을 벗어나 시상 전개에서 감각적 상승 효과를 맛볼 수 있으며, 낭독시 휴지 간격의 동일감으로 인해 반복 간에 운율감이 일정하고 안정감을 보여준다. B는 후학

들에게서 받는 생동적 감정을 각 장의 끝에 휴지없이 이어서 시상을 전개시킨 단수 시조이다. 시인의 감정과 호흡이 A보다는 빠르며 연속적 전개 흐름을 표출할 때 유용한 모형이다.

C의 작가는 역사적인 현실을 자신의 상상력을 동원하여 역동적인 이미지로 환치시켜서 묘사해 내고 있다. 진실의 곳간을 채울 언로는 황량한 바람 때문에 들지 못하고 허공에서 펄럭이기만 한다. 이 작품은 초장을 제시어로 내세우기 위해 1행으로 하고, 중장은 구별 배행으로 리듬감을 주며, 종장은 무게를 두어 초구를 분리하였다. 이러한 배열은 작가의 미적 감각을 독특하게 나타내기 위한 의도적 배려이다.

여기서 A와 A-1을 비교해 보자. A는 구별 배행을 한 것이고, A-1은 구별 배행이 아니고 12음보의 배치를 임의로 한 것이다. 시조의 짜임은 하나의 구가 최소한의 통사적 온전성을 요구한다. 이것은 글 A와 같이 하나의 구는 앞뒤 음보가 짝을 이루어 구 나름대로 하나의 의미 단위를 갖는다는 뜻이다. 그러나 A를 A-1과 같이 배열했을 때, 음보와 음보 사이의 의미·통사적 짜임에 문제가 발생한다. '무더운' 이라는 음보는 '날이'라는 음보로 이어져야 하고, '길기도'라는 음보는 뒤에 오는 '무던 길다'라는 말을 어느 정도 제약하게 되면서 구속력과 긴장관계를 유지해야 되는데, A-1의 경우처럼 '찌는 듯 무더운 / 날이 길기도' 처럼 배열하면 '길기도'라는 음보가 앞 구에 올라가 붙어 있어 뒤에 오는 '무던 길다'라는 말을 끌어당기지 못하여 의미 단위의 구조가 깨어지고 앞뒤 음보간의 구속력과 긴장미도 상실된다. A-1에서 이러한 잘못된 배열은 '으긋이'와 '그만 지고'도 마찬가지다.

음보율은 앞 음보와 뒤 음보 사이의 구속력과 긴장 관계가 성립되었을 때 더욱 뚜렷해지는 것이다. 이러한 관계 때문에 우리의 시조는 한 장이 불안정한 3음보를 벗어나 짝수로 이루어진 두 개의 구 즉 4음보가 적합했던 것이며, 아울러 반복의 리듬적 효과도 함께 갖추게 되었다고 본다.

시조의 형식 미학 속에는 문장 성분과 성분 사이의 긴장을 형성하는 통사적 율격 원리가 숨겨져 있다. 우리 시조는 3장 6구로 이루어져 있다. 이때 6구라 함은 6개의 의미 단위를 말하는 것으로서 통사적 의미 관계의 짜임을 말하는 것이다.

형식은 내용을 규제하고 구속력을 갖게 된다. 정형시인 시조에서는 그래서 형식이 더 강조되고 있다. 현대시조 시인들이 실험적 창작이라는 명목으로 무분별한 시행의 변형을 시도하는 것은 크게 우려할 만한 일이다. 현대시조의 형식 실험을 시조의 발전적 모색을 위한 필수 조건이라 하더라도 시조미학의 원리를 망각하고 위의 A-1과 같이 구의 운용을 아무 의미 없이 시행한다면 시조의 미적 가치를 훼손시킴은 물론 시조문학의 발전도 기대할 수가 없을 것이다.

⑤ 구별 배행의 변화를 보인 3장 7행형

3장7행은 아래 A와 같이 주로 두 장은 구별로 2행씩, 어느 한 장(주로 종장)은 3행으로 배열한 형태가 제일 많다. 그러나 3장 7행 배열에 있어서 현대시조에서는 아래 B와 같이 다양한 배열로 창의적 구성 형태를 발휘하는 작가들이 많다. 이 형식은 혼합적 형태를 제외하면 전체 작품 중 세 번째(8.8%)로 작가들이 선호하고 많이 습작하는 형태이다.

A

눈 오고 개인 볕이
터지거라 비친 창에

落水물 떨어지는
그림자 지나가고
와지끈
고드름 지는 소리
가끔 맘을 설레네

— 조운, 「雪晴」 전문

B

시월엔 나무가 되랴
그 성그는 숲으로 가랴

물빛 하늘 우러러
낙엽을 준비하고

노을에 산창을 열고
저녁불도
지피랴.

– 고정국, 「시월에」 전문

C

춥다!
모국어는 안에서나 밖에서나

오순도순,
아기자기,
도란도란,
옹기종기

철없이 오는 겨울비에 저들마저 춥다.

– 김영수, 「모국어는 춥다」 전문

A는 가장 일반적인 3장 7행형이다. 눈 온 뒤 쏟아지는 따스한 햇볕을 받으며 녹아 떨어지는 고드름 소리가 고요와 적막을 깨치고 마음을 설레게 하며 정중동(靜中動)의 미적 감각이 가슴에 와 닿는다. 위의 글을 초·중·종장을 휴지 없이 붙여쓰거나 종장을 3행으로 배치하지 않고 1행 또는 2행으로 배치했으면 그만큼 놀람과 설렘의 정서는 훨씬 반감되었을 것이다.

B는 시월을 맞이한 계절적 정서를 7행으로 써 나간 단수 시조이다. 이 작가의 창작상의 형태적 특징은, 이 시의 끝 두 음보 '저녁불도', '지피랴'

에서 보는 바와 같이 남다르게 종장의 말구를 음보별로 배행했다는 점이
다. 이러한 구조는 이 시인의 많은 시에서 발견할 수가 있는데, 종장 말구
를 음보별로 배행함으로써 주의를 환기시키고 완결미와 강조의 의미를
두고자 함에 그 의도가 있다고 짐작된다.

C는 3연 7행이되 독특한 구조를 지닌 경우다. 초장에서 '춥다' 한 음보
만 독립시킨 것은 모국어의 냉대('춥다')를 강조하기 위함이다. 중장을 음
보별 4행 배치한 것은 우리말의 아름다움을 또박또박 제시하고 명시하기
위함이다. 정겹고 따스한 우리말이 내외적으로 냉혹하게 밀려드는 외풍
에 밀려나 멸시당하는 현실을 적절한 시상의 배치로 효과를 보고 있는 좋
은 예이다.

현대시조는 창사 위주가 아니고 '읽는 시', '보는 시'이다. 따라서 시각
적 감각적 요소가 가미되어 시행이나 구음보 등의 다양한 배행으로 작가
의 개성을 마음껏 살려내고 있다. 이와 같이 현대시조 시인들은 다양한
시행의 배열로 창의성을 발휘하고 시상의 전달효과와 미적 감각을 극대
화시키고 있다.

⑥ 기타 다양한 형태의 평시조들
㉠ 3장 8행형
이 형태는 3장 중 어느 한 장은 2행으로 나머지 2장은 3행으로 배치한
경우가 많다. 시상의 행 분산 배치에 있어서 어느 부분은 음보별로 하고
어느 부분은 구별로 배치하는 등 시상 전개의 필요와 상황에 따라서 적절
히 조절하여 배치한 형식이다.

A

밥 대신 콩국이랑
죽으로 사는 날들

껍질 가려
율무 갈아
손이 많이 따로 가고

죽술에
기운이 나니
당신 맘이 힘이지.

– 고원, 「양식」 전문

B

백여우 날 듯한 숲 속
호수의 물결이다
세모시 적삼 안
여인의 분살이다
가지 새
지줄대는 새소리
운을 밟는
축가다

– 최승범, 「녹음 아래서」, 전 2수 중 첫째 수

C

지금은 어디 있을까 어린 날의
맑은 눈빛
바람도
숨을 죽인
청람빛 그리메에
물보다 맑은 하루가
구름처럼
지나가는 곳.

– 김복근, 「고향」 전문

A는 초장을 2행으로, 나머지 두 장을 3행씩으로 배치한 경우이다. 궁핍한 시절 밥 대신 정성과 사랑으로 허기진 배를 채우던 훈훈한 사랑의 손길이 현대인의 딱딱한 가슴을 녹인다. 중장과 종장을 3행으로 배열해 초장에서 일어나 제시된 선경(先景)을 후정(後情)으로 강화시키고 있다. 장 별로 띄어서 휴지를 두었으나 휴지를 두지 않고 붙여 쓰는 경우도 있다. B는 3장 8행형으로 장 간의 휴지를 두지 않고 쓴 연시조의 첫째 수로서, 숲속 녹음 아래의 신비롭고 조화로운 정경을 비유적 기교로 묘사한 글이다. 연시조는 한 수 가지고는 시상의 온전한 전달이 부족하다고 판단될 때에 연가름을 실행하여 더 이어서 쓰는 방법이다.

C는 어릴 적 고향의 모습을 그리워하는 향수를 드러낸 글로 독특한 시행의 배열을 하고 있다. 초·중장을 한데 묶고 종장만을 따로 배열하였다. 이렇게 배열한 것은 특별히 종장의 의미를 강조하기 위한 배려라고 생각된다.

100인선 작가 중, 3장 8행 배열을 가장 많이 선호한 이는 최승범 시인이다. 그는 작품집에 실려 있는 전체 65 수 중 무려 46수를 이 형태로 발표하였다. 현대시조 개척기인 50년대에 등단한 시인으로서 이렇게 새로운 형태의 습작 기록을 남겼다는 것은 시인의 현대시조의 양식적 개방에 대한 혁신적이며 미학적 개척 의지가 상당히 강했다는 것을 입증해주는 결과라고 볼 수 있다.

ⓛ 3장 9~11행형

이 형태는 전체 7,240편수 중 429편수를 차지하여 5.9%의 습작 기록을 남겼다. 이 형태는 3章 전체를 음보별 배행한 형태(12음보: 12행)까지는 미치지 못하고, 3장에 걸쳐 9행부터 11행까지 자유로운 형태로 변용하여 습작한 시조형이다.

본고에서는 이 유형의 각 작품마다 음수와 음보와 구와 장이 서로 자유롭게 넘나들며 9행에서 11행까지 시행을 이루었기에 매우 다양하고 혼잡한 양상을 띠고 있으므로 따로따로 떼어서 분석하는 것이 큰 의미가 없다고 판단되어 통합적으로 진단하였다.

A

상머리 / 돌아온 달무리 / 시정은 까마아득하다 //
어떤 기교 / 어떤 품위도 / 아예 가까이 오지 말라 //
저 적막 / 범할 수 없어 / 꽃도 차마 못 꽂는다.

– 김상옥, 「백자(白瓷)」 전문

B

지각 끝에 / 두 손 들고 복도에서 벌을 서던 //
내 몸에 꽃망울이 / 생길 듯 말듯 그럴 때 //
난감한, / 일제히 쏟아지던 / 여학생들의 / 눈, / 눈, / 눈.

– 김영수, 「3월의 눈」 전문

C

겨울 / 오포(午砲)소리 / 적막 산천 무너지는 //
외진 밤을 / 흐느끼던 / 풀잎 몇몇 / 바라는 쪽에 //
흰옷의 / 나그네가 숨는 / 거룻배야, / 사랑아.

– 송선영, 「낮달」 전문

* ' / '표는 행 바꿈표, ' // '표는 연 바꿈표임7)

A는 3장 9행으로 이루어진 단시조이다. 작가는 각 장별로 전구는 2열로 후구는 1열로 독특하게 배치하였다. 이 글에서 '백자'의 이미지는 '상머리 돌아온 달무리'로 형상화되고 있으면서 함부로 범접할 수 없는 지고지순의 적막한 대상물로 묘사되고 있다. 그래서 오히려 거리감과 경외감으로까지 인식의 전환을 이끌어가면서 적막을 강조하고 있다. 이러한 배열은 각 장의 독립성을 동일한 구조를 통해 명실히 보여주면서 반복적,

---

7) 본고에서 편의상, ' / ' 표는 행 바꿈표, ' // ' 표는 연 바꿈표로 쓰였다.

점층적 시상 효과를 불러일으킬 수 있다.

B는 초·중·장을 2행씩, 종장은 6행으로 배열하여 단수로서 전체 10행을 이루고 있다. 특히 종장의 행이 길어진 것은 '눈'의 반복 때문이다. 마음 설레는 새학기를 맞아 여학생들 앞에서 부끄러워하는 남학생의 순수함을 실감 있게 형상화하였다. 이 글에서 인상적인 포인트로 각인시켜 주는 함축적 시어는 '눈'인데 남의 시선을 의미하고 있지만, 횡이 아닌 종으로 글자를 나열함으로써 함박눈처럼 쏟아져내리는 눈의 시각적 효과를 더불어 나타내고 있다.

C는 3장 11행으로 구성된 시조다. 초장의 3, 4음보만을 제외하고 각 음보를 한 행으로 배열한 형태이다. 이렇게 배열을 한 작가의 의도는 각 음보별로 끊어 쉼을 둠으로써 사색의 무게를 깊이 두고 음보별 의미를 더 강화하기 위한 뜻으로 보인다. '흰옷의 나그네가 숨는 거룻배'는 낮달을 비유한 것이며 그것은 부유하는 화자의 도피처일 수도 있다. 갈등 해소의 경지에 이르지 못한 현실적 고뇌는 낮달이라는 매개적 상관물을 통하여 감정의 전이를 꾀하고 있다. 이 작품은 평면적인 현실 소묘가 아니라 공간적 구조에 자아의 실체를 걸어놓고 바라는 바를 향해 흐느끼듯 절규하고 있어 상징성이 강하다.

ⓒ 주로 음보별 배행인 3장 12행형

3장 12행 배열은 조사 대상작품 중 1.8%를 차지하여 극히 일부분에 불과하였다. 그러나 이러한 배행을 하게 된 데에는 특별한 의미가 있다.

A

어둠의 / 긴 세월을 / 보상받지 / 못한다면 //
지상의 / 나날이 / 순금의 / 나날일지라도 //
이 울음 / 그치지 않으리 / 시위는 / 계속되리

― 이해완, 「메미」 전문

B

내 안으로 / 갇힌 파도 // 텅 빈 / 불의 몸살 //
죽어야 / 다시 사는 / 아픔의 / 저린 혼적 //
천리 밖 / 울음을 더해 // 눈이 부신 / 저 포효

– 정공량, 「동백」 전문

C

삶의 / 흔적은 때로 / 바늘로 / 꽂혀진다 //
시퍼런 심장은 / 오아시스를 / 꿈꾸는데 //
손톱 끝 / 용광로 끓어 / 화들짝 / 솟는 / 불꽃

–박옥위, 「선인장」 전문
* /표는 행, //표는 연 바꿈표임

A, B, C는 3장 12행으로 구성된 현대시조들이다. 그런데 A와 B는 각 행을 음보별로 배행한 형태이고, C는 불규칙한 모습을 보인 형태이다. 형태상 A와 B의 차이점은 A는 각 장 별로 연 가름을 하였고, B는 초장의 1, 2구와 종장의 5, 6구도 중장과는 달리 연으로 갈라 구분해 놓았다. C는 중장의 초구만을 음보별로 행 가름을 아니하고 그 대신 종장 말구의 끝 음보를 어절로 행 가름하여 독특한 구조를 보였다.

위의 세 가지 형태는 각기 다른 미적 감각을 드러내고 있다. 매미의 원성(怨聲)을 민초들의 원성으로 연상시킬 수 있는 A는 연상과 관련하여 각 음보별로 균형 잡힌 시상의 배열을 도모하여 안정감을 주고 있다. 반면에 글 B의 구조는 '동백'이라는 시적 대상의 이미지와 부합되는 것으로서, '불의 몸살'을 앓고 오랜 아픔의 세월 끝에 터져나오는 화자 내면 세계의 아픔의 혼적과도 연관된다. '동백' 같은 아픔의 혼적 즉 눈부신 포효는 하루아침에 이루어진 것이 아니라, 오랜 세월 동안 부딪치고 몸살을 앓고 그리고 피나는 울음의 연단을 동반해야 하는 것이다. 그렇기 때문에 이 글의 구성은 인고의 긴 세월처럼 행간의 쉼을 많이 두면서 음보별로 더욱

더 사색의 무게를 실릴 필요가 있었던 것이다. 이러한 구성의 치밀함은 글 C에서도 드러나는데 특히 종장 말구를 세분하여 끊어 읽음으로써 절제 속에서 이루어지는 점층적 긴장미를 추구하고 있다.

그러나 이와 같은 3장 12행의 음보별 배행과 같이, 지나치게 행간 배열을 많이 할 경우, 앞뒤 음보와의 안정적 호흡으로부터 이루어지는 결속미가 저해되고 시조만이 누릴 수 있는 3장 체제의 연속적 균제미를 잃게 되어 시조의 미학을 그르치게 되기 쉬우므로 바람직한 형태는 아니라고 본다.

ⓐ 여러 형태가 어우러진 혼합형

혼합형 배열은 위의 3장 3행부터 12행까지 여러 가지 형태의 모습을 함께 섞어서 구성해 놓은 것이다. 어느 특정의 한 형태를 취하지 않고 혼합되어 있다는 점에서 위의 형식들과 다르다.

A

눈이 지우기 전
내가 아는 길들은
추운 밤일수록
먼데 소식 달려와선
귓가에 호젓이 쌓여
발자국도 고왔다.
낯익은 길 모두 숨어 발이 묶인 아침이면
나보다 좀이 쑤신 논두렁 밭두렁은
민들레 파란 이마를 밀어올리곤 했다.

– 서연정, 「그리운 동화 · 2」 전문

B

같이 살면 식성도 닮아 간다더니
감나무집 큰아들과 같이 산 삼십년에
늙은이
세월 빼 먹듯

깎아 널고
빼 먹는다

얼마나 너로 해 깎이고 말라야 할까
은입사 분을 덮어쓴 꼬챙이의 허기로
그 떫은 꽃잎 입에 물면
늘 일곱 살 언저리

— 양점숙,「곶감」전문

C

황급히 나를 불러 준 달콤한 시간도 잠시
텅 빈 가슴 속으로 밀려드는 불길한 조짐
아뿔사, 한 순간 짧은 동거(同居)가 이미 끝났나 보다.

두들겨라 / 두들겨라 / 제풀에 지칠 때까지
억울한 자 발로 차고 / 죄 없는 자 돌로 쳐라
그래도 분(憤)이 남거든 / 발길 멀리 날려 버려라.

버릴 때로 버린 뒤에 / 오장 육부 다 쏟아 낸 뒤에
처연히 다가서는 용서의 새벽 들녘
꽃처럼 어깨 흔들며 / 붉은 해를 맞으리라.

— 민병도,「깡통」전문

위의 글들은 혼합형 구성을 보인 예다. 혼합형 배열은 전체 11.8%를 차지하여 상당히 그 창작 빈도가 높은 편인데, 그것은 현대적 작풍을 구가하고자 하는 현대 작가들의 표현 욕구 때문일 것이다. A는 논두렁 밭두렁의 민들레 추억 깊은 시골길을 떠올리고 지은 2수로 이루어진 연시조이다. 첫수를 6행으로 하고 둘째수를 3행으로 선택한 이유는 첫 수는 추억의 시간적인 누적 과정을, 둘째 수는 시조의 전통적 기본 형태로 나타내어 시상 표현의 절제미를 도모했던 것으로 판단된다.

B는 2수의 연시조로서 앞 수는 6행, 뒤의 수는 4행의 구조를 보이고 있다. 곶감의 특성과 관련하여 곶감을 빼먹듯 남은 여생이 줄어드는 것을

안타까워하면서, 거기에 담긴 추억을 더듬으며 어릴 적 동심으로 회귀하려는 서정적 자아의 모습이 잘 그려져 있다.

　C는 3연으로 이루어진 평시조로서 제 1수는 3행, 제2수는 7행, 제 3수는 5행으로 이루어져 있다. 실속을 빼앗기고 버려져서 분풀이의 대상으로 두들겨 맞고 짓밟히는 깡통은 그것을 운명으로 받아들이며 초극하려는 서정적 자아의 삶의 모습으로 비유되고 있다. 이 형태는 1연에서 3연까지 '발단−격정−초극의지'의 과정을 거치면서 격정 부분인 제 2연 같은 경우는 힘주어 말하는 부분('두들겨라')에 별도의 행갈이를 하는 등 변화의 묘를 잘 살려내고 있다. 그러나 3장의 긴축미가 요망되는 시조에서 무리한 변용을 일삼는다면 시조 본래의 독자적 모습을 잃게 될 뿐만 아니라, 시조 고유의 미학적 가치도 훼손되는 결과를 초래하게 됨으로 유념해야 한다.

⑦ 실험적 의도가 나타난 시조들

　평시조에서 실험적인 양상을 띤 시들은 작품 중 1.5%의 창작률을 보였다. 탈격시조도 그 창작의 의도성으로 볼 때 하나의 실험시로도 볼 수 있는 것도 있으나 실험성을 띠지 않고 작의성과 거리가 먼 것들도 발견되어 탈격시조와 실험시는 분리하였다.

　먼저 평시조의 실험적 의도를 지닌 시조를 보자.

　　　실에다 너를 꿰어 목걸이를 만들어서 그녀의 까만 목에
　　　걸어놓고 빼먹었지.

　　　먹어도 허무가 되는 허기 같은 너의 살을……

− 이종문, 「감꽃」 전문

　위의 글은 특이한 배열이다. 줄글로 쓴 초장과 중장은 자연스럽게 2행이 되었고, 쉼을 두고 한 줄을 건너 종장 1행을 배열하였다. 이와 같은 배

열을 한 것은 그 내용으로 보아 상당히 상징성이 있어 보인다. 어릴 적 '감
꽃'과 관련된 '그녀'와의 아름다운 추억이 현재에 와서는 모두가 허무한
과거였다는 결론을 얻어낸 것이다. 아무리 가장 단순한 3장 3행 배열이라
할지라도 작가의 개성에 따라서는 얼마든지 변용의 묘를 살릴 수 있다는
면을 보여주는 형태이다.

<pre>
고두이던살   다는놓을길
떠   원
난   여
녹   에
슨   끝
물   지
펌   가
프   감
에   은
낮   굽
뻐 꾸 기 울 음 만 이 무 시 로 건 너 와 서 휘
</pre>

—박기섭, 「빈집」 전문

윗글은 단시조이다. 이 글을 평이하게 이끌어 내서 3장3행형으로 재현
해 보면,

> 살던 이 두고 떠난 녹슨 물 펌프에
> 낮뻐꾸기 울음만이 무시로 건너와서
> 휘굽은 감가지 끝에 여윈 길을 놓는다

이렇게 나열해 놓을 수 있다. 이 글에서는 '빈집'이라는 제재를 시각적
으로 드러내어 울타리를 둘러침으로써 독특하게 시각적 효과를 살려내고
있다. 그러나 이 시조를 대하는 독자들은 주어진 글자들의 문맥 찾기에 바

쁘다. 그래서 과거회상이라는 시간 개념과 그 궁금증의 시상 해법 제시를 위하여 제목을 '빈집을 돌아보며'라고 수정했다면 시계 방향의 반대(과거 추적)로 울타리를 돌아보는 독자들의 모습이 더욱 선명해질 것이다.

이러한 포말리즘(Formalism)적 시도는 실험시의 독특한 형태로서, 허용된 범주 안에서 난해하지 않게 습작한다면 현대적 감각을 살리는 데 유용할 수 있다. 포말리즘적 기법은 주로 서정적 자아의 심리 상태와 관련되어 1930년대 이상(李箱)에 의해서도 실험되었던 방법으로서 시의 조형화·형식화를 가리키는데 시각적 인식 효과를 기대할 때 주로 많이 쓴다. 이 기법은 시적 분위기와 관련하여 이미지의 시각적 공간 구성 형식으로 나타난다. 한 눈에 들어오는 시각적 공간 구성을 통하여, 독자들은 읽고 난 뒤의 이미지 인식이 아니라, 시각적 인식에 의한 이미지의 즉각적 터득 효과를 얻게 된다.

가을비는소리가있다

비·· ·소리· ··비
         ·   ·
         ·   ·
         ·   ·
      소리   소리
         ·   ·
         ·   ·
      어둠안고내린비

안개속그리운마을이
모두비에젖고있다

－임영석, 「가을비소리」 전문

이 글은 작가가 동경하는 내재된 귀의처가 불안정한 심리와 맞물리면서 모두가 무상한 일인 듯 잦아들며 젖어버리는 상황을, 도식적 기법에 의해 의식의 흐름을 따라 기술하였다. 점(點)과 점(點)의 연결, 특히 상하 연결은 떨어져 내리는 빗방울을 시각화한 것이며 띄어쓰기를 무시한 채 쓴 것도 연속적으로 그치지 않고 이어져 내리는 비를 의식한 시각적 표현이라고 본다. 이 글은 '거울속의비와거울밖의가을비소리의갈등'이라는 부제를 달고 있다. 장 구분이 분명히 이루어져 있고 구조상 갈등의 양상은 잘 드러나지 않았으나. 빗소리를 통하여 작가의 불안 심리가 시각적으로 전개되어 있어 즉각적 이미지 인식의 효과를 느낄 수 있다.

어루만지듯 / 당신 / 숨결 / 이마에 다사하면

내 사랑은 아지랑이 / 춘삼월 아지랑이

장다리 / 노오란 텃밭에

나비
        나비
나비
        나비

— 이영도, 「아지랑이」 전문

위의 작품은 1966년 발표 당시 새롭고 독특한 형식으로 주목 받았는데, 3장6구45자 내외의 시조 틀은 지키되, 행과 연을 자유롭게 나누어 현대적 감각을 살리면서 전체적으로 부드럽고 자연스럽게 물 흐르듯 시선이 흘러가도록 창작되었다. 특히 '나비'를 훨훨 나는 모양으로 공간 배치하여 시각적으로 문자를 형상화한 말구는 이채롭다. 이러한 시행과 연의 자유로운 변주 기법은 매우 다양할 수 있으며 무리한 탈격이 아니라면 현대 감각을 살리는 데 아주 유용하다고 본다.

메－!
메－께!
메－께라!
메－시께라!
메－시께라!
메－께라!
메－께!
메－!
수화기 저편에서도 입술 끝에 묻은 소리

—오승철, 「환전」 중에서

위의 글은 '환전'과 관련하여 상대방과 통화하는 과정에서 발생되는 교감을 시각적인 글로써 독특하게 실험적으로 표현한 것이다. '메께'는 제주도 방언으로서 감탄사 '어마'의 뜻이다. 그런데 이 글은 읽으면서 그 독특한 구조와, 제목 '환전'과 '메께'와의 주제 관련성 여부, 시조 형식과의 관련성 파악 등에 신경이 쏠린다. 장르상으로는 단지 종장으로 볼 수 있는 '수화기~소리'로써 시조형과 관련성이 있음을 짐작할 수 있다. 이 글은 지나친 주관적 경향과 리듬의 걸음폭 조절 요구, 그리고 특이한 조형적 형태로 인해 시조로서의 공감적 기반은 약하다고 본다.

포말리즘적 기법은 시조문학의 특성을 잘 고려해서 절제미와 완결미를 잘 표현해 낸다면 성공할 수 있을 것이나, 지나치게 난해한 도식적 시도로 운율 단위와 의미 단위를 올바로 전달해 주지 못하게 될 때는, 바람직한 시도라고 보기에는 힘들다. 포말리즘적 기법은 실험적이고 현대적 감각을 살리는 데 유용하지만, 지나친 파형과 일탈 시도로 시조의 정체성을 벗어날 우려가 있으므로 작법에 있어서 세심한 주의가 요망된다.

평시조에 가장 많이 창작되고 있는 것은 역시 3장 3행형(약 31%)이었다. 그리고 다음으로 각 장을 2행으로 배열한 3장 6행 배열(20.7%)이 그 다음을 차지하였다. 혼합형 배열의 연작형(11.8%)를 제외하면 세 번째로 많은 습작 형태가 3장을 7행으로 배열한 형태(8.8%)이다. 현대시조가 고시조에 비해 이러한 습작상의 형태 변화를 보이게 된 것은 현대시조 시인들이 고시조의 창사적 단순성에서 벗어나 새로운 창작 시도로 현대성을 구가하고자 하는 열망 때문일 것이다. 그리하여 고정된 창사 위주의 3장 3행식 고시체형보다는 음보별 또는 구별로 배열하는 방식을 선호하면서 감각적 시각적 이미지를 부각시키는 등 다양한 축조에 의해 현대적 이미지를 투영하고자 하는 심리가 드러나 있다. 그러나 새로운 변화의 욕구에 따른 창작 형태라 할지라도 지나친 일탈의 습작형에 대해서는 논란의 여지가 많다.

2) 사설시조의 형식 선택과 창작

현대사회는 문학 예술에 있어서도 급속한 변화와 그에 대응하는 일련의 확장된 개념의 창작 패턴이 뒤따라야 발전을 이룩해 나갈 수 있다. 현대시조에서 그 활로를 찾는 방법 중의 하나가 바로 사설시조의 창작이다. 시조가 자유시보다는 엄격하고 정제된 형식미를 갖추어야 하기 때문에 창작상 상당히 제약적이지만, 사설시조는 하이쿠나 한시, 그리고 평시조에 비해 그 품이 아주 여유롭다는 것이 큰 특징이다.

사설시조는 개화기 이후 한 때 소외되었던 문학이다. 임종찬은 "고장시조8)는 조선시대와 개화기를 거쳐 정착되어온 우리의 시가다. 그런데 개화기 이후에 와서는 창작이 거의 없다시피 하다가 70년대 들어서야 현대장시조의 창작이 활발해졌다"9)고 하였다. 그러면서 70년대 이전에 현대의 장시조가 거의 창작되지 못했던 이유에 대하여, "국민문학파가 KAPF의 목적문학에 대항하여 시조 부흥론을 부르짖을 때, 장시조에 대한 언급 또는 장시조 창작에 대한 실례를 보여주지 않고 단시조에 대한 언급 또는

---

8) '古長時調'를 가리킴(필자 주).
9) 임종찬, 『현대시조 탐색』, 국학자료원, 2004, 162쪽.

실례를 보임으로 해서, 장시조는 관심 밖의 대상이 되어서 그 이후로는 현대시조라 하면 단시조를 이르는 것처럼 생각될 수 있었다"10)라고 하면서, 덧붙여 당시에 고장시조에 대한 연구의 부재와 부정적 측면의 인식이 그 요인이라고 지적하였다.

70년대 들어서 현대 장시조의 창작이 살아났다고 보지만, 자유시에 대한 사설시조의 독자성 확보와 적극적 창작 참여는 그동안 미미한 상태였다. 다행히 최근 들어 장순하, 윤금초, 이지엽, 제갈태일, 박기섭, 홍성란 같은 시조시인을 주축으로 사설시조에 대한 특성과 전망을 주시하면서 각종 학술세미나와 출판물을 내놓고 사설시조 인구의 저변 확대를 꾀하고 있는 것은 상당히 고무적인 일이다.

시조문학의 근본적 특성이 '3章 미학'의 추구에 있으므로, 사설시조도 3장의 골격변화의 관계로 그 기본형을 만들어 볼 때, 3장 중 어느 한 장이 늘어난 것, 어느 두 장이 늘어난 것, 세 장이 다 늘어난 것, 그리고 혼합된 것 등 4가지의 유형으로 추출해 낼 수가 있다.

① 어느 한 章이 늘어난 사설시조

이 유형의 사설시조는 전체 중(총 7,240편)에서 3.3%(241편)의 창작 빈도율을 보였는데, 장시조 중에서는 이 유형을 가장 많이 선호하였다. 3장 중 대개는 중장이 길어지는 수가 많으나, 초장이나 종장이 길어지게 창작하는 방법도 있다. 먼저 중장이 길어진 경우의 사설시조를 보자.

A

뽕나무 하면 생각나는 일이 많지만요

하굣길에 뒤가 마려워 후닥닥 뛰어든 뽕밭 / 웃뜸 영심이 고 쪼그만 계집애 옴
시락거리며 먼저 일 보고 있던 / 다른 무엇보다 고 살끈한 엉덩이 떠오르지만요

---

10) 임종찬, 위의 책, 같은 쪽.

몰라몰라 그때 마침 노을빛 콩당콩당 / 방아 몇 섬 찧었다던가 쏴 하니 개밥
바라기 시린 살점 두엇 떠올랐던가 / 달싹이다 끝내 아무 말 않고 팽돌아서선
고,고,고 / 짜글짜글한 오디 입술 생각나지만요

그 후로 내 가슴 뽕밭이 하두 환해 와서 환해는 와서…

– 이지엽,「뽕나무 아래」전문

B

어디든 뚫고 나갈 / 세상을 잃었어.

예전엔 포근하고 훈훈한 땅은 안식처이고 가끔 지상에 나와 영롱
한 이슬밭을 마실 가듯 했던 터전 위에 신도시가 들어서고 온통
콘크리트 바닥으로 변해버린 우리의 터전에선 각질로 된 삶의 수
단도 통하지 않아

얼마나 진화되어야 / 자유스런 땅을 만날까.

– 이요섭,「길 잃은 땅강아지」전문

A는 중장만이 늘어난 사설시조로, 초장을 도입부로 하고, 하고 싶은 장
황한 시상의 전개는 중장에 펼쳐놓고 종장에서 마무리 지었다. 뽕나무밭
을 배경으로 한 사랑의 미묘한 감정을 재치 있고도 독특한 필치로 시상을
전개하여 표현의 묘미를 느끼는 글이다. 각운의 역할을 하는 '~만요'의
반복과, 앙증맞고도 정감어린 작은 감각적 지칭어 '고'와 같은 시어의 선
택과 절묘한 배치, 그리고 짜글짜글한 육감적인 끌림이 향수라는 소재적
친화성에 교합되어 읽는 미적 공감을 불러일으킨다. 운율 감각이 탁월하
게 표현되었을 뿐만 아니라, 시상 전개도 정감 있고 시적이어서 현대 사
설시조의 진면목을 보여주는 듯하다.

B는 인간을 길 잃은 땅강아지로 비유하여 콘크리트 바닥으로 변한 세
상에서 숨 쉬며 살아갈 수 없다는 세태를 풍자한 글이다. 위와 같은 사설
시조에서 중장은 말하고 싶은 넋두리 또는 비평적 호소를 마음껏 풀어놓

는 전개의 역할을 하면서 종장의 결말로 이어진다. 넋두리 사설의 위치에 따라서 늘어난 부분을 초 · 중 · 종장에 적절히 선택, 배치하여 운용의 묘를 살려낼 수 있다. 고시조의 경우 종장이 길어지는 경우는 극소수였으며, 종장이 길어질 경우 종장만의 독특한 음보체계(특히 초구)가 붕괴되어 시조로서의 정체성을 잃을 염려가 있으므로 가급적 종장은 정격을 지켜주는 게 바람직하다.

　② 어느 두 章이 늘어난 사설시조

　이 유형의 사설시조는 전체 1.2%를 보여 옴니버스형에 이어 세 번째로 많이 창작되고 있다. 어느 두 장이 늘어날 경우 다음 예문과 같이 대개는 초·중장이 늘어나고 종장은 정격을 유지하여 시조로서의 변별성을 드러내 주는 것이 좋다.

A

사람이 몇 生이나 닦아야 물이 되며 √ 몇 怯이나 轉化해야 √ 금강에 물이 되나! √ 금강에 물이 되나!

샘도 江도 바다도 말고 √ 玉流 水簾 眞珠潭과 萬瀑洞 다 고만 두고 √ 구름 비 눈과 서리 비로봉 새벽안개 풀끝에 이슬 되어 구슬구슬 맺혔다가 √ 連珠八潭 함께 흘러

九龍淵 √ 千尺絶崖에 √ 한번 굴러 √ 보느냐.

– 조운, 「구룡폭포」 전문(√표는 필자)

B

쓸데 없이 높거나 깊은 너희들의 지식은 하늘의 이치를 다 꿰뚫은 듯 하고, 쓸데 없이 크거나 넓은 너희들의 욕심은 세상을 다 덮고도 남음이 있지만, 너희들은 몰라, 모르는 줄도 몰라, 벼랑 끝 아득한 곳으로 새끼를 몰고 올라가는, 벼랑끝 아득한 곳에서 새끼를 놓아버리는, 벼랑끝 저 아래로 굴러떨어지는 새끼를 보는, 제 창자를 제 손으로 끊는 그 어미의 모진 속뜻을…

하찮은 √ 우리도 다 아는 것을 √ 너희들만 √ 모르고 살아.

– 신양란, 「사자도 아는 것을 사람이 몰라」 전문(√표시는 필자)

　A는 현대 사설시조의 전형으로 손꼽히는 조운의 「구룡폭포」이다. 이 시조는 이 유형의 대표적 작품이라 할 만하다. 『조운시조집』이 1947년에야 겨우 세상에 선을 뵀었지만, 이 사설시조는 형태나 내용 면에서 70년대 이후 어느 사설시조보다 흠잡을 데 없고 작품성이 뛰어나다. 눈앞에 펼쳐진 구룡폭포의 모습과 보잘 것 없는 인간의 모습을 물아일체의 경지에서 역동적인 기법에 의해 내리닫이 식으로 읊어 나갔다. 자연과 하나가 된 서정적 자아의 존재는 물의 이미지에 몰입되어 있으며, 열거와 반복, 점층적 기법 등은 한층 더 작품의 수준을 높여 놓고 있다. 물은 생명의 근원이라는 원형상징 모티브를 가지고 있다. 그래서인지 온갖 轉化 끝에 물이 되고자 하는 작가의 절실함이 사설이라는 가락에 구슬구슬 맺혀 있다. 초장이 10음보로 길어지고(6음보 초과) 중장이 16음보 이상(12음보 이상 초과)으로 길어져서 사설시조로 지어졌으나, 장별 음보를 등장성(等長性) 기준에 따라 평시조의 걸음 속도인 전체 12마디로 구분('√'표)해 볼 때는 위와 같다.

　이 시조가 확연히 사설시조임을 알 수 있는 변별성은 바로 종장에 있다. 종장의 정격을 잘 지키며 끝맺음을 잘한 이 시조는 내용에서도 그렇지만, 형식에서도 빈틈이 없어 현대사설시조로서의 전형임을 나타내주고 있다. 그래서 장경렬 같은 이는 이 사설시조의 '귓전에 들리는 듯한 실감나는 속도감과 역동감', 그리고 종장처리의 절제 기법 등을 극찬하면서, 종장에서 '마치 장엄한 교향곡이 갑작스럽게 그러나 절도 있게 끝남으로써 장엄함에 대한 기억을 청중의 마음속에 여운처럼 남기듯'하다면서 '구룡폭포와 같은 시와 만나는 일은 실로 엄청난 시적 체험'11)이라고 극찬하였다.

---

11) 장경렬, 「千尺絶崖를 구르는 물이 되어」, 『현대시조 100인선』 제5권, 태학사, 2001, 173∼174쪽.

조운의 「구룡폭포」는 해방 이래 자유시를 능가하는 절창으로 평가되었다. 「구룡폭포」는 전통적 시형식인 사설시조를 현대적 관점으로 변용하여 현대시조의 새로운 지평을 여는 대표작으로서 그 이정표를 제시하였다.

B도 초장과 중장이 늘어난 형태이다. 종장의 음보 구분은 위와 같이 나눌 수 있는데('√'표), 종장 둘째 음보의 정격이 보통 5자인데 여기선 8자이고, 마지막 음보의 정격도 일반적으로 3자 내외인데 여기선 5자이지만 율독상 큰 문제는 없다고 본다. 이 시조는 짐승보다 못한 인간의 만용과 욕심을 사자라는 동물에 감정을 이입시켜 질타하고 있다. 특히 동물이 지닌 단장(斷腸)의 모성애를 들어 인간 스스로에게 자아 성찰을 촉구하고 있다. '몰라'의 반복으로 운율적 감각을 드러내고 있으며, 예술적 가치에 앞서 교훈적 가치를 더 드러내려는 의도가 엿보이는 글이다.

③ 3章 모두 늘어난 사설시조

3장이 모두 늘어난 시조는 0.5%의 창작 빈도율을 보였는데, 각 장이 다 늘어나서 평시조의 고정된 음수율을 지킨 장이 없다.

A

언제나 이맘 때면 √담장에 수(繡)를 놓던 담쟁이 넝쿨, √그 병(病)든 잎새 넝쿨마다 √매달린 채 대롱거린다.

가로(街路)의 으능나무를 헤프게 흩뿌리던 그 황금(黃金)의 파편(破片), √이 또한 옛날 얘기, 지금은 때묻은 남루조각, √앙상한 가지마다 걸려 있다. √추레하게 걸려 있다.
멸구에 √찢긴 논두렁은 허옇게 몸져눕고, √사람 같은 사람은 벌레만도 못해 이젠 √마음 놓고 한번 울어볼 수도 없다.

– 김상옥, 「어느 가을」 전문('√'표는 필자)

B

그래, √우리 사랑은 즈믄 해나 그 즈믄 해 전의 어느 안 마르는 우물 안에서

하냥 √ 푸르고 맑은 적막이 토해내는 물이끼나 받아먹고 살던 √ 비단잉어의
그것이었을까 몰라 비단잉어의 그것이었을까 몰라

아니면 √ 또 어느 후미진 절간의 태 먹은 돌종이 받아내는 먹뻐꾸기 울음소
리나 듣고 √ 수백리 솔밭 길을 한달음에 휘달려 오던 연꽃향기의 그것이었
을까 몰라 √ 연꽃향기의 그것이었을까 몰라

아, 그래, √ 그도 아니면 √ 그냥 눈먼 세월 밖에서 즈믄 해나 그 즈믄 해 전의
일은 아주 영 잊어버린 듯 먼눈 뜨고선 돌장승의 그것이었을까 몰라 √ 돌장
승의 그것이었을까 몰라

– 박기섭, 「즈믄 사랑의 노래」 전문(' √ '표는 필자)

A와 B 같은 글은 자유시나 가사형에 가깝다. 시조집에 실려 있으므로
분명히 시조로 발표된 것이지만, 시조로서의 형태를 감지하기란 쉽지 않
다. 초 · 중 · 종장 3장이 다 늘어난 형태에다 어느 한 장이라도 시조의 정
격을 따른 것이 없고 산문시의 성격을 띠고 있어서 시조의 변별성을 찾아
보기 어렵기 때문이다.

A는 담쟁이나 가로수나 논두렁의 아름다웠던 옛 모습과 관련지어 병
든 현대의 황막하고 피폐한 가을 정경과 인심을 한탄하는 내용이다. 보는
이에 따라 다소 차이가 있겠지만, 이 글을 시간의 등장성을 염두에 두고
한 장을 4음보격으로 율독하기 위하여 굳이 나누어 본다면 위와 같이 ' √ '
표로 나누어 볼 수가 있을 것이다.

이러한 사설시조는 의미 단위의 2음보격의 연속으로 이어나가는 미적
재미를 추구하면서 율독시에 의미와 리듬의 미적 감각을 느낄 수도 있으
나, 지나치게 넘치는 음수 길이일 경우 정통 시조로서의 맛과 멋은 찾아
보기 힘들다.

B도 초 · 중 · 종 3 장이 전부 늘어난 형태의 사설시조로 창작된 것이다.
특별히 선택된 고유 시어들의 열거와 '~몰라'와 같은 정제된 시상의 반복

적 운율에 의한 시상의 흐름이 호흡의 완급을 필요로 하면서 절묘하게 이어나간 표현기법이 감동을 준다. 특히 각 장의 첫 구는 느린 걸음으로 끊어서, 나머지는 빠른 호흡으로 자연스럽게 흐름 따라 이어지면서 사랑의 원초적 근원을 거슬러 올라가서 절정으로 몰아가는 수법이 인상적이다. 이러한 사설시조의 형태는 초·중·종장, 각 장별 4음보격의 음수율에 따른 평시조의 형태로만 파악하려 할 경우 그 원칙을 찾아보기 어려워 자유시와의 변별성 확보에 문제가 된다.

정형시란, 본래의 틀이 해체될수록 그 존재 가치가 약화된다는 측면에서 본다면 지나친 변형의 사설시조란 시조의 종말을 예고하는 전조가 될 수 있다. 윤금초도 "두 장 이상, 혹은 각 장이 모두 길어질 경우 자유시와 다른 시조 고유의 변별성을 획득할 수 없으므로, 초장·종장은 평시조의 정형률을 따르되 중장만을 길게 하는 것이 사설시조의 타당한 방법이 아닌가"12)라고 지적하였다. 그러므로 가급적 이러한 장형시조 창작은 배제하고, 창작할 경우에는 어느 한 장만이라도 정격을 지키면서 통사·의미마디의 구성이나 구별 배치에 유념하여 시조로서의 미적 품격이 손상되지 않도록 해야 한다.

④ 옴니버스(omnibus)형 사설시조

옴니버스형 시조는 여러 유형의 시조형이 혼합하여 하나의 주제를 전달하고 있다. 현대시조 전체적으로 1.4%의 창작 빈도를 보였고, 어느 한 장이 늘어난 사설시조에 이어 장시조에서는 두 번째를 차지하고 있다.

옴니버스 시조는 평시조, 엇시조, 사설시조 등을 다양한 형태를 아우르는 혼합형 연작시조이다. 이 형식은 1970년대 이후 시도된 새로운 형태인데, 윤금초의 장편 「청맹과니 노래」가 그 시발점이다. 현대 사회의 복잡하고 다양한 문화 패턴 속에서 독특한 개별 정서와 사상 등 인간 심리의 중

---

12) 윤금초, 『현대시조 쓰기』, 새문사, 2004, 36쪽.

충구조(重層構造)를 잘 표현해 내기 위해서는 다양한 변주가 필요할 것이다. 이런 의미에서 옴니버스시조의 창작은 색다른 시도라고 볼 수 있다.

A

누구나 사람들은 탈을 하나 쓰고 산다
각시탈이든, 양반탈이든, 그것이 상놈탈이든……
절정의 위장술 속에 자신을 묻고 산다.

하찮은 부품들도 서로 모여 / 우주를 연다.

스스로를감금하는인장 / 속이름처럼살아가는깊 / 이만큼아래로몸을낮춘 /
그런자하나없고해와달 / 로높이떠서뒤틀린폐품 / 으로세상가득넘치느니—

썰물이 / 된 인간사의 / 욕망(慾望)의 탈을 본다.

— 이한성, 「누구나 사람들은 탈을 쓰고 산다」 전문

B

그리움도 한 시름도 潑墨으로 번지는 시간
닷되들이 동이만한 알을 열고 나온 주몽
자다가 소스라친다, 서슬 푸른 殺意를 본다.

하늘도 저 바다도 붉게 물든 저녁답
비루먹은 말 한 필, 비늘 돋은 강물 곤두세워 동부여 치욕의 마을 우발수를 떠난다. 영산강이나 압록강가 궁벽한 어촌에 핀 버들꽃같은 여인, 천제의 아들인가 웅신산 해모수와 아득한 세월만큼 깊고 농밀하게 사통한, 늙은 어부 河伯의 딸 버들꽃 아씨 유화여, 유화여. 태백산 앞발치 물살 급한 우발수의, 문이란 문짝마다 빗장 걸린 희디흰 謫所에서 대숲 바람소리 우렁우렁 들리는 밤 발 오그리고 홀로 앉으면 잃어버린 족문 같은 별이 뜨는 곳, 어머니 유화가 간힌 모략의 땅 우발수를 탈출한다.
말갈기 가쁜 숨 돌려 멀리 남으로 내달린다.

아, 아 앞을 가로막는 저 검푸른 강물.

금개구리 얼굴의 금와왕 무리들 와와와 뒤쫓아오고 막다른 벼랑에 선 천리준
총 발 구르는데, 말채찍 활등으로 검푸른 물을 치자 꿈인가 생시인가, 수천년
적막을 가른 마른 천둥 소리 천둥 소리…. 문득 물결 위로 떠오른 무수한 물고
기, 자라들, 손에 손을 깍지 끼고 어별다리 놓는다. 소용돌이 물굽이의 엄수를
건듯 건너 졸본천 비류수 언저리에 초막 짓고 도읍하고, 청룡 백호 주작 현무
四神圖 포치하는, 광활한 北 滿대륙에 펼치는가 고구려의 새벽을….
둥 둥 둥 그 큰북소리 물안개 속에 풀어놓고.

– 윤금초, 「주몽의 하늘」 전문

A에서, 1연은 3장 3행의 기본 구조를 보였고, 2~4연은 사설시조 1수
로서 중장(제3연)을 띄어쓰기 안하고 6행으로 잘라 쓴 경우이다. 이 글은
위선의 탈을 쓰고 살아가는 인간의 졸속한 모습을 비유적으로 잘 드러내
고 있으며, 둘째 수 중장에서 띄어쓰기를 하지 않고 음보의 구분도 하지
않은 것은 하찮은 부품들처럼 꽉 들어차 있는 현실의 모습을 형상화한 것
이다. 하지만, 띄어쓰기한 제2수의 종장에서까지 3·5의 음수율을 의식한
듯 '썰물이 / 된 인간사의'와 같이 어색한 행갈이를 한 것은, '썰물이 된 /
인간사의' 라고 해야 의미 체계가 바르게 이루어짐으로 불합리한 시행의
배열이라고 볼 수밖에 없다.

B는 전반부 1수의 평시조와, 이어진 2수의 사설시조로 구성되어 있는
옴니버스형 시조다. 이 시조는 고구려 시조인 주몽의 건국신화를 차용하
여 첫째 수는 주몽의 탄생과 적대 세력의 살의, 둘째 수는 주몽이 어머니
유화를 두고 탈출하는 과정을, 셋째 수는 위기를 극복하고 고구려를 건국
하는 과정을 서사적 흐름으로 그려내고 있다. 연작 혼합형이기 때문에 더
욱 더 다양한 형태의 창작을 시도할 수가 있는데 여기서 평시조의 형식을
지킨 연을 결말 부분인 끝으로 배치할 수도 있다. 시상 전개에 따라 적절
한 변용을 시도하면 창작의 영역은 무한히 확대될 수가 있다고 본다.

유성호는 이 시에 대하여 "이미 화석화한 신화를 방금 여기에서 벌어지
고 있는 듯한 서술적 이미지로 복원함으로써, 시적 긴장감과 현재적 감각

을 점증시키고 있다"13)라고 하였다. 이 시조는 작가가 시조의 정격과 파격 사이를 오가면서 시조 문학이 겪고 있는 시대적 문학적 폐쇄성을 벗어나 새로운 활로를 모색하려는 작가의 시도가 나타나 의미가 깊다. 이러한 형태들은 연작형으로서 여러 가지 다양한 모습으로 나올 수 있으며, 시상을 펼쳐 나아가는 시적 정서나 분위기에 따라 적절히 시형을 변형하며 전개해 나갈 수 있다는 점이 장점이 있다.

  C

  1   누가 겨울 숲이라 하여 / 가난하다 했는가. //
      눈도 귀도 없는 한자락 이불 속에 여섯 식구가 부챗살
      처럼 누워 冬眠하는 우리 단칸방은 겨울 청산도, 큰놈에
      겐 큰놈의 산맥 둘째에겐 둘째의 산맥, 셋째에겐 셋째의
      산맥, // 저마다 청산을 그리며 / 꿈 밭을 갈고 있네.

  2   낭자한 슬픔을 데리고 / 돌아와 선 겨울나무 // 생명보다
      질긴 진실은 스스로 자만하여 허위가 갖는 수단 같은
      세력을 도외시하다가 敗北하는 것입니까, 그 살벌한 바
      람에 교묘히 名利를 영위하는 것보다는 무수한 후회로
      생존하는 착한 弱小民族史, 겨울나무는, 겨울나무는, //
      침묵을 지킨 의도를 / 알 만한 표정입니다.
  3   무저항의 심장에서 / 샘이 솟아 있었다. //
      종교의식 以前에 / 생명 경외 때문에
      청산은 겨울 청산은 / 혼자 噴出하고 있었다.

– 선정주, 「겨울 靑山圖」 전문

    C는 '사설시조＋사설시조＋평시조'의 구조를 이루고 있다. 침묵과 냉담의 계절 겨울은 죽은 계절이 아니라 작가의 눈에는 저마다의 꿈을 품고 생명을 잉태하고 있는 계절이다. 가족의 생계와 연관지어 매서운 현실을

---

13) 유성호, 「사설시조, 확장과 응축의 길항」, 『시조시학』 가을호, 고요아침, 2008, 206쪽.

소멸에서 생명으로 인식하려는 은유가 돋보이는 이 글은 시조 한 수로는 부족하여 3수로서 시상을 완성시키고 있다. 그러나 이 옴니버스형의 시 조는 평시조의 구조보다는 변형 부분의 의미 구조가 강화될 경우에 시조 로서의 본모습이 퇴색될 수가 있으므로 세심한 구성과 주의가 요망된다.

⑤ 기타 실험적 사설시조

사설시조의 실험적 형태는 평시조에 비하여 그 수가 적어서 전체 0.2% (15편)를 차지하였다. 이 형태는 주로 개방 · 폭로와 저항 · 풍자라는 사설 시조의 특성을 실험하는 자유로움을 나타내고 있다.

> 그 하도 // 무덥던 날에 // 蘭盆이나 // 갈자 할 때 //
> 지내 새끼 한 마리가 갑자기 툭, 튀어나와 난분 쥔 손을
> 탁 놓고 기절초풍하는 판에,
>
> 환장컷네, 지내 새끼 저도 기절초풍하여 엉겁결에 팔뚝
> 타고 겨드랑에 쑥 들어와 혈압이 팍 치솟것네, 혈압이 팍,
> 치솟것어, 헐레벌떡 웃통 터니 아래통에 내려가서 거기가
> 어디라고 거길 감히 들어오네. 너 죽고 나 죽자 이 놈
> 망   할 놈의   **지내 새끼**……………………………
> ………………………………………………………………………
> ………………………………………………………………………
> ………………………
>
> 마당 귀에 툭 떨어져 이리저리 숨는 놈을 딸딸이 들고 따
> 라가 타악, 때렸더니,
>
> 윽─ ?.!, 하고 입적하셨네. // 이것 참, // 머쓱하네.

― 이종문, 「入寂 · 1」 전문

이 글의 작가는 미물에 대한 생명의 존엄성과 살생에 대한 금기의식, 그리고 심도 있는 불교적 삶의 세계를 관류하는 통찰력과 관심을 지닌 시인으로 비쳐진다. 이 글은 기존의 관념적 기반을 허물없이 해체하고 일탈적 수단과 그 반응을 통하여 과감하게 주제의식으로 접근하고자 하는 의도가 강하게 드러나 있다.

통상을 뛰어넘은 해체적 색채가 강하게 나타난 작품이므로 일면 극도의 개성적 성격을 구가한 작품이라고 볼 수도 있다. 그러나 문학에서 개성이란 작품의 독창적 의미나 시상 내용이 얼마나 독자에게 더 접근하고 공감을 획득하였느냐에 따라 그 가치 기준이 정해지므로 이 글의 평가에 있어서는 미지수다. 문학에서도 형식과 내용은 상호 유기적이며 보완적이다. 형식은 내용을 만들고 내용은 형식을 만든다고 볼 때 이 글이 독보적이며 독특한 구조와 틀을 지니고 있지만, 과연 독자들이 이 글을 읽으면서 시조라고 생각할까는 의문이다.

시조는 일정하게 주어진 용기(틀)을 가지고 거기에 약간의 여유 공간만을 허용한 채, 미적 감각의 극대화를 살려나가는 절제의 미학임은 이미 밝힌 바 있다. 그러므로 시조의 용기 아닌 다른 아무런 그릇에다 집어넣은 창작물은 당연히 시조가 아니라 할 수 있다.

이 글에 대해서 정재찬은 "이것이 시조냐 아니냐 묻는 것은 부질없어 보인다. 단지 이러한 형식이 과연 시인 자신의 표현 의도를 성취하는 데에 얼마나 기여하고 있느냐만 관심사가 될 따름이다"[14]라고 하였다. 그러나 시조장르의 형식을 배제시킨 채 표현 결과에만 관심을 기울인다면 시조라는 장르의 존속 이유가 무슨 필요가 있겠는가? 시조의 시조다움은 자유시와는 달리 그 정형성에서 우러나는 미학적 가치에 있다. 평시조형의 단시조인 경우 고시조에선 3행형 1수가 대부분이다. 그러나 현대시조

---

14) 정재찬, 「시적 품위와 노래의 즐거움」, 『현대시조 100인선』 제77권, 태학사, 2006, 117쪽.

의 경우는 한 장을 2행으로 구분 배치하여 6행형 1수로 하는 등, 시상에 따라 다양한 형태로 변용을 하고 있다. 다음 사설시조를 보자.

영어 문맹 많은 일본 거침없이 잘 사는데

우리네 하는 짓이, 울산 포유·잇츠 대전·하이 서울·컬러풀 대구·플라이 인천·다이내믹 부산·유어 파트너 광주·프라이드 경북·불루시티 거제시·허트 오브 코리아 충남. 특목고 종알대며 사교육비 더 들어도 '영어'에 목을 매라 부추기니, 팀장·허브·버블세븐·유119·치안센터·티에푸팀·클러스터·동주민센터·글로벌시대·혁신 컨설팅·원스톱 서비스·119 안전센터…

손 놓은
한국 어문정책에
문
화
전
쟁
어이할고.

−김영환, 「총성 없는 문화전쟁」 전문

　이 글은 중장만이 늘어난 사설시조이다. 종장의 시행 배열이 특이한데 종장 제 1구는 2행, 종장 2구의 첫 음보는 음절수에 따라 4행, 마지막 음보는 1행으로 마무리 하였다. 이러한 배열은 우리말 문화 정책의 소홀함을 비판하며 '문화 전쟁'의 심각성을 알리려는 작가의 주제 의식에서 나온 것이다. 같은 시형이라도 이와 같이 작가의 개성이나 내용에 따라 연이나 시행, 그리고 구나 음보 등의 운용 방식은 다양하게 전개될 수 있다. 이와 같이 다양한 연과 행, 그리고 구와 음보의 확대 변용은 가능한데 이것은 형식과 내용의 조화를 찾기 위하여 그만큼 탄력성을 부여하는 것으로써 시조문학의 현대적 접근에 부합되는 바람직한 창작기법의 모색이라고 본다.

나무토막 같은 허리를 붙들고 병원 문을 들어섰다.

흰 창이, 두 눈에 유난히 많은 간호원이 봉이 왔다 반기고
있었다.
찰과상(擦過傷) 부위에 꼬리표를 붙였다.

성명: 이한성

성별: ♂

나이: 48

물 건너 들어온 카메라로 연신 돈을 찍고 있었다.

— 이한성,「정형외과」전문

위의 글은 '시문(詩文)의 시각화(視覺化)'라는 의도를 지닌 포말리즘적 실험 시조이다. 이 글은 중장이 늘어난 사설시조로 시도되었으나, 시조로서의 율격체계는 안정감을 보이지 못하고 있다. 사각형의 틀은 배송되는 짐짝이나 동물에 붙여지는 꼬리표다. 인간의 존엄성보다는 황금만능주의에 물든 세태를 알레고리(allegory)와 도식적 기법에 의해 형상화 시키고 있다. 이렇게 시문을 시각화한 글은 독특하게 회화성과 입체감을 획득하고 있어 이미지의 즉각적 인식과 현대적 감각을 살리는 데에는 유용하다. 그러나 '문자의 예술'이 '그림의 예술'로 탈바꿈하게 되어 문학성을 잃게 된다면, 문학의 미적 고유성은 상실될 것이다. 실험은 성공을 목표로 한다. 공감 기반이 약하여 실험이 성공을 거두지 못한다면 지나친 파형이나 일탈 시도는 그 궤도를 수정해야 한다.

지금까지 살펴본 유형별 사설시조의 특징을 바탕으로 하여, 사설시조를 창작할 때에 고려해야 점을 간추려 보면 다음과 같다.

첫째, 초·중·종 3개의 章으로 시상이 완결되도록 전체 구조가 이루어져야 한다. 그리고 사설시조의 율격은 정서적 긴장을 추구하는 평시조의 특성과는 달리 주로 의미 단위의 2음보격의 연속으로 이어나가는 미적 재미를 추구한다. 그러므로 장형으로 이어지는 각 장은 시조의 의미와 리듬감을 고조시키기 위하여 반드시 2음보격의 연속으로 엮어서 이어 짜나가는 것이 바람직하다.

둘째, 각 장은 아무리 길더라도 4개의 통사·의미 마디 형식으로 구성되어야 한다. 사설시조에서는 의미 요소가 형식 요소를 지배한다고 볼 수 있다.15) 따라서 한 장의 짜임은 아무리 길어지더라도 반드시 평시조에서 요구하는 한 장 4음보 마디 대신, 4개의 통사·의미 마디16)로 구성이 되도록 창작을 해야 한다.17)

셋째, 종장은 시상의 전환과 이완을 위해 첫마디는 3음절로 둘째 마디는 2어절 이상(또는 5~7음절 정도)으로 한다.18) 사설시조 창작은 시조라는 장르의 특성을 고려하여 반드시 이러한 기본 조건을 전제로 습작이 이루어져야 한다.

넷째, 사설시조는 읊조림의 이완과 급박함에서 그 미적 가치가 드러남으로 각 마디별로 시간의 등장성을 고려해서 창작해야 하며, 지나친 장형은 금하는 게 바람직하다.

다섯째, 사설시조는 더욱 다양한 연과 행, 구, 음보와 음절의 배치를 시

---

15) 김제현도 『사설시조 문학론』(57쪽)에서 '사설시조는 의미요소가 형식요소를 지배하는 형태다'라고 하였다.
16) 김학성은 「시조의 정체성과 현대적 계승」(한국시조학회, 2001)에서 '통사·의미 마디란 통사론적 혹은 의미론적으로 구분되는 단위구를 말한다'고 하였다.
17) 앞의, 조운의 「구룡 폭포」 참조.
18) 시조창작의 3가지 형식적 제약에 있어서 김학성도 「시조의 정체성과 현대적 계승」에서, '첫째, 통사·의미론적 연결고리를 이루는 3개의 장(초·중·종장)으로 시상이 완결된다. 둘째, 각 장은 4개의 음절마디(평시조의 경우) 혹은 통사·의미 마디(사설시조의 경우)로 구성된다. 셋째, 시상의 전환을 위해 종장의 첫마디는 3음절로, 둘째 마디는 2어절 이상으로 하여 변화를 준다'라고 피력한 바 있다.

도할 수 있다. 그러나 자유시나 산문시와의 변별성을 확보하기 위하여 가급적 어느 한 장(주로 종장)이라도 평시조의 정격형을 따르는 것이 좋다.

현대 문학은 다양한 형태로 다양한 사상과 감정을 표현하도록 요구하고 있다. 따라서 현대시조에서는 단형(短型)의 구속력을 뛰어넘어 사설시조를 변용·활용함으로 표현 욕구를 충족시키고 작품성을 살려낼 수 있다.

주지하는 바와 같이 현대시조는 고시조에 비해 그 운용의 폭이 넓고 비교적 자유스럽다. 그만큼 개성적이며 현대인의 사상 감정을 폭넓게 수용할 수 있다는 장점이 있다. 그러나 시조로서의 형식적 특성을 고려하지 않고 주관적 관행으로 지나친 변용과 파격을 일삼는다면 시조로서의 성공적인 미학적 성과는 얻어내기 힘들다. 현대시조의 변용적 대안으로 부각되고 있는 사설시조 같은 경우도 어디까지나 정형시이기에 윤금초의 지적[19]처럼 변용의 정도는 크게 무리가 없이 3장 중 어느 한 장(주로 중장)만의 변형·확장을 시도하거나, 굳이 개방의 폭을 넓힐 경우에는 어느 두 장(주로 초·중장)을 변용하되, 조운의 「구룡폭포」처럼 나머지 한 장에서는 시조의 정격을 지켜 정형시로서의 변별성을 유지시키는 일이 그 한계일 것이다. 이는 결국 현대시조의 성공 여부는 정형시의 바탕 위에서 시상의 전개 방식이 작품의 시적 형상미와 얼마나 잘 조응하느냐의 문제에 달려 있다고 보기 때문이다.

3. 다양한 표현기법 구사하기

한 편의 시조가 성공적으로 이루어지기 위해서는 3장 6구 체계라는 형식적 기반을 염두에 두고, 거기에 가장 어울리는 수준 높은 작품이 탄생

---

19) 윤금초는 "두 장 이상 혹은 각 장이 모두 길어질 경우 자유시와 다른, 시조 고유의 변별성을 확보할 수 없으므로, 초장, 종장은 평시조의 정형률을 따르되, 중장만을 길게 하는 것이 사설시조의 타당한 방법이다"라고 하였다(윤금초, 「사설시조와 서정성 확장」, 『청동의 소리』, 고요아침, 2009, 85쪽 참조).

될 수 있도록 다양한 미적 표현 기법을 동원해야 된다. 시조 문학은 일반 자유시와는 달라 형식적 제약이 있는 정형시이기 때문에 짜임새 있는 구성의 필요성은 물론, 보다 더 긴밀하고 효과적인 언어 표현으로 미적 소통의 간격을 좁혀나가야 된다. 이러한 목적을 달성하기 위해 본 장에서는 표현 방법의 요체라고 볼 수 있는 화자와 어조, 시어, 묘사와 진술 방법, 수사 기법 등의 다양한 표현 방법을 현대시조 작품의 예를 들어 고찰해 보면서 그 발전적 방향을 탐색해 보고자 한다.

1) 화자와 어조

시를 쓰는 것은 작가가 체험하여 보고 느낀 시상을 언어라는 도구를 이용해 현실화하는 작업이다. 그런데 체험하여 보고 느낀 중요한 상념들은 작품으로 형상화시켜 놓지 않으면 무의식 속에 잔존하거나 곧 소멸한다. 언술(言述)이란 이러한 의식 속에 소멸해 버리기 쉬운 표현의 대상들을 필요에 따라서 구체화시키는 언어 행위라고 볼 수 있다.

시적 언술은 소설이나 희곡 등의 다른 장르와 구별되는 시(詩)만의 독특한 양식적 표현 방법과 연관된다. 한편, 시에서 화자의 목소리는 시적 상황에 따라 달라지는데, 어떤 시적 상황에서 감정의 변화에 따라 달리 취해지는, 정서가 반영된 말의 가락을 '어조(語調, tone)'라 한다. 시적 언술이라고 볼 수 있는 시의 창작과정에서 시적 화자의 설정과 그에 따른 어조의 선택은 대상의 표현에 앞서 우선 고려되어야 사항이다.

시적 화자, 또는 시적 자아나 서정적 자아는 퍼소나(persona)개념과 관련되어 있다. 라이트(G. T. Wright)는 "문학은 말들로 이루어지며, 작가에 의해 구성되며, 페르소나에 의해 말해진다"[20]라고 하였다. '퍼소나' 또는 '페르소나'라는 말은 본래 극 중에서 화자의 목소리를 집중·확대하는 가면

---

20) G. T. Wright, *The Poet In the Poem*, 김준오 역, 『시인의 얼굴들』, 반도출판사, 1987, 288쪽.

속의 마우스피스(mouthpiece)를 의미했던 것으로 여겨진다. 그러나 그 개념이 일련의 환유적 발전에 의해 '가면'을 뜻하게 되었고 이어서 '배우의 역할'로 쓰이게 되다가 나중에 그 개념이 확장되어 문학에선 일반적으로 '텍스트 속의 인물이나 개성'을 뜻하게 되었다. 시조에서도 이 시적 자아, 즉 퍼소나의 설정이 대단히 중요하다. 작가가 설정한 퍼소나가 어떤 형태로 어떻게 역할을 하느냐에 따라 어조가 달라지고 이 어조에 따라서 시조의 색깔이나 질감이 달라지기 때문이다. 이와 같이 시조 텍스트 속에 등장하는 인물들은 다양한 어조의 화자들로 기능하면서 시조에 생명력을 불어넣어준다.

(1) 화자의 설정

문학적 담화가 이루어지기 위해서는 이야기의 발원자인 작가, 이야기 내용에 해당되는 작품, 그리고 그 이야기를 들어줄 독자(또는 청자)가 있어야 한다.

이 삼각관계에 대하여 야콥슨(R. Jakobson)은 "담화란 화자(speaker)−정보(message)−청자(hearer)의 역동적 관계에서 이루어진다"[21]고 주장하였다. 우선 시적 화자의 설정은 글 속의 화자가 작가 자신과 일치하는 경우와 작가 자신이 아닌 경우가 있다. 고시조는 현대시조보다 대체로 작가 자신의 목소리가 작중 화자의 목소리로 등장하여서 일치되는 경향이 많다.

시 속의 화자가 작가와 동일한 인물인가 아닌가 하는 문제는 그 판별이 그리 쉽지만은 않다. 한용운의 시 작품이 여성적 어조라고 해서 그 작품의 작가가 여성이라고 할 수 없는 것은 좋은 예이다.

---

21) R . Jakobson, *Linguistic and Poetics*, 김태옥 역, 『언어과학이란 무엇인가』, 문학과지성사, 1977, 148~149쪽.

A

내 언제 無信ᄒ여 님을 언제 속엿관ᄃᆡ
月沈 三更에 온 뜻이 전혀 업ᄂᆡ
秋風에 지ᄂᆞᆫ 닙 소ᄅᆡ야 낸들 어이 ᄒ리오.

– 황진이,『한국시조대사전』· 817

B

투박한 나의 얼굴 / 두툴한 나의 입술
알알이 붉은 뜻을 / 내가 어이 이르리까
보소라 임아 보소라 / 빠개 젖힌 / 이 가슴.

– 조운, 「석류(石榴)」 전문

대부분의 시조들은 위의 A와 같이 시속의 화자('나')와 작가 자신이 일치한다. 그러나 위의 B와 같이 작품 속에 드러난 화자('나')가 작가 자신과 일치하지 않는 경우도 있다. A의 화자 '나'는 님을 그리워하는 작가 자신(황진이)이지만, B에서 드러난 화자 '나'는 작품 속에 드러난 시적 자아, 즉 서정적 자아이지 실재적인 작가 자신은 아니다. 작품 속의 시적 자아인 나는 예술적(허구적) 퍼소나이지만, 작가인 나는 현실적 존재이므로 창작 작품의 결과는 작가의 화자 설정에 따라 그 색채나 질감이 달라지게 되는 것이다. 작가 자신이 하고 싶은 말을 작가 자신의 입을 통해서 표현하느냐, 아니면 대리자를 통해서 표현하느냐 하는 문제는 작가의 표현기법 구상에서부터 비롯된다. 여기서 한 가지 추고(追考)해야 될 것은, 단순성과 교술성이 짙던 고시조와는 달리, 개성과 다양성을 추구하는 현대시조에서는, 작가가 하고 싶은 말을 작가 자신의 목소리보다는 작가 자신이 아닌 대리자를 통하여 감정이입기법으로 표현하는 것이 작품성을 제고하는 데 효과적이라는 점이다. 작품의 수준은 오로지 작가의 창작 능력과 연관되는 일이겠지만, 화자 설정을 통한 표현 기법의 효과적 운용은 작품의 수준을 높이는 데 크게 영향을 줄 것이라는 점을 간과해서는 안된다.

화자의 설정에 이어 대두되는 문제는 청자의 설정에 관한 것이다. 청자의 설정은 작가의 목소리가 누구를 향한 것인가의 문제로서, 향하는 대상에 따라 작품의 내용과 어조가 달라지게 되기 때문에 또한 중요한 문제이다. 그런데 작품 속의 청자와 실재의 청자가 일치하는 경우도 있고, 일치하지 않는 경우도 있다. 고시조에서는 작중의 청자와 실재의 청자가 일치하는 경우가 대부분이지만, 현대시조의 경우에는 일치하지 않는 경우도 많다.

A

盤中 무紅감이 고아도 보이ᄂ다
柚子 안이라도 품엄즉도 ᄒ다마ᄂ
품어 가 반기 리 업슬시 글로 설워 ᄒ ᄂ이다.

– 박인로, 『한국시조대사전』· 1637

B

외로움 속에서도 / 가난함 속에서도 //
옷고름 움켜쥐고 / 향기 아니 잃던 님아 //
얼마나 / 보고픈 이 있기에 / 눈길 헤쳐 왔느냐.

– 이종덕, 「매화」 전문

A에서는 '효도'라고 하는 불변 공통의 보편적 덕목을 화자가 청자에게 말하고 있다. 그러한 보편성 있는 교술적 이념은 창작 당시의 구체적 상황이 있다 할지라도 지속적으로 언제라도 청자들에게 공감을 주는 내용으로 작중의 청자와 실재의 청자는 늘 일치하게 된다. 그러나 B의 경우는 작중의 '님'에게 말하는 발화자의 목소리가 반드시 대상물인 '매화'를 향하고 있다고는 볼 수 없다. 작중의 '님'은 작가가 그리워하는 향기로운 작품 밖의 '또 다른 님'일 수도 있기 때문이다. 이와 같이 현대시조에서는 화자는 물론 청자의 운용도 객관적 상관물을 통한 감정이입 기법 등에 의해

얼마든지 변용의 미학을 추구할 수 있으며, 이러한 기법상의 활용과 적용이 현대시조 표현 방법의 한 특징이라 말할 수 있겠다.

(2) 어조의 변용

표현의 대상들을 구체화시키는 언술에는 화자와 청자의 설정이 글의 성격 및 어조의 형성에 절대적인 역할을 한다. 고시조에서 흔히 보이는 종결어미 '~하노라'와 같은 어투는 내면 지향이 아니라 타인 지향의 청자를 목표로 한 결과로서 그 내용 또한 교훈적 또는 교술적 성격을 띠게 되었다는 것을 의미한다.

현대시조는 이러한 타인 지향의 언술 뿐 아니라, 내면 지향의 언술도 자주 등장하게 되는데 여기서 대두 되는 것이 바로 '시점(視點, point of view)'의 문제이다. 시점이란, 작중 화자가 이야기를 하기 위해 설정된 시선의 각도나 관점을 뜻한다. 시점은 통상적으로 화자와 청자, 작가와 독자 사이의 관계에 긴밀한 연관을 갖고 있으며, 플롯(plot)의 기본이 된다. 이것의 조건으로는 인칭, 인지(認知)의 범위, 의식의 형태 등을 들 수 있는데, 이 시점의 설정은 작품의 어조와 관계 있으며, 효과나 독자들에 대한 호소력에 큰 영향을 미치게 된다.

현대시조에서 나타나는 시점의 유형은 대체적으로 1인칭인 발화자 중심, 2인칭인 수화자 중심, 3인칭의 화제 중심, 복수화자인 우리 중심 등이 있다.

먼저 1인칭인 발화자 중심은 화자인 '나'가 청자인 타인이나 자신에게 목소리를 발하는 경우이다.

A

단비 한번 왔는갑다 / 활딱 벗고 뛰쳐나온 저년들 봐, 저년들 봐. / 민가에 살림 차린 개나리 왕벗꽃은 / 사람 닮아 왁자한데,

노루귀 섬노루귀 어미 곁에 새끼노루귀, 얼레지 흰 얼레지 깽깽이풀에 복수

초, 할미꽃 노랑할미꽃 가는귀 먹은 가는잎할미꽃, 우리 그이는 솔붓꽃 내 각
시는 각시붓꽃, / 물렀거라 왜미나리 아재비 살짝 들린 처녀치마, 하늘에도
땅채송화 구수하니 각시둥글레, 생쥐 잡아 괭이눈, 도망쳐라 털괭이눈, 싫어
도 동의나물 낯두꺼운 윤판나물, 허허실실 미치광이 달큰해도 좀씀바귀, 모
두 모아 모데미풀, 한계령에 한계령풀, 기운 내게 물솜방망이 삼태기에 삼지
구엽초, 바람둥이 변산바람꽃 은밀하니 조개나물, / 봉긋한 들꽃 산꽃 / 두 팔
가린 저 젓망울

간지러, / 봄바람 간지러 / 홀아비꽃대 / 남실댄다.

– 홍성란, 「봄이 오면 산에 들에」 전문

B

오늘 따라 나에게 / 길 묻는 사람 많다.
친절도 나눔이란 / 그 말씀 따르다가
내 할 일 / 깜빡 잊었네 / 참말로 똑똑한 나

– 김수자, 「똑똑한 나」 전문

C

새하얀 드레스를 입고 / 나들이하는 나의 신부여 //
꽃샘바람은 겹겹 접은 너의 옷섶을 헤치고 //
청공의 / 시린 달빛은 / 너의 맨살을 탐하는구나!

– 임문자, 「백련(白蓮)」 전문

위의 글 A, B, C에는 전부 화자가 드러나 있다. 그러나 A는 서정적 자아
1인칭인 '나'가 불특정한 다수에게, B는 1인칭인 '나'가 '나'에게, C는 '나'
가 '너'에게 향하는 목소리를 발하고 있다.

A는 형식면에서 초장과 중장이 확장되었으며, 종장이 평시조형의 정
격을 유지하여 사설시조로서의 변별성을 확보하고 있다. 중장의 긴 사설
은 논자에 따라 다소 견해 차이가 있겠으나, 빗금(/표)친 부분과 같이 4개
의 의미 마디로 나누어 볼 수 있으며, 전체적으로 2음보격 리듬의 짜임을
유지하여 흥거운 사설시조의 어조와 가락에 매우 잘 어울린다. 표현 면에

있어서도 만화방창한 봄날의 정경을 철에 맞는 자연 소재를 끌어들여 재치 있게 시상을 엮어나감으로써 참신성과 생동감을 더해 준다. 격조 높은 운율의 반복적 흐름은 흥을 돋우기도 하면서 독백적·해학적이기도 하여 전체적으로 드러난 이 시의 분위기를 볼 때. 이 시조가 어조와 가락의 묘미를 염두에 두고 창작되었음을 입증해 준다.

반면에 B는 평이한 일상의 삶에서 발견한 자신의 가치를 '나'가 '나'에게 향하는 독백적 목소리로 진솔하게 말하고 있다. 글 C는 화자인 '나'가 청자인 '너'를 향해 목소리를 발하고 있다. '너'의 실체는 꽃샘바람과 달빛이 탐하고 있는, '나의 신부'로 묘사된 '백련'이다. 여기서 청자 '너'는 인간이 아닌 사물(꽃)이며 작가는 사물을 통하여 자신의 정서적 감정을 '~구나!'라는 종결어미로써 영탄적으로 표출하고 있다.

시조는 대체로 작자의 목소리가 시적 화자의 말로 나타나며 그래서 1인칭의 문학이라고도 할 만큼 발화자가 '나'의 형태로 나타나는 것이 많다. 화자 '나'와 청자는 작중에 드러나기도 하고 숨어 있기도 한데, 이럴 경우 시조의 성격은 대부분 독백적, 영탄적 어조를 띠는 경향이 많고 정감적인 서정시의 성격을 띠게 된다.

다음으로 2인칭인 수화자 중심의 글은 발화자인 '나'가 숨고, 수화자인 '너(당신)'가 드러나는 글의 유형이다.

A

늘그막에 등 긁어주는 / 재미로 산다는데 //
어쩌다 효자손이 시중에 나돈 이래 /
노년의 실크빛 행복을 송두리째 앗아갔네 //
몹쓸 것 / 만든 사람아 / 네 죄를 네 알렸다.

— 윤광호, 「시비걸기」 전문

B

그 둔덕 쌓인 세월 / 울분으로 주저앉아 //

밟히고 또 밟혀도 / 그 자릴 넌 지켰다 //
호숫가 / 작은 몸짓으로 / 연두빛 키우는 너

– 변인숙, 「냉이」 전문

　시 속에서 청자가 '너'인 경우는 명령이나 권고나 요청이나 갈망, 호소, 찬양 등 다양한 어조로 나타난다. A에서는 실크빛 행복을 앗아갔다는 죄로 청자인 '너'에게 숨은 화자가 명령조의 목소리를 발하고 있으며, 글 B에서는 글의 제재가 되는 대상물 '냉이'를 청자 '너'로 의인화시켜 대상을 미화·찬양하는 어조를 나타내고 있다. 이렇듯 2인칭인 청자 중심의 글은 때로는 명령과 같은 지령적 기능도 있지만, 반대로 대상을 의인화시켜 찬미할 경우에도 적합하여, 참여시나 목적시에 어울리는 어조를 나타낼 때에 유용하게 쓰인다.

　3인칭 화제 중심의 글은 화자는 숨어있고 3인칭만 드러나는 경우로서 주로 묘사적 관계로 이어지며 시적 공감의 객관화를 요구하게 된다. 이 때 특정 사물을 앞에 내세우고 발화자가 작품 뒤에 숨는 것은 가급적 객관적 시각을 취하기 위함이다. 발화자가 나서서 직접 개입할 경우, 표현하고자 하는 바를 마음껏 드러내는 데 지장을 초래할 수도 있거니와, 개입하지 않을 경우보다 개인적인 시각이 끼어들 가능성이 더 높기 때문이다.

A

진통으로 지새운 밤 / 가뭇없이 밀려가고 //
적막 속에 꽃이 곱다 / 환히 뜬 / 영혼의 / 눈 //
순백에 / 속진(俗塵) 끼일라 / 꿈결이듯 / 부신 아침

– 김석철, 「눈꽃」 전문

B

님 못봐 외롬 떠는 / 꽃이라 말들 해도 //
님 남긴 말을 주워 / 달빛에 비춰 보고 //
님께 줄 / 사연을 엮는 / 붉디붉은 저 여심

– 김영애, 「상사화」 전문

위의 글 A와 B는 제3자의 입장에서 대상(화제)에 대한 표현을, A에서는 '눈꽃'을 '영혼의 눈'으로, B에서는 '상사화'를 '저 여심'으로 승화·비유하여 그려내고 있다. 어조의 경향으로 보면 표현 대상에 대하여 찬미적이고 종장 말미에 명사형으로 종결지음으로써 강조와 강한 인상을 주고 있다. 3인칭 화제 중심의 글은 대체적으로 표현 대상물에 대하여 묘사하고자 할 때 많이 쓰이게 되는데, 그 묘사의 결과는 객관적 공감성에 접근될 수 있도록 그 시적 기능을 요구하고 있다. 위의 글에서 비유적 표현인 '영혼의 눈'과 '저 여심'이, 각각 '눈꽃', '상사화'의 이미지 표현에 가장 적합한지는 객관적 상관성에 비추어 판단해 보아야 한다. 여기서, 화제 중심의 시점이 만약에 지나치게 정보 전달에 적합한, 사실적 객관적 어조에 치중할 경우에 김동환의 「국경의 밤」처럼 서정시보다는 서사시의 성격을 띠게 된다는 점을 간과해서는 안된다.

이 밖에도, 친근감이나 동질감, 또는 동참 의식을 권유하는 내용을 전개하고자 할 때에는 '우리'라는 복수 화자 또는 집단 화자를 내세워 거기에 알맞은 어조인 정겨운 어투나 '~자'를 사용할 수 있다.

A

칠흑같이 어두운 밤 / 등불 켜서 밝힌 사랑 //
바라보며 걸어온 길 / 돌아돌아 두터운 정 //
바다가 / 육지가 된들 / 우리 우정 변할 손가

― 정일옥, 「우정」 전문

B

은은한 종소리에 서서히 마음이 젖듯 /
우리들의 노력으로 세상은 변하는 것 /
설움은 안으로 접고 / 살맛 나는 세상 만들자.

― 조근호, 「사랑하고 싶은 날들」, 전 3수 중 제3수

A의 주제는 본문 속에 드러난 '우정'으로서 '우리'라는 복수 화자를 내세워 친근감이나 동질감·일체감을 살려내고 있다. B는 '우리들'이라는 집단 화자를 내세워 현실참여적인 동참 의식을 권유하면서 '~자'라는 종결어미를 사용하고 있다. 그런데, B와 같이 집단 화자를 내세울 경우, 개성적 서정성이 약해지고 관념적 경향적으로 흐르기 쉬우므로 그 내용 전개에 있어서는 세심한 주의가 필요하다.

어조는 주제에 대한 작가의 태도에서 비롯되며, 그것은 일단 작품상의 언어 형식을 통해서 형성된다. 특히 종장의 서술 종결이 어떤 형태로 끝나느냐에 따라 어조의 성격이 크게 좌우되는데, 종장의 서술 종결 형태로는 시상의 전개에 따른 표현기교에 따라 끝부분에 강한 인상을 주거나 강조하기 위해 명사형으로 끝나는 수도 있고, 도치법 등으로 여운의 효과를 노리기 위해 일부러 문맥을 도치하여 미완형 종결을 취하기도 하는 등 다양한 기법이 적용될 수 있다.

일반적으로 어조와 관련된 종결형에는 평서형 '~다' 이외에도, 감탄·영탄형에는 '~(는)구나', '~(는)도다', '~네', '~와(아, 어, 워)라', 선언·단정형에는 '~하노라', 명령형에는 '~아(어)라', '~게', '~오', '~(으)럼', 의문형에는 '~느냐', '~는가', 청유·권고형에는 '~자', '~세' , '~(ㅂ)시다', 약속·확신형에는 '~리다(라)'. '~(으)마', 온유·겸손·친근형에는 '~(으)소서', '~(아,어)요', '~(ㅂ)니다', '~오' 등을 적용한다. 그러나 이러한 종결 형태들도 시행의 진행에서 일어나는 이미지들과의 연계에서 조화를 이루고 유기적 관계를 이루고 있어야 작가가 의도하는 어조로 형성이 된다.

이와 같이 작가의 의도에 알맞은 화자·청자의 설정과 시상에 어울리는 어조의 선택은 시조에 생명을 불어넣는 중요한 창작 기법들이다.

한편, 어조와 관련하여 창작시에 관심을 기울여야 할 것은 시어의 미적 감각에 관한 일이다. 다음 시조를 보자.

찌는 듯 무더운 날이 길기도 무던 길다
고냥 앉은 채로 으긋이 배겨 보자
끝내는 제가 못 견디어 그만 지고 마누나

– 조운, 「덥고 긴 날」 전문

이 글에서 강조점 찍힌 '무던'을 '무지하게'로, '고냥'을 '그냥'으로, '으긋이'를 '지독하게' 로 표현하였다면 이 시조의 멋과 맛은 어떻게 달라질까. 아마도 시조로서의 감칠맛은 훨씬 더 감소가 되었을 것이다.

일반적으로 시에 쓰이는 언어를 '시어'라고 하는데, 시어는 일상적 언어와 차이가 있다. 일상적 언어가 설명이나 전달의 목적을 달성하기 위해 평범성을 띠고 있다면, 시어는 작가의 시상을 나타내기 위해 선택된 함축적이고도 리듬감 있는 언어이다. 특히 시조에 쓰이는 언어 또한 일반적인 시어보다도 더 율동미가 있고 함축적 의미가 담겨 있어야 한다. 김준오는 "시에서 정서를 환기시킬 수 있는 가장 중요한 요인의 하나는 시의 음악적 성격이다. 현대시가 이것을 외면한다는 것은 감수성의 분리가 아니라 정서의 상실을 의미한다"[22]라고 하였다. 이와 같이 현대시에 있어서도 음악성이 강조되고 있듯이, 정형적인 틀로 이루어진 현대시조에 있어서는 리듬감의 추구는 의미성 확보와 아울러 작품성 제고의 절대적 요인으로 작용하게 된다. 시조에 쓰이는 언어는 리듬, 이미지, 어조 등의 운율적 미적 장치와 함께 효과적으로 구성됨으로써 그 기능을 다하며 작품에 생명력을 불어 넣어주게 된다.

A

가라는 말 없어도 / 청산유수 잘도 간다 //
무한정 가는 세월 / 자로 재듯 재어가며 //
열두 곳 / 나루터마다 / 돌아가는 똑딱선(船)

– 원용문, 「벽시계」 전문

---

22) 김준오, 『시론』, 삼지원, 2005, 156쪽.

B

돌아라 휘돌아라 / 메아리도 흥청댄다 /
옷고름 치맛자락 / 甲紗댕기 흩날려라 /
한 가위 강강수월래 / 西山마루 달이 기우네.

— 송선영, 「강강수월래」 전 4수 중 제4수

　A는 평시조의 정격이 잘 지켜져서 율격적 리듬감이 확연히 드러나고, 각 음보별로 놓여져 있는 시어들의 의미소적 기능도 주제와의 조화를 잘 이루고 있다. 시조에서, 시어들의 '의미소적 기능'이라 함은 시조를 구성하고 있는 시어들의 주제를 향한 함축적 의미와 연관되는데, 이 글은 시어의 운용에 있어서, '정확하게'라는 일상용어를 '자로 재듯'으로, 매시간의 종착 개념을 '열두 곳 나루터'로, 똑딱똑딱 초침소리 나는 벽시계를 '똑딱선'으로 치환 은유하여 함축적 의미가 부여되었을 뿐 아니라, 그러한 시어들을 적절한 위치에 배치함으로써 작품성을 높이고 있다.

　반면에, B는 시어의 나열로 보아 독자로 하여금 깊이 있는 사고를 요구하지도 않으면서 흥겨운 리듬감에 젖어들게 한다. 작가는 향토적인 미적 소재와 그에 어울리는 평이한 시어들을 선택하여 적절히 배열해 놓음으로써 분위기의 유연성을 획득하고 독자들에게 안정감을 주고 있는 것이다. B는 시어가 던져주는 함축적 의미보다는 전체적인 분위기와 흥겨운 리듬감으로 시상을 끌고 나간 예이다.

　윤금초는 "시조에서 언어의 선과 색채는 언어를 묘리(妙理)있게 조화하는 데서 이루어지는 것이요, 시의 리듬과 멜로디는 언어를 묘리 있게 배열하는 데서 이루어지는 것이다"23)라고 하였다. 글 A와 B에서 나타난 바와 같이 시조에 쓰이는 언어는 사전적 의미로는 일상 용어와 같다 할지라도 그 배치와 쓰임에 따라서는 일상 용어와 큰 차이를 보이게 되는데, 시

---

23) 윤금초, 『현대시조 쓰기』, 새문사, 2004, 220쪽.

조의 맛과 멋을 살리고 작품성을 높이는 문제는 오로지 작가의, '시어의 선택과 그 운용의 묘'에 달려 있다 하겠다.

현대시조의 미적 추구를 위해선 현대적 시상에 알맞은 적합한 시어의 선택이 선행되어야 한다. 시조 언어는 일상 언어와 다르며 또 자유시의 시어와도 그 차이가 드러나야 한다. 시조 언어는 시어의 일반적인 특징을 공유하고 있어야 함은 물론이지만, 시조 언어로서의 함축성과 긴축성과 구체성을 지니고 있으면서 정형시에 걸맞도록 리듬감이 있어야 한다. 전통을 중시하는 정형시라고 해서 전근대적인 상투적 시어들을 동원하게 되면 현대적 감각이 상실되고 식상하기 쉽다. 새로움의 활력소가 되는 낯설고도 비틀린 언어, 선과 색채가 남다른 인상을 주는 구체성을 띤 시어들은 시조의 참신성을 더해주고 생명력을 불어 넣어준다.

생명력 있는 시조 언어의 구사에서 특히 유념해야 될 사항 중의 하나는 솔직성과 진실성 확보의 문제이다. 아무리 참신한 시상이라 하더라도 솔직성이나 진실성이 결여되어 있다면 독자들과의 교감의 틈이 벌어지고 그 매력은 상실되고 말 것이다. 목적성을 띤 시조가 지속적인 호응을 받지 못하고 성공하지 못하는 이유는 내면적 감성으로부터 우러나온 진실성이 결여되어 그 공감대를 피부로 느끼지 못하기 때문이다. 그리고 현대시조에 쓰이는 시어는 현학적이고 복잡한 것보다는 쉽고도 감명 깊은 언어, 더 나아가 영혼의 울림을 주는 언어가 좋다.

이지엽이 "오늘의 시조단은 매너리즘과 음풍농월식 자기만족에 빠졌거나, 아니면 저 혼자 세상의 모든 고통를 다 짐 지고 가는 듯한 자기도취에 사로잡혀 있다"[24]라고 지적한 바와 같이, 사상과 감정이 서로 화합되지 못하고 자수율 맞추기에 급급하여 상투적인 시어들로 조립된 글은 독자로부터 외면을 받는다.

---

24) 이지엽, 『현대시조 쓰기』, 랜덤하우스, 2007, 180쪽.

초봄의
설레임 같은,

첫날밤
수줍음 같은,

바람난
가시내의
질정 없는 몸부림 같은,

초점을
맞추지 못한
망원렌즈
눈,
눈,
눈

– 서일옥, 「안개」 전문

위의 시조는 '안개'에 함의된 작가 나름대로의 함축적 시상을, 적절한
시어를 선택하여 직유법으로 전개 · 나열하면서 의도된 구성에 의해 작품
성을 드러내고 있다. 특히 종장의 '망원렌즈'와 '눈'의 적절한 행갈이 표현
은 현대시조에서 시어의 적절한 배치가 주제 의식을 드러내는데 얼마나
중요한가를 잘 보여주고 있다.

앞에서 논한 적절한 시어들의 선택에도 불구하고 하나의 시조가 작품
으로서 성공하지 못하는 이유는 시어 배치의 부적절성 때문이다. 하나의
현대시조가 바람직한 글로서 인정을 받으려면, 그 선택된 시어들을 어떻
게 적재적소에 배치하느냐에 따라서 그 미적 감각이 드러난다는 사실을
잊어서는 안된다.

2) 언술형식과 시적 표현

수사학에서는 언술 형식을 설명(說明), 논증(論證), 묘사(描寫), 서사(敍事)의 네 가지로 말하고 있다.25) 이 중 '묘사'는 사물이나 현상이 지닌 인상을 감각적, 회화적으로 그려내는 언술 형식이며, '설명'은 현상에 대해 깊이 있는 이해를 전달해 주려는 목적을 갖는 언술 형식이다.

시와 소설에서의 언술 방식에 차이를 보이는 것은 시에서는 느낌을 직접적으로 제시하고, 소설에서는 느낌을 스토리(story)로 제시한다는 점에서 차이가 있다. 이러한 차이점에 따라 시에서는 묘사적 언술 방식을 적극적으로 수용하게 되고 소설에서는 서사적 언술 방식을 따르게 되는데, 시조에서도 묘사(description)는 설명(exposition)과 더불어 시상 표현의 가장 중심적인 표현 기법이다.

앞에서 말한 바와 같이 묘사가 현상을 감각적, 회화적으로 그려내는 기법이라면, 설명은 작가의 의도를 명백히 알려주는 선언적·고백적·해석적인 성격을 띤다.

묘사와 설명은 시에서 시상 언술 표현의 중요한 두 축이다. 묘사는 사물이나 형상이 지닌 인상을 회화적·가시적·감각적으로 명료화시켜서 실감을 느끼게 하고, 설명은 시상을 사고의 깊이로 끌어들여 독자로 하여금 공감을 느끼도록 유도한다. 좋은 시조는 묘사와 설명적 요소가 절묘하게 조화를 이루어야 하는데 어느 한쪽으로 치우칠 경우에 시조의 맛과 멋은 훨씬 감하게 된다. 이 두 언술 형식에 대하여 이지엽도 '설명적 요소'를 '진술'로 표현하면서, "묘사에 치중한 시는 산뜻해서 보기는 좋지만 깊은 맛이 덜하고, 진술로만 이루어진 시는 깊이는 있지만 관념적이다"26)라고 지적하면서 묘사와 설명의 조화를 강조하였다.

---

25) C. Brooks and R. P. Warren, *Modern Rhetoric,* New York: Harcourt Brace Jovanovich, 1979, 39~216쪽.
26) 이지엽, 앞의 책, 230쪽.

(1) 묘사와 설명

(가) 시적 묘사

시적 묘사는 설명적 묘사(expositional description)와 암시적 묘사(sugge
-stive description)의 두 가지가 있다.[27] 설명적 묘사는 일정한 대상에 대
한 정보를 전달하기 위한 묘사이고, 암시적 묘사는 특정 사물에 대한 지
배적 인상이나 의미, 정황 등을 중시하는 묘사이다. 자유시와 마찬가지로
시조에서는 암시적 묘사가 주종을 이룬다.

　　A

　내 고향 충청도서 남(南)으로 백리쯤 돌면
　산 깊고 들 넓어 푸른 익산 그 마을 끝에
　삼 부처 모신 석탑이 노을 속에 활활 탄다

　　　　　　　　　　　　　　　　－ 백승수, 「익산 미륵사지에서」 전 5수 중 제1수

　　B

　빗물 / 고인 자리에 / 아침 솔빛이 잠긴다 //
　멀리서 / 종소리 울려와 / 그림자 위에 얹히고, //
　이윽고 / 돌도 구름도 / 서로 눈길을 맞춘다.

　　　　　　　　　　　　　　　　　　　－ 김상옥, 「아침 소묘(素描)」 전문

A는 미륵사지 석탑이 서 있는 위치와 모습을 정보 전달해 주려는 설명
적 묘사의 글이고, B는 이른 아침 빗물 고인 자리를 보고 그림을 그리듯이
그 정황과 인상을 포착해낸 암시적 묘사의 성격을 띤 글이다. 하나의 완
성된 글 속에는 부분적으로 설명적 묘사와 암시적 묘사가 혼재해 있는 경
우도 많다. 그리고 창작 과정에서 지나치게 설명성이 강조되다 보면 시적
긴장감이 떨어지게 되는데, 그 결과로 암시적 묘사의 글보다 설명적 묘사

---

27) ‘시적 묘사’에 관한 분류 방식은 오규원의 『현대시 작법』(문학과지성사, 1992)과 이
　　지엽의 『현대시 창작 강의』(고요아침, 2007)를 참고하였다.

의 글이 문학적·미적 묘미가 덜할 수도 있다. 그래서 대부분의 시조 작가들도 암시적 묘사의 글을 더 많이 즐겨 쓴다.

> 외진 산 모퉁이로 / 뱃고동만 울고 가고 //
> 물결은 설레어도 / 돛배 하나 안 뜨는 날 //
> 한나절 조는 복사꽃 / 실바람이 깨운다.
>
> 밀물도 심심하여 / 갈밭머릴 돌아서면 //
> 끝없이 벋어간 해안 / 조개 줍는 아이 서넛 //
> 그린 듯 수평선 밖에 / 섬이 하나 졸고 있다.

– 박재두, 「갯마을 풍경」 전문

이 글도 고요하고 평화로운 갯마을의 풍경을 암시적 묘사의 기법으로 그려내었다. 의인화된 '뱃고동', '물결', '복사꽃', '실바람', '밀물', '섬' 등의 소재들이 시상의 연결을 자연스럽게 해주면서 독자로 하여금 갯마을의 고요로운 이미지를 생생하게 그려내게 한다. 묘사와 관계되는 감각적 이미지 중에서 가장 두드러진 것은 시각적 이미지이다. 이 글도 '뱃고동만 울고 가고'에서 청각적 요소가 발견되지만, 전체적으로는 시각적 이미지가 중심이 되어 회화적 시상으로 펼쳐나간 것을 알 수 있다.

시의 창작과정에서 적절한 설명과 어울린 '묘사'는 좋은 글을 쓰기 위한 가장 기본적인 기법 요소이다. 객관적 상관물에 대하여 표현하고자 할 때, 설명적 요소가 많은 글보다 묘사적 요소가 많은 글이 문학적, 미학적 가치가 많다는 점은 주지의 사실이다.

시적 묘사를 잘하기 위해선 평소에 대상물에 대한 '관찰(들여다보기)'에 관심을 가져서 개성적 안목을 키워나가야 된다. 자기만의 개성적인 안목에서 우러나온 독특한 시적 묘사, 그리고 그에 따른 독자들의 공감대가 형성될 때 좋은 작품이란 평가를 받게 된다.

(나) 시적 설명

시적 묘사가 '관찰'을 필요로 하며 표현 대상을 회화적으로 가시화하려는 경향을 띠고 있다면, 시적 설명 요소들은 관찰보다는 '관조'를 필요로 하며 묘사와는 달리 청각을 통한 설득과 깊은 관련을 가지고 있다. 따라서 시적 설명 요소는 독백적 양상으로 흐르기도 한다. 시적 묘사가 감각적이며 회화적이라면, 시적 설명은 고백적, 가청적, 해석적 성향을 띠게 된다. 오규원은 시에 있어서의 설명적 요소들을 '진술'이란 단어로 표현하였다. 그리고 시적 진술의 종류에 대하여 독백적 진술, 권유적 진술, 해석적 진술로 분류하면서, "독백적 진술은 스스로가 시적 대상이 되어 반성하고 기원하는 형태이며, 권유적 진술은 자기의 주장을 불특정 개인 또는 다수에게 적극 동조를 요청하는 형태이고, 해석적 진술은 일정한 시적 대상에 대한 시인 나름의 해석과 비판의 형태로 나타난다"28)라고 하였다. 이를 통해 볼 때, 시에서 독백적 언어가 회고 · 기원 · 자기반성의 색채를 띠고 있다면, 권유적 언어는 타인의 각성을 촉구하고 동조해주기를 바라는 경향이며, 해석적 언어는 시인 나름의 깨달음을 명시적으로 들려주는 비판적 성격을 띠고 있다 하겠다. 그러나 이러한 설명적 요소들의 어느 것이든 시 속에서 그 자체만으로는 좋은 글이 성립할 수 없고, 묘사와 더불어 어울릴 때 그 표현 효과는 상승하게 된다.

A

사과향(香)의 단물을 베어 / 목욕물을 데운다 한들 //
이 몸에서 향기가 나랴 / 손끝에서 피가 돌랴 //
한평생 / 죄(罪)스런 육신(肉身) / 지우려고, 또 지운다.

— 최윤정, 「고해(告解)」 전문

---

28) 오규원, 『현대시작법』, 문학과지성사, 1992, 134쪽.

B

높푸른 하늘 아래 / 맑은 情 감도누나 //

방 안에 불 밝혀드니 / 따순 情이 절로 나네 //

벗님아 情두고 둘러 앉아 / 이 밤 한껏 놀다 가세.

— 김영권, 「情」 전문

C

간척은 밥 팔아 똥 사먹는 짓거리다

황금알을 낳는 거위를 죽이는 일이다

이보다 더 심한 말도 주고 싶은 맘이다

— 강영환, 「새만금을 지우다」, 전 5수 중 제4수

A는 죄 많은 육신을 벗어나고자 안간힘을 쓰면서 자기 고백적 목소리를 내고 있으며, 스스로가 시적 대상이 되어 반성하고 기원하는 독백적 언술의 형태를 띠고 있다. 글 B는 정겨운 주변 환경을 선경(先景)으로 제시하면서 자기 아닌 타인들('벗님')을 향해 한데 어울려 따순 정을 나누자며, 동조해주기를 바라는 권유적 언술의 형태를 드러내고 있다, 반면에 C는 새만금 간척에 대하여 자기 나름대로 그 의미를 탐구하면서 비판하는 해석적 언술의 형태를 나타내고 있다.

이와 같이 설명적 요소들을 어떤 것으로 어떻게 가미할 것인가는 표현하고자 하는 주제의 성격과 작가의 창작 의도에 따라 달라지는데, 어떻게 '묘사'와의 조화를 이룰 것인가를 염두에 두어야 한다.

(2) 묘사와 설명의 조화

묘사와 설명의 어울림은 '이상적인 시형'의 필수 조건이다. 특히 시조의 경우는 초·중·종장의 3장 구조를 이루고 있기 때문에 '묘사+설명', '설명+묘사' 등의 형태로 어울림이 조화로워야 시적 표현 효과를 극대화시킬 수가 있다. 의도적으로 특수하게 창작하는 경우를 제외하고, 일반적으로 묘사로만 끝나거나 설명으로만 끝나는 경우, 암시적 효과와 강조적 효과의 조화를 이루지 못하여 문학적 성과는 크게 기대할 수가 없다.

> 당신이라는 불을 훔쳐 훅 끼치는 유황 냄새 이 가파른 사선에서 자꾸만 넘어져요, 침묵을 가장한 날들 속엔 고열이 들끓지요.
>
> 아무것도 태워보지 못했던 시간 속에 간신히 잡히는 맥박처럼, 웃음처럼, 노랗게 첫 맘이 피어 여러 빛깔 건너가요.
>
> 루비 귀걸이 차랑차랑 귀에 걸고 웃을까요? 열매가 툭, 떨어져요. 아! 사랑을 모르는…… 밋밋한 심장을 이루려 열망들을 훑어내요.
>
> 당신이라는 惡山을 오르며 찢긴 상처에 방울방울 핏방울 맺혀서 떨어지는, 쉽사리 응고되지 않을…… 당신, 제발 안녕하지 마.
>
> — 선안영, 「산수유, 비에 젖어」 전문

위의 글은 화자는 숨어 있고 청자가 중심이 된 글로서, 4연시조의 형태로 지어진 것이다. 불같은, 유황냄새 풍기는, 악산 같은 당신 앞에서 찢겨서 핏방울 맺혀 툭툭 떨어져내린 여인의 심상을 '산수유'라는 객관적 상관물을 통하여 감정이입 수법으로 독백적으로 진술하고 있다. 차라리 사랑을 몰랐더라면, 밋밋한 심장에 오히려 평안함의 안주에 행복할 것을, 산수유는 이토록 여인의 원한 맺힌 방울방울 핏방울이다. 마지막의 '당신 제발 안녕하지 마'는 빠알간 산수유 열매 같은 여인의 저주스런 경구라는 강한 인상을 주지만, 결코 당신에 대한 저주라기보다는 애처로운 여인의 한풀이의, 원망어린 역설적 표현이다.

여기서 특히 의문과 관찰의 문제로 부각되는 것은 이 글의 설명적 형태와 시조로서의 형식이다. 시행의 배열에 있어서는 오직 작가의 의도에 달려 있지만, 이 글을 시조로 인식하기 위해서는 세밀한 관찰과 음독을 되풀이해야 한다. 4연 시조이지만 줄글로 이루어져 산문조를 띠고 있기 때문이다. 정수자는 이 글의 형식에 대하여 "산문시 형식의 배행도 단박에 간파당하지 않는 의미의 심화에 기여했다"[29]라고 하였다. 물론, 단박에 간파당하지 않음을 염두에 두고 창작에 임했을 것이다. 그러나 무엇보다도 이 시조의 작가는 정형시의 전통적 배열에 앞서 사랑에 대한 원망 심리를 구구절절히 거침없이 토해내고 싶었던 심리가 먼저였을 것이다. 그래서 줄글이 나왔고 영탄적 어조가 나왔고, 여성적 어조인 '~요'(각운)가 나왔고, 시조이기 때문에 길어지는 토해냄의 절제를 위하여 말줄임표도 나왔다.

그러나 여기서 엘리어트가 말한, '감정의 해방이 아니고 감정으로부터의 탈출'[30]이라는 말에 귀를 기울일 필요가 있다. 시란 단순한 감정의 표출이 아니라, 현실이 감추고 있는 모든 가치로운 진실이나 현상을 감지하는 인식의 표현이다. 따라서 지나친 감정적 넋두리나 푸념은 진실이나 현상의 포착을 그르칠 수가 있다. 감정의 절제 또한 시조의 미학이 될 수 있기 때문이다. 이 글은 다분히 감정적이기 때문에 묘사와 진술을 적절히 조화시키면서 시조로서의 장별 휴지부도 알려주고 과부하된 감정을 억제시킬 필요가 있다. 그럼에도 불구하고 이 글이 독자들의 마음에 호기심을 일으키는 것은 구구절절 호소하는 듯한 여성적 어조의 영향력이 크기 때문이다.

전술한 바와 같이 묘사와 설명은 시적 언술 방식의 두 축이다. 묘사와 설명이 조화를 이룰 때에 시조의 진면목은 드러나게 된다.

A

투박한 나의 얼굴 두툼한 나의 입술　　　　　　　」묘사
알알이 붉은 뜻을 내가 어이 이르리까
보소라 임아 보소라 빠개 젖힌 이 가슴　　　　　」설명

— 조운, 「석류」 전문

---

29) 정수자, 「오래된 새로움의 미학과 가능성」, 『한국시조시인협회 세미나』, 2009, 23쪽.
30) T. S. Eliot, *Selected Essays,* London: Faber and Faber Limited, 1980, 21쪽.

B

몸을 담아 두니 마음은 돌과 같다
봄이 오고 감도 아랑곳 없을러니   」설명
바람에 날려든 꽃이 뜰 위 가득 하구나   」묘사

– 이병기, 「백묵」 전 2수 중, 제1수

C

마냥 고와서 서러움이 밀려온다
어디서 내려와 이 터전에 몸 풀었나   」설명
덧칠한 / 분홍 립스틱 / 온 마을을 점령했다   」묘사
꽃가마에 수를 놓고 꽃상여에 수를 놓아
앉아가는 그 길에 누워가는 그 길에   」묘사
홍건히 / 뿌려나 다오 / 저승도 이승 같게   」설명

가지마다 꽃잎 물고 새색시 볼 그리는데
취해서 혼돈인가 무릉도원 같아라   」묘사
환장할 4월이어라 / 이대로 멈추어라   」설명

– 장숙자, 「복사꽃을 아시나요」 전문

　A는 전통 시조의 일반적 전개 방식인 선경후정(先景後情)의 형식적 배치 원리에 따라 초장이 묘사, 중장과 종장은 설명으로 되어 있다. 이 작품은 초장에서 석류의 실감 나는 묘사도 예사롭지가 않거니와, 중장 이후에는 설명 방식으로 시적 화자가 자신의 실체를 곡진하게 투사하여 시조 작품의 진수를 보여주고 있다.

　반면에 B는, 선경후정의 일반적 전개 방식대로 '묘사 → 설명'의 형식이 일반적인 시창작의 원리이나, 이 글은 '설명 → 묘사'의 형태로 윗글 A와는 반대로 되어 있다. 독자들은 느닷없이 나타난 초장의 설명에 감을 잡기 어려우나 종장까지 음독하면 서정과 서경이 조화로운 이 작품의 묘미를 느낄 수가 있다. 이 글의 시적 화자는 교직에 몸을 담고 강의를 하다가 창문 밖을 내다보며 무상한 세월 속의 현실을 바라보고 있다. 이와 같

이 시조의 창작에서 묘사와 설명의 조화는 작품의 품격을 높여준다고 볼 수 있는데 연시조의 경우에도 마찬가지이다.

C는 연시조로서 각 首별로 복사꽃의 아름다움을, 묘사와 설명을 적절히 조화시키며 시상을 전개하여 작품의 표현 효과를 높여준 예이다. 이와 같은 연시조 작품도 묘사와 설명의 적절한 조화를 염두에 두지 않고 창작을 하였을 때 그 작품의 가치는 기대할 수 없을 것이다.

3) 수사기법

비유와 상징, 그리고 이미지는 현대시 창작 과정에서 필수적으로 다루어져야 하는 중요한 기법들이다. 비유가 없는 시는 추상적 관념적인 원관념이 진부한 설명으로 대치되어 실감실정을 느낄 수가 없으며, 이미지의 기법에 소홀한 시도 신선감이나 환기력을 잃어 독자들에게 외면을 당하기 쉽다. 여기서는 현대시조에서 비유와 상징, 그리고 이미지가 어떻게 구현되고 있으며, 그것이 어떻게 미적 가치를 발휘하고 있는지 살펴보도록 한다.

(1) 비유와 상징

시인은 자신의 생각이나 감정을 다양한 시적 표현 방법을 통해 미적으로 형상화 해낸다. 여기서 시적 표현 방법이란 일상적 언어 표현과는 다른 미적 표현 기교를 말하는데, 주로 직설적 언술의 방식을 떠난 간접적 장치에 의한 언술 방식을 말한다.

시의 표현 기교 중에서 비유와 상징은 단순한 표현 수단의 의미를 넘어선 가장 핵심적인 요소이다. 특히 단순미와 절제미가 요구되는 시조에서 비유와 상징은 시조를 시조답게 하는 미적 기법이며 시상의 함축성과 다의성을 드러내는 데에도 효과적인 표현 수단이기에 그 중요성은 부각될 수밖에 없다.

(가) 비유

중국 고전 시가의 표현 수법은 '부(賦)', '비(比)', '홍(興)'의 세 가지였다. 이 가운데 직설법이라 할 수 있는 '부'의 수법을 제외하면, '비'와 '홍'의 수법은 모두 다른 사물의 유사점을 이용하는 일종의 비유법이다.[31] 일찍이 우리나라의 한시 · 시조와 같은 고전 시가에서도 이 부 · 비 · 홍 표현기법[32]의 영향을 많이 받아왔다. 여류 작품으로는 그 작품성이 뛰어나다는 황진이의 경우도, 한시 「박연폭포(朴淵瀑布)」와 「영반월(詠半月)」,[33] 시조 「冬至ㅅ들 기나 긴 밤」, 「靑山裏 碧溪水야」 등에서 비유의 기법이 절대적으로 많이 적용되었음을 알 수 있다. 황진이는 반복적 기교와 영탄조의 기법도 종종 자주 사용했지만, 비유 기법(특히 은유와 상징 기법)에 매우 능하였다. 비유의 기법이 절대적으로 많은 것은 풍류의 멋을 살리려는 의도도 있었겠지만, 우회적 언술 기법이라는 측면과도 연관성이 많다.

비유[34]는 이질적인 두 사물 사이의 유사성이나 동일성을 지각함으로부터 비롯된다. 즉 두 사물 사이의 동일성에 의하여 유추되고 탄생된 표현 기교가 비유인 것이다. 따라서 비유는 언어의 전이 현상이라 말할 수 있다. 표현하려는 대상을 다른 사물에 빗대어 나타내는 비유법으로는 직유(直喩), 은유(隱喩), 대유(代喩, 환유와 제유), 활유(活喩), 풍유(諷諭), 의인(擬

---

31) 이병한 편저, 『중국 고전시학의 이해』, 문학과지성사, 2005, 89쪽.

32) "詩는 같은 작가의 작품일지라도 그 영감을 표현하는 방법이나 기법에 따라 차이가 나는데, 사실 그대로 쓴 시를 부(賦)라하고, 상징과 비유로 표현한 것을 비(比)라하며, 어떤 사물을 돋보이게 하고자 그 뒤에 배경을 넣는 기를 홍(興)이라 한다. 興은 절개가 굳고 일편단심인 춘향이를 돋보이게 하기위해 정조(貞操)를 가볍게 여기는 향단을 그 배경에 넣은 것과 같은 그런 구조의 시를 말한다"(2009년 9월 18일, 김대원의 「新詩原論講解」 참조).

33) 誰斲崑崙玉 裁成織女梳 牽牛一去後 愁擲碧空虛: 누가 곤륜산의 옥을 깎아다 직녀의 빗을 만들었는가. 견우와 이별하고 난 뒤로 부질없이 푸른 하늘에 버려두었네(黃眞伊, 「詠半月」).

34) 비유라는 말은 희랍어인 '메타포라(metaphora; 운동 또는 변화를 뜻함)'에서 유래되었다.

人), 의성(擬聲), 의태(擬態), 중의(重義) 등이 있다.[35]

　르네 웰렉이 '시를 구성하는 두 개의 중요한 원리는 운율(韻律)과 메타포(은유)'[36]라고 하였듯이, 비유 중에서 가장 큰 비중을 차지하는 것은 역시 은유(隱喩)다. 은유(隱喩, metaphor)는 '~처럼', '~같이', '~듯' 등의 연결어를 동반하는 직유보다 한 단계 발전된 비유법으로, 원관념은 숨기고 보조 관념만 드러내어 표현 대상을 설명하거나 그 특질을 묘사하는 표현법이다. 은유의 기본 구조는 A=B 라는 등식인데, I. A. 리처즈(Richards)는 A를 원어(原語, principal terms)라 하고 B를 후속어(後屬語, secondary terms)라 명명했지만, 그 이후 거의 모든 수사학적 은유의 설명은 리처즈의 이 이론에 따르고 있다.[37]

　'비유가 없는 것은 시가 아니다'라고 할 정도로 현대시에서는 특히 비유의 기법이 강조되고 있다. 관념성이 주가 되었던 고시조에서보다 묘사가 강조되는 현대시조에서는 이 비유의 기법이 시조 창작의 중심 기법으로 자리 잡고 있다.

　A

　불타는 태양처럼 / 싱그런 녹음처럼 //
　승천하는 안개처럼 / 꿈꾸는 꽃씨처럼 //
　떠나는 가을 바람처럼 / 아, 투명한 유리처럼

　　　　　　　　　－ 김남환, 「작은 꿈을 위한 여섯 마디의 직유」 전문

---

35) 르네 웰렉은 「문학의 이론」에서 비유의 종류가 무려 250종이나 있다고 하였다(R. Welleck, 『Theory of Literature』, 김병철 역, 을유문화사, 1990, 304쪽 참조).「논문의 기교」(서복환,『논문작성법』,일한도서출판사, 1956.2, 69~79쪽 참조)라는 글에서는 수사적 기교를 '강조의 기법(과장법, 열거법, 대조법, 거례법, 반복법), 비유의 기교(직유, 은유, 대유, 의인법), 변화의 기교(설의법, 아이러니, 도치법, 인용법)'로 3분하고 13가지를 설명하고 있다.
36) 르네웰렉 · 오스틴워렌 공저(김병철 역),『문학의 이론』, 을유문화사, 1990, 186쪽.
37) 이기철,『詩學』, 일지사, 1986, 49쪽에서 재인용.

B

백발도 / 영락인가 / 귀에 쟁쟁 흔들리고 //
갈대 숲 / 겨울 노래 / 눈에 삼삼 들려오는 //
봉발의 / 늙은 사공은 / 또 하나의 강을 본다.

— 전선구, 「석양」－이나리 강가에서 전문

C

수집어 수집어서 다못타는 연분홍이
부끄러 부끄러서 바위 틈에 숨어 피다
그나마 남이 볼세라 고대지고 말더라

— 이은상, 「진달래」 전문

글 A는 비유 중에서 주로 직유의 기교만을 이용하여 '꿈'의 이미지들을 형상화시켜 나갔다. 장대하게 활활 타오르던 젊은 날의 거대한 꿈은 직유와 점강이라는 표현기교에 의해 차츰차츰 작아지고 현실화되고 투명해지고 있다.

반면에 글 B는 A와는 달리 인생의 황혼녘을 맞이한 서정적 자아를 '봉발의 늙은 사공'으로, 다가오는 내세는 '또 하나의 강'으로 은유하면서 자아성찰적 관조의 태도를 보이고 있다. 지난날의 인생 역정은 청각과 시각적 이미지를 통하여 환청과 환상의 경지까지 이르게 되면서 이 시조의 실감실정과 사유적 깊이를 더해 주고 있다. 글 C는 숨어 피는 '진달래'의 모습을 의인과 반복법에 의한 표현기교를 이용하여 실감 있게 표현하였다.

이와 같이 비유는 시조에서 가장 중요한 표현 기법의 하나로서, 과장, 반복, 점층(점강), 대조, 영탄 등의 강조법과 도치, 대구, 설의, 반어, 역설, 돈호 등의 변화법과 조화를 이룸으로써 현대시조에서도 작품의 미학적 가치를 높여준다.

시조에 나타난 은유적 수사 기교를 치환 은유(epiphor)와 병치 은유(diaphor)[38]로 나누어 볼 수 있다. 먼저 치환 은유란 두 사물간의 대조나 비교가 아니라 유사성에 의해 전이되어 자리바꿈되는 것을 말한다. 비유의 본질은 어떤 사물을 드러내기 위해 그와 유사성 또는 동일성을 지닌 다른 대상물을 대치하여 전달하는 어법인데, 이 대치론의 하나가 치환은 유 즉 '옮겨 놓기' 전이 방식이다. 은유는 일종의 '전이'이고 전이는 유추, 곧 유사성에서 비롯된다. '옮겨 놓기'는 야콥슨의 용어를 빌린다면 등가성의 원리39)에 입각한다. 중요한 것은 좁은 의미의 은유, 곧 'A는 B다' 식의 '구조적 은유'(structural metaphor)다. 휠라이트는 이런 은유 개념을 치환은유(epiphor)란 용어로 기술하였다.40)

A

참았던 울분인가 / 저리 타는 꽃불이여
뜨락조차 불그래져 / 열 오르는 사월 아침
꽃빛도 그만만하면 / 영령들의 피 아닌가.

— 이요섭, 「철쭉꽃」 3수 중 제1수

B

선계에 꽃 한 송이 / 쪽빛 하늘에 걸렸다//
부끄럼 모르던 까치도/ 노을로 붉고 //
할메는 / 틀니가 없어도 / 세상맛을 알았느니

— 양점숙, 「홍시」 전문

---

38) 치환은유는 어원상으로 보면 epi=over on to(포개어짐)와 phora=semantic movement의 뜻이고, 병치은유는 dia=through(통과함)와 phora의 뜻으로, 이 두 용어에 쓰인 'phora'는 아리스토텔레스가 말한 의미론적 전이로서의 은유에 해당한다(이기철, 『시학』, 일지사, 1986, 52쪽 참조).

39) 야콥슨(Roman Jakobson)은 「언어학과 시학」이라는 논문에서 '시적 기능은 등가의 원리를 선택의 축에서 결합의 축으로 투사한다'라고 설명하였다. 한 문장의 배열 방식은 '선택(selection)'과 '결합(combination)'으로 이루어지는데, 단어를 선택하는 문제는 등가성의 원리가 지배하고, 단어를 결합하는 문제는 인접성의 원리가 지배한다고 하였다. 그런데 시(詩)인 경우에는 일상적인 문장과는 달리, '등가의 원리'가 단어를 연결하는 '결합의 축'에서도 작용한다고 보는 것이 야콥슨의 견해다(R. Jakobson, 신문수 편역, 『문학속의 언어학』, 문학과지성사, 1989, 358쪽 참조).

40) Philip Wheelwright, *Metaphor and Reality*, Bloomington: Indiana University Press, 1973, 70~91쪽.

글 A에서는 원관념 '철쭉'이 보조관념인 '참았던 울분', '꽃불', '영령들의 피'로 전이되어 확장 은유의 형태로 시상을 넓혀 나갔다. 글 B에서는 원관념 '홍시'가 '선계에 꽃 한송이'로 비유되어 자리바꿈되었다. 종장에서도 순수하고 가식 없는 존재를 '틀니 없는 할메'로 대치하였고, 선계의 꽃으로 비유된 홍시맛을 '세상맛'으로 자리바꿈하여 놓아서 이 시조가 치환 은유의 형태를 취하고 있음을 알 수 있다.

치환 은유에서 원관념과 보조 관념의 결합은 동일성을 근거로 하고 있다. 이 때 동일성은 단순한 외형상의 닮은 특질이라기보다 내적이며 가치적인 동일성이다.

한편, 병치 은유는 치환 은유와는 달리 원관념과 보조 관념 사이의 관계가 동일성의 원리에서 벗어나 이질성의 결합 원리에서 비롯된다. 치환 은유의 유사성이나 모방적 인자가 제외된 채 서로 다른 특징적 사물들이 당돌하게 병치됨으로써 빚어지는 새로운 결합의 형태이다. 치환 은유가 '옮겨 놓기'라면 병치은유는 '마주 놓기'의 형태이다.

휠라이트에 의하면, 병치 은유란 어원 상 dia(through)＋phora(semantic movement)의 뜻이다. 휠라이트는 시에서 은유의 진가는 단순한 자리바꿈의 형식에서 벗어나 병치의 관계에서만 보다 철저히 밝혀질 수 있다고 하였다. 의미론적 전이가 '병치'라는 파격적이고 신선한 방법으로 어떤 경험이나 상상적인 것의 특수성을 통과함으로써 새로운 의미를 획득할 수 있다고 본 것이다. 무의미시를 추구한 김춘수, 비대상시를 추구한 이승훈의 시는 병치 은유가 그 구성 원리임을 알 수 있다. 이렇게 볼 때 치환 은유의 시는 '의미의 시'가 되고 비동일성의 원리에 가까운 병치 은유의 시는 '존재의 시'가 된다고 볼 수 있다.

A

비워두어야 할 / 아무런 이유도 없었다. //
그것은 바람 속의 / 깃발도 아니었다. //

역사를 바꾸어 놓을 // 축제의 장(場)도 아니었다.

한 시대의 물굽이가 / 방향을 잃어버려 //
바위보다 무거운 / 침묵이 다가오는데 //
갈라진 이 유역에서 / 다시 듣는 외침들.

— 김교한, 「광장」 전문

B

하루의 무거움, 혹은 / 절망에 공감하는 밤 //

가자, / 이 눈가림의 세월 / 벌목하는 세상 속으로 //

인간이, 사람들만이 / 나를 살릴 것이다

— 오종문, 「한계령의 밤은 길다」 전문

　은유는 주로 유사성과 동질성을 바탕으로 자리 바꿈을 하는 비유법이다. 그런데 A는 제목인 '광장'을 비동일성의 원리에 의하여 병치 은유하고 있다. 주지하는 바와 같이 '광장'이라는 개념은 굴절된 현대사의 굽이마다 용솟음치는 절규와 아성, 그리고 그로부터 비롯된 영광의 축포를 쏘아올리는 장소였다. 그러나 본문에서는 그와는 반대로 무거운 침묵과, 공허만이 깔려 있는 무의미의 광장이 되어버렸다. 하나하나의 행을 독립시켜 보면 광장성의 의미와 거리가 먼 듯하지만 전체를 종합하여 유추해 보면, 침묵 속에 갇혀 있는 주제 의식을 오히려 발견할 수 있게 된다. 이와 같이 통념과는 상당히 거리가 있는 은유들이 등장하면서 병렬과 종합을 통해 새로운 의미를 생성해 내는 것이 병치 은유이다.

　B의 경우에도 '한계령'이라고 하는 자연 공간과는 동떨어진, '무거움', '절망', '눈가림의 세월', '벌목하는 세상', '인간', '사람들'이 병치됨으로 해서 이면 속에 자리 잡고 있는 주제 의식을 들여다보게 하며 강렬한 환기력을 불러일으킨다.

　병치 은유는 비동일성을 바탕으로 이루어진 대결과 갈등의 수사학이라고 볼 수 있다. 그래서 통념으로부터 벗어난 이질적인 사물들이 대치되어 무질서하게 병치됨으로써 때로는 불안정하고 무의미한 형태를 보이면서 정서의 충돌을 느끼게 한다.

결론적으로 치환 은유가 의미(significance)를 제시함에 있다 할 것 같으면, 병치 은유의 진가는 이질적 언어를 병치시켜서 긴장 관계를 조성하면서 새로운 정서와 존재(presence)를 발견하고 창조하는데 있다 할 수 있다. 문학에서 새로움의 미학은 항상 추구되고 누려야 할 화두이다. 병치 은유는 최근 들어 젊은 시인들이 많이 선호하고 있으나 현대시의 창작 영역 확대를 위해서는 더 많은 시인들에 의해 폭넓게 연구되고 적용되어져야 할 표현 기법이라고 생각된다.

(나) 상징

상징(symbol)은 '조립한다', '짜맞추다'의 뜻을 가진 그리스어의 동사 심발레인(symballein)에서 유래한 말이다. 그리스어의 명사인 심볼론(symbolon)은 '부호', '증표', '기호'라는 뜻을 가지고 있어 어원적 의미로는 기호로서 다른 어떤 것을 대신하는 기능을 수행한다는 뜻이다. 이것이 상징의 가장 기본적이고 일반적인 의미다. 그러나, 문학적 상징은 내적 상태의 외적 기호다. 다시 말하면 불가시적인 것을 암시하는 가시적인 것이 상징이다.[41] 비유와 비교해서 말하면 상징은 비유에서 원관념을 떼어버리고 보조관념만 남아 있는 형태다.[42] 상징은 한 마디로 비유의 고차원적인 형태라고 할 수 있다. 상징은 비유와 유사한 점도 있지만, 그것과는 아주 다른 성격을 지니고 있다. 그것은 은유와는 달리 손에 꼭 잡히듯 그 경계가 명확하질 않으며 대개 다의성, 암시성, 동일성, 초월성, 문맥성 등의 특징을 지니고 있다.

---

41) 김준오, 앞의 책, 195~196쪽.
42) C. Brooks & R. P. Warren, *Understanding Poetry,* New York: Holt, Rinehart and Winston, 1960, 556쪽.

작품의 주제들은 작가의 표현 기교에 의해 구상화되는데 황진이 시조만을 보더라도 직설적이기보다는 주로 우회적이며 상징적으로 표출된다.

冬至ㅅ돌 기나 긴 밤을 한 허리를 버혀 내여
春風 니불 아릭 서리서리 너헛다가
어론님 오신 날 밤이여든 구뷔구뷔 펴리라.

— 황진이,『한국시조대사전』· 1286

윗글에서, '冬至ㅅ돌 기나 긴 밤'과 '한 허리', '춘풍 이불 아래'는 무엇을 의미하는가? 원관념을 파악하기 어려울 때 상징은 성립이 된다. 전체적인 뉘앙스를 파악해 봐야 '님을 애타게 기다리는 긴긴 밤의 여심'이라는 원관념에 접근해 볼 수 있다. 무형의 존재를 유형의 질로 토막 내어 가시화시키는 초장의 상징은 수준 높은 비유라 할 수 있다. 이러한 상징 기교는 중·종장을 거치는 동안에 '서리서리'라는 품음과 '구뷔구뷔'라는 펼침의 미학으로 진전되어, 그리움에 목마른 여성의 본태적 애정 심리를 드러내고 있다. 독자는 밤, 허리, 춘풍, 이불, 님으로 이어지는 육감적 상징 이미지와 만남으로써 미적 쾌감에 빠지게 된다.

상징은 그 성격에 따라 원형적 상징, 개인적 상징, 보편적 상징으로 나누어 볼 수 있다.

A

나는 불이었다. 그리움이었다.
구름에 싸여 어둠을 떠돌다가
바람을 만나 예까지 와 / 한 조각 돌이 되었다.

천둥 비바람에 깨지고 부서지면서도
아얏, 소리 한 번 지르지 못하는 것은
아직도 견뎌야 할 목숨이 / 남아 있음이라.

— 김제현『돌』3수 중 제1, 2수

B

태백의 씻긴 별을 품에 담쑥 안고 왔다
구절리 전별의 손 희끗희끗 구절초 꽃
중산역 밤 깊은 해후 별이 총총 빛났다.

— 이상범 「별·1」전문

C

느닷없이 정수리를 / 내리치는/ 망치의 힘//

벽에 박힌 순간부터 / 굴종의 뼈를 씻어//

완강히 / 뽑힌 채 있다, / 형형한 저 못의 눈!

— 박기섭, 「못과 망치」 3수 중 제2수

A는 원형 상징(archetypal symbol)의 글이다. 지구가 형성되기 전, 돌의 원형은 암흑과 혼돈 상태에 놓여 있다. 여기서의 '불'과 '그리움'의 이미지는 태곳적 미지의 세계에 싸여 있는 돌의 모습을 외적 형상과 내적 관념을 투사하여 만들어낸 하나의 존재 양식의 암시다. 그러한 돌은 마침내 혼돈 상태를 벗어나고 지구 형성의 의미를 함축하면서 오랜 인고의 생명력을 지닌 존재로서의 상징성을 띠게 된다. 원형 상징은 신화와 관련이 깊으며, 정신의 투사를 통해 인간의 원초적 심상을 표현하고자 할 때 활용된다.

B는 개인적 상징(personal symbol)의 글이다. 개인적 상징은 한 시인만의 독특한 체험에 의해 독창적으로 채택되어진 상징이다. 예를 들면, 노천명의 「사슴」, 김춘수의 「꽃」, 유치환의 「깃발」, 이상범의 「별」 같은 경우이다. 이러한 상징은 보편적인 상징과는 달리 개인의 독창적 심상에서 비롯된다. B에 나타난 '별'의 이미지는 맑고 깨끗함 그 자체이다. '태백의 씻긴 별'이란 이미지가 바로 그것이다. 태백에는 낙동강의 발원지로도 알려진, 가장 맑은 물로 이름난 황지연못이 있는데 이 물에 씻긴 태백의 별이니 얼마나 맑고도 깨끗한 별이겠는가. 태백의 구절리 흰꽃으로 연상되기도 한 이 별들은 서울의 밤하늘에서 해후되어 더없이 맑고 깨끗한 이미

지로 상징화되어 비치고 있다. 태백은 낙동강의 발원지라는 특수성을 감안할 때, 이러한 상징은 단순한 상징이 아니라 생명의 근원성을 암시하는 것이며, 작가는 오염되고 혼탁한 현실 세계와 동떨어진 맑고 깨끗한 생명의 세계와 그 근원을 그의 시적 지향점으로 설정하고 노래하고 있음을 알 수 있다. 그래서 작가 이상범은 소위 '별'의 시인으로서 그 위치를 확보하고 있는 것이다.

C는 보편적 상징(universal symbol)의 예이다. 보편적 상징은 관습적 또는 인습적 상징과 그 의미를 같이 하며, 개인적인 것을 넘어 대중적으로 모든 사람들이 공유할 수 있는 상징을 의미한다. 윤동주의 '십자가'와 같은 시와 우리나라의 선비들이 고매한 군자의 인품에 비유하여 즐겨 '사군자'를 차용한 시와 같은 경우가 좋은 예이다.

C에서 '못'의 실체는 무엇인가? '못'의 이미지는 상처받고 굴종적이지만 저항과 견고로 버티며 살아가는 강인한 존재로서, 수직으로 서 있는 그 자태는 굽힘이 없는 '자존의 뼈'를 상징한다.43) 작가는, 못은 "망치의 오만 앞에 차디찬 치욕의 한 때를 물고 있는"존재라고 말한다. 망치는 이러한 작가의 생각 속에 자리 잡고 있는, 폭력적 권세를 휘두르는 오만과 독선의 존재들이다. '못'은 '망치'의 억압 속에 상처를 받고 벽에 박힐 수밖에 없는 굴종적 삶의 실체들이지만, 그러나 그 '못'의 뼈대는 벽면과 수직적이며 완강하고도 저항적인 자존의 모습을 표현하고 있는 것이다.

고시조에서는 매화, 난초, 국화, 대나무 등이 대표적인 보편적 상징물로 자주 등장했었지만, 현대시조에서는 누구나 공유할 수 있는 사회나 생활 주변의 또 다른 특징적 사물들이 보편적 상징물로 떠올라 뜻 있는 작가들에 의해 작품의 가치를 높여주고 있다. 현대시조작가들의 이러한 독특한 소재 개발과 절묘한 표현의 확대 노력은 시조문학의 새로운 지평을 열어갈 것으로 생각된다.

---

43) 이경호, 「견고한 지조의 미학」, 『현대시조 100인선』 제54권, 태학사, 2006, 109쪽.

(2) 반어와 역설

반어(反語, irony)의 어원인 에이로네이아(eironeia)는 '은폐'라는 뜻으로, 의
도적으로 실상 또는 진실을 안으로 숨기고 표면적으로는 반대로 말하는 수
사법이다. 이와는 달리 역설(逆說, paradox)은 표면적으로는 모순 또는 불합
리한 듯하나, 면밀히 고찰해 보면 진실임을 깨닫게 되는 진술 방법이다.

잉크를 엎지른 아이에게 "참 잘했군"하면 반어이고, "이것은 소리 없는
아우성"처럼 하나의 문장이 어울리지 않는 상반되는 내용으로 되어 있고,
외견상으로 볼 때는 문장 자체의 내용이 말이 되지 않는 듯한 모순이 있
으면 역설이다. 리처즈(I. A. Richards)에 의하면, 시의 본질은 아이러니(irony)
에 있다고 한다. 시가 모순되는 충동을 조화시키는 방법엔 두 가지가 있
는데 그것은 두 모순의 감정을 내포(inclusive)시키는 방법과 그 중 하나를
제외(exclusive)시키는 방법이 그것이다. 이 경우 아이러니는 전자 즉 내포
하는 시에 존재하는 것으로 이 내포하는 시야말로 훌륭한 시라고 그는 말
하였다.44)

먼저 고시조에서 아이러니가 나타난 주목할 만한 글을 보자.

> 북천이 묽다커늘 우장 업시 길을 가니
> 산에는 눈이 오고 들에는 츤 비로다
> 오늘은 츤비 마자시니 얼어 잘까 ᄒᆞ노라.
>
> — 임제,『한국시조대사전』· 1890

이 글에서 '찬비'는 중의법으로 사용되었다. 표면적으로 '차가운 비'를
뜻하기도 하지만 내면적으로는 사랑하는 기생 '한우'를 지칭하는 말이다.
따라서 '얼어잘까'는 '뜨겁게 잘 것이다'라는 속내를 반대되게 표현하여
아이러니를 형성하였다.

---

44) 장영우 외,『대표시 대표평론1』, 실천문학사, 2000, 31쪽 참조.

A

무금선원에 앉아
내가 나를 바라보니
가는 벌레 한 마리
몸을 폈다 오그렸다가

온갖 것 다 갉아먹으며
배설하고
알을 슬기도 한다.

— 조오현, 「내가 나를 바라보니」 전문

B

메마른 대지 위에 촉촉이 비 내린다
은실을 흩날리듯 빛가루를 흩뿌리듯
풀밭은 청보석 같이 반짝반짝 웃는다

꽃들은 꽃들끼리 부끄럽다 소곤소곤
풀잎은 풀잎대로 간지럽다 속살속살
봄비 밀회하는 날은 조용하게 시끄럽다.

— 오세영, 「밀회」 전문

A는 아이러니와 관련된 시조로서, 여기서 가증스런 '벌레'는 서정적 자아를 가리킨다. 그것은 스님의 신분으로 온갖 것 다 갉아먹으며 배설하고 금기시된 알을 슬기도 하는 추한 모습의 자화상이다. 그러나 이 시조를 뒤집어 보면 욕망과 욕정의 자화상을 고백적 참회의 자세로 극복해 나가고 있는 시적 화자의 건실한 반면(反面)이 보인다. 다시 말해 우회적 방법에 의한 자아 성찰의 아이러니기법인 것이다. 아이러니는 현대시에서 풍자의 한 기법으로 흔히 사용된다.

B는 직유를 비롯하여 은유, 의인, 의태, 반복, 역설법에 의한 수사 기교가 동원되어 비유의 꽃밭을 이루고 있다. 강조점 찍힌 부분은 수식어와

피수식어 사이의 모순어법(oxymoron)에 의한 역설이다. 이와 같은 역설적 모순어법은 김영랑의 '찬란한 슬픔의 봄'(「모란이 피기까지는」), 유치환의 '소리 없는 아우성'(「깃발」) 등에 잘 나타나 있다. 아이러니와 역설이 일종의 모순어법이라는 점에서 공통되지만, 아이러니가 진술 자체는 모순이 없는 데 반해 역설은 진술 자체가 모순을 드러내고 있다는 점에서는 차이가 있다. 아이러니와 역설은 둘 다 서로 상반되는 의미를 내포하면서 모순을 통한 진리의 발견에 이른다는 점에서 흔히 혼동되기 쉬운 문학적 장치다. C. 브룩스는 역설이 아이러니를 동반한다고 했다. 그만큼 그는 역설을 넓은 의미로 사용하고 있다.[45]

아이러니는 모순 속에 진실이 감추어져 있으므로, 성숙한 정신적 소유자만이 발견하고 느낄 수 있다. 윗글 A나 B와 같은 작법은 창작에서 많이 적용되어져야 하며 이 복잡성이 또한 현대시조의 미적 가치를 훨씬 높여 줄 것이다.

4) 이미지화

이미지(心像, image)란 직접적 · 간접적으로 신체적 지각에 의해 일어난 감각이 마음속에 떠올라 재생된 것을 말한다. 정신적 내부에 일어나는 시각적 반응의 표현은 묘사와 실감실정을 중시하는 시에서 미학적으로 매우 중요한 표현 기법이다. 예를 들어 김광균의 「추일서정」에서 '길'의 이미지를 '길은 한 줄기 구겨진 넥타이처럼 풀어져'라는 표현은 그 좋은 예이다.

(1) 관념의 육화

이미지와 관련지어 논의되어야 할 용어가 관념이다. 관념(觀念, idea)이란 사람의 마음속에 나타나는 표상이나 개념, 상념과 같은 의식 내용을

---

45) Cleanth Brooks, *The Well Wrought Urn*, 이영걸 역, 『숨은 神』, 삼중당, 1977, 227쪽.

가리키는 말이다. 그리고 이 관념을 육화(肉化)한 것이 바로 이미지다. 문학적 표현에서 관념이 관념으로 끝난다면 실감실정의 글이 될 수 없다. '관념의 육화'란 비유와 같은 표현 기법을 사용하여 추상적 개념을 구상화하는 것을 말한다. 관념의 육화 과정을 통하여 감각적인 체험 내용은 생생하게 구체화되며 실감실정의 정서를 전달하게 되는데, 이때의 시적 의미는 그 형상 속에 숨 쉬고 있다.

A

잘 익은 복숭아 속에 / 벌레가 두 마리
아내여 우리는 / 복숭아 속 벌레다
속 깊은 내원(內園)에 갇혀 / 오도 가도 못하는

– 전원범, 「벌레 두 마리」 전문

B

그리움 문턱쯤에 / 고개를 / 내밀고서
뒤척이는 나를 보자 / 흠칫 놀라 / 돌아서네
눈물을 다 쏟아내고 / 눈썹만 남은 / 내 사랑

– 김강호, 「초승달」 전문

C

맛좀 봐라 자지러져라 / 들어 붓는 이 떠들썩
열 받은 속 시원시원 / 혼자서는 못 누리네
까르르 웃음 소리가 / 통통 튀며 담을 넘네

– 우성훈, 「등목」 전문

글 A는 추상적 관념인 '부부애'를 '복숭아 속 벌레'로 비유하여 구상화시켰다. 인간은 사랑을 파 먹고 사는 복숭아 속 벌레다. 주지하는 바와 같이 복숭아는 남녀간의 사랑 즉 '하트'라는 기호적 상징 이미지를 지니고 있다. 이러한 점을 잘 응용한 이 시조는 은유와 도치라는 수사적 기교에 의해 추상적 개념을 구상적 이미지로 전환시킴으로써 신선감 있게 부부

애를 잘 그려내고 있다.

글 B 역시 애정심리를 그린 것이다. '초승달'이라는 객관적 상관물은 인고의 고초를 겪어낸 애잔한 '내 사랑'의 모습이다. 얼마나 오랜 고통을 감내했기에 눈물을 다 쏟아내고 홀쭉하게 눈썹 닮아 가늘어졌을까? 그리움의 문턱에서 전전반측 그리워 안절부절하는 시적 자아는 남몰래 애타도록 님을 사랑하기에, '눈썹만 남은' 초승달 이미지로 다가왔으리라. 이 시조도 감정이입에 의한 의인법 기교와 함께 추상적 관념을 구체화된 시각적 이미지로 육화하여 성공을 거두고 있다.

글 C는 무더운 여름철 시골에서 등목하는 광경을 실감 있게 그려낸 단수시조이다. 주제를 표현함에 있어서 설명이 아닌 묘사의 기법으로 실행함으로써 상황 이미지 표현이 뛰어나다. '이 떠들썩'을 들어붓고, 웃음소리가 옆집까지 들린다는 내용을 '까르르 웃음소리가 통통 튀며 담을 넘네'로 실감있게 표현함으로써 재미성과 함께 구체적으로 형상화된 상황이미지를 전달해 주고 있다. 이와 같이 설명이 아닌 묘사의 방법으로 돌려 표현하는 기법은 독자들에게 상황의 현장감과 신선감을 느끼게 해 줌으로써 시의 미적 가치를 높여준다.

이미지의 기능은 윗글 A, C와 같이 보편적 정서로부터 더욱더 참신성이 가미된 신선감을 불러일으키기도 하고, 글 B와 같이 진정성·내밀성으로부터 우러나와 독자들이 지금까지 인식하지 못했던 경지에 대해 새롭게 가슴을 두드려 주는 환기력을 불러일으키기도 한다.

(2) 이미지의 종류

전술한 바와 같이, 시에서 이미지란 체험 사실의 육화 또는 감각화를 뜻한다. 이와 같은 이미지는 언어 발달의 단계에 따라 정신적 이미지(mental image), 비유적 이미지(figurative image), 상징적 이미지(symbolic image)로 나누어진다.46)

정신적 이미지는 사용된 언어에 의하여 우리의 정신 속에 떠오른 감각적(시각·청각·촉각·미각·후각·공감각 등) 이미지를 말한다. 비유적 이미지는 비유(직유, 은유 등)에 의해 만들어진 이미지를 말한다. 비유적 이미지는 현대시가 가지고 있는 가장 본질적이고 필요불가결한 기법의 하나이다. 상징적 이미지는 하나의 객관적 상관물이 지니고 있는 상징성(예; '진달래꽃'의 상징적 이미지는 '이별의 정한')에서 비롯된 이미지로서, 문학의 세계 안에서 반복적으로 표현될 때 그 상징적 의미는 더욱 강화되어 나타나게 된다.

A

타래 풀린 햇살이 / 쏟아지는 아침 /
메타세쿼이아 청년들과 / 싱그러운 길을 달린다 //
은륜에 / 솔바람 감긴다 / 진초록이 감겨온다

– 박성애, 「아침 자전거」 전문

A-1

하르르 무늬 바람 / 하르르 무늬 물결 //
그대 향기 하도 짙어 / 숨이 막혀 오는 날은 //
속눈썹 타들어가며 / 불지피는 나의 연가

– 김민정, 「음악을 위하여」 일부분

B

눈 밝은 야행 동물 / 우글대는 배나무밭 //
배꽃보다 더 하얀 조선의 박쥐들을 사랑한다며 머리에
태양을 이고 살았던 곱슬박쥐도, 누런 땅콩밭에 찌들어
고스라진 박쥐도, 눈알이 시퍼렇게 멍든 박쥐도, 모국
어조차 잃어버린 합성성분의 박쥐도 그 여린 배꽃을
오독오독 따내고 있다. 본디 날개가 어둠을 좋아하는

---

46) Allex Preminger, *Princeton Encyclopedia of poetry and poetics*, Princeton: Princeton University Press, 1965, 563쪽.

도둑 같은 습성의 자유. //

자정이 징징 우는 배밭 / 설움 많은 소작지대

– 이요섭, 「이태원의 박쥐들·1」 전문

C

일곱 문 반짜리 내 유년이 잠겨 있는

그 여름 흰 똥 묻은 삐닥한 검정 말뚝

물총새 붉은 발목이 단풍처럼 고왔다

텔레비전 화면 속 녹이 슨 갈대밭에

폐수를 배경으로 실루엣만 날아간다

길없는 길을 떠돌다 되돌아온 물총새

– 유재영, 「물총새에 관한 기억」 3수 중 제2, 3수

A에는 정신적 이미지가 잘 나타나 있다. 「아침 자전거」에 적용된 감각적 표현기법은 주로 시각적 이미지다. 그에 따라 은빛 자전거 바퀴에 감기는 초록 기운이 시적 분위기를 한층 상큼하게 높여 놓고 있다. 현대시에서 이미지란 곧 시각적 영상을 뜻한다 할 정도로 시각적 이미지는 감각적 이미지의 중심 역할을 하고 있다.

A-1의 「음악을 위하여」에서는, 초장에서 언어의 유포니가 잔잔히 느껴지는 '하르르'라는 의태어를 사용하여 바람과 물결을 부드럽게 형상화해 나갔다. 그러다가 중장 이후에선 막상 그대를 향한 절박한 그리움 앞에서 숨이 막히고 애간장마저 타들어간다. 시상의 연결이 시각에서 후각으로, 후각이 다시 촉각으로 전환되면서 이 감각적 이미지의 교차를 통해 서정적 자아는 불안정한 심리를 드러내고 있다. 시각적 이미지가 정태적이며 안정적인 성향을 보이고 있다면, 청각적인 이미지는 동적이며 움직이는 속성을 제공해 준다. 따라서 시각과 청각이 서로 만나게 되면 시적 긴장을 일으키고 시는 탄력성을 받게 되며 입체감도 획득하게 된다.

B는 비유적 이미지가 잘 나타난 사설시조이다. 주지하는 바와 같이 사

설시조는 평시조보다는 그 형식이나 내용 표현에 있어서 자유성이 부여된 장르이다. 개방성과 폭로성이라는 특징이 가미된 사설시조는 평시조에 비해 대체적으로 진술하며, 저항적 비판적인 비유(풍자), 해학적 요소까지 과감하게 동원된다.

여기서 '박쥐들'은 '어둠을 좋아하는 도둑 같은 무리들'을, '배나무밭'은 백의민족의 씨앗이 뿌려져 있는 '이태원(梨泰院)'을, 중장의 나열된 여러 '박쥐'들은 다국적의 외국인들을 비유하는 이미지로 그려지고 있다. 이와 같이 비유적 이미지는 표현하려는 대상을 직접적으로 설명하는 방법을 피하고, 원개념과 매개념이 서로 이질적이지만 특징적 유사성이 있는 공통점을 이용하여 다른 사물로 돌려 표현하는 것이다. 이러한 표현 방법은 그렇게 함으로써 표현 효과를 극대화하고, 직접 표현으로 인한 거북함으로부터도 자유스러울 수 있다는 장점을 가지고 있다.

비유는 원관념과 보조관념이 1 : 1의 관계를 가지고 있으나 상징은 여러 가지 뜻을 동시에 함의하고 있어 더욱 다의적이다.[47]

C에는 상징적 이미지가 잘 나타나 있다. 상징적 이미지는 특히 소재의 반복과 회귀에서 비롯되는 수가 많다. 유년 시절의 천연적 이미지로 항상 연상되어 오던 '물총새'는 산업사회가 가져다 준 자연 파괴의 실루엣과 충돌하고 있다. 갈 데 없어 떠돌다 돌아온 물총새의 이미지를 통해 산업 사회가 몰고 온 생태 변화와 피폐성에 대한 심각성을 상징적으로 그려 내고 있다.

이미저리의 표현 기법에 소홀한 시는 신선감이 없고 강렬한 인상도 주지 못한다. 그것은 작가들이 체험 사실의 육화 과정에서 다루어져야 하는 필수 기법으로서 신선감과 아울러 환기력을 불러일으키는 중요한 기능을 지니고 있다. 따라서 작품의 수준을 높이려면 창작 과정에서 이미저리의 표현 기법에 더욱 면밀한 검토와 그 적용이 이루어져야 할 것이다.

---

47) 이지엽, 『현대시 창작 강의』, 고요아침, 2005, 243쪽.

4. 시조문학의 맛과 멋 살리기

시조는 다른 장르들과는 달리 독특한 맛과 멋이 깃들어 있다. 이러한 이유는 시조가 지니고 있는 절제미와 간결미, 그리고 독특한 리듬감각 속에 긴장으로 이어지는 의미 전달력 때문이다.

1) 압축과 간결의 멋

A

손톱으로 툭 튀기면 / 쨍 하고 금이 갈 듯
새파랗게 고인 물이 / 만지면 출렁일 듯
저렇게 청정무구를 / 드리우고 있건만.

– 이희승, 「벽공(碧空)」 전문

B

모르긴 모르지만 / 아마도 저승 가는 길이 //
아무리 멀다 해도 / 이보다 더 험하다 하리 //
오늘밤 / 내가 겪은 불면은 / 말하기조차 두렵네.

– 김 준, 「불면의 밤」 전문

C

이 나이에 정념(情念) 따위 / 식은 줄 알았더니 //
묻어둔 불씨 하나 / 가슴으로 번져 올라 //
온밤을 / 다 사르고도 / 다시 타는 그리움

– 고두석, 「열대야」 전문

글 A는 청명한 가을 하늘을 묘사한 글이다. 이 글은 시각, 청각, 촉각 이미지 등이 어우러져 섬세한 감각미를 느낄 수 있다. 뿐만 아니라, 종장의 종구는 생략법을 이용하여 시상내용과 대조되는 혼탁한 현실을 암유적으로 한탄해 시적 여운의 효과를 던져 주고 있다.

글 B는 불면의 고통을 겪은 체험을 저승 가는 길에 비교하여 간결하게 나타낸 글이다. '말하기조차 두렵네'라는 말구를 통하여 사연 많은 불면의 고통이 압축적으로 종결되고 있음을 간파할 수 있다.

글 C는 나이 들어 지긋한 세월을 살아온 시적 자아의 식지 않는 정념(情念)을 '묻어둔 불씨'가 번져 오르는 것에 비유하여 간명하게 묘사해 내었다. '열대야'라는 제목에 글 내용의 함축적 의미가 내재되어 있으며 주제성을 잘 드러내 보이고 있다.

이러한 사연들을 독자들에게 전달하기 위해서는 그 시상의 장황한 수식과 서술이 필요하다. 그러나 작가는 시조 3장를 통하여 극도의 절제와 함축적 표현으로 간결하게 표현하여 사고의 확장과 여운을 유도해 내면서 미적 가치를 생산해 내고 있다.

2) 풍류와 가락의 멋

A

靑山裏 碧溪水야 수이 감을 자랑 마라
一到 滄海ㅎ 면 다시 오기 어려오니
明月이 滿空山ㅎ니 쉬여 간들 엇더리.

– 황진이,『한국시조대사전』· 4018

B

해거름도 주워 먹고 풋풋함도 주워 먹고
콩밭두렁 콩콩 튀는 콩깎지를 코에 대니
나더러 들풀이란다 콩잎에다 시를 쓴다.

– 이광녕,「콩밭타령」3수 중 제1수

C

찢겨서 나부끼랴 / 바람 젖어 서려우랴//
차라리 숨결인 것 / 강물에 널어두랴 //
시샘도 은무리져서 / 멈칫멈칫 흐느끼랴.

– 신길수,「섬진강 저녁놀」전문

'풍류'라는 용어는 『삼국사기』 진흥왕조에 '난랑비서문(鸞郞碑序文)'에 나온다. 즉 최치원(崔致遠)이 화랑 난랑(鸞郞)을 위해 쓴 난랑비 서문에 "나라에 심오하고 미묘한 도가 있는데 풍류(風流)라 한다"48)에서 유래된다. 이와 같이 풍류는 화랑도와 관련이 있는데, '삼교(三敎)를 포함한 것으로써 여러 백성을 접촉하여 교화시켰다'49)라는 기록으로 보아 유불선(儒佛仙) 3교와도 관련이 깊었음을 알 수 있다.

글 A는 조선시대의 명기 황진이의 시조다. 주지하다 싶이 이 시조는 '벽계수', '명월' 등과 같은 중의적 비유기법을 동원하여 풍류50)의 분위기를 자아내면서 상대를 유혹하고 있다. 단 3장이라는 짧은 형식을 통하여 인생무상이라는 순리 앞에 굴복하도록 철학적 의미나 자연의 이치까지 내세워 이성을 농락하려는 황진이의 표현기법이 비범하다. 그러나 열락을 종용하고 있지만 속되지 않고, 풍류의 멋과 격조가 오히려 높이 평가되는 것은 이러한 황진이만의 천재적인 시어의 조합 기교와 운용의 묘에서 비롯된 것이라 생각된다.

글 B는 배고픈 시절, 으스름한 초저녁 콩밭에서 콩서리하며 콩을 주워 먹던 추억을 리듬감 있게 나타낸 글이다. 향토적 정서에 침잠된 시적 자아는 풍시를 읊듯, 하나의 자연인으로 돌아가 물아일체의 상념으로 어릴 때의 고향 추억을 반추하고 있다. 이 글의 특징은 풍월을 읊는 듯, 작품 전반에 흐르는 자연스런 리듬감이다. '풍류'에는 이와 같이 '가락의 멋'이 수반되어야 한다.

---

48) 이재호 옮김, 김부식,『삼국사기』(제1권), 솔 출판사, 2003, 150~151쪽.

49) 위의 책, 151쪽.

50) 당초(신라 때) 풍류(風流)는 강호 여유를 즐기던 선비풍이 아니라 제의적(祭儀的) 행사로써 명산대천에 임재한 신령과의 교제를 위한 우리 고유의 종교적 사상이었다. 조선시대에 들어와 신라의 현묘지도(玄妙之道)에서 그 종교성이 탈락하고 자연과 친화하면서 시문(詩文)·음주가무·청담(淸談) 등을 즐기는 풍치있고 우아한 태도나 생활을 '풍류'라고 했으며, 그것은 선비들이나 기류(妓流)의 일상에서 중요한 부분을 차지하게 되었다. 조선시대의 풍류는 시문에 의한 탈속성(脫俗性)과 술에 의한 무아경(無我境) 등이 풍류의 주요소로 작용하였다.

글 C는 현대시조로서 '섬진강 저녁놀'의 황홀경에서 느끼는 감정을 서정적 자아의 감성적 인식의 세계에 비추어 현상학적 수법으로 표현한 글이다. 대상 앞에 머물고 있는 자아는 대상의 비경에 몰입되어 내면적 파고를 일으키면서 다양한 심리적 반응을 노래하고 있다. 독특하게 풍월하듯 "~랴"의 반복으로 인한 운율적 묘미를 드러내놓고, 객관적 상관물에 대한 인식의 폭을 넓혀둠으로써 독자들로 하여금 감성적 판단을 이끌어내도록 유도하는 이러한 표현기법은 현대적 감각의 풍류와 관련이 있다고 보겠다.

풍류는 한국인의 독특한 감각으로 여과·표출되는 미적 형태로서 고상한 풍격이나 운치를 말한다. 풍류 속에는 가락이 깃들어 있다. 그러기 때문에 '풍류의 멋'이라 하면 음악적 리듬감과 함께 고상한 풍격이나 운치가 깃들어 있어야 한다. 김동욱은 '황진이 이후 황진이가 없다'[51]라고 하였다. 이는 그녀의 천재적인 탁월한 문장 구사력을 칭송한 것이기도 하지만, 현대시조시인들의 작시적 결함과 무능을 질타한 것이라고도 생각된다. 현대시조시인들이 풍류를 시화할 때에는 무미건조한 음풍농월식 상투적 작시태도에서 벗어나 법고창신(法古創新)의 정신으로 창작기법을 탐구·계발하여 시조문학의 미적 가치를 한층 더 높여 놔야 할 것이다.

3) 촌철살인의 교훈과 비판의 멋

A

말 흐기 죠타 흐고 늠의 말을 마를 거시
늠의 말 내 흐면 늠도 내 말 흐는 거시
말로서 말이 만흐니 말 마롬이 죠해라

— 작가미상, 『한국시조대사전』·1430

---

51) 김동욱, 「황진이와 허난설헌」, 『황진이 연구』, 창학사, 1986, 58쪽.

B

거울을 닦으면서 / 생각을 닦습니다 //
생각을 닦으면서 / 눈물을 닦습니다 //
내 눈에 / 눈물 나게 한 / 아아 그도 지웁니다.

– 허 일, 「거울을 닦으며」 전문

C

난 싫어 / 흙 밖에는 / 꿈에도 생각 안 해 //
쌀 한 톨이 / 무서워서 / 벌벌 떨고 살망정 //
한 생애 / 강 건너 불빛 / 훔쳐 보도 않는다.

– 김명호, 「형님」 전문

D

공정거래 위원회엔 / 공정거래가 없다 //
기름진 펜과 / 인장만 있다 //
사람 간 / 오가는 정도 / 권위 아래 팔린다.

– 강성효, 「공정거래위원회」 전문

글 A는 고시조로서 말조심의 필요성을 강조하고 있다. '화종구출(禍從口出)'이라는 금언을 떠올리는 이 시조는 '말'의 연속적 반복으로 인한 강조와 리듬감으로 시적 분위기를 드러내면서, 말을 함부로 하거나 말 많은 사람들에게 정곡을 찔러주는 경계심을 부여해 주고 있어 교훈성이 짙다.

글 B는 거울을 닦는 행위를 서정적 자아의 마음을 정화 내지 순화시키는 것과 동일시하여 시상을 전개해 나간 단시조로서, 각 장 말미의 '~습니다'의 반복적 운율감은 시조로서의 음악성을 살려내고 있다. 이 글에서는 정화의 대상이 되고 있는 '생각' → '눈물' → '눈물나게 한 그'는 의미의 점층적 효과를 거두고 있는데, 스스로를 위로하고 슬픔을 접으면서 축적된 증오심마저 지워버리려는 시적 자아의 군자적 태도가 교훈과 감동을 준다.

글 C는 소박하게 향토적인 삶을 영위하고 있는 형님을 내세워 불빛 번쩍이는 혼탁한 소돔 땅, 즉 '강 건너 불빛'을 그리워하며 허황된 꿈을 갖고 살아가는 현대인들을 우회적으로 꼬집고 있다.

글 D는 사무적인 시어들의 나열로 자칫 진부함을 느낄 수도 있다 하겠으나, 시상의 전개 내용은 참신하다. 예리한 통찰력을 바탕으로 권위 아래 팔려나가는 공정거래위원회의 불공정성을 풍자적으로 비판하고 있기 때문이다.

이와 같은 글들은 독자들에게 분명한 삶의 지표와 멧세지를 던져주고, 때론 따끔한 경계심을 전달해 주기도 하기에 시의 효용론적 측면에서도 상당히 유용하다. 작가들은 일상생활의 체험을 통하여 우연히 발견한 일상 문제들에서 이렇게 의미를 부여해 가면서 비판과 교훈적 주제의 창작물을 만들어 낼 수 있다.

4) 비유와 풍자의 멋

A

백설이 ᄌᆞ자진 골에 구루미 머흐레라
반가온 梅花ᄂᆞᆫ 어늬 곳이 퓌엇ᄂᆞᆫ고
夕陽에 홀로 셔 이셔 갈 곳 몰나 ᄒᆞ노라.

− 이 색, 『한국시조대사전』 · 1709

B

오므려 가둬두니 / 신열만 가득하여 //
이 아침 작심하고 / 속마음 열었더니 //
마침내 / 향기 나더라 / 절로 꽃이 되더라

− 최언진, 「목련」 전문

C

소가지가 아주 없어 / 뱃가죽이 붙은 몰골 //

제풀에 팔딱팔딱 / 통통 튀며 화풀이다 //

그러니 / 그물에 걸려도 / 죽기 전에 죽는구나

– 이광녕「그물에 걸린 밴댕이」전문

글 A는 고시조다. 이 글에서, '백설'은 고려의 유신들을, '구름'은 간신 배나 이성계 일파들을, '반가온 梅花'는 지조를 지키는 고려말의 우국지사들을 비유하고 있다. 이와 같이 비유나 상징, 역설, 반어 등은 직접적 전달이 어려울 때에 간접적으로 돌려 표현함으로써 품위있게 멧세지를 전달할 수 있다는 장점을 지니고 있어 고시조의 초창기부터도 널리 쓰였다.

글 B는 시의 비유적 이미지를 잘 살려낸 글이다. 모진 세월 오므려 지내던 유폐적 존재가, 때가 되어 속마음을 열므로 인해 절로 꽃이 되어 향기롭고 우아한 '목련'이 되었다. 여기서 이러한 '목련'의 모습은 아마도 오랜 인고의 세월 끝에 마음문을 연, 서정적 자아의 모습인지도 모른다. 이러한 서정적 자아의 실존의식을 목련꽃에 의인화로 투사시켜 시상을 전개시켜 나간 고도의 비유기법이 돋보이는 시조다.

글 C는 풍자적 성격이 짙다. 이 글에서 '그물에 걸린 밴댕이'는 '어려운 상황에 몰린 속 좁은 이'를 비유하고 있다. 어려운 상황을 탈피하는 태도는 크게 두 가지가 있다. 긍정적 수용태도와 부정적 수용태도가 그것이다. 그 중 참을성 없는 분노와 혈기로 제 분에 못 이겨 제풀에 미리 죽는 것은 '밴댕이'의 속성을 지닌 부정적 태도임은 말할 것도 없다. 이 글은 참을성 없고 속 좁은 주변 사람들에게 경각심을 던져주는 풍자성을 띤 글이다.

비유나 상징은 작시법의 근간을 이루는 장치이다. 과장된 말인지는 모르나, 비유나 상징, 반어나 역설, 풍자 등이 없는 시는 시가 아니다. 한 여성의 야박성과 표독스러움을 표현할 때, '저 여자는 깍쟁이다'라고 하는 것보다 '저 여자는 불여우다'라고 비유하는 것이 더 효과적인 것과 같이, 더 실감실정 있는 표현, 명확한 표현을 위해서는 직접적 설명보다는 다른 사물에 빗대어 간접적으로 돌려 표현해 주는 것이 훨씬 효과적이기 때문이다.

5) 여유와 재치의 화답의 멋

A

< 이방원과 정몽주 >
이런들 엇더ᄒ며 저런들 엇더ᄒ리
萬壽山 드렁츩이 얼거진들 긔 엇더ᄒ리
우리도 이 ᄀ곳치 얼거져 百年ᄭ지 누리리라.

— 李芳遠,『한국시조대사전』· 3236

이몸이 주거주거 一百 番 고쳐 주거
白骨이 塵土되여 넉시라도 잇고 업고
님 向흔 一片丹心이야 가실 줄이 이시랴

— 鄭夢周,『한국시조대사전』· 3274

B

< 임제와 한우 >
北天이 묽다커늘 雨裝 업시 길을 나니
山에는 눈이 오고, 들에는 츤 비로다
오늘은 츤 비 마자시니 얼어 잘까 ᄒ노라.

— 林悌,『한국시조대사전』· 1890

어이 어러 자리 무스 일 얼어 자리
鴛鴦枕 翡翠衾을 어듸 두고 어러 자리
오늘은 츤 비 마자시니 녹아 잘까 ᄒ노라.

— 寒雨,『한국시조대사전』· 2773

C

< 정철과 진옥 >
玉을 玉이라커늘 燔玉만 너겨쩌니
이제야 보아 ᄒ니 眞玉일시 적실ᄒ다
내게 술송곳 잇던니 ᄯ러 볼가 ᄒ노라.

— 鄭澈,『한국시조대사전』· 2993

鐵이 鐵이라커늘 무쇠 섭鐵만 너겨쩌니
이제야 보아ᄒ니 正鐵일시 분명ᄒ다
나에게 골풀무 잇던니 뇌겨 볼가 ᄒ노라

— 眞玉,『한국시조대사전』· 3977

　　본래 창을 전제로 한 시조는 특별한 장소에서의 즉흥적 화답의 기능을 수행했던 것으로도 알려져 있다. 그 중에 대표적인 것이 위의 A, B, C 세 경우라고 볼 수 있다. 주지하다 싶이 글 A는 고려말 첨예하게 대립하고 있었던 조선 건국의 신흥세력과 고려의 유신, 이 두 유파를 대표하는 이방원과 정몽주의 '하여가(何如歌)'와 '단심가(丹心歌)'이다. 이 화답가에서도 비록 경색된 정치협상의 테이블이지만, 직접적 화술보다는 간접 방법의 화술로써 부드럽고 멋지게 본심을 주고받고 있다. 글 B도 너무나 잘 알려진 임제와 한우의 화답가이다. 이 글에서 '츤 비'는 기생 '한우(寒雨)'의 중의적 표현이다. 내면은 일부러 숨기고 '오늘은 찬 비 맞았으니 얼어잘까'라는 임제의 외형적 제의에, 찬 비 만났으니 하룻밤을 따듯하게 녹여주겠다는 한우의 화답이 정겹고 재치가 넘친다.

　　글 C는 송강 정철(鄭澈, 1536~1593)이 강계로 유배되었을 때, 오동잎 지는 스산한 밤에 기녀 진옥(眞玉)과 주고 받은 외설적 시조이다. 귀양살이로 무료함을 달래고자 지어 읊은 정철의 시조에 정철을 사모하는 진옥은 즉석시조로 자자구구(字字句句) 대구(對句) 형식으로 재치 있게 화답하니 정철은 그녀의 뛰어난 시적 재능에 놀라움을 금치 못하였다고 한다. 이 글에서 '번옥(燔玉)'은 구워 만든 가짜 옥(玉)을, '섭철(鑷鐵)'은 무쇳가루가 섞인 잡된 쇠를 의미하지만, 각각 시원찮은 상대방으로 인식하는 비유이고, '眞玉'과 '正鐵'은 상대방을 참되고 바르고 아주 귀하며 수준 높은 존재로 인식하는 비유이다. 그리고 이 글을 외설적 분위기로 이끌고 있는 '술송곳'과 '골풀무'는 각각 남녀의 성기를 암유하고 있다. 두 남녀의 재치 있는 멋과 운치가 전편에 흘러 화답시조의 진수를 맛보게 한다.

이와 같이 고시조에서는 선비들의 풍류와 여유, 그리고 즉석에서 이에 수응하는 기녀들의 재치와 멋까지 발견할 수가 있으나, 현대시조에서는 대면 즉흥 화답시를 좀처럼 찾아보기 힘들다. 단지, 그 양태를 달리하여 먼 발치에서 대상을 향하여 또는 자신에게 고백하거나 넋두리의 형식으로 전개되기도 하고, 인간이 아닌 자연 환경과의 조응에서 독백식으로 작시하는 경향 등 별다른 모습을 보이고 있다.

D

진작 펼쳤어야 할 / 네 고운 파라솔이 //
이내 부르다 지쳐 / 가없이 울고 가버린 //
오늘도 마음 난간에 / 어쩌자고 나부껴.

– 김 준,「쏨言」전문

E

차마 / 입을 열어 / 말 할 수 없었니라 //
그대, 내 / 전부였음을 / 말 할 수 없었니라 //
감아도 / 감기지 않는 눈 / 보일 수 없었니라.

– 한미자,「청맹과니의 노래」전문

F

계곡물이 노래하고 / 다람쥐가 반겨줄 제 //
머물다간 연을 털어 / 뻐꾹 소리 흉내 내니 //
서녘 산 이름 모를 새 / 언덕너머 화답하네.

– 조영희,「살다보면」2수 중 제2수

글 D는 나와 너 사이의 긴밀한 대화의 관계를 전제로 하고 있다. 너, 즉 청자는 눈앞에 없고, 뜻을 펼치지 못하고 울면서 이미 가버린 존재이다. 그러나 화자는 진정 '너'를 보내지 않았기에 가버린 대상이 자꾸만 마음속에 떠올라 혼자 그리며 대화하듯 원망하듯 답신을 보내고 있다. 이 글의 정서는 비록 내치는 듯 차갑지만, 소월의 '진달래꽃'이나 만해의 '님의 침묵'과 연결되어 반어적 표현에 의한 이별의 정한이 묘한 감정을 불러 일으킨다.

글 E는 그대와의 대화 내용이지만 결국 서정적 자아의 독백적 대화이다. 그대는 내 전부이지만 그대 앞에서 차마 사랑한다는 말 한 마디 입을 떼보지도 못하고 더구나 바로 한번 쳐다보지도 못하고 돌아서는 이 글의 서정적 자아는 사랑 앞에서는 한마디로 바보요 청맹과니이다. 이 글에는 소극적인 듯 하지만 내면적으로는 더없이 애절한 여인의 사랑 감정이 진솔하게 드러나 있다.

글 F는 타인이나 자신 또는 일반 대중을 대상으로 하지 않고 자연을 대상으로 화답하고 있다. 계곡물과 다람쥐와 뻐꾸기와 일체가 된 시적 자아는 물아일체의 경지에서 자연과의 교감을 통하여 대화의 형식을 취하면서 화답을 이끌어 내고 있는 것이다.

이와 같이, 현대시조에서 고시조의 즉흥적 화답시를 찾아보기는 힘들다. 단지 위에서 보는 바와 같이 대상에 대한 작가의 투사(投射, projection) 및 동일시(同一視, identification)의 심리로 어떤 개인이나 다중, 또는 자연을 대상으로 한 고백적 성격의 글이 주종을 이루고 있다. 이러한 현상은 창사적(唱詞的) 목적에 그 뜻을 둔 고시조가 창(唱)을 전제로 하여 즉흥적 화답창을 요구하기도 하는 데 비해, 현대시조는 그와는 달리 보고 읽는 문학적 목적에 그 뜻이 있음을 알 수 있게 해 주는 것이다.

고시조의 화답 풍류는 우리 민족의 시적 정서에 많은 영향을 끼쳤고 시조만의 멋과 맛을 한껏 풍겨주었다. 문학성을 강조하는 현대시조에서는 즉흥 화답시의 창작은 여건상 어렵다. 그러나 대화창을 이용하여 주고 받는 문학적 교류시는 얼마든지 가능하다. 따라서 새로움을 추구하며 맛과 멋의 새로운 지평을 열어가야 하는 현대시조에서, 즉흥성과는 거리가 멀다 할지라도 대화창을 이용한 문학적 교류나 화답 시조의 창작은 옛 멋을 살리는 길이며 현대시조의 품격도 높여줄 것이라 생각된다.

5. 효과적인 창작을 위한 제언

1) 늘 메모하는 습관을 가져라

메모장은 글의 보물창고다. 인간의 뇌는 한정되어 있으므로 언제 어디서 어느 순간에 떠오른 시상이나 아이디어는 기록해 놓지 않으면 놓쳐버리기 쉽다. 일순간에 떠오른 기가 막힌 시상이나 아이디어를 되짚어보지만 기억이 떠오르지 않을 때 그 고통이 얼마나 큰 것인지 준비된 시인이라면 누구나 체험했을 것이다.

유안진 시인은 "잘 때도 안경을 쓰고 잔다"라고 하였다. 그 이유는 '희미한 꿈 속 광경을 선명히 보려는 의도'라고 하였다.52) 필자도 잠자리의 머리맡에 꼭 필기도구를 비치하고 잔다. 잠결에 떠오른 기발한 착상들을 놓치기 싫어서다. 특히 주머니 속의 메모장은 설교 시간에, 지하철 안에서, 걸어가면서 언제 어디서고 늘 소지해야할 필수 소지품이다.

> 복음의 이삭 줍고 / 쌓아두는 말씀 곳간
> 한잎 두잎 모아두니 / 만석꾼이 부럽잖네 //
> 그러나, / 아직도 보릿고개 / 배고프다 허허허.
>
> — 이광녕, 「배고픈 수첩곳간」 전문

윗글은 메모장과 관련된 단수시조이다. 말미의 '허허허'는 '빈(虛) 곳간(배고픔)'과 '웃음소리'의 이미지를 동시에 나타내주는 중의적 표현이다. 이 글도 메모장에서 나온 것임은 말할 것도 없다. 메모장을 늘 준비하는 일은 시인의 기본 자세라고 생각된다.

---

52) 유안진 시인이 시문학 주제발표(2010.5. 강동문인회)시 한 말임.

2) 세밀한 관찰 후에 그 특성을 개성적 안목으로 묘사하라

우리의 주변에는 수많은 글감들이 널려 있다. 그것은 시간과 공간의 이동에 따라서 시시각각 다양한 모습으로 시인에게 다가온다. 이렇게 다가오는 글감 중에서 하나의 소재를 골라잡아 그 생태와 성질, 모양, 의미 등의 특징적 면을 부각시켜 감성적으로 글을 쓰는 일은 작시법의 시작이라고 본다.

A

저으면 파란 물감 / 두 손에 묻어 날 듯 //
하늘이 내려 앉아 / 숨 고르는 옹달샘 //
버들잎 / 한 잎 떨어져 / 촐싹촐싹 떠 돈다.

– 함윤식, 「샘터에서」 전문

B

창마다 내거는 등 또 하루 밤 등대되어
그립다 말을 물고 바람 안고 서성인다
여울에 / 멱 감는 별들 / 감기 들진 않을까

– 이재호, 「별밤」 전 2수 중 제1수

글 A와 B는 세밀한 관찰과 개성적 안목으로 시상을 전개시켜 나간 좋은 예이다. 글 A는 초장과 중장을 바꾸어놓으면 더욱 안정감이 있다. 이 글에서 옹달샘에 촐싹촐싹 떠도는 버들잎은 무엇을 의미하는가? 옹달샘이 거울이라면, 아마도 그것은 파란 하늘이 내려앉아 숨 고르는 평정에 파문을 일으키며 어지럽히는 서정적 자아의 자화상이리라. 이 글은, 옹달샘의 정경을 시각과 촉각이 어우러진 예민한 감각으로 표현해 나간 수법이 돋보인다.

글 B는 별밤의 정경에 몰입되어 물아일체의 경지에 든 시적 자아의 개성적 안목이 실감 있게 드러나 있다. 특히 종장에서 여울에 비친 별빛의 정경을 '멱 감는 별들'로 비유하고 '감기 들진 않을까'라는 감각적 표현으

로 자연과의 일체감을 독특하게 표현하였다.

　이와 같이 상황 설명과 나열을 일삼는 방법을 멀리하고, 세밀한 관찰 끝에 얻어낸 시상을 자기만의 개성적 안목으로 묘사해 내면 글의 미적 가치는 더욱 높아지게 된다.

3) 체험에서 우러나온, '평범 속에 진실'이 발견되는 글을 쓰라

　송나라 때 구양수는 '시궁이후공(詩窮而後工)'이라 하였다. 좋은 시는 곤궁함을 겪은 후에라야 나온다는 말이다. 글에서 진실성을 찾는 일은 작가의 체험적 요소와 관련이 깊다. 어떤 글이든 그 글의 내용에서 체험으로부터 우러나온 깨달음의 진실이 발견되는 것이 좋다. 이러한 깨달음의 진실은 작가의 인격 반영이라는 면도 간과할 수 없지만, 뜻 깊은 인생체험이 큰 몫을 차지한다고 본다.

A

문틈에 우는 바람 / 달래고 잠재운 건 //
들보나 기둥 아닌 / 문풍지 한 장인 걸 //
인생사 / 꿈의 무게도 / 이런 것이 아니던가

– 대우, 「인생사」 전문

B

마지막 전동차 / 한 발 늦게 놓치고선 //
허탈하게 바라본다 / 돌아서며 다시 본다 //
자꾸만 / 놓치고 살아온 / 내 뒷모습 바라본다.

– 고두석, 「늘, 그렇게」 전문

C

시장 길 / 접어들면 / 우체통 하나 있지 //
괜스레 / 울먹이는 / 마음 하나 집어넣고 //
뒤돌아 / 뒤돌아서면 / 따라오는 그리움

– 안영희, 「그리움」 전문

글 A는 문틈을 울리는 바람을 달래고 잠재운 건 보잘 것 없는 문풍지에서 비롯되었다는 사실을 인생사의 꿈에 비추어 재치 있게 표현하였다. 인생의 꿈의 무게도 종국에는 한낱 덧없고 보잘 것 없음을 깨달은 시적 자아의 달관적 인생관이 진솔하게 드러나 있다.

글 B는 차를 놓친 허탈감을, 번번이 기회를 놓치는 시적 화자의 인생과 동일시하며 그 안타까움을 자아성찰적 태도로 표현하였다.

글 C에는 시장가는 길에 우체통을 지나치며 울컥하는 그리움을 부쳐본다는 서정적 자아의 애정심리가 진술하고도 애틋하게 아주 잘 표현되어 있다.

이러한 애절함의 바탕에는 그만큼 애틋하게 겪어낸 인생체험이 깃들어 있다. 체험을 하지 않고 쓴 글은 꾸민 것이기에 진실성이 없다. 문인들이 문학기행을 가는 것은 체험을 쌓는 좋은 기회를 얻기 위해서다. 멧시지가 없는 무의미한 글은 생명력이 없다. 곡진한 인생 체험에서 우러나온 농축된 체험기야말로 진실성이 넘쳐흘러 독자들을 끌어당길 수 있는 것이다.

4) '낯설게 하기' 기법과 관련하여 참신성을 추구하라

현대인들은 상투적인 것, 지나치게 수구적이며 보편성을 띤 것들은 관심 밖의 일로 취급한다. 고리타분하고 식상한 먹거리보다는 새롭고 싱싱한 먹거리를 원하는 것이다. '낯설게 하기'[53]는 이러한 현대인들의 취향에 아주 절실하고도 필요한 작법상의 기법 장치이다. 더구나 3장의 단형(短型)으로 끝내야 되는 시조에서는 더욱 절실히 요구되는 기법이다.

A

꿈을 꾸면 아련하게 / 죄를 져도 아름답게 //
달빛 묻은 그 입술로 / 걸음새 느릿해도 //

---

53) 1924년 러시아의 형식주의자 쉬클로프스키가 「언어의 부활(The Resurrection of Word)」이란 선언문에서 주장하였다.

달려와 머물지 않고 / 떠나가는 바람이여.

— 장 청, 「바람 고(考)」 전문

B

불빛이 꺼지자 / 모든 것이 사라졌다 //
새벽등 다시 켜고 / 맑은 혼을 곧추 세워 //
단단한 껍질 밖으로 / 황홀히 날아 오른다.

— 우성훈, 「作詩法」 전문

A시조가 신선한 느낌을 주는 것은 '바람'을 논하면서 의인화된 '꿈', '죄', '달빛 묻은 그 입술', '걸음새' 등 새로운 병치적 시어들을 선보이고 말미에 가서는 그리움의 실체를 '달려와 머물지 않고 떠나가는 바람'으로 마무리 짓고 있기 때문이다.

글 B는 제목을 보고서야 시상의 의미를 깨닫게 된다. 시 창작하는 고통과 그 과정을 사고의 비약이 없이는 감상하지 못할 낯선 방법으로 선보인 사례이다. 초장에서는 시등(詩燈)을 밝혀내지 못한 우둔함으로부터 비롯된 암담한 상황, 중장에서는 다시 맑은 시심으로 새롭게 도전하는 상황, 종장에서는 드디어 껍질을 깨고 나와 비상하면서 훌륭한 작품이 탄생한다는 상징성을 띠고 있다.

미국 애플사(Apple USA)의 창업자 스티브 잡스(Steve Jobs, 1955~2011)가 고안해 낸 애플 로고는 '낯설게 하기'의 효과를 톡톡히 보인 예다. 평이한 사과를 내놓지 않고 한쪽을 베어 문 특이한 사과 모형을 선보임으로써 대중들의 감각인식에 새로운 바람을 불어넣었다.

이와 같이 '낯설게 하기'란 예기치 못했던 전혀 엉뚱한 발상으로부터 비롯되는 작시법이다.

여기서 한번쯤 생각하고 넘어가야 할 것은 시상의 도식적(圖式的) 표현인 포말리즘(Formalism)적 기법에 관한 문제이다. 이 방법은 낯설게 하기 기법을 선호하는 소수의 시조시인들에 의해 시도된 적이 여러 번 있다. 그러나 이 방법은 낯설게 한다는 의미에선 권장할 만하나, 자칫 문자의 예술이 그림의 예술화 된다는 의미에서 문학의 정통성을 지키려는 많은 시인들에 의해서 환영받지는 못하고 있다. 따라서 어설픈 포말리즘적 기법은 자칫 문학성의 훼손을 가져오기 쉬우므로 아주 특별한 경우를 제외하곤 지양하는 것이 바람직하다고 본다.

5) 음악성(리듬감)을 살려라

주지하다 싶이, 시조는 자유시에 비해 율격적 특성이 있다. 시조만의 독특한 리듬감이 자유시와의 변별력이다. 그러므로 리듬감이 없는 시조는 시조의 멋과 맛을 상실한 비시조(非時調)이다.

> A
>
> 義林池 물 천두락을 / 제천읍을 펼쳐 있는 / 저 천두락을 //
> 신라 천년이 / 다스렸으리 //
> 그때도 / 이맘 때면 / 들새 한 마리 이렇게 / 날았을까.
>
> — 조종현, 「눈발 날리는 들판」 전 3수 중 제1수
>
> B
>
> 동백 아래 / 동백으로 / 합장하고 섰습니다 //
> 두 손에 모인 / 그리움에 / 빨간 불이 붙습니다 //
> 불현듯 / 툭 떨어집니다 / 가만 주워 봅니다.
>
> — 박종대, 「동백 아래」 전문

시조를 창작 한 뒤에는 반드시 스스로 율독해 봐야 한다. 율독 시에 리듬감이 없고 자연스럽지 못한 글은 문제가 있다. 윗글 A와 B를 율독해 보면 그 리듬감에 있어 확연한 차이가 있음을 알 수 있다. 둘 다 시조집에 발표된 것이지만, B에서 느낄 수 있는 운율감을 A에서는 전혀 맛볼 수 없다.

글 A는 시조의 기본적인 4음보격 구조를 찾기 어렵고 시행의 배열도 적합지 않기 때문이다. 그러나 글 B는 '～ㅂ니다'라는 반복적 운율에 4음보격이 뚜렷해 시조로서의 맛과 멋을 느낄 수 있다. 그러므로 창작을 할 때에는 리듬감을 염두에 두고 완성 후에도 반드시 율독을 해봐야 하는 것이다.

6) 감각적으로 실감실정(實感實情)을 써라

'실감실정'이란 말은 1932년 가람의 '시조를 혁신하자'에 나오는 말이다. 사물을 관찰하고 그 생태를 묘사할 때 생생한 표현으로 실감있게 표현하라는 뜻이다.

A

생각을 멀리하면 / 잊을 수도 있다는데 //
고된 살음에 / 잊었는가 하다가도 //
가다가 / 월컥 한 가슴 / 밀고 드는 그리움.

— 이영도, 「그리움」 전문

B

계절보다 / 앞서 돋는 / 매화 꽃잎 하나가 /
낮달 띄운 술잔 위에 / 봄을 빙빙 맴돌다가 /
춘삼월 / 소명을 지고 / 꽃나비로 앉는다.

— 조성국, 「봄소식」 전문

C

눈 감으면 / 어리는 건 // 남쪽 하늘 / 파란 바람 //
넘어 넘어 / 꽃향기가 // 묻어 오는 / 아침 나절 //
청보리 / 고개 마루엔 / 산새 알이 뜨겁다.

— 문복선, 「눈 감으면」 전문

글 A에서 가장 실감실정을 느낄 수 있는 부분은 종장이다. 종장의 '뭉쿨한 가슴'에 복받쳐 오르는 그리움이 한꺼번에 터져 나오고 있다. 만약에 이 부분을 '갑자기 그리워지는 이 마음'이라고 했으면 그 실감실정은 훨씬 반감되었을 것이다.

글 B는, '꽃나비'로 비유된 '매화 꽃잎'이 술 잔 위로 하늘하늘 떨어지는 모습을 보고 봄소식을 전하는 '봄의 전령사'로 인식하여 섬세하게 묘사해 낸 글이다. 이 글에서 허공을 맴돌다가 낮달 띄운 술잔에 하늘하늘 떨어져 내려앉는 춘삼월 매화 꽃잎은 묘한 '기다림의 정서'와 함께 '춘심(春心)'을 불러 일으켜 이 글의 미적 감성미를 더해 주고 있다.

글 C는 눈 감으면 떠오르는 남녘의 그리운 산하를 감각적 기법으로 표현하였다. 아마도 꽃향기 일렁거리는 그리운 남녘 향토에는 바람도 하늘 닮아 '파란 바람'일 것이며, 고갯마루엔 '청보리'가 반길 터이다. 이글에서 가장 감각적 표현이 두드러진 싯구는 촉각적 이미지를 드러낸 종구의 '산새알이 뜨겁다'이다. 어릴 적 뒷산 풀섶의 보금자리 속에 들어앉은 따뜻한 온기의 산새알을 만져보지 못한 이에게서는 이런 감각적 표현이 안 나올 것이다.

이와 같이 사물에 대한 감각적 표현이나 섬세한 묘사는 실감실정의 멋을 느낄 수 있는 작시법이다.

7) 제재에 '의미'를 부여하라

김춘수 시인은 '꽃'이란 시에서 '내가 그의 이름을 불러 주었을 때 그는 나에게로 와서 꽃이 되었다'라고 하였다. '내가 그의 이름이 불러 주기 전에는 그는 다만 하나의 몸짓에 지나지 않았다'는데 이름을 불러줌으로써 비로소 '꽃'이 된 것이다. 명명 이전의 상태에선 하나의 무의미한 존재에 불과했지만 비로소 이름을 불러줌으로써 의미가 부여되었다는 말이다.

A

아버지의 미소가 헛간에 걸려 있다
삼태기며 맷방석 망태기며 가마니가
힘겨운 삼남매 등을 다독이고 계시다.

삶이란 꼬이는 거 꼬이는 게 삶이라고
멍석이 되기 위해 동구미가 되기 위해
수많은 지푸라기들 꼬여 있지 않느냐.

― 최언진, 「아버지의 미소」 전문

B

너른 바다 신랑 삼아 / 모난 세월 깎아 내며
물 그물 가슴으로 / 바람 따라 핥아 대니
정든 밤 / 해변에 뒹굴며 / 둥근 꿈을 꾸었네.

눈발되어 흩날리던 / 지난 나날 녹이면서
추위 싸서 안은 정 / 짧은 밤 부화하는
사랑은 분신을 잉태해 / 불멸의 알(卵) 낳았네.

― 조영희, 「석란(石卵)」* 전문
* 석란: 완도 정도리 앞바다의 둥근 돌

글 A에서 '아버지의 미소'는 그 의미가 선명히 부각되어 있다. 이 글은, 헛간에 걸려 있는 삼태기며 맷방석 등을 보고서 거기에 서려 있는 아버지에 대한 정감을 실감 있게 그려 내었다. 꼬여서 순탄치 않은 인생사를, 지푸라기를 꼬아 만든 질 좋은 멍석과 동구미 등에 비유하면서 아버지의 뜻(미소)에 따라 긍정적인 자세로 인생을 살아가고자 하는 작가의 인생관이 재치 있게 표현되어 있다.

글 B는 정도리 해변의 둥근 돌을, '둥근 꿈'을 꾸고 잉태하여 부화된 '불멸의 알'로 비유되었다. '둥근 돌'은 시인의 시상을 통하여 사랑의 분신인 '불멸의 알'로 환생되면서 새롭게 신선한 의미가 부여된 것이다.

이러한 글들은 비유에 의한 문학적 기교를 가미하여 사물의 특징을 살리

고, 독특한 의미를 부여해 줌으로써 현대시조의 미적 가치를 높여준 예이다.

시인은 사물에 이름표를 붙여주는 사람이다. 꽃을 꽃이라 불렀을 때 진정한 꽃이 되듯, 아내도 '여보'라고 불러줘야 '참다운 아내'가 된다. 이와 같이 시의 제재에 의미 부여가 되는 순간, 그것은 실로 의미 있는 존재가 되어 한층 품격이 격상되며, 시의 미적 가치도 높아지게 된다.

8) 호기심과 공감대를 확보하라

누구든지 글을 읽을 때 호기심이나 관심이 있는 것에 마음이 먼저 간다. 주지하다 싶이 '굴렁쇠'는 88 서울올림픽 개막식 때 세계인의 눈길을 끌었던 소재이다. 호기심과 관심은 소재의 선택에서부터 시작된다.

A

문명의 발이 되어 / 길 따라 원의 춤이 /
신나는 동선의 구도 / 너와 나의 만남 위해 /
소통의 / 기쁨이 되는 / 사랑스런 동그라미

— 김기옥, 「굴렁쇠」 전 2수 중 제2수

B

사랑의 이름으로 / 둘이면서 한 몸 이뤄 //
울먹줄먹 살아오며 / 삐걱삐걱 맞춘 걸음 //
뭉클한 / 뉘우침으로 / 휘청대는 내 가슴.

— 양명천, 「연리지」 전2수 중 제1수

글 A에서 조화와 일체감의 객관적 상관물인 '굴렁쇠'는 그것을 굴림으로써 그 동선의 구도가 세계로 나아가는 원무의 축제임을 상징한다. 작가는 '굴렁쇠'를 제목으로 제시하고 관련 시상을 전개시킴으로써 너와 나의 만남과 소통의 기쁨, 사랑으로 하나된 일체감 등을 상징적으로 그려내고 있다.

글 B의 '연리지'는 사랑과 관련하여 흔히 시의 제목으로 많이 채택된다.

인간사 애정의 체험폭은 다양함으로 모든 사람이 다 관심을 갖고 있는 제재이다. 여기서의 '사랑'은 글 A에서의 '하나된 사랑'과는 다른 차원이다. 대중적 견지에서 바라보는 화평과 조화의 사랑이 아닌 개인 체험의 이성 간의 사랑을 일컬음이니 누구든지 관심사이다.

글을 쓸 때 만인이 관심을 갖고 있는 소재를 택하는 것은 작품의 미적 가치에 큰 영향을 미치며, 적절한 표현이 이루어질 경우, 글의 신선도와 공감대 형성에도 크게 도움이 된다.

9) 독자를 끌어당기는 제목을 선택하라

제목은 작품의 얼굴이다. 보기 좋은 떡이 먹기에도 좋은 것이다. 제목은 상징성, 암시성, 주제성, 함축성, 경구성, 독창성, 교훈성 등을 나타내는 것으로 선정해야 한다. 제목이 독특하지 못하고 너무 일반적이며 평범하고 산만하면 독자들에게 오는 감흥은 훨씬 반감된다.

A

속수무책 세월에 햇살도 돌아앉아 /
어디서나 눈치 보는 소리 없는 절규는 /
잊혀진 우리네 삶이 / 개보다도 못한가요.

― 윤정란, 「세상에 돌 던지다」 전 3수 중 제3수

B

꿈틀대는 탐욕이 / 귀울림 같은 것을 //
저 매화 꺾으려는 / 부끄러운 손이 있다 //
차라리 내민 손으로 / 나를 치고 싶었다.

― 윤주홍, 「매향을 훔치려다」 전문

C

한 때는 사력 다해 / 기어오른 보도블럭 위 //

환하게 고여 오는 / 저 깊은 끈적임은 //

한나절 / 육체의 경지로 / 일궈내는 불사 한 채

– 조경순,「지렁이 사체」전문

윗글 A, B, C에서, A의 제목을 「세상에 대한 불만」, B의 제목을 「지조를 지키자」, C의 제목을 「최선을 다한 삶」이라고 했으면 작품에 대한 호기심이나 감흥도는 훨씬 떨어질 것이다. 현대시조의 제목은 일반성·평범성·산만성·구태성을 벗어난 참신하고 특색 있는 것이 좋다. 다음에 제목 정하기와 관련하여 도움되는 예시를 들어본다.

(1) 주제가 집약된 것이 좋다.
　현실을 극복, 탈피하려는 내용 →「비상구」
　한강의 유용성 →「젖줄」,「회장 취임」→「새 별이 뜨다」
(2) 관심과 호기심을 불러일으키는 것으로 돌려 쓴다.
　끌어안을수록 아픈 상처 →「고슴도치의 딜레마」
　버려진 존재 →「잡초」
(3) 교훈과 철학이 들어있는 상징적인 것이 좋다.
　의지 있는 삶 →「나무는 눕지 않는다」
　원수를 사랑하라 →「녹슨 총을 버리라」
(4) 애매하고 광범위한 것보다는 구체적이고 진한 것이 좋다.
　사랑 →「첫사랑」, 눈 →「첫눈」, 여우(깍쟁이) →「불여우」
(5) 관념적 용어를 피하고 형상화 구체화된 것이 좋다.
　변치 않는 지조 →「꺼지지 않는 숯불」
　순국선열 추모 →「가신 님 꽃넋 기려」

인생의 성공여부도 '이름대로 간다'는 말이 있다. 마케팅 할 때도 상품명의 좋고 나쁨에 따라서 흥행을 좌우하는 것과 마찬가지다.

10) 적합한 시어의 선택을 위해 골몰하라

시어의 선택은 집을 건축할 때 가장 중요한 자재의 선택과 같다. 시조 짓기에서는 주제에 알맞은 시어, 리듬감 있는 시어, 순수한 우리말로 이루어진 시어 등을 선택하는 것이 바람직하다.

A

무겁고 아쉽고 아픈 일 아니어라
기쁨도 아니지만 슬픔도 아니어라
누구나 꼭 한 번 치룰 인생사의 끝 잔치.

— 진성열, 「잔치론」 전문

B

내 안에 섬 하나쯤 무인도로 품어보자
바다가 그리울 땐 파도소리 꺼내 놓고
갈매기 벗을 삼아서 수평선도 달려보자

— 이정자, 「내 안의 섬」 전 2수 중 제1수

C

달래는 손 정겹고 주는 손은 달가워라
달래달래 손달래 달래달래 발달래
손발로 그리움 달래 몰래 피는 달래꽃

— 이광녕, 「사랑꽃 진달래」, 전 2수 중 제1수

윗글 A에는 산전수전 다 겪어낸 인생 달관자의 깨달음이 드러나 있다. 인생의 황혼녘에서 들어서서 바라보는 삶의 희로애락과 길흉화복은 그 좋고 나쁨에 있어 아무런 무게의 차이도 의미의 차이도 없다는 것을, 마무리 짓는 '잔치'의 순간에 깨닫게 된다. 이 글의 작가는 깨달음의 시간, 즉 인생의 마지막 순간을 '잔치'라는 시어로 선택하여 배치시킴으로써 긍정적으로 수용하고 시상의 흐름도 기쁨의 분위기로 이끌고 있다.

글 B에서 '섬'은 어지러운 현실세계를 떠나 고적하고 평화 가운데 혼자 거하고 싶어 하는 작가의 내면세계를 비유한 시어로서, 이 글의 주제성을 잘 드러내고 있다. 글 C는 '진달래'의 의미를 '眞달래'로 풀어내면서, 참사랑의 경지를 '~달래(건네주다)', '달래다(위로하다)'의 의미까지 확장시켜 재미있게 리듬을 살려나간 예이다. '달'과 울림소리 'ㄹ'의 반복적 리듬감, 그리고 순수한 우리말의 교합이 독특한 운율감을 드러내고 있다.

시조의 창작에서 시어의 선택 문제는 자유시보다 훨씬 더 고심해야 된다. 폭이 넓은 자유시와는 달리 3장이라는 제한적 체계 내에서 시상의 종결을 효과적으로 이끌어 내야 되기 때문에 적합한 시어의 선택은 작품의 성공 여부와 직결된다고 볼 수 있다.

11) 재미성을 추구하라

재미성은 독자들에게 흥미를 줄 뿐 아니라, 많은 경우에 풍자적 성격을 띠고 있어 작품의 신선도를 높여준다.

A

온 세상 뻥튀기 너도나도 뻥튀기
달콤한 유혹은 혀 안에서 사라지듯
부풀린 뻥튀기 세상 양심마저 펑! 펑! 펑!

— 김순금, 「뻥튀기」 전 4수 중 제4수

B

푹 삭힌 홍어 맛에 / 콧등이 쏴하듯이 //
추위 속 가지마다 / 봄비에 눈물 맺혀 //
꽃망울 / 곤지 찍고서 / 필 듯 말 듯 웃었다.

— 이홍우, 「꽃샘 추위에도 봄은 웃는다」 전문

글 A는 거품 많은 세속의 허황됨과 양심 잃은 세상 사람들의 비속함을 '뻥튀기'에 비유하여 재미있게 풍자하고 있다.

글 B는 꽃샘추위 속에 움트는 봄의 모습을 앙증스럽고 재미있게 묘사해 내었다. 평범한 소재를 직유와 의인법을 사용하여 흥미롭게 전개시켜 나간 솜씨가 눈길을 끈다.

현대시조에서 지나친 관념주의와 고정관념의 시상 전개는 자칫 독자로 하여금 식상하게 하여 외면을 당할 수가 있다. 내용 면에 있어서 반드시 참신성을 노래해야 되며, 때론 과감한 뒤틀기 방식을 통하여 재미성을 추구할 필요도 있다.

12) 시조의 아포리즘을 통한 미학을 창출하라

하나의 시가 발표될 때에는 그 시가 담고 있는 분명한 멧시지가 있어야 한다. 시 속에 내장되어 있는 하나의 아포리즘(aphorism)이 발견될 때 독자들은 고개를 끄덕이며 공감과 호응을 갖게 되는 것이다.

A

풍랑이 심하구나 / 흔들리는 이 지축 //
이훌랑은 열지마오 / 입방정이 구렁인 걸
'十'(십자)를 '×'(엑스)로 본다면 / 그대 입은 지옥문

— 이광녕, 「설화(舌禍)」 전문

B

분수도 모르고 하늘로 치솟는 물줄기
아래로 흐르는 것이 세상의 이치였음을
뒤늦게 / 깨달아 얻는 / 곤두박질의 저 미학(美學).

— 조홍원, 「분수」 전문

글 A는 '禍從口出'의 경계심을 주고자 하는 단시조이다. 함부로 뱉아 놓은 그놈의 말 때문에 세상은 시끄럽고 당사자는 구렁텅이에 빠지기도 한다. 십자가도 삐딱하게 보는 이에겐 엑스로 보이니 부정적으로 보지 말고 좋은 말 밝은 말로 긍정적인 사고를 지녀야 한다는 뜻이다.

글 B는 '분수'라는 제재의 발음이 지니고 있는 중의적 의미를 가지고 재치 있게 '날뛰는 군상들'을 꼬집는 글이다.

이러한 글들은 대개 체험으로부터 우러나온 깨달음에 의해 창작된 것이기에 경구적 의미나 금언·격언 등의 효과를 기대할 수 있는 좋은 기법이다.

13) 시상을 구체화, 가시화(형상화)화 시켜라

송(宋)의 소동파(蘇東坡)가 왕유(王維)의 문장을 일러, "詩中有畵 畵中有詩"라고 하였다. 이는 시의 회화성을 극찬한 말로서 "시 속에 그림이 있고, 그림 속에 시가 있다"는 말이다.

시상의 전개에 있어서 구체화, 가시화시키는 일은 주로 묘사적 표현에 의거하여 실감 있게 그려내는 기법이다.

A

무더위에 지친 낮달 나무 위에 걸려 있고
흐르는 뭉게구름 발걸음 무거워도
들녘의 푸른 물결은 알알이 영글어 간다.

— 조평진, 「여름 풍경」 전문

B

붙박여 살다보면 / 더 오래 남는 허물 //
뼈를 휘어 짜 올린 시 / 한 마당 널어 놓다 //
욕정 다 날려 보내고 / 건져 놓는 넋두리다.

— 박헌오, 「시의 몰골」 전 2수 중 제1수

윗글 A, B는 시상의 가시화가 잘 이루어진 단수 시조이다. A는 '낮달', '뭉게구름', '벼'의 모습이 펼쳐진 여름 풍경을, 글 B는 '시'의 모습을 '뼈를 휘어 짜 올린' '몰골'로, 욕정 다 날려 보내고 건져낸 '넋두리'로 형상화시켜 놓고 있다.

시상의 회화적 표현이란 안 보이는 것이나 추상적 개념까지 보이는 것처럼 글로 그려내는 것이다. 김광균의 「외인촌(外人村)」은 회화시의 대표작이라 할 수 있는데, 그의 시 중에 '안개 자욱―한 화원지(花園地)의 벤취 위엔 한낮에 소녀들이 남기고 간 가벼운 웃음과 시들은 꽃다발이 흩어져 있다'라고 한 표현은 그 좋은 예이다.

이러한 표현기법은 작품의 미적 가치를 크게 높이는 요인으로 작용한다.

14) 반복과 압축의 묘미를 즐겨라

3장으로 끝나는 시조에서 반복과 압축은 시조의 묘미를 느낄 수 있게 해주는 중요한 역할을 한다. 반복은 시조의 운율미를, 압축은 단가(短歌)로서의 함축미를 느끼게 한다.

A

낙숫물 고인 자리 / 기왓장 넓이만큼 //
하늘의 호통소리 / 짊어진 업장만큼 //
인간사 / 고달픈 길에 / 매듭진 인연만큼.

― 함세린, 「장마철에」 전문

B

詩 속에 꿈 꾸다가 / 詩 속에 눈 떴다가 //
詩 속에 살다가 / 詩 속에 잠들다 //
갈수록 / 들어갈수록 / 迷路 같은 / 동굴 같은.

― 김월준, 「詩」 전문

글 A에서 '~만큼'은 반복적 리듬감을, 전체적인 서술어를 생략한 문장의 형태는 시상의 압축미를 느끼게 한다. 독자들은 이 글을 읽고 자기성찰과 아울러 장마를 통해 느껴보는 인생 순명(順命)의 도(道)를 깨닫게 된다.

글 B에는 시인(詩人)으로서 살아가는 인생 역정(歷程)과 그 미로 같은 어려움이 잘 나타나 있다. 이 글에도 '詩 속에'라는 연속적 리듬감과 미완형으로 끝나는 말구가 리듬감과 여운, 그리고 압축미를 드러내고 있다.

이러한 글들의 경우, 반복이 없거나, 시상의 전개를 설명조로 길게 늘어 놓았다면 시조로서의 맛과 멋은 완전히 사라졌을 것이다.

15) 돌려쓰기의 기법을 상용하라

'돌려쓰기'란 대상을 직접 설명하는 것이 아니라 다른 사물로 비유해서 표현하는 것이다. 일종의 간접적 표형방식임에도 불구하고 그 표현 효과에 있어서는 직접 설명을 훨씬 능가한다.

'미련한 남자'를 가리킬 때, '우둔하고 어리석은 남자'라고 하는 직접 설명보다 '곰'이라고 하는 편이 훨씬 그 이미지의 전달이 빠른 것과 같은 이치다.

A

가지 끝에 걸려 있는 / 서슬 퍼런 초승달은 //
지척이 천리인 듯 / 닿을 듯 닿지 않는 //
오뉴월 / 가슴 시린 한 / 베어내는 은장도

— 황정자, 「초승달」 전문

B

여성미를 종식하자 늘어나는 흰 머리칼
염색은 폭력이다 쉰 하나 내공으로
양념에 소금 뿌리듯 희끗희끗 휘날리자.

— 김명래, 「어느 여류」 전문

글 A는 '초승달'을 날카로운 '은장도'에 비유하였다. 은장도는 극한 상황시에 여성의 한을 끊어 주는 비장의 무기다. 누구에게도 고백할 수 없는 서정적 자아의 가슴 시린 한이 초승달에 투사되어 은장도로 환치됨으로써 표현 효과의 극대화를 기하고 있다.

글 B는 나이 들어 여성미를 잃고 백발의 경지에 든 여성의 모습을 그려 내었다. 백발 휘날리는 모습을 '양념에 소금 뿌리듯'이라고 돌려 표현함으로써 시적 미감을 살려 내고 있다.

이러한 '돌려쓰기'는 대상을 직접적으로 거론하기 곤란할 때도 쓰이게 되며, 문학적 표현을 위해서는 어느 장르라도 적절히 적용되어야 하는 필수적이요 기본적인 표현기법이라 할 수 있다.

16) 꽃말, 일화, 격언, 속담 등을 효과적으로 인용하라

글의 효과적인 표현을 위해서는 적합한 소재의 선택은 물론이고 그에 따른 알맞은 인용이 필요하다. 꽃말이나 일화, 격언 등의 인용은 주제성을 부각시키고 작품의 공감력이나 생명력을 불어넣어주는데 크게 도움된다.

A

몰랐다 / 내 몰랐다 / 나로 인해 새운 밤을 //
눈 속에 묻혀서도 / 꽃을 피운 간절함을 //
긴긴 날 / 기도가 쌓여 / 이 하루가 따스함을

— 조홍원, 「복수초」 전문

B

늘그막에 등 긁어주는 재미로 산다는데 //
어쩌다 효자손이 시중에 나돈 이래 / 노년의
실크빛 행복을 송두리째 앗아갔네 //
몹쓸 것 / 만든 사람아 / 네 죄를 네 알렸다.

— 윤광호, 「시비걸기」 전문

글 A는 '복수초(福壽草)'의 꽃말과 관련이 있다. '복수초'는 긴긴 겨울동안 매서운 추위를 견뎌내고 눈 속에 피어나는 황금빛 꽃이다. 복(福)과 장수(長壽)를 가져다 준다하며 그것의 꽃말은 '영원한 행복(幸福)'이다. 이 글의 서정적 자아는 복수초와 같이 오랜 동안 인고의 세월을 견뎌내고 기도를 해준 대상을 복수초에 비유하여 그 따뜻한 사랑에 감동하고 있다.

글 B는 '늘그막에 등 긁어주는 재미로 산다'는 옛말을 차용하여 '효자손'의 등장에 불만을 품고 있다. 중장이 길게 늘어난 사설시조로 창작된 이 시조는 늘그막에 '효자손'의 등장으로 등 긁어주는 부부간의 정이 사라져감을 안타까이 생각하면서 그 생산자에게 시비를 걸고 있는 것이다.

이와 같이 꽃말이나 격언 또는 용사(用事) 등을 적절히 차용하여 시상을 전개함으로써 표현 효과를 극대화시킬 수 있다.

이 밖에도, 명작을 많이 외우고 읽어서 그 표현기법을 배워서 습작을 하면 많은 도움이 되며,[54] 음수개념에서 음보(또는 음량)개념으로 인식을 전환하면서 절제미, 균제미, 긴장미, 완결미를 염두에 두고 창작한다면 바람직한 현대시조의 모습이 탄생될 것이다.

6. 부적절한 창작의 예

부적절한 창작의 경우는 여러 가지 분야에서 지적될 수 있다. 예를 들면, 시상 내용에 부적절한 시어를 차용한 경우, 시행의 무리한 변용을 실시한 경우, 시조형의 탈격인 경우(리듬감을 잃은 경우), 응집력과 결속력이 약한 경우, 관념적이며 사무적인 용어가 대다수인 경우, 한자어가 남발된 경우, 설명적 진술로 일관된 경우, 문장 어법 구조의 오류가 발생한 경우, 참신하

---

54) 많이 듣고 많이 읽으며 많이 생각한 뒤에 作詩하면 좋은 글을 지울 수 있다(송나라 구양수는 글을 잘 짓는 비결로서 '多聞', '多讀', '多商量'을 강조하였다).

지 못하고 진부한 상투어를 쓴 경우, 문학적 가치가 떨어지는 경우 등이다.

이들 중 중요한 몇 가지만을 예시해 보자.

1) 관념어나 한자어가 남발된 경우

국방 의무 충성 맹세 조국의 명령 앞에
열혈 청년 운집하여 왕성하게 행진한다
동절기 특수훈련에 조국통일 앞당긴다.

– 학생 작품

이 글에서 강조점 찍힌 시어들은 시의 예술적 가치를 고려할 때 부적절하게 쓰인 시어들이다. 지나친 관념어나 한자어의 남용은 시의 감각적·구체적 이미지 형성을 방해하는 요소가 된다. 뿐만 아니라 실감나는 이미지의 실종으로 고유의 전통시인 시조의 맛과 멋을 상실하게 된다. 이런 글에서 ‘명령’은 ‘부름’으로, ‘열혈’은 ‘피 끓는’으로, ‘동절기’는 ‘한겨울’로 환치된다면 글의 품격은 높아질 것이다.

2) 설명적 진술로 일관된 경우

좋은 글은 설명과 묘사가 조화를 이루어야 한다. 어느 한쪽으로, 특히 설명으로만 치우칠 경우 글의 미감은 떨어진다.

변화와 희망이 교차하는 한강이여
과거와 미래를 이어주는 깊은 줄기
오늘도 역사 속으로 한강은 흐른다네.

– 백○○, 한강 전 3수 중 제3수

이 글은 주로 설명으로 일관되어 있다. 글에서 사실의 서술이 전반적으로 많을 경우 문학적 감미로움은 느낄 수가 없다. 대체적으로 설명보다는 묘사가 더 실감 나는 미감을 즐기는데 효과적이다.

3) 문장·어법 구조가 난해하거나 오류가 발생한 경우

A

깨지기 위해서 솟아나야 하는 저 운명
입 다물고 툭툭 몸부림치며 말하는
그런 식 둥근 틀에 갇혀 / 지껄이는 신문 사설

– 김○○, 분수–국회의사당 앞에서 전 3수 중 제1수

B

그대는 어디서 숨어 있다 흔드는가
오늘밤 외로움이 한밤중에 가득해서
소슬한 봄바람 타고 성큼성큼 오소서.

– 학생 작품

글 A의 작가는 국회의사당을 보며 세태를 풍자하고 있다. 이 글의 문맥을 따라서 그 주체와 주체에 이어지는 서술어를 파악하기란 쉽지 않다. '깨지기 위해서 솟아나야 하는 저 운명'은 분석하는 이에 따라서는 이 글의 제목을 보고 국회에서 '말씨름하는 당사자들'을 지목할 수도 있다. 그러나 그것은 하나의 '분수'와 같은 존재인 시적 자아 즉, 작가 자신을 가리키는 것일 수도 있다. 그렇다면, '입 다물고'의 주체는 누구인가? 만약에 그것도 작가 자신으로 볼 경우 '둥근 틀'은 작가가 국회의사당을 보고 설정해 놓은, 작가가 갇혀 있는 원형 공간일 수 있다. 그렇다면 '신문사설'은 작가 자신의 '푸념'을 비유한 것으로도 볼 수 있다.

이렇게 이 글의 분석이 난해한 면을 보이는 것은 본문에서 '국회 의사당'과 '신문 사설'이 표면상 상충되고 문장구조 체계가 산만하고 시조 3장 내의 완결성이 결여되었기 때문이다. 시조는 3장체계이기 때문에 간결하고도 명쾌한 문장구조로 이루어져야 좋은 글이라 할 수 있다.

제2부 현대시조의 창작기법 367

글 B는 초장 1문장, 중·종장 1문장, 두 개의 문장으로 구성되어 있다. 그런데 초장의 문장을 보면 어색하기 그지없다. 어색한 이유는 '흔드는가'의 목적어가 빠졌기 때문이다. 작가는 이 글의 음수율만을 의식해서 3·3·4·4형의 초장을 만들었다. 그러나 이 글을 의미상 완전한 체계로 만들려면 2음보가 다소 길어져 3·7·4·4가 되더라도 율독에는 큰 문제가 없으므로, "그대는 √ 어디서 숨어 있다 √ (내 마음을) √ 흔드는가"로 하여 목적어인 '내 마음'을 삽입해야 한다. 그리고 조사나 어미의 쓰임도 시상 전개에 큰 영향을 미친다. 중장의 '오늘밤'은 '기다림의 정서'를 의식하여 역시보조사인 '도'를 붙여서 '오늘밤도'라고 하여 의미를 강화시켜주고, '한밤중에 가득해서'는 종속적 연결어미 '~니'를 사용하여 '한밤중에 가득하니'로 해야 시상 의미가 살아난다. 연결어미나 접속어를 어울리게 배치하지 못했을 경우 시조의 응집력이나 결속력이 약해지게 된다는 사실을 염두에 두어야 한다. 그리고 종장의 '성큼성큼'은 시상에 비해 너무 큰말에 해당됨으로 '몰래몰래'나 '살짝살짝'과 같이 어울리는 시어로 대치해야 할 것이다.

4) 지나친 파격으로 시조의 정통성을 파괴하는 경우

시조 파격의 문제점에 대하여는 앞에서도 누누이 강조하였다. 현대시조는 그 변용의 한계점 내에서 정통성을 지키면서도 다양한 개성을 발휘하여 멋과 맛을 낼 수 있다. 그런데 현대시조를 창작하는 작가 중 소수는 현대적 감각과 개성의 추구라는 명목으로 지나치게 파격을 하여 시조의 본모습에 큰 위해가 되고 있다.

A

"농촌 보호에 왕관을 걸 것이노라!"
이 시점에 이르러, 대원군이 걸어 잠근 대문을 한탄하랴만,
온 들녘의 운명을 걸머지고 협상에 나선 대~한민국 대표 용사들,

어떠하더이까? 어느 안전의 내시(內侍)더이까?

어찌 그리도, 황송하고 황공무지하여,

"땅은 인간에 속한 게 아니라 인간이 땅에 속해 있습니다.

왜냐하면, 따은 우리들의 어머니…"라며

간곡히 타이르던, 100년 전 그 인디안 추장, 치프 시애틀의 편지도

끝내 건네지 못한 것인지… //

번번이 패전의 들녘, 귤꽃은 다시 필런지요.

– 강○○, 「어느 들녘에 관한 보고 2」 전문

B

무려 2만 명과 잠자리를 가졌다는 미국의 바람둥이 농구스타 챔벌레인, 꼴까닥, 숨을 거두며 이 세상에 남겼던 말.

– 이○○, 「뜨겁게 한 여자만을 사랑할 걸 그랬어」 전문

글 A는 농산물협상과 관련된 풍자적인 글이다. 그런데 이 글의 형식을 살펴볼 때 이 글을 시조로 볼 수 있는가? 이 글이 시조집에 실려 있고 끝부분이 시조의 형식에 가까워 사설시조로 볼 수도 있지 않겠느냐 반문할지 모르나, 관찰력이 부족한 일반인들의 안목으로는 시조라고 인식할 수 없을 것이다.

글 B도 시조집에 실려 있는 것으로 보아 시조로 발표된 것이다.

이 글은 사유의 깊이나 형식적인 굴레에서 벗어나 해체성을 구가한 자유로운 작품이라 생각된다. 그런데 이글을 읽고 시조라고 인식할 사람이 몇이나 될까? 이러한 추론마저 구속(拘束)의 굴레라고 단정하고 해체적 자유를 주장한다면 할 말은 없다. 그러나 해체적 성향을 띤 자유로운 글은 전통 시조의 범주에 넣을 수가 없기 때문에 자유시 쪽으로 가야 한다는 게 필자의 판단이다.

현대시조의 이러한 산문적 경향을 내놓고 김준은 사설시조의 존립 자체에 대하여 "온전한 시조형이라고 볼 수 없다"라고 일축하였으며,[55] 박철희

도 그의 저서를 통하여 "사설시조는 자유시다"라고 단언한 바 있다.[56]

이러한 산문형 시조의 창작이나 시행의 무리한 변용은 우리 시조의 정체성을 흐리게 하고 현대시조의 존립마저 위태롭게 할지 모른다. 그러므로 이러한 습작법은 우리 현대시조의 발전과 미적 가치의 보전을 위하여 하루 빨리 시정되어야 할 것이다.

5) 의미 체계의 부적절한 조합으로 창작된 경우

형식은 내용을 따르고 내용은 형식을 따라야 한다. 상호보완적이기 때문에 시조의 형식 또한 내용을 올바르게 표현하기 위한 장식일 뿐이다. 따라서 내용을 바르게 전달하지 못했다면 아무런 가치 없는 형식이 되고 만다. 다음의 경우를 보자.

길 위의 질척거림 불빛은 하나 둘 씩
서정은 어둠 따라 옷자락 적서 오고
만날 것
같은 그 누구
빗속으로 온다면.

— 김○○, 「우중에」 전 3수 중 제1수

윗글 종장에서 강조점 찍힌 부분(3·5의 자리)은 시조의 종장 초구 분할이 불합리하게 이루어져 있다. '만날 것'과 '같은'은 의미의 연속을 필요로 하는 말인데 3·5의 음수율만을 의식하여 위와 같이 억지로 분할을 해 놓으면 안된다는 것이다.

---

55) 김준은 만해축전 시조세미나(2010.8.14, 흥사단)에서 현대 사설시조의 존립 자체를 전면적으로 부정하였다.

56) 박철희는 그의 저서 『한국시사 연구』(일조각, 1991, 70쪽)을 통하여 "사설시조는 자유시다"라고 주장하였다.

예: ① 견디어 √ 낸다고 하는 게 √ 어찌 그리 √ 쉽더냐　　　(×)
　　② 보이지 √ 않는 고향을 √ 꿈 속에서 √ 만난다　　　(×)
　　③ 참을 것 √ 같은 이 고통 √ 견딜수록 √ 괴롭다　　　(×)
　　④ 도와줄 √ 데 없지마는 √ 찾아보면 √ 있겠지　　　(×)

　이러한 예는 시조를 의미의 율격체계로 인식하지 못하고 외형적 음수율로만 파악한 결과라고 본다. 특별히 보조용언에 구속되는, '~어(아), ~게, ~지, ~고' 등이 붙은 말이나 의존 명사등과 연결되어 불완성을 보이는 경우에는 의미의 분할이 부적절하다는 원리를 알고 창작을 해야 한다.

제3부

부록(논문)

<논문 1>　현대시조 종장의 운용기법 연구

Ⅰ. 들어가는 말

Ⅱ. 종장의 변이 양상과 미학적 특성

1. 현대시조의 종장 자수고(字數考)
 1) 종장의 초구 고정에 대하여
 2) 종장 종구의 음수율

2. 종장 관습어구의 전래 양상

3. 종장의 음량 배분
 1) 율독(律讀)과 음보의 등장성(等長性)
 2) 종장의 이단성과 음량 배분

Ⅲ. 종장 운용의 새로운 모색

1. 파격의 한계

2. 종장 초구의 탈격 양상
 1) 첫 음보의 탈격
 2) 둘째 음보의 탈격

Ⅰ. 들어가는 말

  시조(時調)는 초·중·종 3장 6구의 격식을 갖춘 가장 압축적인 문학 형태로서, 그것이 발생한 이래 현재까지 유일하게 전해 내려오고 있는 전통적 정형시이다. 시조의 모형 중에서 종장은 작법상의 핵심 과제로서 많은 연구의 대상이 되어왔다. 종장이 이처럼 많은 연구와 논의의 초점 대상이 되고 있는 것은 3장이라는 단형(短型) 체계 아래서 절제미를 통한 완결의 미학을 창출해 내야 하는 시조의 장르적 특성 때문이다.

  종장은 시조의 완결미를 이루는 중요한 뼈대이다. 아무리 미사여구를 총동원하여 초·중·종 3장에 나열하여도 종장에서의 깔끔한 마무리가 뒷받침되지 못하면 모두가 허사가 된다. 종장 처리에 있어서 가장 기본적 준수사항은 초구의 소음수(3음절)와 과음수(5음절 이상)를 지켜내는 일인데, 이로부터 시작하여 종구의 종결기법에 이르기까지 적합한 운용의 묘를 적용하는 것은 시조 성공의 지름길이라 할 수 있다.

  본고는 이러한 점에 주목하여 먼저 고시조로부터 전승되어 온 종장의 변이 양상과 특성을 살펴보고 현대시조의 창작 실태와 문제점을 찾아내고 종장처리의 현대적 기법을 탐구해 봄으로써 새로운 창작의 해법을 제시하고자 한다.

II. 종장의 변이 양상과 미학적 특성

1. 현대시조의 종장 자수고(字數考)

1) 종장의 초구 고정에 대하여

종장 첫 음보 3자 자수율에 관하여 명확히 선을 그은 이는 이병기이다. 그는 『시조란 무엇인가』라는 글을 통해 "종장 첫구에는 三字 句"[1]라 하였다.

그러나 서원섭의 세밀한 고시조 조사 통계에 의하면, 그 자수율이 다양하다는 사실이 밝혀졌다.[2] 종장 기구(起句)에 사용된 "3자는 평시조 2,759 중에서 98%에 상당하고, 엇시조 326수 중 90%, 사설시조는 250수 중 84.5%에 각각 상당하고 있다."[3] 이것을 전체적으로 통괄해서 볼 때, 첫 구가 3자인 작품은 대상 작품 3,335수 중 95.8%인 3,196수이고, 이동철이 조사한 수치는 대상 작품 2,376수(정병욱의 『시조문학사전』)중 96.2%인 2,296수로 나타나고 있어서 비슷한 현상을 보여주고 있다.[4] 이러한 통계수치는 물론 고시조의 통계이지만, 대략 96%의 점유율을 차지한다고 보았을 때 시조 초구의 3자 고정은 이미 고시조에서 이루어졌다고 보아도 옳을 것이다.

---

1) 이병기, 「시조란 무엇인가」, 동아일보, 1926.11.24~12.13.
2) 서원섭의 『시조문학연구』(형설출판사, 1977) 330~337쪽에서는 심재완 편저인 『교본역대시조전서』에 소장된 3,335수의 작품을 장르별로 고찰하고 있다.
3) 이동철, 『시조문학산고』, 국학자료원, 1997, 35~36쪽.
4) 이동철, 위의 책, 37쪽.

일반적인 통설로 알려져 있는 종장의 자수 체계는 기본 율격이 3·5·4·3인데, 그중 제1음보는 3음으로 고정되어야 하고, 제2음보는 5음 이상이어야 한다는 것이었다. 그런데 이러한 종장의 자수 개념, 특히 초구의 고정설에 대하여는 기존의 학설과 주장들이 다소 석연치 않은 점이 있고 그 논리가 상이하여 한번쯤 짚고 넘어가야 한다.

종장 첫 음보의 3음절 고정 이유에 대하여 일찍이 안자산(安自山)은 다음과 같이 설명하였다.

> "시의 운율에는 선율(旋律)이라는 것이 있다. 선율은 음악에 고저음이 있는 것 같이 시간을 위반치 않는 안에서 변조(變調)를 취하는 것인 바, 그 선율을 변함에 의하여 미(美)라는 것이 생기는 것이다. 말하자면 동일한 2자음절만 무한히 연속하면 하등의 예술미가 없이 된다. 종장의 운율이 타장(他章)의 순서와 반하여 先8, 後7로 된 것이 곧 그 이치를 쓴 것이다. 서양시에 활기를 위하여 先强後弱의 율동을 쓰는 것 같이 초장, 중장은 동일한 先7, 後8로서 弛緩의 감이 있다가 종장에 와서는 그 순서를 전환함으로써 일종의 쾌감이 생기나니, 고로 종장에 當한 詩語는 강한 인상의 語를 쓰는 것이 通例로 되니라."5)

이러한 설명은 율격면에서 종장의 미학적 특성을 분석한 예일 것이다. 초장의 7·8형, 중장의 7·8형의 율격을 종장에서 갑자기 8·7율격으로 전환함으로써 미적 감각을 획득하고 운율적 쾌감을 유발한다는 논리이다. 이 점에 대하여 김사엽(金思燁)은 다음과 같이 밝힌 바 있다.

> "특히 종장 초구가 반드시 3언이란 철칙은 다름 아닌 감탄사(阿耶·病吟·打心 등)의 잔재였으니, 이조 초, 중기의 단가에 '어즈버', '아희야', '두어라' 등이 많은 것도 이 초구가 실로 감탄사의 위치임을 인지하고 있던 시대까지는 무엇인가 감탄구를 삽입했지마는 그것을 잊어버리고, 또 단가의 제작이 빈번하던 중기, 말기에 와서는 감탄사 아닌 딴말로 대치하되, 3자를 놓아야 한다는 제약만을 묵수(墨守)하게 된 것이다."6)

---

5) 안자산, 『시조시학』, 교문사, 1949, 24쪽(최동원 『고시조론』, 삼영사, 168~169쪽에서 재인용).

또 조윤제는 다음과 같이 주장하였다.

> "종장 제1구는 역사적인 그 전통성에 의한 시조 전면에 있어 의연(依然) 그
> 중요성을 가지고 또 그 중요성을 구체적으로 나타내는 데 있어, 음수의 고정화
> 의 필요성을 느끼어 이에 가장 타당한 3음절에 고정했으리라 믿는다."7)

조윤제는 종장 제1구에 대하여, (1) 3음수가 우리 국어의 어휘에 있어
가장 보편성을 가지고 있는 음수라는 것, (2) 2음수는 시조의 전체적인 운
율의 균형상 맞지 않는다는 것, (3) 3음수는 보편적이요 동시에 시조 운율
에 있어서 가장 널리 쓰이는 음수이니까 여기에 고정할 필요가 있었다는
것8) 등으로 설명하였다.

이와 같은 견해들에 대하여 최동원은 고시가의 전 · 후절 분단의 사이
에 끼어 있던 감탄사의 유물이었음을 상기시키면서, 다음과 같이 감탄사
의 잔재 형태로 초구를 파악하였다.

> "시조 종장의 제1구는 이와 같은 고시가의 前 · 後節 분단의 중간에 끼어 있
> 던 감탄사9)의 성격을 계승한 것이다. 고시가의 前 · 後節 분단 의식이 약화되면
> 서 감탄사의 위치가 後小節의 앞머리에 접근되고, 나아가서 감탄사의 존재에
> 대한 의식이 흐려져 차츰 소실되면서 다른 有意語로 바뀌는 이와 같은 과정 속
> 에서 시조 종장 제1구는 형성되었다고 생각하는 바이다."10)

종장 3 · 5 · 4 · 3의 제2음보에는 제1음보의 전환의 의미 또는 긴장 상태

---

6) 김사엽, 「이조시대의 가요 연구」, 대양출판사, 1956, 238~239쪽.
7) 조윤제, 「시조의 종장 제1구에 대한 연구」, 『陶南雜識』, 1964, 14~15쪽.
8) 최동원, 『고시조론』, 삼영사, 1986, 172쪽 참조.
9) 고시조의 종장 초구에 허사의 성격으로 쓰인 '어즈버', '두어라', '아희야', '아마도' 등
  을 '감탄사'로 부르는 경향이 있으나, 이러한 말들은 일종의 '여음사(餘音辭)'로서, 엄
  밀히 말하면 이 중에 '어즈버'만이 감탄사이고 '두어라'는 동사, '아희야'는 명사+조
  사, '아마도'는 부사이다.
10) 최동원, 앞의 책, 170쪽.

를 이완시켜주는 기능이 있다. 그렇기에 다른 음보에 비해 과음수(5~7)를 적용하여 이단적 형태를 보인다. 그런데 이 둘째 음수 5에 대하여 엄격한 정형률를 지키던 고시조에서조차 상당히 융통성을 발휘한 흔적이 보인다. 예를 들어, "아마도 壽福이 雙全 허시기는 聖世子를 뵈온져"(안민영, '南山 갓치 놉흔~'의 종장,『한국시조대사전』· 703)에서와 같이 9자까지 그 융통성을 보이고 있다. 이러한 예는 조윤제의 기준형11)이 하나의 일반적인 골간을 제시한 것이지, 그 기준안에서 얼마든지 신축적 운용의 묘를 발휘될 수 있다는 견해로 받아들이는 것이 옳다고 본다.

지금까지 살펴본 종장의 이론에 대하여는 종장 초구 고정의 이유가 명확하게 논리적 근거를 확보하였다고는 볼 수 없다. 이러한 면을 참작하여 필자 나름대로 위의 견해들을 종합적으로 분석하여 가장 타당성에 접근될 수 있도록 종장 고정의 논리를 요약하면 다음과 같다.

(1) 시조 종장 첫 음보는 고시가의 전 · 후절12) 분단 사이에 끼어 있던 '어즈버', '두어라', '아희야', '아마도' 등 일종의 여음사(餘音辭)를 계승하면서 그 모형들이 변형되어 자연스럽게 현재의 3자 고정된 모습으로 정착되었다.

(2) 종장 초구의 첫 음보는 우리 국어의 어휘에 있어 가장 보편성을 가지고 있다는 점에서 3음절로 정착되었고, 창을 전제로 한 고시조에선 때론 '여유와

---

11) 조윤제는 그의 「시조잣수고」(신흥 4호, 1930.11)에서 시조의 기준을 다음과 같이 제시하였다.
   (1) 시조 1수의 잣수는 44~45자 혹은 45자에 중심을 두고 41~50자 범위에 있다.
   (2) 장별 잣수 배열은 3 · 4 · 4(3) · 4, 3 · 4 · 4(3) · 4, 3 · 5 · 4 · 3이라는 기준을 가지고 규정의 최단자수에서 최장잣수 내에서 신축한다. (3) 그 중에서 거의 변동이 없는 것은 초장 제4구, 중장 제4구, 종장 제3구의 4자, 그리고 종장 제1구의 3자이다.
   * 조윤제는 시조의 각 장을 4구씩, 전체 12구로 보았다(필자 주).
12) 전절과 후절: 3단구성은 전통시가, 즉 향가에서 여요, 시조에 이르기까지의 일반적 구성방식이다. 크게 전대절(前大節)과 후소절(後小節)로 나뉘는데, 전대절을 양분하여 후소절과 함께 전체 3단구성으로 본다. 따라서 시조에서는 초장, 중장을 전절, 전환의 변화를 주는 종장을 후절로 본다.

돌아봄', 또는 '긴장'을 불러일으키며 분위기를 바꿔주는 '전환'의 의미가 있다.

(3) 초·중장의 전형적인 율격 先7·後8형(또는 7·7)의 반복적 이완감에서 갑자기 종장에서 先8·後7로 변환된 것은 그렇게 함으로써 전환의 미적 쾌감과 강한 인상을 주려는 뜻이 있다.

(4) 종장 제1음보는 3자 고정이나, 제2음보는 이단성을 보이는 과음수로서 5자 이상 최대 9자까지 융통성을 발휘할 수도 있다.

이러한 필자의 종합 정리는 아마도 기존의 종장 운율구성의 불가피성을 확인하는 셈이 되어 줄 것이다. 아무튼 평시조의 운율형식 중에서 종장 초구의 형성 문제는 계속적인 논란거리가 될 소지가 다분히 있으나 초구 '3·5'라는 고정된 형식으로 말미암아 전통시조가 자유시와의 경계를 분명히 구별 짓게 되는 변별력의 역할을 해왔으며, 이로 인해 시조의 독특한 멋과 맛을 이어갈 수 있게 되는 계기가 되었다고도 말할 수 있다.[13]

2) 종장 종구의 음수율

조윤제가 규정화시킨 시조 음수율의 기준은 초장 3·4·4(3)·4 중장 3·4·4(3)·4 종장 3·5·4·3이다. 이러한 고시조의 기준을 가지고 서원섭(1977, 「평시조의 형식 연구」)과 조동일(1982, 「한국시가의 전통과 율격」)이 조사한 결과에 따르면, 초·중·종장에 딱 맞아 떨어지는 경우는 평시조 작품(2,759수) 중 고작 4%에 불과하였다. 조동일은 "전체의 4%에 해당하는 것을 정형으로 삼는다면 시조는 실상과는 다르게 이해되고 시조 창작의 방향도 왜곡된다. 음수율로서 시조의 자수율을 헤아려야 했던 이유는 우선 시조 창작을 위한 지침을 제공하려는 데 있었는데 잘못된 지침은

---

13) 이광녕, 「현대시조 종장의 완결성 연구」, 세종어문 연구(28집), 세종어문학회, 2009, 164쪽.

창작을 부당하게 구속하기만 한다"라고 하였다.

　고시조 전체의 4%에 해당하는 것이 정형(定型)일 수 없다는 것이 조동일의 견해다. 그러나 필자는 우리 시조의 정형성에 대하여 그 정형적 의미를 그렇게 단정하여 부정할 수는 없다고 본다. 조윤제가 제시한 기준형에도 '一首의 字數 44 혹은 45에 中心을 두고 41자에서 50자 範圍內에 3·4·4(3)·4, 3·4·4(3)·4, 3·5·4·3 이라는 基準을 가지고 規定의 最短字數에서 最長字數內에 伸縮할 것이다'라고 분명히 신축성을 언급하였다. 조윤제의 '정형(定型)'은 하나의 골간을 제시한 것이지 반드시 그 뼈대에 맞추어야 시조가 된다는 뜻은 아니라고 본다. 일본의 당카(短歌)나 하이쿠(排句)는 정확한 음수율에 의해 지배되지만, 우리의 시조는 우리말이 교착어이기 때문에 선택된 시어에 조사나 어미가 부착되어 얼마든지 허용된 범위 안에서 신축적으로 운용의 묘를 살릴 수 있다. 따라서 종장 말구의 정형 기준 '4·3'도 다음과 같이 운용의 묘를 살릴 수 있다. 다음 시조의 종장 말구의 예를 보자.

① 이것이 仙界 佛界인가 人間이 아니로다.

― 尹善道,「漁父四時詞」: 冬詞 四

② 世上의 莫黑匪鳥는 웃는 법도 잇느니라.

― 姜復中,「江湖의 벗지 업셔~」

③ 아마도 天地間 大聖人은 이 두 분이신가 ᄒ노이다.

― 翼宗,「孔夫子이~」

④ 축축이 흐르는 강물 / 우수에 젖고 있다.

― 이영주,「양로원」

⑤ 진실된 평화와 사랑은 / 모든 이의 꿈이더이다.

― 이수용,「마틴루터 킹 목사」

＊강조점은 필자

조윤제가 제시한 시조의 기준 모형에서, 종장의 초구는 3·5음수, 종구는 4·3음수이었다. 종구가 4·3형으로 기준이 제시되었던 이유에는 고시조의 말미에 대부분 ~'ㅎ노라', '~어뗘리', '~ㅎ리오', '~이시랴', '~ㅎ더라' 등 3자 관습어가 많이 쓰였던 것과 관련이 있다. 그러나 위의 ①, ②, ③과 같은 고시조에서도 종구는 반드시 4·3이 아닌 3·4, 4·4, 6·4 등의 다양한 형태가 많이 발견된다. 특히 개성을 강조하는 현대시조에서는 위의 ④, ⑤ 경우와 같이 서술어 앞에 관형어나 부사어 등이 자리하여 뒤의 음수가 더 많아진 경우는 허다하다.

종구에 있어서는 고시체에서 쓰이던 '~ㅎ노라', '~ㅎ여라', '~어뗘리' 등과 같은 3자수형의 조동사나 반문형이 자취를 감춘 마당인데 굳이 3자형을 말미에 두고 무게를 앞 음보에 둔다며 4·3형으로만 인식하려는 점은 현대시조에서는 불합리하다고 본다. 이러한 예는 일본의 하이쿠보다 품이 넉넉한 우리 시조가 정형률의 범위 내에서 얼마든지 변용의 미학을 추구할 수 있다는 특징을 보여주는 것이라 하겠다.

2. 종장 관습어구의 전래 양상

'관용어' 또는 '관습적 용어'란 언어 행위에 있어서 그때그때 의도적으로 적절한 용어로써 대처하는 것이 아니라, 유사한 상황에서는 종래 사용되어오던 용어를 관행적으로 반복적으로 사용하는 말을 말한다. 시조에서는 주로 종장에 '두어라', '아희야', '어즈버' 등과 같이 감탄을 나타내거나 전환을 드러내거나 여유를 드러내던 고어투가 이에 해당된다. 이러한 용어들은 고시조가 현대시조로 넘어오는 과도기적 시점에서 그 존재 여부로 시대 유형을 가늠해 볼 수 있기에 중요한 문헌적 근거가 된다.

서원섭이 『교본역대시조전서』[14]를 바탕으로 조사 분석한 결과에 의하

---

14) 심재완 편저, 『교본역대시조전서』(세종문화사, 1972)에는 총 3,335수의 옛시조가

면, 관습적 용어는 평시조(2,759수)의 경우 253종(2회 이상 사용)에 달하는
데, 사용 빈도수는 1,982회로 전체 어휘수의 71.8%에 달했다.[15] 이 통계에
나타난 바와 같이 종장 초구의 관습적 용어의 사용 빈도수가 70%를 상회
한다고 하는 것은 가창으로 불렸건 기록문학으로 전래되었건 종장 초구가
시조문학의 중심점으로서 상당한 영향력으로 작용했음을 알 수 있다.

　먼저 고시조 종장의 첫 음보에 쓰인 '두어라', '아희야', '어즈버' 등의 용
례를 보자.

> 아마도 得道 成佛은 都兩難인가 ᄒ노라.
>
> — 작자미상,『한국시조대사전』[16] · 701

> 두어라 爲國 忠心을 永世不忘 ᄒ오리다.
>
> — 朗原君(李侃),『한국시조대사전』· 3918

> 아희야 武陵이 어듸맨다 나는 옌가 ᄒ노라.
>
> — 작자미상,『한국시조대사전』· 3991

> 어즈버 날 다짐 말고 네나 操心ᄒ여라.
>
> — 鄭希良,『한국시조대사전』· 4720
>
> * 강조점은 필자

　위와 같이 '아마도', '두어라, 아희야, 어즈버' 등은 짐작, 여유, 감탄 등
을 나타내던 일종의 관습적 용어의 고어투이다. 고시조 종장의 첫 음보에
는 이러한 관습적 용어가 자주 쓰였다. 이것들은 고시조와 현대시조의 분
수령을 이루는 시점에서 그 존재 여부로 현대시조 형성의 자취를 돌아볼

수록되어 있다.
15) 서원섭,『시조문학연구』, 형설출판사, 1984, 444~446쪽.
16) 박을수,『한국시조대사전』, 아세아문화사, 199쪽.

수 있는 근거가 되고, 현대시조에서는 미적 감각의 퇴행 요소가 되기도 하기에 그 잔존 실태를 점검해 보는 일은 반드시 거쳐야 할 단계이다.

현대시조에서, 종장에 나타나는 '관습적 용어'의 고어투[17]는 초창기 시인인 최남선, 안자산, 이은상, 조운, 정인보, 조종현 등의 작품에서 주로 발견된다. 이들이 활동할 당시에는 정치적으로는 일제 치하라는 암울한 상황이며 서양 문물의 유입 등으로 혼융 상태에 있었고, 문학적으로는 현대 문학으로 넘어오는 과도기요 모색기였다.

필자가 『현대시조 100인선』[18]에 나타난 현대시조 초기의 작품 중, 종장 초구의 '관습적 용어'의 사용 빈도수를 조사한 결과는 다음과 같다.

<현대시조 초기작품 속에 나타난 종장 첫 음보의 관습적 용어>

작가 \ 관습용어	아마도	두어라	아희야 아해야	엇더타 어떻다	어즈버 어줍어	다만지	엇지타	마초아	계
최남선 (37수)				1				3	4
안자산 (160수)		1			2	2	3		8
이은상 (110수)	1	2			1	1			5
조 운 (117수)	1				1				2
정인보 (27수)		6	1		4				11
조종현 (74수)		1							1
이영도 (55수)	1								1
계	3	10	1	1	8	3	3	3	32

* 위의 통계는 『현대시조 100인선』에 수록된 현대시조 초기의 작품 중(괄호 안은 수록된 작품 수), 종장 초구의 '관습적 용어'의 출현 빈도수를 조사한 수치이다. 현대시조 모색기에 활동한 이병기, 장웅두, 김상옥, 조남령, 이호우의 작품에서는 나타나지 않았다.

---

17) 고시조 종장의 주요 '관습적 용어' 사용 빈도수는 평시조(2,759수)에서 '아마도' 246수, '두어라' 128수, '아희야'(아해야) 108수, '어즈버'(어줍어) 79수, '엇더타' 75수, '다만지' 10수로 조사되었다(이 통계수치는 서원섭의 '종장 제1음보의 어휘조사표'를 기초로 필자가 발췌한 것이다).

18) 이지엽 편저 『현대시조 100인선』(2006, 태학사)에는 현대시조시인 101명의 작품 7,240수가 실려 있다.

위의 표에서 보는 바와 같이, 현대시조 초기의 시인들에 의해서 가장 많이 사용되었던 고시조 잔재의 관습적 용어는 종장 초구의 '두어라'와 '어즈버(어즙어)'이다. 고시조에서 절대적 우위를 차지했던 '아마도'는 다른 용어들과 같이 거의 자취를 감춰가고 '아희야'도 개화기 이후에 특수층 소수에 의해 간혹 사용되다가 자취를 감췄다. 그 중, '두어라'와 '어즈버'는 두드러지게 사용되다가 그 실체가 1950년을 전후하여 점차 사라져 간 것으로 짐작된다.

논자에 따라서는 '두어라', '아희야', '어즈버' 등을 향가에서 비롯된 감탄사(阿耶 · 病吟 · 打心 등)의 잔재로 보거나,[19] 향가 감탄구의 유물로서 어디까지나 음악상 요소의 전통적 계승으로 보는 견해[20]도 있다. 그러나 '阿耶', '阿也', '阿邪也', '病吟', '打心' 등의 예를 들어 시조 종장 초구에 쓰였던 관습적 용어 전체를 감탄사 또는 감탄구로만 일괄적으로 볼 순 없다. 엄밀히 말하면, 시조 종장에 쓰이던 관습적 용어 중 '어즈버' 하나만이 감탄사이다. 종장 초구(첫 음보)의 관습적 용어를 현대적 의미로 분석을 해보면 독립어와 부사어가 주류를 이루고 있음을 알 수 있으며, 독립어로서는 '어즈버'('아아'라는 감탄사), '두어라', '아희야' 등이 있고 나머지는 대개 부사어이다. '아마도'의 경우도 예나 지금이나 확실한 결론을 못 내릴 때 사고의 여유를 두는 부사어이며, 감탄적 의미를 지녔다고 하는 '어떻타'와 '엇지타'도 '어찌하여'의 뜻을 지닌 부사어이다.

특히 '두어라'와 '아희야'와 같은 독립어는 각각 일종의 명령형과 호격형으로서 하급자들에 대하여 사대부들의 지체 높음의 심리를 드러내며 동시에 유유자적하면서 여유를 보이려는 여음사의 성격을 띠고 있다. 이러한 용어들은 군자연하면서 현실을 초월 · 달관하려는 선비적 고풍이지만, 현대시조에서는 종장 말미의 '~노라(~더라, ~리라)'라는 관습적 용

---

19) 김사엽, 『이조시대의 가요 연구』, 대양출판사, 1956, 238~239쪽.
20) 최동원, 앞의 책, 173쪽.

어와 함께 구태적 잔재로서, 미적 감각의 퇴행을 불러일으키는 요소가 되
므로 속히 떨쳐버려야 할 요소들이다.

① 두어라 시(是)나 비(非)나다, 그게 긘가 허노라.

－ 안자산, 「제7 述懷」 일부

② 다만지 천도 용궁(天都龍宮)이 이로 이어 졌더라

－ 이은상, 「박연(朴淵)」 제6수

③ 어즈버 지사고심(志士苦心)을 비겨볼까 하노라

－ 정인보, 「매화사 3첩(梅花詞三疊)」 첫 수

④ 아희야 창 열었으랴 나도 함께 들리라

－ 정인보, 「춘음(春吟)」 제2수
＊강조점은 필자

　현대시조 초기의 위의 시조들은 강조점 찍힌 종장 초구의 관습적 용어
와 말미의 ‘~노라(~더라, ~리라)’ 형태로 전형적인 고시조풍을 드러내
고 있다. 종장 처리의 양상으로 돌아볼 때, 미학적 세련미를 갖춘 현대시
조로서의 본격적인 모습은 이러한 고시체 풍이 완전히 사라진 때부터라
고 보아야 옳다.
　특히 형식면에서 많은 혁신을 도모했던 가람 이병기는 종장에 일체 고
시체형을 쓰질 않았다. 이러한 점은 육당과 더불어 가람의 현대시조에 대
한 열망과 혁신 의지를 알 수 있는 명확한 증거이다. 현대시조는 이들에
의해서 갈고 닦고 다듬어져 오늘에 이르렀으므로 이 시기의 작가들의 시
조문학에 끼친 공헌은 매우 크다 하겠다.

3. 종장의 음량 배분

1) 율독(律讀)과 음보의 등장성(等長性)

시조는 일정한 리듬감에 의해 창작되는 정형시이다. 따라서 시조를 읽을 때에는 그 율격에 따라 저절로 음악적 리듬감이 생성되어 율독하게 된다. 일반적으로 글을 소리내어 읽을 때 산문형은 '낭독(朗讀)'이라 해야 하고, 시조는 리듬의 반복적 운율감에 따라 '율독(律讀)'이라 해야 함이 옳다. '율독'이라는 개념 속에는 음보간의 등장성(等長性)에 따라서 율독되는 시조의 리듬 체계가 숨어 있기 때문이다. 다음 도표를 보자.

초장 -	3(小)	4(平) ‖	3(小)	4(平)	전구와 후구의 균형과 반복
중장 -	3(小)	4(平) ‖	3(小)	4(平)	율격상 초장의 반복
종장 -	3(小)	5(過) ‖	4(平)	3(小)	전환과 종결

－ 강조점 찍힌 소음보는 경우에 따라 4가 될 수 있음.

위에서 강조점 찍힌 부분은 소음보로서 경우에 따라서는 평음보인 4가 될 수도 있다. 시조는 각 장이 4보격으로 이루어졌으며, 종장의 초구를 제외한 각 음보가 율독의 등가성에 따라서 4음량으로 읽혀지는 정형시이다, 여기서 '4음량'이라 함은 평음(4음)을 기준으로 그 음량을 나타낸 말이다. 단지, 종장의 첫 음보만은 그대로 음량이 3으로 고정되고, 둘째 음보 즉 과음수의 자리에는 경우에 따라서 5~8음량[21]까지 변용이 가능하다. 이러한 원리에 따라 그 음량의 크기대로 다시 도표를 제시해 보면 다음과 같다.

---

21) 일반적으로 과음수의 자리(종장의 둘째 음보)에는 '5~7'의 음수로 인정하는 경향이 있으나 필자는 그 신축성의 최대치를 5~9음수까지로 보고 있다. 그 대신 5~9음수에 대한 음절량의 수치는 이단성을 고려하여 5~8음절량(평음보의 두배까지)으로 하여 9음수의 경우 율독을 빨리해야 된다고 본다. 고시조의 종장 "아마도 壽福이 雙全허시기는 聖世子를 뵈온져"(안민영, '南山 갓치 놉흔~'의 종장, 『한국시조대사전』· 703, 참조)와 같은 경우는 그 좋은 예이다.

<pre>
초장: 4   4   ‖   4   4
중장: 4   4   ‖   4   4
종장: 3   5~8   ‖   4   4
</pre>

위에서 숫자 4는 음절수를 나타낸 것이 아니라 4음절량의 크기를 나타낸다. 이 표에서 볼 수 있는 바와 마찬가지로 전체적으로 음보의 등장성에 따라 4음절량의 율독 체계를 보이고 있는데 다만 종장의 초구는 독특한 음량체계의 이단성을 보이고 있다. 이러한 체계는 율독시에 종장의 초구에서 전환과 변화의 묘를 살리라는 의미이다. 김학성도 "음보를 이루는 자질을 음절 외에도 장음(長音: 1음절 길이만큼 길게 뺌)과 정음(停音: 1음절 길이만큼 멈춤)이 관여한다는 전제 아래, 각 음보가 4개의 음절량(4모라)에 해당하는 크기의 등가성을 가지며 그것이 4개씩 모여 한 장(章)을 이루면서 반복되는 리듬 패턴으로 보아 '4음 4보격 3장시'로 시조 형식을 규정한다"라고 하면서, 전환과 완결의 기능을 가진 종장에 대해서는 특히 첫 음보는 작품의 전반에 규율화되는 음량률의 지배를 받지 않고 반드시 3자로 고정하여 자수율에 따르는 이단성(異端性)을 보이고, 둘째 음보는 두 음보의 축약 형태를 띠는 특수한 성격을 갖는 음보로서 4모라 크기의 다른 세 음보와 운율적 평형을 맞추면서 빠르게 율독하려는 경향이 나타나고 '그에 따라 종장의 운율은 4보격의 형식을 취하면서도 초·중장의 그것과는 질적으로 다른 '변형 4보격'으로 실현된다22)라고 하였다.

이러한 논리는 시조를 '반복과 전환'의 형식 구조로 보고 자수율보다는 '4음 4보격 3장시'라는 음량률에 바탕한 운율적 형식으로 규정한 것이다. 이 형식 규정은 리듬에 따른 각 음보의 등가성을 원칙으로 하면서 종장의 특성을 고려하고 있어 상당히 진전되고 설득력이 있다고 본다.

---

22) 김학성, 「시조의 형식 원리와 그 미적 운용의 묘」, 성균관대, 2009 시조학술세미나 자료, 5쪽.

2) 종장의 이단성과 음량 배분

시조의 종장은 3장 중에서 전체를 마무리를 짓는 부분으로서 작품의 성공 여부가 여기에 달려 있고 작가의 창작의도가 집중된 중요한 요체이다. 초·중장과는 다른 3·5·4·3의 음수 체계로써 특히 초·중장의 7·8의 반복율에서 갑자기 8·7율격으로 전환되는 미적 체험의 부분이므로 그 독특한 음량의 배분을 따져보는 일은 필수적이라 생각된다. 황진이의 시조를 보자.

> ① 冬至ㅅ달 ② 기나 긴 밤을 ③ 한 허리를 ④ 버혀 내여　　3 5 ∥ 4 4
> ⑤ 春風 ⑥ 니블 아릭 ⑦ 서리 서리 ⑧ 너헛다가　　2 4 ∥ 4 4
> ⑨ 어론 님 ⑩ 오신 날 밤이어든 ⑪ 구뷔 구뷔 ⑫ 펴리라.　　3 7 ∥ 4 3
>
> — 황진이,『한국시조대사전』·1286 (번호 부여는 필자)

위의 황진이 시조에서 종장의 초구(⑨, ⑩번)를 제외한 나머지 음보는 음보의 등장성(또는 등가성) 원리에 따라 모두 4음절량의 크기(지속량)로 반복적 리듬체계를 띠고 있다. 강조점 찍힌 2음수 3음수 5음수도 그것의 적고 많음에 관계없이 4음절량의 크기로 율독해야 한다. 즉 초장 4 4 ∥ 4 4, 중장 4 4 ∥ 4 4, 종장 3 7 ∥ 4 4 의 음량으로 율독해야 한다. 따라서 2음수 '춘풍'은 4음수처럼 유장하게, 5음수 '기나긴 밤을'은 4음절량의 크기로 빠르게 율독하여야 한다.

그러나, 종장의 운율은 4보격의 형식을 취하면서도 초·중장과는 질적으로 다른 변형 4보격을 이룬다. 위의 황진이 시조에서 보는 바와 같이, 종장의 첫 음보('어론 님')는 작품 전반에 적용된 음량률의 지배를 받지 않고 반드시 3음량으로 고정하여 3자수율에 따르는 이단성(異端性)을 보인다. 그리고 둘째 음보('오신 날 밤이어든')는 두 음보의 축약 형태를 띠는 특수한 성격을 갖는 음보로서 4음절량 크기의 다른 음보들과 운율적 평형을 맞추기 위해 빠르게 율독하려는 경향이 나타난다. 위의 황진이 시조에서도 과음수(7자)인 '오신 날 밤이어든'이 본래 기준인 5음수(5음량)보다도 더 많기 때문에 그만큼 더 빨리 율독하려는 경향이 나타나는 것이다.

그렇다고 종장 제2음보의 음량을 평균치(4음량)에 억지로 맞출 필요는 없다. 왜냐하면 종장의 초구는 전환적 의미를 지녔으며 '긴장과 이완'이라는 특수한 기능을 부여 받았기 때문에 시상 감정의 전개에 따라 그만큼 신축성이 있다. 따라서 종장 제2음보의 음량을 따질 때에는 앞의 표에서 제시한 바와 같이 최장 9음수까지를 고려하더라도 '5~8'음절량(평음보의 2배까지)으로 표기해 주는 게 좋다고 생각한다.

Ⅲ. 종장 운용의 새로운 모색

1. 파격의 한계

이지엽은 "시조의 한 음보를 3, 4자로 고정하려는 것은 자연스러운 우리 언어활동을 극도로 제한시킨다. 동시에 6구(句)로 고정시키는 것 또한 안정적이긴 하지만 분방한 언어의 틀과 현대적 사고를 제한할 우려가 있다"[23]라고 지적하면서 현대시조의 전향적인 창작 방향을 주장하기도 하였다. 다음의 경우를 보자.

A

蜀天 블근 들의 슬피 우는 져 杜鵑아
空山을 어듸 두고 客窓에 와 우니는다
不如歸 不如歸ᄒᆞ는 情이야 네오 늬오 다르랴.

– 작자미상,『한국시조대사전』· 4166

B

생(生)은, // 슬픔의 서랍에 손때를 먹이는 일 //
해지고 / 벗겨지고 / 금이 가고 / 깨지고… //
얼룩도 / 향기도 없는 // 한 생(生)이 // 찻잔 속에 어린다.

– 권갑하,「인사동에서」전문

---

23) 이지엽,「21세기 시조창작의 일 방향 고찰」,『2010 월하문학관 개관 시조문학심포지움』자료, 39쪽.

A는 고시조, B는 현대시조다. 대체로 고시조에서는 음수율을 잘 준수하였다. 그러나 A는 조윤제가 제시한 시조의 음수율 초장 3 · 4 · 4(3) · 4, 중장 3 · 4 · 4(3) · 4, 종장 3 · 5 · 4 · 3의 율격에 다소 거리가 멀어져 있다. 초장의 초구 '蜀天'는 2음절이고 종장의 제2음보 '不如歸ᄒᆞᄂᆞᆫ 情이야'는 8음절이어서 범상치 않은 음수율의 변형을 보였다. 그런데 글 A가 다른 고시조에 비해 변격을 보였다고 하나 시조의 율격으로 낭송을 하여 보면 큰 무리가 없다. 고시조에도 한 음보가 2음절로 되었거나, 5~8음보로 되었거나, 종구가 4 · 3형이 아닌 4 · 4형으로 되었거나 뒤음수가 큰 경우는 여러 군데에 나타나 있다. 이러한 형태는 품이 넓은 시조의 정형성을 보인 것이지 그 정체성에 위배되는 것은 아니다.

B의 경우는 초장 2 · 6 · 3 · 4, 중장 3 · 4 · 4 · 3, 종장 3 · 5 · 3 · 7의 음수율을 보였다. B의 경우에도 조윤제의 전통적인 음수율 개념으로 파악하면 강조점 찍힌 부분은 소음보 또는 과음보로 이루러진 탈격형이라고도 볼 수도 있다. 그러나 그러한 자수 원칙 개념을 이 글의 작가가 모를 리 없다. '생은'의 경우 '인생은'이라고 3음수에 맞출 수도 있었을 것이다. 그러나 '인생을'이라고 하기보다는 '생은'이라고 2음절로 시작함으로서 보편화된 어감을 회피하고 독자적인 삶의 개념을 무겁고도 간명한 이미지로 드러내고 싶었던 의도를 짐작할 수가 있다. 종장에서 작가는 위와 같이 행, 연갈이(/표와 //표)를 함으로써 시조의 종구는 각각 독립시켜 '한 생(生)이'(종구의 제1음보), '찻잔 속에 어린다'(종구의 제2음보)와 같이 3 · 7음수로 시도하였다. 이것은 '한 생(生)이'를 독립시켜 인생을 심각하고도 무겁게 표현하려는 의도로 보인다. 그러나 율독시 종장의 끝음보가 7음절이어서 시조로서는 아무래도 부자연스러운 율격이 형성되게 된다. 차라리 종장을 '얼룩도 / 향기도 없는 한 생(生)이 // 찻잔 속에 / 어린다'와 같이 3 · 8 · 4 · 3의 형태로 행갈이를 하여 구조화했더라면 한층 더 자연스러운 시조형이 되었을 것이다. 이러한 판단은 종장에서 3 · 5 · 3 · 7의 형태보다는 3 · 8 · 4 · 3

의 형태가 시조 율격에 알맞으며, 또한 다른 구에 비해 음량률의 지배를 받지 않는 종장 초구의 이단적·전환적 기능에 적합하기 때문이다.

글 B의 경우와 같이, 어느 장의 한 음보에서 2음수나 6음수, 7음수, 경우에 따라서는 종장의 제2음보에서 8또는 9음수가 등장했다고 해서 탈격으로 볼 수는 없다. 만약에 탈격시조라고 규정한다면 그것은 음보 개념이 아닌 자수 개념으로 파악한 결과이기 때문이다. 우리 시조의 음수를 천편일률적으로 3·4 또는 4·4의 틀에만 적용시켜서 거기서 벗어난 것은 다 잘라낸다면 전통문학 창작의 경직성만을 드러내는 결과가 될 것이다. 시조의 율격 형성은 전술한 바와 같이 하이꾸나 한시와는 달라서 그들보다 여유롭고 넉넉한 품이 있기 때문에 현대시조의 새로운 지평을 열어가는 데에는 틀에 박힌 음수율을 고집하기보다는 시간의 등장성을 고려한 음보율 또는 음량률의 개념으로 파악하는 일이 중요하다.

사실, 현대시조는 고시조가 지녔던 묶인 틀이나 사상성을 거부하는 데서부터 출발한다고 해도 과언이 아니다. 장순하는, '창작이란 의미 자체가 실험이다'라고 하여 시인의 실험적 정신에 대하여 긍정론을 폈다.[24]

朔風은 나모 긋틱 불고 明月은 눈 속에 춘딕　　3 6 ∥ 3 5
萬里 邊城에 一長劍 집고 서서　　　　　　　2 3 ∥ 3 4
긴 프롬 큰 흔 소릭에 거칠 거시 업세라.　　　3 5 ∥ 4 3

— 김종서, 『한국시조대사전』·2022

* 강조점은 필자

위의 김종서의 시조는 강조점 찍힌 부분과 같이 현격하게 파격의 양상을 띠고 있다. 그러나 이 시조를 율독할 때 큰 무리는 없고 자연스럽다. 그

---

[24] 장순하는 "시에서 지나친 주정(主情)은 배제되어야 하며, 시조를 쓰다 보니 자유시는 싱겁고 재미가 없다"라고 하면서, 습작에 관하여는 "글을 쓸 때, 창작이란 행위 자체가 실험이다"라고 하여 창작의 실험 정신을 강조하였다(2009년 7월 13일, 필자와의 대담).

러므로 이 시조를 파격시조로 볼 수는 없다. 의미 단위로 분리(‖표)되는 각 장의 구(句)는 종장의 초구가 이단성을 보이나, 앞서 밝힌 바와 같이 여타의 각 음보는 4음량 크기의 등장성에 따라 율독을 하기 때문이다.

사실 고시조가 전통적인 정형의 틀을 잘 지켰다고는 하나 자세히 살펴보면 각기 나름대로 신축성을 보인 예는 허다하다. 현대시조의 창작에 있어서, 시조의 정체성을 지키고 전통의 맥을 살려나가기 위해서는 조윤제가 제시한 기준형을 기준으로 삼아야 한다. 그러나 위의 시조에서 보는 바와 마찬가지로 우리의 시조는 품이 넓고 넉넉하다. 얼마든지 허용의 범위 내에서 창의성을 발휘할 수 있는 것이다.

필자는 이러한 점을 고려하여 탈격에 따른 신축성의 한계점은 시조 변별력의 중심축이 되는 종장 첫 음보는 3자 고정, 둘째 음보는 5~9자까지 신축적으로 운용할 수 있다고 본다. 또 종장을 제외한 여타 음보도 앞 음보는 최소 2자, 뒤 음보는 최장 9자까지 가능하며, 종장 종구(4·3형의 자리)는 뒤 음보가 앞 음보보다 적어야 한다는 인식(말미의 '하노라'등의 3자 영향)이 있으나 현대시조에서는 반드시 그럴 필요는 없으며 적정 범위 내에서 음수를 가감하여 운용의 묘를 살릴 수 있다고 본다. 그러나 이러한 한계점들은 조윤제가 제시한 기준형을 염두에 두고 창의성을 발휘하되, 연과 행의 배열을 적절히 하고 율독시에 아무런 무리가 발생하지 않고 자연스러워야 한다는 점이 전제가 되어야 한다.

2. 종장 초구의 탈격 양상

1) 첫 음보의 탈격

『현대시조 100인선』에 게재되어 있는 총 7,240수 중, 종장 첫 음보(3자)의 탈격을 보인 예는 총 15수로 조사되었다. 주지하는 바와 같이 종장 초구의 첫 음보는 시조 변별성을 보이는 묘처로서 3자 고정으로 지켜져

왔다. 그러나 현대시조에서 이러한 원칙을 준수하지 않고 창작을 하는 사
례가 발견된다.

A

임실 곶감이 / 달기는 달더라마는 /
관촌 물맛에야 / 제가 어림 있을라고 /
재 넘어가는 구름도 / 그냥 두곤 못 간다니

—조종현, 「남관 관촌」 전 3수 중 제1수

B

봉머리 일던 구름 바람에 다 날리고
바위에 새긴 글발 메이고 이지러지고
다만, 이 흐르는 물이 궂지 아니하도다.

— 이병기, 「박연폭포」 전 3수 중 제3수

C

실댓잎에 목이 긴 간절한 석양 //
내색하지 않는 시간에 / 몸을 달군 꽃잎
첩첩산을 건너서 동지처럼 만난다.

— 김 종, 「욕망 키우기·2」 전 2수 중 제1수

D

이렇게 매달려 보는 / 끈끈한 / 여름의 한끝 //
늘 비어 있는 / 손에 / 바람이 잡힌다. //
밑도 없이 고여오르는 / 아픔 / 밤을 거퍼 지샌다.

— 한분순, 「눈물을 꿰고」 전 2수 중 제1수
* 강조점은 필자

　　윗글 A는 종장 첫 음보가 1음절, B는 2음절, C와 D는 4음절의 탈격을
보이고 있다. 글 A의 경우 '재'라는 1음절이 장음으로 '재—'하여도 2음수
밖에 안되니 종장 3음수 고정의 기준에는 못 미친다. 또 글 B는 '다만,'이

라 하여 쉼표를 찍어 둔 것으로 보아 '다만'을 발음하고 잠시 휴지(休止)하라는 의미로 보인다. 그렇게 할 경우 3음절량의 보폭을 보일 수도 있으나 본래의 3음절 어감에는 못 미친다. 따라서 이 시조를 율독하는 이들은 그 다음 음보의 첫 글자 '이'까지 연결하여 '다만 이'로 율독하게 되는 것이다. 글 C와 D는 종장의 첫 음보가 4음절로 되어 있다. 만약 4 · 4형의 연속으로 이어지면 시조보다는 가사체형이 될 수도 있기 때문에 이런 문제를 소홀히 해서는 안된다.

종장의 첫 음보가 3음절량의 보폭이 기준임에도 불구하고 이와 같이 1음절, 2음절, 4음절로 창작한 것은 창작상의 부주의로 보이지만, 시조의 변별성을 염두에 둘 때 결코 용인되어서는 안되는 일이다.

2) 둘째 음보의 탈격

『현대시조 100인선』에 게재되어 있는 7,240수 중, 종장 둘째 음보의 탈격을 보인 예는 총 11수로 조사되었다.

A

눈작만 바람은 자고 밤 이슥 하는도다
별빛 말곳 무영탑 말이 없고
섬돌 자욱 발자욱 천년 밤은 고요히……

— 조남령, 「불국사의 밤」 전문

B

당신 심장은 / 넋빠지게 / 끓습니까 //
맥박이 온수발로 뛰는 줄만 아십니까
젖가슴 / 한일자로 / 38선이 / 멍들었소.

— 조종현, 「자정의 지구」 전 12수 중 제4수

C

"지지배, / 지배지배, / 지지배배 지지배배" /
미주알 고주알 낱낱이 뭐라 일러바치는 //
발정 난 노고지리 봄하늘을 덮는다.

– 박재두, 「민주화로 오는 봄」 전 4수중 제1수

* 강조점은 필자

글 A는 종장 초구의 제2음보를 '발자욱'으로 볼 수밖에 없다. 제1음보를 '섬돌'로 볼 경우 제2음보가 '자욱 발자욱'으로 되어 5음수로는 정격이 되나 의미 체계로는 불합리하게 되므로 제 2음보는 '발자욱'으로 볼 수밖에 없다. 이렇게 될 경우 제2음보는 5음수 이상(최장 9음수까지)이라는 시조의 정격 기준을 이탈했으므로 종장 초구의 변화미와 독특성을 상실해버린다. 글 B와 C의 경우도 종장의 둘째 음보가 4음수('한일자로', '노고지리')로 이루어져 과음보 아닌 평음보가 되었으므로 탈격이다. 이러한 탈격 변형은 시조의 특성인 전환과 긴장 그리고 이완의 미학적 감정을 누릴 수 있는 기회를 차단해 버리므로 결코 묵인해서는 안된다.

3. 의미 체계의 탈격

시조의 각 장은 4개의 통사 · 의미마디[25] 형식으로 구성되어야 한다. 즉 각 장의 한 구는 하나의 의미 단위로서 앞구와 뒷구가 조응을 이루면서 전체적인 유기적 관계가 성립되도록 짜여져야 한다.

---

25) 김학성은 「시조의 정체성과 현대적 계승」(2001, 한국시조학회)에서 "통사 · 의미마디란 통사론적 혹은 의미론적으로 구분되는 단위구를 말한다"라고 정의하였다.

초장 3·4 (1구, 의미 단위)‖ 4(3)·4(2구, 의미 단위)---------- 독립성 ┐
　　성불사 / 깊은 밤에　　　그윽한 / 풍경소리　　　　　　　　　　　│
중장 3·4 (3구, 의미 단위)‖ 4(3)·4(4구, 의미 단위)---------- 독립성 ─ 유기적
　　주승은 / 잠이 들고　　　객이 홀로 / 듣는구나　　　　　　　　　 관계
종장 3·5 (5구, 의미 단위)‖ 4·3(6구, 의미 단위)------------ 독립성 ┘
　　저 손아 / 마저 잠들어　　혼자 울게 / 하여라.

– 이은상의 「성불사의 밤」

위의 표를 보면 하나의 구는 의미 단위로서 전체는 6개의 의미단위로 균제미를 동반한 유기적 관계를 형성하면서 이루어져 있음을 알 수 있다. 위와 같은 율격 체계는 음수율의 관점을 떠나 통사적 의미 체계로 인식한 구별 음보율의 관점이다.

이 때 초장 3·4·4(3)·4, 중장 3·4·4(3)·4, 종장 3·5·4·3과 같은 음수율의 개념은 단지 음보의 짝을 설명할 때만 필요한 것일 뿐이다. 그런데 현대시조의 종장에서 다음과 같이 창작된 시조가 발견된다.

A

풀리지 √ 않을 매듭 앞에 √ 너와 나 // 난해하고.

– 이정환, 「디르샤의 비가」

B

가오리 √ 연 꼬리 흔드는 √ 허공에 √ 바람결 무늬

– 장경례, 「연꼬리」

C

붉고도 √ 따뜻한 상처의 √ 새 발자국 하나 √ 남긴다.

– 박기섭, 「눈」
* √ 표는 필자

　혼히 탈격을 이를 때 '음수로 인한 탈격'만을 거론하게 되는데, 이는 시조를 의미의 율격체계로 인식하지 못하고 외형적 음수율로만 파악한 결과이다. 위와 같은 시조의 종장에서 그 율격을 3·5·4·3형의 정격이라고 말할 수 있는가?

　위의 종장들은 율격상 의미체계 배열이 잘못 되어 탈격으로 볼 수 있다. A의 경우, '풀리지'라는 말은 독립적으로 쓰이지 못하고 '않을'이라는 후속어를 필요로 하는데, 위와 같이 음수율적 개념으로만 인식하여 제2음보를 '않을 매듭 앞에'로 인식함으로써 잣수 맞히기에 급급하였다는 인상을 줄 수 있다. 이러한 종장은 '풀리지' 앞에 '결단코', 또는 '기어이' 등의 3음절 시어를 첨가 배치하여 종장 앞 구를 의미 단위로 재창출해 내야 된다. 예를 들면, '기어이 √ 풀리지 않을 매듭 앞에 √ 너와 나 // 난해하고 (또는 도치법으로, 난해하고 // 너와 나)'와 같이 수정되어야 한다는 말이다. 글 B는 '가오리연'이 하나의 의미단어(합성어)임에도 불구하고 '가오리'와 '연'을 분리시켜 첫 음보를 3음절에 맞춘 예이다. 만약에 작가가 분리시키지 않았다면 '가오리연'이 4음절이 되니 역시 첫 음보 탈격이 된다. 글 C도 '붉고도 √ 따뜻한 상처의'가 문제다. '붉고도'라는 말과 '따뜻한'이란 말은 의미상 서로 결합해야 할 연속성을 지니고 있는데 3자음 원칙 때문에 위와 같이 분할해버리면 의미 체계의 차단 현상이 나타나게 되는 것이다. 이 글을 의미에 따라 '붉고도 따뜻한 상처의 √ 새 발자국 하나 √ 남긴다'로 3음보를 나누어 볼 수도 있다. 그러나 그럴 경우, '붉고도' 앞에 첫 음보로 의미에 적합한 3음절의 시어의 보충을 필요로 하게 된다.

　시조의 탈격은 반드시 3장형식의 탈격만을 의미하지 않는다. 비록 3장형의 탈격은 아니지만, 구조상 의미 체계의 어긋남 또한 탈격의 범주에 들어갈 수 있다. 시조의 율격은 우리민족의 오랜 음악적 리듬감에 의하여 4음보격으로 체계화되었으며, 그러한 체계는 우리 민족의 언어 생체 리듬에 가장 적합하다. 시조 형식이 일반적으로 3장 6구 45자 내외라는 관

레는 음수율에 따른 인식에서부터 비롯된 것이다. 시조의 율격을 미학적
으로 음미하려면 먼저 이러한 음수 인식에서부터 벗어나 음보에 따른 통
사적 의미체계 즉, 의미단위의 미학적 개념을 갖고 창작하려는 태도가 요
구된다.

4. 종장 초구와 종구의 운용 방법

1) 초구 시어(詩語)의 효과적인 대응

앞에서 종장 초구의 의미 체계 탈격에 대하여 논의하였다. 종장의 초구
는 전환과 긴장 그리고 이완을 불러일으키는 변화의 묘처로서 시조의 중
심부분이다. 고시조에선 '아마도, 두어라, 아희야' 등의 관습적 용어가 자
주 쓰여 종장의 첫 음보는 3음수로 고정되었다. 고시조의 경우에도 종장
의 첫 구에 관형어 등이 쓰인 경우 등 여러 모습을 보이고 있지만, 대체적
으로 종장의 초구에 관습적 용어가 자주 등장하여 독립적 기능을 수행하
여 왔다. 그러나 개성의 다양성을 추구하는 현대시조에 들어와서 종장의
첫 음보는 독립어, 관형어, 부사어, 목적어, 주어 등 여러 가지 문장 성분
으로 그 창의적 범위를 넓혀가고 있다. 그런데 필자의 판단으로는 독립어
말고 수식적 기능을 지닌 관형어 중에서 관형격 조사 '~의'와 협수(協隨)
보조사 '~도', 그리고 보조용언에 구속되는 '~어(아), ~게, ~지, ~고' 등
과 의존이 붙은 시어를 종장의 초구에 사용하는 것은 적합하지 않다고 본
다. 다음의 용례를 보자.

> ① 관형격 조사 '~의'가 쓰인 경우
> <u>대왕의</u> √호국 정신이 √현실 속에 √다가온다.
> — 박철구, 「문무왕 수중릉」 제4수의 종장

② 협수보조사 '~도'가 연속적 의미로 쓰인 경우
　　바람도 √ 햇볕도 숨을 죽이네 √ 나도 가만 √ 눈을 감네.

— 이호우, 「개화」의 종장

③ 보조용언에 구속되는, '~어(아), ~게, ~지, ~고' 등이 붙은 말
　ⓐ 견디어 √ 낸다고 하는 게 어찌 그리 쉽더냐
　ⓑ 검붉게 √ 되니 좋구나 어서 빨리 칠해다오.
　ⓒ 보이지 √ 않는 고향을 꿈 속에서 만난다.
　ⓓ 잘 뛰고 √ 나서 쉬어야지 벌써 쉬면 어쩌나
④ 의존 명사등과 연결되어 불완성을 보이는 경우
　ⓐ 만날 것 √ 같은 그 누구
　ⓑ 도와줄 √ 데 없지마는

* 강조점은 필자

　관형격 조사 '~의'가 붙은 말은 종장 첫음보 특유의 독립적 의미에 부정적 영향을 미친다. 글 ①에서 보는 바와 같이 '대왕의'는 연속되는 다음 용어인 '호국정신'에 종속되므로 독립적 기능이 미약하여 전환의 미학을 뚜렷하게 창출해 내지 못하는 약점을 지니게 된다. 이러한 면에 대하여 홍성란도 "관형격 조사 '~의'를 사용하게 되면 종장 첫 마디가 다음 어절에 연속되는 성격이 강하므로 전환의 미학을 도드라지게 실현하는 힘은 그만큼 약해진다는 문제점을 갖는다"[26]라고 지적하였다.

　글 ②의 '~도'는 협수(協隨)보조사로서 '역시'의 뜻을 지니고 있다. 그런데 이 조사도 '역시'의 뜻을 지니고 있으므로 연속성이 강하여 앞서 밝힌 '붉고도 √ 따뜻한 상처의'와 같은 경우나 ②의 '바람도 √ 햇볕도 숨을 죽이네'에서와 같이, 다음 어절에 반복적으로 쓰일 때는 3음수로서의 독립적 기능이 약화되어 전환의 미학을 기대할 수가 없다. 뿐만 아니라, 동질의 의미 반복이 분할되어 음보의 구분도 어색하게 된다. 글 ③의 '~어

---

26) 홍성란, 「시조 종장 운용의 문제점과 제언」, 한국시조시인협회시조학술세미나(2011.7.21), 79쪽.

(아), ~게, ~지, ~고' 등이 붙은 경우도 이어지는 후속어(보조용언)로 인해 종속적인 의미가 있으므로 독립성이 약해서 전환의 미학을 기대할 수 없다. 따라서 위와 같은 3음수의 분할은 적합치 않다.

현대시조 창작에 있어서 종장 초구 용어의 사용 방법은 다양하다. 감탄형, 명령형과 같은 독립어로 쓰는 경우, 주어나 부사어로 쓰는 경우 등 작품의 분위기나 작가의 개성에 따라 얼마든지 운용의 묘를 발휘할 수 있다.

> 차라리 수유(須臾)라 한들 그대 눈길 맞추련다.
>
> — 김월한, 「이 가을 농염함 그대」

> 또르륵, 손끝을 타는 / 언 땅 속 기지개 소리
>
> — 박광재, 「봄의 숨결」

> 잡아라 / 튀는, 뛰는 자! / 뒤에 너 뉘는 두껍 손
>
> — 노창수, 「마우스」

> 어허야 새살 내비친 / 토실한 벼 알갱이
>
> — 림혜미, 「벼 익는 들판에 서서」
>
> * 강조점은 필자

윗글은 다양한 종장 첫 음보의 창작 예를 든 것이다. '차라리'와 '또르륵'은 각기 감정과 감각을 나타내는 부사어의 모습으로, '잡아라'는 도치법으로 강조된 명령형의 기교로, '어허야'는 감탄형의 모습으로 종장 첫 음보의 전환적 구실을 다하고 있다. 종장의 초구는 작품의 감정부라 할 수 있다. 창작시에는 이러한 참신한 의미 시어의 차용과 배치에 유념하여 효과적인 대응을 함으로써 작품의 미적 가치를 높여야 한다.

2) 종구의 구조 원리와 이형태

시조 종장의 종구는 깔끔한 마무리 즉 완결미를 이루어 내는데 결정적 역할을 한다. 그런데 종구의 구조 원리는 다른 구와는 차이를 보인다. 종구(4·3형)는 여타 다른 구(3·4 또는 3·5형)와는 달리 앞 음보가 뒤 음보보다 크거나 같아야 한다는 논리가 그것이다. 임종찬의 논리에 따르면 시조 3장의 구조 원리는 다음과 같다.

초장 3(2~4) ≦ 4(3~5) √ 3(4~5) ≦ 4(3~5)
중장 3(2~4) ≦ 4(3~5) √ 3(4~5) ≦ 4(3~5)
종장 3(고정) < 5(6~7) √ <u>4(3~5) ≧ 3(4)</u>
                                종 구   * 종구 표시는 필자

위의 표에서, √표를 경계로 한 각 장의 구별 음수에 대하여 임종찬은, "종장에서만은 뒷구가 적게 되어 있다. 3이니 4라는 이 음절단위를 音步라 하는데 각 구는 2음보로 되어 있고, 앞 음보에 내재한 음절수가 뒤 음보에 내재한 음절수에 비해 같을 수는 있어도 많을 수는 없다. 그러나 종장 뒷구, 즉 4·3에서는 앞 음보가 뒤 음보보다 음절수가 많은 것이 원칙이지만 적어서는 안 된다"[27]는 것이다.

임종찬의 논리는 상당히 진전되고 여러 학설을 폭넓게 수용한 안이다. 그러나 이러한 수용안은 기준안을 바탕으로 한 일반적인 경향만을 밝힌 것이라 생각된다. 왜냐하면 이 안은 고시조의 경우에는 상당히 합리적이지만, 현대시조의 경우에는 이 구별법에 무리가 따르기 때문이다.

토란잎에 구르는 / 수정 같은 이슬 방울
붓 끝에 찍어서 / 소식을 전할거나

---

27) 임종찬, 「다각적 관점에서 본 시조 형식」, 2009 만해축전시조학술세미나자료, 30~32쪽.

끼리룩 기러기 등에 / 실어서 띄울거나

— 장순하, 「가울 연서(戀書)」첫 수

* 강조점은 필자

위의 시조는 초장 4·3·4·4, 중장 3·3·3·4, 종장 3·5·3·4의 음수율을 보였다. 그런데 이 작품을 임종찬의 논리에 적용시켜 보면, 초장의 강조점 찍힌 첫 구 4·3은 위의 '3(2~4) ≦ 4(3~5)'이라는 기준에 맞지가 않고, 또 종장의 강조점 찍힌 말구 3·4는 '4(3~5) ≧ 3(4)'이라는 기준표에 맞지가 않는다.

위에 제시된 장순하의 시조는 율독을 해 보아도 큰 무리가 없다. 현대시조에서는 초·중장의 경우 앞 음보의 음절수가 뒤 음보의 음절수에 비해 꼭 적거나 같아야만 한다든가, 종장의 마지막 구에서도 앞 음절이 꼭 뒤 음절수보다 많아야만 한다든가 하는 논리에는 무리가 따른다고 본다. 이는 현대시조의 다양한 적용양상을 고려하지 않고 관습적으로 인식되어 온 시조의 일반형식에 따른 해석이라고 보여진다. 종장의 종구만 보더라도 현대시조에서는 '그리운 고향이여', '쓸쓸히 바람부네'의 경우처럼 피수식어의 앞에 형용사나 부사와 같은 수식어가 보통 3음절형으로 많이 위치한다는 사실을 염두에 두어야 할 것이다.

시조의 종장 첫 구(첫 음보)에 있어서는, 고시조에서 관습적으로 쓰이던 '두어라, 아희야, 어즈버' 등의 영향으로 말미암아 3자수로 고정되었다. 하지만, 종구에 있어서는 고어체에서 쓰이던 '~하노라, ~하여라, ~어떠리' 등과 같은 3자수형의 조동사나 반문형이 자취를 감춘 마당인데, 굳이 3자형을 말미에 두고 무게를 앞 음보에 둔다며 4·3형으로만 인식하려는 점은 현대시조에서는 불합리하다고 보는 것이다.

그런데 작품에 따라서는 종구의 음보 구분이 어절 단위로 끊어지다 보니 율독 단위와 어긋나 혼선이 오는 경우가 있다. 다음과 같은 종장을 보자.

① 아마도 夫婦一倫은 五倫之本이라 엇디 無別ᄒ 올소냐.

— 황윤석,『한국시조대사전』· 4540

② 다만, 이 흐르는 물이 긏지 아니하도다.

— 이병기,「박연폭포」의 종장

③ 호수는 오르랑 내리랑 / 榮山江□로구나

— 조 운,「나올 제 바라봐도」의 종장
* 강조점은 필자

일반적으로 음보의 구성은 종장 제 2음보를 제외하고 대체적으로 어절의 형태로 이루어진다. 그런데 위의 ①, ②, ③을 시조의 4음보격으로 율독하려 할 때 강조점 찍힌 종장의 종구는 어절의 형태로 율독할 수 없다. 율독의 음량이 뒤쪽 어절에 한 덩어리로 몰려있기 때문이다. 따라서 ①의 경우는 "엇디 無別√ᄒ 올소냐"로, ②의 경우에는 "긏지 아니√하도다"로, ③의 경우에는 "榮山江□√로구나"로 분할 율독해야 된다.

이러한 사례는 국어의 정서법과 시조의 율독법이 상이한 결과를 나타내는 현상이다. ①의 '엇디 무별ᄒ 올소냐'에서 '엇디'는 2음절량, '무별ᄒ 올소냐'는 6음절량을 보이는데 앞에서 논의한 음보의 등장성 원리에 따르면 종장의 초구를 제외하고 모든 음보가 4음절량(평음수)의 크기를 갖고 있기 때문에 비록 2 · 6형의 음절이라 할지라도 4 · 4음절량으로 율독해야 하는 것이다. 따라서 분할된 "엇디 무별(4음절량) √ ᄒ 올소냐(4음절량)"는 자연스런 율독 방법이라 할 수 있다.

위에서 ①은 조선시대의 작품,[28] ②, ③은 현대시조 초창기의 작품이다. 이와 같이 종장 말구의 한 어절을 분할하여 율독하게 되는 일은 '～ᄒ

―――――――――――――――――

28) 이 시조는 '아마도 √ 夫婦一倫은 五倫之本이라 √ 엇디 無別 √ ᄒ 올소냐'와 같이 율독해야 된다. 종장의 제2음보가 11자로 되어 있으나 의미상 한 음보로 보아 빠른 율독이 필요하며, 종구는 끝어절을 분할하여 율독해야 한다.

노라’, ‘~하도다’, ‘~더라’, ‘~리라’ 등으로 끝을 맺는 고시조에서 자주 나타나는 사례이다. 따라서 ②, ③의 경우와 같이, 현대시조에서조차 이러한 방식으로 무분별하게 창작하는 것은 고시체의 잔재로부터 완전히 벗어나지 못한 작시법이므로 결코 바람직하지는 않다고 본다.

5. 완결미를 위한 다양한 표현기법

1) 음량(音量), 음색(音色), 음상(音相)의 조화

‘음량’에 대하여는 앞에서 심도 있게 논의된 바 있듯이 시를 율독할 때 음의 지속량을 말한다. ‘음색(tone colour)’은 발음체의 종류를 분별할 만한 소리의 성질, 즉 음빛깔을 말한다. 그것은 음의 성분 차이에서 생기는 감각적 특성으로서 밝기나 습도 등을 의미하기도 하는데 꼭 음의 색깔만을 지칭하는 것으로 생각하기 쉽지만 음의 캐릭터로 해석하는 경우가 더 많다. ‘음상(phonic phase)’은 말의 뜻은 근본적으로 변하지 않는 범위 내에서 어감만이 달라지게 하는 소리의 변동을 말하는데, 예를 들면 ‘동글다’와 ‘둥글다’의 차이를 들 수 있다.[29] 시를 지을 때는 이러한 요소들의 조화를 도모해야 시의 특징인 어감의 변화와 음악적 미감을 나타낼 수 있다.

A

따다다닥 / 후다다닥 / 저게 뭐지 //
말똥말똥 / 난생 처음 / 땅 강아지 //

---

29) 국어의 音相은 모음이나 자음이 다 음운론적 대립이 되는 계열에 따라 독특한 語感을 느끼게 한다. 즉, 母音의 ‘ㅏ, ㅐ, ㅑ, ㅗ, ㅚ, ㅛ, ㅘ, ㅙ’ 등은 小, 少, 明, 輕, 淸, 銳, 陽, 薄, 强 등의 어감을, ‘ㅓ, ㅔ, ㅕ, ㅜ, ㅟ, ㅠ, ㅞ, ㅡ, ㅣ’ 등은 大, 多, 暗, 重, 濁, 鈍, 險, 厚, 弱 등의 어감을 느끼게 하고, 자음의 ‘ㄱ, ㄷ, ㅂ, ㅅ, ㅈ’ 등은 順平을, ‘ㄲ, ㄸ, ㅃ, ㅆ, ㅉ’ 등은 銳利를, ‘ㅋ, ㅌ, ㅍ, ㅊ, ㅎ’ 등은 硬濁 등의 어감을 느끼게 한다(조문제, 정우상, 『국어학 개론』, 학문사, 1987, 316쪽 참조).

신기해 / 귀여워 / 가만히 / 손에 잡고는 / 조심조심 / 놓아주네

— 정석광 ,「땅강아지」전문

欄干에 기대이어 / 구름을 바라다가 //
어른님 내가 되어 / 紫霞洞 찾아가니 //
흰구름 / 黃眞伊 되어 / 미나리를 뜯더라.

— 조운,「黃眞伊」전문

B

좀처럼 눈물일랑은 안보이시던 아버지
그날은 못하시는 술 어디선가 퍼드시고
어허허 손을 젓다가 꺼이꺼이 우셨다.

— 이효봉,「아버지의 눈물」

C

때를 잊은 / 춘삼월 / 함박눈 / 쏟아낸다 //
액자 뒤 / 숨겨 놨던 / 남편의 / 비자금이 //
한순간 / 툭 떨어진다 / 봄 시샘한 / 보너스.

— 김선희「3월에 내리는 눈」전문

D

굴참나무 돛배 타고 / 풍랑 뚫고 온 햇살 //
봄맞이 봇짐 풀어 / 잔디 잔디 사이사이 //
또르륵, 손끝을 타는 / 언 땅 속 기지개 소리

— 박광재,「봄의 숨결」전 2수 중 제2수

　먼저 음량에 대하여 A의 두 작품을 비교해 보자. 시조집에 실려 있는 글 A의 앞 수는 행갈이와 연갈이(/표와 //표)한 형태로 보아 3연 12행으로 되어 있는데 이러한 형태를 과연 시조로 볼 수 있는가. 시조는 3장이 각각 4음보격으로 이루어져야 한다. 그러나 이 글은 전체 12음보격은 될 수 있으나 연의 구성으로 보아 장별 4음보격으로는 이루어져 있지 않다. 연의 구분으로 보아 전체 3, 3, 6음보격의 구조를 보이고 있어 장별 4보격의 균

제미를 따지는 시조의 각 장별 음량 배분이 온전치 못하므로 시조로 볼 수는 없다.

반면, A의 뒷수는 종장에 황진이를 흰구름에 동화시켜 색감 이미지를 더해 주고 있는데, 특히 형태면에서 초·중·종장이 3·4·3·4, 3·4·3·4, 3·5·4·3 의 율격으로 음량이 고르게 배분되어 율독시에 운율감도 좋다. 시조는 4음보격의 정형시이기 때문에 4음보격을 골간으로 하는 음량의 배분은 그 생명이라고 할 수 있다.

글 B의 강조점 찍힌 시어는 시상에 적합한 음색적(音色的) 표현기법이 깃들어 있다. 음색이란 발음 주체의 특색을 분별할 만한 소리의 성질, 즉 음빛깔을 말한다. 시에서 그것은 음의 성분 차이에서 생기는 감각적 특성으로서 발성 주체의 목소리, 즉 캐릭터와 관련성이 많다. 이 글에 쓰인 '어허허'나 '꺼이꺼이'는 때론 컬컬하고 때론 소박한 모습을 보이는 순박한 아버지의 이미지를 대신해 준다. 이와 같이 시상에 어울리는 음색을 고려한 시어를 선택하여 창작을 한다면 한층 더 작품의 미적 가치는 높아질 것이다.

글 C와 D의 강조점 찍힌 시어는 음상(音相)의 원리를 이용한 표현기법이다. '음상'은 시어의 자음과 모음을 바꿈으로써 그 느낌(어감)이 달라지는 특성을 가지고 있다. 글 C에서 '톡'이 아니고 '툭'이라고 한 것은 모음 'ㅗ'와 'ㅜ' 중에서 'ㅜ'를 택함으로써 '무거운 느낌', '떨어지는 느낌'을 유발해 낸 것이다. 만약 'ㅗ'를 택하여 '톡'으로 했다면, '가벼운 느낌', '튀는 느낌'을 주었을 것이며 본문의 시상과는 거리가 멀어지게 된다. 작가가 '톡'이 아니고 '툭'으로 한 것으로 보아 숨겨둔 남편의 비자금이 두둑했던가 보다.

글 D 종장의 '또르륵' 역시 음상과 관련이 있다. '뚜르륵'이 아니고 '또르륵'을 택함으로써 '작은 느낌', '구르는 느낌'을 유발해 내고 있다. 만약에 '도르륵'을 택하였다면 시어의 민감도는 떨어졌을 것이며, 또 '뚜르륵'을 택하였다면 작고 귀여운 느낌보다는 크고도 무거운 느낌을 주었을 것이다.

이와 같이 현대시조의 창작, 특히 종장의 운용에서 음량(音量), 음색(音色), 음상(音相)의 조화는 작품성을 높이는데 상당히 큰 역할을 하고 있으므로 효과적인 표현을 위한 다양한 연구와 그 적용이 요구된다.

2) 긴장미와 완결미의 창출

① 긴장미

긴장미는 시의 흥미도와 관련이 많다. 군더더기를 떨쳐버리고 전개될 시상에 대한 호기심과 궁금증이 증폭될 때 관심이 집중되어 긴장미는 조성된다.

일반적으로 시인들은 동화(assimilation)와 투사(projection)[30]라는 창을 통하여 의식적으로 자아와 대상과의 합일을 추구하려 한다. 그러나 현대에 들어서, 시를 쓰는 많은 작가들이 대상과의 동일성을 추구하기보다는 병치 은유의 경우와 같이 대립과 갈등을 차용하여 미적 요소, 즉 긴장미를 유발해 내기도 한다. 이러한 작시 태도와 심리적 경향들은 고시조와의 차별성을 드러내는 것으로서 고시조가 우아미나 숭고미와 같은 미적 추구로 현실 긍정적 사고를 많이 구현했던 것에 비해, 현대시조에 와서는 해체주의적이나 현실 비판적인 글을 많이 쓰게 된 것과도 연관이 있다.

　　A

　　명품 좇아 늪에 빠진
　　파리보다 못한 허울

　　커피잔에 빠진 얼간
　　똥파리라 손 저으니

---

30) 외부적 대상도 내적 자아의 태도나 감정 등과 똑같을 것이라고 단정하려 드는 심리적 경향. 防禦機制의 한가지로 同一視의 한 型이다.

꼴불견
기어나오며
쓴 맛 단 맛 다 봤다네.

– 이광녕, 「위대한 똥파리」 전문

B

욕망의 빛깔은 희다 날아가는 새들아

소주잔 짓씹으면
무거워진 속눈썹

가로등 불빛 속으로
빨려드는 이 하루

– 전 민, 「소멸」 전문

C

때를 잊은 / 춘삼월 / 함박눈 / 쏟아낸다 //
액자 뒤 / 숨겨 놨던 / 남편의 / 비자금이 //
한순간
툭 떨어진다
봄 시샘한 / 보너스.

– 김선희 「3월에 내리는 눈」 전문

　A는 단시조로서 명품을 밝히며 허영심에 빠진 인물을 커피잔에 빠진 똥파리에 비유하여 풍자적으로 표현하였다. 이 글의 초·중·장을 읽고 독자들은 전개 과정상 종장에서는 작가의 어떤 시상이 전개될지 궁금한 가운데 긴장감을 가지고 종장을 맞이하게 된다. 장간을 벌려 한 수를 3연으로 배행한 것은 각 장마다의 시상에 사고의 무게를 두기 위함이다.

　B의 작가는 현실에 대한 거부와 비판적 시각이 그의 시적 이미지들의 주종을 이루고 있다. 파편화되고 비판적인 그의 시상들은 대부분 암시성을 띠고 있다. 이 글에서도 현대 문명 속에 속절없이 빨려 들어가는 초현

실적 자아의 존재의식이 강렬하게 드러나 있는데 날아가는 자유로운 새들을 부러워하면서 소주를 마시고 불빛에 빨려들어가는 과정이 긴밀하게 이어져 시적 긴장감을 조성시키고 있다.

C는 춘삼월 함박눈에 비유된 남편의 비자금 쏟아지는 상황을 흥미롭게 전개시켜 나갔다. 때를 잊고 뜻밖에 내리는 함박눈과 쏟아지는 남편의 비자금이 묘한 대칭를 이루면서 관심을 불러일으키다가 흥미와 긴장감을 조성하면서 횡재를 만나는 작가의 시상전개 구도가 예사롭지 않다.

이러한 시조들을 읽고서 지루하다 할 사람은 없다. 이런 글들은 초·중장으로부터 순차적 상승, 때론 대립과 갈등의 심리가 점층적으로 이어져 내려오면서 긴장미를 조성해 내고 종장에서는 폭포수와 같은 시원함을 제공해 주기도 한다.

긴장미에 능숙한 작가들은 주체와 객체를 일시에 바꾸어 놓음으로써 역동적인 긴장미를 조성하기도 한다. 또 군더더기와 같은 사족을 과감히 제거하고 촌철살인의 풍자 또는 반전의 기법을 도모함으로써 긴장미를 더욱 조성하기도 한다. 긴장미를 상실하면 독자에게 산만함과 지루함을 안겨 준다. 긴장미는 생동감과 신선감을 줄 뿐 아니라 시조의 맛과 멋을 살려내는 중요한 역할을 한다.

② 완결미

시조의 완결미란 시조의 3장이 의미상으로 유기적인 결합을 이루어내면서 한 수로써 시적 미감을 획득하고 종결을 짓는 미적 형태를 말한다.

고시조의 대부분이 단수로 그치고 있는 이유는 고시조의 창사성(唱詞性), 즉흥성(卽興性)과도 연관이 있다. 시조라는 장르가 본래 '단가(短歌)'로서, 창작상 단형이라는 개념상의 고정관념 아래, 가락이 아주 길게 늘어지는 창(唱)으로 불러졌던 까닭에 단수 한 편으로도 족했을 것이며, 지금처럼 치열한 문학창작 정신 속에서 양산되었다기보다는 사대부들이 대인(對人) 즉석에서 서로 화답하거나 강호 경관을 즉흥적으로 읊조리는 즉흥시라는 관점에서도 단수 한 편이면 족했던 것이다. 그러기에 거기에는 단수 한 편으로서의 완결의 미학이 스며 있었다. 고시조를 분석해 보면 대부분의 경우, 초·중·종 3장이 서로 유기적 관계를 유지하면서 대부분이 종장에서 작가가 표명하고자 하는 주제의식을 분명히 드러내어 작품의 완결성을 확보하였다. 시조의 3장(章) 형식에 대하여 최동원은 '시조는 속요(俗謠)의 음악적 분단의 요소와 가곡(歌曲)의 3장(章) 형식이 결합되어 이루어진 시형이라 할 수 있겠다'[31]라고 결론지은 바 있다. 전형적인 3장 형식의 단수로 창작되어진 다음 고시조에 나타난 결말 처리를 보자.

> 梨花에 月白ᄒ고 銀漢이 三更인 제
> 一枝春心을 子規ㅣ야 알냐마는
> 多情도 病인 양 ᄒ여 좀 못 드러 ᄒ노라
>
> — 이조년(李兆年), 『한국시조대사전』·3346

위의 시조는 선경후정(先景後情)의 시상 전개 구조와 종장의 '다정도 병이라 잠 못 든다'라는 결말처리가 분명하다. 비록 시조 초기에 창작된 글이지만 그 어느 현대시 못지않은 시적 구성 능력과 서정적 표현이 뛰어나다. 이 작품이 오늘날의 순수 서정문학으로도 그리고 시가(詩歌)로도 높이 평가 받고 있는 이유는 그러한 시상의 완결미와 무관하지가 않다.

A

> 고향에 내려가니 / 고향은 거기 없고
> 고향에 돌아오니 / 고향은 거기 있고…
> 흑염소 / 울음소리만 / 내가 몰고 왔네요
>
> — 정완영, 「고향에 다녀와서」 전문

---

31) 최동원, 앞의 책, 34쪽.

B

쳐라, 가혹한 매여 무지개가 보일 때까지
꼿꼿이 서서 너를 증언 하리라
무수한 고통을 건너 / 피어나는 접시꽃 하나

– 이우걸, 「팽이」 전문

C

소리는 웃음인데 그것이 웃음일까
찐 감자 데일까봐 / 얼음 손이 시릴까봐
상처 난 아이 손에도 / 웃음 웃듯 호호호

– 김남재, 「엄마의 웃음」 전문

　글 A는 고향 상실감과 향수어린 서정을 대구와 반복, 대유의 기교를 통해서 잘 나타낸 단수 시조이다. 고향에 내려가 보니 예전의 그 고향은 찾아볼 수가 없다. 그러나 고향을 떠나 타관 땅에 돌아와 살게 되면 또 다시 그리워지는 고향이다. 이 글에서 '흑염소 울음소리'는 어쩌면 고향마을을 떠올리는 고향의 다른 이름이다. 고향상실감에서 허탈감을 느끼는 서정적 자아는 향수심의 대유적 표현인 '흑염소 울음소리'로 위로받고 스스로를 달래면서 이글을 멋지게 마무리하고 있다.

　글 B는 그 표현에 있어 수사기교가 돋보이는 글이다. 명령법, 도치법과 아울러 글의 소재에 적합한 비유적 표현으로 팽이의 속성에 관한 미적 감각을 극대화시켰다. 때릴수록 꼿꼿해지는 팽이의 생명력, 그것은 한층 승화되어 접시꽃으로 형상화되어 이글의 완결미를 이끌어 내고 있다.

　글 C는 어머니의 웃음을 소재로 그것이 주는 특별한 의미를 단수시조로 나타내었다. 다른 사람의 웃음과 어머니의 웃음은 그 속성이 다르다. 작가는 거기엔 사랑 차이가 있다고 보고 있다. 어머니의 웃음은 즐기자고 웃는 웃음이 아니고 남의 아픔을 내 것처럼 여기는 자애로운 웃음이다. 이 글은 그러한 주제성을 잘 드러내기 위하여 종장에서 '호호호'라는 음악적 리듬의 시어를 선택하여 완결의 미적 가치를 추구하였다.

대부분의 고시조에서 볼 수 있는 바와 같이 이러한 완결미는 시조의 특성을 살려준다. 무슨 일이든지 뒷맛이 좋고 깨끗해야 한다. "뒷맛이 씁쓸하다"는 말을 많이 듣게 되는 경우는 완결미가 부족할 때이다. 시조의 습작에 있어서 전개시킨 시상의 완결미는 화장실에서의 깔끔한 뒤처리와 같아서 아무리 좋은 내용으로 전개되었다 해도 마무리가 깔끔하지 않으면 작품의 미적 가치는 떨어진다.

3) 종구의 다양한 종결기법

시조가 비록 3장 6구로 이루어진 단가형의 문학 장르라고 하지만, 시조의 미학적 발전을 이루기 위한 새로운 모색에는 다양한 창작 기법이 있다. 전통적인 음수율의 개념으로만 인식하여 주어진 글자수에만 맞추어 구태의연하게 '틀 속에 집어넣기'식의 창작만을 일삼는다면 현대시조의 미학적 발전은 기대할 수가 없을 것이다. 완결성 확보를 위한 종장의 변환 기법으로 다음과 같은 방법들을 활용할 수 있다.

① 도치 · 변환의 기법

문장을 구성할 때 강조점을 어디에 두느냐에 따라 글의 맛과 멋은 달라진다. 도치의 기법은 하나의 문장 안에서 낱말과 구가 놓여야 할 정상적인 순서를 뒤바꾸어, 독자로 하여금 변화의 멋과 맛을 보여줄 때 사용한다. 특별히 어떤 부분을 강조하거나 감탄이나 놀람, 감정이 격앙된 상태의 경우에 주로 유효하다.

A

일혼의 내 뜨락에 / 그예 솟은 저 달덩이 //
휘영청 여윈 그리메 / 청청 물빛 소슬한 밤 //

어쩌다 / 세월을 빗질하는 / 이 맹랑한 손님을

— 김인호, 「기망(旣望)에」 전문

B

혼자가 버거울까 옆에 서서 거들어도 /
탈수에 급수하며 하루 나절 바래간다 //
늙어서 꼬깃꼬깃한 / 소매 한 짝 드시며

— 고동우, 「고장난 세탁기 −치매」 3수 중 제2수

C

당신의 목메임을 손잡아 건네주는
국이고 싶습니다, 늦은 저녁 상머리
지치고 부푼 신경을 세세히 풀어주는

— 정수자, 「국」 3수 중 제1수

글 A는 음력 열엿새 날밤 불쑥 찾아든 달덩이 손님을 비유적 기법으로 나타내면서 늙어 기울어가는 탄로의 감정을 잘 표현하였다. 종장의 초구에다 서술어를 배치하고 말미에 목적어로 종결지음으로써 어쩌지 못하는 감정의 내면세계를 도치법으로 강조하고 들여다보게 하였다.

글 B는 고장난 세탁기에 대한 애정을 의인화와 도치의 기법으로 묘사해 낸 글이다. 서민적이고 소박한 삶의 자취를 끈끈한 인정의 눈으로 아름답게 바라보고 있다. 그런데 B는 종장의 도치가 이채롭다. 종장의 내용이 중장의 앞에 놓일 수 있으며 정치(正置) 순으로 말하면 초장−종장−중장의 순이 된다. 작가가 이와 같은 도치의 기법을 도입한 것은 아마도 종장에서 객관적 상관물에 대한 동정심이나 연민의 정을 강조하기 위해서일 것이다.

글 C는 상대방에게 건네주고 싶은 사랑의 감정을 '국'이라는 객관적 상관물을 차용하여 감정이입 수법으로 표현하였다. 이 글은 독특한 월의 구조로 파악될 수 있는데, 화자는 드러나 있지 않지만 초장과 종장은 수식어의 구실을 하고 중장은 중심 소재인 피수식어 '국'으로 이어 받으면서 서술어의 구실을 하고 있다는 점이다. 이러한 구조는 도치법을 이용한 표현 기법이지만 그러한 변환이 부분적인 구나 어느 한 장에 국한된 것이 아니라, 3장에 걸쳐 구현된 좋은 예라고 볼 수 있다. 이러한 도치·변환의 기법은 밋밋한 현대시조에 활력을 불어 넣어준다.

② 생략·여운의 기법

생략법이란 문장의 구절을 간결하게 끊거나 줄여서 읽는 이로 하여금 여운이나 암시를 주기 위한 기법이다. 이러한 생략법은 시문학의 특징인 간결성, 압축성, 긴밀성을 나타내 주어 작품성을 높일 수 있으며, 독자들에게는 생각의 여지를 갖게 하고 여운을 남기려 할 때 유용하다.

A

시절은 돌고 돌면 제 자리로 오는데
한번 간 청춘호는 돌아올 줄 모르누나
함께 탄 그 사람들은 어느 역에 내렸는지……

― 원용문, 「버리는 연습」 3수 중 제2수

B

내쳐서 삼천리를 다 못 가고 마는 땅
……………………………………………
가다가 뚝 끊긴 길 끝에 이념만이 선명한

― 문무학, 「중장을 쓰지 못한 시조, 반도는」 전문

C

뉘 집 담장인가 찔레꽃이 하얗다
고향집 울타리가 눈물처럼 일렁이고
찔레꽃 고운 향기가 그리움일 줄이야.

― 안영희 「찔레꽃」 전문

D

참 좋은 인연이란 비단실 올을 짜듯
한 뜸씩 정을 굽고 또 한 뜸씩 정을 풀고
찻물이 끓는 소리로 절 한 채를 짓는 일.

– 함세린, 「불이(不二)」 전문

글 A는 살같이 흘러가 버린 세월 앞에 훌쩍 늙어버린 스스로를 돌아보면서 잃어버린 세월을 아쉬워하는 탄로가의 성격을 띠고 있다. 청춘호의 하차역은 사람마다 다르다. 서정적 자아는 함께 타고 동행한 이들의 존재 여부를 궁금히 여기면서 스스로를 반추해 보고 있는 것이다. 이 글은 종장의 결미를 말줄임표로 끝냄으로써 추상(追想)의 여지를 남기고 여운을 주고 있다. 이러한 표현은 긴 설명 없이 한 수를 3장으로 끝내야 하는 시조의 압축적 특성을 고려한 것이다.

글 B는 남북 분단의 현실을, 중장을 철조망처럼 분단·생략함으로써 특이하게 시각적 효과를 불러일으키고 종장의 말미에는 미완형으로 끝냄으로써 추론의 여지를 남긴 독창적 기법이다.

글C는 찔레꽃 하얀 빛과 하얀 빛의 고운 향기가 넘실대는 음색이 이 두드러진 글이다. 이 글에서 주목하여 볼 부분은 종장의 말미의 '~줄이야'이다. 작가는 '~이야'라는 특수한 조사를 차용하여 마무리를 지음으로써 생략과 여운이라는 이중의 효과를 톡톡히 보고 있는 것이다.

또 글 D는 종장을 명사형으로 끝냄으로써 발제한 문제, 즉 '참 좋은 인연'에 대한에 단정적 정의를 이끌어내고 있지만, 서술어를 생략하여 마무리를 간명화함으로써 독자로 하여금 그에 대한 사고의 여지와 여운를 남기고 있다. 이와 같이 종장의 말미를 명사형으로 끝내면 시원스런 서술적 카타르시스에는 미치지 못하나 그 대신 압축과 여운이라는 시적 기능면에는 접근할 수 있는 장점이 있다.

이러한 생략과 여운의 기법들은 시조의 완결성과 연관되어 독자의 상상과 추론을 불러일으키는 현대시조의 중요한 작법이라 할 수 있다.

③ 설의·반어적 종결 기법

설의·반어적 기법은 뻔히 알 수 있는 것을 의문형이나 반문의 형태로 제시하여 청자로 하여금 원하는 답을 스스로 찾아내게 하는 강조의 기법이다. 고시조에서 자주 등장하는 '~어떠리'는 바로 이 방법을 적용한 것이다. 이 기법은 문장의 의미를 강화하는 경우에 쓰이며, 풍자나 위트, 역설 따위가 섞여 나타나는 경우가 많다.

A

이 눔의 세상살이 / 이랬노라 저랬노라 //
허탈한 넋두리로 / 늘상 삿대질하며 //
팔자에 / 없는 그 복을 낚시대로 낚으랴.

– 김숙선,「펑계」전문

B

봉련(鳳輦) 다니신 길에 구르나니 낙엽이오
생가(笙茄)는 끊어지고 바람만 남아 부네
행인아 공대 추초(空臺秋草)를 헤쳐 무엇 하리오

– 이은상,「만월대(滿月臺)」3수 중 제3수

C

나무들은 / 하나 / 둘 / 숲을 이뤄 모여들고 //
맑은 가슴을 열어 / 푸른 바람 일으키는데 //
우린 왜 / 숲이 되지 못하고 / 떠돌고만 있는 걸까

– 권갑하,「거리에서」전문

글 A에서는 허탈한 세상살이를 팔자타령하며 저주하듯 넋두리하고 있다. 그러면서도 일말의 복(福)을 기대해보기도 하지만 마음대로 안되는 현실에 불만을 토로하며 한탄하듯 저주하듯 낚시질에 빗대어 풍자하여 비꼬는 듯 반문해 보고 있다. 이 글은 복을 고대하는 서정적 자아가 자신의 심리를 사투리 섞인 시어와 반문의 형태로 종결지음으로써 주의를 환기시키고 있다는 점이 특징이다.

글 B는 옛 궁궐터인 만월대를 돌아보는 행인의 모습을 빌어 영화로웠던 당시의 자취를 회고하며 무상감을 느낀 정취를 읊은 내용이다. 종장에서 '~무엇 하리오'라는 반어적 어투를 사용함으로써 청자로 하여금 스스로 답을 찾도록 유도하고 있다.

글 C는 은근히 삶의 참가치를 찾지 못하고 방황하고 있는 현대인의 모습을 우회적으로 그려내고 있다. 숲은 모여서 푸르름을 이루면서 푸른 바람을 일으키는데 현대인들은 각자 이기심으로 뿔뿔이 흩어져 중심을 잡지 못하고 방황하고 있으므로 이러한 현실을 안타깝게 보고 있는 것이다. 종장 말미의 '~떠돌고만 있는 걸까'를 통하여 이러한 작가의 주제 의식은 청자에게 사고의 여유를 제공하면서 그 감정이 전이되고 있다.

이 밖에 사설시조의 전범으로서 손꼽히는 조운의 「구룡폭포」도, 그것이 시조미학적 수작으로서 인정받는 것은 실감실정의 리듬감 있는 묘사에도 그 원인이 있지만, 초장과 종장의 말미를 '~금강에 물이 되나', '~한번 굴러 보느냐'와 같이 의문형으로 끝맺음으로써 청자에게 사유의 깊이를 더해주었기 때문이라는 사실을 인지할 필요가 있다.

④ 반복적 강조 기법

반복법은 일반적으로 많이 사용되는 수사기법으로서 전달 의미를 강조하거나 홍미를 끌기 위해 같은 말이나 구절을 되풀이하는 것을 말한다. 시에서는 같거나 비슷한 어구를 반복하여 효과적으로 강조하게 된다.

A

당신은 이 가슴에 / 어둠 사룬 촛불입니다 //
당신은 이 동토에 / 꽃 피우는 봄날입니다 //

온누리 다스려 남을 / 태양입니다 / 빛입니다.

– 유 선, 「자모송(慈母頌)」 2수 중 제2수

B

불타는 태양처럼 / 싱그런 녹음처럼 //

승천하는 안개처럼 / 꿈꾸는 꽃씨처럼 //

떠나는 가을 바람처럼 / 아, 투명한 유리처럼

– 김남환, 「작은 꿈을 위한 여섯 마디의 직유」 전문

C

먼 하늘 별 하나가 / 나에게 손짓함은 //

얼마나 황홀하고 / 신기한 행복이냐 //

갑자기 다가오는 섬 / 다가가는 또 한 섬

– 모상철, 「섬과 섬－국악공연장에서」 전문

글 A는 '~입니다'의 연속으로 대상에 대한 존경심을 표함은 물론, 반복적 리듬감을 유발하면서 의미 내용의 확장이라는 시상 구도를 보이고 있다. 각 장마다 동일한 종결 어조로 '확장 은유'의 형태로 전개된 것을 알 수 있으며, 이러한 경우는 시상의 완결성도 전체적으로 고루 분포되어 있지만 대개의 경우 점층적 구조로 이루어지기 때문에 종장에서 그 의미가 더 강화된 것을 알 수 있다.

글 B는 각 장에 걸쳐 '~처럼'의 반복으로 직유적 기법에 의한 시상의 전개가 눈길을 끈다. 이러한 반복적 비유기법은 시조의 독특한 미적 가치를 생산해 낸다. 평범한 서술로 인한 진부함에서 벗어나 의미 내용을 반복적으로 강조하면서도 예술성을 발휘할 수 있다는 강점이 있다.

글 C는 국악공연장에서 포착된 순간 이미지를 시적 자아의 존재의식과 맞물리어 실존적으로 그려 내었다. 이 글에서 '다가가는 또 한 섬'은 아마도 외롭게 떠도는 서정적 자아의 모습일 것이다. 이 글에서 '다가오는 섬'과 '다가가는 섬'은 표면적 의미는 상대적이나 유사한 발음의 연속으로 인

한 반복적 리듬은 합일의 경지를 예고하고 있다.

　이와 같이 시상의 요지들을 반복적으로 강조하거나 강화시키려고 할 때 이러한 기법들은 상당히 유용하다. 그러나 현대시조의 의미 구조 편성에 있어서 시상의 완결성을 너무 종장에만 국한시키면 창의적이고 개성적인 표현 습작에 저해가 될 수 있다는 점도 유념해야 할 것이다.

　이 밖에도 종결 어미의 활용법에 따른, 평서형['～네', '～는다', '～(으)ㅂ니다' 등]종결법, 감탄형('～구나', '～도다' 등)종결법, 청유형('～소서', '～자', '～십시다', '～세' 등)종결법, 명령형['～게', '～(으)오', '～(어)요' 등]종결법, 그리고 호격조사('～아', '～이시여', '～이여' 등)를 이용한 종결법 등이 있으나 활용을 할 때에는 어디까지나 시상 전개에 따른 문장의 통사 구조와 율격과 의미 구조의 흐름이나 호응이 조화롭게 이루어져야 함을 잊어서는 안 될 것이다.

Ⅳ. 맺음말

시 창작의 체험을 통하여 시조의 특성을 심도 있게 이해한 원로 작가들은 자유시보다는 시조의 창작에 더 관심을 쏟고 있다. 이러한 현상은 단형의 시조만이 갖고 있는 독특한 리듬감과 절제미와 균제미, 그리고 긴장미와 완결미라는 매력 때문일 것이다.

시조는 다른 어떤 시의 장르들보다도 더욱더 음악적이고도 압축된 표현기교를 필요로 한다. 3장 6구라는 정형의 틀 안에서 소기의 목적을 달성하고 끝내야 되는데 이때 가장 중요한 몫을 담당하고 있는 요체는 바로 종장(終章)이다. 시상의 완결은 종장에서 마무리가 되므로 깔끔한 종장처리의 여부에 따라서 작품으로서의 가치가 좌우된다고도 볼 수 있다. 그러므로 현대시조의 바른 모습을 보이기 위해서 종장 운용의 묘를 탐구하고 새로운 방향을 제시하는 것은 대단히 중요한 일이라고 생각된다.

본 연구에서는 먼저 종장의 특성을 살펴보고 보다 발전된 운용 방법과 표현기법을 제시하고자 시도하였다. 앞에서 논의된 바와 같이, 종장은 여타 다른 장과는 달리 이단적 성격을 지니고 있다. 다른 장과는 다른 율격체계(3 · 5 · 4 · 3)32) 아래서 '전환과 이완' 그리고 '완결미'라는 독특한 기능을 수행해야 하는 묘처이기에 종장의 역할은 매우 중요한 의미를 지니고 있다. 종장의 창작은 독자적인 율격체계에 걸맞도록 그 음량 배분도 독특하게 이루어져야 한다. 그러나 현대시조의 창작 일선에서 종장의 파

---

32) 초·중장은 '3·4'의 반복 율격, 종장은 '3·5'(3은 고정, 5는 늘어난 2어절 가능)와 '4·3'의 독자적인 율격체계를 갖고 있다.

격 현상이 빈번히 드러나고 있다. 특히 종장 초구의 파격은 현대시조로서의 변별성을 잃게 하므로 반드시 금해야 되며, 기타 의미체계의 탈격, 무리한 시행의 변용과 음량 적용 등 파격의 양상이 다양하지만 무리한 시도가 있어서는 안된다.

시조의 현대성을 살리기 위한 변용의 시도나 형식 실험을 통한 개성적 창작 행위는 어디까지나 주어진 범위 내에서 이루어져야 한다. 이러한 파격이나 무리한 변용은 시조문학의 미래를 어둡게 하므로 창작시에 유념해야 되는 부분이다.

종장의 중요한 역할 중의 하나는 완결미를 도모하는 데 있다. 이를 위해서는 종장 시어의 사용도 음색(音色), 음상(音相) 등을 고려해서 적재적소에 배치해야 되며, 긴장미의 창출과 함께 종구의 다양한 종결 기법을 구사해서 작품의 미적 가치를 올려야 한다.

본고는 현대시조의 종장에서 일어나는 제반 문제점들을 들어 그 운용의 새로운 방향을 제시하였다. 앞에서 논의된 방법으로 종장운용의 묘를 살리고 창작에 임한다면 현대시조의 중흥은 반드시 이루어질 것이다.

참고 문헌

김사엽,「이조시대의 가요 연구」, 대양출판사, 1956.
김제현,『현대시조작법』, 새문사, 1999.
김 준, 계간『시조문학』봄호, 시조문학사, 2011.
김학성,「시조의 정체성과 현대적 계승」, 한국시조학회, 2001.
______,『시조의 형식 원리와 그 미적 운용의 묘』, 성균관대, 2009, 시조학술세미나 자료.
박을수,『한국시조대사전』, 아세아문화사, 1992.
서원섭,『시조문학연구』, 형설출판사, 1984,
심재완 편저,『교본역대시조전서』, 세종문화사, 1972.
안자산,『시조시학』, 교문사, 1949,
양희찬,「시조 종장의 변이에 대한 고찰」, 안암어문학회 어문논집, 1990.
월하문학회,『동인시조집』, 시조문학사, 2008~2010.
윤금초,『현대시조 쓰기』, 새문사, 2004.
이광녕,「현대시조 종장의 완결성 연구」, 세종어문 연구(28집), 세종어문학회, 2009.
______,「현대시조의 미의식 연구」, 세종대 박사학위 논문, 2010.
이동철,『시조문학산고』, 국학자료원, 1997.
이병기,「시조란 무엇인가」, 동아일보, 1926.11.24~12.13.
이임수,「시조 종장의 관용화에 대한 검증」, 동국어문논집, 1992.
이지엽 편저,『현대시조 100인선』, 태학사, 2006.
______,「21세기 시조창작의 일 방향 고찰」, 2010 월하문학관 개관 시조문학심포
        지움 자료.
임종찬,「다각적 관점에서 본 시조 형식」, 2009 만해축전 시조학술세미나자료.
조문제 · 정우상,『국어학 개론』, 학문사, 1987.
조윤제,「시조잣수고」, 신흥 4호, 1930.11.
______,「시조의 종장 제1구에 대한 연구」,『陶南雜識』, 1964.
최동원,『고시조론』, 삼영사, 1986.
한국시조시인협회,『연간집』, 2005~2010년.
홍성란,「시조 종장 운용의 문제점과 제언」, 2011 한국시조시인협회 시조학술 세
        미나 자료.

<논문 2> 황진이 시조의 표현기법 연구

Ⅰ. 들어가는 말

황진이는 우리 문학사에서 뛰어난 재능을 보여준 천재적 시인이다. 장덕순은 그녀를 두고, '그의 시는 본질에 있어서 송강이나 윤선도보다도 뛰어나다'[1]라고 하였다. 고시조의 경우 총 3,335수[2]의 방대한 양을 보이고 있으나, 개중에는 작가미상도 많고 작가의 문학적 가치가 떨어지는 것들도 많다. 황진이의 경우도 출신성분이나 생몰연대가 확실치 않고, 그 이름도 추측할 뿐이며[3] 작품도 비록 6수에 지나지 않으나, 그녀의 천부적 재능과 문학적 성과가 군계일학(群鷄一鶴)의 경지에 이르렀음은 누구도 부인할 수가 없다. 그녀의 탁월한 작시법, 그리고 풍류객들과의 멋스러운 교유는 당시 사회를 떠들썩하게 할 정도로 영향력을 끼쳤을 뿐만 아니라, 우리 문학사에 끼친 영향 또한 지대하므로 오늘날 마땅히 차별화된 인물로서 연구되어지고 있다.

황진이 시조에 대해 깊이 있게 연구한 논저는 생각보다 적은 편이다. 대부분의 논저들이 황진이의 문헌적 자료에 근거를 두고 전기적 삶과 재

---

1) 장덕순, 「기발한 시상의 소유자 황진이」, 『황진이 연구』, 강전섭 편저, 창학사, 1986, 53쪽.
2) 심재완, 『역대시조전서』(세종문화사, 1972)에 근거한 수치임.
3) 황진이는 조선 중종 때(16세기 중순경) 활동했던 기생으로, 신분 특성상 황진이라는 이름은 정사(正史)보다는 여러 야사(野史)들을 통해 그에 대한 내용이 전해 내려온다. 옛 조선 여성들의 이름에 그 근거를 두어서, '황진이'라는 이름은 본명이 아니라 본명은 '황진'이고 본명에 접미사 '−이'가 붙어서 '황진이'라고 하였다는 추측이 설득력을 얻고 있다.

능과의 관계를 조명하여 연구한 것들4)이 많으며, 전문 학술적인 견지에
서 황진이 시조의 구조분석5)이나 표현기교를 들어 현대시와 관련지어 그
현대적 변용의 관계를 연구한 논문6)은 매우 빈약한 편이다.

황진이에 대한 연구는 그녀가 남달리 뛰어난 재색을 갖추고 세상을 뒤
흔들어 놓았다는 관점만을 앞세워 그녀의 삶에 대한 전기적·표면적 연
구만으로 충족되어서는 안된다. 황진이의 문학세계를 연구함에 있어서는
작가적·전기적 정보가 여타의 다른 인물들보다 다소 선명성이 희박함으
로, 이에서 오는 판단의 오류를 막기 위하여 신빙성이 적은 문헌자료를
통하여 전기적 사실 위주로 연구하기보다는 작품 세계를 바탕으로 그의
작시적 특징이나 인간적 면모를 분석할 필요가 있다. 전래되어오는 야담
적 사실을 지나치게 확대 해석하여 작품의 비평자료로 삼아서도 안된다.
황진이가 이룩한 그녀만의 독특한 문학세계에 들어가 그 수사나 표현기
교와 문학적 가치를 심도 있게 조명해 봄으로서 법고창신의 기회로 삼을
수도 있다.

황진이 작품에서는 높은 감수성에서 우러나온 탁월한 언술적 기법 및
수사적 기교가 두드러져 시조문학의 진수를 보여주고 있다. 작가의 외면
적 고찰보다 작품의 내적 연구에 치중하는 이유는 황진이 시조가 비록 6
수에 불과하지만, 480여 년이 지난 지금에 와서도 고시조나 현대의 어느

---

4) 전기적 문헌자료에 의해 근거를 두고 쓴 논문:『황진이 연구』(강전섭 편, 창학사,
   1986)에 허영자, 장덕순, 김용숙, 이가원, 김동욱, 모윤숙, 서정주, 이신복, 강전섭, 이
   은상, 천태산인, 문일평, 이병기 등의 논문이 실려 있다.
5) 구조적 분석을 위주로 쓴 논문은 김용덕의 「황진이 시조론」(『황진이 연구』, 창학사,
   1986)과 윤영옥의 「황진이 시의 텐션(tension)」(『황진이 연구』, 창학사, 1986), 조세
   형의 「동짓달 기나긴 밤…의 시공인식」(『한국 고전시가 작품론』, 집문당, 1992), 신
   웅순의 「황진이 시조의 기호분석」(『어문학논총』, 태학사, 1997) 등이 있다.
6) 현대시와의 관계에서 규명한 논문은 최동호의 「황진이 시의 양면성과 현대적 변용」
   (『황진이 연구』, 창학사, 1986), 조운제의 「황진이 시와 한국시의 전통」(『황진이 연
   구』, 창학사, 1986)이 있고, 표현기교를 연구한 논문에는 박철순의 「황진이 시조에
   나타난 표현기교의 고찰」(동국문학회, 1991) 등이 있다.

시조작품보다 그 표현기교나 수사가 빼어날 뿐 아니라, 그 문학적 가치가 타의 추종을 불허할 정도로 이어 받을 만하다는 결론에서이다.

본고는 이러한 점을 염두에 두고 그녀가 남긴 시조작품 6수를 표현기교 면을 중심으로 현대시조와 관련지어 심도 있게 분석·평가함으로써, 하나의 전범(典範)으로서 현대시조 적용의 효용적 가치를 추출해 내고자 한다.

Ⅱ. 생 애

황진이(黃眞伊)는 개성출신으로서 재색을 겸비한 조선조(16세기 중반, 중종조 전후) 최고의 명기(名妓)로서 본명은 진(眞)이고 기명(妓名)은 명월(明月)이다. 황진이는 황진사(黃進士)의 서녀(庶女)로 태어났다고도 하고, 맹인의 딸이었다고도 전하는데, 그 근원은 확실치 않다. 황진이에 관한 일화는 『식소록(識小錄)』, 『어우야담(於于野談)』, 『송도기이(松都記異)』, 『금계필담(錦溪筆談)』, 『동국시화휘성(東國詩話彙成)』, 『중경지(中京誌)』, 『조야휘언(朝野彙言)』, 『숭양기구전(崧陽耆舊傳)』 등의 문헌에 실려 전한다.

김택영(金澤榮, 1850~1927)의 『숭양기구전』에 의하면, 진이의 모친은 황진사의 첩 진현금(陳玄琴)이다. 황진이의 모가 진현금이라는 것과 황진이가 진사의 서녀라는 사실은 『숭양기구전』 외에도 김이재(金履載, 1767~1847)의 『중경지』, 이덕형(李德泂, 1566~1645)의 『송도기이』 등의 책에도 그 기록이 보인다. 또 허균(許筠, 1559~1618)의 『식소록』에는 진랑(眞娘)은 개성 맹인의 자식인데 성격이 남자 같았고 거문고를 잘 탔으며, 노래도 잘 불렀다라고 하여 출생에 대한 또 다른 추측을 가능케 한다.

이렇듯 그와 관련된 이야기는 대부분 야사(野史)에 의존한 것들이며, 생몰연대7)를 비롯하여 전기적 사실에 대하여 직접적으로 상고할 수 있는 신빙성 있는 사료(史料)는 없다.

---

7) 김용숙은 그의 「애환 속의 여상 황진이」 연구(앞의 책, 36쪽)에서, '연산군 말년 경(1502)에 태어나서, 중종 17~18년경 한참 꽃다운 盛名을 날리고 중종 35년경(1540)에 40 미만의 젊은 나이에 죽은 것으로 추측된다'라고 하였다.

황진이는 일찍이 개성의 관기가 되었다. 15세 때에 이웃의 한 총각이 황진이를 사모하다 상사병으로 죽었는데, 상여가 황진이의 집 앞을 지나갈 때 꼼짝하지 않고 움직이지 않아 그녀가 나아가 곡을 하며 속적삼으로 관을 덮어주자 움직여 나갔다고 하며, 이 일이 있은 후 기생이 되었다는 일화가 전해 온다. 그러나 무엇보다도 그녀가 기녀가 된 동인은 활달하고 자유분방한 그녀의 성향에서 우러나온 것으로 보인다. 첩의 딸로서 멸시 천대를 받으며 규방에 묻혀 일생을 헛되이 사느니보다는 엄격한 봉건적 윤리의 질곡에서 벗어나 자유분방을 누리며 살고자 했던 그녀의 해방 심리에서 기인되었다고 봄이 옳다.

황진이는 당대의 내로라 하는 선비들과 어깨를 겨눌 정도로 교유하여 박연폭포, 서경덕과 함께 송도3절(松都三絶)[8]이라 일컬어지고 있다. 그녀가 당대의 이름 있는 선비들과 대등하게 교유할 수 있었던 원인은 그녀의 천부적 재능과도 연관이 있겠지만, 일찍이 천자문과 열녀전 그리고 사서삼경을 익혀온 온 그녀의 학문적 바탕[9]이 뒷받침이 되었으리라 짐작된다. 그만한 학문적 바탕 수련의 과정도 없이 지식인 풍류객들과 자유자재로 상대할 수 있다는 것은 상상할 수도 없다. 이러한 점은 그녀의 성장환경이 지덕을 겸비한 진사의 딸이었다고 하는 쪽으로 추측할 가능성을 높여준다. 그녀는 시조와 한시를 즐겨 지었으며, 출중한 미모로 가곡에도 뛰어나 그 음색이 청아했으며, 당대 가야금의 묘수(妙手)라 불리는 이들까지도 그녀를 선녀(仙女)라고 칭송할 정도였다고 한다.

당시 풍류객들은 왕도 송도에서 가장 빼어난 셋, 즉 송도 3절 중 미모와 재능을 갖춘 황진이를 보기 위하여 송도로 몰려들었다고 하는데, 그녀를 거쳐 간 남성들은 화담(花潭) 서경덕(徐敬德), 생불이라 불리는 지족선사(知

---

8) 허균, 「식소록(識小錄)」 참조.
9) 장덕순의 「한국의 사포 황진이」(『황진이 연구』, 창학사, 1986, 17쪽)에서 '여덟살에 천자문을 뗀 진이는 열 살에 <열녀전>을 읽고, 이어서 사서삼경을 읽었다'라고 하였다.

足禪師), 왕족인 벽계수(碧溪水), 대제학을 지낸 소세양(蘇世讓), 풍류객 이사종(李士宗), 천하의 호협시인 백호 임제(林悌) 등이다. 이 중에서 황진이가 평생토록 흠모하고 스승으로 존경했던 인물은 서경덕이고, 황진이 사후 묘소를 참배하며 시조10)를 지었다가 삭탈관직을 당한 이는 백호 임제다.

황진이의 작품은 시조 6수와 한시 8수가 전한다. 시조 작품 중,「동짓달 기나긴 밤을」,「어져 내일이여」,「청산리 벽계수야」,「내 언제 무신하여」,「산은 옛 산이로되」5수는 진본(珍本)『청구영언』과『해동가요』의 각 이본들을 비롯하여 후대의 많은 시조집에 전하고 있다.「청산은 내 뜻이요」는 황진이의 작품이라 하고 있으나,『근화악부(槿花樂府)』와『대동풍아(大東風雅)』의 두 가집에만 전하며, 작가도『근화악부』에는 무명씨로 되어 있고,『대동풍아』에서만 황진이로 되어 있다.11) 한시는「박연폭포(朴淵瀑布)」,「송별소양곡(送別蘇陽谷)」,「영반월(詠半月)」,「만월대회고가(滿月臺懷古歌)」,「별김경원(別金慶元)」,「송도(松都)」,「상사몽(相思夢)」,「소백주(小栢舟)」등이 전하고 있다.

황진이의 시조 작품은 주로 연회(宴會)나 풍류(風流)의 장소에서 지어졌다. 그리고 기생의 작품이라는 사회적 금기의식 때문에 후세에 많이 전해지지 못하고 인멸(湮滅)된 것이 많을 것으로 추측이 된다. 그의 시조 작품이 비록 6수에 불과하지만, 상상을 뛰어넘는 탁월한 감각적 표현과 세련된 언어구사, 재치 넘치는 수사기교는 후세 작가들에게 작시법의 좋은 본보기가 되고 있다.

황진이는 외국 사신이 '천하절색'이라고 감탄했을 정도로 빼어난 미색과 풍류를 가지고 뭇 선비들과 교유하여 그 행적이 기이하고 또한 남성편

---

10) 청초 우거진 골에 자는다 누웠는다 / 홍안은 어디두고 백골만 누었는고 / 잔 잡아 권할이 업스니 그를 슬허하노라 — 백호 임제가 지은 황진이 추모시조.

11) 참고문헌: <금계필담>, <송도기이>, <어우야담>,『역대시조전서』(심재완, 세종문화사, 1972),「황진이와 허난설헌」(김동욱, 현대문학 9, 1955),「황진이의 시와 한국시의 본질」(조운제, 월간문학 32, 1971).

력이 강했던 것은 사실이다. 그러한 그의 행위는 부자유한 환경 속의 굴레에서 벗어나고 싶어 했던 조선조 여성들의 반동심리에서 나온 것인지도 모른다. 그러나 본고에서 주시하고 있는 점은 그러한 외면적, 사회적 궤적의 분석이 아니라, 그러한 환경적 여건으로부터 비롯된 탁월한 그녀의 문학적 창작기법의 성과에 대한 고찰이다. 그리하여 본고에서는 그녀의 전기적 사실보다는 계승적 차원의 입장에서 현대문학적 시각으로 그녀의 문학세계를 조명해 보고 거기에 나타난 표현기교를 중점적으로 고찰해 보고자 한다.

Ⅲ. 황진이 시조의 표현 기교

고전시가의 현대적 접근방법은 두 가지 측면에서 고려되어야 한다. 하나는 고전시가 그 자체를 두고 전기적 입장에서 당시 상황과 연계하여 이해·분석하는 측면이고, 다른 하나는 현대문학적 입장에서 비평적 시각으로 접근하는 방법이다. 전자의 경우는 작가와 상황인식의 바탕 위에서 작품자체의 가치를 그대로 인정하는 방법으로 고려될 수 있고, 후자의 경우는 고시가를 현대문학의 전범적(典範的)인 차원에서 고려하고 수용적 태도로 비평·이해하는 방법이다. 보다 더 면밀하고 폭넓은 고전시가의 이해는 이 양자를 통합하여 이해하는 방법일 것이다. 황진이 시조의 특징은 이와 같은 두 가지 측면을 두루 잘 갖추고 평가를 해도 언어뉘앙스나 미적 감각에 손색이 없다. 고전성에서 발원하였지만, 현대적 안목으로 분석해 봐도 그 시간과 공간의 거리를 관류하는 개체의 작품성이 탁월하다는 것이다.

앞에서 밝힌 바와 같이, 본고는 황진이 시조를 효용적 가치 측면에서 논의하고자 하기 때문에, 주로 현대적 시각에서 바라본 표현기교에 초점을 맞추면서 크게 5가지 측면에서 살펴보고자 한다.

1. 대립 구조를 통한 표현 기교

황진이 시조 6수의 내용상의 구조적 특징은 한 마디로 '이원구조(二元構造)' 또는 '2자 대립구조'라고 말 할 수 있다. 두 개의 의미소는 때때로 나와

너(님), 존재자와 부재자, 불변자와 가변자, 영원자와 유한자 등의 대립 구
조를 띤다.

<u>작품 원문</u>	<u>대립 양상</u>

A[12)

冬至ㅅ둘 기나 긴 밤을 한 허리를 버혀 내여
春風 니불 아릐 서리서리 너헛다가 　　　　동지(현실): 춘풍(이상)
어론님 오신 날 밤이여든 구뷔구뷔 펴리라. 　서리서리(넣다): 구뷔구뷔(펴다)

B

靑山裡 碧溪水야 수이 감을 자랑마라
一到 滄海ㅎ면 다시 오기 어려우니 　　　　청산(불변자): 물(벽계수, 가변자)
明月이 滿空山ㅎ니 쉬여 간들 엇더리. 　　　명월(나, 영원자): 벽계수(너, 유한자)

C

내 언제 無信ㅎ여 님을 언지 속엿관듸
月沈 三更에 온 뜻이 전혀 업늬 　　　　　나(有信, 有情者): 님(無情者)
秋風에 지느 닙 소릐야 낸들 어이 ㅎ리오. 　나(불변자): 님(가변자)

D

山은 녯 山이로듸 물은 녯 물이 아니로다
晝夜에 흐르거든 녯 물이 이실소냐 　　　　산(불변, 존재자): 물(가변, 부재자)
人傑도 물과 ㄳ도다 가고 아니 오노믜라. 　자아(산): 인걸(물, 님)

E

어져 내 일이야 그릴 줄을 모로던가
있으라 ㅎ더면 가랴마는 제 구틔야 　　　　나(자아): 제(자기, 님)
보내고 그리는 정은 나도 몰라 ㅎ노라. 　　있다(붙잡다): 없다(보내다)

---

12) 이하 황진이 시조의 6수를 게재된 순서에 따라 'A ～ F'라는 지정기호를 부여하여 논
　　의를 진행한다.

F

青山은 내 쯧이요 綠水는 님의 情이
綠水 흘너 간들 靑山이야 變훌손가   청산(불변자): 녹수(가변자)
綠水도 靑山을 못 니져 우러 예어 가는고.   나 (쯧): 님 (情)

위에서 보는 바와 같이 황진이 시조는 각 시조마다 특이하게도 내용상 2원(二元) 구조(2자 대립 구조)의 형태를 이루고 있다. 이러한 구조상의 특징은 황진이 시조가 남성 시조와는 달리 현실 참여적이거나 객관적 시점에서 창작된 것이 아니고, 한 아녀자로서의 주관적 입장에서, '그리움과 사랑'이라는 순수한 여성적 주조를 다루고 있기 때문에 나온 결과이다. 그렇기 때문에 시조에 나타나는 시적 화자의 서술적 태도는, 때로는 간절한 호소로, 때로는 도도함으로, 때로는 원망감으로, 구구절절 여심의 내면을 진솔하게 펼쳐나가고 있다. '님과 나'와의 애정관계 속에서는 '자아(나)와 타자(님)'라는 2분 구조의 대칭 구도13) 형태를 띠게 될 수밖에 없다.

특히 시조 B에서 보이는 '碧溪水'(宗室 벽계수도 됨)와 '明月'(황진이 자신도 됨)의 충격 실험은 하나의 언어적 아이러니(irony)가 적용된 중의적 표현기교로 볼 수 있다. 이러한 양상은 시조 상에 나타나는 황진이만의 충격 실험으로, 풍류를 즐기면서 오로지 '사랑과 그리움'이라는 묘약으로 호흡하며 살아가야 했던 황진이로서는 당연한 필법이라고 생각된다. 이러한 신선한 충격실험의 효과는 대단히 큰 것이어서, 정(情)에 목마르고 취약한 인간의 감성을 움직여, 가슴을 타고 흘러 현대에 이르기까지 인구에 회자되는 불후의 명작으로 남게 되었던 것이다.

---

13) 신웅순은 그의 「황진이 시조의 기호 분석」(어문학 논총, 태학사, 1997년 11월, 1067~1080쪽)에서, 황진이 시조를 6개의 미시 시조텍스트로 보고, 텍스트 속에 묻혀 있는 이항대립을 '기표'와 '기의'라는 언어기호학적 의미로 분석하였다.

2. 시어의 선택과 시어 구사

시 창작에 특별히 쓰여지는 단어나 어구를 시어(poetic diction)라고 한다. 이러한 시어는 일상적 용어와 구별되는 말로서, 시 창작 과정에서 작가의 개인적 감성과 지각을 잘 살려내려면 이 시어의 선택을 잘해야 한다. 황진이 시조에 나타난 '서리서리'란 시어는 얼핏 생소한 것 같지만 이것이 다음 장으로 이어져 '구뷔구뷔'란 시어와 어울림으로써 새로워지고 질감이 느껴져 명쾌하다. 아리스토텔레스는 "뛰어난 시어는 그것이 명쾌한 것인 동시에 천하지 않은 것이다"라고 하였다. 하나의 주제를 표현하기 위하여 작가는 언어의 집합체를 구성할 때 주제를 살려내기 위하여 가장 적합한 시어를 선택해야 한다. 이 때 선택된 시어는 직설적 용어도 있지만, 상징이나 비유 알레고리 등, 시의 주제를 부각시키기 위한 시적 의장(意匠)이 중심을 이룬다. 그런데 그렇게 선택된 시어는 또한 가장 적합하고 알맞은 틀에 적합하게 들어가 짜여짐으로써 아리스토텔레스가 말한 것처럼 천하지 않은 귀한 시어가 될 수 있다.

하나의 완성된 시가 이루어지려면, 앞서 말한 적합한 시어로 적합하게 구성된 언어의 조합체로 드러나야 한다. 이 때 '적합한'이란 말 속에는 발화 당시의 시기와 상황과 문장의 앞뒤 문맥 등을 다 고려한 말이다.

황진이 시조에서 보이고 있는 표현 기교의 독창성과 탁월함은 역대 어느 작가도 따를 수 없을 정도로 뛰어나다. 특히 다음과 같은 시조에 나타난 시어의 구사력은 '황진이 이후 황진이가 없다'14)는 말을 뒷받침 해준다.

> E
> 어져 내 일이야 그릴 줄을 모로던가
> 있으라 ㅎ더면 가랴마ᄂ 제 구틱야
> 보내고 그리ᄂ 정은 나도 몰라 ㅎ노라.
>
> — 靑丘永言(珍本), 樂學拾零

---

14) 김동욱, 「황진이와 허난설헌」, 『황진이 연구』, 창학사, 1986, 58쪽.

겉보기엔 평이한 듯한 이 시조에서 묘한 감성적 리듬감과 서정성을 느끼는 것은 이 시조만이 가지고 있는 시어의 독특한 배치와 구사력 때문이다. 시상의 흐름도 평사(平沙)에 물 흐르듯 쉽고도 매끄럽다. 연약한 여인의 처지로서 떠난 님을 붙잡지 못하고, 이러지도 저러지도 못하고 이성과 감성의 사이에서 갈등을 겪는 모습을 드러내 보이고 있는 이 시조는 이미저리나 상징의 기법보다는 애틋한 독백적 진술로써 별한(別恨)의 정서를 잘 드러내고 있다. 김소월의 '진달래꽃'에서 나오는 '죽어도 아니 눈물 흘리오리다'의 정조와 표면적 의미로는 정반대이지만 내면적 정조는 긴밀한 연관성을 보이고 있는 것은, '가시리'에 이어 한국적 정한이 고스란히 전통적 맥으로 계승되어진 것이라고 볼 수 있다.

이 시조에서 이렇듯 물 흐르듯 매끄럽게 시상이 인식되는 것은 이 시조에 쓰인 시어들이 하나같이 우리말의 어울림에 의한 조합이라는 데에 있다. 단, 종장의 정(情)이라는 말은 한자어이지만 정착화된 우리말로 볼 수 있는데, 이러한 고유 시어의 구사력은 현대 작가들에게서도 고도의 응용 능력이 아니고서는 이루어 내기 어려운 창작법이다. 상투적인 한자어를 차용하여 표현하는 여타 작가들에 비해 이렇게 순수한 우리말로 능숙하게 구사한 황진이의 시어구사 능력이 놀랍다.

이 시조에서 제일 먼저 여인의 회한(悔恨)을 드러낸 시어는 '어져'라는 감탄사다.

황진이는 평범한 다른 시조들에 흔히 보이는 '어즈버', '두어라' 등15)과

---

15) 종장 첫 구에 쓰인 허사의 사용 빈도

구 분	시조 전체(5,492수)	기녀시조(전체 54수)
① 두어라	222	* 5
② 아마도	736	5
③ 저님아	22	* 3
④ 하물며	54	2
⑤ 어즈버	87	1
⑥ 어디서	80	1
⑦ 뉘라서	23	1
⑧ 엇더타	52	1
계	1,276 수	19

같은 감탄 또는 여음사(餘音辭)를 종장의 첫 구에 배치하지 않고, 초장에 '어져'라는 신선한 시어를 선택하여 배치함으로써 초장부터 독자들의 호기심을 끌어당긴다. 그리고 '어져, 내 일이야'의 율격을 보면, 시조가 3·4음절을 기조로 한 4음보격의 전통적인 정형 틀임에도 불구하고 황진이는 과감히 자수의 틀에서 벗어나 2·4음절의 형태를 시도하였다.

가창을 겸한다는 기능적 측면을 고려한다면, 3·4음절 단위의 박자 개념으로 보았을 때, 2음절의 '어져'를, '어져―', 또는 '어지어' 등과 같이 자수율이 아닌 음보율의 개념으로 파악하였다는 결론이 나온다. 이것은 자수율의 구속에서 벗어나 오히려 창법에 변화를 주는 미적 효과를 거두고 있음을 알게 한다. 결과적으로 황진이는 자수만을 맞추는 저급한 창작을 한 게 아니라, 그 당시에 벌써 '정형이비정형(定型而非定型), 비정형이정형(非定型而定型)'16) 이라고 하는 변용의 폭을 간파하고 응용했다는 점을 알 수 있다.

F

靑山은 내 쓻이요 綠水ᄂᆞᆫ 님의 情이
綠水 흘너 간들 靑山이야 變ᄒᆞᆯ손가
綠水도 靑山을 못 니져 우러 예어 가ᄂᆞᆫ고.

― 大東風雅, 槿花樂府

황진이의 시조의 주조는 '사랑과 그리움'이다. 초장에서 청산은 영원히 불변할 자신을, 녹수는 가변적인 대상 즉, 님을 병치은유하고 있다. 황진이가 기녀로서 뭇 풍류객들과 자유분방한 교유를 하고 있지만, 윤리도덕을 강조하는 조선사회의 한 여인으로서 오직 사랑하는 님에 대한 정조와

---

 * 이 조사표는 박을수의 『한국시조대사전』(아세아문화사, 1992)에 실린 5,492수의 시조 중, 종장 첫 구에 쓰인 위의 8가지 허사만의 사용빈도를 조사한 결과다. 황진이 시조에서 종장에 위와 같은 허사가 쓰인 것은 하나도 없다.
16) 노산은 "시조는 정형이 비정형이요, 비정형이 정형이다"라고 하였고, 가람은 '定型'이 아니고 '整形'이라고 하였다.

순정만은 변치 않고 있음을 알 수 있다. '청산'이라는 시어는 '청산리 벽계수야'에서 '벽계수'를 품고(또는 장악하고) 있는 '청산'(황진이 자신)의 의미도 있다.

이 글에서 특히 시어구사의 탁월함을 엿볼 수 있는 부분은 초장의 '님의 情이'이다. 만약 이 부분을 '녹수는 님의 정이다'라고 표현했다면, 아마도 일종의 평이한 유형의 답습으로 긴장미가 반감되었을 것이다. 그러나 '님의 정이'에서 '-이'라는 조사 하나로 기발한 시어의 변형 과 활용을 시도함으로써 자수율의 운율감에도 적합하고, 청산과 녹수의 대칭적 구도에서 끌어주고 당겨주는 묘한 리듬감과 긴축적 미감을 느끼게 해주는 것은, 놀라운 시어운용의 기법 창출이 아닐 수 없다. 이러한 시어구사의 오묘한 구사력은 당대는 물론 현대의 시조시인들도 선뜻 창작해 내기 쉽지 않은 기발한 표현으로, 황진이 시조를 통하여 익혀둘 필요가 있다.

이 밖에도 다른 시조에서 절묘한 시어의 선택과 교합으로 작품성이 두드러진, 중요한 부분만을 살펴보면,

① 시조 A (冬至ㅅ둘 기나긴 밤): 이 시조에서 보여주는 시어의 선택과 운용은 황진이 시조의 진수를 맛보게 한다. '기나긴 밤', '춘풍 니불, 서리서리, 구뷔구뷔 펴리라'로 이어지는 시적 심상은 시어의 독특한 선택과 배치에서 우러나온 것이다. 초장에서, '冬至ㅅ둘-기나 긴 밤을-한 허리를-버혀내어'라는 시어들의 조합으로 무형을 유형으로 형상화시켰으며, '서리서리', '구뷔구뷔' 등의 의태어를 차용하여 양질감의 변용과 음악적 미감을 획득하여 시의 탄력감을 불어 넣어주고 있다.

② 시조 B (青山裡 碧溪水야): '벽계수', '명월'은 아름다운 자연을 나타내는 데 그친 것이 아니라, 주체와 객체를 오가는 중의적 의미로서, 시간의 유한성과 인생의 무상함을 자연의 이치에 맞추어 교묘하게 차용된 시어이다. 황진이의 절창으로 이름 난 이 시조는 '청산', '벽계수', '명월', '공

산'이라는 시어로 멋지게 조합되어 풍류의 분위기를 유혹의 장으로 빠져 들게 한다.

③ 시조 C (내 언제 無信ᄒ여): 이 시조에서, 의미가 부여된 시어는 '월침삼경', '秋風에 지ᄂ 닙 소ᄅ'', '낸들 어이 ᄒ리오'이다. '월침삼경'은 긴긴 밤 초조하게 님을 기다리는 시간적 의미를, '秋風에 지ᄂ 닙 소ᄅ~'는 '혹시 님이 오시는 기척이 아닐까'하는 의미와 '세월흐름의 무상감'이라는 다의성을 내포하고 있다. '낸들 어이 ᄒ리오'는 운명에 대한 순명적 태도를 드러내고 있다. 이 시조는 기다림-허무감-순명적 자세라는 변증법적 시상의 전개구조를 지니고 있다.

④ 시조 D (山은 녯 山이로ᄃ): 이 시조는 다른 시조에 비해 평이한 시어로 이루어졌으나, 은유로 사용된 '산'과 '물'은 그 의미가 다의적이라 할 수 있다. '산'은 불변의 존재, 나(황진이), 실존의 존재 등을 가리키고, '물'은 '가변적 존재', '가신 님', '부재자' 등을 가리킨다. 이 시조는 이 두 시어를 주축으로 인생무상과 별한의 정서를 유연한 필치로 그려내고 있다.

위에서 살펴본 바와 같이, 황진이의 시어 선택과 운용의 묘는 다른 작가들에 비해 범상치 않음을 알 수 있다. 그러나 대부분의 황진이 연구에서 드러나 있듯이 황진이 시조를 그 효용적 가치에 주목하여 작품의 심층적 분석을 시도하기보다는, 교유관계와 전기적 측면만을 부각시켜 기녀로서의 표면적 부유물만을 조명한 것들이 대부분이다. 황진이의 시어 구상은 그녀의 창작 성과로 보아 여성특유의 본능적 단면만으로 고찰되어서는 안된다. 그만큼 언어 이해의 폭이 넓고 응용적 재능이 뛰어나기 때문에 양면성이나 상징성을 띠고 있어서 포괄적으로 이해·분석해야 된다. '동짓달 기나긴 밤'의 시어들에서 보여주는 색정 이미지에 대해서도 최동호는, 이규동(李揆東)이 정신분석학적 측면으로 "남근 선망 및 콤플렉스를 원래의 여성적 수동형 즉 姙娠願望으로 극복한 것"이라고 한 것을 지적하면서 그녀의 "문학작품의 해석은 보다 포괄적인 관점에서 이루어져야 한다"17)라고 하였다. 이렇듯, 황진이 시조의 시어적 특징은, 전체적인 시어 구사력으로 보아 간절함과 절실함에서 우러나오는 체험적 요소와 그녀의 문학적 재능이 어우러진 결과라 할 수 있을 것이다.

'시어의 선택과 적절한 배치'라는 측면에서, 황진이 시조의 에스프리가 보여주는 작시태도를 현대의 이영도 시조에서도 찾아볼 수가 있다.

> 생각을 멀리하면 / 잊을 수도 있다는데 //
> 고된 살음에 / 잊었는가 하다가도 //
> 가다가 / 월컥 한 가슴 / 밀고 드는 그리움
>
> — 이영도, 「그리움」 전문

이 시조의 절창은 종장이다. 작가는 어떻게 해서 불현듯 '월컥'이라는 시어를 창출해 낼 수 있었을까. 코울릿지(S. T. Coleridge)는 "시인은 일상적 언어와는 다르게 언어를 사용한다"라고 하였는데, 평범한 생각으로는 좀처럼 얼른 떠오르기 어려운 시어이다. 순간적인 감정의 복받침에서 우러나온 시어일지라도 '적합'한 참신한 시어를 창출해 내기란 쉽지 않은 것이다. 흔한 '울컥'이 아니고 '월컥'이라고 한 표현과 함께 이어지는 '밀고 드는 그리움'은 이 시의 공감 효과를 극대화시켜 주고 있다. 그리고 이 시조의 특징은 쓰여진 시어가 하나같이 순수한 고유어라는 점이다. 「한림별곡」보다 「가시리」에 더 관심이 가는 것처럼, 같은 시문이라도 순수한 고유어로 조합된 글은 해맑고 정겨운 느낌을 주며 문학적 가치와 품격을 높여준다. 시인들은 이미 김영랑의 「돌담에 속삭이는 햇발같이」나 조운의 「석류」 등을 통하여 이런 사실을 감지하고 있다.

황진이 시에서 보여주는 재치 있는 시어의 선택과 절묘한 운용, 그리고 그러한 전통의 멋과 작시법을 이어받은 이영도와 같은 작품들은 현대 시조시인들의 나아갈 방향을 제시해 주고 있다.

---

17) 최동호, 「황진이 시의 양면성과 현대적 변용」, 앞의 책, 143~144쪽.

3. 언술 기법

시조는 단순히 표기상으로 끝나는 문학이 아니었다. 가창(歌唱)을 겸한 시가문학이었기에 발화자의 언술이 더욱 중시되었다. 즉흥적이든 아니든 하나의 언어집합체가 그 시기와 상황에 알맞게 창작되고 가창되어졌을 때 감동과 묘미와 정감과 교훈을 더하게 되어 그 진가를 발휘하게 되었던 것이다. 시조에 있어서 담당층의 전달적 언술 기법이 더욱 중시되는 이유는 바로 여기에 있다.

가. 화답적(和答的) 언술 기법

'화답적 언술'은 '독백적 언술'과 대조되는 개념이다. 일반적으로 화답 시조는 대화적 언술 방식에 의한 극적 상황성을 갖는다. 이는 대화 상대자나 청자에게 '낯설게 하기'의 독특한 언술 형태를 보여주어 감동과 묘미를 더욱 자극하게 해 준다. 화답시조라고 불리는 시조들의 창작 양상은 일대일의 대면상황에서 일어나기도 하고, 시간과 공간의 차이를 두고 일어나기도 한다. 특히 기녀들에게서 화답적 언술로써의 시조가 많이 창작되는 것은 사대부들과의 교분관계를 인정한다는 기녀들만이 갖는 특권에서 비롯되었기 때문이다. 그래서 발화자와 수화자의 사이에서 오가는 내용은 정감을 나누는 애정 어린 대화나 정치적 견해를 피력하는 시조 등 다양하게 전개되었다. 그러나 황진이의 시조에서는 정치적 견해를 드러내는 시조는 없고 연모, 별한, 원부 등 애정적 시조가 대부분이었다. 서경덕과의 화답시조가 대표적이다.

> ᄆᆞᆷ이 어린 後니 ᄒᆞᄂᆞ 일이 다 어리다.
> 萬重 雲山에 어ᄂᆡ 님 오리마ᄂᆞᆫ
> 지ᄂᆞᆫ 닙 부ᄂᆞᆫ ᄇᆞ람에 힝여 긘가 ᄒᆞ노라.

> ─ 서경덕, 『한국시조대사전』 137

내 언제 無信호여 님을 언지 속엿관딕
月沈 三更에 온 뜻이 전혀 업닉
秋風에 지느 닙 소릭야 낸들 어이 호리오.

– 황진이,『한국시조대사전』817

뒤의 황진이 시는 앞의 서화담이 지은 시에 대한 화답이다. 황진이는 다른 선비들과는 달리 서화담의 선비다운 지고한 풍모에 꺾을 수 없는 고매한 품격을 우러러보며, 평생 그를 존경하며 흠모의 대상으로 섬겼다. 그러나 그러한 그녀의 애정에 올곧은 서화담도 내심으론 황진이가 그리워 만중운산에서 '마음이 어린 후이니'란 시조를 지었다. 이러한 서화담의 그리움은 종장에 잘 드러나 있는데 황진이는 님이 찾아오지 않는 것을 원망하며 그리움의 메시지를 '추풍에 지는 잎'에다 담아 답신을 보내고 있다.

나. 우회적(迂廻的) 언술 기법

우회적 언술기법은 대부분의 이질적 관계의 언술기법에서 흔히 많이 쓰인다. 말하려고 하는 내용을 직설적 방법으로 하지 않고 돌려서 표현하는 방법인데 신분격차가 두드러진 사대부들과의 작시놀음에서는 필수기법이었다. 거북스런 상황의 표현이거나 직접적인 비난과 공격의 화살을 피하기 위한 상황일 때 우회적 표현이라는 발화자의 기지(機智)가 동원된다. 풍자(諷刺, satire)도 이러한 우회적 언술의 한 표현기교인데 다른 사물에 빗대어 주제를 간접적으로 드러냄으로써 비난도 면하고 표현효과를 상승시킨다. 이러한 우회적 언술 기법은 은유, 상징, 대유, 중의, 풍유(諷諭, allegory, 寓意) 등 비유법과 상당히 관계가 깊다.

황진이 시조에서는 특히 중의적 수법에 의한 표현기교가 돋보인다. 중의적 표현의 예는 다른 사람이나 사물과 관련된 것들도 있으나, 그 중에서 특히 작가나 작중 인물과 관련된 중의적 표현이 가장 많이 드러난다. 이것은 신분상 천직이기에 작시놀음에서 본명 밝히기를 꺼려하는 기녀

자신의 자존심에서 유래된 표현기법이기도 하며. 함부로 표현하기 어려운 사대부들이나 자신을 중의적으로 우회 표현함으로써 자존심도 살리고 시조의 품격도 높였던 것이다. 황진이시조에서 우회적 언술기법은 여러 군데 나타나는데, '청산리 벽계수야'는 그 대표적인 예이다.

「청산리(靑山裏) 벽계수(碧溪水)야~」에서 '벽계수(碧溪水)'는 푸른 시냇물과 종실선비 벽계수(碧溪守)를, '명월(明月)'은 '밝은 달'과 '황진이 자신'을 중의하면서 우회 표현하고 있다.

다. 반어적(反語的) 언술 기법

반어적 언술기법은 설의적 언술기법과 상통한다. '빼앗긴 들에도 봄은 오는가?'라는 표현을 통하여 화자는 청자에게 판단을 촉구하며 많은 생각을 불러 일으키게 한다. 이 기법은 일부러 의문의 형식을 취함으로써 독자의 판단을 촉구하며 독자 스스로 결론을 내리게 하는 방법이다. 몰라서 물어 보는 것이 아니라 물음의 형식을 취하여 자신이 말하고자 하는 것을 강조하는 언술기법이다. 수사(修辭) 의문문(반어의문문 포함)형태[18]는 시조창작에 있어서 청자의 주의를 환기시키고 글의 뜻을 인상 깊게 하며 강한 긍정을 나타낼 때 사용한다.

필자의 조사에 의하면, 기녀시조 전체 54수 중 33수가 반어적 언술로 쓰였다. 기녀시조의 과반수 이상이 반어적 언술기법으로 쓰여졌다는 것은 상당히 이 기법이 유효하다는 것을 입증해 준다.

              - '명월(明月)이 만공산(滿空山)하니 쉬어간들 <u>어떠리.</u>'
              - '추풍(秋風)에 지는 잎 소리야 낸들 어이 <u>하리오</u>'

---

18) 반어문은 반어의 의미를 지닌 문장으로 말을 거꾸로 돌려 의문의 형태를 지니면서 의문이 아닌 강한 강조를 의미하게 되는 문장으로서, 고어의 '어찌~하리오(하겠는가?)의 형태를 취한다. 대표 한자로는 豈(기), 何(하), 安(안), 寧(녕), 焉(언), 惡(오), 胡(호), 奚(해), 曷(갈), 烏(오), 盍(합 =何不) 등이 있다.

  - '어져 내 일이야 그릴 줄을 <u>모로던가</u>' / −'주야(晝夜)에 흐르거든 옛 물이
    <u>있을손가</u>.'
  - '녹수 흘러간들 청산이야 <u>변할손가</u>'

위에서 살펴 본 바와 같이, 반어적 언술은 황진이의 시조창작에 있어서 절대적인 표현기법으로 사용되었다. 이것은 일부러 의문형식을 취하여 설의적 종결 형태를 취함으로써 자극을 주어 주의를 환기시키고 글의 뜻을 인상 깊게 하며, 강한 긍정의 효과를 거두고자 했던 황진이의 중요한 표현기법이었음을 나타내 주는 것이다.

라. 반복적(反復的) 언술 기법

반복적 언술 기법은 일반적으로 사용되는 비교적 평이한 기법이다. 시에 있어서 이 기법은 시적 운율과 밀접한 관련을 맺고 있는데. 이것은 사대부들 앞에서 작가의 의중을 더욱 강조하기 위한 표현기법의 창출이라고 볼 수 있다.

  - '산은 옛 산이로되 물은 <u>옛물</u>이 아니로다.' '주야(晝夜)에 흐르거든 <u>옛물</u>이
    있을손가.' '인걸(人傑)도 물과 같도다 가고 아니 오는 것을'
  - '청산(靑山)은 내 뜻이요 <u>녹수(綠水)</u>는 님의 정이,' '<u>녹수</u> 흘러간들 청산이
    야 변할손가' '<u>녹수</u>도 청산을 못 잊어 울어 예어 가는고'

시조는 정형시이다. 운율을 강조하고 정해진 율격을 중요시한다. 더구나 시조는 시조창(時調唱)이라는 특수한 절차가 따르기에 더욱 운율이 강조되어 왔다. 특히 대구나 대조의 기법을 이용하여 같은 말이나 구절을 되풀이했던 황진이의 이러한 표현기교는 반복적 운율을 통하여 의미를 강조하고 흥미를 끌기 위해서였다.

4. 상징성과 풍자성

  황진이 시조의 주제[19]를 살펴 볼 때, 여성만이 가지는 애틋한 사모·연정(思慕·戀情)과 그에 따른 실연(失戀)이나 별한(別恨)이 주조를 이루고, 뭇 남성들로부터 자신을 지켜나가기 위한 지조(志操)나 절의(節義), 원부(怨夫) 등의 정서가 주류를 이루고 있다. 특히 사대부들과의 관계에서 즉흥적으로 창작된 기지에 넘치는 작품이 많으며, 관념의 표출에 그치지 않고 애정과 이별문제 등 여인 내면의 정서를 솔직히 드러냈다는 데 그 특징이 있다.

  이러한 작품의 주제들은 작가의 표현기교에 의해 구상화되는데 직설적이기보다는 우회적이며 상징적으로 표출된다.

  상징(symbol)은 '조립한다', '짜맞추다'의 뜻을 가진 그리스어의 동사 심발레인(symballein)에서 유래한 말이다. 그리스어의 명사인 심볼론(symbolon)은 '부호', '증표', '기호'라는 뜻을 가지고 있어 어원적 의미로는 기호로서 다른 어떤 것을 대신하는 기능을 수행한다는 뜻이다. 이것이 상징의 가장 기본적이고 일반적인 의미다. 그러나, 문학적 상징은 내적 상태의 외적 기호다. 다시 말하면 불가시적인 것을 암시하는 가시적인 것이 상징이다.[20] 비유와 비교해서 말하면 상징은 비유에서 원관념을 떼어버리고 보

---

19) <표2> 황진이 시조의 작품별 주제

작품별 \ 주제별	戀情, 失戀	志操	別恨	誘惑	無常
冬至ㅅ들 기나긴 밤을	○				
靑山裏 碧溪水ㅣ야				○	
내 언제 無信ᄒ여	○				
山은 녯 山이로되					○
어져 내 일이야			○		
청산은 내 뜻이오		○			

20) 김준오, 시론, 삼지원, 2005, 195~196쪽.

조관념만 남아 있는 형태다.[21] 상징은 한 마디로 비유의 고차원적인 형태라고 할 수 있다.

황진이 시조의 상징성은 다분히 사적이며 내적이다. 사회적이거나 다중적이 아니고 대인적이며 1대1의 관계에 놓여 있다. 이러한 현상은 사랑을 생명의 끈으로 생각하는 감성적인 여성만의 특징이다. 그런데 황진이의 시조는 일반 여성들의 속성인 감성위주의 시상 전개만이 아닌, 이성과의 교묘한 상징적 교합이 이루어져 그 작품성의 차원을 높이고 있다. 이러한 상징적 교합은 황진이의 시적 능력과 자질을 짐작할 수 있게 해주며, 그녀의 작품을 불멸의 시가로서 자리매김해 주고 있다.

A

冬至ㅅ둘 기나 긴 밤을 한 허리를 버혀 내여
春風 니불 아릭 서리서리 너헛다가
어론님 오신 날 밤이여든 구뷔구뷔 펴리라.

― 靑丘永言(珍本), 樂學拾零

'冬至ㅅ둘 기나 긴 밤'과 '한 허리', '춘풍 이불 아래'는 무엇을 의미하는가? 원관념을 파악하기 어려울 때 상징은 성립이 된다. 전체적인 뉘앙스를 파악해 봐야 '님을 애타게 기다리는 긴긴 밤의 여심'이라는 원관념에 접근해 볼 수 있다. 무형의 존재를 유형의 질로 토막내어 가시화시키는 초장의 상징은 수준 높은 비유라 할 수 있다. 이러한 상징 기교는 중 · 종장을 거치는 동안에 '서리서리'라는 품음과 '구뷔구뷔'라는 펼침의 미학으로 진전되어, 그리움에 목마른 여성의 본태적 애정심리를 드러내고 있다. 독자는 밤, 허리, 춘풍, 이불, 님으로 이어지는 육감적 상징 이미지와 만남으로써 미적 쾌감에 빠지게 된다.

---

21) C. Brooks & R. P. Warren, *Understanding Poetry*(Holt, Rinehart and Winston, 1960), 556쪽.

B

青山裡 碧溪水야 수이 감을 자랑마라
一到 滄海ᄒ면 다시 오기 어려우니
明月이 滿空山ᄒ니 쉬여 간들 엇더리.

— 靑丘永言(珍本)·樂學拾零

이 시조는 표면적 의미가 내포적 의미를 연상하게 됨으로써 시상의 진의에 접근할 수 있다. 시조에 드러난 '벽계수'와 '명월', 그리고 표현기교로 사물에 적용된 의인법은 '벽계수'와 '명월'이 중의적(重義的) 의미가 내포되어 있으며, 실제 인물이라는 확실한 유추를 가능케 한다. 이러한 시상의 전개는 고도의 우회적 상징과 알레고리기법이 동원된 황진이만의 기발한 착상이다.

또한 이 시조에서는 풍자적 언술기법이 두드러진다. 풍자는 부정적 현상이나 모순 따위를 빗대어 비웃으면서 공격 폭로하는 특성을 가지고 있다. 원래는 산문에서와 같이 딱딱한 전달 형식이 아니라, 평소 말할 때의 자연스러운 대화와 독백 등에서 비롯되었는데, 이 시조에서도 벽계수를 향한 황진이의 공격성 풍자가 대화식 언로를 통해서 교묘히 구사되고 있다. 단 3장이라는 짧은 형식을 통하여 인생무상이라는 순리 앞에 굴복하도록 철학적 의미나 자연의 이치까지 내세워 상대방을 농락하려는 황진이의 표현기법이 비범하기만 하다. 그러나 열락을 종용하고 있지만, 속되지 않고 풍류의 멋과 격조가 오히려 높이 평가되는 것은 이러한 황진이만의 천재적인 시어의 조합 기교와 운용의 묘에서 비롯된 것이라 생각된다.

조선 성종 때의 명기로 문무 대신들을 상대로 문장력을 발휘했다는 소춘풍(笑春風)의 시조와 비교해 보자.

前言은 戲之耳라 내 말씀 허물마오
文武一體ㄴ줄 나도 暫間 아옵썬이
두어라 赳赳武夫를 안이 좃고 어이리[22]

— 소춘풍, 校註海東歌謠

소춘풍의 시조는 전체적으로 보아 묘사보다는 설명적인 표현이다. 상징이나 비유 등의 문학적 표현기교도 찾아볼 수 없다. 뿐만 아니라 고시조의 상투적 여음사인 종장의 '두어라'가 등장하여 참신성을 떨어뜨리고 있다. 소춘풍이 성종 대 명기로서 뛰어난 문장력을 지녔다고 평가되고 있으나, 황진이의 시조와 문학적 가치를 따져볼 때 결코 우위에 둘 수는 없다. 문학은 문자를 통한 언어 예술이다. 황진이의 시조가 오늘날까지 명시로서 인구에 회자되는 것은 시공을 초월하여 독자들의 가슴에 울려오는 공명효과 때문이다.

C

내 언제 無信ᄒ여 님을 언지 속엿관ᄃᆡ
月沈 三更에 온 뜻이 전혀 업ᄂᆡ
秋風에 지ᄂᆞᆫ 닙 소ᄅᆡ야 낸들 어이 ᄒ리오.

— 靑丘永言(珍本) · 樂學拾零

이 시조는 초장에서 항변적 진술로 전제한 뒤에, 중장에서 '월침 삼경'으로 기다림의 정서를 달에 투사시켜 상징화하였고, 종장에서는 '추풍에 지ᄂᆞᆫ 닙'으로 숙명적 현실을 상징적으로 표현하였다. 종장은 두 가지 의미를 내포하고 있는 것으로 분석할 수 있다. 하나는 영혼의 조락기에 접어든 인생의 절망적 분위기에 대한 순명(順命)의 자세와, 또 하나는 행여 님이 오시지나 않나 하고 낙엽소리에도 놀라 돌아보며 스스로를 주체 못하는 갈등심리를 그린 것이다. 아마도 이러한 다의적이고 함축적인 시상의 해석을 두고 작가 자신(여기선 황진이)도 딱히 어느 것이라고 단언을 하지 않

---

22) 이 시조의 앞부분에서, 성종이 군신들과 어울려 주연을 베풀고 있을 때, 소춘풍더러 술을 따르라고 명하였는데 소춘풍은 임금의 금배에 술잔을 올린 후, 영상 앞에 나아가 술잔을 들고 즉흥적으로 무신을 희롱하는 시조를 지었는데 이에 무신들의 분노가 극에 달하였다. 이에 소춘풍은 이 시조를 지어 무신들의 분노를 잠재웠다는 일화가 전해온다.

을 것이다. 그것이 상징과 은유를 즐기는 시인들의 시심이기 때문이다.

현대시조 모색기에 이 글의 표현법을 이어받은 듯한 시조로서 육당 최남선의 「혼자 앉아서」가 있다.

> 가만히 오는 비가 / 낙수져서 소리하니,
> 오마지 않은 이가 / 일도 없이 기다려져
> 열린 듯 닫힌 문으로 / 눈이 자주 가더라.

―최남선, 「혼자 앉아서」 전문

이 시조의 절창은 종장이다. 낙숫물 떨어지는 빗소리가 발자국 소리 같을 때가 있다. 서정적 자아는 님이 보고 싶은데, 저는 오겠다는 말도 없이 가고 없으니, 추적추적 비 오는 날 독수공방하는 시적 자아의 처지가 그리움으로 애를 태우고 있다. 종장 '열릴 듯 닫힌 문으로 눈이 자주 가더라'는 이러한 그리움을 상징적으로 대변해주고 있는 놀라운 표현이다.

최남선의 시조가 전체적으로 서정성이 빈약하다는 평을 듣고 있으나 그것은 개화기를 거쳐 현대로 넘어오는 과정에 있어서의 불안정한 모습이었고, 또한 개척기의 과도기적인 현상이었다고 생각된다. 『백팔번뇌』(1926) 이후, 최남선의 작품에서는 이 시조에서 보는 바와 같이 상당한 변화를 보인 작품들이 쏟아져 나온 것은 이러한 사실을 입증해 준다.

이 시조에서 유추할 수 있는 그리운 님을 '조선심'을 추구했던 육당의 문학관으로 비추어 보아 '조국'으로 분석할 수도 있겠으나, 내포적 의미로는 무시로 스며드는 외로움에서 비롯된, '그리움의 눈짓과 고갯짓'으로 볼 수도 있다.

이 시조의 종장은 황진이 시조의 종장, '秋風에 지ᄂ 닙 소리야 낸들 어이 ᄒ리오'와 그 표현 착상이 흡사하여 황진이 시조의 영향을 받은 것이 아닌가 하는 추측을 가능케 한다. 아무튼 시공을 초월하는 황진이 시조의 탁월성에 영향을 받아 경직성과 진부함에서 벗어나는 일은 현대시조의 바람직한 방향이라 할 수 있다.

D

山은 녯 山이로디 물은 녯 물이 아니로다
晝夜에 흐르거든 녯 물이 이실소냐
人傑도 물과 ス도다 가고 아니 오노미라.

　　　　　　　　　　　　　　　　　－ 海東歌謠(一石本), 樂學拾零

다시 올 수 없는 님에 대한 그리움이 비장과 허무감이라는 격조 속에 상징적으로 그려지고 있다. 이 글에서 산은 지은이 자신을, 물은 가버린 임을 상징한다. 초·중장에서의 상징적 표현만으로는 산과 물의 원관념을 파악할 수 없다. 그러한 초·중장의 긴장은 종장의 '인걸'의 등장으로 전체적인 윤곽을 감지하게 된다. 이러한 전개 구도는 기(起)와 서(敍)에서 긴장 관계로 이어지다가 결(結)에서 효과적으로 매듭을 짓는 3단구조의 멋스러운 완결처리다.

그런데 여기서 등장하는 '인걸'이 '서경덕'이라고 보는 견해에 대한 필자의 반론이다. 일부 논문에서는 물로 비긴 인걸을 '서경덕'으로 보고 있지만,23) 종장에 나오는 '가고'를 죽음으로 인식했을 때, 여기서 '인걸'은 꼭 서경덕이라고 단정할 수는 없다. 왜냐하면 역사적 타당성이 있다고 믿어지는 결과24)로 보아, 서경덕의 죽음은 1546년(명종1년)이고, 황진이의 죽음은 이보다 앞선 1540년(중종35년)으로 보기 때문에 이치에 맞지 않는다. 황진이의 창작능력으로 보아 평소에 다른 아까운 인물을 두고 읊었

---

23) 한춘섭은 그의 『고시조 해설』(이태극 감수, 홍신문화사, 1990)에서 이 시조를 서경덕의 죽음을 애도하여 지은 것이라고 하였다. 또 박철순도 그의 논문 「황진이 시조에 나타난 표현기교의 고찰」(동국어문학회, 1991, 171쪽)에서, 서경덕의 죽음을 애도한 것이라고 기술한 김영현의 「기녀시조작품소고」(국문학 8집, 고려대 국어학문학회, 1964, 87쪽)의 내용을 따르고 있다.
24) 김용숙, 앞의 책, 36쪽 참조.

어도 충분히 이 정도의 필력은 가능했을 것으로 보아 여기에서의 '인걸'은
다른 인물로 간주할 수밖에 없다.

5. 수사적 표현기법

　수사법이란 단순히 문장을 아름답게 꾸미거나 멋스럽게 하기 위한 장
식이나 수식이 아니라. 정확하고도 효과적인 표현을 위한 하나의 기법장
치를 말한다. 수사법은 대체적으로 비유법, 강조법, 변화법이 있는데, 비
유법에는 직유, 은유, 의인, 활유, 의성, 의태, 풍유, 대유, 중의, 우의 등이
있고, 강조법에는 과장, 반복, 열거, 점층, 점강, 비교, 대조, 억양, 예중, 미
화, 연쇄, 영탄, 현재 등이 있으며, 변화법에는 도치, 대구, 설의, 인용, 반
어, 역설, 생략, 문답, 명령, 경구, 돈호법 등이 있다. 이 항목들을 기준으로
황진이 시조의 수사적 기교를 개략적으로 분석해 보면 다음과 같다.

A

冬至ㅅ돌 기나 긴 밤을 한 허리를 버혀 내여	의인, 과장
春風 니불 아릭 서리서리 너헛다가	은유, 의태, 대조(동지↔춘풍)
어론님 오신 날 밤이여든 구뷔구뷔 펴리라.	의태
	대조
	(서리서리 넣다↔구뷔구뷔 펴다)

B

靑山裡 碧溪水야 수이 감을 자랑마라	은유, 중의, 돈호
	명령, 의인, 풍유
一到 滄海ᄒ면 다시 오기 어려우니	은유, 풍유
明月이 滿空山ᄒ니 쉬여 간들 엇더리.	중의, 의인, 설의

C

내 언제 無信ᄒ여 님을 언제 속엿관딕	반복, 대구
月沈 三更에 온 뜻이 전혀 업닉	중의, 영탄

秋風에 지ᄂ 닙 소ᄅ야 낸들 어이 ᄒ리오.　　　은유, 설의

D

山은 녯 山이로딕 물은 녯 물이 아니로다　　　은유2, 대구, 대조,
　　　　　　　　　　　　　　　　　　　　　영탄, 풍유

晝夜에 흐르거든 녯 물이 의실소냐　　　대유, 반복, 설의
人傑도 물과 ᄀ도다 가고 아니 오노믹라.　　직유, 반복, 풍유
　　　　　　　　　　　　　　　　　영탄2, 도치

E

어져 내 일이야 그릴 줄을 모로던가　　　영탄, 돈호, 문답
있으라 ᄒ더면 가랴마ᄂ 제 구틱야　　　명령, 도치
보내고 그리ᄂ 정은 나도 몰라 ᄒ노라.

F

青山은 내 쯧이요 綠水는 님의 情이　　　은유2, 대구, 대조
綠水 흘너 간들 青山이야 變홀손가　　　반복2, 대조, 대구
　　　　　　　　　　　　　　　　　설의, 풍유

綠水도 青山을 못 니져 우러 예어 가ᄂ고.　　반복, 의인, 영탄

\<표3\> 표현기교 분석표

수사법 / 작품	상징	비유법							강조법				변화법						계
		직유	은유	대유	의인(활유)	의태	중의	풍유	영탄	과장	반복	대조	도치	대구	명령	설의	돈호	문답	
冬至ㅅ들 기나긴~	○		1		1	2				1		2							7
青山裏 碧溪水야	○		2		2		2	2							1	1	1		11
내 언제 無信ᄒ여	○		1				1		1		1			1		1			6
山은 녯 山이로되	○	1	2	1				2	3		2	1	1	1		1			15
어져 내 일이야	×								1					1		1	1	1	5
청산은 내 쯧이오	○		2		1			1	1		3	2		2		1			13
계	5	1	8	1	4	2	3	5	6	1	6	5	2	4	2	4	2	1	57
		24							18				15						

* 이 조사표는 분석자의 견해에 따라 다소 차이가 있을 수 있다.

(1) 비유적 표현기법

중국 고전 시가의 표현 수법은 부(賦)·비(比)·흥(興)의 세 가지였다. 이 가운데 직설법이라 할 수 있는 부의 수법을 제외하면, 비와 흥의 수법은 모두 다른 사물의 유사점을 이용하는 일종의 비유법이다.[25] 우리나라의 한시와 같은 고전시가에서는 이 부·비·흥 표현기법[26]의 영향을 많이 받았을 것이다. 탁월한 비유의 기법이 나타난 황진이의 한시 「朴淵瀑布」와 「詠半月」[27] 등으로 미루어 보아 황진이는 시조에도 이 작법을 적용했으리라 본다.

위의 <표 3>에서 드러난 바와 같이, 황진이 시조에서도 가장 많은 빈도수를 보이는 것은 역시 비유적 표현기교이다. 은유의 기본 구조는 A=B라는 등식인데, 리처즈(Richards)는 A를 原語(principal terms)라 하고 B를 後屬語(secondary terms)라 명명했지만, 그 이후 거의 모든 수사학적 은유의 설명은 리처즈의 이 이론에 따르고 있다.[28]

김용덕은 시의 중심 구조를 이루는 가장 중요한 두 가지 조직 원리는 운율(韻律)과 은유(隱喩)[29]라고 하였다. 황진이는 반복적 기교와 영탄조의 기법도 종종 자주 사용했지만, 비유기법(특히 은유와 상징기법)에 매우 능하였다. 비유의 기법이 절대적으로 많은 것은 풍류의 멋을 살리려는 의

---

25) 이병한 편저, 『중국 고전시학의 이해』, 문학과지성사, 2005, 89쪽.
26) "詩는 같은 작가의 작품일지라도 그 영감을 표현하는 방법이나 기법에 따라 차이가 나는데 사실그대로 쓴 시를 부(賦)라하고, 상징과 비유로 표현한 것을 비(比)라하며, 어떤 사물을 돋보이게 하고자 그 뒤에 배경을 넣는 기를 흥(興)이라 한다. 興은 절개가 굳고 일편단심인 춘향이를 돋보이게 하기위해 정조(貞操)를 가볍게 여기는 향단을 그 배경에 넣은 것과 같은 그런 구조의 시를 말한다."(2009년 9월 18일, 김대원의 「新詩原論講解」 참조)
27) 誰斲崑崙玉 裁成織女梳 牽牛一去後 愁擲碧空虛
    누가 곤륜산의 옥을 깎아다 직녀의 빗을 만들었는가 견우와 이별하고 난 뒤로 부질 없이 푸른 하늘에 버려두었네(黃眞伊, 「詠半月」).
28) 이기철, 『詩學』, 일지사, 1986, 49쪽.
29) 김용덕, 「황진이 시조론」, 『황진이 연구』, 강전섭 편저, 창학사, 1986, 93쪽.

도도 있었겠지만, 우회적 언술기법과도 연관성이 많다. 특히 황진이 시조에서는 직유법보다는 은유나 상징적 수법을 많이 활용하였다고 하는 것은 그만큼 고도의 비유기법을 구사하였다는 것을 의미한다. 황진이 시조의 분위기는 애절하기도 하지만 당당하고 분방하다. 여타 시조들에서 볼 수 있는 저자세에서 벗어나 사대부들과 맞서는 도도함으로 화답적 내용이나 경계심을 촉발시키는 반어적, 풍자적 언술을 도모함으로써 주의를 환기시키며 대담한 필치를 발휘했다는 점이 남다르다.

　황진이 시조에서 직유법이 적게 쓰인 이유에 대해서도 주목해 보아야 한다. 이러한 결과는 여타 시조와의 비교연구, 또는 현대 시조와의 비교연구로 보다 더 심층적 연구의 여지가 남아있지만, 근현대의 여타 작가들이나 동시대 사대부들과의 작품에서는 대체적으로 대상을 묘사할 때 직유법이 은유법 못지않게 많이 쓰였다. 다음에 직유법을 활용한 현대시조 시인의 작품을 보자.

불타는 태양처럼 / 싱그런 녹음처럼 //
승천하는 안개처럼 / 꿈꾸는 꽃씨처럼 //
떠나는 가을 바람처럼 / 아, 투명한 유리처럼

― 김남환, 「작은 꿈을 위한 여섯 마디의 직유」 전문

　위의 작품은 순전히 직유의 기교만을 이용하여 '꿈'의 이미지들을 형상화시켜 나갔다. 그런데 황진이의 시조에서는 그렇지 못한 것은 그녀가 원대한 꿈이나 자연이나 사물을 묘사하기보다는 주로 자아와 타자의 2자 관계에서 '현실적 애정'만을 작품의 소재로 다루었기 때문이다. 의성과 의태와 같은 수사기법도 대상을 묘사할 때 주로 많이 쓰이는데, 황진이 시조에서는 그러한 기법도 잘 쓰이지 않았다. 그 결과는 자연 경치의 감흥을 서정적으로 묘사한 동시대 조선후기의 평민가사[30] 등과는 매우 대조적인 것이다.

황진이 시조가 고도의 비유나 시어운용의 절묘함으로 그 작품적 가치가 매우 높지마는, 앞에서 지적한 이러한 면모들은 현대의 시인들의 입장에서는 폭넓은 시야를 바탕으로 한, 창작영역의 확장으로 새로이 개척해 나아가야 할 부분이다.

(2) 강조와 변화적 표현기법

황진이 시조 중, 비유적 기교를 쓰지 않고도, 강조와 변화법만을 통하여 운용의 묘를 잘 드러낸 시조는 「어져 내 일이야」이다.

중장 제 4음보에 위치한 '제 구티야'는 정치(正置)가 아니고 도치(倒置)가 되어 있다(시조 E의 원문 참조).

도치법이라는 수사기교를 응용한 이 부분을 아래 ㉠과 같이 제자리에 정치(正置)시켜서 환원시켜 보면, '가랴마ᄂᆞᆫ'을 강조하고 있는 것을 알 수 있다. 또 그대로 둘 경우 아래 ㉡과 같이 종장의 앞부분으로 이어져 종장의 첫 구 '보내고'를 강조하게 되는 것을 알 수 있다.

어져 내 일이야 그릴 줄을 모로던가	초장
㉠ 있으라 ᄒᆞ더면 <u>제 구티야</u> 가랴마ᄂᆞᆫ	중장
㉡ <u>제 구티야</u> 보내고 그리ᄂᆞᆫ 情은 나도 몰라 ᄒᆞ노라.	종장

결국 도치법으로 인식된 원문 '있으라 ᄒᆞ더면 가랴마ᄂᆞᆫ 제 구티야'의 '제 구티야'는 '가랴마ᄂᆞᆫ'과 '보내고'를 동시에 강조해주는 역할을 하게 됨

---

30) 원산(遠山)은 첩첩(疊疊), 태산(泰山)은 주춤하여, 기암(奇巖)은 층층(層層), 장송(長松)은 낙락(落落), 에이구부러져 광풍(狂風)에 흥을 겨워 우줄우줄 춤을 춘다. 층암 절벽상(層岩絶壁上)의 폭포수(瀑布水)는 콸콸, 수정렴(水晶簾) 드리운 듯, 이 골 물이 주루루룩, 저 골물이 쏼쏼, 열에 열 골 물이 한데 합수(合水)하여 천방져 지방져 소쿠라지고 펑퍼져, 넌출지고 방울져, 저 건너 병풍석(屛風石)으로 으르렁 콸콸 흐르는 물결이 은옥(銀玉)같이 흩어지니, 소부 허유(巢父許由)문답하던 기산영수(箕山潁水)가 예 아니냐(「遊山歌」일부, 작자미상).

으로 문장의 유기적 관계를 유지해주고 표현 효과의 극대화에 기여하게
된다. 창(唱)으로 부를 경우 이러한 표현('제 구틔야')은 중간에서 한번 "꺾
어주는" 역할을 하게 됨으로 더욱 그 묘미를 더하게 되며, 문학적으로도
종장 전(轉)의 효과를 높여주고 낯설게 하기라는 기법상의 연상을 획득하
게 되어, 수사법은 물론 통사구조까지 염두에 둔 황진이의 범상치 않는
운용의 묘와 독특한 기법을 감지할 수 있다.

황진이 시조 중, 비유적 기교를 많이 쓴 것이 「冬至ㅅ달 기나 긴 밤」과
「청산리 벽계수야」라면 강조나 변화적 기교를 많이 쓴 것은 「靑山은 내
쯧이요」이다.

「靑山은 내 쯧이요」에서, 시적 자아는 초장의 은유기교를 통해서 '청
산'과 '녹수'의 실체를 드러내 놓고 있다. 여기서 청산과 녹수는 각각 불변
자와 가변자로 대립구조를 띠고 있지만, 둘과의 관계는 그 바탕에 끊을
수 없는 연심(戀心)이 작용하고 있다. 그렇기 때문에 발화자는 대조와 대구
를 뼈대로, 반복, 설의, 영탄으로 탄심을 드러내면서 서정적 자아의 속내
를 털어놓고 있는 것이다.

현대 시조시인의 작품으로서, 비유를 바탕으로 하고 강조와 변화의 표
현기법을 효과적으로 운용한 글은 조운의 「석류」이다.

투박한 나의 얼굴 / <u>두툼한 나의 입술</u>　　　　　　반복
알알이 붉은 뜻을 / 내가 <u>어이 이르리까</u>　　　　　설의
<u>보소라 임아 보소라</u> / 빠개 젖힌 / 이 가슴　　　반복, 명령, 도치

　　　　　　　　　　　　　　　　　　　　－ 조운, 「석류」 전문

이 시조에서 보이는 반복과 설의와 명령의 표현기법은 놀라울 정도이
다. 이 글이 초·중·종 3장의 단시조로 성공을 거두고 있는 것은, 이글이
비유법으로 의인화된 시적 자아 '나(석류)'를 바탕으로 감각적 이미지의
시어들을 효과적으로 배치한데 이어, 강조법과 변화법이라고 하는 수사

적 표현기교를 효과적 운용했기 때문이다.

　황진이 시조와 조운의 시조에 나타난 이러한 놀라운 기법 장치들은 초·중·종 3장의 자수 맞추기에 급급한 일부 현대시조시인들의 작시태도에 좋은 본보기가 되고 있다.

Ⅳ. 맺음말

본고에서는 황진이 작품의 전모를 살펴보고 그 효용적 가치를 추출해 내기 위하여 작품상에 나타난 시어의 운용 및 언술기법과 상징과 비유 등의 표현기법을 면밀하게 분석하였다. 그 결과, 황진이의 시조에서는 고도의 상징 기법은 물론, 비유적 표현이나 시어구사 등 다방면에 있어서 탁월한 표현기교상의 특징이 있음을 확인할 수가 있었다. 그녀는 상징법과 같은 차원 높은 기교에다가 구구절절한 여심을 비유 등의 수사기법에 의탁하여 내면세계의 형상화에 독창적인 길을 개척해 나간 결과, 단 6수로써 시조문학의 금자탑을 이룩하였다.

지금까지 논의된 황진이 시조의 탁월성을 그 효용적 가치를 고려하여 표현기교면에서만 대표적인 것만을 간추려 정리해 보면,

① 고도의 우회적 상징, 알레고리, 비유 등을 동원한 수준 높은 표현기교를 운용하였다.
② 기발하고도 적합한 시어의 선택과 세련된 우리말 시어의 절묘한 조합으로 작품성을 높였다.
③ 딱딱한 시조의 자수율에 구속받지 않고, 음보율에 따른 변용 의미를 살렸다.
④ 이원 대립의 시적 구도로, 자아와 타자간의 시적 의미성과 선명성을 부각시켰다.
⑤ 화답이나 우회적 수법 등 다양한 언술기법을 사용하였다.
⑥ 상투적인 어투가 아닌, 감탄·의문·명령형 등 개성적 목소리를 통하여 여타 고시조와는 다르게 시조의 완결미를 구가하였다.

　　황진이의 이러한 문학적 성과에 대해서 박철순은 1920년대 초기 한국 상징주의 수용의 밑바탕이 되었다고 평가하면서, "상징주의를 비롯한 서구 문예사조의 유입 이전, 우리 선인들의 시가 속에는 탁월한 상징적 사고 영역, 고차원적인 이미저리와 아이러니의 처리, 우수한 시적 감각과 감수성의 적절한 비유화 등의 기초 역량이 충분히 준비되어 있었기 때문에, 서구의 근대적인 수사기법과 문예사조가 쉽게 우리 시가의 전통 속에 융화될 수 있었다"[31]라고 하였다. 또 이신복은 황진이의 시조를 보고 "마술적인 수사기법과 함께 기류문학에 찬연한 금자탑을 세웠다"[32]라고 극찬하였다. 그만큼 황진이는 시조문학에 있어서 독보적 위치를 차지하고 있으며, 그녀가 시조문학의 면모를 일신한 업적은 참으로 지대하다 할 수 있다.

　　황진이 시조의 분위기는 풍류의 멋과 한의 정서로 요약될 수 있다. 그녀가 구사한 다양한 표현기교들은 매우 적합하고도 절묘하여 천의무봉(天衣無縫)이라 할 정도로 작품성을 한껏 높여 주었다. 김동욱은 "황진이 이후에 황진이가 없다"라고 하였다. 이 말은 '현재까지 황진이에 버금가는 작가가 없다'라는 말이며, 그녀의 탁월한 표현 기법을 이어받고 익혀서 훌륭한 시조 작가로 발돋움하라는 질책이기도 할 것이다.

---

31) 박철순, 「황진이 시조에 나타난 표현기교의 고찰」, 동국어문학회, 1991, 186쪽.
32) 이신복, 「황진이 론」, 『황진이 연구』, 창학사, 1986, 92쪽.

참고 문헌

<단행본 및 연본 >

강전섭 편저,『황진이 연구』, 창학사, 1986.

김준오,『시론』, 삼지원, 2005.

박을수,『한국시조대사전』, 아세아문화사, 1992.

심재완,『역대시조전서』, 세종문화사, 1972.

오규원,『현대시 작법』, 문학과지성사, 1992.

이기철,『詩學』, 일지사, 1986.

이병한 편저,『중국 고전시학의 이해』, 문학과지성사, 2005.

이지엽,『현대시조 100인선』, 태학사, 2006.

한국시조예술연구회,『시조예술』2008년 여름호, 문경출판사, 2008.

한춘섭,『고시조 해설』, 홍신문화사, 1990.

<논문류>

강전섭,「황진이의 문학유산 정리」,『황진이 연구』, 창학사, 1986.

김동욱,「황진이와 허난설헌」, 현대문학 9, 1955.

김용덕,「황진이 시조론」,『황진이 연구』, 창학사, 1986.

김용숙,「애환 속의 여상 황진이」,『황진이 연구』, 창학사, 1986.

______,「황진이의 생존연대」,『황진이 연구』, 창학사, 1986.

______,「황진이의 전기적 연구」,『황진이 연구』, 창학사, 1986.

모윤숙,「황진이의 인생,애정의 배후」,『황진이 연구』, 창학사, 1986.

문일평,「才色이 雙絕한 千古名技 黃眞」,『황진이 연구』, 창학사, 1986.

______,「명기 황진과 그 시조」,『황진이 연구』, 창학사, 1986.

박철순,「황진이 시조에 나타난 표현기교의 고찰」, 동국어문학회, 1991.

서정주,「끝없이 흐르는 여자 나그네」,『황진이 연구』, 창학사, 1986.

신웅순,「황진이 시조의 기호분석」, 어문학 논총, 1997.

신은경, 「기녀시조연구」, 연세대 석사논문, 2003.

안대회, 「시조의 수사법과 한시」, 학술연구서비스자료, 2008.

윤영옥, 「황진이 시의 텐션(tension)」, 『황진이 연구』, 창학사, 1986.

이가원, 「송도 삼절의 하나인 황진이」, 『황진이 연구』, 창학사, 1986.

이병기, 「황진이의 예술」, 『황진이 연구』, 창학사, 1986.

이신복, 「황진이론」, 『황진이 연구』, 창학사, 1986.

이은상, 「황진이의 일생과 예술」, 『황진이 연구』, 창학사, 1986.

장덕순, 「기발한 시상의 소유자 황진이」, 『황진이 연구』, 창학사, 1986.

조운제, 「황진이 시와 한국시의 전통」, 『황진이 연구』, 창학사, 1986.

최동호, 「황진이시의 양면성과 현대적 변용」, 『황진이 연구』, 창학사, 1986.

허영자, 「황진이의 정한」, 『황진이 연구』, 창학사, 1986.

저자 **이 광 녕(李廣寧)**

≪약력≫

- 문학박사, 시조시인, 수필가, 인천 출생(1946), 아호는 효봉(曉峯).
- 서울교대, 국제대, 연세대대학원(석사), 한양대 · 세종대 대학원(박사).
- 1967년부터 교편생활: 서울오류 · 고척초등학교, 안양 양명고등학교(국어 · 한문), 서울성덕여자중학교(국어 · 한문), 교감퇴직, 세종대(평생교육원) 및 건국대 미래지식교육원 문예창작 교수.
- 1975년부터 교단 문예활동, 시조강사, 월하시조문학회(회장), 세종문학회(명예회장), 강동문인회(고문), 현대시조부흥운동(본부장), 한국가곡작사가협회(회장), 한국시조시인협회(사무총장 역임), 전통문화지도사.

≪저서≫

- 시집 및 시조집:『당신의 향기 묻어』,『나무는 눕지 않는다』,『투정도 사랑인 걸』,『달에서 그대를 만나다』외 작사집 다수.
- 주요 논문, 이론서, 교양서
  「춘원문학에 나타난 정(情)에 관한 연구」(석사)
  「현대시조의 미의식 연구」(박사)
  「현대시조 종장의 운용기법 연구」
  「황진이 시조의 표현기교 연구」외 논문 다수
  『현대시조의 창작기법』(이론서)
  『지혜의 샘』(교양서)
- 가곡 작사: 노래시집『시는 노래가 되어』(공저) 외 17권
  가곡「님이여 오시려나」외 60여 작사곡 공연 발표
  찬송가 12곡 발표

≪각종 수상≫

국위선양 공로표창(주월야전사령관), 녹조근정훈장(대통령), 교육공로상(문교부장관), 교육연공상(1회), 독서지도우수교사상(교육청장), 모범교사 및 교육공로 표창(5회), 한맥문학상, 선사문학상 등.

현대시조의 창작기법

초판 1쇄 인쇄일 | 2011년 11월 28일
초판 1쇄 발행일 | 2011년 11월 30일

지은이　　　 | 이광녕
펴낸이　　　 | 정구형
출판이사　　 | 김성달
편집이사　　 | 박지연
책임편집　　 | 이하나
본문편집　　 | 정유진 김현경
디자인　　　 | 정문희 장정옥
마케팅　　　 | 정찬용
영업관리　　 | 한미애 김정훈 신보람
인쇄처　　　 | 월드문화사
펴낸곳　　　 | **국학자료원**
　　　　　　　등록일 2006 11 02 제2007-12호
　　　　　　　서울시 강동구 성내동 447-11 현영빌딩 2층
　　　　　　　Tel 442-4623 Fax 442-4625
　　　　　　　www.kookhak.co.kr
　　　　　　　kookhak2001@hanmail.net

ISBN　　　 | 978-89-279-0148-8 *93800
가격　　　 | 32,000원

* 저자와의 협의하에 인지는 생략합니다.

잘못된 책은 구입하신 곳에서 교환하여 드립니다.